改革开放40周年·宁波文艺原创精品丛书

历　程

邹元辉　著

宁波出版社

图书在版编目（CIP）数据

历程 / 邹元辉著 . — 宁波：宁波出版社，2018.12
ISBN 978-7-5526-3449-5

Ⅰ . ①历… Ⅱ . ①邹… Ⅲ . ①长篇小说—中国—当代 Ⅳ . ① I247.5

中国版本图书馆 CIP 数据核字（2018）第 286632 号

历　程
LI CHENG

邹元辉　著

责任编辑	晏　洋
责任校对	黄　薇
装帧设计	金字斋
出版发行	宁波出版社

（宁波市甬江大道 1 号宁波书城 8 号楼 6 楼　315040）

网　　址	http://www.nbcbs.com
印　　刷	宁波白云印刷有限公司
开　　本	710 毫米 ×1000 毫米　1/16
印　　张	32.5
插　　页	2
字　　数	400 千
版　　次	2018 年 12 月第 1 版
印　　次	2018 年 12 月第 1 次印刷
标准书号	ISBN 978-7-5526-3449-5
定　　价	60.00 元

本书若有倒装缺页影响阅读，请与出版社联系调换，联系电话 0574-87248279

一

虽已过小满,可杨昌祥心中的寒意还是无法消融,且越发对未来有了慌恐与迷茫感。

去年底,随着省委1974年第237号文件的下发,苦心经营多年的望海县国营棉花良种繁育场立马就关了,身为棉场革命委员会书记的杨昌祥成了新筹建的江南炼油厂培训队队长。杨昌祥想不通一向高瞻远瞩的省委领导怎么这次会如此的糊涂,这么好的棉场说不要就不要,难不成这些都不是国家的财产?!更让他生气的是市县农业局领导,居然嚷嚷要大家支持和响应省委的决策。如果棉场在省委领导眼里算不得一块宝,那他们总清楚农场的价值吧?难道国家现在棉花多得用不完?真是一帮败家子!

"咣咣——"

五斗橱上"三五牌"台钟第六声还没敲完,杨昌祥就扯开了嗓门:"上工了!"

六岁的杨大业利索地扛上比自己还高的锄头。看四岁的小儿子小业把簸箕拖在地上,杨昌祥一巴掌打在他屁股上:"拎高,不许偷懒!"

"孩子还小,轻点嘛。"

听了妻子张翠莲带央求的埋怨声,杨昌祥越发恼火,他忌讳做规矩时有人庇护,于是瞪起眼睛呵斥:"别瞎掺和!"

"不要动不动就打孩子嘛。"

棍棒底下出孝子,也出能人。这手掌拍打能有多疼?若是连这个也受不了,如何成才?杨昌祥涨红了脸吼道:"你给我闭嘴!"

张翠莲撇撇嘴,终究还是没有再吭声。小业咧嘴刚想哭,看父亲突然扭头凶巴巴地盯着自己,乖乖拎高了簸箕。

"不许磨蹭!"

两个孩子跟在杨昌祥后面鱼贯来到刚开发的薄地。这里原是块荒地,棉场棉木迁移后,杨昌祥看沃土即将被砾石掩盖,就像是精心打造的家具要被人塞进火炉焚烧,心疼不已。这些土可是他带职工铲草皮、割青草、采树叶、捞浮萍、挑粪便、烧木梗给肥出来的,加上独特的咸地特性,非常适宜农业种植。杨昌祥就利用工余时间,和老婆把土一担担挑到这块荒地。劳作过程中,他恍惚觉得自己就是当代的愚公,只不过当年愚公是为子孙后代开山通路,而他则是为子孙后代留下赖以生存的沃土。杨昌祥始终认为,人活世上,吃穿第一要紧,会农活就是生存的根,无论世道怎么变,有一手农活在,就不愁吃不饱、穿不暖。

抬眼望见远处高耸的打桩机,杨昌祥就一肚子闷气。按江南炼油厂革命委员会书记兼主任齐民奎的说法,这里要改"种"铁塔,要为实现毛主席和周总理提出的"四个现代化"而奋斗。杨昌祥内心当然也向往实现"四个现代化",可对齐民奎的说法不敢苟同。铁塔什么地方都可"种",干吗来抢这块种庄稼的宝地。当然他仅仅是对齐民奎的说法存有异议,对其本人却是由衷的敬佩。这位曾参加过抗日战争和解放战争的老革命真是雷厉风行,从省能源局局长岗位受命后,刚过完年就带着一批人直接来到棉场办公。

在甬江地委的支持下,原棉场附近的甬江市委"五七"干校人员搬迁至城区,把两幢旧楼给了江南炼油厂。接过楼,齐民奎下令全体职工不论级别与职务,不分年龄与性别,同挤楼内集体办公。办公点虽解决了，可职工的住宿却让他一筹莫展。好在大家没什么要求，更没有抱怨，各自设法租住附近农民的房屋。由于周边农民本身经济条件就不好，空余房间很少，还是有十几户职工无法找到落身之地。齐民奎闻讯后亲自到农民居住点探摸情况，在发现有间种植蘑菇的大房间暂时空置后，当场和农民谈妥相关赔偿，然后派人用简易木板把蘑菇种植房隔成若干小房间，并带头搬进去住下。看到一个厅级领导没有任何架子和普通职工住在蘑菇房，杨昌祥暗自嘀咕：若不是拆了棉场，能在这样的领导手下工作，应是非常幸运的事情。

一阵风吹过，墨绿叶子发出"沙沙"声响。杨昌祥欣慰地看着两个正撅着屁股忙活的儿子，大业不但已懂得二十四节气对农业的影响，且干活时有模有样，很有农活儿"把式"的味道。即使年龄尚小的小业，如今也是学有学样。

不到半小时就忙完了手头的活。其实打理这块巴掌大的地，杨昌祥根本花不了多少时间。他只是带着朝圣般的心情，留恋那泥土混合青草的特殊气息，甚至是尿粪发酵后的腥臭味。

回家围坐在方桌前，杨昌祥夹了两筷子咸菜，端起满满一大碗泡饭，嘴唇刚贴上碗沿，手中的筷子已划拨起来。随着粗大喉结上下滑动，整碗泡饭瞬间被"倒"进了肚中。放下碗筷，杨昌祥点上烟就出了门。

今天炼油厂打第一根桩，施工现场围了许多看热闹的人。杨昌祥扔了烟蒂背手向人群走去，越走心越凉，居然没有人注意到他的到来。以往在棉场时要么有人上来递烟攀谈，要么围成团的职工如绵羊见老虎，立马四处散开假装忙手头的活。无视就是最大的蔑视，无比沮丧的杨昌祥心里暗骂：别看你们今天围得欢，就怕明天没吃穿！

"小杨，到这边来。"齐民奎招着手叫道。

"噢。"杨昌祥双手下垂,应声后,疾步挨到齐民奎边上,只听齐民奎说道:"这里是软土地基,我们的建设成功将会对整个中国沿海软土地区建设提供宝贵的经验。"

看厂革委会副主任张定康等人满脸堆笑地频频点头,杨昌祥皱起了眉头:好好的棉场给你们折腾成这样还嫌不够?难不成还要祸害别的地方?!

今天不但江南炼油厂职工全来现场观看,周边不少农民和孩子也赶来凑热闹,如果不是高耸于泥地的打桩机,真让人误以为这么多人是在赶集。

"同志们!"也不知过了多久,站在石条上的齐民奎带着浓浓的江西口音用力喊道,"国家计委下达了《关于江南炼油厂计划任务书的批复》,同意在望海新建规模为年加工山东胜利原油250万吨的炼油厂。今天我们将见证厂打下第一根桩。"

四周响起了掌声,齐民奎大手用力一挥:"开始打桩!"

"是!"打桩队队长应声打开蒸汽阀。当巨大的重锤被气流顶到桩顶后,队长拉开了锁钩,重锤急速坠落。随着震耳的撞击声,一大截粗壮的水泥桩笔直砸进了昔日的棉地。看到心爱的土地遭到粗暴的蹂躏,杨昌祥似乎心窝被人插入一柄长剑,但面对欢呼雀跃的人群,他只能强作欢颜鼓着掌。已过而立的杨昌祥十分清楚,自己不过是个小人物,在浩瀚滚滚人流中,不可能逆流而行,哪怕是短暂的停留,都会被淹没而沉底,只有适应一次次的潮流,才能看到新一轮的日出。但这种无法表露不满的隐痛,如同欲呕却强憋气忍吐,反而更为难受,更需要一定的毅力。

齐民奎兴致勃勃地看完第一根桩打下后,就朝办公室走去。杨昌祥也正准备回办公室,可被斜插过来的人给挡住了,定睛一看,是张可富,顿时气不打一处来:"昨天下午考试怎么又没通过?!"

"杨书记,来支烟。"

杨昌祥挡了回去,从口袋掏出"大前门",先咬上一支,另抽出一支递给对方:"抽我的。"

张可富接过,放在鼻下嗅了好几口,一脸苦恼地说道:"杨书记,我发现自己近来思想老是集中不了。"

"什么原因?"

"想找老婆。"

见对方划亮火柴后手护火苗凑过来,杨昌祥咬着烟头对准火苗深吸一口,等抬头长长吐完烟,拍了一下张可富的后脑开始训斥:"瞧你这出息,满脑子都是女人,能完成好工作吗?!"

满脸粉刺的张可富佯装无辜:"杨书记,你年轻有为,早抱上了老婆,可我们老棉场许多青工连女人是啥滋味也不知道,你不能饱汉不知饿汉饥吧?"

"我怎么不知了?"杨昌祥呛问对方后,指着正在忙碌打桩的人说道,"如果人人铆足了劲,那我们的社会主义建设就会更加快,以后想吃什么有什么,想要老婆就会有女孩上门。"

"我看悬……"

看张可富一副吊儿郎当的样,杨昌祥瞪起眼骂道:"如果人人像你这样,不是悬,而是做梦,一辈子守着空床讨不上老婆!"

张可富挨近身子涎脸饧眼说道:"杨书记,为了我们这些单身男职工,你们领导能不能出个规定?"

这小子会有什么好点子?杨昌祥斜乜着眼追问:"什么规定?"

"听说马上有职工要调来支援,能不能规定单身女工只能嫁本厂男青年?毕竟我们现在也是堂堂正正的工人。"

荒唐建议让杨昌祥哭笑不得,但这确实也道出了老棉场男青年的苦恼。以前"狼多肉少"的棉场每外嫁一名女工,都会让本场的男青年沮丧一阵。别看棉场也算国营企业，职工身份是工人，可除了两名拖拉机维修工，其他人干的还是面朝地、背朝天的地地道道的农活。也因为这个原因，有门路的青年都分配到机械厂、运输队、食品加工厂等单位，不但工作体面，还有油水可捞，成家自然不成问题。无权无势家庭出来的孩子只能被"塞进"棉场。当然，有着城市户口和工资的女工也不用愁出嫁，但许多男青年就难娶到赚着工资的老婆，不少人只能将就着找个本地农村姑娘解决个人问题。别看这也算是有了老婆和家，可"后遗症"很大，小孩出生后只能跟母亲落户农村。没了城镇居民户口，就意味着孩子没了城镇居民粮票、布票等福利，长大成年后，除非撞上大运，不然只能靠赚工分勉强糊口。平心而论，张可富的建议虽说不合理，但却很合老棉场男青年的情。当然，这种想法不可能向厂领导建议，法律规定婚姻自由，难不成退到旧社会包办婚姻不成？杨昌祥觉得没有必要再和张可富瞎扯，于是把手中的烟蒂往地上一扔，用脚边碾边说："行了，回去好好学习，多下点功夫，别整天胡思乱想。"

张可富甚是机灵，见杨昌祥不再批评自己，马上接口："好，一定听杨书记的。"

"提醒你多次了，不要再叫书记！"

"是，杨队长。"

张可富是改口了，可杨昌祥反而惆怅起来。老棉场的人现在只有这小子还坚持老叫法，若他也改口，就再也找不到原来的味道了。

二

"来了,来了。"

随着人群的一阵骚动,两辆大客车沿石子路颠簸而来。刚停稳,车内人就顶着扬起的风沙,提着大包小包下了车。杨昌祥不急不缓地迎了上去:"请问哪位是赵宇华赵主任?"

"我就是。"一个理平头戴眼镜的中年人挤了过来。

"你好!我叫杨昌祥,原是这里农场的书记。"面对已成同事的赵宇华,杨昌祥故意强调自己过去的职务,这并非他冒失,而是一种预先想好的精明。自从得知江南炼油厂即将迎来其他炼油厂职工前来报到的消息后,杨昌祥越发焦虑。毕竟这十多年干的都是农活,除了拖拉机,没有什么机会接触到机器,更不用说是有各种设备的炼油装置。既然技术上无法和调来的工人们相比,就注定了话语权的缺失,没有话语权就没有权利。人一旦发现自己短板后,往往就会设法掩盖,这和动物竭力保护自身的薄弱处没有多大的区别——都怕被攻击受到伤害。昨天接到迎接长征炼油厂职工的指令后,杨昌祥暗自琢磨了半响,既不能让自己矮人一截,又要让新来的人知道自己曾是这里的主人,无论对方是入乡随俗也好,强龙不压地头蛇也罢,必须对我杨昌祥另眼相看。

赵宇华显然被对方这样的自我介绍给弄蒙了,好在反应快,马上热情地握过对方的手回应:"谢谢,辛苦你们了。"

突然有个小男孩横插在中间,仰头问赵宇华:"爸爸,我们住哪儿?"

没等杨昌祥反应过来,身后又有人喊道:"永刚,快过来,别打扰你爸。"

顺着叫声,杨昌祥扭头看到赵宇华老婆正挺着大肚子朝这边招手,看模样离临产不会太久。赵宇华抽出手,推了推鼻子上架着的眼镜,俯身摸着男孩的头说道:"爸爸有事,你去陪妈妈。"

赵永刚嘟着嘴抱怨:"这里一点儿也不好玩,什么也没有。"

"以后这里肯定比我们原来的家漂亮。"

"爸吹牛。"

一旁的杨昌祥暗暗称奇,这孩子也太没教养了,居然当着外人的面说自己的老子吹牛。若是大业或小业胆敢如此,自己早就两个巴掌扇了过去。可赵宇华却像没事人一样,轻拍儿子屁股催促:"快去帮你妈提东西。"

等赵永刚一蹦一跳离开后,杨昌祥才开口问道:"孩子多大?"

"5岁,该上幼儿园了。"

杨昌祥的心情顿时爽朗起来,马上接口:"我大儿子比他大一年,以后可以带带他。"

"那太好了。"

杨昌祥也不客套,指了指办公楼:"厂里各项工作刚起步,条件差些,先到办公楼坐坐。"

"来则安。我们都做好了白手起家的准备。"

杨昌祥听了又感慨不已,心想:当初若不撤棉场建炼油厂,何来这些困难,用得着白手起家吗?

刚安顿好一切,从省城回来的齐民奎径直前来看望新来的职工。在杨昌祥的介绍下,齐民奎握住赵宇华的手,指着身后杨昌祥等人说道："我们都是门外汉,现在总算有了你们这些技术行家。"

"齐书记过奖了,你们我们都是咱们中国人。"

"说得好,以后都是一家人!"

一番寒暄后,齐民奎环视黑压压的人群问道："这里感觉怎么样?"

"嗯……"

见有人支吾,赵宇华赶紧抢言："齐书记,挺好的。"

不料齐民奎脸一沉："假话!骗人!什么挺好的,这里有什么?有供销社吗?有电影院吗?告诉你们,这里现在除了人,几乎什么都没有!"

杨昌祥惊得张大了嘴,这哪是革委会书记在讲话,分明是阶级敌人在捣乱。还没等众人回过神,只见齐民奎缓了脸色又说道："但请大家相信,用不了几年,这里肯定大变样。我们不但要用双手在这里建起炼油厂,还要盖起高楼、商场,甚至是电影院,让所有职工都过上幸福的生活。"

"好!"

不知谁拍掌叫好,立马引起阵阵掌声。赵宇华脸上的潮红也在掌声中悄然消退。

"同志们,我们江南炼油厂的建设战役已打响。在中央部委和省委领导的关心下,目前从各地炼油化工企业调兵遣将的工作进展顺利。你们是首批调入江南炼油厂筹建处的先锋,先锋就是逢山开路,遇水架桥,许多困难要靠我们一起去努力攻克。现在时间也不早了,大家远道而来,赶紧收拾收拾到工地食堂吃饭。"

没等大伙回过神,齐民奎回头指示杨昌祥："小杨,你跟我回办公室。"说完,和站在前面的几人握了握手,就大步流星向楼上走去。

"这个书记真是不一般。"望着齐民奎的背影,赵宇华轻声赞道。

杨昌祥跟齐民奎刚进办公室,坐等在里面的后勤科科长密汉民起身招呼："齐书记。"

"嗯。"齐民奎应声径直走到桌前，一手提壶，一手持印有"抓革命促生产"的搪瓷杯，等倒满凉开水，便端起杯喝了个底朝天。放下杯子后，齐民奎边抹嘴角边招呼："坐，都坐下说。"

正犹豫要不要回避的杨昌祥这下明白密汉民也是被叫来开会的。刚坐稳，齐民奎直截了当地说道："有件要事要你俩去干。根据测算，厂里目前用地还不够，为了不占用更多的农田，厂革委会决定利用现有人力围填海涂。"

"围填海涂？"杨昌祥在这里生活了几十年，觉得对这片土地的了解超过任何人。想当初自己也"妄想"过，假如把延绵的海涂改成棉田，那棉场的生产规模就可以扩大几十倍。但现实证明这只是美好愿望。围填海涂就得筑坝，筑坝必须填埋土石方，可这里除了海泥还是海泥，哪有大量的土石方？何况即使有土石方，那也没有运输能力，总不能像秦始皇一样征调十万苦力，用人拉肩扛的原始办法来筑坝吧？所以听了齐民奎的设想后，杨昌祥脱口反问后暗自发笑。

"对，围填海涂！"

一直没吭声的密汉民忍不住道出杨昌祥的困惑："齐书记，围填海涂的土石方从哪里来？"

"炸山，炸掉岚山，用这些山石来填海！"

这的确是个好办法，可这庞大的山石如何运输？杨昌祥随之也问出了心中的纠结："齐书记，岚山离这有十多公里，整个县城也没几辆运输车，这么多山石怎么运？"

"省委已调集江市的船工，只要我们需要，船工和船随时沿运河过来支援。"

齐民奎有力的手势让杨昌祥相信这绝不是拍脑袋的想法，而是个完善的计划，且已报省委同意。但对这样惊天动地的大事，杨昌祥却一点儿也高兴不起来,反而徒生一丝悲哀。若一开始就定下围填海涂,那棉场岂不可以躲过劫难?

齐民奎没有觉察到杨昌祥的内心变化,兴致勃勃地招两人到跟前,拿起笔顺手在一张旧报纸上画了一条内凹弧线,说:"这是我们江南炼油厂外围。"接着重重地用一条直线把弧线两端连起来,一边在内凹处画阴影,一边解说,"把突出的两岸连起来,等于堤岸向外延伸了两里,这样就新增了千亩的土地!"

杨昌祥暗拧腿责问自己:为什么自己这么多年从来没有想到这样的计划?难道当年望着成片的棉苗自高自大了?看来高枕无忧只会灭亡,只有杞人忧天才能延续和发展,希望江南炼油厂今后不要像棉场一样"短命"。这边杨昌祥暗自懊恼不已,那边密汉民一脸激动地插嘴:"齐书记,这绝对是利于当下、泽被后世的大工程呀,后人一定会记住您。"

齐民奎露出一丝笑意,似乎很认可这样的赞誉,但嘴上仍叮嘱:"这些天你俩给我打足精神干,一定要把省委领导选址的睿智显现在江南炼油厂日后的扎实发展上!"

杨昌祥和密汉民挺直了腰板:"请齐书记放心,我们一定完成任务!"

齐民奎却面色冷峻地扫了两人一眼:"此事绝不能有丝毫的差错,不然我扒了你俩的皮!"

杨昌祥和密汉民异口同声:"是!"

出办公室,杨昌祥忍不住嘀咕:看来在齐民奎手下干活绝对马虎不得。

三

炸山和运石非常的顺利,不但江市的上百艘乌篷船浩浩荡荡抵达江南炼油厂助战,而且针对急需人力的矛盾,望海县革委会主任亲自带援建队来现场,手提肩挑,移土搬石,用实际行动支援江南炼油厂的基础建设。

可随着施工人员的大量涌入,江南炼油厂蓦然面临一个措手不及的问题。

这天早上,杨昌祥刚到集合点准备带队出工,只见几名船工急匆匆赶来,嚷嚷着要找齐书记,说是有人往井水里投毒。

投毒?杨昌祥大吃一惊,现在江南炼油厂集结了近三万人,一旦真有人投毒,那必出惊天大事。在安排张可富去厂革委会汇报后,杨昌祥想争取在厂领导来前尽快问明原因,于是向看似领头的黑脸壮汉问道:"师傅,发生什么事?"

"领导,有人往井水里投毒!"

"谁看到了?"

"没有。"

"那听到什么了?"

领头的黑脸壮汉还是摇了摇头:"没有。"

杨昌祥诧异地皱起眉头:"那凭什么说有人往井水里投毒?"

黑脸壮汉朝边上的年轻女船工努了一下嘴,只见一脸愤恨的女船工摘下斗笠，一袭不合女船工年龄的花白长发顺势铺满了肩。女船工叫起了屈："昨晚用井水洗头后，好好的头发就变这模样了。"

联系前后，杨昌祥立马明白了原因，可还没等他解释，有船工跟着嚷嚷："昨天喝水还闻到有怪味，也不知道是什么毒？"

一中年船工拎起手中外衣下了令人咋舌的判定："你们看，洗的衣服也有白点，很像砒霜。"

原棉场的几名职工听到这里发出哄笑声。原来这里井水的氯化钠含量较高，即使烧开也有咸味。如果用来洗衣服，干透的衣服表面会留下斑斑盐渍。这名年轻女船工洗发后，自然不用化妆也成"白毛女"。

面对四周的哄笑，几名船工又气又急，黑脸壮汉更是一脸愤慨地嚷道："这个阶级敌人不抓，我们时时有生命危险！"

杨昌祥刚转身制止哄笑人群，看到张可富正引着齐民奎和张定康等人朝这边疾步赶来，就迎了上去。听了杨昌祥简要汇报后，两位主要领导放下心来，齐民奎边走边向几名船工招呼："各位师傅辛苦了！"

船工们在炸岚山开工仪式上见过两位领导，顿时把齐民奎和张定康围在中间，七嘴八舌地叫道："书记，主任，你们领导一定要给我们做主。"

"这个阶级敌人肯定潜伏在我们当中……"

齐民奎最担心的就是群众相互猜忌，甚至是敌视，于是脸一沉，打断了对方："胡扯！"

长年摇橹为生的船工没见过什么世面，若不是担心中毒，哪有胆子找号令万众的领导。如今被齐民奎当头一喝后，吓得连气也不敢喘，原本叽叽喳喳说个不停的舌头也僵住了。齐民奎见状暗自责备自己：船工仅仅担心有人投毒而已，至于这样粗暴待他们吗？于是迅速调整情绪，平和地说道："大家不要恐慌，现在请杨昌祥同志来解释，他原是这里棉场的支部书记，知道你们身上为什么有这些现象。"

船工们的目光重新回到杨昌祥身上。杨昌祥解释了本地井水为什么口感有异样，为什么头发和衣服干后有白花。

"大家听明白了吗？"杨昌祥话音刚落，齐民奎大声问船工。

黑脸船工带头回答："书记，我们听懂了。"

见围观的人越来越多，张定康拍了拍黑脸船工的肩催促："好，赶快带大伙运山石。"

没等黑脸船工应声，边上传来嗲声嗲气的抱怨声："哎哟，没水喝叫人怎么干活呀。"

竟然还有人捣乱？这还了得！张定康扭头发现说话的是个二十岁左右的女人，穿了一身很显眼的紧身衣，胸包得鼓鼓的，显然不是船工。于是指着对方厉声喝问："你是哪里的？"

那妖里妖气的女人刚咋了咋舌，这边齐民奎抢先说道："水的问题我们马上会解决。时间不早了，大家快上工吧。"

杨昌祥大为意外，刚才挑事的女人是本县有名的"黑牡丹"，火爆脾性的齐民奎怎么会无动于衷？难不成被这声音当迷魂汤给灌晕了？真让人琢磨不透。

船工们没有像杨昌祥想得那么复杂，既然清楚不是中毒，领导又催开工，于是在黑脸船工一声招呼后就散了。杨昌祥看到"黑牡丹"也快速闪入人群走了。

人员散尽后，齐民奎招呼张定康、赵宇华、密汉民和杨昌祥等人围坐在散石上，开门见山问道："船工为什么不喝自来水？"

密汉民解释："齐书记，昨天人太多，自来水不够用。"

赵宇华补充："这几天连池塘水也用光了。"

张定康看齐民奎眉头一拧,担心心腹爱将密汉民又要挨批,便故意把责任揽到厂领导身上:"我们光想着工程建设,把生活上的事给疏忽了。"

"哎——"齐民奎轻叹了一声,旋即提出应对措施,"这事的确是我们考虑不周。小密马上组织人力晚间蓄水,强调节约用水,确保所有人饮用水不成问题。"

"好!"密汉民应声后,向张定康投去感激的一眼。

齐民奎继续说道:"土建会战马上也要打响,长期驻守的人会越来越多,我们必须尽快解决水的问题,你们有什么建议?"

杨昌祥心头泛起一阵涟漪,真不知建这个炼油厂还有多少的麻烦事,若能以这样的人力投入棉场,那望海国营棉花良种繁育场指日可成全国著名大棉场。看四人一副焦虑的样子,他平静地说道:"齐书记,张主任,水厂现有水管肯定无法解决当前的问题。"

齐民奎听出了弦外之音,问:"你是说我们得另外引水?"

"对!"杨昌祥重重点了点头。

"你以前想过?"

"棉场曾计划扩大经营,生活和生产需要用水。"

"最近水源在哪里?"

"姚江,可从朱家桥引过来。"

"有多少距离?"

杨昌祥双手食指横竖相叠:"十公里。"

齐民奎继续追问:"需经多少田地?"

"估算要穿过十多亩土地。"

看齐民奎托着下巴沉思不语,张定康道出了面临的困难:"现在施工队工作非常的紧张,不可能再接这活。"

不料齐民奎当场拍板:"我们厂现在有各种各样的人才,干脆自己组织职工设计和施工。"

杨昌祥简直不敢相信自己的耳朵,这铺管引水涉及很多方面,不光要设计和施工,同时引水途经田地还得与农民协商。没想到张定康已表态支持:"我看行,就当作技术练兵,能锻炼人。"

赵宇华也点头赞同:"就当作装置水运行的演练。"

"好,把这场仗当作是练兵。"

怎么把职工当作啥都能干的天兵神将?必须泼泼冷水,打定主意的杨昌祥考虑自己对设计不了解,与农民协商也是个未知数,只好数起施工安装难度:"这里有的路非常窄,汽车运不了输水管道。"

没想到齐民奎一脸的不屑:"总共也就十公里,比长城短多了。"

张定康双手拢嘴呵了一口气,边搓边说:"是呀,秦始皇都能干成那样的大事,现在我们社会主义国家更能干好。"

密汉民也文绉绉地应和:"今天的苦更衬托日后成果的伟大。"

面对大家人定胜天的气概与决心,牢骚满腹的杨昌祥暗自羞愧。为了弥补刚才的遗憾,他主动请缨:"齐书记、张主任,这里情况我熟,就让我带队来完成这项任务吧。"

齐民奎快言快语:"赵宇华和杨昌祥一起负责铺管引水。赵宇华负责设计和施工,杨昌祥负责与农民协商水管过田地的事项。记住,农民不容易,该赔多少就赔多少,绝不能少一分。密汉民仍负责筑堤填海工作。"

看事已成定局,张定康故意强调:"筑堤填海是百年大计,容不得任何的疏忽。成则厂兴,败则厂衰。"

密汉民懂张定康的用意,就在他张嘴要表决心时,齐民奎却摆手纠正:"两件事都很重要。正如张主任所言,筑堤填海是百年大计,且时间很紧,绝不能拖延到台风天,不然会前功尽弃。当然,铺管引水也是百年大计,没有后勤上的保障,前线战士不可能打胜仗!"

张定康赶紧指着三人补充:"要高质量尽快完成任务,不要辜负齐书记的信任!"

密汉民立马正色回应:"保证完成填海任务。"

赵宇华和杨昌祥异口同声:"保证完成铺管任务。"

齐民奎起身单手叉腰,挥了挥手:"那就这样定了,散了。"

四

引水工作进展得非常顺利,不但职工挖沟铺管的热情高涨,涉及农田的农民也不要赔偿,不到十天就铺了三公里管线。随着离生活区越来越远,为了不影响工程进度,职工们干脆自带干粮,吃住在施工现场。

这天忙完活已过晚上九点,赵宇华简单洗漱后和大家同挤在工棚里睡觉。赵宇华首次在沿海地区过冬,终于领教了什么叫刺骨的寒冷。这里虽没有老家气温低,但潮湿却令人难挨。为了御寒,大伙也想了不少的土办法。用旧棉布盖实大棚门,棚内燃上炉子,所有床板拼在一起,睡觉时人紧挨一起。虽然环境差,但高强度劳动让所有人倒头就酣睡如泥。当天夜里,赵宇华迷迷糊糊觉得有人嘟囔着在推自己,以为压到了人,下意识挪了挪身。可对方不但没有停,反而劲越来越大,且还有强光照在脸上,这下他终于听清了:"老赵,快醒醒,你老婆要生了!"

赵宇华一个激灵从木板床上坐起身睁大了眼睛,虽然还没有看清来人,但从声音已辨认出来人是密汉民,急问道:"她现在哪里?"

密汉民照了一下手表:"一个小时前已送往市第一医院。"

"你骑车来的?借我一下。"赵宇华摸过外裤边穿边说。

"齐书记让小许送你老婆到医院后回来接你,我们到马路边等车吧。"

"走!"

两人拉开大棚门,寒风顿时像一头咆哮的雄狮迎面扑来,咬得赵宇华脸上生疼。虽然缩着脖子攥紧衣领,可机灵的风总能找到突破口,刺激着肌肤,让人防不胜防。

密汉民打着手电筒,两人并肩向大马路赶去。不知是司机赶得紧还是密汉民算得准,刚上马路,伴随着马达声,两盏耀眼的灯由远及近。一声急刹后,江南炼油厂唯一那辆"伏尔加"轿车停在了赵宇华身边。赵宇华拉开车门一头钻了进去。

密汉民拉着车门叮嘱:"齐书记让你这两天在医院陪老婆,永刚我会照顾,有事打办公室电话。"

"不就生孩子嘛,没什么大事。谢谢密科长!"

"好。"密汉民旋即关上车门,隔窗冲司机打了个手势,"走!"

轿车调头向空寂的夜幕冲去。车刚提速,赵宇华开口问道:"小许,我老婆怎么样?"

许宏腾手挠了挠头皮,一脸歉意地说道:"赵主任,这我不太清楚。"

赵宇华暗怪自己糊涂。小许又不是医生,且还是个未婚的小伙,怎么好意思打听女人生孩子的事。想七年前周芳头胎都顺顺利利,现在应该没啥问题,更何况人已在医院,且还是市最好的医院。安下心后,赵宇华提醒许宏:"不急,慢慢开,安全第一。"

"您放心。"许宏没松油门,两边景物迅速往身后撤去。

到医院门口停稳后,赵宇华谢过许宏便下车甩臂向里跑去。医院很安静,甚至比工棚还安静,连呼噜声都没有。但越安静,红十字下的白色墙面越让他瘆得慌。

咨询过值班门卫,赵宇华摸上了二楼,隐约飘来的婴儿啼哭或产妇呻吟顿时让他心定许多。刚张嘴叫喊了一声"周芳",有个"白大褂"拎着盐水瓶从房间出来,看了一眼赵宇华,指着斜前边房间:"你老婆在209。"

"医生,她生了吗?"

"生了,女儿。"

"白大褂"说完利索地推开另一扇房门闪了进去。赵宇华疾步向前,借着楼道昏黄的灯光,推门进了209房间。里面光线比外面亮不了多少,连温度也相差无几。不用赵宇华细辨,四张病床的单薄棉被全盖在了病房里唯一一个产妇的身上。看到赵宇华后,病床上蜷缩成一团的周芳虚弱地说道:"宇华,快帮我,我要上厕所。"

赵宇华来不及看看女儿的模样,迅速拿起地上的便盆,无意间碰到周芳的大腿,心猛然一抽。这肌肤的温度让他联想到"伏尔加"轿车的冰冷把手,寒意顿生。

一阵水稀声后,酸臭味在房内弥散开来,周芳有气无力地说道:"宇华,我好冷。"

"我马上想办法,没事的。"

虽嘴上这么说,可赵宇华心里没一点底。等妻子重新躺下后,他亲了亲女儿冻得红通通的脸,出门找到了值班医生。听了病人家属反映情况后,值班医生耸了耸肩:"我已经给你老婆用上盐水,没有其他办法。"

"能不能借个炉子?"

值班医生苦笑着摊开枯瘦而修长的双手:"我也没有。"

"有没有其他办法止泻?"

值班医生推荐起土方:"有没有办法搞到红糖和生姜?补血又驱寒。"

"谢谢!"

回到病房,周芳又拉了一次,赵宇华抬手看了看手表,才过凌晨两点。他跑到医院值班室,敲开门说明原因后,拨通了江南炼油厂值班室的电话。挂上电话再次回到病房,发现周芳已入睡,赵宇华蹑手蹑脚走到空病床边躺下。刚躺平整,只听周芳一阵呻吟后,又挣扎着要拉肚子。等再次收拾干净,赵宇华不敢再躺下,搬了把椅子守在周芳边上。看妻子蜷身捂着肚子,赵宇华取下手表,搓热双手伸进被窝,替周芳搓揉冰冷的脚心,疲惫不堪的周芳终于松开眉头沉睡过去。

看手表指针快指向五点,心急火燎的赵宇华替妻子掖好被子,悄悄走出了病房。虽然不知道到哪里可以买到姜和炉子,也不知道哪里可以搞到紧俏的红糖,但他心里清楚,只有出来寻找才有希望,坐等永远不可能有机会。

马路还是异常的冷清,一眼望不到人,只有一根根冰柱倒悬在两边楼檐,像一把把水晶短剑护着自家的宅子。寒风伴随赵宇华呼出的白气,与纸屑、落叶等杂物在半空肆虐翻滚。疾步走完一条街,赵宇华也没见到什么人影,更不用说买到东西。突然,由远及近传来汽车马达声,有人探头大声招呼:"老赵,老赵。"

"老密?"赵宇华愣住了。

小车在赵宇华面前停稳后,密汉民拉开车门催促:"快上车。"

想着永刚昨天晚上由密汉民照顾,现在密汉民一大早就急着找自己,该不会孩子出啥事吧?他扶着车门问道:"去哪?"

"带我们去看周芳呀。"

我们?赵宇华这才看清车上还坐着一名中年妇女,看来不是永刚有什么事,而是密汉民接到自己的救助电话后连夜赶来帮忙的。

等赵宇华上车后,密汉民解释:"老赵,厂领导指示一定要保证江南炼油厂首个出生婴儿的安全,你这下放心吧。"

"谢谢!谢谢!"

车停稳后,四人下车忙着搬运车内物品。赵宇华一看,东西真够全的,不光带来了炉子、菜刀、盆和锅,还有急需的红糖和生姜。

随着炉子里煤球火苗的升起,病房在飘起的煤烟味中渐渐暖和起来。赵宇华按医生的土方子,把生姜切丝加红糖煮开后喂妻子喝下。也不知是盐水还是姜糖水的作用,反正周芳苍白的脸有了血色。一直等医生早上查房,周芳再没拉肚子。

密汉民早就盘算着要回单位。这里即使做得再好也不过是后勤服务,不可能有出人头地的机会。但筑堤填海不一样,正如张定康副主任所言,是百年大计,日后极有可能因此功绩而被提拔。打定主意的密汉民看一切安排妥当,于是他向正乐呵呵端详女儿的赵宇华告辞:"老赵,这里没啥我好帮忙的,老方留在这里,我得回工地去。"

"老密,我也回厂。"赵宇华弯腰把女儿放回了床上。

"老赵,你就留下照顾老婆吧。"

"有老方在没问题。何况厂里这么忙,我可不能拖后腿。"

既然赵宇华自己提出要回工地,那周芳应该不会怪我的。想到这里,密汉民故意笑着问周芳:"嫂子,老赵要和我回厂,你批不批?"

周芳也笑了:"他在这里也不安心,不如让他回厂里吧,我现在挺好。"

"那我们这就走了。"

密汉民刚准备抬腿,周芳却急切地叫道:"等等。"

刚才还说得好好的,怎么一眨眼又变了?密汉民耐着性子问道:"嫂子,还有事?"

"让老赵给女儿取个名。"

密汉民夸张地拍着前额:"对,这么大的事差点给忘了。老赵墨水喝得多,用不了多少时间。"

"嗯——"憨厚的赵宇华没听出密汉民这是在变相催促自己,低头沉吟片刻后说,"女儿是江南炼油厂首个第二代,寄托了来自五湖四海广大职工的期望,广大为庆,值得庆贺,就取名为'庆'吧。"

密汉民可不想再纠缠下去,故意眉飞色舞地竖起拇指迎合:"赵庆,唔,好!叫得好!叫得响!"

周芳觉得这名有点硬,并不适合女孩,但不好意思反驳赵宇华本意,更何况密汉民又连连叫好,只好淡淡一笑:"好,那就叫赵庆。"

叮嘱过老方,密汉民就和赵宇华下楼坐车回到各自负责的工地。

五

一个月后,铺管引水工作顺利完工。看到清澈的淡水源源不断地流入厂里,赵宇华和杨昌祥才松了一口气。

"齐书记,这是刚引来的淡水,您尝尝。"

"好,原汁原味来一杯。"待齐民奎推椅起身,走到花盆边,倒尽杯中残茶后,杨昌祥马上提起暖瓶,向搪瓷杯里倒了半杯水。

齐民奎看了看,又凑近闻了闻,说:"嗯,没有怪味。"接着用嘴吹了几下,沿杯边抿上一小口,咂嘴赞道,"好!不错,再也不用愁饮用水了。"

"是啊,这下我们可以放开手脚大搞建设了。"门外有人抢先接过了话头。三人转脸一瞧,张定康正举着一张纸走了进来。

"张主任。"杨昌祥和赵宇华闪出一个空位。

"齐书记,今天可谓双喜临门,汉民这边刚来报告,说海堤今晚就可以合龙。看,这是他们刚送来的报告。"

齐民奎大喜,原以为围堤合龙工程没有半年拿不下来,没想到这么快就完成了。于是看了报告后当场表态:"这是大事,要在现场开个庆祝大会。"

张定康要的就是这个,也料定密汉民报告的目的是想出风头,就马上接口:"好,我这就去安排。"

"通知职工下午都去参加围海筑堤,一起见证这个历史时刻。"

"好!"

下午,齐民奎率人到了海涂。放眼望去,现场彩旗飘飘,场面甚是壮观。虽然人山人海、人声鼎沸,可在密汉民的指挥与安排下,上千名施工人员井然有序,或推车,或肩挑,就像一窝训练有素的蚂蚁,齐心把山石运至堤上。

"谢谢领导莅临现场指导。"一身烂泥的密汉民疾步迎上,双手与齐民奎、张定康等人一一相握。

放眼望去,眼前大堤只剩两米的缺口,齐民奎摘下军便帽重重拍在密汉民身上:"汉民,干得不错嘛!"

"谢谢齐书记的鼓励!"密汉民显得有点激动,转身夺过身边工作人员的喇叭,冲着人群大声喊道,"同志们,加油干啊,书记和主任在这里看着我们呢。"

如火如荼的现场传来阵阵号子声,热火朝天的景象让齐民奎频频点头:"嗯,有两把刷子。"

张定康耳尖,顺着齐民奎的轻声赞叹手指前方说道:"汉民把大伙干活的劲头全激发了出来,船工们每天一早就摇橹到岚山,把一船船山石运到老棉场埠头,再由施工队用板车拉至海边填入海涂……"

"最后决战一起上!"齐民奎已不想再听解说,撸起衣袖,甩开双臂抢先向一辆板车走去。张定康愣了一下,旋即也跑向一辆刚陷入泥坑的板车。

傍晚,外堤成功合围。可齐民奎万万没想到,现场庆功的欢声笑语才到深夜就走样了。

深夜被敲门声吵醒后,外面传来的喧哗声让齐民奎暗叫"不好"。记得返程路上杨昌祥曾说再过两小时就要涨潮,估计现在不但海水涌进了海涂,甚至可能把堤也冲垮了。齐民奎定神后套上外裤,趿上解放鞋,边披外套边去拉门。

"齐书记,这么晚吵醒您真不好意思。"门刚拉开,密汉民一脸歉意地说道。

看对方明是歉意,却掩盖不了眼底的喜悦。齐民奎不动声色地向密汉民身后被绑着的一对男女扫了一眼,男的认识,是本厂职工张可富。女的看着有点眼生,借月光仔细一瞧,原来是上次船工反映井水投毒时那个挑事的女人!齐民奎心里有底了,看来不是大堤出了问题,而是本厂职工张可富和地方打工女人出了男女问题被抓。当然,这也不是小事,必须刹住这股不正之风,不能影响甚至带坏职工的士气和斗志。打定主意后,齐民奎面沉似水,神色冷峻地问道:"怎么回事?"

"齐书记,刚才夜巡时,发现这两人盗窃油毛毡,现在人赃俱获。"密汉民说完朝后挥了挥手,一名职工把肩上崭新的油毛毡放在了齐民奎面前。

原来不是单一的男女问题,竟然还盗窃建厂的物资!齐民奎胸中怒火顿时像被引燃的汽油桶,"轰"的一声就炸开了。这几个月来,自己在各种场合多次强调,当前国家建设物资紧缺,绝不允许任何人挪用建厂的物资,更不允许偷盗现象的发生。现在既然有人往枪口上撞,那就杀一儆百!

不等齐民奎发怒,只见张可富努力抬起头叫道:"齐书记,我只是想帮人家度过困难……"

"照你这么说,偷还有理了?!"齐民奎声调虽不高,但极具威严。

得知张可富偷盗工厂物资被抓,杨昌祥也打着手电匆匆赶了过来。无论是过去的棉场,还是现在的培训队,杨昌祥觉得自己难逃领导责任,愤恨与担心像两股绳索勒在心头,让他不敢抬头看人。可听完书记呵斥反问后,杨昌祥觉得今天有点异常,向来眼里揉不进沙子的书记只是指责张可富偷,而非偷盗,并且呵斥声也不大。这究竟是暴风雨前的宁静,还是雷声大雨滴小的结局?杨昌祥抬起头,借着朦胧光线偷偷观察齐民奎。只见对方像一尊佛,长目似嗔似怒,令人难以琢磨。只听张可富仍在申辩:"齐书记,我是错了,但我绝对没有干其他坏事。"

"不打自招!"密汉民抢先叱责后,又拉长脸讥讽,"那你说清楚,这没干其他坏事是指哪些坏事?"

"我……我……"张可富脸涨得通红,结巴了两次后,终于憋屈地喊出了声,"我没有调戏她!"

齐民奎暗暗思忖,难不成张可富和这女人真没乱七八糟的男女关系,仅仅是想帮人?若是这样,虽然罪不可恕,但也情有可原。这时,一直没出声的女人也向齐民奎申明:"书记,他真的是好心帮我,你们就处分我一个人吧。"

密汉民一脸鄙夷地调侃:"哟,还惺惺相惜,挺仗义嘛,是臭味相投后熏晕了吧?"

听四周发出一阵阵坏笑,女人眼一瞪,刚要张嘴骂人,张可富抢先叫道:"别对领导没礼貌!"

女的很听话,本要大动干戈的架势,瞬间就偃旗息鼓了。杨昌祥觉得这话题不能再往下引,于是厉声喝问张可富:"到底是怎么回事,赶紧向书记汇报清楚!"

张可富犹如抓住了救命稻草,赶紧一五一十地说明了经过。

六

被绑女人就是县里有名的"黑牡丹"。由于出身不好,父母死后,这个没有兄弟姐妹、长相出众的"孤家寡人"自然成了流氓调戏的目标。一开始她还拼命抗拒,可时间一久,不但没能成功抵制,相反还受邻居的白眼与辱骂,"黑牡丹"干脆破罐破摔。随着流氓们如蝇逐臭地进进出出,邻居们对"黑牡丹"唯恐避之不及。这次"黑牡丹"也被征集到望海搬运队,半月前收工吃完饭,她心血来潮想吃腌蟹,于是独自一人回到堤岸,乘退潮后在海涂摸招潮蟹和旁元蟹。可没想到刚上大堤就崴了脚,疼得捂着脚脖子坐在地上哭。说来也巧,那晚正好轮到张可富值夜班,闻声跑来发现眼前是"黑牡丹"后,他莫名慌张起来。

看对方傻愣愣站在面前,"黑牡丹"气呼呼地叫道:"快帮帮我。"

张可富瞄了四周一眼,捏了捏发潮的手心,结结巴巴地问:"怎么……帮……你?"

没想到"黑牡丹"破涕为笑,利索地抹了一把眼泪,手一伸:"扶我起来。"

张可富上前笨手笨脚地搀扶起"黑牡丹",然后转身半蹲身子。

"干吗?"

"我马上送你去医院。"张可富刚说完,脸"腾"的就红了。

"黑牡丹"不耐烦地挥了挥手:"不去,没钱!"

张可富气血冲头，转身边掏口袋边说："我有！"

等对方把几张钱塞进自己手中，"黑牡丹"放缓了口气："不去医院，我肯定没事。"

"让我看看你的伤。"

"黑牡丹"把钱放进口袋，搭着张可富的手臂慢慢坐了下来。张可富干了几年农活，平时磕磕碰碰也不少，能抵半个"赤脚医生"。所以当"黑牡丹"脱下鞋子，慢慢拉下那双破纱袜后，在确定只是脚跗骨有些肿胀，张可富便自信地开起了"处方"："问题不大，今天冷敷一下，明天用热水泡泡脚，静养一些时日，肿就会消退。"

"我明天还得上工。"

张可富连连摇手劝道："这两天你不能再……"

没想到"黑牡丹"不但不领情，反而粗暴地打断："不上工我吃啥喝啥？"看对方一时语噎，"黑牡丹"扬起眉角挑衅地追问，"难不成你养我？"

张可富脸涨得更红，支吾半晌蹦不出一个字来。

"害怕了？""黑牡丹"笑得很放肆，可细辨之下，这笑声有点涩。

"没……没……"平时能说会道的张可富，此时喉咙里像卡了东西，憋不出一句话来。

"黑牡丹"挥了挥手："好了，我可不想为难你。你走吧，我坐一会儿就走。"

"你等我，千万别动。"张可富叮嘱后撒腿跑远了。

当"黑牡丹"看到张可富推着手拉车急匆匆再赶来时，嘴角露出了轻蔑的讥笑。她太懂男人了，尤其是陌生男人。在"黑牡丹"眼里，只要女人有姿色，男人就摇尾乞怜，千方百计讨好。一旦目的达到，立马像换了个人，热情比落潮的江水退得快。经历多了，"黑牡丹"不但对男女情爱感到麻木，还练就了逢场作戏的本领，让男人在达到目的前成为唯命是从的"奴隶"。一旦利用完对方,就脸不红、心不跳地抢先一脚将对方踹开,绝不给对方"从奴隶到主子"的机会。每当看到被抛弃的男人难以自拔的丑态时,"黑牡丹"就会有报复后淋漓尽致的快感,这种感觉甚至比男欢女爱还要来得强烈。当然,她有时也觉得自己像可恶的资本家,榨干对方剩余价值后,就翻脸不认人。

停稳手拉车,张可富捡块石头塞入车轮,然后走到"黑牡丹"跟前嚅嚅嗫嗫问道:"你去哪?我送你。"

"黑牡丹"瞥了一眼对方,十拿九稳地撇嘴抱怨:"这么脏,我可不坐。"

张可富利索地脱下身上的外套平铺在车上,回身一脸惶恐地问道:"这样行吗?"

"一样脏,不坐。""黑牡丹"说完嘟起嘴角佯装不乐意。

唇干口燥的张可富像是被人揭了短,干搓手指低声下气地问道:"那我去拿干净的床单行吗?"

"算了,扶我起来,本姑娘将就着坐坐吧。"

张可富抹去额头沁出的虚汗,弯腰搀扶"黑牡丹"慢慢挪到车上。等对方坐稳后,撤去车轮下的石块,疾步跑到车把前,四平八稳地向县城走去。

看着月光下弓身向前小心用力的背影,"黑牡丹"一点儿也没感动。按规律,男人甘愿当"奴隶"也就十天半月,最长不会超过两个月,届时就算自己还想当"女王",那也不可能有机会。听着夜幕下车轮发出的"吱吱"声,"黑牡丹"觉得有点空虚,百般无聊的她干脆打听起了对方:"你是炼油厂工人?"

"嗯。"张可富应了一声后补充,"原是望海棉场的工人。"

"命真好。"

张可富听了摸不着头脑,追问:"什么?"

"你是工人老大哥,地位高,不像我们,没有工资,没有保障。"

张可富一时接不上话,只好闷头拉着车。看对方无语,"黑牡丹"又主动问道:"你叫什么?"

"张可富。"

"这名字不好。"

张可富啼笑皆非,可扭头看对方一本正经的样子,只能随口应和:"我也觉得俗气。"

"黑牡丹"嗤之以鼻:"名带富,可都穷。"

"就是,就是。"

"你还是把'富'改'长'吧。"

张可富没有察觉"黑牡丹"是在戏弄,连着念道:"张可长,张可长……"

"你看看,就改一字,你就成领导了。"

张可富恍然大悟,"可长"和"科长"谐音。随着身后女人"扑哧"一笑,张可富脸上紧绷的肌肉放松了许多。

"你还没问我叫什么?"

对"黑牡丹"的好意提醒,张可富直言:"我知道你,但不知道真名。"

知道我名声还帮我?明摆着想揩老娘油,可不能让他白揩油。"黑牡丹"脑子一转,说:"你给我弄些腌旁元蟹。"

对几近命令的口吻,张可富没觉得不适,反而一口应承:"好的。"

两人你一言我一语、有一搭没一搭的闲聊。终于,在"黑牡丹"的指挥下,到了一个大宅院门前。

"停,到了。"

下车后,"黑牡丹"抽回被张可富搀扶的手,挥了挥手:"回去吧,我自己会走。"

"嗯。"张可富应声拉起车慌慌张张往回赶。夜色中的朱门白墙、红砖黑瓦、石阶木窗显得那样冷清与孤寂,巷子像条幽深走不尽的峡谷。听着车轮在青石板上摩擦发出的"吱呀"滚动声,看着墙角处蔓延的青苔,张可富觉得自己像条在流淌小河中漂泊的小船,不知在何处港湾停泊。他忍不住回头看了一下,蓦然看到一只野猫正蹲在屋檐上,圆球似的眼睛警惕地盯着巷中的陌生人。心慌意乱的张可富就像第一次在棉场值夜,只是当初是盼见到人,哪怕是陌生人。现在却是怕见到人,即便是陌生人。如果让人看到自己半夜和"黑牡丹"在一起,那明天"桥头老三"就会天花乱坠地编出许多风流事。

走出县城,看四下无人,张可富把车拉到边上,拿起被"黑牡丹"垫在屁股下的外套,凑到鼻前深嗅了一口。顿时一股异香扑鼻而来,这香味他从来没有闻过,似花香非花香,似肉香非肉香。沁人心脾的异香像有魔力,让他精神振奋,让他飘然欲仙。张可富闭上眼睛又使劲长嗅了几口,旋即脱下内衫,贴身穿上外套,患得患失地拉着手拉车往回走。

还车后回到值班小棚,张可富把外套蒙在脸上,一点睡意也没有。惆怅与纠结中,突然想起"黑牡丹"让自己腌旁元蟹的指令,于是翻身下床,拿上脸盆和锅盖,径直向泥涂跑去。

夜幕下,被外堤围拢的泥涂就像绵延铺展的巨大黑色绸缎,再也听不到"哗哗"的海浪拍岸声,也看不到海浪与岸一波又一波的恋恋不舍的吻别场景,泥涂上爬满了各种小蟹和跳鱼,它们为长时间的安静祥和而狂欢。可一旦有人靠近,这些小生灵迅疾钻进洞穴,瞬间就不见了踪影。

外人眼里如泥牛入海的小蟹和跳鱼,在从小海边长大的张可富看来,它们像是钻进了死胡同,只要自己出手,必手到擒来。

张可富光脚下到泥涂,借着月光观察洞口上的爬行痕迹,判断出洞内是小蟹还是跳鱼。张可富喜欢吃跳鱼,可今天他一改往日的捕捉习惯,专挑小蟹,而且只要旁元蟹,不管伸手抓到的是招潮蟹还是"和尚蟹",一概弃之,唯独旁元蟹才会被他扔进盆。不到两小时,脸盆里已听不到旁元蟹慌乱爬动的声音。

上岸打水冲净旁元蟹后,天已开始放亮。张可富跑到船工处,用粮票换了半瓶黄酒及盐、生姜、大蒜等调料。下班拎上腌好的蟹去搬运队,可没看到"黑牡丹"。一打听,说今天没上工。担心"黑牡丹"脚伤加重,张可富当即回住所拿上钱,向同事借了辆自行车,匆匆向县城赶去。

张可富先在县供销社称了一斤华夫饼干,再到"黑牡丹"家。白天的大宅院不再是简约、隐晦、庄重的剪影,而是立体、亮丽、巍峨的全貌。停车上锁,张可富扫了四周一眼,攥紧手中网兜,抬脚进了大门。

这座硬山顶式建筑是典型的南方四合院,庭院幽深,两层近二十间木屋建在青石板地面上。耸立的马头墙、青砖上的苔藓、斑驳的窗棂、门前的石礅子在相映成趣中,似乎喃喃诉说着老宅原主人当年的殷实家境。由于院落里被人搭建起一间间砖瓦房,原本空旷的四合院显得有点逼仄、扎眼。

见有陌生人进来,正在院门内拆纱手套的女人停下手中的活问道:"同志,你找谁?"

张可富懊恼昨晚没问"黑牡丹"真名,只好赔起笑脸含糊其词地答道:"我来看脚扭伤的朋友。"

"陈萍?"

陈萍?张可富不敢冒失确认,若拎着东西进门发现陈萍不是"黑牡丹",那岂不尴尬?就在他思忖如何应对时,前面砖瓦房里传来叫嚷声:"张科长,你来了?"

张可富被叫得脸红耳燥，拆纱手套女人起身探问："你是哪里的科长？"

张可富越发窘迫，连连摇手："我不是领导，我是江南炼油厂……"还没说完，又传来"黑牡丹"的叫声："张科长，我不方便出门迎接，你自己进来吧。"

"哎，你不要动，我来了。"张可富应声正要迈腿，拆纱手套女人伸手拦着央求："张科长，能不能帮我弄几副手套？"

"唔，好的，好的。"张可富忙不迭应诺后绕过对方，疾步向砖瓦房走去。

房门半开半掩，张可富探头一瞧，正斜躺在摇椅上的"黑牡丹"有气无力地招呼："进来吧。"

"哎。"张可富应声推门而入。可进门后动作瞬间就变得迟钝，捏着门沿不知是该关上还是仍旧半掩。

"把门关上吧。"

"噢。"

刚关上门，"黑牡丹"伸脖吸了几下鼻子，问："你带'旁元蟹了'？"

张可富赶紧把网兜放到地上，边取盆边说："刚做的，你尝尝。还给你买了些华夫饼干。"

"为什么买给我？"

张可富答非所问："脚好点没？"

"痛，比昨晚更痛，所以没去上工。"

张可富这才把视线移向对方的脚，红润光滑的皮肤刺得他心怦怦乱跳，鼻子仿佛又闻到醉人的异香。他脸一红，继续垂下头劝道："这几天就别去干活了，好好休养休养。"

"唉——""黑牡丹"长叹了一口气，自怨自艾地问道，"那我吃什么，总不能饿死吧？"

"这月我值夜班,白天休息,我来做饭。"

张可富细如蚊蚋的声音还是清楚地飘进了"黑牡丹"耳中,她睥了一眼对方,加重了语音:"你——?!"

张可富触电似的抬起头央求:"就让我来给你做饭吧。"

看"黑牡丹"盯着自己,张可富又红着脸埋下了头,好像对方投来的不是目光,而是灼热的弹药,让人不得不趴下躲闪。"黑牡丹"让人很难察觉地冷笑了一下,挑眉问道:"不怕人家说闲话?"

张可富虽仍埋着头,但语气异常果断:"我不怕,谁爱搬弄是非就让他烂舌头吧。"

"黑牡丹"的心颤了一下,但也就仅仅一颤而已。类似的话不少男人说过,尤其是第一次听到那个脸上有三条刀疤的男人说这话时,"黑牡丹"的眼泪像断了线的珠子,齐刷刷地滚落,脸紧贴对方"咂咂"作响的胸口,双臂攥紧粗壮的脖子,像溺水者生怕失去刚抓住的木板。可没想到一个月后,唯命是从的女王秒变成刀疤男唯恐避之不及的灾星,刀疤男消失得无影无踪。这种昙花一现般的绽放和凋谢,让"黑牡丹"在一次又一次的伤痛中清醒过来,从此不但不再相信这些鬼话,更不会为此感动,还因此练成精明的"商人",学会待价而沽,一次次成功地把某段时光高价卖给"揩油者"。只听"黑牡丹"懒洋洋地说道:"行,那就这样吧。"

"谢谢,谢谢批准。"张可富语无伦次地谢过后,起身手脚利索地干起了活。"黑牡丹"则心安理得地打开袋子吃着华夫饼干,甚至都懒得看一眼忙碌的张可富。在她眼里,家里进的绝不是勤劳的小蜜蜂,而是只令人恶心的苍蝇。

临近中午,张可富殷勤地搀扶着"黑牡丹"到桌边坐下。"黑牡丹"瞟了一眼,桌上只有两个菜,一个是炒青菜,另一个自然是张可富带来的旁元蟹。

"今天没买菜，委屈你了。"张可富干搓着双手一脸的内疚，好像照顾"黑牡丹"是应尽的责任。

"嗯。""黑牡丹"大大咧咧应了一声，伸筷夹起一只旁元蟹，吸了一口汁水，觉得咸淡适中，鲜香盈嘴，沉睡已久的味蕾瞬间被激醒了。她利索地用嘴咬开蟹盖向两边一啜，蟹黄倏地滑进了小嘴。

"你也吃呀。"吐出蟹盖抬眼看张可富还站在边上，"黑牡丹"含糊不清叨咕一句后，埋头咬去蟹的两鳃和蟹脐，旋即把蟹身往嘴里一送，上下门牙嵌入蟹的两股间，轻轻一咬，一半进了嘴，一半仍在筷上。

张可富觉得"黑牡丹"不是在吃蟹，而是在进行一场舞台表演。望着正在咀嚼的紧闭的小嘴，张可富真担心蟹爪会戳破娇嫩的口腔或卡入牙缝。

一只旁元蟹落肚后，"黑牡丹"咂嘴夸道："手艺不错！"旋即端起饭碗，挑了一口米饭送进嘴，又夹起了一只旁元蟹。

一餐饭结束，"黑牡丹"面前桌上软绵绵的蟹鳃、硬邦邦的蟹脐和蟹盖堆成了小山。

由于晚上要值班，张可富临走前给暖水瓶灌满热水，叮嘱"黑牡丹"记得晚上热敷，还把提前烧好的饭放入"饭草窝"里保温。

次日，张可富再次出现时，"黑牡丹"大吃一惊。他一只手里提的篮内的食物堆得几乎塞不进手，另一只手还提了只鸡和昨天装蟹的盆。看对方吃惊的表情，张可富佯装委屈地问道："怎么才过一天就不认得我了？"

"呵呵。""黑牡丹"勉强笑了笑，淡淡声明，"这么多东西，我可没钱付你。"

张可富赶紧岔开话题："这几天吃好点，恢复快。"

这几天？"黑牡丹"心里冷冷一笑，好吧，那就这几天安心大吃大喝，大不了老娘让你揩回油。于是，"黑牡丹"歪了歪嘴，毫不客气地说道："那我就不客气了。"

杀鸡、洗菜、做饭，忙碌了大半天后，因没借自行车，张可富下午收拾完就要动身回厂。刚迈出院大门，拆纱手套女人悄无声息地跟了过来，毫不见外地提醒张可富："张科长，我托你的事是不是给忘了？"

张可富这次没有不好意思，满口应允："记得，记得。这几天我有点事，忙完后一定带给你。"

拆纱手套女人松了口气，旋即挨近身子压低了声音："张科长，在'破鞋'家你可小心，别被她……"

张可富先是一愣，同为邻居怎么能背后捅刀？望着那张大饼似的麻脸，他脸一沉，毫不客气地打断了对方的话："我知道分寸！"

麻脸女人很会看脸色，立马刹车迎合："就是，张科长肯定能掌握分寸。"

回厂冲完澡后，张可富翻出积攒的纱手套，虽心里不乐意，但为了陈萍，还是用网兜装了十副。

第二天刚到院门，麻脸女人正好迎面出来。接过纱手套，麻脸女人乐得满脸开了花，连连道谢后说："我一定会保护你这个好心人。"

张可富大为不解："保护我什么？"

"不上'破鞋'的当呀。"

张可富本想抢白对方几句，可想到抬头不见低头见，就不轻不重回了一句："不用你操心！"说完，扔下一脸不解的麻脸女人，径直迈进了院门。

一周后，"黑牡丹"不但能正常行走，而且脸颊也红润不少。这天，张可富照旧收拾好碗筷准备离开，"黑牡丹"却叫住了他："等一下。"

"还有什么事?"张可富抬眼与对方眼神一撞,立即垂下了眼帘,就像是被炮弹击中的飞机,迅速向地面坠去。

"黑牡丹"心里暗乐,这个男人的确与以前交往过的男人不同,即使已同桌吃饭一周,可他还是不敢正视自己,更没有丝毫的挑逗言行。看来若自己不主动,他绝不会越雷池半步。想到这里,她先不紧不慢关上窗,拉上窗帘,转身缓步走到张可富面前,问:"今天是礼拜天,你应该不用值班吧?"

"嗯。"看到阳光被窗帘遮挡后,张可富像一株蔫了的树苗。

"黑牡丹"指着边上椅子笑盈盈说道:"那就多陪我一会儿吧。"

"好。"张可富颤声应答后,仍僵硬伫立在原地。

"黑牡丹"干脆一把拉上张可富,引着他坐到椅上。随后又拖了把椅子坐在张可富对面,一边膝盖有意无意地蹭对方,一边心不在焉地说道:"这些天多亏了你照顾。"

"嗯。"张可富嗓子像是被塞了一团棉花,只能简单地颤声应答。

看着对方窘迫的样子,"黑牡丹"反手捂嘴哧哧笑了:"放松点嘛,我又不是老虎。"

张可富缓缓抬起眼,只见对方正歪头望着自己,闪亮眸子让他的喉咙既像是被灼伤,又像是被撩拨,似烫似痒。晕眩中,他终于艰难地发出干涩的声音:"我……"

"黑牡丹"把头发向后一撩,顺手插进张可富的手心,发现那掌心全是汗。她一边缓缓把头靠向张可富大腿,一边抬起张可富的手掌贴在自己脸上。刚触碰,张可富就像通上了电,浑身哆嗦。老练的"黑牡丹"会心一笑,颇有耐心地摩挲起张可富的大腿。张可富像是被激怒的雄狮,喘着粗气一手搂过"黑牡丹"的脖子,另一手插入小腿,"腾"地抱起对方,也顾不上倒地的椅子,匆匆向里间走去。

"黑牡丹"顺势搂紧张可富的脖子,咬着耳朵娇嗔:"轻点嘛。"

就这紧要关头,突然窗外有人叫道:"当心,千万别上坏人当!"

这叫声像是孙悟空的定身法术,张可富立马愣在原地没法动弹,羞愧像潮水凶猛扑来,瞬间冲垮摧毁了原始的冲动。"黑牡丹"倒是置若罔闻,脸不改色心不跳地咬着张可富的耳朵催促:"别停,把我抱进去。"

"好人可不能走错路,好人可不能走错路!"

室外的声音依旧不挠不折地穿过窗户射进房内。张可富早已听出是麻脸女人,心想,看来她真要践行"保护"他的承诺。想到这半个月一直被人暗中盯视,张可富既愤恨又害怕。

看张可富呆若木鸡地抱着自己一动不动,"黑牡丹"抵着他的鼻尖轻晃双腿撒娇:"快把我抱到床上!"

张可富却像一尊雕塑,不但一动不动,连粗重的喘气声也没了。

"害人终究要害己!"

窗外再次飘进不高不低的声音。这话虽然不是冲张可富来,可他如同被浇了一盆冰水,他冷静地放下"黑牡丹"。落地后的"黑牡丹"冲到门口猛地拉开房门,指着转身离去的麻脸女人骂道:"臭寡妇,你想干什么?"

麻脸女人也不示弱,转过身回应:"寡妇不丢脸,到底谁臭、谁丢脸大家心知肚明!"

见"黑牡丹"欲冲出门,张可富伸手一挡:"别吵,回去!"

"黑牡丹"瞪了一眼麻脸女人,转身进了房间。张可富皱着眉头朝麻脸女人挥了挥手,也不搭理对方,更没有理会看热闹的邻居,转身关上了门。看着紧闭的大门,麻脸女人摇了摇头,一声叹息后也走了。

"黑牡丹"扑在张可富身上轻声啜泣。虽然门掩上了,但张可富觉得房间里到处是一双双穿透砖墙窥视的眼,令他极度的不安。他拍了拍"黑牡丹"的肩膀,说:"我回去了,明天早上再来看你。"

"黑牡丹"抬起脸,泪眼婆娑地望着张可富:"如果你不怕,今天就留下陪我。"

"我不是怕,我担心对你影响不好。"

"我什么也不怕,你不用担心我。"

看着"黑牡丹"一副惹人垂怜的纤柔样子,张可富突然觉得自己高尚了起来,轻轻拍了拍对方的肩膀,他一字一句地强调:"萍,千万别说气话。当然我也不能因为帮了你而占便宜。"

"黑牡丹"听惯了男人求欢前或求欢过程中的陈词滥调,当然,那全是假话、胡话、鬼话。事实也证明男人在得逞后,没有一个再会搜肠刮肚地用甜言蜜语讨好,甚至连重复的话都不肯说。可眼前这个男人不但任劳任怨为自己忙碌了一周,而且还不占便宜,真想不出世上还有这样的男人,至少是第一次遇到这样的怪人。如果不是刚才见证过他的"正常",还真要怀疑这个男人是不是有"病"。"黑牡丹"抬眼直视张可富,大胆地挑明:"我没有认为你要占我便宜,你若要我,我随时给你。"

张可富不敢迎合"黑牡丹"灼热的目光,躲闪着眼神说道:"那我走了……"

话音未落,"黑牡丹"勾紧张可富的脖子,踮脚亲了一下他那欲言又止的灼热双唇。不等张可富反应过来,"黑牡丹"已松手转身拉开房门,依依不舍地望着张可富离去。

当晚全城下起了大雨。次日一早,张可富接过"黑牡丹"递来的干毛巾,一边擦脸,一边看着正在滴水的房顶问道:"房子漏雨了?"

"黑牡丹"见怪不怪地笑道:"好多年了,里间也漏。"

"我进去看看。"

没想到里间漏得更严重,不光地上放了一只桶,樟木箱上也放了一只深锅。张可富爬上叠在桌面上的椅子，很快查明漏水系房顶油毛毡和瓦片破损所致。想要解决并不难，只需晴天铺上新的油毛毡，再换掉破损的瓦片即可。瓦片用不了几块，可以向存放院落待用的住户讨要几块。但油毛毡却很紧缺，就算有钱也买不到。望着滴水的房顶，张可富只能在巧妇难为无米之炊的感叹中束手无策。

两天后，伤愈的"黑牡丹"再次到炼油厂的望海搬运队上工。这天厂里新到一批物资，张可富没有参加最后的围堤决战，而是被调到仓库当搬运工。也是巧了，这天的物资里刚好有一批油毛毡。当崭新油毛毡扛上肩，张可富立马起了邪念，决定今晚偷一桶给"黑牡丹"修房顶。

晚上十一点，张可富约上"黑牡丹"推着自行车来到仓库外。确认四周无人后，张可富让"黑牡丹"守着自行车候在原地，自己则翻身进了仓库。不出所料，远处的值班房一片漆黑，除了虫鸣声，不见人影。张可富熟门熟路摸到堆放油毛毡的大棚，扛起一桶就往回走。到围墙边放下油毛毡，又悄声扛来白天藏好的简易木梯。竖稳木梯，张可富扛起油毛毡利索地爬上梯，成功把油毛毡搁在了围墙上。看"黑牡丹"上来伸手要接，张可富赶紧摆手示意她别靠近，然后骑上围墙，拎起梯子竖靠在墙的另外一侧。等人移到梯上站稳，再慢慢扛起油毛毡下梯。看油毛毡成功搁上自行车后架，"黑牡丹"兴奋不已，若不是张可富的"嘘"声，她真想欢呼雀跃。

两人推着驮着沉重油毛毡的自行车才走了十多米，发现前面有人过来，张可富反应极快，不等手电筒照过来，迅速把车架后的油毛毡一推，"嗵"的一声，油毛毡顺势滚落杂草中。随后他一手推自行车，一手搂着"黑牡丹"快步向前走去。

"站住！"听到响声，几只手电筒朝这边照来，七八个人马上把张可富和"黑牡丹"围了起来。

张可富抬手遮了一下强光，隐约认出带队的是密汉民，暗叫不好，强打起精神挺起胸膛。看清是张可富后，密汉民把手电筒转向"黑牡丹"，上下扫了一番，皱起眉头问道："三更半夜到仓库干吗？"

看对方并没有发现赃物，"黑牡丹"白了一眼，不卑不亢淡定地反问："谁规定晚上不能出来走走？"

"放老实点！"密汉民呵斥后上前检查完自行车，虽然没发现任何问题，可口气像早已察觉端倪，"老实坦白，偷了什么？"

不等张可富开口，有夜巡队员在不远处大叫起来："密科长，快看！"

众人目光转向前面蹲着的夜巡队员，只见他手上手电筒的光牢牢锁在地面上的一桶油毛毡上。密汉民顿时乐得合不拢嘴，张可富则像泄了气的球，立刻瘪了下来，但嘴上仍故意问道："谁这么粗心？怎么把东西落在这里没进库？"

张可富掩耳盗铃式的责问让密汉民甚为恼火，这简直是在戏弄自己。他眼一瞪，挥手下令："把这对盗窃公物的狗男女给我绑了！"

夜巡队员刚准备动手，后面又有一道手电筒光射来，并伴有人大喊："抓贼呀，有贼了——"

原来仓库值班员半夜尿急打着手电筒走到围墙边，瞌睡蒙眬刚准备"释放"，突然前面外墙传来重物落地声。难不成有人来偷东西？这一想，人顿时惊醒了，也顾不上尿尿，系上裤子就打着手电筒向外赶。拐过墙角，刚好听到密汉民下令绑人，无意又看到靠在围墙边的木梯，于是就大喊起来。

密汉民把手电筒光扫到仓库值班员脸上："你发现什么了？"

仓库值班指着围墙边的木梯："有人翻围墙偷东西。"

"都是我干的，跟他无关！"看事已暴露，为了保护张可富，已被压得蹲在地上的"黑牡丹"干脆把事全揽了过来。

密汉民戳着地上的油毛毡讥讽："你把它从围墙内扛出来，我就算你一人干的!"

被五花大绑的张可富心一横:"她碰也没碰,是我干的,该怎么处罚就怎么处罚吧。"

"你还真把自己当英雄了?"张可富的仗义让密汉民越发恼火。心想齐民奎要求大事必须即刻汇报,要事处理不能过夜,如果没有及时汇报,功就会成过,表扬变批评。既然齐书记多次强调要保卫好建厂的物资,任何偷盗行为都要及时严肃处理,密汉民索性把手一挥:"走,让齐书记来处理他们。"

于是,一行人连夜押着张可富和"黑牡丹"来到了齐民奎所住的民房。

七

听完张可富的"供词",齐民奎平静地问张可富:"为什么偷油毛毡?"

张可富朝"黑牡丹"努了一下嘴:"她家房顶漏水很严重,急着要修。"

齐民奎继续不动声色地追问:"为什么不自己去买材料?!"

"没钱,就是有钱也买不到。"

听张可富答得如此干脆,齐民奎眉毛一挑,眼球喷射出怒火:"你家现在缺什么?"

张可富被问愣了,琢磨不透书记的用意,迷茫地望着对方。没想到齐民奎催促着提示:"说吧,你想给家添点啥?"

张可富只好吞吞吐吐边想边说:"自行车……桌子……樟木箱……"

"够了!"齐民奎怒不可遏地打断了张可富的话,厉声吼道,"这些厂里都有,是不是没钱买,你也想到厂里偷?"

不容张可富辩解,齐民奎果断下令:"关到会议室,交代盗窃过程,明天交厂党委会严肃处理!"

在场有两人听了齐民奎的决断之后暗自叫苦不迭。一个是"黑牡丹",觉得害惨了张可富,如果处分重,日后怎么向他交代。另一人是杨昌祥,听齐民奎要把这事交给党委会严肃处理,那潜台词不

就是要开除张可富吗？作为领导，他也理解杀鸡儆猴手法，如果今晚这事不能以儆效尤，那以后偷盗风会更甚，甚至会影响建厂大业。杨昌祥虽然对张可富的日常所作所为不满意，甚至有点反感，但毕竟同是棉场转来的，无论是感情还是责任，都应该想办法帮张可富一把。可从当前的势态来看，自己根本插不上话，开口反而会把事弄得更糟。

夜巡队上前要押走两人，"黑牡丹"突然挣扎着跑到齐民奎面前，"扑通"一声跪地哭着央求："大领导，求求你就处理我一个人吧，一辈子关大牢也行。张可富真的是好人，我活到今天，还没有一个男人肯不占便宜来帮我，我不能害了好人呀。"

夜巡队员上来要强行拖走"黑牡丹"，却被齐民奎制止了。齐民奎一直看不起下跪之人，认为那都是没有骨气的人，既可悲又可耻。他们或为苟且偷生，或为一己私利，愿屈膝下跪求人。可现在跪伏脚下的"黑牡丹"不是为自己哀求，相反宁可重判自己，也要保护别人。经历过白色恐怖的齐民奎懂这种情感的珍贵，前任妻子当年就因为保护他而惨遭汉奸的杀害。同时，齐民奎对张可富也刮目相看，今天若不是盗窃公物，真该好好表扬这样的年轻人，甚至可以作为"学雷锋"的标兵向省里推荐，可一步错只能满盘皆输。"咳咳。"齐民奎清了清嗓子，面无表情地强调，"起来吧。把事情交代清楚，组织绝不会冤枉人，更不会害人！"

话音刚落，密汉民便不耐烦地催促夜巡队员："快，把这两个盗窃分子押到会议室！"

两个夜巡队员一左一右粗暴地拎起"黑牡丹"，"黑牡丹"边挣扎边央求："求你们放了张可富吧，我不能害了他。"

张可富脖子一梗，大声叫道："陈萍，不要求他们，大不了被开除回家！"

密汉民气不打一处来，这哪像是被抓的盗窃分子，分明是赴刑场慷慨就义的英雄。他亲自跨步上前，一手压住张可富的脖子，一手用力抬对方手臂："走！"

张可富和"黑牡丹"的双肩被各自的押送者压得向前一弯，不由自主地迈起了步。"黑牡丹"努力把头侧向张可富，含泪说道："对不起。"

张可富心事重重地咧嘴笑了一下，没有应答。

等众人散去，看齐民奎若有所思地站在原地，杨昌祥犹豫片刻轻声叫道："齐书记。"

"嗯。"齐民奎看了眼杨昌祥，抬手捋了一把头发，"有事？"

"齐书记，我……没管好队伍，我……有责任……"

齐民奎抬手制止了杨昌祥，问："张可富以前各方面表现怎么样？"

书记难道有放张可富一马的念头？杨昌祥斟酌一番后如实汇报："这年轻人脑子灵，平时爱耍滑头，工作虽不是很积极，但也能完成任务。平时对领导蛮尊敬，尤其是心眼一直不错，爱帮人。"

杨昌祥对自己打了腹稿的先抑后扬式点评汇报还是比较满意的，既说明了张可富的个性问题，又点明了此人属于可教育的人。果然齐民奎坦然说道："我平时痛恨偷盗公物的人，但这次我却恨不起来。"

杨昌祥顺水推舟："书记爱兵如子，不放弃可教育改造好的职工。"

齐民奎并不接受这样的奉承，摇了摇头："作为领导，若光知道爱，那就是变相讨好职工，最终不但害集体，也会害国家！"

杨昌祥本就不太会说话，被齐民奎这一驳斥，张嘴结舌接不上话来。已无睡意的齐民奎走到石阶前，一屁股坐定后，朝杨昌祥招了招手："坐！"

等杨昌祥挨自己席地坐下后，齐民奎从口袋里摸出香烟，递了一根给杨昌祥。杨昌祥接过咬上烟,掏出火柴,划亮凑到齐民奎面前,等对方点燃烟后,再回手给自己也点上。

齐民奎深吸一口烟吐净后,虚望着缥缈的烟雾不急不缓地说道:"作为领导,我们不光心中要对职工有爱,也要会严管,没有规矩就不成方圆。"说到这里,齐民奎用夹烟的手指了指前方,"你细想一下,这么大的工厂若没有规矩,职工不就自由散漫了吗?如果人人想挖工厂的墙脚,那我们什么时候才能建好厂?什么时候造福职工?中国什么时候能够赶英超美?"

见杨昌祥点点头没有吭声,齐民奎接着说道:"其实带职工搞生产并不比带兵打仗容易,尤其像我们这样的大工厂,职工来自五湖四海,不光生活习惯差异大,而且思想觉悟也有差别,处理或引导不对,就有可能人心涣散,做不成任何事。"

杨昌祥以为齐民奎是批评老棉场职工的思想觉悟低,于是赶紧申辩:"书记,其实张可富在原棉场也是个例,大多数职工是有政治觉悟的。"

对杨昌祥把思想觉悟改口为政治觉悟的用意,齐民奎心里自然一清二楚,就直爽纠正:"我可没有说原棉场职工比别处来的职工素质要差,而且张可富就是张可富,你都代表不了整个棉场,他更不用说。"

杨昌祥像是被人点中了要穴,一时语塞。齐民奎弹去烟灰猛抽一口,吐尽烟后问:"那女人的情况你掌握多少?"

"齐书记,那个女人叫陈萍,绰号'黑牡丹',名声很差。父母早亡,现一个人过。前些日子征集到望海搬运队,在我们厂做搬运工,听说崴脚休息了一周,是张可富在照顾她……"

"崴了脚?"齐民奎打断了杨昌祥的介绍,扭头问道,"你去看过她吗?"

杨昌祥连连摇手申明:"齐书记,我和她没有任何接触。"

齐民奎脸一沉："人家虽然不是我们的职工,可在这里伤了脚,你作为领导为什么不去看望一下?为什么没有人汇报厂部?"

杨昌祥一脸蒙："书记,她是工余时伤的,和我们厂没有关系。"

"乱弹琴!"齐民奎又动气了,"我们厂的建设需要地方的支援,需要群众的支援,没了群众这个基础,说轻了会耽误建厂大事,说重了可能一事无成!"

杨昌祥恍然大悟,原来书记的意思是要和地方群众打成一片。看齐民奎手中的烟快燃完,杨昌祥赶紧递上一支。齐民奎没接,捏着烟头在地上拧灭后,拍了拍杨昌祥的肩说:"毛主席教导我们,团结了更多的人,阻碍就少些,事情就容易办得通。行了,情况我都知道了,你也回去休息吧。"

杨昌祥虽还有许多话要说,也只好起身和齐民奎握了握手。等对方转身离开后,也拍了拍屁股向寂静无声的住处走去。

厂党委第二天就做出了关于张可富盗窃未遂的处理决定。不出杨昌祥所料,张可富果真没有被开除。虽结果不是很糟糕,但处分也不轻。张可富不但被扣奖金一个月,而且从原先的生产操作岗调到食堂工作。江南炼油厂的人都知道,食堂犹如大宋王朝的沧州,往往犯了错的职工会被"充军发配"当厨师。

听了处理通报,张可富又喜又恼。喜的是一夜过去,"铁饭碗"居然没被砸碎;恼的是从操作工变成了厨师。虽然新工作和医生一样穿白大褂,但他觉得两者有着天壤之别:医生是救护人,受人尊重;厨师却是伺候人,受人歧视。

"黑牡丹"笑逐颜开,担心、纠结一夜的心结终于消除,可旋即又陷入深深的恐惧中。昨晚那位书记不是说要严肃处理吗?现在对张可富的处罚轻了,那自己是不是真要去坐大牢了?惶恐中,那个密科长进来直接对她喝令:"带我去你家!"

张可富甚为警觉,插嘴问道:"密科长,你去她家干吗?"

密汉民转身声色俱厉地提醒:"她是你什么人?还想管她不成?"说完,手戳前方吼道,"马上给我去食堂报到!"

毕竟刚犯过错,张可富不敢嘴硬,垂头丧气地向食堂走去。"黑牡丹"暗暗叫起冤来,东西没偷成,人却要蹲大牢。可想到既然没给张可富带来大麻烦,坐牢就坐牢吧,至少不用为吃饭而发愁。于是心一横,对密汉民说道:"走吧。"

出楼后,密汉民径直上了一辆等候在门口的吉普车。看对方利索地关上副驾驶门,"黑牡丹"不知所措地呆立车旁,不知是否该跟着上车。密汉民从车窗探出头来,没好气地催促:"磨蹭什么?赶紧上车!"

"噢。""黑牡丹"应了一声,摸着把手却不知怎么打开车门。

密汉民只好下车拉开车门,等"黑牡丹"钻进车厢坐稳后,想自己坐回副驾驶犹如警卫员,且停车还得下来给这女人开门,于是也钻进车厢坐在了"黑牡丹"旁边。

生平第一次坐小车的"黑牡丹"肆无忌惮地东张西望,由于司机挡了表盘,她就朝密汉民这边倾上身伸细脖张望。别看密汉民平时一脸的严肃,其实内心里风流且轻浮。他对"黑牡丹"扭着身子东瞧瞧西看看的行为不但不反感,反而有种想偷窥紧身衣裤下曼妙胴体的欲望。密汉民和老婆都是北方人,老婆当年长得也算标致,可没想到结婚生子后,身体就像发酵的面粉团,天天膨胀。原先紧绷的脸开始肥肉颤动,杏儿一样水汪汪的眼睛,现在一笑成了一条缝。脖子似乎也被脸压塌了,脑袋直接顶在肩上。更要命的是腰上那一层盖一层的赘肉,近看像层层叠叠的浪,远看像是套了几个救生圈。不但以前的衣服穿不了,新布料也越来越难买,穿绿色像邮筒,穿黄色像柚子,穿灰色像狗熊。

这时，几缕长发随风飘在密汉民脸上，鼻孔里随之钻进年轻女性特有的气息。密汉民忍不住暗暗扩张鼻孔，贪婪地深吸了一口。耳边传来细长的吸气声，"黑牡丹"先是暗吃一惊，难不成边上这个领导也和以前那些小混混一样好色？怎么办？"黑牡丹"突然被自问给逗乐了，有什么好担心的，若对方真有这样的意图，那一切就好办了。想到这里，"黑牡丹"故意借着车的颠簸向密汉民身上再靠了靠，对方不但没有呵斥，更没有避开。"黑牡丹"佯装慌张坐直身，转脸朝密汉民歉意一笑。只见密汉民虽闭着眼假装休息，可神情却颇不自在。有戏！"黑牡丹"开始盘算起如何拉这个男人落水，她现在太需要领导帮忙了，这人也许能帮自己度过眼前的灾难。

密汉民似乎感觉到了什么，拉了拉衣服下摆，扭头看车外的风景。

车进胡同引来众人的注目，到院子门口停稳后，"黑牡丹"大大咧咧地跟着密汉民下车，径直向家门走去。进屋后，"黑牡丹"把门一合，自觉地问："领导，要关我多久？"

"什么？"密汉民被问得莫名其妙。

"不是要送我坐牢吗？我得算一下带多少衣服呀。"

密汉民灵机一动，估计这女人不知道厂党委的决定。由于调查得知整个偷盗行为系张可富一人所为，所以厂党委不但不处罚"黑牡丹"，而且还派自己来帮她解决房子漏水问题。既然如此，干脆这好人自己来做。想到这里，密汉民难得露出笑脸："你不用怕，我不但不会送你去坐牢，而且还要帮你修好房子。"

"黑牡丹"傻眼了，怎么不但不用坐牢，还有人帮着修房？密汉民正准备暗示对方知好歹，蓦然发现窗外居然探进几颗小脑袋。虽然有人一声训斥后，几颗脑袋闪没了，可膨胀而起的欲望顿时也跟着跑了。密汉民猜测此时外面正有许多双眼睛盯着自己，于是暗自提醒自己：这里不是"做事"的地方，得尽快走人。

查明漏雨原因后,密汉民推门而出,不顾围观人群,背着双手提高嗓门说道:"明天早上我派人过来修房,不要走开。"

"好,谢谢领导。"

第二天,果然来了三个人,不消半天就处理完了房顶。谢过并送走人,"黑牡丹"草草吃过晚饭,见没什么事可做,于是又翻出了高中的数学课本。

"黑牡丹"对数字似乎有着一定的天赋。"文革"前那两年,她一直是数学科代表,老师的表扬和同学的羡慕,让她对阿拉伯数字有了浓厚的兴趣。可四年级后,学校教育乱了,学生的大部分时间是在田地劳作。那时的"黑牡丹"不但分不清自己到底是小学生还是小农民,也分不清父亲究竟是工人还是战士。热衷武斗的父亲在一次"战斗"中不幸丧命。两年后,在农资厂上班的母亲莫名得了怪病,脸越发的消瘦,可肚子却一天天鼓胀,最后在流言蜚语中死去,撇下无亲无故的"黑牡丹"。出于对数学的喜欢,"黑牡丹"在"扫四旧"中,偷藏下各阶段的数学课本,并通过自学和演算练习题,居然啃懂了这些课本上的内容。由于不懂代数与几何中的字母与符号的读音,她结合扑克和象形,自创了学习方法:把"a"读成"皮蛋",把"b"读成"老六",把"c"读成"缺口",把"$\cap$"读成"蚊帐钩",把"$\cup$"读成"大碗",把"$\cap$"读成"大门"。

突然外面传来敲门声,"黑牡丹"连个眼皮也没抬。这倒不是她进入忘我的学习境界,两耳不闻窗外事,而是她认为又有带腥臭的"野猫"来骚扰了。

"陈萍,齐书记来看你了,快开门!"

密汉民的叫声让"黑牡丹"惊得张大了嘴,她不知道齐书记为什么来她家,但想起那张严峻得让人心虚的脸,"黑牡丹"慌忙扔下手中的书和笔,急忙应声并整好衣服去开门。

门开后,齐民奎背着手径直走进房间,密汉民亦步亦趋地跟进来,转身关上了门。"黑牡丹"窘迫地拉了一把椅子:"书记请坐。"

看在家都穿着紧身衣和尖头皮鞋的"黑牡丹",齐民奎微皱了一下眉头,摆了摆手后问道:"房顶处得满意吗?"

"黑牡丹"误以为齐民奎嫌椅子脏,旋即拿起一块布,边抹椅面边谢道:"非常好,谢谢书记。"

"以后有困难可以向组织反映,绝不能再干偷鸡摸狗的勾当。"

不知为什么,即使齐民奎语气平和,天不怕地不怕的"黑牡丹"还是感觉心惊肉跳。她羞愧地低下了头,声如蚊蚋般应道:"嗯。"

齐民奎一眼扫到了桌上的数学课本,上前拿起书本,发现书上密密麻麻记了许多,抬眼好奇地问:"你在自学?"

"黑牡丹"暗暗叫苦不迭,刚才怎么忘了把书先藏起来,很担心会成为书记眼中的"四类分子"。看"黑牡丹"局促不安地搓着衣角,齐民奎转身吩咐密汉民:"你先出去,在车上等我。"

"好!"密汉民不解地向外走去,出门后轻轻带上了门。

"黑牡丹"越发的紧张,这种感觉她生平第一次出现,和惊闻父母去世不同,也与第一次受辱相异。只听齐民奎指着书本问道:"这上面是你写的?"

"是。"

"感觉难不难?"

"有点难。"

齐民奎放下书本,抬起眼追问:"为什么学这个?"

"好玩。"

看"黑牡丹"仍只是简单地应答,齐民奎先一屁股坐在桌前竹椅上,然后招呼了一声:"小陈,坐下说吧。"

"黑牡丹"转身拉来原先给齐民奎准备的椅子,不近不远地坐了下来。

"说说你学习数学的感受?"

"黑牡丹"暗暗叫怪,眼前这个大领导不但不批评她,还要和她谈学习的感受,既然这样,她如实说道:"我是出于个人喜欢,也知道其实没什么用。社会上都说'学好数理化,不如有个好爸爸'。"

"这种想法不对。"齐民奎先断然否定了"黑牡丹"的看法,接着缓缓说道,"实践也证明光靠没有文化的劳动者是不可行的。你看,若没有科学文化,我们凭什么造氢弹和原子弹?凭什么建长江大桥?凭什么发射人造卫星?凭什么建设炼油厂?凭什么日后操作好这些生产装置?刚才这句话我得改为'学好数理化,天下能称霸'!"

"黑牡丹"瞪大了眼睛,她想不到这些话从一个书记嘴里说出来。齐民奎并不在意她的表情,继续说道:"有兴趣学习是非常幸福的事,我断定,你若能一辈子保持这样的兴趣,必定会有大收获。"

"黑牡丹"苦笑了一下,还是没有接话。齐民奎知道现在说这些话不可能让人信服,于是扫了一眼房间四周的摆设,坦诚地说道:"小陈,你的情况我已大致了解,如果你同意,我愿意做你和小张的结婚介绍人,以后你可以作为家属工进江南炼油厂上班。"

"黑牡丹"呆若木鸡地盯着齐民奎,质疑是在做梦还是耳朵出了问题。就在她暗咬舌尖时,齐民奎一脸严肃地问道:"怎么,你不愿意?"

疼痛让"黑牡丹"相信这不是在做梦,齐民奎的追问更是听得清清楚楚,可"黑牡丹"越清醒却越困惑。这个非亲非故的陌生书记干吗要帮我?难道他也贪自己那儿分姿色?可看上去对方根本没有这个意思,别说是挑逗的动作或言语,甚至连个暧昧的表情也没有。

"黑牡丹"越是不应答,齐民奎越觉得奇怪。来找"黑牡丹"前,他先安排人找了张可富,探明有无娶"黑牡丹"的意思。齐民奎认为这桩婚事自己只是捅破窗户纸而已,"黑牡丹"必然也像张可富一样欣喜。可眼前的局面让他不得不琢磨起对方的态度,陈萍究竟是看不上张可富,还是不满意家属工的身份?按理说,张可富能不计较陈萍的"继往历史",愿意娶其为妻,已是陈萍的荣幸,这也是齐民奎先安排人探明张可富态度的原因。至于家属工,虽不属于正式职工,但起码生活有了保障,这种好事人家求都求不到。难不成陈萍已有自己的谋生之道或出路?齐民奎忍不住微皱眉强调:"小陈,若不愿意,权当我没提过这些事,不要勉强。"

"黑牡丹"急了,她哪是勉强,只是觉得这样的好事自己真不好意思开口应接。张可富毕竟是吃"皇粮"的工人,更何况目前还因自己受了委屈,报答都还来不及,怎么可能会勉强?至于家属工,自己连参加县临时组织的搬运队都觉得挺好,更别说是能够长期上班的地方。她说不出话来,只好起身"扑通"一声就跪了下来:"谢谢书记。"

齐民奎没扶"黑牡丹",松开眉平和地劝道:"快起来,我还有几句话要说。"等"黑牡丹"抹着泪重新回到座椅上,齐民奎这才开口说道,"跟你提两个要求,希望你能做到。"

"黑牡丹"发自肺腑应道:"书记,就是一百个、一千个我也会做到。"

"没这么多,就两个。"齐民奎轻摇了一下头,缓缓伸出食指,"第一,你要好好工作,并保持自学的习惯。"

"嗯。""黑牡丹"没想到首个要求这么简单,毫不思索地应允后催问,"书记,还有个要求是什么?"

齐民奎盯着她逐字强调:"你必须改变穿着,改变恋爱观。"

"黑牡丹"的脸"腾"的就红了。书记要求的两个改变根本没难度,前一个,只需把那些花里胡哨的衣服换下而已;后一个,"黑牡丹"清楚其含义。自己的名声想必方圆几公里都知道,可突然被领导提出来,如赤裸裸暴晒在阳光下,让她羞愧不已。"黑牡丹"垂下眼帘,重重咬了一下嘴唇,轻声应道:"嗯。"

人怕没志,树怕没皮。"黑牡丹"瞬间变化的神态齐民奎全看在眼里,这让他更相信自己的判断。没错,这女人以前是走错过路,但那是环境所致,一旦改变现状,绝对是株能扶正的苗子。齐民奎觉得效果已达到,没必要再深谈,有时给对方一点面子,维护那点自尊反而更能促进对方。想到这里,齐民奎抬手看了一下手表,起身说道:"不早了,我该走了。"

"黑牡丹"却一把拦住恳求:"书记,等我一下,让我送送您。"

齐民奎犹豫片刻还是点了下头。"黑牡丹"快速冲进里间,关上门,迅速从箱底翻出原先看不上眼的宽松翻领衫,换下身上的紧身衣,再脱下尖头皮鞋,穿上劳动时的解放鞋。

"黑牡丹"再次打开门时,齐民奎眼睛一亮,心里暗想,怪不得人靠衣裳马靠鞍。刚才刺眼的"女流氓"不见了,站在面前的是秀外慧中的良家女子。尤其是那件翻领衫,无论是颜色和款式,与前妻生前穿的一模一样。齐民奎点了一下头:"好!"随后拉开房门,径直向外走去。

密汉民和司机正百无聊赖地蹲在地上抽烟,看齐民奎迈出大门,司机扔了烟头回驾驶室发动车。眼尖的密汉民起身后暗暗叫怪,"黑牡丹"怎么换衣服了?刚才房里究竟发生了什么?难不成齐民奎对"黑牡丹"也有意思?想平时齐民奎嚷嚷着要狠狠打击盗窃分子,现在自己真抓到了,却像没事似的给放了,还给这女人修房,密汉民越想越不对劲。

看齐民奎快走到车前,密汉民忙不迭上前打开车门。借着灯光,密汉民偷偷打量了一眼"黑牡丹",发现对方脸庞红润还带有泪迹,这下更相信自己的猜测:呸,原来齐民奎也是个色鬼!

八

有了齐民奎这根"导火索",张可富和"黑牡丹"的关系迅速燃起来。第二天下班后,张可富就带着预留的两个包子,匆匆朝城区走去。食堂作息时间不同于原先的工作,下班要晚一小时,所以当张可富赶到"黑牡丹"家时,天已全黑。

"黑牡丹"打开门时,张可富惊得眼珠都要掉下来。记忆中,即便是在工地,"黑牡丹"穿着也与众不同,很显眼,很艳丽。可现在眼前的她几乎和原来棉场的中年妇女没什么区别,年轻女工不可能选这种土灰色的衣服。

看对方迟疑着不进门,"黑牡丹"打量了自己一眼,捻弄着辫梢揶揄:"怎么,不认识了?"

"哦。"张可富挠着头皮不好意思地笑了笑,"还真有点认不出了。"

"原来那些衣服我都送人了。"

"什么?"张可富瞪大了眼睛。现在布料非常的紧缺,想做一件衣服,即使有钱,没有布票那也是妄想。张可富怀疑那天偷盗油毛毡被抓后,"黑牡丹"是不是吓出病了?

看有邻居往这边打量,"黑牡丹"身子一侧,一脸坏笑地问:"不打算进来吗?"

张可富一脸窘迫地迈进房间,等"黑牡丹"把门关上后,掏出捂在衣袋中的包子,说:"快吃,这是我做的。"

"黑牡丹"捏了一只包子,边吃边问:"上班还顺心吗?"

张可富闷头不再吭声。虽在食堂才干了两天,可感觉非常差。没想到以前看不上眼的人,现在居然成了工作搭档。面对前来打饭菜的一张张熟悉的脸,他真恨不得钻进地缝。若不是为了那份工资,张可富真不想丢这个脸。

"黑牡丹"知道他心里不痛快,于是放下手中的包子,一脸内疚地道歉:"是我连累了你,真对不起。"

"唉,说这个干吗。"张可富说完掏出了单位的证明,边递给"黑牡丹",边提出自己的想法,"我请了假,明天先和你去办结婚证,晚上去看我父母。"

"黑牡丹"温顺地点了点头,娇嗔含羞地问道:"今晚留下陪我好吗?"

张可富的心怦然一跳,神色慌乱地点了点头。"黑牡丹"嫣然一笑,起身到门边轻轻插上门栓,回转身,拉上张可富向里间走去。进里间打开灯,"黑牡丹"顺手掩上门,继续不紧不慢牵着张可富走到床边坐下,柔声问道:"累吗?"

张可富觉得自己像只山林里的野兔,不安和期盼交织在一起,他艰难地咽了咽口水,强作镇定地点点头,可旋即又使劲摇了摇头。望着张可富的窘状,"黑牡丹"这次没有笑,而是柔情地慢慢靠向对方,把身子埋进那具僵硬的身躯。张可富感觉有股柔软、清甜的气息不可抗拒地钻进了鼻子,浑身血液沸腾起来,似乎有团烈火在身体里来回窜动。他一把抱住"黑牡丹",低头看到"黑牡丹"正眼神迷离地微张双唇,便果断把滚烫的双唇笨拙地压了上去。"黑牡丹"呻吟一声后,温润柔软的舌尖抵开双唇和齿缝,让两条舌头缠在一起。看张可富慌里慌张半天才解开衣扣,"黑牡丹"反手悄悄解开胸罩扣子,任由他毫无章节地贪婪吮吸,面色潮红地闭上眼等着那一刻。可张可富刚进入对方身体,浑身就筛糠似的乱颤,身子紧绷,像要从悬崖崩落的冲动。他语无伦次地说道:"萍……我好难受……"

"别紧张,慢慢来。""黑牡丹"替张可富抹去脸上渗出的汗水。张可富刚笨拙地颠了两下,就"啊"的大叫一声,全身紧绷,眼珠圆瞪,像是等待重要时刻的来临……

等汗淋淋的张可富从身上翻下后,"黑牡丹"亲了他一口并偎在他肩上。张可富抹了一把脸,伸手从杂乱的衣服堆中摸出香烟,点燃深吸一口后,靠在床头开始打量起房间。房内拙朴的床柜和粗布没让他觉得有啥不妥,相反觉得愉悦的生活气息扑面而来。

"黑牡丹"仰着脸问道:"可富,你真喜欢我吗?"

"嗯。"张可富应声后把她搂得更紧。

"我是贫(萍),你是富。以后可不能说是我害了你。"

"黑牡丹"的调侃让张可富的情绪放松了下来,他动情地说:"我不能看着你成(陈)贫(萍)人,你肯定可以和我一起富起来。"

"黑牡丹"心一热,撑起光溜溜的身子,亲了亲对方胸口,一阵莫名无法抵御的心悸让张可富情不自禁地弓起身子,还没等"黑牡丹"反应过来,翻身就把她压在了身下……

无声的金色月亮俨然女神,安详地俯视沉睡中的生灵,也从容地俯视开始新一轮蠢蠢欲动的生灵。她知道,无论是风撩树叶发出的簌簌声,还是蛙鼓腹囊的呱呱声,都无法掩盖秘密,更无法安抚骚动的心。

对这天晚上的经历,张可富事后怎么也回想不起,只依稀记得自己像个不畏生死的勇士,不停地冲杀,倒下,再冲杀,再倒下……

虽然第二天办结婚证很顺利,用时也不多,但在面见公婆时,"黑牡丹"遇到了巨大的阻力。看到母亲把"黑牡丹"从百货大楼挑选的糕点和布料扔出了门后,早有心理准备的张可富佯装无奈又害怕的样子说道:"我和她生米已煮成熟饭,你们不同意,她会告我强奸。"

张可富的老母亲羞得不知所措,气得浑身发抖说不出话来。一直虎着脸不吭声的张可富的老父亲指着大门怒吼:"给我滚!"

"你们啥时候认,我们啥时候回来。"张可富说完拉上"黑牡丹"就要朝外走,"黑牡丹"抹泪给两老鞠了一躬。走到门口,张可富弯腰捡起地上的布料,然后心疼地把一块块糕点装进已破损的纸包中。

回到"黑牡丹"家,张可富脸上看不出一丝的忧伤,倒是"黑牡丹"脸上写满了郁闷。郁郁寡欢的她拿起锅准备去舀米,可还没转身,却被张可富从背后搂住腰拖着要往里间走。"黑牡丹"因情绪低落,同时也担心张可富这样下去身体会垮,就放下锅侧转身劝道:"阿富,现在不要嘛。你先休息一会儿,我去做饭。"

"吃什么饭,我熬不住了,快让我进去。"不等"黑牡丹"再说啥,张可富一把抱起"黑牡丹"就往里间走去。

"黑牡丹"不知道拿什么来报答这个痴情的男人,假如自己这具躯体能让他感觉开心,那就顺从吧。虽然这躯体曾肮脏过,有污垢,但从今天起,不,应该是从昨晚起,一定要守好这具躯体,绝不能再有任何的污点。

次日,"黑牡丹"跟着张可富来到江南炼油厂。凭着结婚证和齐民奎的招呼,"黑牡丹"顺利进了江南炼油厂劳务队。劳务队属于小集体,只是给江南炼油厂职工做工作服和手套,虽比不了国营企业职工,但毕竟有了一份稳定的工作,更重要的是有了一份稳定的福利保障,"黑牡丹"觉得自己掉进了糖罐中。陶醉在幸福中的"黑牡丹"没意识到自己如一头猎物,已被人盯上。

密汉民自从那天近距离吸闻过"黑牡丹"的气息后,那味道像在胸口扎了根,而且这根越爬越开,越扎越深,容不得他剪除,更不可能挖除,不但有时做事会走神,而且越看家中老婆越不顺眼。生活十多年,印象中她从来没有能挑起性欲的香味,相反有时像是下工地人的汗味,不但没了张开鼻孔贪吸的冲动,反而有憋气回避的无奈。密汉民暗想,估计传说中玉容未近、芳香袭人的"香妃"就是这种体味,也难怪后宫这么多的女子,乾隆皇帝就喜欢她。如果身边躺着奇芳异馥的女人,那一定会被挠得心里发痒。想着想着,密汉民的心就活泛起来,一定要找个机会尝尝这种味道。他相信会有这样的机会,那天若不是受窗外的干扰,估计早已得手。尤其陪同齐民奎去过"黑牡丹"家后,他更有了便宜不占白不占,占了也不怕的念头。既然书记能"吃豆腐",凭啥不让我"揩油"?!

可接下来发生的事让他很意外,也让这颗躁动的心有了几许担忧。才隔两天,那"黑牡丹"就嫁给了张可富。也就是说,现在这女人是有家室之人,若出事,轻则两个家庭闹得不可开交,重则身败名裂。就在他垂涎欲滴、欲罢不能时,机会终于来了。

江南炼油厂劳务队属密汉民直接管辖,那天齐民奎跟他打招呼,要安排"黑牡丹"进劳务队时,密汉民暗喜垂涎的肥肉居然毫不费力地送到嘴边。随后,他一板一眼地为"黑牡丹"办妥了相关招工手续,在对方的感激中,密汉民感觉自己正在烹制一道可口的菜肴。他打定了主意,用好刀工,掌握火候,让"菜肴"既可口又不烫嘴。但随之突发的事情让密汉民没了心思去烹制"菜肴",工作重心放在了残酷的"政治斗争"上,毕竟权力远比偷欢更为重要。密汉民认为有权力就等于拥有一切,没了权力就什么也不是。皇帝就因为有了权力,所以其诏令不可违,可以独断专行,可以穷天下之所供、尽水陆之所产,所以密汉民一直努力向权力的更高峰攀登。可调入江南炼油厂后,密汉民觉得自己上升的空间非常逼仄,有时甚至喘不过气来。他太需要畅快地"呼吸",需要高高地"浮"在人群上"呼吸"。密汉民清楚自己这个后勤负责人无法和有技术的赵宇华相比。不光是有技术的赵宇华让密汉民心里不安,连杨昌祥也是一块拦路石。虽然杨昌祥没有炼油技术,可人家带的是上前线的"兵士",并且还是条"地头蛇",有着一定的话语权,这让他内心徒生一丝悲壮。

密汉民眼里残酷的"政治斗争",其实不过是杨昌祥和赵宇华之间的工作矛盾。但就是这样一个矛盾,让密汉民嗅到了打通升官通道的气息,这种气息远比男欢女爱更为强烈,更为刺激,更有快感。既然两虎相争必有一伤,鹬蚌相争渔翁得利,那我密汉民就要你们相斗,斗得越激烈越好。你们若缺火星我送火星,你们若缺油我倒油!

九

随着各项工作的顺利推进,江南炼油厂把所有操作工合并在一起成立生产培训队,任命赵宇华为书记,杨昌祥为队长。

对这样的任命,杨昌祥暗暗为自己叫屈。掰掰手指,自己当单位一把手也有三年多,现在居然连个部门一把手也保不住,真有点虎落平川被犬欺。但杨昌祥知道,这种想法只能留在心里,不但不能说,甚至连情绪都不能显露。可越不能袒露,越是在心里憋屈得厉害,如被压在地下的火山岩浆,时时想找个突破口喷发出来。于是,江南炼油厂生产培训队的书记和队长第一次协商工作就闹僵了。

当赵宇华提出把生产培训队职工分成六个大组,并对照日后车间工作再细分四个班组的计划后,杨昌祥非常认同。但在人员分组上,两人的意见却截然相反。赵宇华坚持以有技术基础的带无技术基础来分组,杨昌祥一听就急了,什么无技术基础,那明显是想把棉场的老职工打散,再悄无声息地吞并。如果今天老棉场人成配角、跑龙套,就算自己有着一官半职,那也孤掌难鸣,日后必定在厂里说不上话。势单必力薄,抱团有力量。所以,打定主意的杨昌祥坚持按原职工来源进行分组:"老赵,我看以原单位人员组合肯定比混合组合好,方言交流也没障碍。"

"老杨,现在我们厂几千号人虽来自五湖四海,但随着普通话的普及,交流肯定不会有障碍。"斯文的赵宇华婉转地否定了杨昌祥

"别有用心"的意见。

"南方人不同于北方人,学说普通话太难。你听听我这普通话,地方口音太重,不光我说得别扭,听的人也难受。"

"老杨,江南炼油厂成立前,你用不用普通话?"

杨昌祥哈哈一乐,反问对方:"都是土生土长的本地人,说普通话干吗?"

"你看,这一年来我们都说普通话,从来没有影响工作过。其实发音不需特别的精准,我们又不是广播员。"

见对方如此坚持,杨昌祥灵机一动,搬出半年前发生的真实故事:"上次有个刚从兰州到厂报到的同志,听原棉场职工说食堂早餐有'蛋包'供应,且只要一分一个。于是次日一大早就赶到食堂买了十个回家。可不久他又折回食堂,递上四个已咬一半的馒头,一脸气愤地问食堂管理员,'为什么今天早上我买的'蛋包'没有蛋?你们是不是今天忘放蛋了?'"

赵宇华没听过这个故事,马上被套了进去。印象中,食堂只有肉包、豆沙包和馒头,从来没有蛋包供应,就追问杨昌祥:"食堂有蛋包吗?"

"有!"杨昌祥狡黠一笑,慢条斯理地解释,"馒头淡而无味,我们本地人都把馒头叫淡包,淡包自然没有蛋。"

赵宇华被逗乐了,也想起刚调到江南炼油厂亲身经历的买菜笑话。那天早上,他刚进菜场,就听到有人在喊:"喷香咸鸡便宜卖了,两分一斤。"赵宇华惊呆了,这里咸鸡价格怎么才两分一斤?可走近俯视叫卖妇女面前的大木桶,里面装的和挂在桶壁上的全是一簇簇连梗带叶的金黄色植物,别说是咸鸡,连根鸡毛都没有。赵宇华好奇地探问:"咸鸡在哪?"中年妇女赶紧拿起桶壁上一株金黄色的植物,一边往赵宇华鼻上送,一边用蹩脚的普通话热情招呼:"你是炼油厂新来的吧？肯定还没吃过咸齑。你闻闻，喷喷香。来两斤？"赵宇华哭笑不得，这也能叫鸡？但出于对方的热情，同时也被那金灿灿的腌制品所散发出的香味所诱惑，就试买了一斤。回家按卖咸齑中年妇女传授的方法，做了一道咸齑炒笋丝。果然不但菜肴色泽艳亮，且脆爽鲜嫩，让人胃口大开。

见赵宇华发笑，杨昌祥故意严肃地强调："生活上误解、误会还好，但工作若因语言表达出了问题，那就是大问题，尤其对我们炼油厂来说，一个小错可能就是一起大事故。"

赵宇华心里暗自嘀咕，看来杨昌祥并不是想象中的大老粗，且很有一套工作方法，这个迂回战术打得很漂亮。他暗暗提醒自己，这是两人搭档后的首次商议，在人员安排上绝不能妥协甚至是退让，不然不光会给日后生产留下隐患，也会让自己失去生产指挥权。想到这里，赵宇华先端起杯子喝了一口水，等放下搪瓷杯后才开口说道："我不否认同一地方的人更容易交流，但炼油厂工人既然来自五湖四海，投产后，各生产部门上下游联系非常紧密，不可能孤立存在，所以让每个职工学会用普通话交流是必需的。"

杨昌祥睥了一眼对方，将了对方一军："日后万一操作指令听错了谁负责？"

"不可能发生这样的事。"赵宇华不给对方假设的机会，旋即又特意解释强调，"我原所在的长征炼油厂职工也来自五湖四海，从来没有发生这样的事。"

"其他地方没有发生不等于我们这里也不会发生，何况混搭很难形成战斗力。"

赵宇华搞不明白杨昌祥为何如此的固执，明明混搭既可以促进相互间的友情，又不会产生拉帮结派的现象，多有利于日后的工作。所以他理直气壮地反驳："从大格局看，如果打破原有的地域组织结构,就不会有小圈子的意识,更有利于全厂的生产……"

杨昌祥打断了赵宇华的话:"带班人能够服众吗?如果不团结,那等于是埋了地雷。"

带班人?杨昌祥的强调让赵宇华灵光一闪,争了半天,原来问题就出在杨昌祥想安排棉场的人当班长。虽然弄清了对方的想法,但这不等于解开问题的疙瘩,因为炼油厂绝不能论资排辈来定领头人,需要的是扎扎实实有技术的职工。赵宇华打定了主意,绝不能在选班长上没原则地让步,不然正如杨昌祥所言,这是在给日后的生产埋下地雷。于是推心置腹地说道:"老杨,我们若从工作角度出发定班长,这样的班长肯定能服众,肯定能带好人,肯定能完成各项任务。"

"我看这事难。"杨昌祥一语双关,"我们职工可不是新进厂的年轻人,他们都已习惯了原来的管理模式,习惯了原班子人马。打破等于需要新的适应过程,适应得了还好,适应不了就会产生矛盾,就需重新调整磨合。所以分组我们必须提前摸底,把最能抱团的合在一起。"

"这不是拔河,抱团解决不了问题,而是需要硬碰硬、实打实的技能。"

杨昌祥意识到在分组人员安排上和赵宇华间的纷争难免了,极有可能从据理力争升级到唇枪舌剑。于是,赵宇华话音刚落,杨昌祥马上针锋相对地反驳:"难道我们光靠几个人就能让炼油厂开起来?那要这么多人干吗?"

"我可不是这个意思。"赵宇华一脸不悦地否定,"有许多职工从来没有操作过生产装置,不但连炼油厂模样没见过,甚至连最起码的化学方程式都列不出,更别说'常减压''催裂化'这些生僻的名词。我们必须让有技术基础的人来带头,不能让各班的技术力量存在较大的差异。对那些的确当不了操作工的同志，我们还要坚持该换岗位的必须换岗位。"

杨昌祥觉得赵宇华这话不但含沙射影老棉场人，而且暗示日后会对他们"捅刀子"，这还了得！杨昌祥干脆拉下了脸："那要培训干什么？培训就是让职工从不会到会。是的，包括我在内，很多人根本不懂什么化学方程式，但我们有着不屈不挠的精神，具有吃苦耐劳的精神和愈挫愈勇的品格！"杨昌祥拍着胸说到这里，顿了顿又重重地强调，"毛主席也说过，只有落后的领导，没有落后的群众。实践也证明当年棉场没有一个人干不好工作，为国家贡献的力量是有目共睹。你不要小看这些人，再难的技术他们也不会放弃或逃避，更不会比其他人学得差！"

赵宇华越听越不是滋味，工作分组哪有那么多想法，好脾性的他也终于带着情绪不容置疑地强调："人事安排我负责，这事就这样定了。日后培训结束不能胜任工作的同志，必须调离原岗位，我们不能给装置留下任何的隐患！"

赵宇华的强硬语气让刚拿起杯子想喝口水消气的杨昌祥愣了一下，眼前一向温文儒雅的赵宇华怎么会说出这样的话。可随即就愤怒起来，心里暗骂：赵宇华你以前也就带百号人而已，老子带的人比你多一倍都不止。若按人数算级别，我乃堂堂的大营长，你赵宇华不过是小连长而已，难不成我还怕你不成？想用帽子来压人？呸！真是自不量力，你那伎俩最多不过是"白娘子水漫金山"，以为大动干戈就可以压倒我，可在老子眼里，你这不过是"曹操下江南——来势汹汹，结局惨惨"。别欺人太甚，给脸不要脸！杨昌祥把手上的杯子往桌上重重一搁："厂里的事不是你说了算！"杨昌祥本来还想加一句"老子本就不愿在这里搞什么炼油厂"，但话到嘴边，终究还是硬生生咽了下去。

谁也没料到杨昌祥和赵宇华首次合作会有这样的冲突，消息传到了厂部后，张定康觉得这是培养密汉民的好机会。可当张定康提议让杨昌祥和密汉民对调后，齐民奎却连连摇手说："舌头和牙齿还有打架时候，让他们有话当面说，有事眼前摆，培训这事我们尽量不插手。"

"解决不好会影响工作。"

"不会，要辩证看问题。我们不要戴着面具的一团和气，这种貌合神离一旦遇到具体问题，就会有人或明哲保身，或推卸责任，互相埋怨指责，甚至是落井下石。相反，公开分歧有利于沟通，以诚相待才是开展好工作的前提。"

虽然齐民奎的意见已很明确，但张定康还试想说服对方："不怕巨浪高，只怕桨不齐。我担心他们的分歧会影响队伍的团结。"

"不。意见分歧与不团结完全是两个不同的概念，不能相提并论。意见分歧是一种正常现象，而不团结则是消极行为。当然我们也要控制意见分歧，毕竟不团结就是由某些意见分歧发展而成的。"

张定康不好再说什么，只能点头表示赞同。

密汉民得知消息后急得如同热锅上的蚂蚁，他认为这是一次改变自己命运的机会，不能坐失机宜。在探明情况并权衡一番后，他决定背靠张定康，联手杨昌祥打击赵宇华。密汉民相信强龙压不过地头蛇，虽然你赵宇华有技术，有能耐，但在土生土长的杨昌祥那里，肯定行不通。刚调到江南炼油厂时，密汉民也觉得自己和赵宇华在仕途上的竞争是"阿拉伯数字 8 字分家——零比零"。现在既然好不容易有了出头机会，自然不能放弃。密汉民坚信自己这次是"曹操败走华容道——走对了路子"。

可人算不如天算，密汉民怎么也没想到自己精心酝酿的苦心说辞，杨昌祥不但不理解，更不配合，甚至还汇报给了齐民奎。齐民奎自然明白这套说辞的用意,也清楚其后果,语重心长地叮嘱杨昌祥:"我们从五湖四海汇集而拢,不仅要善于团结和自己意见相同的同志,更要善于团结和自己意见不同的同志一道工作。"

杨昌祥觉得书记这话有点耳熟,认为书记是在批评自己,就顺口说道:"书记,您的话我记住了……"

齐民奎打断对方:"这可不是我说的,是毛主席的原话,我只是引用了一下。毛主席还说,没有团体,这种力量是散的、零碎的,人心是各管各的,这叫作心不齐,力不合。有了团体,心就齐了,力量就结合起来了,就能齐心合力干大事。"说到这里,齐民奎调侃起杨昌祥,"看来你当初学习毛主席著作还不够,下次让你去党校好好学习学习。"

和杨昌祥这边打趣一笑而过后,齐民奎觉得对密汉民这种挑拨的言行必须给予警告。于是迅速召集党委班子,以组织的名义下文,要求任何人不得有制造或激化矛盾的言行。虽然文件没有点明事由,但江南炼油厂的人都知道这份文件就是针对密汉民的。

十

消除培训分组的分歧后,江南炼油厂职工培训工作推进很顺利。这天早上,四辆大客车整齐排在江南炼油厂办公楼前,两百多名外出培训职工即将按计划赴湖南长岭炼油厂。

齐民奎等领导刚下楼,只见杨昌祥正瞪着眼睛在呵斥小业:"如果不听话,等我回来揍你!"

张翠莲右手提着一个网兜,左手压在小业肩上,看似也在教训儿子,实则把儿子护在怀中:"以后不要再调皮,爸爸出去也好放心。"

"有什么不放心的?"齐民奎挤上前,蹲身抱起小业,满目慈祥地亲了一下小脸蛋,"这孩子机灵,我看着都喜欢。"

"唉,齐书记,这小子被他妈宠坏了,上课老坐不住,昨天又被老师拎出教室罚站了。"说完,杨昌祥又呵斥起小业,"下来,别让齐伯伯累了。"

齐民奎却把小业搂得更紧,白了一眼杨昌祥:"累啥?这也累那还干什么革命?"

张定康也挤过来捏了一把小业的脸,打趣问道:"你爸这么凶,要不你做齐伯伯儿子算了?"

小业紧张得连晃脑袋,杨昌祥拍了一下他的屁股:"臭小子,真不知好歹,人家齐伯伯才不要你呢!"

齐民奎哈哈大笑,又狠狠亲了一口才放下小业。杨昌祥接过网兜,吩咐张翠莲:"你先带孩子回去。"

"嗯。"张翠莲应声拉过大业和小业,向齐民奎等人告辞,"各位领导,那我们先走了。"

等张翠莲带孩子离开,张定康问杨昌祥:"东西带齐了?"

"带齐了,衣服和学习资料已放在车上。"说到这里,杨昌祥提起手中的网兜,"这是老婆昨天做的霉干菜,还有几罐腐乳。"

齐民奎瞄了一眼网兜调侃:"不错,比赵宇华带得多。"

由于培训职工过多,在省委的安排下,江南炼油厂把培训队分为两队。一队去湖南长岭,一队去甘肃兰州。考虑赵宇华女儿尚小,江南炼油厂本安排他带队去较为熟悉又近一点的长岭炼油厂,可赵宇华得知消息后,主动找到厂领导,要求带队去兰州炼油厂。理由是自己就来自长岭炼油厂,去了学不到新东西。厂领导同意了赵宇华的建议,更换了两人的培训点。上周,赵宇华已率首批培训职工"出征",当时许多职工手上提的也是网兜装的霉干菜和腐乳。在"一两糖,二两油,三两肉"的票证时代,职工们能带的也只能是这些东西。现在听齐民奎这么说,边上的张定康一语双关地揶揄:"老杨,吃家乡菜多想家,记得家里等你们回来生炉开火。"

齐民奎则语重心长地说道:"那天我和赵宇华也说了,一旦你们回到江南,整个装置只能靠我们自己,你们的技能就是日后保证安全生产的基础。"

杨昌祥挺直身板一脸严肃地表态:"请领导们放心,我一定会带好队伍,一定会把技术带回家。"

"外出培训很艰苦,加上炼油厂都在山沟沟中,要多关心职工,有什么困难说,厂里能解决一定设法解决。"

"齐书记,之前我和老赵约定,外出培训不能把精力放在生活上,而是放在学习上。和生活相比,我们技术上缺少的东西更多,更要急着补。"杨昌祥说的都是心里话，不少职工毫无化工知识，连活化剂、催化剂、轻组分等专业词语都听不懂，更别说超温、超压会造成的严重后果。但杨昌祥坚信"一勤天下无难事"，当年棉场不就是在这海涂上兴旺起来的？只要把精力用到位，把时间用到位，中国人连"两弹一星"都能搞成，难不成还学不会这些知识？

"说得好！"齐民奎肯定后又指出，"出去培训，你们既要怕又要胆大。"

杨昌祥知道齐书记还会补充，就轻声应了一下："嗯？"

"要去除原先那种'天不怕、地不怕'的无知莽撞劲头，但也不要因为学知识难而畏惧退缩。要敢于攀登技术高峰，要有入虎穴才能得虎子的信心与准备。"

张定康点了一下头，说："对，事在人为，培训就是要有熟练后的敬畏与谨慎。"

"好，我记下了。"

"学操作规程、背参数或摸流程的确很费力费神，你们要既没有一人甘当学习技术的'败将'，更没有一名'逃兵'！"

"是！"

这时只见秘书小韩凑过身子汇报："齐书记，张主任，塔吊快开始了。"

齐民奎点点头，朝杨昌祥伸出手："今天还有点事，不能送你们上车了，保重！"

"谢谢！"杨昌祥一一与厂领导握过手后，目送齐民奎一行人离开。

当齐民奎等人赶到常减压装置施工现场时，施工队队长丁力正对起吊前的常压塔做最后检查。对于丁力来说，今天这不仅是场破釜沉舟的战斗，也是次艺高胆大的尝试。由于没有大吊机装备，他决定用四台卷扬机来吊装常压塔。当时方案出台后，不少人强烈反对，说卷扬机只能向上吊送阀门管线等材料，怎么能起吊这一百十多吨重、三十九米多高的常压塔？这种想法简直就是荒唐的"放卫星"，地上刨食小虫的鸡，怎么可能去捕食空中的飞鸟？齐民奎起初也质疑这个吊装方案，直觉告诉他这很不科学。不过齐民奎没有鲁莽否决，而是找来相关的技术人员，让他们论证吊装的可能性。没想到技术人员经过力学分析，说理论上可以完成吊装任务，只是实际操作难度很大，稍有不慎，就会发生断钢丝、坠铁塔大事故。齐民奎一听背就凉了，若真发生铁塔的坠落事故，不但会导致人身伤亡，更会报废现有的设备，谁也担不起这个责任。可整个江南省也没有一辆大吊机，排号从邻省要大吊机，最快抵达江南炼油厂也要一个月，这将严重拖延施工进度，无法实现年内出油的目标。

经过几次商议与测算，齐民奎和张定康统一了意见，背水一战：用四台卷扬机来吊装常压塔！

检查完毕，丁力脱去身上的坦克棉袄，单手举起手中的红绿旗，吹响了哨声。站在四台卷扬机旁的四名女工应声按训练的手势回复。见一切准备就绪，丁力有节奏地吹起了哨声。四名女工盯着队长手中的红绿旗，在一声声长短不一的哨声中，稳稳地控制着各自手中的卷扬机电源开关。

齐民奎神情严肃地盯着被"五花大绑"的常减压塔，似乎回到了炮火连天的战场，那压力不亚于当年在孟良崮围歼国民党军整编第74师。是的，那场战役不但是打破国民党军对山东解放区重点进攻局面和转变华东战局的关键一战，更开创了在敌重兵密集并进的态势下，从敌阵线中央割歼其进攻主力的范例。二十八年后的今天，这个铁塔吊装不但成为江南炼油厂设备安装的关键一战，也开创了艰苦条件下，用落后机具替代大型机械的成功范例。随着钢丝绳越绷越紧，空中不时传来金属拉伸的脆响，齐民奎情不自禁地捏紧了拳头。

"哇，铁塔离开地面了。"一直蹲在地上歪着脑袋观察动静的小韩发出了惊呼声。

其实当铁塔微动时，齐民奎就知道铁塔的自重已被牵引力所克服。但他知道现在还不是庆贺的时候，能否让这庞然重物就位还有许多步骤。这时，张定康上前提醒小韩："轻点，不要影响吊装指挥。"

小韩咋了咋舌头，夸张地捂了一下嘴。

丁力围着铁塔不停地跑动，目测四条钢丝绳受力是否均匀。如果一条钢丝绳用力不当，轻则铁塔难就位，重则发生绷裂坠塔的重大事故。随着不同节奏的哨声和不同的手势，奇迹终于发生了，庞大的铁塔被缓缓吊起，并准确进入指定位置。

当常压塔塔底稳稳套入地基大螺栓后，急等在一边的施工人员迅速把螺帽拧了上去，四周顿时响起雷鸣般的掌声。仰望着高高耸起的第一座铁塔，齐民奎激动得热泪盈眶，蓦然想起总理的一句话：中华民族永远是个勤劳勇敢的民族，任何困难也难不倒伟大的中国人民！

热闹的人群中，谁也没有发现身为整个现场指挥的丁力早已汗流浃背，他悄无声息地走到路边，虚脱般地瘫坐在地上，无力为自己创造的奇迹和众人一起欢呼雀跃……

十一

在自认为"政治斗争"失势后,密汉民感觉身体发生了非常奇妙的变化,工作思路不断模糊,体内的荷尔蒙却越发清晰。他心里清楚,剧增的荷尔蒙与妻子无关,而是那股难忘的异香在作祟。对于"黑牡丹"的拿捏,密汉民觉得不过是"如来佛捉孙大圣——易如反掌",只要有个安全的场所就行,毕竟这是见不得一丝阳光的事,更何况这个女人现在不但已成了婚,而且和齐民奎也有一腿,弄不好会惹上麻烦。考虑再三后,密汉民决定把这事放在"黑牡丹"上班的地方,他相信只要周密安排,这个最危险的地方就是最安全的地方。

密汉民很快等到了机会。这天有批设备到厂需卸货,在接到增援的指令后,密汉民立即抽调二十名劳务队员去厂部,自己则径直来到出货班。

"黑牡丹"进厂就被分至出货班,出货班共七个人,除了四名搬运男工外,其他三名均为女工。三名女工各自负责对应的出货部门,清点制作完成的衣服和手套进库,再按规定发放给提货人。这个岗位相比裁剪、缝纫、包装三个工段,不但环境安静,且工作轻松。也许是因为有着数学的功底,"黑牡丹"不但做到进出库的货物丝毫不差,而且账目也比别人做得清晰。

这种舒适自然会引起其他人的妒忌,尤其是裁剪、缝纫、包装岗位的女工们。在这些疲于劳作的女工眼里,大家可以一起苦,但不能有人超脱或舒服地生活。现在眼睁睁看着理应被踩在脚下的出了名的"烂货"居然比自己生活得滋润,这种颠倒让她们难以适应。女人的妒忌往往付诸嘴上,深陷舆论旋涡的"黑牡丹"读得懂别人投来的异样目光,不过她并不计较,反而常常自责:如果自己以前行得正,怎么会有这些风言风语?也因为有了这份羞耻感,她打定了主意,要用言行赢得别人的信任与尊重。

当密汉民停好自行车走进敞开的出货班房间时,独自留守岗位的"黑牡丹"正埋在桌前演算一道代数题。进厂后,她牢记齐民奎提出的好好工作并坚持自学的要求。对她来说,要做到这两点太容易。手上的工作非常的简单,"黑牡丹"觉得如果连这样的工作也做不好,真该遭雷劈。至于自学,她一直认为是件快乐的事情,乐意在工作之余全身心沉浸在数字王国中。

直到密汉民走到身后,"黑牡丹"才觉得有异常,扭头一看,立即扔下手中的笔倏地站起身。

"在学什么?"

不知是当初偷盗油毛毡被密汉民训斥后有心理阴影,还是觉得对方的笑容里总有奸诈与虚伪,见过世面的"黑牡丹"居然紧张得答非所问:"密科长,我刚点完货。"

"把门关上,我找你谈谈。"

"嗯。""黑牡丹"顺从地转身关上门,重新站在原来的位置。

"坐。"密汉民拍了拍"黑牡丹"的肩膀,伸手拉过另一把椅子,不近不远地先坐了下来。看对方仍搓着双手拘谨地站着,密汉民得意地笑了。以眼前这个女人曾经的放荡和现在的拘束,想必不需费力就能成"好事"。他压了压手继续招呼:"坐嘛,别紧张。"

"谢谢科长!""黑牡丹"坐了半个屁股,盯着地面不敢抬头。

"上班后一直没来看你,感觉这里怎么样?"

"很好,很好,谢谢领导。"

"那怎么谢我?"密汉民挑逗意味很明显。

"我……"

见"黑牡丹"夹紧双腿接不上话,密汉民心里乐开了花。来之前,密汉民最为担心的不是"黑牡丹"不顺从,而是过于浪荡。可现在她反而像是邻家的淑女。密汉民呵呵一乐,套起了近乎:"为了能给你排个好岗位,我可是得罪了不少人,连很多领导打的招呼我都顶了回去,就想着要留给你。"

"这……""黑牡丹"更接不上话来。她很想告诉对方自己无所谓岗位好坏,再苦再累也可以,可她知道这话不用说,人家根本不爱听。作为过来人,"黑牡丹"早就从密汉民的表情、动作和言语推测出他想要的是什么。"黑牡丹"暗暗叫苦,已答应过齐书记要做个好人,更何况自己已为人之妻,断不能做对不起张可富的事。

"怎么?不愿意谢我?"密汉民移了移椅子,伸着脖子贴近"黑牡丹"的脸深嗅了一下。

在"黑牡丹"听来,耳际传来的"咝——"声就像毒蛇攻击前吐猩红信子。她一下子惊醒过来,她今天独自留守岗位是密汉民的阴谋,得赶紧想办法,不能顺其发展下去。"黑牡丹"迅速恢复了常态,要说对付领导,她还真没有多少经验,可对付流氓有的是招数。考虑自己和张可富都在密汉民手下,不能让对方下不了台,于是她夸张地站起身自责:"哎呀,我怎么忘了给科长倒茶?看我,一点礼貌也没。"

"不用,就坐在这里陪陪我。"说完,密汉民放肆地伸手拉住"黑牡丹"的手腕,言语动作充满了轻浮。

"科长,我……"

看"黑牡丹"吞吞吐吐的样子,密汉民觉得浑身细胞在骚动中全激活了,他站起身一把搂住她,拱嘴就往她的脸上凑。

"黑牡丹"虽然没有推开密汉民，但侧着脸大叫："科长，我肚子痛，大便要拉出来了。"说完，马上憋出个响屁。

　　意外的粗俗言语已让密汉民没了性欲，紧跟其后的一声响屁更是如同一盆冰水泼在身上。密汉民松开手，皱起眉头甩着手腕，既像是散臭味，又像是催促："快去。"

　　"哦。""黑牡丹"应声佯装痛苦转身朝外跑去。密汉民何等的精明，看着对方只捂肚子没躬身，知道是在耍花枪。什么肚子痛，什么大便要拉出来了，这全是谎言。密汉民暗自分析"好事"没能得逞的原因，"黑牡丹"明明上次在车上还明目张胆地挑逗自己，怎么一下子变了？难不成这女人是个势利眼，傍上齐民奎就看不上自己了？密汉民感觉腹部激荡的那股气直冲脑门，赶紧仰头闭目深吐了一口气。连做三次，终于冷静下来的密汉民重新回到座位，等"黑牡丹"回来。

　　"黑牡丹"躲进女厕所就犯起了愁，总不能躲在这臭烘烘的地方不回房间吧？可若是密汉民还没有走，自己该如何处理？如果密汉民走了，会不会给自己或老张找麻烦？思来想去，"黑牡丹"一点主意也没有，干脆解开裤子挤了点大便，也不用纸擦，提起裤子给裤带打了个死结，径直向房间走去。

　　房门还是开着，远远看到密汉民坐在椅子上翻着账本。看密汉民身下的那把椅子已拉回原来的位置，"黑牡丹"不由得暗暗叫苦来。多年经验告诉"黑牡丹"，想得到自己的男人会死皮赖脸讨好自己，可一旦没有得逞就会翻脸。估计密汉民现在就想从工作上给自己找麻烦。反正是福不是祸，是祸躲不过，"黑牡丹"硬着头皮走进了房间，直挺挺地站在密汉民边上。

　　"好！"密汉民看了一眼"黑牡丹"，拍了拍手中的账本。

　　本想挨密汉民整的"黑牡丹"一下子蒙了，不知该如何接他的话。倒是密汉民和颜悦色地说道:"小陈,看你现在这个样子,我就放心了。"

欲擒故纵?"黑牡丹"脑子里突然蹦出这么一词后,心瞬间又悲哀起来,对付这种男人自己没有任何经验,真不知结局会怎样。她突然没有为自己内裤沾着大便而感到不适,反而觉得那脏东西是护身符,紧要关头肯定能让对方断了坏心。由于想不出如何应答,"黑牡丹"只好咧嘴笑笑,算是谢谢领导的表扬。

看着"黑牡丹"羞涩的笑容,密汉民的心又在痒痒中惆怅起来。无论是模样、身材、举止,"黑牡丹"都是自己喜欢的那种,可却偏偏"吃"不上。唉,我有啥不如那齐老头?密汉民心一动,既然我"吃"不上,你齐老头又给我小鞋穿,那不如干脆耍点小手段噎死你。想到这里,密汉民故意试探:"齐书记一直很关心你,也担心你思想没有转正过来。"

想起那天晚上齐民奎强调恋爱观时的严肃表情,"黑牡丹"的脸顿时又红了。她误以为密汉民今天是受齐民奎指示来试探自己,庆幸自己今天处置得非常的果断,若犹豫或不敢回绝密汉民的挑逗,那岂不让好心的齐书记伤了心。

对方莫名的脸红让密汉民更加确信齐民奎和"黑牡丹"有见不得人的勾当,他深为自己出的奇招暗暗叫好,不但掩饰了刚才的草率行为,更拿到了抹臭齐民奎的"墨汁"。密汉民决心用好这瓶墨汁,只有齐民奎的政治生涯完蛋,自己才有出头的希望。密汉民从容地放下手中的账本,起身堂而皇之地说道:"这下我可以让齐书记彻底放心了。好了,继续好好工作,回报齐书记对你的信任与爱护。"

"嗯。"不知情的"黑牡丹"强忍夺眶而出的泪水,朝密汉民深深鞠了一躬。

骑上自行车离开劳务队,密汉民还是有点惆怅。可看到路边迎风拂动的垂柳后,他的心情突然大好。对,今天虽然有心栽花花不开,但却是无心插柳柳成荫。记得古人也有个类似说法,密汉民拍了几下脑袋,终于想起上半句"失之东隅"来,可下半句却怎么也想不起来。当然这并不妨碍密汉民愉悦的心情,只见他腰一挺,抻直了手臂,紧踩了几下脚蹬。在清脆响亮的铃声中,自行车快速向前飞去。

十二

开完省传达全国工业学大庆会议后,齐民奎被省革委会副主任郑挺留了下来。齐民奎以为是要他汇报学习大庆的计划,毕竟全省最大的工业项目就是江南炼油厂,何况大庆和江南炼油厂日后有着千丝万缕的业务联系。

"老齐,知道为什么找你吗?"

齐民奎抬眼看了看对方,知道自己遇到麻烦了,不动声色地回道:"郑副主任,我不知道。"

郑挺了解齐民奎的性格,这家伙在战场上出生入死多年,绝对是个"挨鞭子不挨棍子——吃软不吃硬"的家伙。他拿起桌上的香烟先咬上一支,又抽一支甩给齐民奎。两人各自默默点上烟,郑挺虚望前方,直截了当地要求:"谈一下你在炼油厂的事。"

对这样的汇报要求,齐民奎暗叫不好,因为郑挺要求的是谈在炼油厂的事,而不是工厂的工作,更不是学大庆的计划。当然,这肯定也不是让自己谈谈个人有什么困难,请组织出面协调解决。齐民奎推测是有人把"黑状"告到了省委,但究竟是谁告的"黑状"?现在容不得他去揣摩,当前最为迫切的是要弄清"黑状"告的是啥内容,以便自己有针对性地解释清楚。贪污公款?用人不当?工作拖沓?搞小团体?生活作风?齐民奎把能作为问题的选项在脑中一一罗列出来,随后用排除法进行剔除。他判断"黑状"肯定在前四个上做文章,至于生活作风断不可能有歪风可吹。两年多来,自己不是在办公室或现场工作,就在蘑菇房大宿舍睡觉。蘑菇房是大间隔离而成,只要不是耳朵有毛病,隔壁的声音不难听清。打定主意后,齐民奎不卑不亢地说道:"我到江南炼油厂也有两年多了,目前厂里各项工作进展顺利,物资和资金账目一清二楚,无论是开始建设所需的木、竹、砖、煤,还是目前生产所备的白银和白金,都有具体的账可查。"

面对年长自己两岁的齐民奎,身为当年二野晋冀鲁豫军区六纵队参谋长的郑挺又一次对三野出身的齐民奎惺惺相惜起来,真担心这个老革命会栽倒,虽然他认为不署名的告状信类似战争年代在背后放冷枪的卑鄙行为,但若是真有问题,那就算不得冷枪了。

看郑挺沉思不语,齐民奎受不了这种沉闷,开口提醒对方:"请郑副主任指示。"

只见郑挺把烟往烟缸一掐,直接挑明:"有人向省委反映你生活作风有问题。"

没想到齐民奎听了不但没有吃惊,更没有发怒,而是"哧哧"笑出了声。只见他从口袋里掏出香烟,抽了一支递给郑挺:"真没想到会有人造这样的谣。"

郑挺没接烟,而是连着三问:"你为什么不追究陈萍偷盗厂物资的行为?为什么要把陈萍招进厂当劳务工?你第一次去陈萍家干了什么?"

三连问如同三枚炮弹,炸得齐民奎的笑声戛然而止。虽说身正不怕影子歪,可这事若解释不清,谁都能从这三个问题中联想出乱七八糟的事来。只见咬在齐民奎嘴上的烟头闪了好几下,等长长吐出一口烟后,他才缓缓说道:"郑副主任,当时我们厂夜巡队的确人赃俱获。但了解到职工张可富偷油毛毡只是为了帮助陈萍修漏水房顶用,偷盗性质与后果不严重,于是就把开除处分改为调离工作岗位。至于陈萍，她当时根本不知道晚上是去偷油毛毡，为了安抚地方参与建设炼油厂的人员，厂党委就决定免除对陈萍的处罚。后来，为了继续做好两人的教育工作，我就想法促成了两人的婚事，然后按制度的规定，把陈萍招进了厂里的劳务队。"

"没了？"

齐民奎觉得该解释的已全部说清，点头应道："没了。"

"第一次去陈萍家干了什么？"

对于郑挺的再次询问，齐民奎隐约感觉到问题的严重性，想必当时与陈萍同处一个空间让告"黑状"的人有了龌龊的遐想。齐民奎也摁灭了手中的烟，单刀直入地回复："第一次去陈萍家就是了解她家的生活情况，并促成职工张可富与其的婚事。"

"有人反映那天陈萍出门时衣服换了。"

齐民奎心里顿时亮堂起来，当天晚上去陈萍家的就三人。司机许宏一直在外候着，密汉民是唯一陪同自己进过陈萍家的人，只有他清楚陈萍换过衣服。唉，真没想到密汉民心术如此不正。齐民奎给自己又点了一支烟，边回忆边说："当时结束谈话前，我向陈萍提出了两个要求。"

"哪两个？"

"一要她今后继续保持自学的习惯；二要改变穿着，改变自己的恋爱观。"

"陈萍怎么说？"

"她不但马上红着脸答应，而且立即跑到里间换了件翻领衫。"

郑挺听明白了陈萍为什么换衣服，但嘴上继续追问："后来有没有去过陈萍家？"

"没有，而且我后来一直没有碰到过陈萍。两人结婚送来的喜糖也是办公室人员代收的，并发给大家吃了。"

郑挺觉得该问的已问清,那告状信不过是"白骨精说人话——妖言惑众"。于是对齐民奎说道:"老齐,今天我们就谈到这里,回去抓紧工作,无论是学大庆还是厂的开工,容不得有丝毫懈怠。"

"是。"齐民奎如当年在战场上接任务,摁灭烟起身向郑挺握手告别。出门后,齐民奎立即做出一个决定:尽快把妻子接到江南炼油厂,这是反击污蔑自己生活作风有问题的最有力"武器"。

十三

随着装置开工时间的临近,外出培训的职工相继回到了江南炼油厂。这天下午,齐民奎和张定康等人站在刚建成的厂部办公楼前等着外出培训的职工回来,杨昌祥等车停稳就拉开车门疾步迎了上去。

"辛苦了,辛苦了!"齐民奎边握手边说。

杨昌祥转着身子向四周打探了一番,由衷地感慨:"变化可真大。"

早一天回厂的赵宇华兴致勃勃地回应:"老杨,记不记得我报到时,齐书记对我们大家说过的话?"

两年前齐书记说过什么话让老赵记这么牢?杨昌祥干脆地反问:"什么话?"

"齐书记说我们不但要建起炼油厂,还要盖起高楼和商场。"

不等杨昌祥接口,张定康抢先肯定:"对,齐书记当时是这么说的,现在我们高楼和商场都有了。"

杨昌祥顺着话柄说道:"那时还觉得不知要等多少年,没想到现在根本找不到当初棉场农田的痕迹。"

革委会副主任朱宝平拍了拍杨昌祥:"连你这个'地主'都觉得这里的变化翻天覆地,若不是我们陪着,估计认不得家了吧?"

在一阵轻松哄笑中,赵宇华指着地面问道:"老杨,若我没记错,现脚下踩的就是你家自留地吧?"

"呵呵。"杨昌祥不太自在地干笑了几声。没错,脚下就是当年开荒出的自留地。前年最后的"根据地"被压平时,他为此还难过了一天。可面对传统种植需经历铲草皮、割青草、采树叶、捞浮萍、挑粪便、烧木梗等一道道烦琐的农活,如今一小把尿素就可替代,且没有尿粪腥臭味,庄稼的长势和收成也喜人,杨昌祥不得不正视当年海涂种植优势早已不复存在。

看张翠莲等在一边,齐民奎转身说道:"哎呀,小张,允许我当一回'法海'吧,留小杨晚点回家。"

张翠莲红着脸不好意思地说道:"齐书记你们先忙。"

"明天我和张主任要去省里开会,趁现在人都在,我们赶紧开个培训碰头会。"齐民奎回过身对杨昌祥解释后,就径直向办公楼走去。

一行人进会议室坐定后,杨昌祥摸出两包"飞鹤",拆开分了一圈,把余下的烟往桌上一搁,伸手拿起齐民奎面前的"飞马",自作主张地抽出一根:"齐书记,进门我就盯上了,好久没抽家乡的烟了。"

齐民奎笑着骂道:"你小子胡说八道,'飞马'啥时候成了你家乡的烟了?"随后,把递回面前的"飞马"抛向杨昌祥,"看来我老首长创立的'飞马'烟还是很受欢迎的嘛。"

"'飞马'是新四军生产的?"

"今天给你补补历史课。"齐民奎点上手中的烟,颇有兴致地讲起了"飞马"烟的来历,"抗战时,张云逸老首长让新四军盘下当地濒于破产的烟厂与新建立的烟厂合并,然后在上海专家的指导下,开始生产'飞马'牌香烟。谁也没料到,'飞马'烟在根据地竟然一炮打响,连当时远在延安的毛主席也爱抽'飞马'烟。后来,我们还从上海印了大批'大英'牌香烟空壳,里面装上'飞马'烟运出去。这些在敌占区热销的香烟为筹集药品、钢材等根据地急需物品提供了大量资金。"

"我记得当时敌占区的群众因为这是新四军生产的烟,所以把它叫作'四爷的烟'。"

听了张定康的补充,齐民奎笑得更开心,但马上言归正传地表扬起了培训队:"这次外出培训你们队伍带得很好,对方厂领导反映,他们同时招进厂的职工比不了我们这批培训人员,连连夸我们'江南人聪明!江南人厉害!'"

张定康频频点头:"这是我们开工一次成功的重要基础。"

看赵宇华和杨昌祥张嘴想说话,齐民奎抬手一挡,说:"近千号人再次集中在一起,如果带得好,日后就是一支呱呱叫的队伍。相反,如果因为还没开工而'放山羊',那以后必出事故,必打败仗。"

这回赵宇华抢先开口:"请各位领导放心,我们绝不会把这股学习和工作的热情劲给退了。"

杨昌祥也紧接着表态:"我和老赵上月已通信商量过,回厂把技术练兵作为近期工作的重点。对所有的操作人员逐一进行考试,确保人人技术能过关。"

副主任朱宝平放下笔强调:"不但要考理论,还得加考实践操作。炼油企业绝不能出夸夸其谈的赵括,一个也不能有!"

有炼油工作经验的张定康马上接口指出:"考试内容不局限于正常的操作,如何处置打雷、下雨、台风等恶劣天气造成的危害与生产变动也列入考试内容。题目能出得越怪,日后就越能应对怪事或怪问题。"

见几位领导没有再说话的意思,赵宇华翻开本子向与会领导汇报:"我和老杨已制订好回厂至开工前的学习计划,不但学,还要比武,促进大家的学习热情,提升操作人员的技能水平。"

对培训队不但有成绩,而且面对成绩不傲,时时做好工作计划,齐民奎深感欣慰,但嘴上仍叮咛:"我们江南炼油厂人员新、设备新、工艺又不成熟,开弓没有回头箭,试车没有回头油,全厂上下必须顶住压力确保一次出油成功,为建设祖国提供油品。"

与会人边认真记笔记边点头,可有个脑袋显得有点乏力。一直偷眼打量四周的密汉民内心甚是悲哀,开会到现在别说是齐民奎等人,就连老领导张定康都没有正眼瞅过自己。他觉得自己就像被打入冷宫的妃子,再无晋升的机会。

散会已过下班时间,许多人径直回了家,齐民奎则拿起搪瓷盆向食堂走去。

刚进食堂,齐民奎发现许多培训回来的职工也在食堂吃饭,排上队抬眼看了一下窗口上的小黑板,上面写了六个菜名,除了炒青菜、红烧油豆腐、红烧肉,还有凉拌海蜇丝、鲫鱼燉葱、清蒸咸目鱼蛋等本地特色菜。菜肴比往日多两道,看来食堂提前做了准备。回想当初围堤等事,齐民奎觉得撇开密汉民的人品,其工作能力还是非常值得肯定的。

今天窗口打菜的刚好是张可富。等前面职工付完饭菜票离开,齐民奎递上搪瓷盆,点了一份炒青菜和鲫鱼燉葱。付清饭菜票,齐民奎端盆找了个空位坐了下来。才吃了几口,就发现菜盆里有异样,伸筷拨了拨,青菜下面藏了一块红烧大排。齐民奎不动声色地看了一下身边的人,也有打了青菜的,可明显没有大排。齐民奎记得自己明明只付了一角八分,刚好是炒青菜和鲫鱼燉葱的价格,根本没付过大排的钱,更何况窗口菜单上也没有大排,估计是张可富做的手脚,想用这种方法来回报自己。齐民奎觉得那块大排像是又臭又硬的茅坑石头,不但扎眼,而且臭味熏天。他本想叫来食堂的管理员,可转眼一想,这事也没有必要兴师动众,不然会再次打击"改造"中的张可富。回头看打菜窗口刚好无人,齐民奎起身端上菜盆径直走到窗口。正在收拾台面的张可富以为齐民奎要加饭菜,放下手中的抹布主动招呼:"齐书记,还要加些什么?"

齐民奎把手中的盆往窗口一放,用筷子把埋在青菜里的大排挖到上面后,没好气地说道:"不是加,是减,减多余的!"

张可富一脸无辜:"书记,是领导要求我们做的,说是让厂领导吃得好点。"

原来张可富只是奉命而为。齐民奎顿时气不打一处来,是谁这样明目张胆地损公利私?这哪里是服务好领导,完全是让领导脱离群众,是给领导和群众一条心设置障碍。他强压心头怒火问道:"谁的要求?"

张可富巴不得给密汉民上上眼药,回答自然且痛快:"密汉民科长。"

齐民奎紧皱的眉头明显加深,问:"大排多少一份?"

"一角五分。"

齐民奎利索地掏出菜票,点了一角五分放在台上,重新端起盆强调:"今后不管是谁下令,绝不允许任何人搞特殊!更不允许任何人占公家的便宜!"

"好的。"

不难听出张可富的回答有点幸灾乐祸,可齐民奎不但没有反感,反而更加确定了自己的判断:特殊化肯定不得民心,只会让群众抵触与厌恶。

在家刚放下碗筷的密汉民被人叫到了齐民奎办公室,他还不知道书记为什么找自己,但看到那张不怒而威紧绷着的脸,腿就有点发软:"齐书记,您找我?"

齐民奎瞄了他一眼,问:"是你安排食堂职工给厂领导多打菜?"

就为这事?还以为培训回厂职工对生活有什么不满呢。密汉民神经轻松了许多,微笑着应道:"齐书记,我……"

不容密汉民说完,齐民奎已厉声打断了他:"食堂绝不允许搞特供!建厂时期不允许,日后投产更不允许!"

密汉民听了很是窝火,不把你们厂领导伺候好,我能有好果子吃吗?现在倒好,老子"老鼠进风箱——干与不干都受气"。可气归气,密汉民面上仍赔着笑脸解释:"书记,培训队还没回来时,我就发现你们厂领导因为日常工作忙,到食堂往往只剩下炒青菜,根本没有其他菜。"

齐民奎没好气地指出:"职工有需要,为什么不多备一些?"

"齐书记,市场哪有这么多货可供?就这些鱼肉蛋,我们还是动足了脑子搞到的,很多当地人还埋怨我们来后不但东西贵了,而且还常常买不到。"

齐民奎的火顿时灭了一半,自己也在蘑菇房听到过当地群众类似的抱怨。是的,自江南炼油厂兴建后,虽然当地政府给予后勤上的支持,但大量人员的汇聚,一定程度上让食品供应发生了紧缺。个人的菜篮子都已叫难,食堂的当家人自然难上加难。想到这里,齐民奎松了眉头,语重心长地说道:"难道吃炒青菜就不能过日子了?想想以前,能吃饱肚子就不错了。生活上我们不要有过多的要求,尤其是领导干部,必须和职工同甘共苦,不然谁跟你一条心?"

密汉民嗤之以鼻,谁爱听这些陈芝麻烂谷子的事?难不成让我们也为吃不饱发愁,为活命担忧?你不要生活特殊保障,我倒还省劲了。当然,你也别自作多情,以为吃一吃青菜职工就和你一条心了?你吃啥没人关注,这种伎俩不过是哗众取宠、图虚名而已!

见密汉民虽耷拉着脑袋一声不吭,但眼珠不停地转动,齐民奎猜对方有想法,于是推心置腹地说道:"汉民同志,不是我爱唠叨,如果我们真把生活标准降一降,把工作标准提一提,那什么事都能做成、做好。"

"是,齐书记。"密汉民言不由衷地应道。

"当然,我们也要想法把职工福利搞上去,不能再让职工勒紧裤腰带干革命了。虽然现在我们没什么条件,只能把有限的精力放在工厂的建设与开工上,但一旦成功出油有了效益,一定要让职工享受到美好的生活。"

密汉民继续口是心非地应付:"是的,是的。"

齐民奎看对方是在违心应和,只好再次强调:"把工作做好,不要想其他乱七八糟的事。"

密汉民暗自"呸"了一声,老子工作井井有条,你才乱七八糟、乌烟瘴气!明着好像君子,可背地里净干龌龊勾当,别人不知道,可能瞒得过我这双火眼金睛吗?菜能咽,糠能咽,气断不能咽;吃能让,穿能让,理断不能让。想到这里,颇有城府的密汉民强忍不快,佯装无辜地为自己辩解:"齐书记,我工作的成绩领导应该很清楚,不可能有乱七八糟的事。"

齐民奎觉得没有必要再谈下去,抬手挥了挥,密汉民转身向外走去。

十四

  经过几轮理论考试，赵宇华确信操作人员不但对正常的操作规程倒背如流，甚至连对打雷、下雨、台风等恶劣天气的处置也掌握得炉火纯青、游刃有余。于是，在他的主持下，考题开始变得怪僻，有些甚至"刁钻"。这天常减压装置操作人员刚拿到考试卷子，原本安静的教室顿时被嘈杂声淹没。因为以往驾轻就熟、滚瓜烂熟的题目不见了，取而代之的是从未见的怪题。如："换热器是什么钢材？""泵有几种类型？它们各自有什么特点？""换热器上的壳程和管程各有几层？""催化塔第三层管线上面有几颗螺丝？型号是什么？"

  这些题目与生产操作哪有关系？蒙了的职工从发牢骚转为叫骂：

  "这是哪个技术员出的题？真无聊！"

  "估计出题人的脑袋进水了。"

  "想捉弄人挑明来，老子陪你！"

  "出题人是吃饱饭太撑了。"

  ……

  突然，考场迅速安静了下来。不但齐民奎和张定康走了进来，身后还紧跟着赵宇华和杨昌祥。

  "为什么这么吵？"

  正色俨然的齐民奎让课桌前的职工虽心底埋怨声不断，却不敢

明目张胆地接话。

"刚才大家不是很想说嘛,那就大胆说出来。"

有个唇下有痣的清瘦职工缓缓站起身,说:"齐书记,请您看看这次的卷子,许多题目简直是捉弄人。"

"哦?给我看看。"齐民奎从这名职工手中接过卷子,瞄了几眼,重新抬起头,面无表情地问大家,"有谁能够答出这些题目?"

台下职工纷纷摇头,不少人再次显露愤然。

"知道这些题目是谁出的吗?"

有操作人员以为书记要替他们打不平,纷纷指名道姓地猜测起来。

"别瞎猜了!"厉声呵斥让四周立即静了下来,只见齐民奎指着自己说道,"题目是我要求并批准的!"

操作人员为书记曝出的"内幕"暗惊不已。书记怎么会批准这些怪题难我们?难道是要扣我们的奖金?没等众人理出一个头绪,只听齐民奎继续说道:"表面上看,这些题是和操作工没有关联,但你们有没有想过,我们是最年轻的炼油厂,无论是操作人员还是检修保运人员,哪个人可以给我齐民奎拍着胸脯说保证生产不出任何事?"

骤然提高的声调让考场气氛变得更紧张。齐民奎语重心长地说道:"同志们呀,我们身上的压力真的很大。这几万甚至是几十万的装置设备,都是国家用有限的资金投入的。你们都知道,国家现在急需用钱的地方还有很多,可只要我们江南炼油厂需要什么,全省甚至是全国一律开'绿灯'满足。对了,今天就和大家说说常减压炉子的施工吧。那天施工前发现浇注不定型衬里材料的龟甲网还没有采购,而这种材料我省和周边省都没有生产厂家。按施工计划必须要在第八天把龟甲网点焊在炉子壳体内壁。于是我们赶紧拍加急电报向省委和化工部求助。化工部接了电报就当即批示吉林化工厂，要求七天内将耐高温、耐腐蚀的龟甲网运抵江南炼油厂。吉林化工厂接到任务后，挑选两名技术精湛的驾驶员，安排一辆性能最好的卡车，在装上龟甲网后，迅速从吉林市出发南下。同志们呀，为了我们厂的建设，这两名司机轮流开车，人息车不停，昼夜兼程，经过五天五夜的疾驶，终于跑完了两千三百公里，提前两天将货物安全运抵我们现场。"

杨昌祥带头鼓起了掌，考场随即响起了掌声。齐民奎如同一个战前动员的将领，环视一圈后抬手压了一压，等考场再次静下后，推心置腹地说道："同志们，我们只有人人成了行家里手，才能开好这些装置，才能顺利出油。所以在大家已掌握正常的操作规程后，我要求题目出得更细、更严、更全。也许在你们眼里，这题目太怪，有可能没有用。但如果你们想着有可能用到，那就会认真对待了。这好比是军事上的推演，只有想得多、想得全，才能把这胜仗打得有把握。就像这次考试中'催化塔第三层管线上面有几颗螺丝？型号是什么？'这道题。如果你作为操作人员心里清楚，日后万一这上面的管线螺丝出了问题，你就会在第一时间成功处理好。"

有人开始默默点头，但还是有人不服气，悄声在人群中抱怨："难不成以后从操作室到现场走路时还要记步数？"

"有什么不可以？"没想到齐民奎耳朵特别灵，听后当即反问，见没有人接话才继续动情地说道，"和大家聊聊我以前的事吧。小时候因为家里穷，我常常放完牛就得上山给家里挑柴。有几次天黑得快，山林中根本辨别不出方向，因为迷路我吃了不少苦头。后来，我有心查看了山上的树皮和石头，发现一个奇怪的现象，同一棵树和同一块石头，它们东西两边的树皮和苔藓居然厚薄不同。从此，无论天再黑，我也不会迷路。后来参军打游击，我凭这个辨别方向的本领,让游击队乘夜摸黑袭击敌军,打了不少的胜仗。"

那个唇下有痣的清瘦职工听到这里再次站了起来:"齐书记,您说得对,多掌握知识点肯定是好事,说不定以后生产过程中就会用到。我错了,我一定好好学。"

"好!如果你们做到再'刁钻'的题目也考不倒,彻底瓦解考官们的所有'进攻',那么你们就是我们学习的榜样,就是我们的标兵,就是我们江南炼油厂的功臣,日后甚至可能因为有你们,拯救了工厂。"

齐民奎口中的榜样、标兵、功臣、拯救等词语,犹如一剂剂兴奋剂,听得考场操作人员满脸绯红。

"我马上答题。"不知谁带头喊了一句,就像是吹响了冲锋号,操作人员纷纷拿起笔,凭借记忆开始认真答题。看所有人或埋头答题,或咬着笔头低头苦苦冥思,或掰着手指在推算,讲台前四人悄悄退出了考场。

虽然岗位练兵的题目从此越考越"怪",但很多人乐此不疲。为了瓦解出题者挖空心思的"进攻",操作人员不断补习各种知识,并把答对题当作荣誉。这天,杨昌祥冲进办公室边摘下柳藤编的安全帽,边对赵宇华嚷道:"老赵,现在我们这些操作工真是太厉害了,有人甚至还把齐书记山上摸黑寻路的方法也运用到岗位练兵上。"

赵宇华想象不出这山上摸黑寻路和厂岗位练兵有什么联系,放下手中的工艺流程总图好奇地问道:"怎么回事?"

杨昌祥一屁股坐在办公桌前,说:"今天有人竟然搞起了现场'蒙目练兵'。"

"'蒙目练兵'?"赵宇华大为惊讶,现场练兵可是模拟实际操作,蒙上眼睛怎么干活?另外,上下铁梯蒙着眼睛很容易磕碰,如果在直梯上失手从高空坠落,不死也伤。他本想问杨昌祥有没有及时制止这样的胡闹,可看杨昌祥言语举止蛮赞同这样的做法,于是话到嘴边就变成询问对方的看法:"老杨,你怎么看这事?"

"很带劲,该表扬,该提倡推广。"

赵宇华推了推鼻梁上的镜架,委婉地表达反对意见:"老杨,我觉得这样练兵风险太大,万一磕碰伤人怎么办?"

杨昌祥脱口反问对方:"人又不是纸糊的,怕啥?"

赵宇华只好直接表达了自己的看法:"这样练兵感觉只是猎奇,是玩花样,你说有意义吗?"

"刚开始我也是这样认为,可现场一问,这个练兵法竟然还是操作工提出的。说是考虑装置日后可能会发生紧急停电或闪电引起的事故,如果是在不见月光的夜间发生停电,现场有可能伸手不见五指,所有人只能靠感觉处理事故。如果我们想要避免次生事故的发生,尽快恢复生产,那必须练就这样的本领,如同当年齐书记在山林中摸黑寻路一样。"

赵宇华的心怦然一动,虽然在炼油厂摸爬滚打二十多年,可还真没想到在伸手不见五指的情况下发生停电事故。当然出这种事的概率极低,但一旦真发生这样的事故,其危害程度必定高于想象。而这种看似苛刻的练兵,其实就是日后事故的克星。看来任何事想做成、做好,就必须相信群众、发动群众、依靠群众。赵宇华突然有种冲动,很想去现场看看,于是推椅起身,说:"我去看看。"

"我陪你去。"

两人相继戴上安全帽向催化装置现场走去。还没进操作室,只见一名操作人员戴着安全帽,手提"F"扳手从操作室走出来。赵宇华定睛一看,那人正如杨昌祥所描述,双眼被黑布蒙得严严实实。虽然身后有不少人跟着,可没有一人提示行进方向,相反有人还故意发出怪声捣乱。这名蒙眼的操作人员走到铁梯前,左手向前一划,顺利握住扶梯向上走去。看着那稳健的走路姿势,赵宇华觉得如果不是蒙眼布有问题，那这人就是"二郎神"杨戬投胎，不然没有第三只眼睛，怎么可能蒙了双眼还能正常行走？

这时，催化车间技术员瞿开达迎了过来。赵宇华指了指平台上正在关阀门的蒙眼操作人员问："怎么练成的？"

"唉——两位领导，现在这些操作工真是油滑到家了。你们看，这是在模拟夜间紧急停电去现场处置事故。他们不光把每个塔的楼梯有几阶默记了下来，连操作室到现场走多少步，什么时候该转多少角度，什么时候该伸手摸边上的物体，全都默记在心，我现在一点也考不倒他们。"

听着瞿开达一脸无奈的苦诉，赵宇华和杨昌祥心里暗喜不已。赵宇华心想，如果岗位练兵真像齐民奎书记比喻的两军对阵，那当初作为进攻者的考官已变成防守者。士气旺盛的操作工正攻城略地，且喜报频传，逼得考官难以招架。他随口问道："今天考题是你出的？"

"是的。"可刚说完，瞿开达马上又摇着头说道，"但也不是。"

"嗯？"杨昌祥看不惯模棱两可的说法，认为这种油嘴滑舌既没有底气，也不负责任。

看队长扭过头皱着眉头盯着自己，瞿开达连忙指了指现场拿秒表计时的生产技术科职工解释："杨队长，考题是和生产技术科同志一起提前出的，再把题库的考题按岗位分类投进盒中，要求操作工蒙着眼睛抽题应考。"

"内外操考题比例是多少？目前现场练兵题量共有多少？"

听赵宇华问得这么细，瞿开达额头急出了汗，因为谁也没有统计过内操和外操考题的具体比例。他灵机一动，反正这个数据领导也不会去核准，不如估算着报个比例，于是脱口说道："赵书记，目前内外操比例为二八开，现在共出考题八十一道。"

"嗯。日常操作是以内操为重,但事故处理重点在外操,无论阀门要关还是要开,必须第一时间关到位或开到位。"

"我们一定按赵书记的指示办。"

"如果职工已熟练掌握本岗位操作技能,可以培养他们当全流程能手。"

瞿开达会心一笑:"这些家伙野心勃勃,不光是班组长,已有好几个人掌握了装置的全流程操作。"

现场突然响起掌声,原来是蒙眼上塔操作的"二郎神"完成了相关的操作。联想起刚才与瞿开达的对话,杨昌祥由衷感叹:"八十一道考题,九九八十一难,过了关必能取到真经。"

突然,一辆吉普车飞驰而来,只见厂办秘书小韩摇着手招呼:"赵书记,杨队长,齐书记请你们马上去厂部开会。"

赵宇华和杨昌祥相继钻进小车。等车启动后,杨昌祥问小韩:"齐书记找我们什么事?"

"又有新的建设任务。"小韩面带微笑地打住话头,"等一下听齐书记传达吧。"

随小韩进厂部会议室后,赵宇华和杨昌祥刚落座打开笔记本,只听张定康干咳一声后说道:"同志们,刚从省委得到一个好消息,我省上报的《在江南炼油厂新建年产三十万吨合成氨计划任务书的报告》,中共中央政治局常委、副主席李先念已圈阅批准了。"

"哗——"在齐民奎的带领下,掌声充满了会议室的角落。这时只听张定康又情绪激昂地说道:"我们不光要搞合成氨装置,还要建尿素装置,省委已向国务院申报在我厂建五十二万吨尿素装置。"

赵宇华闻讯为之一振,这也就是说江南炼油厂将从单一的炼油企业迈向炼油化工联合企业,那可是多少炼油厂的梦想。早先自己所在的厂一直在申请建化肥厂,可始终没有得到批准,没想到还没开工的江南炼油厂却捷足先登了。看来十届三中全会恢复邓小平领导职务后,国家明显加快了经济建设的速度。而这背后是尊重知识、尊重人才政策的落实。蓦然,赵宇华为自己当初来江南炼油厂的决定而庆幸。

同在会场的杨昌祥听了消息却喜忧参半。棉场出身的他太清楚化肥的作用,单靠有机肥返田很难满足作物的需求。农业局的技术人员也证实,在其他生产因素不变情况下,施用化肥的农作物可增产40%到60%。立竿见影的效果让化肥有着"庄稼一枝花,全靠肥当家"之誉。当然越是好东西,越是抢手,加上国内化肥产量较低,尿素成了"香饽饽"。无论是绿化、养鱼,还是挖河、修堤,甚至是做绝育手术,县上都是以供应平价化肥来促进农民参与的积极性,化肥成了"百搭"却"百灵验"的商品。更多时候,许多农民手捏皱巴巴的粮肥挂钩票证,却买不到化肥,弄得他们怨声载道。如果能让农民有足够的化肥,那即使是贫瘠的土地,也能实现禾苗翠绿、稻谷飘香的愿望。所以对厂新建年产三十万吨合成氨装置,杨昌祥发自内心的高兴,可同时他又为农田将被征用所忧。望海县本就缺田地,若再被占用成工业用地,一旦再出现十几年前的那种大灾害,人们如何活命?化肥的确重要,但毕竟是无根的浮萍,没田,再多的化肥也抵不过一堆泥土。

等掌声平息后,齐民奎信心满满地说道:"同志们,为了节省有限的外汇,更为了促进中国化肥工业逐步走上自我发展的道路,与以往兴建的大型合成氨、尿素装置不同,国家要求我们的化肥工程采用在本国技术基础上引进国外先进技术的'嫁接'方式。"

朱宝平插话补充:"也就是说,三十万吨合成氨装置仍采用全套引进的办法,但五十二万吨尿素装置则由过去引进成套装置改为引进技术。"

赵宇华闻之又是惊喜不已。自1973至1976年,四川、黑龙江、辽宁、山东、湖南和湖北等地在国家的支持下,相继全套引进了国外十三套大型合成氨、尿素装置,可这些装置与技术和中国人没有关系。但现在江南炼油厂新建的尿素装置不一样,这标志着中国有信心和决心凭借自己的技术能力建大装置。

果然不出所料,半个月前调入江南炼油厂的革委会副主任华长江剖析了引进技术的意义:"这是一次大胆的尝试,与进口成套设备相比,引进技术不但有利于培养本国技术队伍,还有利于解决装置日后配件和设备维修问题,更有利于发展本国的制造业。"

齐民奎情绪激昂地接过了话头:"是的,这是一次尝试,但我们江南炼油厂的人一定能够把这种'尝试'变成日后的'趋势',再把'趋势'逐渐发展为日后能屹立于世界先进技术之林的'强势'。"

会议室的掌声更加响亮,杨昌祥瞄了一眼身边正拼命鼓掌的赵宇华,隐隐觉得两人行进方向虽一致,却不是同一轨迹。

十五

齐民奎有午饭后阅读报刊的习惯,10月22日,在看到昨天《人民日报》刊登的《高等学校招生进行重大改革》消息后,便想起了陈萍,于是拿起电话拨通了密汉民办公室的电话。

"喂。"电话铃声才响了一下,对方就接起了电话。

"小密,陈萍还在不在劳务队?"

一听是齐民奎问陈萍,密汉民心一惊,吃不准书记有啥目的,镇定地反问:"齐书记,在啊,您有事找她?"

"下班后你陪她到我办公室来一趟。"

"好的。下班后我带她来书记办公室。"

挂上电话,原在打瞌睡的密汉民顿时没了困意,揣摩齐民奎为什么要找陈萍。更想不通为什么让自己陪同,难不成上面终于来调查齐民奎了?但各种迹象表明不太可能,何况若真是来调查,怎么会让齐民奎来通知?莫非老头子闻到举报气息,想和我当面对质?越揣摩,密汉民觉得脑子越乱,各种各样的可能性如一股股麻绳,把他绞在里面透不过气来。他索性打定了主意:届时现场谨慎观望,随机应变。

下班后,密汉民带着陈萍准时来到齐民奎的办公室,抬手轻轻敲响了开着的门。只见齐民奎闻声抬起头,放下手中的文件招呼:"进来,坐。"

第一次进江南炼油厂书记办公室的陈萍很拘谨。参加工作后,陈萍性格变化非常大,不但守时守纪,更懂得了规矩。

密汉民虽然进出这个办公室的次数已不计其数,可现在他像是进了一个陌生地方。办公室只有他们三人,根本没有上级调查的领导,也看不出齐民奎有啥不满。密汉民暗自为案牍劳形的领导找家属工的离奇事叫怪,荷尔蒙旺盛的他突然灵光一现,难不成齐民奎熬不住,想回味"黑牡丹"?对,应该是这样,陈萍现是有夫之妇,齐民奎不可能去她家,若想再尝"野味",那只能在办公室。至于自己应该像上次一样,是齐民奎作为挡箭牌来遮人耳目的。想到这里,密汉民主动说道:"齐书记,我在外面等……"

没想到齐民奎脸一拉:"谁让你出去?!坐下!"

毕竟是老江湖,密汉民迅速调整情绪,热情招呼陈萍:"坐,别浪费齐书记宝贵的时间。"

等两人坐定,齐民奎往椅背一靠,问陈萍:"小陈,还在坚持自学吗?"

"齐书记,我绝不会忘记您的叮嘱,每天都在学。"

"好!"齐民奎顺手取过桌上的一张报纸递给陈萍,"看一下今天的报纸。"

不动声色的密汉民高速运转大脑,可却像卡了壳,怎么也梳理不出这几句对话的意思,更弄不清书记为什么让"破鞋"看《人民日报》。陈萍也是一头雾水地接过报纸埋头读了起来,想尽快找出齐书记要自己关心的内容。

办公室很安静,齐民奎好像安排完了一件事,又伏案圈阅起文件。密汉民佯装热心,侧身伸长了脖子看那份报纸。虽然这份报纸他早上已看过,可不记得上面这些新闻大事和身边这个"破鞋"有啥关系,可当再次看到头版《高等学校招生进行重大改革》的消息和

《搞好大学招生是全国人民的希望》的社论后,联想刚才两人的对话内容,密汉民暗吃一惊,难道齐民奎要让陈萍去参加高考?这个念头刚冒出,只见陈萍已抬头试问齐民奎:"齐书记,您是让我看恢复高考的消息和社论?"

"对!"齐民奎坚定的语气中难掩一丝兴奋,放下笔重新抬起头,"国庆后,新华社多次报道了陈景润的事迹,说明中国已迎来尊重知识、尊重人才的春天。现在恢复高考制度,'白卷英雄'时代将不再重演,推荐上大学制度已成为历史。据我个人估计,两个月内国家就会进行高考招生。"

密汉民心不在焉地点着头,暗自揣摩齐民奎兴奋背后有什么目的,这时只听陈萍怯怯地进一步探问:"齐书记,您让我去参加高考?"

"不光是你,厂党委要鼓励更多的人去参加高考。"

齐民奎的话让密汉民又吃了一惊,他憋不住提出了担忧:"齐书记,如果都去高考读书,那厂建设和生产谁来?"

齐民奎料定大部分职工早已扔了书本,不会报名参加高考。同时,能考上大学的职工必定寥寥无几,不可能会影响厂的建设与生产。所以当即反驳:"不是所有人都愿意刻苦学习文化,想参加高考必须有真才实学,不然就是'娶媳妇打幡儿——瞎凑热闹'。"

不想密汉民还没接话,陈萍却先打起了退堂鼓:"齐书记,我怕考不了。"

"怕?!"在齐民奎印象中,陈萍是个有胆魄的人,表面软弱、堕落,可内心其实有着一股极强的自尊与好强。看着颦蹙眉头、捏搓衣角的陈萍,齐民奎突然想到了什么,试问对方:"语文、政治、历史和地理这些科目你有没有也在学?"

"几乎没碰过。"

齐民奎当即提出办法:"这样,语文古文的阅读和理解需要一定的文学基础,时间紧,不要花太多的时间。地理你有数学基础,应该可以多拿点分。政治和历史不难,只需花时间背诵就可以拿分。"说完,指了指密汉民,"这些天你抓紧复习,有什么需要找他。"

陈萍倏地起身鞠了一躬:"齐书记,我一定会努力的,谢谢您!"

齐民奎长吁了一口气,摆摆手:"小陈,不用谢我,高考是为国家选出真正的人才,是为我国日后的腾飞打基础。"

这也太冠冕堂皇了吧?这么多职工你齐民奎不找来谈话,单单就鼓励陈萍参加高考,难不成你只是陈萍的书记?密汉民心里暗骂一通,嘴上却搜肠刮肚地应和:"是啊,高考关系着一个民族的未来、一个国家的前途命运。也是我们国家尊重知识、尊重人才、实事求是、顺应民意的显现,具有深远的历史意义和现实意义。"

齐民奎扫了一眼密汉民,心想,这种大话用得着说吗?密汉民本想迎合齐民奎的目光,可对方那不屑的目光让他心一寒,似乎也看到了自己灰暗的前程。

出了齐民奎办公室后,陈萍急匆匆向食堂赶去。刚坐下,张可富一脸不悦地问道:"怎么这么晚?"

"齐书记找我有事。"陈萍坐下后,拿起筷子挑了一口饭往嘴里送。

已吃完饭的张可富盯着妻子问:"这家伙又有啥事想折腾我们?"

陈萍咀嚼的嘴猛然停住了,连夹起的红烧土豆也停在了半空,颇为惊讶地问:"齐书记一直对我们不薄呀。"

"哼!"张可富喷出一个鼻音后纠正妻子的说法,"让我一个大男人天天围着灶头转,不是个好东西。"

陈萍听了心里很不是滋味,觉得即使抛开书记修理房顶和招自己进厂工作这些大恩,丈夫也该因盗窃公物没被开除或坐牢而感到庆幸。本打算纠正其抱怨心态，可转眼一想，他这气毕竟是为自己所受，何况食堂是公共场所也不便沟通交流，于是就说起了刚知道的新闻："阿富，国家要恢复高考了。"

"高考？"张可富愣了，似乎这是很遥远的事。自从高考制度改为推荐制度后，张可富心里清楚，自己虽理论上也是推荐的对象，但要从所谓有实践的工人、农民中选拔学生，没有"背景"永远也不可能进大学。当然，他对读不读大学也没兴致与向往，毕竟这些大学生也一样学工学农，一样要"批林批孔"，一样"反击右倾翻案风"，还得加上"三大革命做课堂"。

"是的。"看丈夫一脸的懵懂，陈萍兴致勃勃地提议，"阿富，我们一起去参加高考吧，这也是调离工作的一个机会。"

"老头子找你就这事？"

"是。齐书记让我们全厂职工参加高考。"

没想到张可富鄙夷地剜了妻子一眼："就你还想去高考？还是别再给我丢脸了！"

陈萍又羞又气又恼，张可富这话不仅带刺，还带毒。前半句只是看不起她，可后半句却在揭自己过去的丑，是在扇自己的耳光。

看陈萍撇了撇嘴，既没吭声，也没咀嚼，张可富知道戳到了对方的痛处，于是起身说道："快吃吧，我先去里面收拾。"

陈萍扬起泪汪汪的大眼睛："阿富，我们去不去参加高考？"

张可富心一软，本想说你自己定，反正我没兴趣。可话还没出口，蓦然想到如果老婆真去读大学了，那她怎么还会看得上身为厨子的丈夫？自己不就在家没地位了吗？再往坏了想，一个漂亮女人独自在外，身边的人又都很出色，这能不出问题吗？想到这里，张可富心一横，拉着脸轻声喝道："老老实实在家给我生孩子，有了儿子我才有回家的可能！"

张可富的话像一颗子弹再次击中了陈萍的要害，她赶紧埋头把泪和饭菜吞了下去。是的，结婚也有两年了，可不知为什么一直没怀上孕，她真害怕当初那些荒唐事影响生育。张可富父母依然不认她这个儿媳，两家没有任何的来往，如果有了孩子做媒介，两家的关系应该会得到改善。稍做权衡后，陈萍决定不参加高考，毕竟与家庭幸福相比，读书只是小事，该放弃还得放弃，人生从来没有熊掌和鱼可皆得的事，何况自己现在已拥有这么多，该知足了。

三天后，在密汉民的陪同下，陈萍又被叫到了齐民奎的办公室。简单招呼后，齐民奎开门见山问陈萍："听说你不想参加高考了？"

"是。"陈萍声如蚊蚋。

"为什么？"

对齐民奎的追问，陈萍内心非常的纠结。说真实原因吧，估计书记会找丈夫谈话，那等于是给丈夫背后捅刀子，所以她临时编了个谎："书记，我觉得没意思。"

"没意思？"齐民奎骤然提高了嗓音反问。他没想到陈萍会这样答复自己，毕竟三天前陈萍对高考还是一脸的憧憬，临走前还表了态。虽然还不清楚是什么改变了陈萍的想法，但齐民奎决定先从数学爱好上介入，于是不等一脸尴尬的陈萍解释原因，聊起了近期刚学的数学知识："小陈，你爱好数学，但你知道吗，数学可是研究现实生活中数量关系和空间形式的一门科学。它源自数千年前人们的生产实践，所以自古以来数学就与人类的日常生活密不可分。今天我们对数学的应用，更是深入社会的方方面面。"

陈萍惊讶地瞪大了眼睛，她没想到书记对数学有这样的理解。齐民奎毫不回避地回应她的眼神，继续侃侃而谈："不用奇怪，我也是才知道这些。早些年，我也参与了批判'智育第一''分数挂帅''白专道路'等运动,现在才认识到这导致了我们国家的孩子不愿认真读书的思潮,大大削弱了对基础知识的掌握。在恢复省能源局的工作后,我曾学习了《资本论》,记得马克思不但曾指出'生产力中也包括科学'和'社会劳动生产力,首先是科学的力量''固定资本的发展表明,一般社会知识已在多么大的程度上变成了直接的生产力'。而且还推定'大工业把巨大的自然力和自然科学并入生产过程,必然大大提高劳动生产率'。"

密汉民暗暗称奇,齐民奎的记忆怎么这么强,不过这些言论好像有点不对劲,甚至很像"五类分子"的言论。齐民奎清楚刚才这番言论对一名基层女工而言过于深奥,但他必须这样做,因为陈萍是个有学识基础的人,如果能带她站在一个更高的格局与视野看问题,那破解行进中的障碍必定迎刃而解、手到擒来。看陈萍频频点头认可,齐民奎适时转起话锋:"当然,高考这事不但是'暗室里穿针——难过',同时也是'摁着牛头喝水——勉强不得'。"

两句形象的歇后语让陈萍和密汉民都笑出了声,办公室气氛一下子轻松起来。

"无论是从我们厂日后的发展考虑,还是国家的经济、国防建设需要,我们必须复苏读书氛围,重燃求学、励志之心。小陈,你知不知道你有着别人所没有的高考优势?"

陈萍愣了,记得懂事起自己一直在困境或逆境中挣扎,别说是优势,能和人平等就已经是谢天谢地了。不光陈萍想不出自己的优势所在,坐在一旁的密汉民也为齐民奎的怪论暗自发笑。老头难不成还把"破鞋"当作宝了?如果陈萍真有别人所没有的优势,那只能是一个——睡过的男人远比别人要多!密汉民忍不住为自己寻找到的答案笑出了声。这笑声不同于刚才的,顿时让陈萍的表情极为尴尬。齐民奎似乎并不理会这些,真诚地说道:"许多人因为数学费解，所以往往把数学歪曲成了艰涩难懂的学问。可你不一样,把学习当作一种兴趣与快乐,这样的人注定日后能获得成功。"

为了弥补刚才的唐突,密汉民也接过了话柄:"就是,就是。数学是高考最难的学科,其他科目都可以突击背诵,只有数学不可能用死记硬背的方法。小陈,你的优势非常的明显。"

不同于齐民奎的婉转,密汉民直白的表扬反而让陈萍面红耳赤,她连连摇手:"没有,没有,我对数学也是一知半解。"

齐民奎接过了话柄:"小陈,你真的很幸运。"

已晕头转向的陈萍连连点头:"是,是,多谢领导们的帮助和关心……"

"小陈,我不是这个意思。"齐民奎知道陈萍理解错了自己的意思,抬手制止对方,"你知道吗?大家都希望通过自己的努力打开高考这扇大门,进入全新的知识殿堂。所以现在很多考理科的人为了能买到《数理化自学丛书》,只能托上海的亲戚和朋友连夜在书店门口排队。由于抢购的人太多,连书店厚厚的玻璃门都给挤碎了。"

陈萍虽听懂了意思,可难对上话,只能轻声"嗯"了一声,算作是回应。

"我已把你作为学习标兵来鼓励大家复习参加高考,你可不能泄气,更不能退缩。"

"啊?!"

陈萍如坐针毡,内心掀起了巨大的波澜。怎么办?自己男人不让自己去高考,可书记却似乎铁了心要让自己参加高考。她似乎进了没有路标的三岔路口,左右为难。齐民奎似乎看出了陈萍的心思,问道:"你个人还有什么困难尽管提。"

"我……我……"

看陈萍结巴了半天也没说出来,密汉民也催促:"有困难就说出来。"

"我……我没有困难。"陈萍还是垂下眼帘熬住了,没说原因。

"那你参不参加高考?"

抬眼看到齐民奎殷切的目光,陈萍仍然犹豫不决。齐民奎松下了身子,往椅背上一靠,一脸惋惜地说道:"那就不要勉强,毕竟我刚才也说了,不能摁着牛头喝水。"

"不,不是……"

齐民奎眼一亮,脱口问道:"那你参加高考?"

"我参加高考。"陈萍艰难地挤出肯定的答复。

"好!我代表厂革委会感谢你!"

陈萍从来没有接受过这样的表扬,涨红了脸一时无语。密汉民在一旁又暗骂开来:呸,还厂革委会感谢,有没有搞错?难不成"破鞋"考试成卫星升天了?

齐民奎额上饱经风霜的皱纹似乎也舒展了许多,说:"一个厂的学习氛围一旦形成并巩固,那不但有益于当下这一代江南炼油厂人,也会让我们厂二代、厂三代受益。"

陈萍听得连连点头,觉得自己参不参加高考已不仅仅关联到身边的职工,也关联着厂的下一代,责任重大。

"加油,我期待你的好消息。"

"嗯!"陈萍这次应得很干脆,很有力。

十六

1977年12月23日,刚过冬至,一场不期而至的冬雨倏然而至。飞扬的雨帘和曼舞的冷风使望海县的洋面烟雨氤氲,虽让人感到凛冽刺骨,却也平添了几分仙意。

临近中午,三辆车鱼贯驶入江南炼油厂原油码头。车停稳后,齐民奎等人簇拥着郑挺向人群走去。此时位于望海新建的江南炼油厂算山原油码头红旗猎猎作响,黑色系缆桩一字排开,像一排整装的士兵正等待油轮的停泊。

"郑主任,前面这艘大轮船就是大庆油轮。"

打着雨伞的郑挺顺着齐民奎指的方向望去,只见船舷标着"大庆45"号的油轮正披着盛装,划开泛泛黄浪缓缓向码头驶来。他边扣军大衣扣子边说:"这次交通部非常重视虾峙门航道的开通,东海舰队也及时对航道疑似沉船点进行确认和排除,油轮能顺利进来真是多亏了各方的大力支持呀。"

"是啊,这三年真是多亏了各方的大力支持。"

郑挺轻声问道:"老齐,省委压力很大,江南炼油厂年内出油不会有困难吧?"

齐民奎这才明白郑挺提航道的意思,看来省领导的压力远比自己大许多。他沉吟片刻慎重地答复:"郑副主任,目前各项工作均处于控制中,我们一定会开好装置,确保一次出油成功!"

看着齐民奎帽檐外斑白的两鬓和腮上的点点褐斑,郑挺不想再给对方添加压力,立即岔开了话题:"老齐,我们当初选址在望海,今天仅从运输看来,这也是非常正确的。"

"是呀,算山码头地处杭州湾东侧,濒临海域开阔、水深浪小、水流平顺、主航道不冲不淤的金塘水道,能够有这样大型深水泊位的优越条件,以后厂进出油轮就方便多了。"

"码头现在泊位能力是多少?"

恰一阵海风吹来,看齐民奎没听清郑挺问什么,张定康赶紧回话:"经过一年多的施工建设,现在我们码头已具备两万四千吨级泊位能力。同时,我们向生产装置输送的管线也已完成铺设和试压任务。"

齐民奎这时笑着补充:"这条输送管线其实我们已投用过。"

"嗯?"郑挺愣了,不是说好了自己为码头首次受油剪彩,现在油轮才到,输送管线怎么可能已投用?难不成有猫腻?

"郑副主任,前天我们用这条管线向厂里输完了生产用水。"

对于炼油厂调水的做法,郑挺更是不解,皱起眉头问道:"岚山水库不是提前就备好了生产用水?"

"厂化验分析发现岚山水库的水氯离子含量偏高,为了不影响生产,我们决定把原油码头的水通过原油管道调到厂里待用。"

这些日子郑挺也恶补了不少的炼油知识,知道原油因为含盐带水,在加工前必须注入新鲜水,让原油中的盐充分溶解于水中,形成含石油与水的乳化液,然后再进行脱盐脱水操作。所以水是炼油加工必不可缺的物质,但又不是什么水都可用,否则轻则导致设备的腐蚀,重则导致生产的失败。听到江南炼油厂克服各种困难,千方百计做好各项生产准备工作,郑挺非常满意:"好,这不但解决了我们厂生产的燃眉之急,也等于为输油开展了一次演练。"刚点头称赞完,又询问起另一起关心的事,"污水处理装置生产准备好了吧?"

"请郑副主任放心,我们一直把污水处理当作生产过程中不可或缺的一环。据测算,江南炼油厂生产过程每小时产生污水为二百吨,但我们已把这一指标提高了五倍。"

郑挺复问齐民奎:"厂每小时污水处理能力达一千吨?"

"是的。江南炼油厂地处敏感位置,我们一定会保护好有着'东海鱼仓'和'中国渔都'美称的中国最大渔场。"

郑挺不知如何表态。工厂地处经济繁荣的长江三角洲地区,邻近海域又和舟山渔场相连,中央和省里对江南炼油厂指示要减少工业废水排放,防范水体污染。现在厂里的确高度重视舟山渔场的环境保护,但对过度投入污水处理能力的开发,郑挺并不认可。

齐民奎看出了郑挺的心思,主动解释扩大污水处理能力的原因:"郑副主任,目前江南炼油厂只是调剂型原油加工厂,但我们相信日后肯定不是每年二百五十万吨原油的加工生产规模。"

郑挺一算,若是按这个环保处理能力,江南炼油厂日后可以扩大到每年一千二百五十万吨的原油加工生产规模。想起江南炼油厂已围起的千亩海涂地,他扑哧一笑,一拳打在了齐民奎肩上:"野心可真不小!"

"我坚信江南厂有良好的发展前景。"

"希望是吧。"面对齐民奎的雄心壮志与激情,郑挺的语气非常平和。在他看来,能确保每年从国家调剂到二百五十万吨原油已是大幸。

"呜——"伴随着一阵汽笛的长鸣,满载胜利原油的"大庆45"号油轮缓缓向码头靠来。在码头等候的操作人员头戴安全帽,身穿胶皮雨衣,按操作规程配合轮船完成松出锚链、抛下"八字锚"、系紧缆绳等一系列工作。

随着蒸汽的引入,原油开始通过油泵向油罐输去。在现场的欢呼声中,几位领导兴致勃勃地为码头首次靠船受油剪彩,等待多时的江南炼油厂职工赶紧点响了早已准备好的鞭炮,上千人的掌声、笑声和欢呼声将现场气氛推向了高潮。

郑挺冲着齐民奎兴致勃勃地挥了挥手:"走,带我去看看锅炉房。"

"好!"

郑挺前脚刚跨入锅炉房大门,就听到有人在大喊:"班长,油枪喷头火灭了。"

齐民奎没想到在这节骨眼上发生意外,满脸笑容顿时僵住了,不知道是继续陪同郑挺进门还是离开。

"有啥好嚷嚷的?是结焦了,快,趁热尽快把焦给铲了。"只见班长气定神闲地拿起边上的长铁棍,一边铲油枪喷头的结焦,一边连续下达指令:"准备点火棍,喷油量调小半扣。"

"是。喷油量调小半扣。"操作人员复述指令后,再次点燃沾了煤油的点火棍。

等油枪喷头的结焦铲落,那名班长戴上墨镜,将点火棍伸到油枪口,炉膛再次燃起熊熊烈火,随后他又根据锅炉的工艺指标,拿上管子钳微调喷油量和蒸汽量,仔细观察炉膛内燃烧情况,使油料喷雾得以充分燃烧。

看生产异常下各岗位的操作人员镇定处理并排除故障,郑挺满意地点头赞道:"不错,有水平。"

齐民奎终于松了一口气,自我检讨:"郑主任,我们工作还不到位。"

郑挺摇头平和地说道:"开好这么大的炼油厂很不容易,必然会有许多意料外的事。当年大庆油田也发生过井喷的险情,但只要有一支苦干实干的队伍,就可以确保我们伟大的事业奋勇向前。"

一阵掌声后,齐民奎代表炼油厂表态:"苦干实干就是我们石

油人攻坚克难、无私奉献的精神禀赋,我们一定会向铁人王进喜看齐!"

郑挺走到锅炉班长身边问道:"同志,我能不能也看一下锅炉?"

刚才还镇定指挥生产的班长顿时紧张起来,递上墨镜打开锅炉观察口,说:"领导,上。"

身后的密汉民赶紧推了推班长纠正:"是请。"

班长一紧张,指着观察口说:"请领导上。"

郑挺爽朗应声:"好,这里你是一号指挥员,我听从指挥,上!"

众人顿时笑成一片。等从锅炉房出来,在齐民奎等人的陪同下,郑挺又兴致勃勃地参观化验、接管、受油、测量、贮存、输送等环节,见各岗位工作人员井然有序,郑挺甚为满意。

十七

在赵宇华和杨昌祥忙着进入开工冲刺阶段时,高考也拉开了上阵拼刺的序幕。

两个多月来,陈萍只能在单位悄悄进行复习。回到家不敢花过多的时间看书,最多像以往一样,在张可富的不解中静静演算数学题。她还暗中用心避起了孕,想张可富一直盼着快点有孩子,而自己却残酷抛弃他的"种子",陈萍很是内疚。

不知不觉中,陈萍顺利通过了县里组织的摸底考试,成功拿到了参加高考的资格。正如齐民奎预测的,全厂只有三十多人过了摸底考试,不到全厂总职工人数的百分之一。12月6日,裹着坦克棉袄的陈萍如愿走进了考场。刚坐定,座位前一考生责怪起刚进门的男孩:"毕强,你怎么才来?"

"早来晚来还不是一个样?"

"别没信心,抓紧再复习一下。"

"好吧。姨夫,那我再看一下你昨天划的重点。"

姨夫?陈萍有点发蒙,两代人同时来参加高考?抬眼看面前这个考生的背影,对方穿了件中山装,略为宽松的上衣罩着微弓的背,露出的那截苍白长脖足以证明他不是干重体力活的人。而进门那个外甥却截然不同,穿了件时髦的绿军装,戴着军帽,斜挎军用书包,不但身材高大,且浓眼大眉,俨然部队的军官。看毕强走到邻桌落座，陈萍眼帘一垂，目光迅速移向窗外。看着走廊上一张张或饱经风霜、或风华正茂、或稚气未脱，对着手中的准考证找考场的考生的脸，陈萍感慨不已。十年一考，也许有的考生年龄已近三十岁，有的才十六岁。所以考生中不但会有兄弟、姐妹、叔侄等关系，甚至有师生、夫妻、妯娌等一起参加高考。当然，处在底层的陈萍怎么也想不到，那天全国包括工人农民、上山下乡和回乡知识青年、复员军人、干部和应届高中毕业生累计有五百七十万人，这支"高考大军"同时向二十七万三千个高校录取名额发起激烈又残酷的竞争。

耳边传来"嗡嗡"的朗读声，陈萍赶紧收回思绪，掏出书和笔记本，埋头开始考前的最后复习。

头天的考试挺顺利，无论是语文还是政治，陈萍对自己的答题还是较为满意，尤其是以"路"为题目的作文，从"人有恒心万事成，人无恒心万事崩"引出坚持信念向前走的重要性，以"山重水复疑无路，柳暗花明又一村"为转折，再以"路漫漫其修远兮，吾将上下而求索。相信山高有攀头，路远有奔头"作结尾，几乎是一气呵成。

下午监考老师收政治卷时，前面那个考生又扭过头问邻座的男孩："毕强，感觉怎么样？"

"唉——"毕强夸张地长叹了一声，比画着手说道，"小子本无才，老子逼我来。考试干瞪眼，鸭蛋滚滚来。"

自损调侃的打油诗引得还没出考场的考生哄笑叫好，连刚收完卷的两位监考老师也忍不住笑出了声。见陈萍反手捂嘴笑着看自己，毕强主动打起了招呼："同志，你应该考得很棒。"

"嗯？"陈萍很是意外，对方也是考生，怎么会知道自己的考试结果，于是好奇地问对方，"你怎么知道我答得好不好？"

毕强耸了耸肩，一脸轻松地说道："我不会做，老子又不允许我早交卷，只好干瞪眼坐着看你们答题。发现全考场只有你一直埋头在做题,应该能得高分。"

"谢谢!"陈萍急着想回家再抓紧复习明天的科目,于是礼貌谢过后,拎上袋子起身走出了考场。

纸包不住火,晚上张可富一进家门就甩脸问道:"今天你去哪里了?"

陈萍像做错了事的小孩,放下手中的书怯怯地说道:"去参加高考了。"

张可富眼一瞪加大了嗓门:"不是说不许你去吗?!"

"可……可齐书记让我一定要参加。"

张可富勃然大怒:"他让你吃屎你也去吗?他算什么东西?还管到我家女人了?"

"阿富,他是真心在帮我们。"

"放屁!他一直在害我,让我一个大男人每天早出晚归伺候人!"张可富歇斯底里地吼完,健步冲到陈萍面前,一把夺过复习的书,举到胸前边撕边骂,"我让你学,我让你考!"

陈萍的眼泪无声地流了出来,默默看着张可富把书撕完狠狠扔在地上,耳边还传来蛮不讲理的要求:"明天和我一起去上班,不许去考场!"

陈萍急了,目前考完的两科比较理想,明天数学更是自己的长项。通过这两个多月的学习和考试,她体验到了人生的快乐和意义,也觉得找到了自己人生的价值,找到了自尊与自强的台阶,可没想到现在这一切都要毁了。令她感到痛心与绝望的是毁灭梦想的人竟然是将一生相随的丈夫。陈萍哀求道:"阿富,我已经复习了很久,也已经考了一天,能不能让我参加完这次高考?"

张可富想也没想就断然否决:"不行!"

想到自己曾答应齐民奎参加高考,陈萍"扑通"一声跪在了张可富面前："阿富，能不能让我去考完，即使能进大学，我也放弃。"

"读书有什么用！女人就老老实实在家生孩子，赶紧给我进来！"张可富吼完后一脚踹开里间房门走了进去。

陈萍默默捡起地上的碎片，打水端进了里间。

虽然张可富也感受到了陈萍的巨大变化，也感受到了她对自己的爱，甚至还感觉得出对方那份说不出的内疚。但张可富认为老婆"碰"过的男人太多，必须看管紧，绝不能让她离开自己的视线，更不能让其他男人钻空子。今晚的张可富像换了个人，变态似的在陈萍身上拼命折腾，不但把自己弄得筋疲力尽，也把陈萍弄得索然无趣。陈萍再无精力也没有心思避孕，干脆任其摆布。

陈萍上班时间是八点，张可富是六点。平时往往送张可富上班后，陈萍再利用这段时间背记语文、历史、地理和政治。可没想到高考第二天，不放心的张可富一早拖上陈萍一起去单位。他心想，只要把陈萍拖到单位，她就没有去考场的机会。

由于江南炼油厂电站尚未建成，没有蒸汽可供装置吹扫，为了不影响装置试车，确保年底出油的计划，赵宇华提议用蒸汽机火车头引蒸汽到装置。于是在郑挺的支持下，头天晚上铁路部门调来两个蒸汽机火车头供江南炼油厂使用。因火车头只能开至离装置最近的铁轨，厂里又连夜组织人员接临时保温管线引蒸汽。当天早上，在去现场的路上，齐民奎远远看到有个熟悉的身影从厂食堂向劳务队走去。咦？陈萍不是去参加高考了吗？怎么这个时间仍在这里？齐民奎让同行的小韩把陈萍叫过来。

不等陈萍在面前站稳，齐民奎劈头盖脸地问道："怎么没有去高考？"

"书记……"

看陈萍欲言又止，齐民奎似乎察觉到了什么，于是缓了缓口气问道："想不想考？"

陈萍没有说话，手在口袋中捏了捏准考证，犹豫一下后点了点头。

齐民奎抬手看了一下手表，马上指着陈萍吩咐小韩："赶紧把车给我调过来，送小陈去县城考点。"

"等一下。"看小韩应声推自行车要走，齐民奎又叫住了他，"今天上午考数学，你先到办公室拿上笔、尺子和圆规，借给小陈考试用。对了，再备沓草稿纸给她。"

"好的，书记，我记下了。"

陈萍一言不发，可眼泪不争气地夺眶而出，在水泥地上砸得粉碎。

"考试就像战场攻高地，情绪不要波动。现在车送你过去应该来得及，不要多想，努力把今天这两门课考好，争取改变自己的命运。"齐民奎利索地安慰过陈萍，转身跨上自行车向前赶去。

随着临时保温管线的接通，两个蒸汽机火车头开始连续工作。蒸汽成功引入常减压装置，操作人员按照吹扫要求，及时对装置展开吹扫工作，现场蒸汽轰鸣声不绝于耳。正在坐镇指挥的赵宇华见齐民奎过来，叮嘱边上人一句后就迎上来招呼："齐书记早！"

"声音都哑成这样了，得注意休息。"齐民奎提高了声音提醒，随后又追问，"怎么样？"

"一切正常。"

"好！"

齐民奎说完拍了拍赵宇华的肩膀，这才发现对方竟然没有穿棉衣，扭头看装置上忙碌的职工，好像很多人也没穿棉衣，于是关切问赵宇华："昨晚睡过吗？"

"啊？"正用手遮光瞧塔顶蒸汽量的赵宇华没听清，只好把头向齐民奎这边再靠近些。

齐民奎重新提高了声音:"昨晚睡过吗?"

"中间大家轮流睡了两三个小时。"赵宇华说完,带着几分玩笑和几分认真地强调,"睡眠以后可以补,工作可不能耽误。"

齐民奎不好再说什么,仰头望着不断喷出的蒸汽,突发奇想地问道:"其他炼油厂有没有引火车头蒸汽吹扫的?"

"从来没有,这肯定是世界炼油史的一个奇观。"

齐民奎自言自语:"江南炼油厂的建设与开工必定受后人的敬仰!"

十八

对陈萍来说，第二天高考上下午的科目差别挺大。数学她提前近半小时就答完了题，但地理却在交卷铃声响起时，还有几题答不出。

"陈萍，祝贺你。"

正在收拾东西的陈萍大为惊讶地看着面前的毕强，对方怎么知道自己的姓名，更不清楚他要祝贺自己什么。毕强倒是见生不生地解释起来："刚才我偷看了你的准考证。你这次肯定能成大学生。"

"谢谢！"陈萍颇冷淡地谢过，拎上小韩准备的包，低头蹭着课桌走出了考场。

虽然顺利参加完了所有科目的考试，可回到家的陈萍不但没有一丝的轻松与愉悦，相反越发的忐忑。陈萍打定了主意，无论张可富对自己怎样，都得默默承受，毕竟亏欠他的太多太多。

到了张可富该回家的时间，却仍不见其踪影。当桌上的"三五牌"台钟的时针指向"9"后，忐忑终于被时间熬成了不安。陈萍起身穿上厂里发的坦克棉袄，理了理头发，对着镜子做了个艰难的笑脸，便打开房门向炼油厂赶去。

走出大院，四周一片寂静，繁星陪伴冷月在高空中不停地闪烁。朦胧的月色仿佛是魔术师手中的道具，让曾喧嚣的城市变成了一张巨大的若隐若现的网。每当北风窜入，万籁俱寂的街口才会传来歇斯底里的吼叫，但随之又被无际的空旷所吞噬，迅速安静了下来。

拐出两个街口，陈萍一眼看到坐靠在一根路灯杆下的张可富。这么冷的天，阿富怎么会坐在这里？陈萍迟疑后走上前，一股酒臭味扑鼻而来。原来张可富醉倒在了路灯杆下，不但身前有一摊恶心的呕吐物，衣襟上也有几道黏液似坠非坠在晃悠。

"阿富，你怎么喝成这样？"

见张可富依然均匀地打着鼾，陈萍捏去衣襟上的黏液甩在地上，起身在灯杆上擦净手指，然后弯腰把张可富的手搭在自己的肩上，吃力地扶起张可富。

张可富迷迷糊糊地睁开了眼，看清是陈萍后，右手用力一推，一边向后趔趄，一边嘟囔着："滚！"

陈萍没防备，踉跄几步差点摔倒在地上。虽然她站稳了，可本就站立不稳的张可富却一屁股又坐在了地上，而且刚好坐在呕吐物上。

陈萍上前再次要搀扶张可富，可对方却一个巴掌扇在了她的脸上，并含糊不清地喊道："滚开！婊……婊子。"

陈萍惊呆了，这是口口声声说爱自己的丈夫吗？他怎么可以这样辱骂自己？难道自己要求读书、要求上进错了？陈萍冷静地蹲下身子申明："阿富，我以前是不好，但自从跟你后，我从来没有做错过任何事。"

"去你的！"

面对张可富的愤怒，陈萍越发的冷静，原先的忐忑和不安早被穿街而过的冷风刮得无影无踪。她继续劝慰："阿富，我真的很感谢你，若你还是不嫌弃我，我一定会好好报答你……"

张可富侧脸半睁着眼盯着陈萍："你也是这样报答齐民奎的吧？"

陈萍的脸"唰"的就红了，这并不是不好意思，而是因为有人污蔑她最为尊敬的人。如果今天是别人说这种话,她肯定当场翻脸,可现在这人居然是自己的丈夫,她只好缓口气平和地解释:"阿富你别乱说,齐书记是个好领导……"

看到陈萍红脸,张可富更是坚信了"好心人"的相告,并再次粗暴地打断了陈萍的话:"我乱说?是你们这对狗男女在乱做!"在陈萍的惊讶中,张可富哆哆嗦嗦地从口袋里掏出一张叠成长方形的纸,并随手甩在陈萍的脸上。

陈萍捡起纸,借着微弱的路灯光打开一看,虽然上面字不多,但字字如飞刀扎向自己的胸口。纸上写道:张乌龟,你家烂货让齐民奎玩够了吧?你还不如一个糟老头!

"阿富,这是造谣,这是污蔑,你可不能上当。"

面对气得脸色发青的陈萍,张可富不但听不见她说的话,反而冷笑了一声:"我找你这个婊子真是倒了大霉。"

一阵阴风吹过,陈萍在寒战中清醒过来。她意识到目前的乱局绝不是冲自己,而是有人想陷害书记。在那个"无形人"的精密安排下,丈夫已成了冲锋在前的"勇士"。这个"勇士"在无理智情况下,有可能毁了刚组建的家庭,也有可能成为"无形人"的炮灰。陈萍觉得此时阴暗处的某个角落,一张阴鸷的脸正发出得意的笑声。不,绝不能让这个"无形人"的阴谋得逞,这既是捍卫齐书记的尊严,也是捍卫自己的家庭。若想破解对方的阴招,丈夫是必须争取的对象,如果他不成为"无形人"的"勇士",那就不会成为炮灰,更能成为定胜局的关键一"卒"。蓦然,陈萍为自己的冷静所吃惊,以前遇事往往凭一时之气行事,哪会全局考虑问题并思考对策。她第一次感受到了文化的力量,这种力量有着四两拨千斤的意蕴,有着深藏不露的意蕴。有了这样的感悟后,陈萍越发感恩齐民奎无私的帮助与指导,更坚定了日后持之以恒的学习信念。她暗自祈祷阿富能理解自己,能支持自己,即使不能改变自己家属工的命运,那至少也会让自己的生命变得有意义且坚强。想到这里,陈萍轻叹了一口气,柔声说道:"阿富,回家吧,外面太冷。"

"我不和婊子睡一个窝!"

陈萍心头一酸,眼泪一下子涌了出来:"阿富,跟你后我真没做过对不起你的事。回家吧,你衣服也得换一下。"

张可富继续强调:"我不和婊子睡一个窝!"

陈萍想也没想便问张可富:"那我陪你去你爸妈家好吗?"

"就因为你这个婊子,我家也回不了!"张可富吼完就号啕大哭起来。

陈萍瘫坐在地上默默流泪。张可富说得没错,因为自己,张可富被调到食堂当厨子;因为自己,张可富父母不认儿子。如果自己的退出能换回张可富往日的平静生活,她真心愿意退出。也不知过了多久,张可富的哭声没了,取而代之的是熟悉的鼾声。陈萍扭头一看,张可富竟然一头倒在地上睡着了。这么冷的天睡在地上肯定会生病,更何况还穿着被呕吐物打湿的衣裤。陈萍抹去眼泪,蹲身去搀扶张可富,可一个女人哪有力气扶起毫无知觉的醉鬼。刚好有夜巡打更人由远渐近走来,陈萍赶紧招手救援。热心打更人不但帮陈萍把毫无知觉的张可富背回了家,还帮着脱掉脏外套后把张可富拖上床。谢过并送走打更人后,陈萍抱起脏衣服扔进盆,随后提上盆和打水的铁桶,掩上门来到井边。

冬夜月光朦胧,像隔着一层薄雾洒落一地冷清。院中的大井犹如一只慧眼,无声地注视着老宅的兴衰;更像一只乳房,默默孕育了老宅的几代居民。陈萍在井边放下盆,用铁桶打水后倒在了盆内,先将粘在衣服上的呕吐物冲去,然后开始抹肥皂。一阵阴风吹过,冻得她打了个寒战。她赶紧放下撸起的袖子,用力揉搓衣服,思绪像手中泛起的泡沫不断膨胀。陈萍真害怕生活像泡沫一样,在轻轻破裂声中毁灭。

等在院落的竹架上晾好衣服进门,张可富依然睡得很沉,甚至连个姿势都没有变过。陈萍默默搬过一把椅子,挨着床头坐下。看着男人那张平静的脸,想着以往他的好,陈萍无法把这张脸和刚才似疯如狂的恶人联系在一起。和张可富生活也有两年了,平静的日子让陈萍感受到了爱情,感受到了温馨。这和以往那些苟且的男人不同,别看他平时一副吊儿郎当的样子,其实内心是负责任的、有担当的。他会真心帮自己,会在偷油毛毡被抓后袒护自己。有这种担当的人就是英雄,和冲着步话机喊"向我开炮"的英雄一样,因为两者的精神是相似的。也因为有了这样的情愫,所以陈萍对现在的生活很是满意,很是珍惜,她真希望张可富一觉醒来忘了造谣污蔑的信,重新回到原来生活的轨迹。

想到信,陈萍像触电似的从椅子上跳起来,迅速从口袋里掏出那封信。准备划亮火柴烧掉时,她突然改变了想法。纸可以一烧了之,随灰而飞不留痕迹,可人心中的恶魔怎么剔除?自己男人那颗被恶魔咬伤的心怎么愈合?如果有机会挖出造谣污蔑之人,不但可以除恶魔,更能抚平丈夫难以愈合的心病。想到这里,陈萍当即扔了手中的火柴,举起信纸细细打量。可看了半天也看不出任何名堂,好像所有的蛛丝马迹都被写信人抹掉了。陈萍决定把这封信交给齐书记处置。一来请他为自己做主,二来也得提醒书记有个防备。毕竟谁也不知躲藏在暗中的小人还会射出怎样邪恶的"子弹"。打定主意后,陈萍重新把信塞进口袋,回床边替男人掖了一下被角,披上坦克棉衣,关灯趴在床沿也睡了。

台钟敲到第六下时,陈萍一下子惊醒过来,坏了,张可富上班迟到了。她赶紧起身拉亮灯叫张可富,可男人打着呼噜怎么也叫不醒。

陈萍只好洗漱后留下便条向厂里走去。

等陈萍赶到江南炼油厂时,食堂刚开窗供应早点。找到当班的班长,陈萍谎称张可富拉肚子代为请假。随后取过张可富工具柜内的碗筷,到窗口打了一碗粥,要了一个馒头、一碟酱菜,坐在木条长凳上吃起了早饭。

不一会儿,齐民奎也来到了食堂。陈萍隔着衣兜摸了摸信纸,正琢磨着如何把信交到齐民奎手中,只见齐民奎端着碗径直向自己走来。

"小陈,昨天考完后感觉怎样?"齐民奎还没有坐定就热心地问道。

陈萍怯怯地回了一声:"谢谢书记关心,还行吧。"

"听起来有点不自信。"齐民奎说完端起碗喝了一大口粥。

陈萍吞吞吐吐地说道:"齐书记,我有件事要找您。"

齐民奎抬了一下眼帘,不动声色地咬了一口馒头,边嚼边说:"什么事?说吧。"

"嗯……"

看陈萍脸红耳燥地咬着筷子吞吞吐吐,齐民奎猜她不方便在这里说,于是拿着馒头的手一挥:"吃完早餐去我办公室。"

"嗯。"陈萍应声赶紧也咬起了馒头。

吃完早点走进齐民奎的办公室,不等发问,陈萍掏出信纸递到齐民奎手中。齐民奎打开一看,像是意料中的事,往桌上一扔,问:"哪来的?"

陈萍很是意外,信上不但辱骂齐民奎为糟老头,更造谣他们俩有不正当的关系,可齐民奎看了居然不恼怒,甚至连说话的语气都那样的平和,就像是在调查与他无关的事。陈萍搓着双手如实答道:"是我老公张可富喝醉后给我的。"

"张可富看过了?"

"是。"

"他怎么认为?"

陈萍清楚齐民奎追问的意思,作为当事人的张可富的态度很关键。如果他信任妻子,那这张纸就是废纸,比粪坑里的草纸还要臭;但若是信谣言,那就成了烈性炸药,会让被污蔑的人受到伤害。陈萍婉转地说道:"他很生气,还……"

看陈萍闪烁其词,齐民奎直盯她追问:"打人了?"

陈萍垂下头没接话,齐民奎重重拍了一下桌子:"若在革命年代,老子非毙了这个浑蛋不可!"

陈萍吓得瞪大了眼睛,一直干搓的双手也停了下来。张可富昨晚举止是过了头,但这是被人煽动后的激烈反应,哪至于要枪毙?陈萍很是后悔,责怪自己又给张可富惹上了麻烦,不应该把信交给齐民奎,更不应该说张可富打人。就在陈萍思忖怎么解释时,只听齐民奎又自言自语说道:"歹马害群,臭柑豁筐。一个领导干部做这样的下流事,怎么能带好队伍!"

陈萍如释重负,张可富只是食堂的工人,而书记骂的是领导干部。但同时又好奇起来,难道齐书记已知道谁是造谣者?这人究竟是谁?他干吗要害我?陈萍很想弄清这几个问题,可又不好意思问齐民奎,只好问:"齐书记,那我该怎么办?"

"什么怎么办?"齐民奎瞪眼反问后,看陈萍一脸惶恐,马上缓了口气说道,"原本怎样就怎样,身正不怕影子歪,难不成还怕这谣言?"

"嗯。"陈萍似乎有了点底气,大着胆子说,"齐书记,您位高权重,不怕虎狼当面坐,只怕人前两面刀。"

"嗯?好,谢谢提醒!"齐民奎没料到陈萍不但会辩证看问题,而且用词也到位，眼角流露出一丝惊喜。他更坚信自己的判断，面前就是匹千里马，一旦有了驰骋的天地，必能干出一番事业来。齐民奎再次叮嘱陈萍："记住，一定要坚持学习，天地很大，这里注定不是你展示才华的地方。"

不争气的眼泪又涌出了眼眶，陈萍边掏手帕擦抹，边抿紧嘴唇重重点了点头。齐民奎本想再劝慰陈萍几句，可余光发现有人等在门口，就冲着门口喊了一句："进来吧。"说完，轻轻拍了拍陈萍的肩，"你也回去吧，安心工作和生活。"

十九

12月30日,连续两天的雨水让屋檐挂满了晶莹剔透、长短不一的冰柱,无遮无拦的海风肆意掠过堤岸,像一匹脱缰烈马,卷起杂物在半空里肆虐,吹得街人缩脖捂臂。江南炼油厂此时却是热火朝天,在经历两年多的建设和人员培训后,终于迎来了试车的日子。

下午四时,江南省革委会副主任郑挺再次来到江南炼油厂,和齐民奎、张定康等人一同站在常减压装置操作室。看一切准备就绪,赵宇华走到现场下达了第一道生产指令:"开原料泵,进油!"

"是,开原料泵!"外操司泵工复述指令后,马上按下了电动按钮,现场顿时响起机器欢快的轰鸣声。

"原料泵电流正常。"

"原料泵转速正常。"

"原料泵温度正常。"

"出口压力六公斤。"

赵宇华及时下达了第二道生产指令:"开启进料阀。"

两名操作人员应声把"F"枪扣在手轮上,合力打开阀门。已在油罐内憋了好几天的石油像条暴躁的巨龙,顺着管道蜿蜒而过,在脱盐脱水后,猛地扎进换热器,接着带着二百多摄氏度的体温,沿管线游入初馏塔。随后进入常压炉,当体温飙升至三百六十摄氏度后,开始窜入常压塔。进入常压塔后,油龙厚重的身子得以舒展,在越发轻盈与柔和中，悄无声息地分裂、分解、分层。

此时，操作室表盘前挤满了人，各种吱吱作响的仪表指针在纸上画出形状相异的曲线，外操不时报来现场的温度、压力和液面刻度。室内紧张气氛几乎达到白热化程度，仿佛只要有颗火星，就会瞬间燃烧起来。

郑挺悄声问身边的齐民奎："怎么样？"

虽然对眼前的曲线和数据只懂些皮毛，但齐民奎自信地答复："受控中！"

"什么时候可以出油？"

"整个生产过程要十三个小时，预计明天早上五点可以采样分析。"

"噢。"想晚上还得连夜返回省城参加次日的工作总结大会，郑挺为无法第一时间看到本省首瓶油品而遗憾。

齐民奎转身对赵宇华说道："小赵，给郑副主任介绍一下目前的生产情况。"

赵宇华顺手指着面前的一条曲线说道："各位领导，目前分馏的温度和压力控制已处最佳，根据原油内部的各组分的沸点不同，汽油、煤油、柴油这些较低沸点的馏分优先汽化成为气体，而蜡油、渣油仍为液体。"

"那就是说现在塔内已开始分出汽油、煤油、柴油？"

"是的，但它们现在还是气体的形式。"

郑挺突然扭过头指示齐民奎："老齐，油品出来尽快送省委报喜，这可是我省今年的大事之一。"

"郑副主任放心，我们早已准备，一定尽快让省领导亲眼看看我省炼出的首瓶油品的模样，亲自闻闻首瓶油品的味道。"

"好！"郑挺应声刚想问表盘前一个突然亮起的绿灯的指示作用，恰好外面有人一边嚷嚷着"让一让"一边往里挤。郑挺一看，是食堂送饭菜来了,不光有鱼肉,还有肉包。

"伙食办得不错嘛。"

由于吃不准郑挺这句话的含义,齐民奎赶紧解释:"郑副主任,这是开工餐,比平时要好。"

"工人们很辛苦,出油后想办法让大家天天吃上肉包和大排。"

听了郑挺的表态,齐民奎放下了心,刚准备谢谢省领导的关心,只见密汉民挤上前热情招呼:"各位领导,先吃饭吧,别凉了。"

郑挺抬手指了一下表盘前忙碌的工人:"让工人们吃个饱,我们去食堂。"

"好。"齐民奎高兴地回应。

半路上,郑挺看其他人跟在后面,扭头轻声问齐民奎:"老齐,为什么想把老婆调到厂里?"

齐民奎脚步稍停了一下,看郑挺没有停的意思,只好跟上轻声坦言:"郑副主任上次找我谈话后,我就已决定把家属带来。"

没想到郑挺听后笑了,摇着头说道:"没这个必要。"

齐民奎知道郑挺的暗示和好意。自己在江南炼油厂也就干五年,日后无论是平调还是升迁,基本上要回省城。如果现在把家人调过来,那两年后又得让他们随自己一起回省城,一来一去太折腾人。可齐民奎不这么想,觉得目前有必要把家人调到身边,这相当于为自己披上盔甲,可以有效地抵御见不得阳光的暗器。当然,齐民奎也觉得这种做法有点自私,但既然想不出上策,那就只能用下策,于是无奈地笑道:"我一人在这里容易让人说闲话。"

"可这里条件太苦了。"

"厂刚筹建时的确苦,但现在好多了。"

见郑挺终于还是停住脚步,齐民奎和身后的张定康打了声招呼:"老张,你们先去食堂。"

"好。"张定康知趣地引着其他人向食堂走去。

等众人离开后,郑挺盯着齐民奎又问:"老婆同意来吗?"

齐民奎咧嘴笑了:"不是很乐意,刚做通工作。"

郑挺一脸严肃地强调:"你可不能为难她。"

齐民奎似乎并不在意老领导的表情变化,大大咧咧说道:"女人见识浅,任由她们做主那还不翻天了?何况我不带家属来,职工会认为我不安心扎根,没有准备和大家一起长期吃苦的决心,和职工说话我就会没了底气。"

"省委打算等炼油厂开完工调你回省厅。"

郑挺提前透露的人事安排让齐民奎顿时愣住了,自己在江南炼油厂才干三年多,怎么就要调离了?开完工就让自己收工,省委这是让自己见好就收,还是前人栽树后人乘凉?

郑挺的视线从齐民奎移到高高耸起的铁塔,慢慢说出了省委的想法:"省委非常重视江南炼油厂,制订了建设和发展两个阶段的五年计划。考虑建设时期需要一个有资历、有威望、有魄力、肯吃苦的领导来带队伍,所以安排你来挑担。但发展时期需要的是有专才、有眼光、会钻研的人来带领职工生产经营,所以必须换帅。"

齐民奎心头像是"八宝饭上撒胡椒——又添一味"。郑挺说得没错,打江山和坐江山需不同的人来带队伍,尤其是工业时代,光有精神没有技术等于只有一身蛮力,起不了多大的作用,有时甚至还可能起反作用。不容置疑,在江南炼油厂建设期间,自己的确起到了巨大的作用,硬是用两年半的时间,不但在海涂上建成了炼油大工厂,还围起了千亩的土地。但随着装置进入试车,自己的不足和问题暴露无遗。刚才郑挺在操作室咨询生产情况,面对生产控制的曲线和数据,尽管不算门外汉,可最多也只是一知半解。若是真心为炼油厂的未来打算,必须让懂炼油技术的人来管这个大厂。齐民

奎突然明白郑挺要到食堂用餐的意图,不仅仅代表组织提前透露人事的变动,更是让懂生产的人不受干扰放开手脚干。想到这里,齐民奎马上表态:"我完全服从组织的安排。"

郑挺扭过头拍了拍齐民奎的肩膀:"江南炼油厂的建设你厥功至伟,相信日后职工都会记得你这个书记。"

齐民奎淡淡一笑,日后的评价谁能料到,也无所谓评价,只希望厂的生产经营能蒸蒸日上,职工的生活能有所改善。想话已谈完,就手一伸:"郑副主任,再不去食堂,饭菜可就凉了。"

"走!"

当控制室墙上时针指向"5"时,赵宇华对工况最后一次确认后,下达了新的指令:"通知化验采样!"

挂上电话,化验工秦兰抱起采样瓶向装置跑去。一直守在操作室的齐民奎和张定康等人也按捺不住冲动,疾步跟着来到了现场。

通宵没合眼的赵宇华张开冻得发红的手指,协助秦兰把瓶子对准采样口。所有人把目光盯向了采样瓶,时间似乎在这一刻凝固,只有每个人嘴角有白气在飘散。赵宇华缓缓打开采样口控制阀,一道清亮液体流进了透明的采样瓶。齐民奎道道鱼尾纹随着那块悬在心口石头的落地而舒展开来,幸福洪流也迅速漫过在场人的心口,欢呼声席卷了整个装置。

看样量已够,赵宇华快速关上了采样阀。秦兰小心地盖上瓶盖,重新抱起采样瓶准备回化验室分析。

"等等。"

齐民奎叫住秦兰,上前打开瓶盖,顿时,一股带着亿万年特殊芬芳的气息迎面扑来。齐民奎深吸了一大口,这气味他太熟悉了。记得当年第一次坐汽车就喜欢上这特殊气味,听有人闻这气味就头晕还大为惊讶,心里暗自叫怪:这人怎么香臭不分?闻着闻着,齐民奎心底泛起一丝忧伤,多希望在这里再干上三五年,见证更多的塔林拔地而起,见证尿素的成功生产,兑现当初向职工盖起高楼、建起电影院和供销店的承诺。可随着工作的调离,他以后只能成为梦想实现的知晓者,而不是参与者、建设者。

"齐书记,先化验吧,省委等着我们报喜呢。"

"呵呵,看我,都舍不得松手了。"在张定康的提醒下,齐民奎回过了神,他边自嘲边盖上瓶盖,提醒秦兰,"小秦,抓紧时间,不能出差错。"

"请领导放心,一定完成任务。"

望着秦兰离去的身影,杨昌祥忽然幽幽地说道:"九百五十二天,是该让大家见成果了。"

张定康惊讶地问杨昌祥:"你从哪天起算的?"

这还用问?杨昌祥心想,你们是不会心痛,可我每天都在算,若棉场仍在,现在该干什么活了,今年该有多少棉可采摘了。他面向张定康伸出了食指,说:"张主任,我从厂打第一根桩开始算。"

"时间过得可真快呀。"本就心情复杂的齐民奎越发感慨。

此时,刚升起的第一道阳光透过雾霭洒向了大地,崭新的铁塔与油罐又折射出耀眼光芒。平时话不多的赵宇华应景发表了感言:"九百五十二次的日升日落,在这里可不是简简单单的重复与延伸,而是一个个奇迹的见证与辉煌的纪录,是贫瘠土地的历史性转折。"

贫瘠土地?杨昌祥听了很刺耳,真想给赵宇华上上课,讲讲当初棉场的辉煌。但他知道在即将迎来捷报之时,不能坏了大家的兴致。杨昌祥干脆也顺着众人向高处望去,看着看着,熟悉的太阳似乎和早年棉场上的有所区别,似乎烈焰烧得更加的猛烈、更加的耀眼,大有去净寒冬阴霾的磅礴气势。他张开鼻翼深吸一口，顿时，时间深谷里溢出的特殊气味在口鼻中弥漫开来。杨昌祥细细咂摸了一下，嗯，不是以前那种泥土或青草散发出的气息，有点像煤球炉上烧开水时的金属味道，按进炼油厂后学到的知识，这应该是金属表面逸出的分子的味道，不同于食物的酸甜苦辣，它味道硬且重。

这时，密汉民从人群中挤了过来："齐书记，张主任，向省委报喜的车辆和人已在操作室外准备完毕。"

"对了，快取油样瓶，数据分析合格后，马上去省委报喜。"

"好咧。"有人应声跑向化验室。

当一行人重新回到操作室，恰好食堂送来早点。香味勾起了众人的胃口，许多人顾不得洗手，捏起包子就往嘴里送，咬得满嘴都是油。

过了一会儿，操作室电话铃声响起，候在边上的赵宇华从容摘下话筒："喂。"

"操作室吗？我是化验分析秦兰，油品分析合格。"

"收到，油品分析合格！"赵宇华复述声音刚落，现场立马沸腾起来。有人激动地摘下棉帽抛向空中，有人挥臂欢呼，有人紧紧抱住了身边的人，还有人竟然高兴得抹起了眼泪。齐民奎捧上扎了彩绸的油样瓶刚走出操作室，大卡车上的职工立即敲响了锣鼓。等齐民奎坐上车关上门，小许启动"伏尔加"，引着"解放"向省城驶去。

在省委结束报喜，齐民奎顾不得回家看一眼，便安排人去糕饼店买了些糕点让大家充饥，随后就调头往江南炼油厂赶。他迫切想赶在新年到来之际参加厂"零点起步学大庆"活动。对他来说，这是最后一次参加江南炼油厂大规模职工活动。齐民奎打定了主意，只要还在任一天，就要带好这支队伍一天，始终把全国工业战线上的标杆当作江南炼油厂要学习和超越的目标，打下厂传统作风的坚实基础。

看坐在副驾驶上的齐民奎时不时抬手看表,许宏暗暗把油门踩到了底。"伏尔加"就像车头上昂首飞奔的小鹿车标,快速将两侧的树木和电线杆向后拉去。

齐民奎靠着座椅闭上了眼睛,上下颠簸让他仿佛回到了炮火连天的战场,看到将士们奋不顾身地向前冲锋,冲着冲着,这些将士们突然换下了军装,手中的枪支换成了"F"扳手,开始在高耸的铁塔中鏖战:吹扫、点火、盯表、上塔、开阀、分析……经过九年省能源局及三年多江南炼油厂的工作经历,齐民奎越发觉得经济战和军事战有着异曲同工之妙,且两者相互依存,缺一不可;如果没有经济来保障,军事力量必然受到制约;而军事力量削弱,那必定再次成为列强的盘中餐,任人宰割,任人踩躏。如今我们江南省也有了大型炼油厂,而随着常减压装置的试车成功,年产一百二十万吨催化裂化、年产十五万吨催化重整加氢精制、年产五万吨氧化沥青等主要装置的建成试车即将提上议事日程,这注定是一场更具有挑战,也更具有难度的战役。想到这里,齐民奎顿时心头涌起"穷家难舍,熟地难离"的滋味,旋即一阵困意泛上心头,如涟漪般荡漾开去,他再也顶不住突袭的疲倦,靠着座椅沉沉睡了过去。

晚上十一点,"伏尔加"顺利驶进江南炼油厂大门,齐民奎像有预感一样睁开了眼。此时,夜幕下的江南炼油厂工地人声喧哗,气氛热烈,上千职工正情绪高涨地汇聚在这里。在白天简单庆祝常减压装置胜利出油后,他们再次掀起了"零点起步学大庆"的活动……

二十

年后不久,望海县教育局和江南炼油厂大门上相继张贴出了大红榜。江南炼油厂有两名职工通过了高考,其中一人就是陈萍。还没接到正式人事调令的齐民奎大喜,陈萍果然不负自己的期望,顺利通过了"独木桥",成为令人称羡的"时代骄子"。

可陈萍却像众多没过录取分数线的考生一样,闷闷不乐。那天张可富醉酒醒来后再也没回过家,走前不光带走了自己的衣服,还留下一份离婚申请书。陈萍去食堂找张可富,对方要么不见,要么见面就破口大骂。学会要面子的陈萍只好隐忍,期望等他消气后再想办法挽回婚姻。陈萍知道这张贴的大红榜不但不能带来幸福,甚至还可能带来新的烦恼。

当天晚上,仍无胃口的陈萍直接回了家,想着再过一个月就是春节,打算给张可富做件过年穿的新衣。打开柜子还没拉抽屉取布票,看到洗净后叠得整整齐齐的例假布条,陈萍蓦然一怔,屈指算来,例假已超半个月不见动静。她恍然大悟,这些天没胃口进食不是其他什么原因,而是怀孕了!陈萍再也顾不上找布票,匆匆合上柜门就向张可富父母家赶去。

人逢喜事精神足,虽然好多天没有睡好、吃好,可走街串巷的陈萍还是脚步轻盈,不到十五分钟就到了张可富父母家。看着那扇原先不敢靠近的木门,陈萍匆匆理了一下衣服,把散发捋向耳后,上前刚准备抬手敲门,突然听到一个熟悉的声音:"爸、妈,明天阿富就递离婚报告,等手续办好,我们马上就结婚。"

怎么是臭寡妇的声音?她在我的公婆家干吗?怎么会叫爸妈?难道自己找错了门?不等陈萍细辨,只听张可富也开口说道:"爸、妈,林沂怀孕了,你们明年可以抱上孙子了。"

"这……"显然张可富的突然告知让两个老人又喜又惊,毕竟儿子还没和对方结婚,更没有和陈萍离婚。

陈萍真怀疑自己的耳朵是不是出了问题。难道张可富这些日子就在寡妇家?他是怎么和寡妇勾搭上的?陈萍觉得一阵眩晕,无力地瘫坐在地。室外的动静引起了房内四人的警觉,只听张可富喝问了一声"谁",便拉开门冲了出来。看到陈萍瘫坐在门口,张可富先是一怔,旋即反手拉上门,阴沉着脸问道:"你来这里干什么?"

"可富,求求你,和我一起回家吧。"

张可富的心并没有因为陈萍的哀求而软化,相反低声呵斥:"我家在这里,快滚!"

"可富,你不要离开我,我需要你。"

看有邻居打开门出来围观,张可富顿时气不打一处来,一脚踢向刚起身的陈萍:"臭婊子,快给我滚!"

猝不及防的陈萍被踢翻在地,眼泪如断了线的珠子滚落在地。她撑起上身说道:"可富,别打我,我怀上你的孩子了。"

"滚,谁下的野种找谁去!"张可富不但没有高兴,反而像被人栽了赃,愤愤地又踢上一脚,推门进去后,重重摔上了门。

看着那道冷冰冰的木门,陈萍觉得世界似乎静止了,她听不到邻居们的指指点点,只是紧咬嘴唇,发不出任何的声音,只凭泪水如泉喷涌。直到感觉嘴角有东西流下后,她才下意识地抬手抹了一把,一股血腥味充斥了整个口腔。陈萍掏出手帕,揩净嘴唇和手上的血迹,挣扎着起身,收起手帕,掸了掸衣服上的灰,在众人的注视下,木然从来的方向走去。

走了一段路后,有人拦住了去路:"咦,你怎么在这里?"

目光呆滞的陈萍认出了对方,是一起高考的毕强。还没等她说话,毕强一脸不解地追问:"你不是被录取了吗?怎么还垂头丧气?"

陈萍心里苦笑了一下,无论是高考录取还是怀孕,今天本应是双喜临门,可别人眼里的大喜事却成了自己的大烦恼。面对并不熟悉的毕强,陈萍面无表情地说道:"我挺好。谢谢!"

望着陈萍沮丧的背影,毕强实在不明白能有什么事让这个成功者苦闷不乐。自己如果这次能上喜报,就算不能上天呼风唤雨,那起码也能在家有求必应,根本不用去当兵。嗯?难道陈萍只会死读书?或者精神上有疾病?毕强摇了摇头,一脸狐疑地摇着头走了。

回家躺在冷冷清清的床上,陈萍打定了主意,如果张可富坚持要离婚,自己就离开这个城市,她可不想再次成为人们茶余饭后热议的焦点,更何况是败在一个无貌且穷困潦倒的寡妇手上。

次日一早,劳服队出货班室外一阵喧哗,门开后,几个人拥着齐民奎和张定康走进了房间。

班长看陈萍木讷地坐着没起身,上前轻推了一把:"小陈,厂领导来慰问你了,快迎接呀。"

看陈萍迟钝地站起身,齐民奎和身边人打趣:"看,当上大学生架子就大了,开始对我们爱理不理了。"

现场的笑声让陈萍颇为尴尬。这时只见密汉民从后面挤了上来,对齐民奎耳语了几句。齐民奎听完就拉下了脸:"走,你带我过去。"

众人像浪潮一样,刚扑上岸就迅速向后退去。班长看陈萍又郁郁寡欢地坐在椅子上发愣,不知说什么好,干脆也就退了出去,并随手关上了门。陈萍知道一场暴风雨不可避免地来了。刚才齐民奎脸色突变匆匆离开,很有可能就是如昨晚寡妇所言,张可富把离婚报告交了上去。也不知过了多久,房门再次被推开,韩秘书冲陈萍招了一下手:"小陈,你跟我来一下。"

陈萍轻声应答后推椅起身,跟着韩秘书来到齐民奎办公室。给陈萍倒完茶后,韩秘书退出房门,刚要带上门,却被齐民奎给制止了:"不要关门。"

"噢。"韩秘书松手退了出去。

齐民奎开门见山地问道:"小陈,知道张可富在闹离婚吧?"

"是。"陈萍垂下头,眼泪直接砸向地面。

"谈谈你的想法。"

陈萍依然低着头:"齐书记,我不想去读书,只求他能回到我身边。"

"不行,书你必须去读!"齐民奎眉头一拧断然否决。他暗自着急,这次考上大学的本就凤毛麟角,陈萍能上红榜更是不易。上月在接到考生职工需报政审材料后,为了帮陈萍顺利过关,齐民奎亲自主持会议,统一口径,让政审调查小组在陈萍鉴定表上写上"该考生参加工作以来表现优秀,其父母已去世,对考生无影响"的结论,并盖上厂党委大红印章,避免了陈萍父亲参加"文革"武斗及本人参与偷油毛毡的负面影响。

听齐书记断然否定,陈萍更是心猿意马,不知道接下来的路该怎么走。在陈萍看来,不上学是唯一留住张可富的可能,也是必要的前提。

"也许我的话有点难听,但我还是要说出来。"齐民奎说到这里停了一下,等陈萍终于抬起头,一双泪眼望着自己,才开口说出真实的想法,"当初我把你们结合在一起,现在看来是错误的。你不要难过,反正你也不需要家属工的身份,离婚就离婚吧。"

陈萍失声叫道:"不,我不!"

"如果放弃这个机会,你一辈子只能当个家属工。"

"齐书记,我愿意当家属工!"

对陈萍的强烈反应与固执,齐民奎颇为意外,不得不摊出了底牌:"张可富铁了心要和你离婚,甚至不怕我开除他。"

陈萍一怔,恍然明白齐民奎已做过很大的努力。"失败"的他现在只能来做通她的思想。可怀着孕怎么办?这苦楚没法和人说,自然也没法让人理解。

看陈萍一声不吭呆滞地望着自己,齐民奎转过话题鼓励她:"小陈,你是幸运儿,这次高考全县只有一百四十五名考生被录取,也就是一百名考生中被录取的不到三人。许多人晨曦诵读,挑灯夜战,还是没能成功,而你却顺利过关,非常不易。小陈,要把眼光放远点,上次我就说过,这里注定不是你展示才华的地方。当前国家百废待举,许多工作岗位都缺人才,社会对这级的学生翘首以待,四年后必成'抢手货',时代注定你们将成为各行各业的中坚乃至栋梁。"

陈萍虽对齐书记这番话没兴趣,但情绪渐渐缓和下来。既然张可富铁了心要离婚,这强扭的瓜甜不了,不如放他走,何况寡妇也怀了孕,若是让人知道,他俩都得有大麻烦。想到这里,陈萍点了一下头。

齐民奎长吁一口气,说:"这段婚姻不值得你挽留和付出,这里更不是你的舞台,等你走出这里,相信会明白我的话。"

"相信一切都会过去,只有生命与精神是永恒的。"陈萍的脑子里蓦然闪出一句不知从哪里看到的话。既然结果已定,再谈下去也没什么意义,不如回家谋划日后的生活。于是陈萍抹净泪水起身告辞:"谢谢齐书记,我知道该怎么办了,不打扰您工作。"

"你等一下。"

陈萍好奇地看着齐民奎从抽屉中取出一个信封,随后起身取下插在上衣口袋的派克钢笔,把信封和钢笔往她手中一塞,说:"这是我上月的工资积余,权赠你上学做盘缠。这支笔是我抗美援朝的战利品,跟随我多年,留作纪念吧。"

陈萍含泪深深弯下腰:"谢谢齐书记!"

"行了,回去吧。"

晚上进院子路过寡妇家,陈萍立马打定了主意,离开这里,也不上什么大学,去一个没有人知道自己的过去,也没有人能找到自己的地方,把孩子生下来,坚强地活下去……

二十一

开春后,一纸任命将齐民奎调回江南省能源局,张定康兼任书记。不久,根据江南炼油厂的发展需要,企业更名为江南炼油化工总厂。下设炼油分厂、化肥分厂、机修分厂和原油码头。赵宇华和杨昌祥分任炼油厂和化肥厂的革委会主任,密汉民也如愿以偿当上了原油码头革委会主任。

三人对这样的任命心态不一。密汉民百感交集,能成为独当一面的企业中层领导自然欢欣,可又觉得美中不足。码头远离厂区,荒芜如当年建厂初期,更让他揪心的是附近没有居民,更没有什么生活娱乐场所,来这里工作似乎和在与世隔绝的深山寺庙修行没多大区别,不同的是寺庙迎送的是顶礼膜拜的香客,来往码头的是轮船。但密汉民相信随着齐民奎的调离,凭借张定康往日的倚重,自己必有出头之日。棉场出身的杨昌祥则充满了激情,全身心扑在工作上,恨不得装置早建成、早投产,让全省农业吃足化肥。老炼油人赵宇华则感觉到了工作的压力,但这压力不是来自生产技术上,而是原油加工的计划指标。

这天组织分厂领导收听第五届全国人大二次会议广播后,赵宇华兴冲冲地来到张定康办公室,一眼瞥见华长江和密汉民也在里面,正准备回避,没想到张定康眼尖,开口招呼:"老赵,正要找你,快进来。"

不等进门的赵宇华坐下，华长江先打趣道："你耳朵可真灵，不用叫你就来了。"

赵宇华不明白两位总厂领导有啥事找他，既然没有提及，自然不好追问，于是坐定后先说明了自己的来因："张书记，华副主任，厂原油罐只能维持三天的生产量了。"

密汉民刚准备接话，却被张定康抬手制止了。只见他把一张纸朝桌前一推，对赵宇华说道："唔，看一下这个。"

赵宇华接过看完，眉头依旧紧锁："这'大庆45'号油轮也就五千吨的原油，这点量只够厂一天多全负荷的生产。不知下个月原油加工指标到底能批多少？如果再装置内部打内循环，又要浪费许多的能源。"

为落实原油的生产计划，张定康也是急破了头。开工半年来，一边要求职工零点起步加油干，一边却因无生产原料，装置被迫开一个月停一个月。更急人的是，再过三天就是中国共产党建党五十八周年的纪念日，为了在这节骨眼上不停工，在齐民奎的支持下，省革委会及时向中央部委申请，现终于有了眉目。

华长江气定神闲地接过了话头："你急，我们比你更急。不过有个好消息要告诉你。"

"什么？"

"你猜。"

赵宇华反应挺快："下个月的原油加工指标批下来了？"

"对！"

从两位领导的表情判断，赵宇华估计这次批下来的加工指标必定比以往有所增加，就忍不住追问："多少吨？"

"你猜。"张定康也来了兴趣，不说答案让赵宇华继续猜测。

"十五万吨？"

张定康摇摇头:"再猜。"

"二十万吨?"

这个量已是炼油厂一个半月的生产量,可没想到得到的还是"继续猜"。

从领导的一脸笑意中,赵宇华斗胆伸出了三指:"三十万吨?"

看张定康苦笑着摇头,赵宇华也觉得数据报得有点过,于是不等对方说话,迅速改口:"二十二万吨?"

密汉民终于熬不住了,直接报出了答案:"三十九万吨!"

"多少?"赵宇华简直不敢相信自己的耳朵,这哪是月度的加工指标,完全可以成为今年第三季度的加工指标。

华长江继续帮赵宇华揭秘:"没听错,是三十九万吨。这次能长周期生产,全靠齐书记的积极争取。现在计划争取到了,我们绝不能丢齐书记的脸。"

"请领导放心,我们一定会加工好这批原油。"

张定康并没有因为赵宇华的表态而神色缓解,说:"老赵,不光要完成加工量,我们还要做好产品的出口工作。"

"产品要出口?"赵宇华又一次担心自己听错了,要知道自己原工作的炼油厂投产十多年也没有担负过这样的重任。

张定康点了点头,说:"这次国家把出口日本两万四千六百吨石脑油的生产任务交给了我厂。"

赵宇华马上想到了厂的地理优势。当初调江南炼油厂前,他就清楚望海港有着得天独厚的自然条件,内外辐射便捷。向外直接面向东亚及整个环太平洋地区。海上无论是到韩国的釜山,还是日本的大阪或神户,都不超过一千海里。到厂报到后,赵宇华又从本地史料中了解到,早在东汉初年,望海县就与日本有交往,唐时已成了中国的大港之一。两宋时期,因靠北的外贸港先后为辽、金所占,大量外贸被迫转移到望海港。

果然华长江也说道:"这里曾是海上丝绸之路的重要组成部分,日后不光是我们厂的产品要卖出去赚外汇,还将有更多的中国货从这里走出国门。"

密汉民暗暗叫怪,华长江是不是受了齐老头的影响,敢大张旗鼓地鼓吹修正主义路线,这可玩不得,照这样下去,岂不是要把我国变成帝国主义国家的原料基地吗?什么赚外汇?这样下去国家只会成为帝国主义的经济附庸。密汉民佯装耳朵发痒,用指甲挖起了耳屎。可没想到张定康点了他的将:"老密,你在码头工作应该更有感受吧。"

"是,是。"密汉民不得不放下手违心附和。

张定康这时话锋一转,谈到这项工作的困难:"首次出口,尤其是日本这样的国家,我们绝不能在油品质量上出问题,也不能在船载量上超出误差。少会失去信用,多则企业亏损。油品质量赵宇华主抓,船载量密汉民负责,必须按合同做到精准不差一吨!"

赵宇华和密汉民边记边应:"好的。"

华长江补充强调:"这次长周期生产,环保也是个重点,省领导再三强调污水排放的指标必须符合国家的排放标准。"

"张书记,这不是问题。目前我厂每升污水含油量、含酚量不到国家排放标准的一半,含硫量平均值不到国家排放标准的十分之一,含氰量更是不到国家排放标准的五十分之一……"

张定康打断了对方:"老赵,这些我都清楚。但我们目前只有短期生产的污水处理工作经验,长周期运行还是头一次。同时,这三个月又是望海高温、多台风、多雨水的季节,必须要像第一次开车时那么谨慎,任何一个小小的疏忽,对江南炼油厂来说都是灾难。"

见张定康考虑得如此周全,赵宇华心服口服地应诺:"张书记,

我回去就组织开展各种事故的演练。"

"这次生产将关系江南炼油厂的前途和命运,全厂职工务必要以高昂的战斗姿态投入紧张的工作,把生产搞好,让各项指标达到先进水平,为祖国三十周年华诞献上一份厚礼!"

赵宇华和密汉民同时重重点了一下头。

出楼后,赵宇华看已快到下班时间,想今天是永刚的生日,于是和密汉民打了个招呼就直接往家赶。刚过进村的道口,远远看到永刚拉着庆庆正走在前面。赵宇华按了一下车铃,两个孩子扭头看到是爸爸,争相迎了上来。

赵宇华脚撑地面,抱起庆庆横坐在自行车前杠,等永刚跳上后座坐稳后,载着一双儿女向家骑去。才骑了二三十米,只听永刚大声叫道:"爸爸,小业。"

赵宇华乐呵呵地问道:"嗯,他怎么了?"

"小业掉河里了。"

赵宇华一个急刹踮稳车,顺着儿子指的方向看去。只见小业不知什么原因滑入棉丰河,正抓着岸边的野草艰难攀爬。赵宇华赶紧抱下庆庆,等永刚跳下车,把车往地上一放,撒腿向河边冲去,及时把小业拎上了岸。

浑身湿漉漉的小业指着河叫道:"赵叔,快帮我把笆篓捞上来,丢了我爸会打我的。"

赵宇华这才看到河边还有只若隐若现的笆篓,于是从地上捡了一根小棍子,伸长手臂把笆篓捞了上来。赵宇华一边用力甩净笆篓上的残泥一边说道:"赶紧去换衣服,赵叔送你回去。"

"赵叔,我自己回去。"说完,小家伙一脸可怜地央求,"求求赵叔不要告诉我爸我在河边抓鱼,不然他会打我的。"

赵宇华愣了,没想到孩子如此怕父亲,老是在强调会被打。看

对方没有答应，小业继续央求："叔叔，昨天我爸刚打过我，我怕。"

"那你……"

杨小业似乎早就考虑成熟，脱口说道："我就说自己不小心在水沟边滑倒了。"

粗暴教育只能逼孩子说谎。尽管赵宇华有许多的想法和看法，可毕竟是别人家的事，面对和自己儿女一样大小的孩子的央求，他只能点头应诺："好的，那你赶紧回家吧。"

晚上想到小业可怜兮兮、担惊受怕的模样，赵宇华一时没了睡意，翻来覆去睡不着。

"怎么了？"周芳撑着上身凑过脸问道。

"没事。"

周芳伸手拉亮灯，用唇抵着赵宇华的脑门。赵宇华忍不住笑了："芳，我真没发烧。"

"那你为什么睡不着？"

"我也不知道。"说完，赵宇华拉灭了灯，并顺手一把搂过周芳。周芳顺势乖巧地偎在赵宇华的肩上，她确定今天赵宇华有心事，也许是工作上的压力，也许是人事上的不愉快，但既然老赵不想说，那就不要探听，有时无声顺从比语言安慰更好。这时，赵宇华轻轻连拍妻子的肩，周芳感觉那节拍就是一组组摩斯编码，瞬间接收到了对方的情感表达。

赵宇华不想说是担心会影响妻子对老杨的态度，毕竟两家抬头不见低头见。但心里终究还是暗叹了一声，唉，"四个现代化"看来还要加一个教育现代化，现在中国高校真是太少了，但愿下一代人能有更多去高校读书的机会，让子女教育更加科学。

赵宇华开始安宁入睡时，杨昌祥家刚好结束一场"地震"。杨小业编的不慎滑倒水沟边的故事怎么能骗过杨昌祥？干了多年农活的他一眼就看出了问题,水沟才多深?就算是"嘴啃泥"式坠入,也不可能全身上下都湿透。只能说杨小业今天掉的不是水沟,而是棉丰河。儿子没被淹死只能说是命大,只能说是幸运,但幸运不可能次次有,若不做规矩,那就可能出大祸。在杨昌祥的拷问下,杨小业终于"坦白"了,说是跟着赵家两兄妹在河边捉鱼,不小心滑进了河中,赵叔叔回家看到把自己拉了上来。听了儿子的交代,杨昌祥没有因为老赵的救命之恩而感动,反而一肚子的不满。他一直规定两个儿子不允许去河边玩,即使夏天也不许。老大一直很守规矩,可老二老是坏规矩,挡不住赵家孩子的引诱。杨昌祥越发觉得赵宇华对孩子的放纵迟早会出事。

二十二

江南石化总厂按上级要求顺利完成了两级"革命委员会"的取消工作,张定康任总厂厂长,华长江任党委书记。这天下午,张定康满脸喜悦地推开了华长江的办公室,开门就大声嚷嚷:"老华,这下我们可以睡个安稳觉了。"

"就是,这三个月神经绷得紧紧的,真怕出什么差错,实践证明我们厂职工的技术绝对顶呱呱。"

张定康一屁股坐在椅子上:"是啊,日方不但对石脑油的质量予以肯定,控制指标大大超过他们的要求,且对两万四千六百六十二点七吨总量也进行了确认,船载量误差不超过半吨。"

"刚才经贸处说我们所有生产出来的油品已被销售一空,总厂资金紧张的局面终于得到了缓解。"

突然,杨昌祥神色凝重地走进办公室。张定康一看架势主动问道:"老杨,怎么了?"

"气不过,找你们领导来评评理。"杨昌祥瓮声瓮气地抱怨后,说明了来找总厂领导的原因。

原来今天早上日方地基专家现场勘察化肥工程地基后,提出这种有两个砂层的软土地基必须请日本五洋公司来做,并自豪地展示从日本带来的相关资料。面对整套完美的资料,杨昌祥认为厂技术人员已对现场地质进行了勘查,数据表明化肥用地的直接承受基础荷载的砂层要比炼油用地厚实,既然四年前国内就有能力搞软土地基,现在桩基持力层数据也要更好,自然没有必要耗费外汇再请日方来做,于是当即否定了日方的提议。没想到刚才还彬彬有礼的日方宇部公司总代表城光雄马上拉下脸,说地基是基础,如果地基不让日本五洋公司做,那日后生产或设备出了问题概不负责。

面对城光雄的威胁与蛮横,杨昌祥被呛得说不出话来,一脸愠怒的他只好转身找总厂领导支持。

听完杨昌祥的汇报后,张定康暗自着急。经过多轮谈判,江南炼油厂在成功与日本宇部兴产株式会社、丸红株式会社签订合成氨装置成套设备合同后,又与荷兰斯太米卡邦公司签订了尿素装置基础工程设计合同,并同荷兰凯洛格大陆公司完成设备制造谈判,连包括重达三百四十吨的尿素合成塔、二氧化碳压缩机、高压脱氢反应器等一大批订单,都落入中国设备制造厂家。如果说现在把地基工作反过来交给国外公司来做,那岂不是笑话。他斟酌了一番后开口说道:"我以前看过日本的五洋公司的资料,实话实说,日本五洋公司的软土地基技术真不错。"

杨昌祥一怔,顾不得领导的面子抢过了话头:"张总厂长,我们自己完全能干好……"

"你这猴急性子。"张定康气恼地打断了杨昌祥,接着说道,"这事不是日本人说了算,但也不是我们说了算,容不得半点马虎或大意。这次与以往兴建的大型合成氨、尿素装置不同,国家要求我们采用在本国技术基础上引进国外先进技术的'嫁接'方式。可以说,这种合作是史无前例,没有任何经验,各种困难与斗争远比我们原先想象得要多。对于一切有利国家、有利厂的事,我们必须有理有节地坚守原则。"

华长江也接过了话:"软土地基工作不仅仅限于我们厂,它的成功会对整个中国沿海软土地区建设大型工业基地提供宝贵的经验，对国民经济发展有着重要的意义。"

杨昌祥觉得华书记这句话有些耳熟，细细一咂，这才想起那是齐民奎当年说的话。现在已证实沿海建设大型工业基地远比内地有发展前景。回想往事，杨昌祥觉得自己当初真的是鼠目寸光、坐井观天。

"我个人意见是日方绝不是'雪中送炭'，而是多此一举的浪费。"

总厂长的认定让杨昌祥的气顿时顺了，他愤愤地跟了一句："就是，简直是画蛇添足。"

华长江随即提议："我们的勘查认定难让日方信服，是否再邀请江南大学软土地基组？"

见张定康点头，杨昌祥追着请示："那日方提议怎么办？"

"谢绝！不能扩大投资额。"张定康刚表态完又叮嘱，"工艺技术还得依靠日本，回绝时一定要做好沟通工作。"

华长江紧跟着说道："是呀，当前国家的财政非常紧缺，但国务院还是批准了我们化肥工程五亿二千一百三十七万六千三百万元的投资总概算，这可是炼油厂工程的两点六倍，我们能节约的地方一定要节约，不但要取消大手大脚的实报实销'供给制'，更不允许超出投资总概算。"

杨昌祥脑海中闪出当年建设棉场时的口号，灵机一动说道："工要时时争，料要寸寸省，财要分分聚，芝麻捡起来，也能装满筐。"

"好！"华长江眼一亮，拍了一下大腿，"我觉得这五句话可作为大化肥工程建设的口号。"

"行。"张定康也点头认可。

杨昌祥告别两位领导走出大楼，一眼看到赵宇华正从吉普车上下来。想起近来刚上小学的小业老是收不住心，常跟着赵家孩子或下河摸鱼,或露天烤煨年糕,弄得像小乞丐似的,杨昌祥觉得有必要"聊聊",就主动打招呼:"老赵。"

赵宇华客气回应:"噢,老杨你也来总厂了?"

"快要期末考了,你家永刚怎么样?"

上下都快忙成一锅粥,老杨今天怎么还有空聊这些事?心里犯嘀咕的赵宇华顺着对方的话笑答:"还行。"

呸!杨昌祥暗啐了一口。自打第一眼起,他就看不惯赵永刚,屁大的孩子居然指责老子吹牛,看来"棍棒底下出孝子"确实有道理。唉!连这种放纵的后果都不知道,亏你赵宇华还是个领导。不打不成器,再不好好教育赵永刚,恐怕日后即使不坐牢,也只能去要饭。当然别人家的孩子我杨昌祥管不了,就像是炼油厂的事,我不能插手,但影响到我那可不行,上次小业差点连命都没了。想到这里,杨昌祥直接说道:"我看孩子学习挺紧张,不能再一起贪玩了。"

不能再一起贪玩?赵宇华立马听懂了对方的用意,心想,看看学习成绩,我不怪你们影响我儿子已是客气了。但碍于面子,赵宇华仍一脸客气地说道:"是呀,各自管好孩子,学习成绩不能受影响。"

杨昌祥顿时被对方的软刀子扎得没了底气。见对方接不上话,赵宇华指了指手中的本子:"老杨,我约好了时间要向领导汇报……"

"噢,你先忙。"杨昌祥如打发瘟神般连连摆手。等赵宇华走后,他深为无准备的莽撞开火而懊恼,决定回去好好管教两个儿子的学习。当然这仅仅是为儿子将来的前程,为在赵宇华面前争面子,而不是迎合对方的说法。

二十三

看着顺利打下三千九百四十四根混凝土预制桩后的地基分析数据,城光雄也竖起拇指冲着杨昌祥连叫"呦西。"

杨昌祥暗吁了一口气,但他心里清楚,虽然软土地基工程质量已尘埃落定,可自己面临的压力却越来越大。现在不光大化肥工程开始进入基建和设备管线的安装工作,而且赵宇华管辖的炼油分厂生产形势红火,去年在实现装置第一次长周期运行的基础上,每吨原油加工的耗水量由计划的七点三三吨降为七吨,耗电量更是从计划数的八十七度降至四十六点二五度,生产成本下降了百分之六点八二。炼油分厂所取得的成就,"逼迫"化肥工程建设和开工不得有任何的闪失。

晚上下班刚进家门,正在做作业的杨大业放下笔说道:"爸,明天学校开家长会……"

杨昌祥把手中的包往柜上一放,粗暴地手一挥:"让你妈去,我没空!"

"能不能对孩子好好说?"看大业撇撇嘴又埋头写作业,小业更是紧张得缩紧了脖子,正准备碗筷的张翠莲不满地嘟囔了一句。

"跟你说了多少次,儿子不要惯!"

"家里事你不管,儿子学校的事也不管,你说你什么时候惯过儿子了?除了打骂……"

张翠莲无法抑制情绪，一股怒火冲上脑门，重重地把筷子往桌上一搁，第一次顶撞起了丈夫。可还没等她说完，杨昌祥拎上包转身推门又走了。望着桌上散乱的筷子，张翠莲一时回不过神来，原以为的地动山摇居然平静得让她不敢想象。

大业吓得脸色苍白："妈妈，我错了……"

张翠莲心疼地搂过两个儿子，不知道如何安抚儿子，更不知道该不该去追杨昌祥。

回到办公室的杨昌祥心平气和地摊开合成氨装置流程图，捏着一支2P铅笔在图上比画。经过这几年的历练，杨昌祥没了当年粗犷直率的性格，学会了冷静思考和积极面对问题。他曾暗自分析过自己性格变化的原因，除了职务升迁和理论学习，应该和当前工作性质有很大的关系。农场时，只要懂得利用节气的温度和水分，就能把庄稼种好，即使稍微有些偏差，也不会有多大的影响，种子到果实的过程都是处于可知、可控状态的。而炼油和化肥生产却不一样，不光要用精准的温度和压力来控制原料，而且所有的原料走向还不能出差错，一不小心就可能导致产品异常，甚至发生火灾或爆炸。所以，装置生产操作必须一板一眼，严格遵守操作规程，就像现在眼前的流程图，每个节点的温度和压力都有相应的规定。

突然，办公室电话响了起来，杨昌祥以为是老婆打来的，顺手就拎起话筒："喂。"

"老杨，你到我这里来一下。"

"你是谁？"

"什么？连我的声音也没听出来……"

杨昌祥狠狠拍了一下脑袋："张总厂长，真不好意思，刚才一下子没听出来。"

"马上到我办公室来一趟。"

"好。"

刚应完声,张定康就把电话给挂了,杨昌祥心里暗自嘀咕。张厂长找我干吗?难道是老婆把家里的事闹到单位了?应该不会,她不是这种性格。可又一想,这也不是不可能的事,从来不敢对自己红脸的老婆,刚才不是差点把碗筷都要摔了?想到这里,杨昌祥急了,古人都懂"一屋不扫何以扫天下",自己大小是个国家大工程的负责人,家庭小事都处理不好,怎么可能处理好国家大事?他赶紧关灯锁门,匆匆向总厂大楼赶去。

快到大楼时,杨昌祥看到城光雄正往车厢钻,可没等他走近打招呼,只见车门一关,小车马上开走了。杨昌祥径直来到张定康的办公室,看房内陪坐着华长江、朱宝平和一个陌生人,顿时放下心来,笑着招呼:"领导都还没下班呀。"

张定康先开口说道:"老杨,给你介绍一下,这是化工部人事厅的林处长。"

杨昌祥刚平静的心又嘀咕起来,化工部人事领导到我厂干吗?联想到刚离开大楼的城光雄,心头一紧,难不成日本鬼子嘴服心不服?暗地里把状告到北京了?

"杨厂长好!"

见林处长起身伸手过来,回过神的杨昌祥赶紧迎上:"林处好,请多指导。"

"客气,杨厂长的能力可是连日本专家都服气的。"

杨昌祥的心又踏实了些,看来城光雄不但没开"黑枪",而且会有好事发生。果然只听张定康说:"老杨,提前和你打个招呼,下月初你和朱副总厂长参加化工部组织的赴印度沽加拉托化肥厂的考察。"

"去印度考察?"杨昌祥也不顾有化工部领导在,抛出了心中的疑问,"印度技术并不比我们发达,为什么选印度厂家考察?"

"咳。"林处长颇有风度地清下嗓子接过了话,"印度沽加拉托化肥厂引用的也是日本技术,上月他们刚出氨。"

杨昌祥明白了化工部的用意,猜测同行的还会有新疆和宁夏两地厂家的领导。可没想到张定康却说出了让他意想不到的想法:"我们是这次国家投资三家化肥大装置启动最早、进度最快的工厂,化工部只安排我厂前往印度考察,日后开好化肥装置,为新疆和宁夏两套装置提供样板,你们的压力可不轻呀。"

朱宝平先表态:"服从组织的安排,决不辜负组织的信任。"

杨昌祥也接过了话头:"一定借考察机会把技术学到手。"

靠着椅背的林处长轻点了一下头:"相关手续我们会与厂部对接,确保考察顺利进行。"

华长江看已交代完毕,笑着问道:"我肚子已'拉警报'了,是不是接下来边吃边说?"

张定康抬手看了一下手表:"啊,都六点半了,走,赶紧先吃饭。"

等再次开门进家,大业和小业仍在做作业。两人叫一声"爸爸"后把头埋得更低。杨昌祥应了一声,转眼看了看坐在桌边的张翠莲,她虽然表情一脸镇定地缝补着小业的裤脚,却偷抬眼皮打量自己,就像是做了错事的孩子。杨昌祥放下包,径直走到两个儿子身边,弯腰瞄了一眼各自的作业。只见两本作业上全是红色的勾,正在写的作业也是字迹端正。杨昌祥伸手去摸两个后脑勺,可左手却摸了个空。小业像是后脑长了眼睛,居然脖子一缩躲开了。

"你小子躲什么?"杨昌祥手掌落在小业后脑勺上轻搓了一圈。

不仅小业惶恐,连大业也有点局促不安。记忆中父亲从来没有过这样的举止,真怀疑重新回家的是不是父亲。

"哎——"张翠莲手指被针扎了一下,慌忙用舌头舔了舔左手食指,起身默不作声地把捂在"草窝"中的饭菜取出。两个儿子很自觉地把学习用品移了移。杨昌祥摆手阻止:"不用,刚才陪领导在招待所吃了。"

看着张翠莲依然面无表情地把饭菜移到了厨柜,杨昌祥忍俊不禁,决定把今天的喜事说出来,让全家高兴一下:"我下月要出国考察。"

"爸,真的?去哪个国家?"小业反应很快,马上放下作业问道。

"印度。"

小业又追问:"爸,印度哪个邦?"

杨昌祥被问蔫了,他连那个厂家拗口的名字都没记住,哪会知道是什么邦?突然心里一怔,小业刚上学,怎么知道印度的国家行政区划不是"省",而是"邦"。于是试探着问道:"你知道印度有多少个邦?"

小业很有把握抢答:"爸,一共二十七个邦。"

杨昌祥更加困惑了,学校又不教这些,小业从哪里学来的知识。他干脆坐下追问:"你怎么知道这些?"

"爸,赵叔叔有很多书,上个月弟弟向他借了本地理书,刚学的。"大业抢着答道。

赵宇华家的书?杨昌祥一下子反应不过来,不是和赵宇华说好了,不让孩子来往吗?这时又听小业补充道:"赵叔叔说我们不光要学会课本上的知识,还要多学点课本外的知识。"

杨昌祥不但没有恼火,反而点头认可:"嗯,赵叔叔讲得没错。去,把书拿出来给我看看。"

"嗯。"小业跑进里间从桌架上取来了《世界地理集》。

接过儿子递来的厚厚书本,杨昌祥随手翻开其中一页,小业马上指着左页大图说道:"爸,这是新西兰,这个国家位于太平洋西南部，领土由南岛、北岛两大岛屿组成，南岛邻近南极洲，北岛与斐济及汤加相望。"

杨昌祥又吃了一惊，随手翻的一页儿子竟然就能很快说出来。他不由得想起了当时炼油厂技术大练兵时的"蒙目操作"。看来一个人的潜能是无限的，如果把学习当成了兴趣，那所能到达的高度是常人难以想象的。杨昌祥心里一阵高兴，把书往桌上一放："好，这几天你就教你爸学这些知识。"

二十四

朱宝平和杨昌祥如期随同化工部专家到了印度的沽加拉托化肥厂。到厂后,看到流程、规模几乎一致的装置,所有人都很兴奋。可没想到在听完这家厂厂长介绍后,考察组成员傻眼了。因为这家厂的合成氨装置开车非常的不顺,从投料到出氨一共花了整整七十五天的时间。

"老杨,我们现在订的开工计划是四十天。"朱宝平听到这里,忍不住皱起眉头悄声提醒杨昌祥。

杨昌祥早就像是倒翻了五味瓶,来之前的热情全没了,在这样失败的厂家能学什么?他叹了口气说道:"唉,看来这里是白来了。"

虽然朱宝平和杨昌祥的对话很轻,但还是让带队的化工部副部长徐今强听到了。在当晚考察组碰头会上,徐今强直接点名问道:"杨昌祥,你觉得这次考察会不会有收获?"

"徐副部长,沽加拉托化肥厂从开工到出料的时间要比我们厂计划超一个多月,看来想从这里借鉴相关的经验是不太可能的。"现在杨昌祥早已把这厂名记得滚瓜烂熟,并流利地表达了看法。

没想到话音刚落,徐今强当头一棒:"胡扯!"

见副部长发怒,所有人都吓得不敢喘粗气,尤其是杨昌祥,更是感到脊背一阵凉意,房间里静得几乎能听到自己的心跳。徐今强随后又指着朱宝平问道:"你说呢?"

朱宝平拿笔记本的手不由得一颤，本子掉在了地上，忙弯腰去捡。坐在徐今强左手边的化工部专家笑着插话："徐副部长，让他们把真实的想法都说出来，便于我们有针对性地纠正。"

徐今强也意识到了自己的态度问题，颇有风度地道起了歉："我是急了一些，请同志们见谅，尤其是江南炼油化工总厂的两位同志。"

刚捡起本子的朱宝平和杨昌祥同时连连摇手："没有，没有，徐副部长批评得对。"

徐今强指了指朱宝平和杨昌华说道："你们来自基层，要想把国家的项目做好，你们非常关键，所以国家花外汇让我们一起来考察。今天你们看到人家存在问题，就觉得此行没有了取经的意义，这种想法和判断是错误的，我们共产党人要学会辩证地看问题。"

乘徐今强停顿之际，那个专家干脆把话挑明了："不知你们懂没懂徐副部长的意思？别人的错误也是我们难得的宝贵经验，你能保证我们不发生这样的事吗？"

杨昌祥眼一亮，是呀，如果能搞清是什么原因导致沽加拉托化肥厂从投料到出氨花了七十五天，那岂不是可以少走歪路，避免同样问题的发生。看来自己目光的确短浅，正如徐副部长所批评的，还不会辩证地看问题。于是他诚恳认错："经两位领导批评与指导，我终于明白了。请你们放心，我们一定查明导致生产异常的原因，确保江南炼油化工总厂化肥大工程的投产。"

化工部建设厅毛厅长进一步点明："我们为什么国内工程没建设完，就组织来这里考察？这是因为不光是生产过程中会产生问题，还得了解土建、设计、设备和安装有没有问题存在，这些都是影响生产正常的重要因素。"

"谢谢毛厅长的提醒，我们一定设法多掌握情况，确保我厂的正常生产。"

"不!"徐今强伸出三根手指强调,"你们代表的不是一家,是三家!江南厂是第一家投产的,成与败非常关键。"

朱宝平和杨昌祥边飞快记录边应道:"明白。"

雷厉风行的徐今强拧开钢笔盖催促:"好,抓紧开会。"

随着对印度沽加拉托化肥厂了解的深入,杨昌祥开始坐立不安。没想到这个厂在试车过程中暴露了大量的设计、设备问题,甚至还发生了爆炸和烧坏炉砖的重大事故。杨昌祥越来越觉得这次的考察太有必要,并为考察时间太短而困扰。为了少留遗憾,在翻译的帮助下,杨昌祥设法向该厂各层次人员了解当时的情况,不但掌握了大量的信息,更清楚了如何避免这些问题的发生。

回国后,在张定康和华长江的支持下,江南炼油化工总厂决定把合成氨和尿素装置的试车间隔两个月进行,以便通过试车暴露问题,并彻底消除缺陷。同时,在化工部和江南省组织的专家的帮助与指导下,经过连续两周的充分准备,总厂和日本宇部公司开始就气化炉问题开展艰难的协商。

"城光雄先生,我们对印度两台气化炉开车初期炉口耐火砖烧坏引发的停车事故进行了分析,现认定主要原因是德士古烧嘴火焰直接烧到炉口与顶封头交接处的尖角砖上,引起炉口砖受高温过量而热膨胀,从而导致最下层的砖摔碎。"

听完翻译,日方总代表城光雄既没紧张,更无一丝歉意,一脸淡定中露出难以琢磨的笑。他料到今天是一场智力上的恶战,但他有信心掌控局面并打赢战役,中国人任何在技术上的质疑,其结果必定是被打脸。只听他先故意干咳了一声,不紧不慢地问道:"我想贵国不光是找到了问题产生的原因,而且还想好对策了吧?"

杨昌祥没有觉察到对方以退为进的策略，直率告知："经我们分析，一致认为当高温气体从缝隙中窜入气化炉壳体，会导致气化炉顶封头近炉口处壳体局部超温。而日本宇部公司引进的气化炉虽然能力与尺寸和印度厂略有不同，但炉口砖内径都是十英寸，而且烧嘴与炉口耐火砖间距比印度厂还要短五分之四。"

虽然动改没有难度，但城光雄不想同意签字，不然以后一旦有问题，不光自己脱不了干系，也会给宇部公司带来不良的影响。城光雄睥了一眼皮肤黝黑的杨昌祥："如果我没记错的话，这德士古气化炉是美国的产品。"

杨昌祥接口应道："城光雄先生没记错。"

心高气傲的城光雄这回真心笑了，在场的人都清楚美国德士古气化炉具有权威性，它不仅仅是第二代气化炉中开发最成功的，而且发展最迅速，早已投入了工业化生产，世界上许多国家都在使用。城光雄倾上身追问："证据呢？如果擅自改动，一旦出了问题，谁来负责？"

不等杨昌祥开口，张定康不卑不亢地反问："请问城光雄先生，印度沽加拉托化肥厂的事故谁来负责？"

城光雄没想到中方并没按自己的设问来回答，且剑走偏锋直点自己要穴。他当即狡辩："印度厂家的情况我不清楚，公司只让我负责贵厂，确保这里的生产安全。"

张定康接过了话："任何设计都要经过实践的检验，现在既然发现了同类问题，我们就该面对问题，解决问题。"

城光雄继续敷衍："那是肯定的，肯定的。"

张定康继续不容置疑地强调："我们不能迷信权威，更不能包庇或掩盖问题，一切不负责任的推脱，只能导致更严重的问题。"

"那是，那是。"城光雄感觉自己的阵脚已乱。

化工部建设厅毛厅长适时亮出了"撒手锏"："这是我们在印度沽加拉托化肥厂收集的相关资料，气化炉顶封头的壳体最高温度可达三百五十摄氏度。这些数据可以证明我们的判断，如果不认同，我们可以一起去印度沽加拉托化肥厂考证。"

接过对方推过来的资料，城光雄感受到了巨大的压力。如果在证据面前不承认原设计有问题，不满足中方重新设计的要求，就会把印度公司拉进来，这势必给公司造成更大的损失。城光雄提醒自己在没有取胜的把握前，"战火"不能蔓延，不然必有引火烧身之患。于是就做了有限的让步："我马上向公司汇报，争取尽快给一个满意的答复。"

杨昌祥担心日方会有意拖延，于是抛出了谈判前厂商定的时间底线："城光雄先生，我们要求必须在开车前解决这个问题，如果发生类似印度厂的事故，我们将追究责任方！"

"一定，一定。"城光雄不得不满口应允，但他也刻意申明，"当然，这是我们日方应中方要求而设计，如果日后生产有什么问题，应当中方负责。"

毛厅长丝毫不惧压力，斩钉截铁地说道："该是我们负的责任，我们绝不会逃避。而该你们担的责任，你们也推卸不了！"

刚处理完气化炉设计上的问题，有技术人员又发现了换热器质量问题。

这天早上，杨昌祥刚参加完总厂的调度会，回办公室看到负责设备安装的瞿开达站在门口，看到自己便疾步迎了上来："杨厂长，我们刚对板式换热器进行安装前的检验，发现有台设备制造有缺陷。"

杨昌祥一边取钥匙，一边催问："是哪里制造的？检查出什么问题？"

瞿开达简明扼要地答道："西德。换热板排列不合要求。"

"西德?"杨昌祥愣了一下,旋即追问,"停止安装了吗?"

"已让施工人员停止安装,也通知日方总代表城光雄到现场确认。"

杨昌祥顾不得放下手中的包,合上刚打开的门转身就向楼梯口走去:"马上去现场。"

城光雄和西德方代表凯恩看到杨昌祥后,马上迎了上来。杨昌祥边走边问:"怎么回事?"

听闻一台板式换热器有质量问题,城光雄将信将疑,因为西德产品的精细闻名遐迩,制造业驰名全球,国际市场上其产品制造和产品标准通常就代表了高品质,就连日本人都甘拜下风,难不成中国人从鸡蛋里挑出了骨头?他马上让人去请西德方代表凯恩。两人经过现场检查后,给出了相似的结论:中方吹毛求疵,设备没什么问题。也因为有底气,凯恩信誓旦旦地答复杨昌祥:"杨厂长,刚才我已进行查验,4116-E3D换热器没有问题,可以安装。"

是瞿开达判断有误还是凯恩想脱逃责任?杨昌祥追问:"换热板排列合要求吗?"

凯恩愣了一下,说:"杨厂长,我们的合格证可以证明这台设备是符合设计和制造的要求。"

"哼。"对于凯恩的答非所问,杨昌祥暗哼了一声,觉得没有必要再问外方,就径直向换热器走去。

跟在后面的城光雄见状抢先定性:"杨厂长,这不是质量问题,可以继续安装。"

"在没有确定质量前不能安装。"

面对对方的强硬态度,城光雄婉转地"警告":"今天已安排了吊车和施工人员,若不及时安装,不但会造成经济上的损失,更会影响施工的进度。"

对城光雄软中带刺的警告,杨昌祥头也不回顶了回去:"城光雄先生,如果是我方误判,我们自会承担相关的责任。但若是设备制造商的原因,必须进行交涉。"

"好。"城光雄和凯恩只好跟着杨昌祥来到换热器前。

在瞿开达的陪同下,杨昌祥检查完设备后当即决定:"这台设备有问题,停止安装。"

凯恩继续狡辩:"贵方凭目测就认定有问题,这不科学!如果这个算是问题,那最多是美观问题,绝不是质量问题。"

杨昌祥斩钉截铁地回应:"我们马上安排人试验。"

一脸自信的凯恩针锋相对:"那就让数据来说话,不要武断。"

颇有城府的城光雄提醒自己别介入这场争议。如果中方质疑得到证实,日方不但没什么损失,相反还可以为日后的成功开工投料生产消除隐患;如果中方搞错了,日方更没有什么损失,且越发有利于将来的谈判。于是彬彬有礼地当起了仲裁"法官":"也好,我们等试验结果。"

试验结束后,面对检测数据,牛气的凯恩终于低下了下巴,瓮声瓮气地问道:"很遗憾这台换热器存在瑕疵,不知中方有什么要求?"

杨昌祥心里的石头终于落地,旋即简要提出总厂领导早已拟好的条件:"退货,同时请抓紧制造新设备,减少对工程施工的影响。"

听了中方退货不索赔的要求,凯恩简直不敢相信自己的耳朵,这真是比上帝还仁慈。他诚恳地提出新的解决办法:"杨厂长,新设备制造和运输的时间可能较长,我马上汇报公司,将刚运至宁夏的同型号板式换热器尽快转运到这里。"

杨昌祥心中暗喜,看来总厂制定的"放弃索赔,齐心快速建设"的策略还是起到了效果。但担心会耽误宁夏大化肥工程建设与开工的担心,就问凯恩:"那这样不是要耽误宁夏大化肥工程吗?"

听完翻译后,凯恩连连摇头:"不误,不误。当初是为了节省运费,我们提前将其与贵厂设备一起海运到了中国。"

杨昌祥不放心地追问:"既然是同批产品,那会不会存在同样的问题?"

"不可能。"凯恩头摇得像拨浪鼓,双手比画着解释,"试验前我已拍电报让宁夏的同事查看,确认没有这样的问题。"

听了凯恩的"交代",一旁的城光雄暗自不爽,没想到凯恩私自瞒了一手,怪不得看到试验数据马上认账。城光雄庆幸没有过多站在西德一方,如果当初坚持换热器无问题,那就真应了中国"湿手沾面粉"的谚语,自己给自己找麻烦。唉,既然西德如此不"仗义",那不如摆脱与他们的干系。于是,城光雄再次当起了"法官":"等宁夏那台换热器运抵现场后,我们三方共同开箱检验,如质量有问题,西德必须承担所有的损失。"

"是,是。"凯恩不但当即爽快答应下来,并重复强调,"如果有质量问题,我们承担所有的损失。"

宽下心的杨昌祥伸出手:"好,那就请凯恩先生抓紧催货。"

"我马上联系总部。"凯恩握完手就走了。当然他可并不全是为了催促产品的运输,而是急着把谈判结果汇报总部。他相信总部在不再担心赔款的同时,会对自己的处理结果予以奖赏。

二十五

虽然大化肥工程进展顺利,可年末炼油分厂又一次因无原油而被迫停工。

这天政治学习结束后,张定康看了一眼赵宇华,问:"老赵,怎么无精打采的?"

赵宇华毫不掩饰地抱怨:"没活干哪有精神?国家下达的年度原油计划指标只有四十五万吨,还不到厂设计加工量的百分之二十,去年光停工时间就长达七个月。"

张定康按了按太阳穴,耷拉着眼皮问道:"想不想让设备运行起来?"

想到上次齐书记争取到的三十九万吨原油,赵宇华立马来了精神,迫不及待地追问:"是不是又增加加工指标了?这次多少万吨?"

"做梦,还多少万吨。"华长江伸出食指挖苦,"告诉你,一两也没有!"

张定康笑着进一步指出问题:"老赵,你也是老炼油人,清楚这些年我国因原油开采量不足,许多炼油厂都处于'吃不饱'的状态。其实'原油饥饿症'从装置建成投产那天起就存在了。"

赵宇华暗想,明知没有原油,那干吗还提让设备运作起来?这不是画饼充饥吗?这时只见张定康挥了挥手,秘书小韩会意点头,迅速把准备的材料发到与会人员手上。

许多人拿到材料一脸的困惑,这份中央书记处就对外经济关系问题的材料不是年初已学过了吗?赵宇华忽然想到材料中那句"我国的社会主义现代化建设要利用两种资源",顿时联想到前几天国家推出的计划外"高价油"采购计划,难道总厂决定采购计划外的"高价油"?但他马上为自己的想法忐忑起来,毕竟国外资源隐藏着不可预测的政治风险和经营风险。

张定康举着材料问道:"大家还记得这个学习吗?"见众人点头,接着说出了想法,"我和华书记商量了一下,决心要彻底解决当前炼油厂长时间停工的问题,让国家几亿元的投资发挥应有的效益。"

话音刚落,华长江说出了具体的想法:"坐等'皇粮'解不了饥,现就采购计划外的'高价油'听听大家的看法。"

见张定康转头看自己,赵宇华不假思索道出了真实的想法:"'高价油'是可以解决当前我厂'无米之炊'问题。但'找米'风险不小,上面的意见统一吗?"

"如果都这样干,那还要计划经济吗?国家不就乱套了?"憋了半天气的杨昌祥找准机会抢先表达了自己的看法。他认为国家好不容易将私营企业初步纳入了计划生产的轨道,难不成现在要废弃这个成果不成?在杨昌祥眼里,如果没有计划,那国家必定会大乱,企业不知道从哪里进原料,去哪里卖产品,连老百姓都不知道怎么生活。但计划经济就能避免这些问题,它是有规划、计划地发展经济,可以避免市场经济发展的盲目性、不确定性等问题。更何况计划经济体制已成为我国法定的经济体制,任何背离计划经济体制的经济行为都是修正主义。所以,选择计划经济体制是天经地义的事,即使计划经济体制之下出现了这种或那种问题,那也不能随意更改。一旦离开计划经济的轨道,那就是滑到资本主义的邪路上,会给自己和工厂带来灭顶之灾。

本就有所顾虑的赵宇华如醍醐灌顶，想起建国初期面对财政枯竭、通货膨胀的局面，国家就是通过计划经济这个有力的措施，仅仅用了一年时间，就基本制止了通货膨胀，不但经济获得了初步的稳定，更凝聚起了强大的民心。三十年来，无论是工厂还是居民，大家早已习惯了计划经济体制下的安排。赵宇华想起了老父亲当年遗嘱中的一句话："政治方向和生活作风绝对不能出问题！"他情不自禁地点头表示认同杨昌祥的看法。

华长江没想到阻力会这么大，两个分厂长前一个发言担心上面有意见，后一个更是直接反对。昨天在省里开会时，齐民奎书记还叫自己和张定康放心干，说江南炼油化工厂的职工思想开明，更何况已组织过《实践是检验真理的唯一标准》的大讨论。华长江从心里想打破现有的计划生产模式，农村经济改革成果已验证只要摆脱计划经济体制的僵硬控制，让经营者能够自主经营，在承担生产经营风险中得到应有的劳动成果，那蕴藏的生产潜力就会充分发挥出来。他断定，只要计划经济少一些，市场调节多一些，企业的生产必定以较快的速度增长。虽事实摆得很清楚，可要回答杨昌祥这样敏感的问题太难，与其正面答复，不如迂回解决问题。想到这里，华长江明确地强调："任何不符合人民需要的思想，肯定不是我们共产党的出发点。"

从基层上来的张定康没有太多的理论知识，边比画边说："同志们，你们可听清楚了？这次是国家推出计划外的'高价油'采购计划，也属于计划的一种，不过是计划外的计划，好比是把原来的煎饼再做大了一圈，让大家吃得更饱。"

听总厂长把这么大的政策比喻成做煎饼，四周响起了笑声。趁着沉默的会场充满了快活的气氛，张定康继续坦诚地说道："我相信大家心里都有本账，原有的经济体制在我国的确起着积极作用，但是随着条件的变化,现在开始不太适应现代化建设的要求。既然如此,我们就要跳出传统的经营模式,因为逐步走向市场必定是企业生产经营的趋势。如果我们墨守成规,那就搞不好生产,就是在吃干饭,就是江南炼油厂的罪人。"

听了张定康的话,赵宇华的心像被上足发条的摆件,再次摆动起来。计划是需要的,但一定要结合实际,这样才能更好地完善计划。

看众人没有接话,华长江适时又添上一把火:"说实话,虽然中央有具体的指示,但在实际工作过程中,各部门、各层面不一定能够理解和响应。但这一切都是其次的,如果我们自己都没有做成事的信心,那就没有人会来支持、帮助我们。我们要有为国家提供更多油品的责任。"

从两位总厂主要领导的言语中,赵宇华觉得他们早已打定了主意,也有了解破难题的举措,于是脱口说出另一个担忧:"如果我们加工'高价油',日后能不能销售出去?如果不能边生产边销售,那即便有了原料,最后也会因无法保存而停产。"

华长江马上简要答复:"我们已做了调查,江南省油品市场缺口很大,销售不是问题,而且能源局的齐书记也很支持我们的想法。"

赵宇华反而听糊涂了,心里暗自嘀咕:那你们领导还犹豫什么?直接采购后下令开工不就行了?没想到张定康盯着赵宇华问道:"老赵,炼油厂能不能顶住高负荷的生产压力?"

赵宇华认定总厂领导已下定采购计划外原油的决心,现需要确保生产过程没问题。于是他颇用心地认真回复:"各位领导,我坚信有着一千零三十六名党员、一千五百零八名团员的团队是支攻无不克、战无不胜的雄狮劲旅。更何况这支劲旅还有着二百十七名工程师和二百六十一名助理工程师。"

谁也没想到赵宇华如此答复,既没有信誓旦旦保证完成生产,更没有说存在的困难,但恰恰这种答复更有力量。张定康笑指赵宇华:"没想到你大脑不光装着生产数据,还装着总厂的人事资料,你比我这个总厂厂长当得像。"

"张总厂长取笑了。"

张定康摆了摆手继续说道:"会后先组织计划和财务一起核算,不但要算出'找米下锅'的经济效益,更要算准'新米'会不会'胀肚子'。"

"党委将组织发动广大职工讨论加工'高价油'的意义,我看就让老赵首个发言,并在厂简讯上登一下。"华长江适时给赵宇华布置了政治任务。

虽然全国各炼油厂多少都患有"原油饥饿症",可真到了订采购指标时,不少厂领导迟疑不决,有的只要五万吨意思一下,有的干脆知难而退。只有江南炼油化工总厂一下子要了四十万吨。在别人眼里这似乎是个冒进的决策,可在赵宇华等人眼里,那还是保守的采购,与去年原油加工指标增三十九万吨相当。

生产虽然很平稳,可产品却遇到了销售瓶颈。原来刚复出主持省经济工作的副省长在得知江南炼油化工总厂采购计划外高价油后勃然大怒。本对家庭联产承包责任制就抵触的他,一直担心这个负面案例会涉及其他行业,没想到自己管辖的国营企业居然也想走"资本主义道路"。如果不对生产、资源分配以及产品消费进行事前计划,社会必定会出大问题。副省长根本听不进齐民奎的解释,连连呵斥:"为什么不按计划办事?如果都想怎么干就怎么干,那还要国家干什么?简直无法无天!"

由于副省长的抵触,赵宇华曾担心的油品销售困难果真发生了。这天,在生产调度会上听了炼油厂和码头反映的库存问题,张定康坐不住了,提出要正确认识当前工作的艰难性,所有人只要不耽误手上的工作,立即想尽办法投入销售工作中,包括总厂的领导班子。

不知是谁嘟囔了一句:"那总厂可以改销售处了。"

张定康头也不转地回应:"当前的工作重点就是把加工完的油品迅速销售出去,这已不仅仅关系到我厂日后的发展,甚至影响到当前的生存。"

虽然明白卖不出油品会使厂经济陷入困境,可想到总厂领导也要去销售油品,杨昌祥听了还是怪怪的,于是直言问道:"总厂领导怎么能当'卖油郎'?"

会场许多人为这比喻笑出了声,张定康却不以为然:"怎么不能当?我并不认为这是掉价。只要厂里有需要,我们领导就得冲在前。我相信只有卖不了的思想,没有卖不了的市场!"

虽然好心被驳了回来,但杨昌祥觉得张定康的话挺有道理,许多时候半途而废就是因为碍于面子,不肯"屈就"而已。

华长江接过了话:"随着炼油加工量的提升,成本会大幅下降。现在我们就是要拧成一股力量,把最后这道销售关打通,让工厂见到真正的效益,让职工生活得到进一步的改善。"

杨昌祥心一热,蓦然有参加销售油品的冲动。但他马上冷静下来,暗自提醒自己,化肥才是自己的工作重点。这时只听身边的密汉民说道:"我厂靠海,又有本厂码头的优势,我建议发挥海运优势,把油品运到广东、福建等沿海销售。"

张定康当即表态:"广东、福建两省的经济较强,老密这个想法可以试试。"

于是,张定康带着经贸处长等人南下,跑福建闯广东。果然如之前所判断的,这两省的市场潜力非常的大,福建厦门联营公司更是在前期计划采购十万吨汽柴油后,出于对江南炼油化工厂高品质油品的信赖和售后服务的满意,直接将当年的采购量猛增到四十万吨。

当签约的消息传到江南炼油化工总厂，全厂上下沸腾了。谁也不曾料到，今年的"高价油"竟然一家公司就给包销了。赵宇华终于甩下了思想上的包袱，可透过加工"高价油"企业生机勃勃的表象，他又敏锐地感觉到，随着我国经济的发展，石油加工业"僧多粥少"的潜在危机不久必定又会显现。

二十六

《世界地理集》让杨昌祥对两家孩子来往的态度有了巨大的改变,不但不再阻挠制止,相反对来家中学习或玩耍的赵永刚和赵庆表现出热情。也许因为家里两个都是男孩,所以杨昌祥特别喜欢扎马尾辫的赵庆,常常抱着赵庆用密密的胡子去扎她粉色的小脸蛋。赵庆往往像是被点了笑穴一样,前俯后仰咯咯笑个不停。那天她摸着杨昌祥的下巴好奇地问道:"伯伯,我爸爸为什么没有胡子?"

"傻丫头,男人都有,你爸爸也有。"

"不对,我爸爸没有,三个哥哥也没有,就伯伯你有。"

杨昌祥颇有耐心地解释:"都有,你爸爸当然也有胡子,只是比伯伯少点。三个哥哥还小,大了他们都会有,而且越刮越多。"

"我喜欢胡子,如果哥哥也像伯伯这样就好了。"

看到父亲哈哈大笑地放下赵庆妹妹,大业和小业既开心又羡慕,他们可没有过这样的"待遇"。

第二天吃晚饭时刚坐下,杨昌祥无意间看到小业的下巴上有道血痕,问:"怎么了?和人打架了?"

小业赶紧把手捂到嘴边:"没有,不小心给削笔刀划了。"

一直在忙碌的张翠莲趁给杨昌祥递酒瓶之际,弯腰摸了摸儿子的下巴,柔声提醒:"这几天不要吃生酱油,不然会留疤的。"

"男孩就算多道疤也没啥。"在杨昌祥眼里,这点划痕算不了什

么,反而是成长的纪念。

晚上盥洗时,杨昌祥发现剃须刀被人动过,上面隐约有道血迹。想到小业下巴的伤痕,杨昌祥暗吃一惊,看来儿子小小年纪已有讨好庆庆的念头。若在以前,他必定粗暴干涉,可现在却觉得两个孩子青梅竹马也不错。杨昌祥很自然地刮起了胡子,假装什么也没发现。

随着杨、赵两家关系的好转,不光是孩子们相互串门,杨昌祥也和赵宇华热乎起来。这天晚上,赵宇华收到老家哥嫂寄来的腊肉,特意让周芳多炒了几个菜,请杨昌祥一家过来吃饭。席近尾声,两个大男人从十五岁美国华裔少年秦志斌考上剑桥大学物理系的研究生聊到当下中国大学的少年班。聊着聊着,赵宇华很是随意地问道:"老杨,你有没有感觉到我国的危机?"

"危机?"杨昌祥放下了筷子。难道赵宇华觉察到有战争的迹象?美国?不可能,已和中国建交,且关系不错。苏联?也不像,勃列日涅夫去世前曾在塔什干发表演说,其语气对中国充满了友好。印度?二十年前的边境战争早已化干戈为玉帛,双边关系正往好的方向发展,不然上次化工部也不可能去印度的沽加拉托化肥厂考察。越南?虽然关系从友好到对抗,但自从1979年自卫反击战后,基本无大的战事可能。杨昌祥开始搜肠刮肚地回想着《世界地理集》上的国家,但还是想不出哪个国家有对中国侵略的意图或野心。

看杨昌祥琢磨着答不上,赵宇华忧心忡忡地说道:"老杨,现在我国很多炼油厂都'吃不饱',这个问题不解决,就是建了再多的炼油化工厂也是浪费。"

杨昌祥缓了一口气,原来又是老生常谈的话题。唉,想来也够憋屈,一个分厂领导不是在研究装置生产技术,而是常常在想怎么搞到原料。此时饭桌上已没什么菜,杨昌祥重新拿起筷夹了片蘑菇,歪着脑袋问:"你找到出路了?"

赵宇华推了推镜架点头："是的。"

唉，跟知识分子说话就是累，有就说出来嘛，难不成还怕我抢功不成。杨昌祥暗暗笑骂了一句，大模大样地把蘑菇往嘴里一送，边嚼边催问："那你快说呀。"

"请总厂以来料加工的方式加工国外原油。"

杨昌祥一惊，赵宇华是不是尝了加工计划外"高价油"的甜头而一发不可收拾？这胆子也太大了，计划外"高价油"毕竟还是属于国家的计划，可加工国外原油就大不同了，这可是工厂自主的事，一旦发生意外，那就吃不了兜着走。杨昌祥突然冒出一个可怕的字眼：鸦片。对，赵宇华的念头就是经济鸦片，非常的危险，不但不利于自己，甚至可能会祸害工厂、祸殃国家。想到这里，他急忙咽下蘑菇，不容置疑地劝道："千万别出这个主意。"

"你怕？"

"不是。"

"那为什么不敢尝试？"

杨昌祥反问："你是不是想得过于简单？"

赵宇华笑了，起身取过公文包，拉开拉链取出一叠纸，说："我可是想了很多天，这是调研资料。"

杨昌祥将信将疑地接过一看，首页上端端正正写着"江南炼油化工总厂来料加工国外原油的方案"。翻看方案，不但详细分析了国家原油产量在短期内不可能有大幅增长的原因，也列举了国内炼油厂缺少原料导致停产的困境，更说明了仅靠争取国家计划外原油进行加工只能起局部弥补的作用，不可能满足企业的加工能力的事实。方案最后阐明了随着我国经济的发展，石油加工业"僧多粥少"的危机必须以尽快寻找新的原油资源的方式来解决，才能满足企业生存和发展的需要。也就是要本着平等互利、保本微利、建立长期友好合作关系的宗旨,通过"手向外找资源,手向内挖潜力"的经营方针,努力争取以来料加工的方式加工国外原油。看完方案,杨昌祥把纸往桌上一放,说:"看来你真下了不少的功夫。"

看杨昌祥没有对方案给予表态,赵宇华端起玻璃杯抿了口黄酒,说:"老杨,我是斟酌了许久。第三次人口普查表明,我国人数已超十亿,这样庞大的人口必须有强大的经济来保障,不然就是不稳定因子。所以我们厂要把目光投射到更广阔的国际市场,筹划起更艰难的战役。"

赵宇华激昂的论调似乎没有打动杨昌祥,只听他语气平和地分析:"老赵,虽然党的十二大上邓小平在开幕词中提出'建设有中国特色的社会主义'这一崭新的命题,但真的要改生产方式还是有很大的阻力,我听说上次加工计划外'高价油'时,主管工业的副省长就强烈反对。如果这次我们加工国外原油,估计他会拍着桌子叫骂我们。他甚至会认为我国刚把贫油国的'帽子'扔进太平洋,而我们却又把这顶'破帽'捡了回来。"

赵宇华不光听说副省长反对,还听说中央也有个别高级领导对"两个资源,两个市场"持不同的意见,说那些依赖别国发展经济的国家,纵然一时经济发展比较快,那也是虚假的繁荣,基础脆弱,一旦有风吹草动,极有可能影响到政权的稳固。他们固执地认为社会主义国家必须有独立的经济体系,走自己的工业发展道路。如果离开独立自主、自力更生,不但搞不成社会主义的现代化,而且会变质。正是这些言论抑制了群众的革新创造精神,成为束缚群众手脚的枷锁。赵宇华即使有加工国外原油的想法,也只能悄无声息地调研,在验证完方案的可行性和必要性后,才准备向上呈递。赵宇华咬了咬嘴唇,说:"只有加工国外原油才能真正将压在中国人头顶多年的'贫油帽'甩进太平洋,明天一早我将以个人的名义把这份方案交给总厂领导。也许这会给我带来麻烦，但不交我心里会堵得慌，寝食难安。"

杨昌祥大为震撼。印象中，知识分子就是懦弱虚伪的代名词，是新秩序、新道德、新文化的反抗者。这些人常常会为了谋生和立身处世资本，精心谋算一己得失，可没想到赵宇华竟然有着强烈的使命感，这种大无畏的担当精神绝不亚于向敌方阵地冲锋的勇士。他终于明白了赵宇华今天请自己吃饭的用意，于是举起手中的酒杯："老赵，杨家自宋起以一口金刀、八杆枪忠勇传世，我认准你是对的，日后有什么困难尽管说。"

赵宇华没有举杯回应，而是笑着调侃："你以杨家将自居，难不成我要以赵姓宋王朝为倚仗？"

杨昌祥把酒杯一蹾，伸出五指佯装不屑："若说王朝，我杨姓隋朝比赵姓宋朝可要早几百年。"

赵宇华竖起拇指："好，我俩就是邵力子和马寅初，坐在一起了。"

对于赵宇华的暗喻，杨昌祥觉得很妥帖。"坐在一起"这句话出自毛主席之口，一语双关地指当时开会时相邻而坐的邵力子和马寅初。虽然两位老先生当时提出的计划生育观点遭到批判，可如今不但成为中国的基本国策，还被写入了宪法。杨昌祥重新端起酒杯："来，干了！"

"干！"赵宇华也端起了酒杯。

赵宇华呈递的方案得到了各级领导的高度认可，这让杨昌祥颇为意外。在各级相关部门的支持和协助下，江南炼油化工总厂积极发挥位于沿海开放城市和拥有自备深水海运码头的优势，成功与美国联合油国际销售贸易公司签订了代加工协议。

随着首艘五万多吨马来西亚原油顺利到厂，赵宇华在惊喜中感受到了新的压力。加工外来油可不是件容易事，以往生产原料油种单一，到厂时间有计划，生产方案不用变化。可外来原油不但到厂时间不固定，且油种多变。面对一个个新问题，在总厂的支持下，赵宇华组织人力及时完成对国外原油的分析评价，并采取以初顶料产优质重整料、常底渣油做优质催化料以及柴油组分不经碱洗电精制等一系列优化生产手段，实现了整个炼油装置能力的合理匹配，不但成功加工好每吨原油，而且如期确保了每吨代加工成品油的装船出厂，树立了良好的信誉。

这天总厂召开首批外来油加工生产总结大会，虽然杨昌祥对炼油分厂所取得的显著成绩已有心理准备，但得知创下超过五十三万美元的外汇后，还是大吃了一惊。这时只听赵宇华又说道："现在我们正着手建立国外原油数据库，不但为日后本厂的生产加工提供第一手资料，也可以为我国各地炼油厂日后的发展提供更翔实的资料。"

杨昌祥觉得自己的工作思路和赵宇华相比明显差上一截。目前，大化肥建设已近尾声，看来不但要抓好建设和开工前的准备工作，同时要做好相关的技术记录工作，为日后我国其他大化肥建设和其他生产厂来取经时提供详尽资料。胡思乱想中，耳边传来一阵掌声，杨昌祥抬眼一看，赵宇华已结束汇报，张定康正挥着手臂慷慨激昂地总结："同志们，外来油加工不仅标志着我们厂成功利用了'两种资源'和开拓了'两个市场'，更为实行'两头在外'战略迈出了坚实的一步，使企业提高了经济效益，增加了活力，积聚了发展后劲。"

散会后，杨昌祥拉赵宇华走到一边，说："老赵，晚上有没有空？让老杨给你摆个庆功宴。"

赵宇华佯装生气地回道："去，你家尽是鱼虾，能有啥滋味？知道你惦记着我家那块腊肉，晚上全家过来吧，我们喝个痛快。"

"哈哈，那就吃定你这个大户了。"杨昌祥在对方肩上捶了一拳，旋即补加一句，"我带黄酒来。"

二十七

　　随着效益的提升，江南炼油化工总厂不但兴建起了职工生活区，腰包渐鼓的职工还跑到市百货店，购买了当时较为稀罕的电视机。

　　随着日本电视剧《血疑》的播放，杨昌祥发现身边出现了怪现象。首先是晚饭后聚在楼外空地聊天的人不见了，接着职工中流行起了"幸子头""光夫风衣""大岛茂包"。为什么要把时间花在看电视剧上？为什么要去效仿演员？杨昌祥解不开思想疙瘩，于是就想到了赵宇华，这天饭后，他拨通了赵宇华的电话，两声铃响后，周芳接起了电话："喂，请问你找谁？"

　　"老周，老赵在不在家？"杨昌祥不报自己是谁，大大咧咧地反问。

　　"噢，是杨厂长啊，老赵在洗碗，我马上让他来接电话。"话音刚落，只听周芳叫道，"老赵，杨厂长找你。"

　　不一会儿，话筒里传来赵宇华的声音："老杨，有事？"

　　杨昌祥先调侃起赵宇华："老赵，我是来拯救你的。"

　　赵宇华乐了："你拯救我什么？"

　　"你没觉得不用洗碗了？"

　　赵宇华没想到不苟言笑的杨昌祥会开玩笑，笑声更大了："哈哈，没想到你小子也会不正经。"

　　"嘘——"杨昌祥一本正经地提醒，"老赵，这话你可不能这么说,不然老周还以为你常常不正经了。"

"说吧,啥事找我?"

听着话筒那头无奈的语气,杨昌祥忍着笑说道:"思想上有点小疙瘩,想找老赵同志汇报汇报。"

"少来这一套,是不是碰到啥困难要我摆平?"

"困难怎么会找你,只会和你有福同享。"

"唉,算我服你了。说吧,我去还是你来?"

杨昌祥担心影响孩子们学习,于是脱口说道:"到你办公室吧,炼油化工,炼油在前,化工在后,应该我上门,不敢让你屈尊。"

赵宇华真以为杨昌祥工作上有了困难,爽口应道:"行,我马上下楼等你。"

挂上电话,杨昌祥暗为刚才的调侃而吃惊。以前不是厌恶油嘴滑舌的行为吗?为什么在赵宇华面前自己会这样?难道这就是信任后的无所顾忌?

两人进了赵宇华办公室后,赵宇华边倒茶水边开门见山地催问:"老杨,说吧,有啥大事?"

"真没什么大事?只是有点想不通,找你一起聊聊。"

想到对方把地点定在办公室,赵宇华端起茶杯敏感地问道:"和嫂子闹矛盾了?"

"你胡说啥,想闹也没时间。"

赵宇华心想,什么叫想闹也没时间,很多夫妻就是因为没时间在一起才闹,甚至闹得天翻地覆。前天他就处理了常减压车间的一对夫妻,两人因为倒班不在一个班,结果男的和同班的一个单身女性搞出了事,弄得上下一团麻。还没等他接话,只听杨昌祥又说道:"老赵,这几天我对一些现象有点想不通。"

"什么现象?"

"你有没有看《血疑》?"

赵宇华想不到杨昌祥会问这个,更想不明白这有啥让他想不通的,只好跟着杨昌祥的思路答复:"没有时间全看,但了解一些。"

"现在我们厂很多职工上班也聊这个电视剧,甚至还流行起什么'幸子头'和'光夫风衣'来。"

赵宇华这才明白杨昌祥为什么要找自己,也弄懂了他的心结,于是轻描淡写地说道:"这不过是'名人效应'。"

"让日本人来当我们的名人?这种'名人效应'不要也罢!"

"撇开当年日本对中国的滔天罪行,我觉得要向他们学习的地方还是很多的……"

杨昌祥急着打断了赵宇华的话:"这我知道,现在大化肥工程我们还得请日本专家来指导。但问题是我们很多人没想着去学这些人,而是追着学戏子。"

"嗯?"

杨昌祥直言心中的顾虑:"今年我们厂效益好,职工的收入明显提高,但我看这不一定是好事,甚至担心职工会为富不仁。效仿戏子打扮对生产经营肯定没好处,还可能影响到工作。"

听杨昌祥如此的武断,赵宇华笑指他:"没想到你还是旧社会思想,现在也就你还把演员谑称为戏子。"

赵宇华的批评让杨昌祥听了很不爽,他加重了语气辩论:"他们除了煽情赚取中国人的钱和眼泪外,还能有什么?"

赵宇华不得不收起笑容剖析这部电视剧:"老杨,据我了解,电视剧《血疑》以家庭伦理和血缘关系为题材,展现的是美好品德,是对淳朴、善良、端庄、勇敢、坚韧不拔和无私奉献的精神品质的宣扬,并不是你所谓追求个人生活上的打扮。"

因没看过这部电视剧,杨昌祥一时语塞。看对方不接话,赵宇华继续说道:"老杨,你的担心也是对的,如果不为国家奉献,光想着追求自我的小生活,那必定会出大问题。我也是从这件事上,看到文化的影响力有多厉害,也许这正是我们应该去努力做的事。"

杨昌祥端起茶杯,若有所思地说道:"是呀,无论是当年的国营棉场,还是现在的炼油化工厂,我们搞得还是很不错的。"

"老杨,我并不完全认同你的观点。"赵宇华否定杨昌祥的想法后,抛出了自己的看法,"制度和文化不同,好的制度还要文化来引领人,不是制度好就能推动社会。以前我们实行的'人民公社',就是因为在平均主义下,让人的懒惰个性得到了张扬,从而阻碍了社会的进步。"

毕竟是过来人,杨昌祥没有惊讶和抵触,点头说道:"其实现在中央就是要打破'吃大锅饭'现象,我们厂加工计划外原油和外来油,可以说是对'大锅饭'说不。"

"是的,如果不论经营好坏,不管盈利还是亏损,工资照发,奖金照拿,那这个企业肯定要完蛋。"下完结论,赵宇华往椅背上一靠,轻松地问道,"老杨,你知道'大锅饭'的出处吗?"

"1958年7月……"

赵宇华摇手打断了对方:"不是,相传明代广东七星岩有座庆云寺,佛殿一角有口可供数百僧人食用的大铁锅。这锅不是用来为僧人煮饭,而是向朝神拜佛的施主们化缘的器物,是寺庙和尚的生活来源,于是人们干脆称和尚们获得的食物为'大锅饭'。"

见杨昌祥听得莫名其妙,赵宇华缓缓道出引用这个故事背后的考虑:"因为是施舍而得,这个锅里面的'饭'有没有、有多少,这些情况都是被动的,就像农民看天吃饭、工人按计划吃饭一样,无法用自己的努力来改变。"

杨昌祥觉得计划经济搞不好主要是人的原因,于是马上反驳:

"这只能说我们现在的觉悟太低。"

"社会断不能仅仅纯靠人的觉悟,以前的经验都证明这注定要失败。但人的觉悟非常的重要,建国初期我们就是靠这种分配方式和人的觉悟,迅速消灭了原有的分配不公平的现象,让原本一无所有的人民在短期内得到资源,解放了生产力。但是到了一定阶段,这种分配制度就会成为阻碍前进的绊脚石。"

杨昌祥揣摩了片刻,问:"你的意思是不要人的觉悟,需要像农村包产到户一样的制度?"

"不!"赵宇华否定得很坚决,"无论是什么样的制度,人的因素永远是最为重要的。包产到户制度的确迅速解决了粮食产量问题,但日后一旦农村形势发生转化,务农不再是农民唯一的收入来源,甚至务农不如外出打工时,就会有新的问题产生。所以在不停发展的社会中,没有一劳永逸的生产形式可以解决所有时期的问题。"

杨昌祥似乎找到了答案,但他又觉得这个答案沉重得让人压抑与不适。他抬眼与赵宇华眼神相遇,顿时被那双眸子所征服。杨昌祥觉得只有拥有无比自信和渊博知识的人才配有这样的眼神,想起自己当初一心让儿子学会务农,现在看来是非常滑稽的事,他暗自打定了主意,一定要把两个儿子培养成大学生,避免他们日后像自己一样,即使有想法,也是一头雾水,在迷茫中难走出一条路来。

二十八

随着老师的家访,杨昌祥改变了让小业和赵庆青梅竹马的想法。

快期末时,小业的班主任老师上门家访,说小业近来学习成绩下降得很厉害,原因是小业作业不认真做,而且上课还开小差。杨昌祥压着怒火送走老师后,摘下挂在门后的藤拍,提起小业往床角一扔,挥起藤拍朝屁股打去。

"啪啪",小业的屁股发出清脆的拍打声,令人意外的是小业愣是蜷缩着身子咬着牙一动不动,虽然没有哭声,但两行泪从紧闭的双眼中流出。闷头写作业的大业在胆战心惊中,断断续续在作业本上写字,终于在藤拍的断裂声中压断了铅笔芯。张翠莲一声尖叫后冲上来,紧紧攥着刚扔了藤拍又拿起扫帚的杨昌祥的胳膊:"求求你别打了。"随后扭头催促小儿子,"小业快和你爸说呀,你会好好读书的。"

小业不但不求饶,反而一动不动保持着挨打的姿势,这让杨昌祥大为吃惊。这孩子与他哥不同,大业从小听话,不会违背学校和家里的规矩,让他干什么就干什么,让他说什么就说什么,根本不用操心。可小业不一样,小时候还算听话,可现在竟然学会顶着干。生气归生气,可杨昌祥内心喜欢上了小儿子。作为男人,无论是战争年代还是和平建设年代,首先就要具备不怕疼和苦的精神,不然成不了大器,甚至可能成软蛋。不过喜欢归喜欢,打只能照打,不然会扫了作为父亲的威严,也会让小业无法无天。于是,杨昌祥一把推开张翠莲,上前就是一棍。可还没下第二棍,张翠莲已抢上来趴在小业身上。杨昌祥这才佯装无奈地把棍一扔,转身一屁股坐在椅子上,冲着小业呵斥:"给我过来!"

看丈夫已扔了棍子,张翠莲赶紧起来拉小业,没想到小业抢先撑起身子,揉着屁股一瘸一拐向杨昌祥走去。

"为什么上课开小差?!为什么作业不认真做?!"

面对父亲劈头盖脸的喝问,小业委屈地回道:"课堂知识我全懂,作业也都会,我想多看赵叔家借来的书。"

杨昌祥很是意外,板着脸追问:"那考试成绩为什么降下来了?"

"我……"

看儿子吞吞吐吐,杨昌祥双眼一瞪:"说!"

"我和前排的阿伟交换了试卷,其实我是全班第一名,不是第三十一名。"

不光杨昌祥吃了一惊,连一旁的张翠莲也惊讶地问道:"为什么换试卷?"

"阿伟有根红色的橡皮筋,庆庆很喜欢。阿伟答应我考试卷跟他换,他就把橡皮筋给我。"

张翠莲哭笑不得,杨昌祥也没想到结果如此的离奇和搞笑,他竖起食指板着脸做起了规矩:"给我听着,第一,从今天起就是懂,上课也得给我规规矩矩地听讲,不然你不用去上学。"

"嗯。"

杨昌祥又加竖起中指威胁:"第二,考卷不许再换给别人,不然我揍你!"

"嗯。"小业依然应得很痛快,毕竟红色橡皮筋已经拿到并送给了庆庆。

杨昌祥缩回食指,弹直后三根手指继续说道:"从今天起不许和庆庆在一起玩。"

这回小业没有痛快地答应,而是搓着衣角问道:"为什么不让我和庆庆玩?"

张翠莲懂丈夫的心思,赶紧打圆场:"小业,你也大了,不能老和女孩子待在一起。"

"听见了没有?!"

"知道了。"

小业无精打采的口吻让杨昌祥咂出了倔强的味道,顿时一股无名火又涌上心头,他厉声警告:"你若是再犯这三条,我非打烂你屁股不可!"

"快答应你爸,别让他生气了。"张翠莲推了一把小业,想尽快把这事糊弄过去,只要老师不来告状,只要学习成绩可以,一切没问题。

"嗯。"小业终于应了,虽然不像刚才那两声干脆,但至少有了态度。

正如张翠莲所料,杨昌祥根本没有时间来管孩子的学习或生活。孩子们照旧学习和玩耍,杨昌祥更是因为大化肥开工的临近,忙得恨不得能把睡觉时间也省去。

经过两年多的建设,化肥分厂终于迎来了开工试车的日子。这天早上九点四十五分,见一切准备就绪,杨昌祥下达了点火的指令。可就在这关键时刻,只见凯恩冲出人群叫道:"等等。"

杨昌祥心一沉,不是已开展过两轮试车确认工作,难不成还有问题?这下如何向总厂领导交代?如何向化工部解释延迟开工的原因?等翻译译完凯恩的要求,杨昌祥这才放下心来,但同时又愤愤地暗骂:"外国人就是没规矩,想一出是一出,为什么不早点提?"

原来凯恩自知不可能参与启动装置按钮,于是想要和操作人员一起去点燃气化炉的炉嘴。他还把点炉嘴比喻成点奥运会火炬,不但神圣,而且光荣。杨昌祥觉得做不了主,扭头看向张定康。看张定康点头默许,杨昌祥让翻译陪同凯恩到炉前和操作工一起点火。

见凯恩把沾了煤油的铁棍伸进炉膛后,操作人员利索地打开气阀,一条轻盈的火舌瞬间从炉嘴喷出。

"哇,看,火神赫淮斯托斯来了,世界是多么的明亮。"

见凯恩举着点火棍叽里呱啦手舞足蹈比画,杨昌祥心一惊,是不是炉火出现了问题?等听完翻译后,忍不住朝高大魁梧的背影愤然轻声骂道:"神经病!"

点火操作很顺利,不一会儿就点燃了第四个炉嘴。也许是受了凯恩的感染,从观察口望着空荡的炉膛盛开一朵朵玫瑰色的云彩,杨昌祥一时走了神。是啊,无论是东方俗神信仰,还是西方的神话,火神一直受世人的顶礼膜拜。可以说火伴随并见证了人类的进步,它帮人们驱赶猛兽、抵御严寒、煮熟食物、照亮大地,它是人类的护身符,更是人类的希望。自从人类掌握了火,便拥有了生存与发展的基本力量。此时在炉膛内的火就像是江南炼油化工总厂人,为了追求光明、温暖与幸福,在不停地燃烧……

"报告杨厂长,炉子火嘴已全点燃。"

合成氨车间主任的报告声打断了杨昌祥的遐想,他挺直身子从现场转向主控室。

到主控室看一切准备就绪,杨昌祥请张定康和城光雄一起按动了"1号炉投油"电钮。随着电钮一转,各设备就像一匹匹骏马奔驰起来。

"进料正常!"

"炉温控制正常!"

……

听着不断传来的汇报声,杨昌祥觉得一行人正在驾驶一艘行进在大海上的轮船,航行目的地和距离很清楚,但海面上喧嚣的层层浪花、怪诞的阵阵海风及海底下杂乱无章的礁石随时有可能让轮船偏离航向,甚至造成船毁人亡的惨局。怕吗?不怕,因为向目的地前行是必须的,更何况有着经过严格技术培训的人。对,人是最为重要的力量,无论是先进设备的制造还是先进工艺的操作,都是由人来创造和发明的。知识可以让人插上翅膀,使人飞得更远、更高,不再受海浪颠簸之苦。看着忙碌的技术人员和操作人员,杨昌祥打定了主意,要向总厂甚至更高层次的领导建议,做好人才的培养,让中国人也能制造世界一流的设备,让中国人也能驾驭先进的设备,让中国人也能拥有最优化的工艺技术。

耳边传来日语交谈声,杨昌祥扭头看到城光雄一会儿看主控仪数据,一会儿与技术专家探讨,虽忙得连额头也沁出了细汗,但仍把白色安全帽扣得严严实实,原本合体的工作服,此时显得有点空荡。回想之前的五十四天高强度的调试工作,杨昌祥记得城光雄一个环节也没落下:高架火炬点火、二氧化碳压缩机性能试验、合成氨各工号氮置换、水联运……

在现场简单地吃了午饭后,参与开工的所有人在紧张中殷切期盼起来。虽然设备运转良好,虽然工艺受控正常,但能否产出合格的尿素还是个未知数,可这恰恰是衡量开车是否一次成功的关键。

这时只听尿素车间金主任惊喜地指着仪表盘对杨昌祥说道:"杨厂长,生产已获得成功。"

城光雄也难得地咧开嘴笑道:"可以去现场看'尿素雨'了。"

除了坚守岗位的技术人员和操作人员,其余人扣上安全帽向尿素塔跑去,围成圈仰望塔顶。没等几分钟,眼尖的人看到有几粒晶亮颗粒飘落,还没回过神,瞬间,尿素似洁白的瀑布从天穹撒向人间。

"出尿素了!出尿素了!"人们再也抑制不住激动,纷纷鼓掌欢呼,掌声与欢呼声如同决了堤的洪水,浩浩荡荡向前涌去。杨昌祥也摊开双手接上了一捧尿素,望着熟悉的白色颗粒,他的眼眶里噙满了泪水。

二十九

还没打开办公室门,杨昌祥已听到电话铃声,他拧开门,快步走到桌边拿起了话筒:"喂。"

"老杨,开车成功怎么也不给我报个喜?"

听赵宇华不紧不缓的声音,杨昌祥心里暗乐,这不是商量人才培养的最好人选吗?他边摘安全帽边嘴不停歇地反问:"我一个老农民产了一些农用资料值得你老赵这样关心?"

"我都打了不知道多少个电话,若是能到现场来,我早就赶来给你贺喜了。"

杨昌祥一屁股坐下后,边翻本子边问:"行,现在联系上了,化肥开车也成功了,你怎么给我庆贺?"

"你也太过分了,你的喜事难道还让我来请客?难不成日后你们家娶媳妇,还让我来请客?"

想到了小业和庆庆,杨昌祥一语双关地答复:"都是亲人,谁请还不是一样。"

"哈哈,想占便宜还卖乖,不过这次我吃定你了。"

"行,到时保管你吃好、吃饱。"

"好,一言为定。"

周末晚上,杨昌祥请赵宇华一家吃饭。饭后,两个女人一起收拾完餐具,带着各自的孩子去了总厂新建的电影院看电影。等关上门,杨昌祥一脸神秘地说道:"老赵,我有个想法要和你聊聊。"

赵宇华呵呵一乐,指着杨昌祥毫不客气说道:"唉,知道你没安好心,哪会让我白吃这些好菜。"

"你就这么小看我?改天再请你。"

"算了,改天再请必又有新事,我可受不了。"赵宇华故意连连摇手后催问,"究竟什么事?"

没想到一向急性子的杨昌祥故意卖关子:"你猜。"

"和开工有关?"

"具体点。"

赵宇华转着眼珠揣摩:按说这次化肥开工已圆满结束,当前的任务就是如何向化工部汇报,而向化工部汇报最大的目的就是给西北两家化肥厂提供可借鉴的经验。想到这里,他自信地问道:"怎么给西北两家企业提供开工经验材料?"

虽然这不是杨昌祥所要的答案,但他不想摇头,这正是自己当前在做的事,说不定对方会有好建议。杨昌祥心里偷着乐,说:"听听大才子的意见。"

赵宇华当仁不让地说出了想法:"这次化肥分厂开工可以说是大捷,其中几个数据很重要,可以反映出建设和开工的成就。一是整个工程投资比概算节约了八千零四十七万元,占总投资的百分之十五点三四。二是试车耗油仅为一千零四十四吨,比计划少用一千一百五十二吨,相当于胜利油田两个多小时的原油开采量。"

"你等一下。"杨昌祥奇怪这些数据赵宇华怎么记得如此清楚,起身从公文包拿出笔记本记录。对于试车期间省百分之五十二点四油的经验,虽在总结中提到,但这种百分比没有同胜利油田原油开采量对比来得生动。

赵宇华耐心地等杨昌祥记完继续说道:"还有就是在安装调校

方面敢于暴露自己的问题,尽可能让西北两家大化肥厂开工时不发生类似的问题。"

"这肯定要说,我们去印度沽加拉托化肥厂考察时,徐今强副部长就曾指出,错误也是难得的宝贵经验,无论是土建、设计、设备、安装和调校,所有出过错的问题我们都得总结进去。"说到这里,杨昌祥一脸的坏笑,"失败就是成功之母。我们分厂班子意见一致,一定要让这两家化肥厂多些'妈'。"

正喝茶的赵宇华被杨昌祥逗笑了,他指着杨昌祥笑骂:"没想到你现在越来越不像个厂长。"

虽然杨昌祥也认为自己变了不少,但嘴上却不饶人:"和你在一起,我肯定不像炼油分厂的厂长,像棉场的农民。"

"我觉得你越来越像相声演员,自己不笑却能逗人乐。"赵宇华摆了摆手,不想被杨昌祥再次插话打断,"当然,最后就是要讲队伍怎么抓,怎么落实'三老四严'作风与精神。"

杨昌祥觉得这才是今天自己想要聊的话题,于是真诚地问道:"你认为这两件事该如何来落实?"

"抓尖头,促中间。"

对这样的答案,杨昌祥很是吃惊,毕竟现在上上下下的口号是"抓两头,促中间"。不等杨昌祥琢磨,赵宇华主动解说起了想法:"就是要在年轻干部中开展'马列班',要在年轻职工中开展'党章学习小组'。"

杨昌祥听了后大为失望,这两点十多年前棉场就搞过,别说没有任何的新意,甚至连效果都早已检验。如果说和赵宇华提法有所不同的话,那只是当时的面更广,要求全体职工学习。可往往这种学习时间被男职工打瞌睡或聊天,女职工打毛衣和补衣裤打发了,真正听书记读文件或学习资料的人寥寥无几。赵宇华似乎看出了杨昌祥的想法,淡然一笑,说:"领导干部只有学会并掌握了马克思主义基本理论,党的指导思想才会落到实处,日常工作才能得心应手,不然不是跟着跑而累,就是茫然不知所措。以前我们也组织过这样或那样的班,可几乎没有任何的作用,原因就是我们不是针对性地抓,不是有针对性地促进,而是胡子眉毛一把抓,所以即使有好苗,也只是放在一起种就完事了。其实环境非常的重要,人人求上进,就会激发原动力。可若处在一堆不求上进的人群中,一旦有所表现,反而会成为众人的取笑对象,时间一长,和那些不求上进的人也就没区别了。"

杨昌祥赶紧申辩:"我们厂环境应该不错。"

"江南厂确实不错,职工们求上进,当年炼油厂开工前的技术培训和岗位练兵给我触动极大,有些是和我一起调来的,他们的情况我很清楚,相比在原单位,这些人现在更好学、更肯干。经过这几年的琢磨,我终于弄清楚了,这就是榜样的力量,这就是影响力的作用。但我们也要看到问题所在,像张可富这样的人,我个人觉得也属于不可促的人。"

"唉——"毕竟是棉场出来的人,杨昌祥听了心里有点难过,全厂那么多人,可人家赵宇华偏偏就举张可富这个例子。可又有什么办法呢?谁让这家伙不争气,竟然和陈萍的老邻居结婚了,那个叫林沂的女人还是个寡妇,真担心这小子一生是不是要栽在女人身上。

听到杨昌祥的叹气声,赵宇华歉意一笑后申明:"我只是举我们熟悉的特殊例子,你可不要在意。"

"不会,不会。"杨昌祥连摇了两下手,回过神正了正身催促赵宇华,"说下去。"

"受'文革'的影响,我们大多数年轻职工干事有冲劲,但理论基础差、规矩意识淡薄。如果能够根据我厂的特色,制订合理的培训计划,抓实培训过程,我们完全可以通过马克思主义理论素养的强化,夯实学员思想根基,坚定他们的理想信念,从而让更多有能力的干部从基层中脱颖而出。"

"其实这也是做好领导干部梯队的培养工作。"杨昌祥似乎听到了共鸣声,联想到开工时的想法,继续侃侃而谈,"无论是战争还是生产,人永远是最为重要的力量,我想向总厂建议做好人才的培养,让中国人也能制造世界一流的设备,让中国人也能驾驭先进的设备,让中国人也能拥有最优化的工艺技术。"

"好,刚才我也说马列班要根据我厂的特色制订合理的培训计划,你这个目标非常清晰了。"

杨昌祥像上次赵宇华一样,拿出早已准备的材料,说:"这是我的一些关于人才培养的想法,写得比较粗,想和你一起完善后呈递总厂领导。"

赵宇华取过材料翻了翻,笑道:"狐狸尾巴终于露出来了,原来你早就设下圈套让我钻。"

杨昌祥干脆摆出一脸的流氓相:"说吧,干不干?"

赵宇华故意叹口气耸耸肩:"唉——算了,吃也吃了,喝也喝了,只能上你这艘'贼船'了。"

"哈哈,这才是情同手足的兄弟单位。"说到这里,杨昌祥开心地透露起下班时刚接到的消息,"知道吗?印度沽加拉托化肥厂得知我厂开工情况后很吃惊,他们想来我厂考察。"

"好,虽然我们起步比他们晚一些,但现在是反超越,没想到你还成了全球标兵。"

"亏你还是个地理通,现在全球还谈不上,最多只能说是东南亚。"杨昌祥故意指正赵宇华,然后自信满满地说道,"我相信只要扎扎实实做好十年或二十年的人才培养工作,我们一定能够真正地赶英超美。"

"二十年?那你就直说是你家大业和小业可以'赶英超美'。"

"嘿嘿，我还真没有想到这些。可现在被你这一说，我觉得他们这代人接班后，中国肯定会比西方国家更强大。"

"好！我们一起等这一天的到来。"

完善后的人才培养工作方案呈递总厂后，得到了张定康和华长江等领导的高度重视。经过前期的准备，江南炼油化工总厂党委于盛夏和省委党校联合举办了第一期马克思主义理论教育干部培训班。包括瞿开达等四十八名从各单位挑选的首批学员进入为期两个月的脱产培训。同时，在总厂团委的张罗下，青工中也组织起了党章学习小组。

这年深秋，杨昌祥在总厂招待所见到了"老朋友"。没想到印度沽加拉托化肥厂一年后生产仍不平稳，常常开两天就因各种问题而停工，所谓"回访"只是借口，登门向昔日的"徒弟"取经才是目的。杨昌祥深为中国实行改革开放的政策而庆幸，也庆幸自己当初在这场潮流中只是心理上的抵触，没有消极的态度与行为，不然不光要被时代所淘汰，更可能成为民族的罪人。经过近一周的交流，杨昌祥越发觉得人在生产经营中的重要性，现在回过头来看，当初无论是组织人力按工艺、设备综合进行技术小结和事故分析而做成的千页资料，还是对氮气压缩机、合成气压缩机、甲醇洗、氮洗、含氰污水处理出现的问题制定的189项规章制度和117种操作法，都是人的作为。杨昌祥更加坚定了要重视人才培养的观点。

三十

经杨昌祥举荐，参加完马列班的瞿开达迅速被提拔为化肥厂机动科科长。瞿开达的工作能力与表现，杨昌祥可以说是看在眼里，得意在心。

瞿开达没有辜负组织的培养。次年，由他率领的团队一举攻克年产五十二万吨的二氧化碳气提法尿素装置机械设备的故障，使江南炼油化工总厂拿到了国家科技奖励大会的科技进步奖一等奖。

在平稳高效的五年生产中，化肥分厂不但提前两年实现总部提出的"双达标"要求，更刷新了我国化肥装置的生产纪录。同时装置在获江南省首个国家优质工程鲁班奖后，再次荣获了国家优质工程银质奖。

虽然工作顺风顺水，可杨昌祥的家庭生活却遇到了挫折。1988年高考录取分数线出来后，大业离大专录取线还差三分，杨昌祥又气又急。气的是人家陈萍当年没读过高中也能过线，真不知大业这些年是怎么读的书。急的是大业如何选择出路，按厂里优先招职工子弟的政策，有着高中学历的大业完全有资格进江南炼油化工总厂，而且凭自己的地位与影响，可以安排较为舒适的岗位，不用在一线倒班。但杨昌祥不甘心儿子当工人，希望两个儿子都能进大学。杨昌祥暗地里把两个儿子做了比较。大业为人老实忠厚，这种老实不但让他在学习上感到吃力，而且只要题型一变，就无法适应。倒是原来觉得太调皮的小业,现在学习非常的轻松,且成绩也始终处于年级前三名。更让杨昌祥意外的是,大量阅读课外书使得小业的知识面相当的广,他似乎什么都懂,什么都能谈。有时自己工作遇到一些问题,也会想到和他聊一聊,就像那年赴印度考察前,小业总能给一些启发。

大业的另一条出路就是不被招工进厂,复读参加明年的高考。可这压力很大,首先张翠莲很难说通,在她眼里,铁饭碗已保一生无忧,更何况厂里的福利这么好。现地方青年中甚至有人宁愿放弃上高校的机会,也要进江南炼油化工总厂当工人。当然,说不说得通张翠莲并不是关键,明年因考生增多,竞争必定更加激烈,今年连大专录取分数线也没过的大业极有可能竹篮打水一场空。这种结局不但会白白浪费大业一年时间,更会打击他的自信心和自尊心。对于性格内向的大业来说,越受挫折越容易消沉。

就在杨昌祥犹豫不决之时,赵宇华送来了及时雨。这天,他把杨昌祥请到了办公室。

"老杨,看来不光我们俩有缘分,而且下一代更有缘分。"

杨昌祥一时摸不着头脑,愣愣地问:"你啥意思?"

赵宇华也不避嫌,直截了当地说道:"大业这次高考失利,明年和永刚一起参加高考吧,也许天意让他们成为年兄。"

"还年兄呢,我看大业不是中进士的料!"

赵宇华笑了,杨昌祥嘴上虽这么说,可谁都听得出他不甘心。既然杨昌祥这么要面子,那就给个台阶吧。于是他顺着话题说道:"老哥不要这么说,谁一生能够一帆风顺?还不都是在磕磕碰碰中成长起来的。我可是看着大业长大的,这孩子有天资,当然他的不足之处我也清楚,所以我有个想法……"

看对方说到紧要关头突然打住了,杨昌祥气得瞪起了眼睛:"你倒是快说。"

赵宇华不急不缓地起身调低吊扇的转速,等重新挨着杨昌祥坐定后才说:"让大业礼拜天上我家,两个孩子可以做个伴,一起学习。"

杨昌祥心里泛起一阵暖意,赵宇华不但帮助大业,而且还照顾自己的老脸,给足了自己面子。什么两个孩子做伴学习,那还不是他赵家父子辅导大业,帮助大业提高学习成绩。杨昌祥抬手压住赵宇华的手背,重重握了两下,由衷地谢道:"老赵,啥也不说了,谢谢,真的很感谢!"

"看来你没学好总厂刚提炼的'团结、求实、进取、奉献'的企业精神。"赵宇华佯装愠怒地批评起了杨昌祥,"孩子是家庭的希望与未来,是国家和民族的希望与未来,我们不是约好下一代接班人要'赶英超美'吗?"

杨昌祥脸上的皱纹一下子荡开了:"好,为了'赶英超美'。"

"加油。"赵宇华翻转手腕,紧紧握住了对方的手。

在赵家父子的调教下,原靠死记硬背的大业渐渐掌握了解题技巧。第二年高考成绩出来后,杨昌祥惊喜不已。虽然大业的总分还是比不了首次参加高考的永刚,但也超过了本科录取线两分,即将成为一名"天之骄子"。

知子莫如父,杨昌祥心里清楚,如果没有赵家父子的辅导,凭大业的天赋只会屡试不中。乐得合不拢嘴的张翠莲却不是这样想的,她认定大业就是块读书的料,看他每天做练习题用过的草稿纸,就知道这孩子肯定不是开关阀门或扛榔头的人,注定是坐办公室的。杨昌祥知道无法和老婆在这一问题上沟通,母眼无丑儿,何况大业现在金榜题名,她更不可能把这等好事"强加"于外人头上。所以经过考虑,杨昌祥打消了宴请答谢赵家的想法,而是买了一台录音机。

这天下班后,杨昌祥按约定来到赵宇华的办公室。看到杨昌祥手中的礼物后,赵宇华马上明白了用意,毫不客气地问道:"老哥,你啥意思?"

杨昌祥眼一瞪:"别嚷嚷,弄得大家以为我来贿赂你。"

看杨昌祥一副蛮不讲理的态度,赵宇华乐了:"呵呵,还以为你是来送礼的,没想到是吹胡子瞪眼来吵架的。"

杨昌祥干脆把盒子往办公桌上一放,满不在乎地说道:"我是来送礼的,喏,这是给大侄儿的。"

赵宇华瞄了一眼,这么贵重的东西特意送到办公室,必定没经过老婆的同意,就摇着双手谢绝:"我可不能收这样的重礼,也还不起这样的重礼。"

"申明一下:第一,这录音机可不是给你的,而是给我大侄儿的。第二,不许还礼,不然我跟你急。"

"老哥,那我也得向你郑重申明一下:无功不受禄。"

"老弟,这一年多亏了你和永刚,如果没有你们,大业怎么可能考得进大学?你托起的不仅是大业的希望,也是我们全家的未来。这机子给孩子学习用,你务必要收下。"

"照你这么说,如果大业没考上岂不是我的责任?"

杨昌祥急得抓耳挠腮:"唉,我可不是这个意思。"

面对杨昌祥的窘迫,赵宇华心里暗乐,穷追不舍地责怪:"你就是这个意思。"

"老弟,你若不收,我就让大业今年进厂当工人。"杨昌祥故意耍横要挟赵宇华。

"行,那我就收下吧,但……"

"你说,我一定做到。"杨昌祥一着急,语气也在不知不觉中变成了央求。

"这台录音机要多少钱?"

"你啥意思？"

"你帮我买我很感谢，但钱你还得收下。"

杨昌祥火了，起身不假思索地拿起录音机："你再这样说我砸了它。"

赵宇华心想，你杨昌祥也太过分了，这不是在逼自己收下重礼吗？可转眼一想，杨昌祥也是一片苦心，这苦心背后就是自己对他儿子付出的肯定与感谢，若是生硬回绝，那等于是在回绝他的苦心。既然如此，不妨先收下再说，等以后想办法再还礼吧。打定主意后，赵宇华先松了口风："老哥，我还第一次碰到你这样不讲理的人。好吧，这录音机我就收了，我替永刚谢谢你这个大伯了。"

杨昌祥这才把录音机重新放在了桌上。重新落座后，杨昌祥咨询赵宇华："老弟，你看大业报考哪个学校好？"

"石油类。"赵宇华脱口而出，同时解释起想法的初衷，"子承父业，我们创下的基业让他们去继承，我们没有完成的使命让他们去完成。"

"好！"

"让孩子们都报中国石油大学，这样来去可以结个伴。"

"嗯。"杨昌祥轻应了一声，心里却暗想，大业刚过本科录取线，哪有底气报这样的院校。

杨昌祥心理上细微的变化，赵宇华揣摩得一清二楚，他慢条斯理地分析："老哥，印度电影《流浪者》中大法官拉贡纳特有句话很经典，法官的儿子永远是法官，小偷的儿子永远是小偷。虽然理论有点荒谬，但的确有一定的道理，环境会影响一个人，一个人的爱好和兴趣就是受环境的影响。我们的孩子也是厂的'元老'，见证了厂的建设和生产，他们肯定从你我日常的谈吐中，耳濡目染炼油化工厂的知识，并对企业产生了感情与兴趣。大业这孩子内向，这样的性格有利于搞科研，中国石油大学肯定是首选。"

杨昌祥认同印度片中大法官的观点，其实中国也有相似的老话：龙生龙，凤生凤，老鼠的儿子会打洞。可话虽这么说，高校又不会根据考生父母的工作来招生。杨昌祥点了一下头，又摇了摇头，一时接不上话。

"大业的分数要进中国石油大学是有点难。"

听赵宇华说了半天空话，失落中的杨昌祥只能抱怨起儿子："这只能怪大业太笨，复读都考得这么低。"

"你胡说！"赵宇华劈头盖脸地指责后，用数据纠正，"老哥，近几年大学录取率只有百分之二十几，大业已非常出色。"

杨昌祥嘟囔了一句："可这个分数又进不了好学校。"

赵宇华很反常地起身关上了房门，等重新回到座位后才说出了想法："大业可以作为委培生进中国石油大学。"

杨昌祥听了颇为惊讶，委培生的名额非常紧张，于是歪嘴笑道："这等好事怎么可能轮到大业？"

赵宇华如实告知："我有个大学同学叫万琼，现在是中国石油大学的常务副校长，我四个月前就联系了他，请他想办法把我们两个孩子都招走。"

"啊！这能行吗？"

"怎么不行？你现在怎么越来越婆婆妈妈的。"

杨昌祥喜形于色："那就等你的好消息。"

赵宇华突然脸一绷，说："老哥，我得提前申明两件事。"

杨昌祥拍着胸脯保证："老弟，你让哥赴汤蹈火我也做得到。"

"没那么严重。"赵宇华摇了摇头，随后伸出食指叮嘱，"第一，此事你知我知，万万不可让他人知道。"

"嗯。"杨昌祥重重点了一下头。

赵宇华接着又伸出中指："第二，事若没办成，你可不能怪我和万琼。"

杨昌祥感觉到了压力,如果弄不到委培生名额,那大业有可能错失其他的学校。但想到赵宇华平时处事的态度与能力,没有把握的事不会提前说,更不会去承揽。顿时觉得这绝不是破釜沉舟的冒失之举,而是有稳操胜券的把握。为了不使好心的赵宇华有心理压力,杨昌祥入情入理地回应:"老弟,我心里明镜似的。这次若没有你的帮助,大业连分数线都不可能上。我怎么可能会怪你?"

"好,那就等我好消息。"

杨昌祥起身:"走,一起回家。"

两人一起下楼并骑自行车进了小区。辞别后,杨昌祥刚转弯就看到有人正从垃圾房退出来,定睛一看,居然是已转任经贸处处长的密汉民。他捏住把手下车招呼:"密处,你在垃圾房里干啥?"

密汉民没觉察到身后有人,闻声吓了一跳,悄悄扔了手上的木棍,边关手电边笑道:"刚吃完饭散步,没什么事,听老婆说搬回厂里住真像是进了天堂,连垃圾房也很干净,我还不信。刚才看了看,卫生的确搞得好。"

杨昌祥重新推上车调侃对方:"你比书记查得还细。"

"我是'乡下人进城——什么都好奇'。"密汉民自嘲后热心问道,"你这个大厂长怎么才回家?"

杨昌祥继续推着车向前,随口应付:"嗯,有点事要处理。我先回家,下次再聊。"

"慢走。"

杨昌祥刚吃完饭,外面传来嘈杂声,隐约听到有人在问谁家丢了钱。张翠莲放下正在收拾的碗筷,边翻摸口袋边提醒杨昌祥:"你看看钱包在不在?"

杨昌祥清楚钱包就在工作服口袋里,但还是象征性地掏了一下。不一会儿,大业和小业打球回家,小业进门就嚷嚷起刚才的见闻:"爸、妈,刚才有个捡垃圾的拿着两叠十元钱在问是谁家丢的。"

张翠莲瞪大了眼睛:"谁家丢这么多钱?这不急死人了?"

"有两叠?"杨昌祥放下手中的报纸,抬眼问两个儿子。

大业抢先比画着说道:"爸,是有两叠。那人说傍晚在垃圾箱捡了个发霉的奶油蛋糕,回去切开发现里面有两叠钱。"

垃圾房?奶油蛋糕?两叠钱?杨昌祥当即联想到刚才遇上的密汉民。这家伙肯定是刚得知送来的蛋糕里藏有钱,于是连忙打着手电筒去垃圾箱翻找,不曾想已被人捡走。猜测出事情经过后,杨昌祥冲两个儿子挥了挥手:"行了,快去洗澡。"说罢,又埋头看起了报纸。

小业没想到父亲对报纸上的新闻比对身边发生的怪诞的事情还有兴趣,失落地和大业去洗澡换衣。

"蛋糕里面藏钱?那肯定是用来贿赂的,不知谁……"

杨昌祥睥了一眼妻子,打断了对方的啰唆:"你操什么心,和我们无关!"

张翠莲被噎住了,愣了片刻转身气冲冲地又擦起了桌子。

杨昌祥虽眼睛盯着报纸,可心并不在报纸内容上。他暗忖,经贸处是总厂的关键岗位,更是一个肥缺岗位。由于市场供需不平衡,只要能搞到成品油或化肥的批条,就意味着拿到了提货单,也就意味着能赚到大把大把的钱。假如没有出厂价和市场价的剪刀差,那就意味着没有了批条,没有了后门,没有了"倒爷",也会让厂获得更多利润,国家收到更多税,不至于变相地流入不法分子的黑口袋。杨昌祥第一次对市场经济有了认同感,虽然这认同感不是真正理论上的感知,而是源于对腐败的反感。

三十一

盛夏，赵永刚和杨大业几乎是同时接到了中国石油大学的录取通知书。但两人同校不同系，永刚是安全工程系，大业是化学工艺系。前往学校报到那天，由于杨昌祥出差在外，赵宇华因联系不上万琼，又想借机会去学校当面表示感谢，于是就代表两家的家长送永刚和大业前往中国石油大学报到。

入学手续办得很顺利，可找万琼却很难。不但电话联系不上，问了许多人也说不知道他在哪。赵宇华心想，可能刚开学，作为常务副校长的万琼有太多的事要处理，不如等以后再找机会表示感谢吧。于是次日午后，赵宇华按计划返回了厂。

回厂第三天临近中午下班时间，总厂办来电话，通知赵宇华马上到华长江书记办公室。因电话中没有告知什么事，赵宇华只好带上近期生产报表以备汇报用。

华长江办公室坐了两位陌生客人，看赵宇华进门，华长江指了指面前的一把椅子："坐。"

赵宇华这才感觉今天气氛有些异常，虽然平常华长江不苟言笑，可脸很少这样紧绷过。落座后，他觉得问题更大了。面前三人一排朝向自己，若相隔的不是茶几而是桌子，自己就好比是正被审讯的犯人。

"这两位是省公安厅的同志。"

听了华长江的简单介绍,赵宇华猜测自己惹上了麻烦,他客气地起身伸出手臂:"你好!"

两个客人坐在沙发上没动,年长的那个咬着香烟抬手压了压:"坐吧,向你了解一些情况,请你如实回答。"

赵宇华尴尬地收回手,坐定后不卑不亢地答复:"请你们放心,我知道的一定不会向组织隐瞒。"

年轻民警侧目看向年长民警,见对方点了点头,马上转脸问道:"你和万琼是什么关系?"

赵宇华心一惊,难道大业上学的事有麻烦?但旋即心马上定了下来,如果真有人告状,可以说明大业能成为委培生的充足理由,就像当时游说万琼一样,一是给蒸蒸日上的江南炼油化工总厂储备后备力量,二是对支持当年建设江南炼油化工总厂的技术人员表示肯定。想到这里,赵宇华一脸淡定地说道:"我和他是大学同学。"

没想到年长民警眼一瞪:"简单了,把情况说详细些!"

赵宇华很窝火,难道真把我当罪犯来审不成?可他马上提醒自己要冷静,万一说不清或对方硬加罪给自己,那就麻烦了。于是赵宇华从认识万琼开始回忆:"我和万琼是郑州大学1963级的同班同学,在校关系一般。工作后因为生产上遇到困难,我曾请他给予技术上的指导,但也就两次。平时我们联系不多,以前一年就写上两封信,现在也就打个电话而已。"

"今年上半年你们有无联系?"年长民警口气缓和不少。

"我儿子和另一个厂子弟都想进中国石油大学,所以今年三月我联系过他。"赵宇华刚想停,突然觉得还是多说些,于是继续边回忆边说,"我记得那时共打了两次电话,没有说其他的事,就请他帮忙把委培生名额留给我厂一个。"

"后来有没有再联系?"

"我打过几次电话，陪孩子报到时也去找过他，可都没有联系上。"

"他有没有给你一台录音机？"

"录音机？"赵宇华很惊讶，难道杨昌祥送的录音机被公安人员张冠李戴误会成万琼送的了？他赶紧摇头否认，"没有。"

赵宇华一闪而过的惊讶表情自然没有躲过在场三人的眼睛，年轻民警停下手中的笔，问："你儿子的录音机是哪来的？"

"是我们炼油分厂厂长杨昌祥送的。"

"杨昌祥？"华长江抢先问道，"他为什么送你厚礼？"

赵宇华轻描淡写地回道："两家孩子一起考了大学，相互祝贺而已。"

"那你回了什么礼？"

"在学校给杨昌祥儿子买了块手表和一辆自行车。"不等华长江再细追问，赵宇华主动算起了两笔账，"两样东西一共花了三百七十二元五角，和录音机价格不差上下……"

"这事不用细说。"年长民警似乎对这没有兴趣，打断后又问赵宇华，"万琼有没有给过你什么东西？"

"没有。由于工作忙，平时我们也没什么联系。"

"知道了。"年长警察朝年轻警察努了努嘴角。年轻警察会意，一边向赵宇华递来写有两个号码的纸片，一边似提醒又像警告，"如果他来找你，请马上联系我们。"

"有情况我会立即汇报总厂领导和你们。"赵宇华觉得这事有必要让本单位领导介入，便特意把总厂领导强调在前。

走出华长江办公室，赵宇华松了一口气，看来大业没啥事。

杨昌祥收到儿子第一封来信时，才知道赵宇华送大业上学时送了重礼。他气恼赵宇华的用意，这不仅仅是在和自己划清界限，更是给自己一种精神上的负担。直性子的他干脆带着儿子的信直接来到赵宇华家。

看进门的杨昌祥面带愠色，赵宇华猜出他的来意，于是笑着打趣："看老哥的样子，有点兴师问罪的味道，是进来还是出去说。"

正在客厅埋头做作业的赵庆听到动静，转身甜甜叫了一声："杨伯好，请进来坐吧。"

"庆庆越长越漂亮了。"看到赵庆，杨昌祥的气顿时泄了一大半，笑着回应，"我和你爸聊点事，先出去一会儿。"随后和迎来的周芳客气几句后，两人向"外招"走去。

随着经济效益的提高，当初接待外宾专家的两层小砖房招待所现已扩建成宾馆。由于"东海宾馆"就在生活区边上，大厅有几张小桌可供客人休息，为了不影响家人休息和学习，杨昌祥和赵宇华有时干脆徒步到这里谈工作。

等服务员送上两杯茶水后，杨昌祥从口袋里掏出信，"啪"的一声拍在桌上，低声喝问："你这是啥意思？"

赵宇华不动声色地取过信，掏出信纸浏览后说："这信我留下了。"

"干吗？"

"做证据。"

杨昌祥听得一头雾水："你说什么？"

"老哥，前天华书记和省公安人员找我，问了永刚录音机的来历。"

杨昌祥一脸惊愕："这是我们的私事，怎么会闹到总厂领导和公安那边了？"

赵宇华折好信塞进口袋，说："天下没有不透风的墙。"

"现在这事这么说？我明天去找华书记。"

赵宇华摆手阻止："已说清楚，你再去反而画蛇添足。"

杨昌祥觉得赵宇华说得有道理。本来平息就是目的，再去说万一弄巧成拙，反而掀起波浪。想到这里，杨昌祥无奈地叹了一口

气:"唉,只好欠你更大的人情了。"

"老哥你见外了。"

"好吧,啥也不说了。"杨昌祥叹了口气后,伸手压住赵宇华手腕重重握了一下。

三十二

随着杨、赵两家关系越来越紧密,年龄相仿的小业和赵庆也越来越亲密,但这给他们带来了麻烦。

每天放学后,庆庆就静静地在教室看书等小业一起回家。有时小业放学早,他也不急着回家,而是跑到高二(3)班教室外等庆庆。两人像情侣一样同进同出。最早发现问题的是小业的班主任方老师,这个已过不惑年龄的女老师急得团团转。小业不光是班上的尖子,还是校里的尖子,他根本不用担心能不能读大学,甚至不用担心能不能被名校录取。但如果关键时刻分心,那有可能连大专都没机会上,毕竟这样的案例可不少。思忖一番后,方老师先找到赵庆的班主任老师,两人一合计,干脆分别给杨昌祥和赵宇华打了电话,要求两个家长注意孩子的早恋倾向。方老师更是苦口婆心地大讲特讲早恋的危害。杨昌祥一开始认真听着,并不时应声,但后来听得实在不耐烦了。抬手一看,都九分钟过去了,对面机动科科长瞿开达被打断工作汇报后,一直埋头在笔记本上圈画。这种佯装没听见话筒里传出声音的拙技,反而让杨昌祥如坐针毡。听着听着,看方老师还没有停止的迹象,他恼火了。不就反映一个问题吗?有必要这样喋喋不休吗?有必要反反复复举所谓例证吗?若是这种工作效率,一天能做成几件事?所以不等对方说完,他直接冲着话筒表达起自己的意思:"方老师,我一定会管好小业,谢谢来电告知。我现在很忙,若没有其他事,我们先说到这里。"

方老师这才如梦初醒,她这是在给管理近三千人的分厂厂长打电话,人家哪有那么多时间,于是马上客气地在电话中告了别。

虽然事件的另一中心人物是讨人喜欢的赵庆,但仍无法灭去杨昌祥胸中的怒火。挂上电话后,他暗骂小业,高三关键时刻不好好学习,居然敢早恋。杨昌祥决定晚上找儿子促膝长谈一次,相信小业会改变。打定主意后,杨昌祥迅速回到刚才的工作思路:"扩容改造关系到厂已获得的国家优质工程鲁班奖和国家优质工程银质奖,我们现在的工作要求必须更高,方案必须更细。至于设备是选进口还是国产,我看还是不要定死。我们的原则是哪种对安全生产更有利,哪种对设备长周期运行更有利,就理直气壮地选定哪种。"

瞿开达一脸为难:"可有不少人质疑并反对采购我国制造的产品。"

"胡扯!这已不是没自信的问题,而是崇洋媚外,难道洋货都是好的?"杨昌祥也被自己的火气吓了一跳,心里暗暗责怪自己,怎么能让家庭私事影响工作呢?想到这里,他压低嗓门继续说道:"我记得当初西德换热器问题还是你查出的。既然大化肥整个工程投资能比概算节约了八千零四十七万元,占总投资的百分之十五点三四,那现在扩容改造也一样,要在确保安全的前提下,尽可能节约,能用国产就不选进口设备。"

瞿开达感激涕零地说道:"谢谢杨厂长还记得我这些小事。我一定按您的指示办!"

"这不是我个人的想法,是总厂的决策。"

"那太好了。"

见刚才一直紧锁眉头的瞿开达终于露出一丝笑意,杨昌祥心里暖暖的,如果不是把厂当家,瞿开达有必要花心思采购国产设备吗?谁都清楚此时发达国家的设备肯定比国产的好用。

到了下班时间,杨昌祥极为罕见地骑上自行车回了家。进门放下包,杨昌祥发现张翠莲还没回家,就直接进了小业的卧室。去年秋,总厂又新建成三百四十七套家属住房,杨昌祥搬进了三室一厅的新房,使小业有了独立的居住空间。与此同时,总厂还建起了配有电梯的十四层集体宿舍,让五百四十九名倒班职工搬进了全市屈指可数的高楼。较好的福利不但增强了职工对企业的认同感和归属感,更是让当地人以能进江南炼油化工总厂工作为荣。现在据说厂工作服都成了时髦装,就像当年全国流行穿军装一样,能弄套江南厂的工作服穿着上街,成了身份的象征。有好事职工还模仿毛主席的《为女民兵题照》一诗,改写成《为炼油女职工题照》:飒爽英姿"F"枪,曙光初照大铁塔。炼油职工多奇志,不爱红装爱工装。

早一步到家的小业正在做作业。杨昌祥很希望一门两子都能成为"天之骄子",而且他对小业抱有更大的希望,不但坚信小业必能中榜,甚至还悄悄把目标定在了清华大学。听到动静,小业抬头发现是父亲,颇为意外地问道:"爸,今天怎么这么早回来了?"

"方老师下午给我打电话了。"

"什么事?"

他先不动声色地走到儿子床前,等转身坐下才接着反问小业:"那要问你了,你近来有什么事瞒着我?"

见父亲表情严肃,小业觉得不是什么好事,于是放下笔说道:"爸,我绝对没有事瞒你。"

难不成方老师搞错了?杨昌祥只好直接问道:"你近来和庆庆……联系很多?"

虽然杨昌祥问得比较婉转,可小业还是听懂了意思,马上皱起眉头说道:"肯定又是一些同学在乱嚼舌头。"

杨昌祥苦口婆心地劝道:"儿子,你现在是关键时期,千万别想着男女之事。"

不知是气还是羞，小业脸涨得通红："爸，你胡说什么呀，我只是和庆庆一起放学回家。"

杨昌祥火了，老子我一直压着脾气做你的思想工作，你个臭小子倒是顺着杆子往上爬，居然指责起我了。他忍不住大了嗓门："干吗要一起回家？你们又不是一个班，连一个年级都不是！"

刚进门的张翠莲不知发生了什么事，放下手中的菜急忙跑过来，看到小业脸通红，双眼噙满了泪水，于是一脸紧张地问道："怎么了？"

杨昌祥指着儿子大声呵斥："这么小居然想找对象了！"

"不许你们乱说，庆庆知道会生气的！"

杨昌祥勃然大怒，儿子不但没有认识到问题，而且大有上房揭瓦的架势。一怒之下，他抓起儿子的铅笔盒往地上狠狠一摔，起身吼道："想无法无天不成！"

小业也不甘示弱，从椅子上跳起来叫道："没有就是没有，不许乱说！"

面对父子俩的冲突，张翠莲慌了。杨昌祥发怒的样子并不少见，但儿子是首次发脾气，而且还是冲着父亲发脾气。出于本能，张翠莲箭步挡在小业面前，一把拉住杨昌祥央求："儿子还小，求你坐下跟他慢慢讲道理。"

杨昌祥手一拨，没想到没控制好力度，只见张翠莲踉跄几步倒在柜子边，脸被柜门划开了一道小口。"妈！"小业疾步冲上前抱住张翠莲，掏出手帕替她按住伤口，然后扭头厉声责问杨昌祥："难道这就是你身为一个男人该做的？难道这就是你身为一个厂长的素质？难道这就是你作为一名共产党员的修养？"

盛怒中的杨昌祥被儿子的三问给问蒙了。记得上次挨训还是六年前的事，因为自己在印度考察时的错误认识，被徐今强副部长批了一通。他猛然醒了过来,再不做规矩脸面都要被扫尽了。看桌上有根镇纸木条,杨昌祥伸手取了过来,可再次转回身,只见小业已站了起来,双目逼视自己,指着脑袋吼道:"打吧,把你的面子和修养都打光吧,你这暴君!"

见儿子从地上愤怒站起,杨昌祥心里生出莫名异样的感觉,儿子已比他高出半个头,早已不是任由他摆布的小孩子。细细一想,儿子的指责没错,虽刚才自己是意外失手,但的确是暴力行为,不像一名党员干部所为。如果再不控制情绪,真像小业所说,会打光面子和修养。杨昌祥手一松,木条滑落在地发出沉闷的声响。刚才惊天动地闹翻天的逼仄小房间,安静得能听到小业愤怒的喘息声。从地上爬起的张翠莲手按手帕,一脸紧张地看着两个男人。

"快去给你妈抹点红药水。"

杨昌祥平静的语气让母子俩颇为吃惊,看小业仍摆出挨打的架势,张翠莲赶紧拉上儿子逃进了卧室。

等小业再次回到卧室,发现散落在地上的铅笔盒和文具已整齐地收在书桌上。看儿子拘谨地站在门口,杨昌祥招了招手:"进来坐吧。"

见小业犹豫,身后的张翠莲推了一把儿子。小业半推半就坐下后,杨昌祥平静地检讨起自己:"刚才我错了,希望你妈和你能原谅我的冲动。"

张翠莲母子俩惊呆了,似乎面前这个人不是杨昌祥。小业眼圈又红了,嘴里嗫嚅着:"爸,我……"

杨昌祥抬手拍了拍儿子的肩膀:"不要说了,我相信你,我明天抽空会和老师沟通的。好好学习,不要辜负老师们的栽培与期望。"

小业再也忍不住哭出了声,顺势把头靠向父亲。杨昌祥没有再说话,只是一手拍着儿子的肩膀。张翠莲转身向厨房走去,到灶台边悄悄抹去滑落的泪水,嘴角却漾起欣慰的笑意。

此时,相隔不远的赵宇华家父女也开始了"交锋"。陪客人在"东海宾馆"吃完饭回家后,赵宇华径直走进女儿的房间,看着墙壁上的明星贴纸,突然说道:"小业还真有点像周润发。"

顺着父亲的目光望去,庆庆摇了摇头:"我看不像。"

"你喜不喜欢小业哥哥?"

"我觉得他挺好。"

听女儿面不改色地随口答复,赵宇华的心放下许多,但嘴上继续追问:"你们平时在学校常在一起吗?"

"没有,我们只是约定放学一起回家。"

"噢,为什么要约?"

"小业哥人高马大,像个保镖。"看父亲笑出了声,庆庆认真地解释起了原因,"我不想和同学们一起走,他们聊的东西我不感兴趣。"

赵宇华知道女儿比同龄人懂得多,也因为曲高和寡,造成她独立行事的风格。考虑到这种性格进入社会并不是好事,女儿会没有团队精神,得不到别人的认可和支持,赵宇华耐心地提醒:"你不能和小业哥走得太近,更不能和同学们疏远。"

庆庆大眼睛闪了两下,突然问道:"爸,你是不是担心我早恋?"

女儿直率的追问促使赵宇华赶紧梳理思路,拟从老师关爱的口子切入,可刚要张口,庆庆已不满地说道:"爸,我们有话直说嘛,干吗要绕圈子?不过你放心,女儿我只是在路上请教小业哥一些问题,没谈其他。还有,我平时和同学们在学校相处得挺好的。"

毫不隐瞒的话语让赵宇华彻底放下心来,相信心智成熟的女儿能处理好这些关系。既然没有再谈下去的必要,赵宇华笑着打趣:"有问题也可以来问老爸,你爸过的桥比小业哥走的路还多呢。"

"爸,我有个新发现,想从你这里证实一下是否对。"

赵宇华来了兴致,推了推鼻梁上的眼镜,夸张地瞪大眼睛问道:"哦,什么发现?"

"我觉得一本正经的老爸现在有点油腔滑调了。"说完,庆庆自个捂着嘴笑了。

被戏弄的赵宇华佯装生气用手指在女儿脑门上弹了一下:"你这死丫头!"

三十三

盛夏,杨昌祥家又传来喜讯。虽然1990年各大高校的招生人数比计划减少了四万人,但小业还是以高分被本省的师范大学录取,而且还不是定向生和委培生,更不是自费生,是含金量较高的统招生。更让杨昌祥高兴的是从这一年起,大学生必须参加军训。他相信这既能锻炼孩子身体,又可以培养团队意识。

次年,庆庆也顺利通过了高考。得知女儿计划第一志愿要报小业所在的省师范大学后,周芳急得要哭,毕竟以庆庆的考分完全可以填报江南大学,而且十拿九稳。赵宇华虽看上去很是平静,内心却也极度的急躁与不甘,就像是花优质原油的价格去买高硫高酸的劣质原油,这明摆着是亏本买卖。于是他劝周芳回客厅后,关上房门问女儿道:"庆庆,为什么第一志愿要报省师范大学?"

抱着北京亚运会吉祥物"盼盼"的庆庆一脸不悦,生硬地答复:"爸,我是可以报更好的高校,但两个原因让我决定填报省师范大学。"

"哦,哪两个?"赵宇华和颜悦色地追问。

"第一,无论是学习还是工作,不但要发挥自身的特长,也要结合自己的喜好。我的语感很好,无论是初中还是高中,一直是英语科代表。这次高考英语几乎得了满分,所以我想报英语专业。"

赵宇华插话提出异议:"你妈提议你报的江南大学也有英语专业呀。"

"不是学校的名气大就适合我,更何况一所学校不可能门门学科都强。就像我,这次高考总分挺不错,但我的地理分就很糟糕。爸,其实你清楚江南大学和师范大学的英语系没有多大的区别。"

"但英语专业也有不少好学校,你干吗不考虑呢?"赵宇华特意每句话都带着询问语气,让女儿听了不反感。

"爸,我生于江南,长于江南,早已习惯了这里的生活,真不想去其他地方。"

"呵呵,这我不赞同。年轻人无论是学习、生活还是思想,绝不能有惯性,更不能有惰性。爸爸当年不也是从内陆来这里的吗?"

"决定移不移要看前景,若去新的地方只是当匆匆的过客,那不如坚守。有时坚守不但是一种品德,也有利于自己的发展,杨伯伯就是我们身边的案例。从专业上来看,杨伯伯哪能和你比,可他还是和你一样成了'封疆大吏'。"

赵宇华乐得笑出了声:"哈哈,你这丫头,哪有这样比喻的。"

庆庆继续脸色平静地说道:"爸,我认真分析过,省师范大学已有三十年的历史,比江南总厂还要老。有许多毕业生相继担任了领导岗位,尤其是教育系统,更是一枝独秀。若能结上这个缘,我想日后对厂子弟的教育非常有利。"

赵宇华颇为意外,没想到女儿视线放得这么远,格局这么高,他很是欣慰地点头认可:"有点道理,那还有一个原因呢?"

见父亲认同,庆庆更有了底气,嘟起嘴乘胜追击:"爸,怎么仅仅是有点道理?你应该说,女儿,你很有见识,我代表全体职工向你表示衷心的感谢!"

"哈哈,好,好,谢谢你这丫头。"赵宇华被女儿调侃得笑弯了腰。

庆庆随即说出了第二个理由:"我想和小业哥在一起。"

赵宇华一怔,似乎两年前父女的对话还在眼前,但明显性质上有了巨大的实质性改变。他压低了声音探问:"你们恋爱了?"

"说不出这是不是恋爱,但感觉和他在一起很开心,也很放心。"

女儿迟早要出嫁,既然选的恋人是青梅竹马的男孩,也算一件幸事,更何况赵、杨两家关系如同兄弟,真有点亲上加亲的味道。想到这里,赵宇华一脸肃穆地问道:"你确定不改变第一志愿吗?"

"嗯!"庆庆不假思索地重重地点了一下头。

"哎——"

听父亲一声长叹,庆庆的心陡然难过起来,觉得自己刚才都白说了。可没想到赵宇华叹完气佯装无奈地说道:"看来我只能去劝你妈了。"

一脸惊喜的庆庆朝赵宇华竖起了拇指:"爸,你真开明。"

"算了,别给我吃'补药',我可少不了挨你妈骂。"

庆庆扔了手中的"盼盼",身子向前一倾,一把搂住赵宇华的脖子:"爸,谢谢你一直支持我。"

赵宇华拍了拍女儿的肩:"爸爸一直为你骄傲。加油,学好英语证明你的选择是对的,爸爸的支持也是正确的。"

"爸,你要永远和我同舟共济。"

"爸爸乐意一生被你这条'贼船'所俘虏!"赵宇华说完,张开右掌等在半空中。庆庆会意,坐直身张开手掌,与那只大手击出一声脆响。

三十四

　　杨昌祥和赵宇华怎么也想不到在同一所学校的大业和永刚关系已完全破裂,因为两人同时喜欢上了化学高分子系的女生邵丽丽。

　　这天晚上,大业约永刚来到操场,两人心事重重地默默走了一段路。见四周无人,大业终于停下脚步艰难地开启了双唇:"永刚,我有事想请你帮个忙。"

　　永刚也停了下来,虽然心知肚明,但还是眉眼一挑故意问道:"什么事?"

　　"我……我喜欢上了……邵丽丽。"

　　相比大业的吞吞吐吐,永刚倒是爽快地回应:"你应该知道我和邵丽丽准备恋爱了。"

　　情急之下的大业不再吞吞吐吐,直言不讳地争辩:"可是我比你早喜欢她。"

　　永刚轻轻一笑,他早就料定会有相争的局面,当然他并不担心和大业闹翻,更不怕和大业干上一架。也许打架争夺更能表达对女友的爱意,动物世界里的雄性动物不是常常为了争夺雌性做伴侣,斗得鲜血淋淋,甚至付出生命的代价。是的,爱情面前连生命都没分量,更何况友情。出于自信,永刚相信根本不需武力,凭智力就能拿定对方,更何况邵丽丽的天平是倒向自己这边的。所以笑过后,他骄傲地问道:"那她有没有接受你的喜欢?"

"我们一起去图书馆查过资料。"

"我不仅和辅导员去图书馆查过资料,还配合系主任去实验室做过实验,难道这就是爱情?告诉你,这是学习,和爱情没有半点关系!"

大业急得脸也红了:"我们互赠过礼物。"

"不就是你给了她一支钢笔和一副皮手套,她给你一块手帕吗?"

永刚蜻蜓点水地点破了大业心中的秘密,这让大业更为难堪。永刚却视若无睹,继续说道:"你知道吗?我们不光一起看电影,还一起逛商场挑衣服和选首饰。她告诉过我许多男孩追求她的事,包括你写的信。"

大业羞得恨不得钻进地下,他万万没想到邵丽丽会把别人的求爱当炫耀的资本。可就在抬眼仰望深邃天空时,理智的他突然觉得并不是这么简单,炫耀的背后极有可能是邵丽丽贪婪的物欲。瞬间,大业心中原先神圣的女神形象迅速褪去,他暗自庆幸自己没有掉进旋涡中。出于对好友的关心,大业善意地提醒对方:"永刚,和邵丽丽交往可得留个心眼,这人虚荣心太强……"

没想到永刚不但不领情,反而打断挖苦:"哈哈,你这是典型的吃不到葡萄说葡萄酸。"

看着对方一副胜利者的骄傲表情,大业暗叹了口气。他清楚热恋中的人是不理智的,绝不可能理解别人的劝导。想到这里,大业如释重负地淡然一笑:"永刚,我是认真的,如果今天你不告诉我这些事,也许我会蒙在鼓里,甚至还可能觉得很痛苦。"

永刚针锋相对地回道:"大业,我和邵丽丽是认真的,她不会接受其他男同学的示好,我更不会被人挑拨。"

说完,永刚转身径直向寝室走去。望着渐渐离去的修长背影,大业心里一阵难过,他希望自己的判断是错误的,但愿邵丽丽是真心喜欢上了永刚。

半个月后的早上,赵宇华接到机要科韩科长的电话,说华长江有事找他,让他马上来书记办公室。赵宇华不敢耽搁,带上伞坐车赶到总厂大楼。刚抬脚上楼,看到匆匆下来的杨昌祥,就伸手拦住了对方,问:"老哥,大业和永刚是不是有点矛盾?"

"嗯?"杨昌祥听了哭笑不得,两年前双方小儿女过度"亲密"的闹剧还在眼前,怎么转眼两个老大又闹起了矛盾?

赵宇华猜大业不会和他父亲说心里话,于是像间谍头子炫耀刚获得的情报:"俩孩子和一个叫邵丽丽的女生交往多,产生了感情,现在这俩孩子闹得都不理对方了。"

若在以前,杨昌祥闻讯必暴跳如雷。在他眼里,读书就是读书,学生找什么对象?更让他不能接受的是那个女生,怎么会同时和两个男孩交往?那不是小"破鞋"吗?可经历过小业"早恋"事件后,杨昌祥的第一反应是大业能否正确处理这事。同时心里暗暗着急,这事孩子为什么不和自己说?他一脸妒忌地探问:"你怎么知道的?"

"这是上午刚收到的信。"

赵宇华掏出信递给对方。杨昌祥很不是滋味地接过另一个孩子写给父亲的信,快速浏览后,一边重新把信折好还给赵宇华,一边说道:"孩子还小,不会为了小事伤了感情。"

赵宇华点头赞同:"相信他们会过这个坎。"

不等杨昌祥接话,只听韩科长站在楼梯转弯处伸着脑袋催道:"赵厂长,华书记和客人在等你,请快上来吧。"

"噢。"

看赵宇华还是不紧不慢的,杨昌祥倒是急了:"我还以为你没啥事呢,快去吧,改天再聊。"

"行!"

走进华长江办公室,赵宇华的心咯噔了一下。只见里面坐着上次来询问万琼下落的省公安厅的两位民警。但这次两人不是便装,而是一身"八九"式警服,大檐帽上的国徽和新增的金黄色丝编装饰带很是醒目。赵宇华暗暗叫苦,正规着装意味着两人代表执法部门来调查取证,不再是了解情况。为了避免上次的尴尬,这次赵宇华不再伸手招呼,没想到年长民警倒是抢先热情招呼起来:"赵厂长,我们又见面了,打扰了。"

赵宇华迅速调整状态,笑着回应:"您客气了,欢迎来我厂。"

"老赵,坐。"华长江指了指边上的沙发。

并排落座后的赵宇华心又舒坦了许多。刚落座,年长警察就开口问道:"赵厂长,有没有万琼同志的消息?"

进门后,赵宇华就暗自提醒自己,绝不能对民警的问话有丝毫的犹豫,因此不假思索地摇头否定:"没有,我们一直没有联系,我也没有他的消息。"说到这里,他发现年轻民警没打开笔记本记录,于是刻意强调,"你们留给我的号码我一直放在办公桌上,若有万琼消息,我第一时间会汇报总厂和你们公安。"

"杨厂长别误会。"年长民警在烟灰缸里掐灭手中的烟头后,抬眼解释,"经过调查,万琼同志没什么问题。现在国家急需他这样的人才,有人反映他来了江南,你若有消息,麻烦尽快联系我们。"

听完解释,赵宇华悬着的心终于落了下来。这不仅仅是为自己和家人,也是为这个当时全班成绩最好的老同学庆幸。看赵宇华默不作声,年轻民警急得在边上插话:"我们刘总队已跑遍了全省,上面一直在催问。"

看着年轻民警迫切的神情,赵宇华郑重地答复:"我保证一有消息就打电话给你们。"

"行,那就麻烦你了。"刘总队似乎是个雷厉风行的人,说完起身伸手表示结束谈话。

"请留步。"

和两位民警握完手,赵宇华带着又轻松又沉重的心情走出了大楼。此时雨已停,阳光穿透云层射在楼外两排整齐的冬青树上,如音符荡漾在墨绿色叶子上。赵宇华仰头暗叹:万琼兄,你快点出来吧,我们都需要你。

三十五

由于原料充足,江南炼油化工总厂的生产能力一直处于满负荷状态,原油加工量和尿素产量年年刷新纪录。这天晚上,赵宇华结束宴会回家,打开门一眼看到庆庆,便惊喜地问道:"庆庆,你怎么在家?"

"学校组织我们到甬江市参观港口,我趁机回家突击检查一下老爸。"

赵宇华边换鞋边说:"还好,我在岗。"

"不,脱岗时间长达两个半小时。"

"你比我们总厂厂长查得还要严。"

"那当然,我管你十六个小时,厂才管你八小时。"

一旁的周芳嗔责女儿:"你这丫头,对爸爸一点规矩也没有。"

庆庆把嘴一嘟:"妈,我不光想管爸,还想管我哥呢。"

赵宇华听出了味道,拉着女儿到她房间坐下,问:"你哥怎么了?"

"哥和大业哥有矛盾,他们谁也不理谁。"

"这事爸爸清楚,年轻人有点小冲突很正常,有些事旁人插手不但劝和不了,反而容易使他们因为拉不下面子而激化矛盾。我们要相信他们会把关系转化得和以前一样,甚至更加融洽。"

庆庆低头琢磨了一番,说:"爸,你说的有道理,那我就不管了,也提醒小业不要掺和。"

"看来这次是爸爸'俘虏'了女儿。"

想起填报大学志愿前的父女谈话,庆庆觉得很温馨,笑着回应:"女儿乐意被'俘虏'!"父女俩同时举起手掌拍在了一起。

放下手,庆庆拿起桌上的一颗"大白兔"奶糖,边剥边问:"爸,听说厂里争取到了部分外贸自主权。这部分外贸自主权是什么意思?"

"咦?"对于女儿的咨询,赵宇华很吃惊,接过剥开的奶糖反问,"厂里刚定的事你怎么就知道了?"

"厂电视台新闻上播了,说江南厂是我国首批四个拥有原油加工贸易自主权的企业之一。"

自从家里添置了电视机后,两个孩子就养成了跟赵宇华看新闻联播的习惯。后来总厂建起电视台,全家就看完新闻联播转厂台,刚好能接上本厂新闻。碰到听不懂的名词或专业术语,两个孩子就会问他。赵宇华把奶糖往嘴里一送,比画着说道:"部分外贸自主权就是不但可以加工进口原油,还可以成品油复出口。"

"那是不是利润会更高?"

"当然要高不少。"赵宇华肯定后马上又补充,"但同样风险也会很大,这是成正比的。"

庆庆似乎来了兴趣:"风险大为什么还要去干?"

"责任与担当。"赵宇华觉得这样答复太简单扼要,于是又细细解说起了决策的背景,"当然这也是我厂一次发展的良好机遇。我国现仍在短缺经济中运行,市场供应全面紧张。如果能借国务院《关于进一步增强国营大中型企业活力的通知》的东风,落实部分企业外贸自主权的问题,那就会乘风破浪,使生产经营更上一层楼。"

父亲的解释没能说服女儿,庆庆继续追问:"外国人又不傻,他们怎么可能放弃赚钱机会?难道他们是洋雷锋?"

"呵呵,他们不可能当雷锋,追逐利润是资本家的天性,他们只会想办法赚更多的钱。"

"你们也赚,他们也赚,这钱哪里来?"庆庆越发的糊涂。

"对,都赚,算是合作共赢吧。我们厂通过在海外市场寻找更优质和更低廉的资源促使生产成本降低,从而在获得低成本优势后,赢得市场竞争的话语权。跨国公司则利用我们的成本优势,使进货价和销售价形成更大的价格剪刀差。"

庆庆终于听懂了,问:"那是不是国家越穷,越对跨国公司有吸引力?"

"不,不。首先国家穷便不可能有基本的设施,也没有生产能力,更不可能有生产技术人员。"

"有道理。"庆庆点头拨了一下桌上的地球仪,看着旋转的地球仪侃侃而谈,"随着跨国公司业务的增多,我想运输行业必定更加的红火。如果想让厂成为国际化经营的企业,那就要寻求更大的市场、寻找更好的资源、追逐更高的利润,所以不但要有生产能力,还要有销售和服务的能力。如果可以,厂应该尽快建立产品货运车队,甚至购买大油轮。这样不但可以进一步降低生产成本,而且我们想到哪里进货,想到哪里卖货都不会受他国的制约。"

赵宇华大吃一惊,没想到女儿竟有这样的经济思考能力。这哪像刚上高校的大学生,毫不夸张地说,简直就是纵横捭阖的大经济学家的言论。赵宇华无法判断总厂领导有没有这样的想法或考虑,但至少目前他和身边的人从来没有想过这些问题。他暗问自己,究竟是女儿有经济天赋,还是自己的格局不够或墨守成规?他认为自己应该不是抱令守律或抱残守缺、不想作为的人,只是单一的工作做久了,视野局限后无法宏观考虑问题。看来长江后浪推前浪是有道理的,今后还得在单位多听听年轻人的想法和意见,不一定自己的职务高就比他们更有眼光。为了在女儿面前挽回一点面子,也为了防止庆庆骄傲,赵宇华平静地说道:"庆庆,你光看到了市场,可还没有学会分析市场的风险。市场是把双刃剑,如何运用非常关键。"

"爸,你不会是胆小害怕了吧?"

"怕,当然怕了。"

父亲大大方方地承认害怕,庆庆颇为意外。记忆中父亲从来没有胆怯过,也没有不作为的安逸想法。就像厂新闻宣传父亲时用的词语:以苦为乐,乐于奉献。不过庆庆对前半句颇为反感,这世上谁心甘情愿受苦?谁能把苦当成乐?那岂不是指皂为白、混淆是非?但后半句庆庆不但认同,且很有感触。如果好逸恶劳没有奉献精神,父亲当初怎么可能会放弃原本安定的生活,带着即将临产的母亲来到这片海涂地,再次回到几近风餐露宿的生活,还差点让母亲和自己丢了性命。如果胆小害怕没有创业精神,父亲不可能来这里,谁都知道新建装置开工风险极大,一旦出事,轻则受行政处分,重则厂毁人亡。可随着生活条件的巨大改善,父亲现在居然承认害怕了,是年龄大了没有闯劲之故,还是职务升迁后想持禄保位?

看庆庆不解地望着自己,赵宇华语重心长地说道:"庆庆,胆小害怕绝不是坏事,要看你怎么去理解。其实人必须要有敬畏之心,有了敬畏心就能自觉约束自己,不仅不会做出格越轨之事,更能促使所做的事得以成功。人手中的权力越大,就越要心存敬畏,不然就会变得肆无忌惮、为所欲为。事实也证明愈是在事业上有大作为的人,愈是心存敬畏的人,因为他们时时刻刻不忘自己的职能和责任,心平气和,谦虚谨慎,不骄不躁,一门心思埋头工作,认真踏实做事。"

庆庆马上理解了父亲的用意,乖巧地应道:"嗯,谢谢爸,我记住了。"

赵宇华这才重新回到刚才的话题:"在争取到外贸自主权后,厂里肯定会出现一系列技术和管理上的新问题,我们将会遇到更多困难。但无论是犹豫不决还是畏缩不前,都是不可取的,因为推动开放与改革进程是不可更替的主旋律。"

不等庆庆接话,周芳边打毛衣边走了进来:"老赵,女儿明天一早就要去学校,让她早点休息吧。"

"你妈又抗议了。"赵宇华耸了耸肩,起身拍了拍女儿,"早点睡,爸爸赶紧再去准备一些资料,明天就有采购业务要谈判,总厂领导让我先和对方进行第一轮谈判,希望能旗开得胜。"

"有我这样的爸爸在,肯定能成功。"

周芳用胳膊肘轻推赵宇华:"别磨蹭了,快让孩子休息吧。"

赵宇华夸张地举起双臂:"好,好,我马上出去。"

三十六

第二天下午,赵宇华提前赶到东海宾馆会议厅。不一会儿,在工作人员的引导下,来自香港泛洋贸易公司的三名代表鱼贯进了会场。领头的是一位女性,清澈眼神和微翘嘴角洋溢着淡淡的温馨,举手投足间露出赏心悦目的优雅。赵宇华觉得有点眼熟,可一时又想不起在哪儿见过。这时,只见女首席稳步走到面前,落落大方地伸手招呼:"您好!"

"您好!欢迎,欢迎。"握手时,赵宇华暗暗称奇。对方的手掌不是很光滑,甚至掌上还有老茧。寒暄时低头发现其手腕肤色明显要比普通女性黑,想必脸上的白嫩肤色是化妆的效果。赵宇华暗忖,香港地处珠江口以东,那边的人肤色相对偏黑,加上很多有钱人爱好日光浴,可以理解女首席为何肤色较黑,但掌上的老茧却让人难以理解。不等赵宇华再观察,对方已松手向后一位走去。

双方代表依次落座谈判桌两边,坐在边上的密汉民突然伸过脖子悄声说道:"赵厂长,你有没有觉得女首席像'黑牡丹'?"

赵宇华恍然大悟,怪不得眼熟,原来这个女首席长得很像陈萍。当然只是外表有点像而已,对面座牌上的"Gillian"已标明女首席的身份,应该是个外籍华人,和陈萍有着天壤之别。赵宇华也侧身轻声说道:"从进门第一眼起,我就觉得眼熟。若让陈萍打扮之后坐在这里,估计可以当作孪生姐妹。"

赵宇华突然发现密汉民眼神异样,像见到猎物时的那种垂涎与兴奋。估计密汉民也觉察到自己的失态,赶紧收回眼神回应:"嗯,肯定可以乱真。"

吉莉安看来是有备而来,助手提前放在桌上的三叠资料摞起来足有半尺厚。谈判双方虽谈笑风生,可谁都清楚,这背后是巨大的利益争夺。赵宇华一直认为商业谈判也是战争,笑不过是假象,双方都期待有机会迫使对方满足己方的要求。

对方似乎看准了江南炼油化工总厂对部分外贸自主权的迫切,也捏准了总厂的生产经营能力,所以对江南炼油化工总厂提出的原油到货日期和原油指标的要求,不但提出不少更改意见,而且对产品提出了更高的标准和苛刻的运输要求。赵宇华觉得越谈越不是滋味,局面完全一边倒,总厂几乎没有争取下调原油油价和提升成品油油价的机会,只是疲于应付对方的出击。可这又有什么办法呢?谈判需要的是筹码,现在江南炼油化工总厂手上明显没有多少筹码,只能处于弱势状态。江南炼油化工总厂现在的首要任务是提高自己的生产能力,能够生产加工全世界任何地方的原油,无论是哪里的,证明自己不但胃口大,而且消化好,根本不需要挑食。只有到了这一天,才能手握大牌和对手叫板。

经过两个多小时的拉锯战,双方除了最为关键的原油到岸价难达成共识,其他外围问题都得到了妥善的解决。香港泛洋贸易公司坚持一分价一分货,若依江南炼油化工总厂定的布伦特低硫轻质原油,只能维持这个高价,除非选购高硫高酸原油才可做适当的让步。看已近午餐时间,吉莉安提议双方今天先暂停谈判,约定第二天下午再继续。

在午餐中,吉莉安不知是不习惯饮食还是劳累之故,吃得极少,只是象征性地抿了几口葡萄酒,吃了几筷蔬菜和一块牛排,满桌的海鲜没动一筷。

下午张定康和华长江出差返厂，立即听取了相关汇报，随后召开专题会。密汉民觉得对方出的选择题无解，开口抱怨："对方说得好听，如果我们能够选购高硫高酸原油，就愿意在价格上再做让步，其实是在逼我们就范。"

赵宇华也从当前生产能力的角度进行了客观分析："加工高硫高酸原油对设备腐蚀性大，生产风险极高，目前我们无论是设备还是技术，都还没有能够生产加工高硫高酸原油的能力。硫黄装置虽有提升加工量的空间，但一旦超过装置的生产负荷，后果不堪设想。"

"加快后续延迟焦化装置的建设，为日后扩大加工空间和提高企业的利润奠定基础。"张定康回应后，环视一圈追问，"明天下午谈判有没有对策？"

"掺炼。"

听到赵宇华脱口而出的想法，张定康眼睛一亮。由于汽油、柴油、民用燃料油和航空燃油等高价值产品收率高，目前，不光亚非炼油厂，连欧美等国的炼油厂，也喜欢加工含硫量低于百分之零点五的原油，造成低硫轻质原油十分抢手。但如果现在能够抓住厂部分外贸自主权和对方松口降低高硫高酸原油价格的机会，就可以赢取很大的利润空间。见赵宇华冷静地等待与会人员的反应，张定康猜测他已考虑过生产方案，于是催问："老赵，说具体点。"

"按我厂硫黄装置年五万吨的处理加工能力，我们有能力每年加工含硫量百分之一的原油一百万吨。目前我厂加工的原油硫含量还不到百分之零点七，我们可以对前期的原油进行调和，这样，无论是设备还是生产操作，都有个适应和缓冲的过程。"

对赵宇华的提议，财务处长快速换算出了效益："若加工中掺入一百万吨高硫高酸原油，那仅两种原油的差价就可以为厂创利八百万元。"

赵宇华立即予以纠正:"不,没有这么高。按香港泛洋贸易公司的当前报价,扣除汽、柴油等收率的影响,应该利润在六百万元左右。"

密汉民心里暗骂赵宇华,既然有了对策为什么会前不打个招呼,害得自己一开始就向总厂领导轰哑炮。既然你不仗义,那就别怪我给你打打冷气,上上眼药。密汉民于是假装责怪地接过了话:"老赵,你怎么不早说,这个想法确实不错。但我得提醒一下,这笔利润账目前没法算,毕竟设备的损耗还是个未知数。"

密汉民一下子戳中了与会人员心中的要害,加工高硫高酸原油,最堪忧的就是对设备的损耗,如果以烧坏锅的代价去做成饭,那可真的是吃不了兜着走。张定康扭头看了一眼华长江,见对方点了点头,张定康于是就拍了板:"晚干不如早干,早起的鸟儿有食吃。目前,我国大部分炼厂加工的都是低硫轻质原油,在原油劣质化及原油油价高升的情况下,若要控制生产成本,必须走加工高硫高酸原油的道路。"

华长江也适时鼓起了气:"明知山有虎,偏向虎山行。高硫高酸原油的价格优势注定了我们的出路,只要今后在生产中加以总结,提高设备与工艺的适应能力,我们就可以从掺炼向单炼进军。"

话音刚落,机要科科长小韩匆匆走进了会场,向张定康递来一张纸条。张定康低头看了一下,接着一边转给华长江,一边下令:"小韩,马上通知接待科联系香港泛洋贸易公司代表,就说我回来了,要求立即谈判。"

"国际原油每桶又涨了六美分。"见众人不解,华长江捏着纸条解说后补充建议,"张厂长,是不是让老赵再打个头阵,我们再合计一下?"

"也好,老赵,你再去摸个底。"

担心赵宇华独揽成果,密汉民马上请缨:"张厂长,华书记,我和老赵一起去吧。"

不等两位领导表态,在宾馆候命的接待科科长突然推门进来,说吉莉安女士想请赵宇华过去。赵宇华很是诧异,抢先问道:"对方有没有说什么事?"

"问了,可吉莉安女士只是说赵厂长来后当面说,而且强调赵厂长一人过去,要快。"

张定康笑道:"看来对方和我们不谋而合。老赵,那就辛苦你去探一下对方的底线,尽快促成谈判。"

当赵宇华撇下暗自着急的密汉民急匆匆赶到东海宾馆后,接待科工作人员立即引上前:"赵厂长,吉莉安女士请您到她房间。"

考虑对方不光是谈判代表,还是女性,赵宇华警觉地问道:"为什么不安排在前厅?"

接待科工作人员一脸无奈地说道:"我也提醒了,可吉莉安女士坚持让您先去她房间。"

赵宇华只好扭头叮嘱接待科科长:"你随我一起去,不要离开我。"

"好的。"

两人快步上楼。接待科科长轻敲了311房门两下,只听里面应道:"请稍等。"

房门打开后,一股淡雅的香味扑面而来。吉莉安还是那身打扮,还是那样温婉地微笑着伸过手:"赵厂长,您好。"

"您好!"赵宇华轻握对方的手。

"请进。"

赵宇华刚走进房间,吉莉安客气地拦住了接待科科长:"麻烦您在门外等一下。"

接待科科长一脸的尴尬，不知该进还是该退。赵宇华也没想到吉莉安会如此要求，实在琢磨不出对方葫芦里卖的是什么药。

"赵厂长，难道你还怕我一个女子不成？"看对方止步不前，吉莉安风趣地调侃后，随手虚掩上了门。

赵宇华只好一头雾水地跟着吉莉安落座在房内两把单人沙发上，吉莉安没有任何的客套与铺垫，直截了当地问道："你们想按国际原油价上涨前的价格和我公司签合同？"

赵宇华吃了一惊，对方难道在厂里安插了经济间谍。但马上否定了这个猜测，自己从会场直接过来，就算是有通风报信的人，也不可能有时间卖这个情报。想必对方也时时关注国际油价，而且得到的信息可能比我们还要快。就在赵宇华思忖如何答复时，吉莉安又自我摊牌："只要在下午三点前签订，我可以向公司解释原因，并按原价签合同。"

这简直是天上掉馅饼，赵宇华努力克制内心的狂喜，故意抬手看了一下手表，很老练地回复："好的。"

吉莉安的笑突然变得有点诡秘，她伸出一根手指说道："但我有个小要求。"

坏了！赵宇华暗暗叫苦，这要求肯定是见不得人的，不然干吗要和他单独见面。他故意放大了声音说道："吉莉安女士，我只是谈判的成员，根本没法答应您任何要求。如果您有要求，等一下还是在谈判桌上提，只要我们能做到的，一定尽力满足贵方的要求。"

吉莉安认真强调："谈判是战争，我们现在只是协商。"

"战争也罢，协商也罢，那都不过是谈判的一种手段而已。"

吉莉安收住了笑容，起身正面朝着赵宇华轻声说道："许多人看不出，但你第一眼没有看错，我就是当年厂劳服队的陈萍。"

"啊？"虽然有一点点心理准备，但赵宇华还是惊得说不出话来。

"看来你也被瞒住了。"陈萍虽然恢复了常态,但声音还是压低了不小,"我在努力改变过去,包括饮食习惯。"

"哦。"赵宇华恍然大悟,怪不得中午她连甬江咸蟹这道菜也没有动一筷。真不知她会提什么样的要求。赵宇华暗自提醒自己,千万别应承对方的要求。

看对方皱着眉头不接话,陈萍重新坐下后压着声音抛出了要求:"我唯一要求是你把张可富调回车间当操作工。"

"哦?"赵宇华想不到对方提的居然是这样的要求。虽然这事对他来说易如反掌,但因为涉及商业谈判,他没有马上应允,而是静待下文。

"不用多想。当初是我害他去了食堂,希望我能帮他回到原状。"陈萍的口吻很平静,像是在决策一件本就该她来拍板的事。

"我认为这事可以在合同签订后和总厂领导说,应该不是问题。"

陈萍当即摇头否决,且语气非常坚决:"不!我不想让别人知道陈萍还在。如果赵厂长能替我保密并办成此事,我们双方马上去会场谈判。"

"好,这事就不要再提,我会保密并办妥。"赵宇华看时间紧迫,极其爽快地应了下来。

双方重新回到谈判桌,没用多少时间就达成相关协议,随即签订下了原油采购合同和产品出售合同。事情顺利得让江南炼油化工总厂的许多人大为意外,张定康甚至怀疑厂原油价格追踪信息员是不是搞错了国际报价。可事实是原油价格如同发射的火箭,正头也不回地向上冲。

晚上宴请结束送香港泛洋贸易公司一行人上楼休息后,张定康等人步行回家。密汉民走着走着,突然对身边的张定康嘀咕:"这次谈判真是太怪了,里面究竟有什么猫腻?"

一旁的赵宇华怕人多琢磨出什么幺蛾子,就打起了哈哈:"只要对我们厂有利就好。"

酒已上头的张定康情绪很高,手一挥:"对,管他什么猫腻、狗腻的,只要对江南炼油化工总厂有利就好。"

见张定康这么说,密汉民不再接话,只是扭过头意味深长地望了赵宇华一眼,似笑非笑地点了一下头。

三十七

在赵宇华直接操作下,张可富顺利从食堂调回到了常减压车间。杨昌祥得知此事后,百思不解。这天杨昌祥在总厂大楼办完事路过炼油分厂,抬眼见赵宇华办公室的窗开着,于是就上了楼。刚到三楼楼道口,只见赵宇华夹着包从办公室出来,就拦住打听起了这事:"老赵,听说你把张可富调回车间了?"

赵宇华白了一眼:"怎么,难道你化肥厂厂长还要兼管我炼油厂的人事?"

被对方呛了一句后,杨昌祥不但不气,反而乐出了声:"你这老家伙现在越来越像只大公鸡,莫名就耸起毛想斗一番。"

赵宇华被杨昌祥逗乐了。但他心里有谱,既然人家陈萍履行了"契约",自己也该把保密承诺做好。所以他笑过后马上刹车,说:"我哪有这闲情和精力。"

心直口快的杨昌祥不知内情,直接表达了看法:"我不赞同你这样做。"

赵宇华只好违心辩解:"他是老棉场的职工,你清楚他这人的能力,放在食堂真是浪费了。"

"他是自找的!"想起当初张可富做的荒唐事,杨昌祥还是有点恼,但毕竟同是棉场出来的,语气完全是恨铁不成钢的恼怒。

"谁都会犯错,不能揪着别人的错不放,要让他们有机会纠错。

古人都说要不拘一格降人才。"

杨昌祥睥了一眼赵宇华："你还给我上课了？"

赵宇华做了个停的手势："好，那就此打住。"

刚聊起的话题怎么就此停住了，杨昌祥觉得还没有说清楚意思，于是继续发表自己的看法："当初张可富的确算得上是块好料，可这十多年一直没有机会接触生产装置，早就废了。"

赵宇华心里当然也清楚这些，现在科技发展相当快，各种仪表更新换代令人应接不暇，别说是十多年，就是两三年，也会面对新设备和工艺束手无策。但心里清楚归心里清楚，嘴上依旧硬生生地顶杨昌祥："你当初不是也三十年没有接触装置吗？只要天赋不差，后天勤奋，肯定能行。"

"不知你中了什么邪，怎么会这么顽固？"说完，杨昌祥气恼地挥了挥手，独自走了。望着魁梧的背影，赵宇华欲言又止，干脆晚了一会儿再下楼。

第二天刚上班，赵宇华办公桌上的电话就响了，接起一听，是杨昌祥要约见。问有什么事，杨昌祥只是含糊地说有急事。赵宇华一边批着文件，一边冲着电话说道："老哥，你是不是有分身术……"

杨昌祥打断他并严肃地强调："再忙也给我留十分钟！"

"就十分钟？那我挤一下，嗯——"赵宇华自问自答，不想给杨昌祥留空间，厂里刚加工完成进口高硫高酸原油，相关的技术分析总结急待他审核后上报。

杨昌祥听不下去了，当即拍板："我现在过来，你在办公室等我。"

"等等，我马上要参加月检汇报，等会结束吧。"

"什么时候？"

"一个半小时吧。"

杨昌祥有点愠怒："你一个分厂月检汇报要这么长时间？"

"好，九点半见。"赵宇华不给杨昌祥解释的机会，话音一落就挂了电话。

快到约定时间，正在尿素包装车间的杨昌祥匆匆结束现场调研，直接让司机将他送到了炼油厂办公楼，熟门熟路地来到赵宇华办公室。刚要推门，只听身后赵宇华打趣道："老杨，到底是什么风把你吹得这样猴急？"

杨昌祥也不接话，等两人进门，他一把关上了门。看来杨昌祥真是有重要事找自己，赵宇华径直走到沙发前，把手中的本子和资料往茶几上一放，一屁股坐在沙发上。不用招呼，杨昌祥默契地坐在了边上。

"发生了什么事？"

杨昌祥反而不急了，睥了一眼赵宇华反问："警察都快找上门了，你还不知道？"

赵宇华以为杨昌祥刚听说省厅公安再次来找万琼，佯装紧张地问："那……那可怎么办？"

杨昌祥没想到赵宇华如此的慌张，顿时冷静了下来。自己是来帮赵宇华的，可不是来吓唬他的，这时候断不能让赵宇华自乱阵脚。于是他故意干咳了一声，说："不要担心，肯定能说得清楚。"

见杨昌祥一番认真的样子，赵宇华只好坦白："老哥，谢谢你的好意，其实省公安厅早就找过我。"

杨昌祥惊得眼珠都要掉出来："这么快？都惊动到省里了？"

"是的，已找我两次。"

看赵宇华一副淡定的样子，杨昌祥试探着问："那就是说没事了？"

"万琼本来就没什么事，当然他真有什么事也和我没什么关系。"

杨昌祥越听越糊涂，怎么扯出那个副校长了？他断定两人不在一个频道上，于是直截了当告知来因："你我牛头不对马嘴。早上有人告诉我，职工中传言你和香港泛洋贸易公司首席代表搞暗箱交易，说你曾到宾馆与对方密谈过。"

赵宇华这才明白杨昌祥为什么急着要见自己，他自信地说道："老哥，谢谢你。这次谈判所有条件都有利我厂，再调查也不可能有问题。"

"你这个年纪还不知道有些事就怕说不清？"不等赵宇华接话，杨昌祥扳着手指数落起来，"如果能说清楚，那秦国白起、汉朝韩信、三国邓艾、明朝袁崇焕怎么可能冤死？"

"这话听着是有点道理……"

杨昌祥很武断地打断了赵宇华，心痛地劝道："木秀于林，风必摧之。亏你还是个读书人，连这样肤浅的道理都不懂，想给你上眼药或推你落井的人肯定有。"

密汉民的身影顿时清晰地浮现在赵宇华的脑海中，记得当天宴请结束后，这家伙就当着张定康的面提出过质疑。只听杨昌祥仍在继续唠叨："你越有成就，越会让阴暗角落中的人担忧，他们会想方设法整死你。当然他们跟你没什么仇，只是出于嫉妒，虽不会明刀明枪，但常常会巧妙借助各种力量打击你。"

一种悲凉与无奈涌上赵宇华的心头，但他马上又镇定下来，即使组织真要调查也没啥，反正自己没做什么亏心事。想到这里，他干脆把话挑明了："老哥，其实我和香港泛洋贸易公司首席代表私下是有交易。"

杨昌祥惊得从沙发上跳了起来，在他眼里，党性很强的赵宇华不可能做这种见不得人的苟且事。看来外面传的并不是流言蜚语，而是一语成谶。他开始为赵宇华担心起来，出这样的事即使不坐牢，也得背上处分，但愿这个私下交易不要太严重。

杨昌祥的情绪变化和动作姿态让赵宇华大为感动，他拍着沙发平静地招呼："老哥,坐下听我慢慢说。"

"哎——"杨昌祥长叹了一口气,懊恼地拍了下大腿重新坐了下来。

"老哥,你知道这次香港的首席代表是谁吗?"

"不是吉莉安吗?"

赵宇华点头后马上摇头："对,也不对。"

"什么意思?"

"吉莉安就是当年厂劳服队的陈萍。"

"瞎扯!"杨昌祥毫不客气顶了回去,看到一脸严肃的赵宇华盯着自己,马上又改口,"这太不可思议了。"

"若不是她和我谈张可富,我还真觉得只是有点像陈萍而已。"

杨昌祥突然明白了过来："是她提出让张可富回车间的?"

既然是杨昌祥猜到,并非出自自己之口,那就没违背与陈萍的承诺。赵宇华于是点了点头,没有吭声。

"还有其他条件吗?"

"没了。"

杨昌祥放下了心,现在的问题就是如何处理好张可富,既要继续兑现承诺,又不会让人抓住小辫子。他灵机一动,说："这样吧,把张可富调到我这里,我来安排。"

"连续调动更会让人起疑心,等以后找个合适的机会再说。"

杨昌祥觉得有道理,就不再勉强,又好奇问道："陈萍怎么成香港公司的首席代表了?"

"事后我也侧面问过她,她只是简单地说当年离开厂后先去了广东,在倒卖电子表时,认识了这家公司的老板,对方请她去了香港。"

听杨昌祥皱眉轻哼了一声,赵宇华替陈萍辩解："我看她不是那种人,她对业务非常的熟悉,整个谈判过程谁也没有想她就是陈萍。"

回想当年陈萍能一次顺利通过高考,杨昌祥不无感叹地说道:"若当时我们能留下她多好。"

"对其本人来说不一定是好事。"

"嗯?"

"她一个离了婚的女人,在这里能走出什么路?"

杨昌祥挠了一下头皮,作为管理人员,他自然清楚考察和用人的原则。赵宇华说得没错,陈萍即使上了大学,那也不过是从家属工转变为政府机关工作人员或国企职工而已,生活上的挫折注定她在当时不可能受到重用。从这点上来说,她走是无奈的,但也是正确的。就在杨昌祥胡思乱想时,办公桌上的电话响了。

"喂。"赵宇华起身走到桌边接起了电话。

也不知道对方在话筒那头说了什么,杨昌祥发现赵宇华的表情一下子凝住了。过了一会儿,只听他问对方:"那你怎么办?要不回来吧?"

也不知对方简单回了什么内容,赵宇华接着又道起了歉:"对不起。"

通话时间很短,挂上电话,赵宇华神情凝重地回到杨昌祥身边坐下。

"谁来的电话?"

赵宇华心事重重地答道:"陈萍。"

杨昌祥猜测肯定和上次原油采购有关,忍不住探问:"发生什么事了?"

"有人写黑信给香港泛洋贸易公司,说我在谈判期间到宾馆勾引她,让他们公司受到经济损失。"

"看来想搞你的小人手法毒辣且老道,不但在厂内散布谣言,还从外围迂回攻击你。"

"我应该没事,只是陈萍……"

"她怎么了?"

"已被公司辞退。"

"哦。"听到这样的消息,杨昌祥心情几乎没什么变化。

赵宇华突然冒出一句:"张可富欠她太多了。"

杨昌祥伸手拍了拍赵宇华的肩,不以为然地安慰:"你没事就好,别想其他的。"

"嗯。"赵宇华只是皱着眉头轻声应了一下,没有接话。

三十八

三个月后,赵宇华从码头返回办公楼,刚上楼,常减压车间的范主任便迎了上来:"赵厂长。"

看对方欲言又止的样子,赵宇华知道这个老实人遇到了困难,于是没有停下脚步,边走边说:"到我办公室再说吧。"

两人一前一后进办公室坐定,不等赵宇华发问,范主任先叫起苦来:"赵厂长,张可富我还你吧,我们车间宁愿缺一个人。"

想到自己把"炸弹"扔给车间后一直没有过问,赵宇华觉得这次甩手掌柜做得不地道,于是问道:"他怎么了?"

"工作吊儿郎当,不但在夜班岗位上睡觉,连白班和中班时居然也躺在椅子上睡觉,简直把车间当成宾馆。"

"查一次扣一次,看他改不改!"

"调到车间才三个月,不算口头教育与提醒,光扣奖都已经十七次了。按这个扣法,他到年底也没有奖金。"

赵宇华大为震怒,三个月十七次睡岗,算下来平均一个轮班就有一次。若在以往,虽然不能开除,那也早发配到最偏远、最差的岗位。可考虑到张可富是自己的一个承诺,现在陈萍为了他连工作也没了,若再没做好这事,岂不是让她两头空。所以赵宇华不动声色地套用起冠冕堂皇的话:"不能有歧视,职工就是我们的财富,没有改造不好的职工,只有没有领导好的领导。"

"我们该提醒的提醒,该处罚的处罚,实在没招了。"

隔着办公桌看到范主任无计可施的无奈表情,赵宇华觉得强迫他这个老实人接烫手山芋有点过意不去,可答应对方那就是使自己背信,就在他左右为难之际,桌上的电话响了。赵宇华接起了电话:"喂。"

"是赵厂长吗?"

赵宇华觉得这压着嗓子的声音很耳熟,就礼貌地应答:"我是赵宇华,你哪位?"

"我是陈萍,现在我在天港大酒店。"

赵宇华心一惊,陈萍还是回来了,她来干什么?现在告诉自己她的住处是什么意思?是找我还是要找张可富?他暗暗提醒自己,若要我过去,断不能答应,现在两人根本没有工作上的关系,也没有朋友之间的联系,不能给自己、家庭和厂带来不必要的麻烦。想到这里,赵宇华冷静地问道:"回来了?"

"回来已快一个月,只是一直在市里。"

"噢。"赵宇华不知如何接话,只是简单地应了一声。但脑海里冒出一个巨大的问号,陈萍已回这里一个多月了,她来干什么?为什么现在联系自己?

"我是来复仇的。"

赵宇华以为自己听错了,贴紧了话筒问道:"什么?"

"你没听错,我是来复仇的。"陈萍在电话中重复后,笑出了声,"估计再过一个小时,厂就会接到公安局对密汉民嫖娼的通报。"

密汉民?原来陈萍这一个月查明了她被辞退的始作俑者,果真是密汉民写的黑信。这时,话筒那边突然传来敲门声,隐约听到"警察,查房!"的呵斥声。赵宇华心又是一惊,为了复仇她怎么连自己也搭进去了?如果电话不挂,等警察进来不是连我也被牵连进去了?赵宇华刚准备挂掉电话,却听陈萍突然压低声音说道:"真想开门看看对面那家伙的倒霉样。"

原来陈萍是在对面的房间,赵宇华一下子轻松下来。

"把门打开!"声音显然是警察对酒店工作人员下的令。不一会儿,话筒里传来警察的叱责声和女人的尖叫声。等恢复平静后,陈萍这才说道:"密汉民的受贿材料我今天已寄出。"

由于有外人在,赵宇华只好含糊地问:"干吗这样?"

"我早就想为贵厂拔掉这枚'炸弹'。当年他揩我油不成,居然写信造谣污蔑齐书记。现在又以同样的手法整人,让这种人渣像模像样地当着官害人,我看了不舒服。"

看来陈萍这次花时间和精力就是要和密汉民新账老账一起算,赵宇华不知如何接话,这时听筒里又传来陈萍的声音:"明天我就离开这里,希望你不要和人提起我。"

赵宇华巴不得陈萍尽快离开这里,更巴不不让他人知道两人还有联系,于是马上爽快地应道:"好的。"

"赵厂长好像巴不得我马上离开。"

赵宇华猛地一惊,暗暗提醒自己,话筒对面的可不是一般的女人,如果没有几把刷子,她不可能考上大学,更不可能进入香港公司的管理层。现在向密汉民复仇更说明了她虽然外表上像绵羊一样,内心却具备虎狼的血性。在这种女人面前,千万不能过度自私,不然会给自己带来麻烦。相反,张可富当年的小情,却让她能够放弃已有的事业,换取对方的小满意,足见其侠义之风。想到这里,赵宇华真诚地说道:"有什么需要你尽管说,我一定会尽力。"

"没有。"陈萍很干脆地回绝了,但马上又给自己留了一条后路,"以后若有需赵厂长相助之处,希望你不会拒绝。"

若按以前,赵宇华必定会以"只要不违反政策和制度,我一定会

尽力"的话答复对方,但今天话到嘴边,却改口强调:"你放心,我一定会尽全力。"

"好,先谢谢了。"

见就要挂电话,赵宇华突然好奇地问道:"你去哪?"

"回香港。"

回?赵宇华掂量了一番这个字,觉得陈萍已不把这里当家,香港才是她的家。想想也是,这里除了贫穷和屈辱,还给了她什么?而在香港,她已走出了一番新天地。赵宇华真诚地祝福她:"祝你事事顺心!"

挂上电话,赵宇华看了一眼对面规规矩矩坐着的范主任,顿时有了主意。他于是重新拿起话筒,拨通了杨昌祥办公室的电话。电话中赵宇华也不多说,只说能不能把张可富尽快调到化肥厂。杨昌祥没二话,说今天就安排劳资科办手续,明天调张可富到尿素包装车间。一旁的范主任像是被松了绑,不但脸上的表情活跃起来,似乎连身上的经络也打通了。

三十九

  转眼大业和永刚进入了大四的最后时光。这天傍晚，赵永刚径直来到杨大业的寝室门口叫道："大业，吃饭了吗？"

  刚剃完胡须的杨大业扭头见是赵永刚，一脸诧异地关掉了剃须刀。这一年多，除了杨昌祥或赵宇华出差顺便到学校，两人才会短时小聚在一起，平时没有任何来往。大业放下剃须刀问道："永刚，你有什么事？"

  "走，一起去吃饭。"

  "噢。"大业见对方没说什么，只好应声穿上外套跟着走出了寝室。

  "大业，今天我看到万校长了。"

  "万校长？"大业正闷头琢磨今天永刚为什么不陪邵丽丽而约自己吃饭，一时没有反应过来。

  "我爸不是让我们一有万琼校长的消息就告诉他吗？"

  大业这才想起赵宇华的叮嘱，而且前年父亲也告诉了自己，当初自己能进这所大学，全靠了万琼校长暗中帮助。他边拍脑门边责怪自己："哎呀，看我这臭记性，居然给忘了。"

  "我已和我爸说了，他们已通了电话。"

  "噢。"大业还是联想不出这事和晚上吃饭有什么关系，难不成晚上请了万校长？如果真是这样，那自己穿得太随便了。可偷眼打量边上的永刚，对方着装也很随意，丝毫没有要见重要客人的迹象。

一路无话，永刚熟门熟路带大业来到了一家餐厅。等上了菜，永刚开了瓶啤酒，给大业满上后，直接把酒瓶放在大业这边。接着又新开了一瓶，给自己满上后端起酒杯，说："大业，再过三个月我们就要毕业了，今天我是特意来向你说声对不起的。"

大业听得云里雾里，刚端起的酒杯又被放了下来，问："你说什么？"

永刚仍举着酒杯："呵呵，先干了这杯，听我慢慢道来。"

大业只好重新举起酒杯，两人碰杯后仰脖一饮而尽。永刚并不急着说话，放下酒杯，拿起筷子夹了片香肠放在大业盘中："吃，这里的香肠做得不错。"

看对方还没进入主题，大业干脆也不问，夹起香肠送入嘴中。

"大业，我决定和邵丽丽分手了。"

"啊？！"大业刚咬一半的香肠含在嘴里，嚼也不是，咽也不是。抬眼看永刚淡定说完后，也夹了片香肠在吃。大业连嚼两下吞下后追问："怎么了？"

永刚边嚼边说："你说得对，她虚荣心太强，要这要那，而且还背着我向其他男同学要东西。"

大业心里暗生庆幸，如果当时不是因为永刚的强势介入，估计自己也是个受害者。而自己受害后，肯定不会像永刚这般潇洒，看来这家伙还真是个拿得起放得下的爷们。大业拿起酒瓶要给永刚倒酒，不曾想永刚按住自己的酒杯："不，倒自己的酒，这样算得清楚自己喝了多少，谁也占不了对方的便宜，谁也不会吃亏。"

"你连这也算得这么清楚？"大业边笑边把酒瓶转向自己，给自己倒满后，又用永刚的酒瓶给对方斟满了酒。

永刚也不客气，一边看着酒杯，一边说："想想也挺有意思，当时我居然不认你这个发小的劝说，还把其他男孩追求她不成当作自己成功的标志，甚至还说你吃不到葡萄说葡萄酸。"

永刚若无其事地说着,大业却听得脸红了,赶紧举起酒杯掩饰窘迫:"来,敬你一下,更为了我们的友谊。"

"好,为了我们的友谊。"两个酒杯这次碰出了更响的声音。

聊了一会儿这些年的趣事后,大业好奇地问永刚:"你在哪里看到万校长了?"

"其实我没有看到,万校长现在又不在我们学校。"

"啊?"大业听了更加的糊涂。

"今天下午我去报告厅听石油研究院书记的讲座,他说万琼院长刚研究出了加氢反应催化剂,打破了国外的技术垄断。"

"太厉害了,但愿能尽快用到生产中。"

"所以讲座结束后,我马上向书记打听万琼院长是否就是万校长,确认后要来万校长的联系电话,然后马上打电话告诉我爸,也说起了这一新发明,希望他们能合作成功。"

想到永刚能从验证当事人到要电话号码,再到提醒他的父亲与万校长抓紧合作,这样的缜密思维真让大业自愧不如,他由衷地赞道:"永刚,你想得太周全了。"

酒足饭饱,两人又说又笑地回到学校宿舍。分开后,大业偷偷扭过头看永刚,只见他双手插在裤袋里,吹着口哨,步伐轻快。大业心想,这哪像个刚失恋的人,看来一年多爱情的夭折别说打倒他,就是让他流露出个痛苦的表情也不容易,这样的性格与脾气注定是要做大事的。

赵宇华自下午接到儿子的电话后,马上按号码拨了过去,可没人接听。下班后,他抱着试试的心态拨通了电话,这次只响了一下,对方就接起了电话,一声"您好"让赵宇华马上听出那头就是万琼。

"万琼,我是宇华,终于找到你了。"

"哦,是宇华啊,太好了,我正准备找你这个老同学呢。"

257

赵宇华赶紧先说重要事情:"听说你发明了加氢反应催化剂,我想我们双方能不能合作一下?"

"哈哈,我们想到一起了。"

"太谢谢了。"

"谢啥,都是给国家做事嘛。"

"这两年你去哪里了?"

问出口赵宇华才觉得不妥,就在他想如何才能掩饰失言时,不曾想万琼大方地说道:"说来话长,怪自己当初性格偏激又莽撞,算了,不提这些往事了。"

"不好意思……"

万琼打断了赵宇华的道歉:"哎,你这话说得见外了。我只是觉得留给我们的工作时间也就六年了,千万别回头看、浪费时间,更何况现在国家如此支持我们科研人员的工作。该是我们这代人挑大梁的时候了,中华民族将来能不能屹立于世界之林,就看我们怎样做。"

"对!"赵宇华蓦然想起当年杨昌祥也说过,只要扎扎实实做好十年或二十年的人才培养工作,一定能够赶英超美。现在快十年过去了,虽然说离目标还有不小的距离,但成果是明显的,与美英的差距正在快速缩小。而这当中,他们这些科研技术人员功不可没。他应景地改起了梁启超《少年中国说》中的一段话:"今日之责任,不在他人,而全在我中年。中年智则国智,中年富则国富,中年强则国强。"

话筒那边传来了和声:"中年独立则国独立,中年自由则国自由,中年进步则国进步,中年胜于欧洲,则国胜于欧洲,中年雄于地球,则国雄于地球。"

诵罢,两人握着各自的话筒放声笑了起来。

等挂上电话,赵宇华才发现自己眼睛里噙满了泪水……

四十

在总厂的指挥下,化肥分厂扩容改造非常成功,投产后不但产量有了明显的提升,且工艺很稳。这天杨昌祥刚到办公室,只见一个人影冲了过来,定睛一看,居然是张可富。

杨昌祥站定后冷脸问道:"你有什么事?"

"老书记,倒班我没法带孩子,让我回食堂上班吧。"

听了这样荒唐的理由,杨昌祥气不打一处来,厉声呵斥:"你以为你是谁,想去哪里就去哪里!"

张可富不但没有丝毫怯意,反而顶嘴:"我又不想动,是你们把我调来调去。"

杨昌祥更为恼火,竟然把别人的好心当作驴肝肺。看对方一脸的无赖样,杨昌祥真想一脚把他踹回食堂,就像佛祖把妖怪打回原形。可自从知道陈萍那件事后,无论是出于报答对方谈判让步之情,还是保护赵宇华不受诬告,杨昌祥觉得有责任改造好这个讨人厌的"妖怪"。所以他强硬地表态:"你就给我在包装车间老老实实待着,哪里也别想去!"

张可富像个谈判高手,见前一个要求没有满足,赶紧又开出了新条件:"那能不能把我老婆弄到工贸公司大集体上班,让我能够安心。"

这要求不算违反政策规定,杨昌祥耐着性子问道:"你老婆原来

是干什么的?"

"没工作,在家缝缝补补。我们无权无势,又不可能招工进厂当工人。"

看张可富眨巴眼睛,可怜兮兮地望着自己,杨昌祥莫名同情起眼前这个"妖怪"来。唉,就算念在昔日情分上再帮上一把吧。想到这里,杨昌祥指着张可富说道:"这事我出面来帮你,但这不是你和我谈留岗位的条件。你再干不好,我就让你去当农民或渔民,不可能回食堂。"

前年总厂成立了农副办,不仅在岚山水库养鱼,而且还开垦了一些荒地和海泥涂地,种植起蔬菜和水果。此举不但稳定了当地的菜价,更改善了职工的生活条件,获得各方的好评。杨昌祥所说的农民或渔民,就是指农副办的工作。没想到张可富听了一点也不恼,眉开眼笑地连连点头:"好的,我一定好好干。"

"回去!"杨昌祥边说边像赶苍蝇似的挥了挥手,不等张可富说什么,转身向办公室走去。掏钥匙开门才走几步,身后的门被轻敲了两下:"杨厂长。"

听着是瞿开达的声音,杨昌祥头也不回向桌子走去:"什么事?"

"杨厂长,温州电机制造厂唐厂长来回访产品的质量。"

杨昌祥回头一看,进来的不光有瞿开达,在他边上还有个中等个子的男人正冲自己连连哈腰。

"噢,请坐。"

"谢谢,谢谢!"唐厂长的温州口音很重。

隔壁的厂办工作人员倒了两杯水进来。互换名片坐定后,杨昌祥抬手看了一下手表,微带歉意地说道:"我八点半要去总厂参加一个会,具体工作由瞿科长和你对接,如果有事,我们下午找个时间再谈。"

"好,好。"

杨昌祥发现对方唇上有颗黑痣，说起话来一跳一跳的，配上那双黑亮的眸子，处处透着商人的精明。不等自己说话，对方从包里摸出一个信封，双手呈到他眼前："我们是小厂，有些地方还得仰仗贵厂大力支持，这是我们致贵厂的感谢信，万分感谢杨厂长对我们的关爱。"

杨昌祥对合作单位或客户很敏感，尤其是递来的信封。以前多次接到信封里面装的根本不是什么信，而是快把信封撑破的厚厚一叠钱。虽然这种贿赂手段没有送密汉民的那个奶油蛋糕精致与费心，但危害是一样的。不过看到唐厂长摸出的信时，杨昌祥的心放松了许多，接过后暗地用手一捏，心里更是有了底，里面肯定不是钱。他正要打开，唐厂长已起身毕恭毕敬地说道："杨厂长很忙，我就不打扰了，期待您有空莅临敝厂考察指导。"

杨昌祥只好也放下手中的信起身："好，多联系。开达，你替我送一下唐厂长。"

送走客人，杨昌祥准备好开会材料直奔总厂会议室。当天会议时间较长，杨昌祥快十一点才回到办公室。放下包，他从茶几上拿起唐厂长送来的信。拆开信，杨昌祥大吃一惊。里面根本不是什么感谢信，而是一张市百货商场的提货券，上面标有可提的商品：索尼相机一部、松下三十二寸彩电一台。杨昌祥把提货券塞回信封，不动声色地回到办公桌前，拿起唐厂长的名片。才拨了三个数字，杨昌祥便挂断了电话，转手拨通了瞿开达办公室的电话。

"喂，哪位？"

杨昌祥简要指示瞿开达："你陪唐厂长马上到我办公室来。"

"好。"瞿开达刚痛快答应，马上又支吾起来，"杨厂长，可……唐厂长……已离开我厂。"

"去哪了？"

"这……我也不知道。"

"你马上联系他,陪他过来。"

杨昌祥认为这个时候不能给对方任何说话的机会,说完就挂上了电话,开始批阅起文件。不到十分钟,门被敲响了。

"进来!"

"杨厂长。"瞿开达走到办公桌前,战战兢兢地叫道。

杨昌祥抬头一看,立刻把眉头拧成一团:"唐厂长呢?"

瞿开达干搓着双手:"杨厂长,他已上火车。"

杨昌祥脸拉得更长,取过边上的信封往瞿开达面前一摔:"知道里面是什么吗?"

瞿开达低头看了一眼反问:"那不是刚才唐厂长的感谢信吗?"

"打开!"

瞿开达抬眼偷看眼杨昌祥,可杨昌祥说完又埋头批阅起了文件,根本当他不存在。他只好取过信打开看了一眼,挠着头皮问:"杨厂长,是不是搞错了?"

由于确定不了瞿开达知不知情,更确定不了瞿开达有没有收对方的好处,所以杨昌祥很在意瞿开达的态度。见瞿开达没有劝说自己收下,杨昌祥自然安心了许多,但脸上的表情依然很严肃:"谁搞错了?"

"嗯……"

"啪!"见瞿开达支支吾吾说不出话来,杨昌祥突然猛拍了一下桌子,厉声喝问:"难不成还是我搞错了?!"

瞿开达慌张地摇着手:"没……没有……"

"那是你搞错了?"

"是……嗯,不是,不是。"瞿开达手摇得更慌了,他马上镇定了下来,"杨厂长,我怀疑唐厂长是不是拿错了信?"

对于这种表演伎俩,杨昌祥心里明镜似的。如果瞿开达不为对方说话,而是马上联系对方正色厉声地呵斥,那说明他心里没有鬼。

现在他一味为对方开脱，反而越描越黑。杨昌祥觉得刚才没有冒失地直接联系唐厂长的决策很对，不然就失去了考察瞿开达的良机。他盯着瞿开达不容置疑地下令："马上用我的电话联系唐厂长，即使他已上了火车，也马上下站下车给我回来。"

"是，是。杨厂长，我马上打。"

电话接通后，让杨昌祥意外的是瞿开达的言辞非常的严厉，简直可以说是在怒吼。对方在话筒中连连道歉，并表示马上在下一站提前下车返回甬江市，尽快赶到厂里来。挂上电话后，瞿开达的胸口还在起伏。

"行，这事就交给你处理，我不见唐厂长。"

"是。"

"先到厂办登记此事。"

"是。"

杨昌祥话锋猛地一转："你有没有收？"

瞿开达的身体像是被子弹击中了，情不自禁地抖了一下，连连晃着脑袋申辩："杨厂长，我没有，我没有收到这些东西。"

杨昌祥默不作声地盯着他，瞿开达觉得迸射出的那两道精光像是耀眼的闪电，把自己脑袋也劈了开来。就在他混混沌沌之时，只见杨昌祥嘴唇又动了，他赶紧打起精神，终于听清了问话："他没有对你有所意思？"

"有，有。"见杨昌祥又拧起了眉头，瞿开达赶紧抢在他发问前主动比画着汇报，"他给我带了些茶叶、粉丝和巧克力，这些东西我全分给科里的同志了。"

杨昌祥一声不吭地盯着瞿开达，觉得这解释不合情理。唐厂长既然会送自己这样的礼物，作为直接和工作相关的负责人瞿开达，必定也是厂商要攻关的重点人物。这时只见瞿开达艰难地咽了一下口水，哽咽着说道："杨厂长，是您让我参加首期马克思主义理论教育干部培训班的，也是您培养提拔我当科长的。我瞿开达是个苦出身的人，对现在的生活非常的知足，这些年我一直勤恳工作，就担心有什么闪失对不起您，我是绝不会做对不起您的事的。"

见一个大男人抽泣，杨昌祥开始暗责自己是不是太过敏感，听了瞿开达的忠心表达后，回想无论是当年大化肥建设时发现板式换热器的缺陷，还是后来攻克年产五十二万吨的二氧化碳气提法尿素装置机械设备难题，瞿开达的业绩有目共睹，应该不会拿多年的努力不当一回事，更不会拿前程做赌注。想到这里，杨昌祥缓了缓语气安慰瞿开达："你能走上领导岗位是组织的培养，也是你自己努力的结果。"

没想到瞿开达听后不但没有止住抽泣，反而掩面哭出了声。看着他指缝中流出的眼泪，杨昌祥越发相信自己多疑了，对受委屈的人，他还是有经验来应付的。

"啪！"

听到比刚才更响的拍桌声，瞿开达放下双手，满脸泪水惊恐地看着杨昌祥。杨昌祥这才一脸没好气地责怪道："一个大男人成什么样子，亏你还是个领导。"

话音刚落，杨昌祥看到瞿开达暗暗吁了一声，边用手抹脸上的泪痕，边谢道："谢谢杨厂长。"

"行了，赶紧下去把这事处理好。"

"是！"瞿开达刚走了两步，只听杨昌祥又叫道："等一下。"

等瞿开达僵硬着转过身，杨昌祥指着他的脸提醒："先洗一下脸，别让人笑话了。"

"是。"瞿开达的应声竟然有点颤。

望着瞿开达离去的背影，杨昌祥总觉得哪里有点不对劲，可又说不出来。

四十一

两个月后,出厂门刚骑上车的杨昌祥突然被人拉住了把手,他赶紧捏刹车下车。

"是杨厂长吗?"

杨昌祥匆匆打量面前的陌生妇女,那张大饼似的麻脸让他心一动,难不成她就是张可富的妻子林沂?她来感谢自己帮她招工进了厂大集体?杨昌祥不动声色地问道:"我是杨昌祥,你是谁?有什么事?"

没想到麻脸妇女一下子跪在杨昌祥的面前叫起苦来:"我命苦呀,求厂长给我做主。"

杨昌祥又好气又好笑,都什么年代了,居然还用这种方式。见出厂门的职工好奇地跳下自行车来围观,他停稳自行车,转身双手搀扶那妇女说:"有什么事起来说。"

麻脸妇女借杨昌祥之力利索起身后,如竹筒倒豆子般诉起了苦:"杨厂长,你要为我做主。我叫林沂,是张可富的老婆,可厂里竟然让他的野女人进厂上班,我只能眼巴巴看着名额被不要脸的女人抢走。"

杨昌祥听明白了,看来张可富找自己的真正目的不是让妻子进大集体工作,而是把机会偷偷给了外面的野女人。他强压心头的怒火,一眼看到刚挤过来的化肥分厂劳资科科长,就指着林沂昐咐:

"这是张可富老婆,你明天一上班就把冒名顶替到工贸大集体的野女人给我辞退了。"

"好。"劳资科科长已明白个大概,应诺转身对张可富老婆说道,"你现在回家,明天一早叫上张可富到我办公室。"

"太谢谢领导了。张可富上月初和我离婚了,我哪里也不去,就在这里等你们上班。"

林沂的答复让杨昌祥颇为意外,他瞪大眼追问:"你们离婚了?"

"上月初他带着那个不要脸的野女人逼我离了。"林沂很精明,说完伸起食指再次强调,"是上月初,比厂招大集体工要晚一个月。"

杨昌祥这下彻底搞明白了林沂的来意,她并不是要申冤,而是刚得知张可富弄到了家属工的指标,现在想来"夺回"属于自己的利益。但这事处理起来不像刚才想得那样简单。林沂嘴里的那个"野女人"已有合法的身份。林沂想要回进大集体的名额,这根本不符合总厂的相关规定。面对烫手山芋,杨昌祥真是哭笑不得,竟然不知不觉中了张可富的圈套。既然始作俑者是张可富,那就干脆把这个烫手山芋扔给他。于是杨昌祥吩咐劳资科科长:"马上叫张可富滚过来!"

劳资科科长知道张可富在上中班,于是骑上车重新进了厂。不一会儿,出厂门的赵宇华看到人群中的杨昌祥,上前问明情况后,先驱散了围观的人群,然后指点林沂:"厂家属招工只有一次机会,从政策上说,你现在不符合进厂大集体的规定,只能让他从经济上补偿你。"

杨昌祥暗自佩服赵宇华这么快就找到了解铃的方法。林沂像是失去了最后一根稻草,无助地哭号:"我怎么这么苦命,我怎么这么苦命……"

杨昌祥被唠叨得心烦,把赵宇华拉到一边悄声问道:"要不到我办公室解决这事?"

"好。把她暂时安置在会议室,我们先找张可富谈话,摸清情况后施压。"

"嗯。"杨昌祥应声后略带歉意地说道,"只好把你也拖上了。"

赵宇华狡黠笑道:"若找源头,还是我把你拖进来的。"

杨昌祥苦笑着摇了摇头,安排好人去通知劳资科科长后,两人回转身叫上林沂向杨昌祥办公室走去。

张可富跟着劳资科科长进门后,见办公室里坐等他的居然是两位分厂厂长,张可富知道瞒天过海之计已成众人皆知的事实。不过他一点也不怕,更没有丝毫的羞愧,大大咧咧往沙发上一坐,主动招呼:"杨厂长好!赵厂长好!"

"知道我们为什么找你吗?!"杨昌祥吼着。

张可富习惯了杨昌祥的严肃和发火,见怪不怪佯装无知地答复:"不知道。"

"你什么时候又离婚了?"赵宇华不紧不慢地问道。

对赵宇华不愠不火的态度,张可富倒是一下子不太适应,他情不自禁地直了一下身子,说:"一个月前。"

"为什么离?"

张可富厚颜无耻地说道:"她是克夫命,结婚后我一直头晕、头痛,我真怕她要了我的命。"

杨昌祥拍着茶几呵斥:"胡扯!"

"胡扯?"张可富冷笑了一声,突然冲着两位领导叫道,"她是个不择手段的骗子,当初骗我说怀孕了逼我结婚,其实她是个没有生育能力的人,你们能受得了被这样骗吗?既然她那时骗我结婚,现在我明白事实后理所当然要跟她离婚。"

杨昌祥和赵宇华谁也没想到剧情会出现这样的变化,如果单单指责张可富似乎也不妥。看赵宇华一声不吭地盯着自己，张可富也侧着脑袋回盯对方。可还不到半分钟，张可富就感觉心莫名慌了起来，不但坐立不安，眼神更是四处躲闪，无处安放。

"那个大集体家属工名额，你给谁了？什么时候办的手续？"

对于赵宇华的突然发问，张可富紧张得脱口而出："给我现在的老婆了，手续是在前月的九号办的。"

赵宇华追问："那时和现任妻子登记结婚了吗？"

"还没有。"

"胆大包天！"赵宇华瞪起眼睛呵斥后，转脸问劳资科科长，"这种情况总厂劳资处如何处理？"

劳资科科长马上领会意思，说："属于违规，既要处分当事人，也会辞退进工贸大集体的人。"

张可富脑门沁出了细汗，不停转着头看两位厂长，像是溺水之人正在寻觅可救命的浮物，再也没了吊儿郎当样，更没了抵触和反抗的情绪，语气也变得老老实实，央求道："我只是晚了一个月结婚，应该不算违规吧？"

看两位厂长仍不置可否的样子，张可富突然一把鼻涕一边眼泪地哭诉起来："杨厂长、赵厂长，我张可富是给厂里惹了许多麻烦，但我真的不是故意的。其实我也想好好工作、好好生活。我爸只认我现在的这个老婆，以前两个老婆，一个不让进门，一个被他赶出门。好不容易安定下来，求求你们再帮我一次吧，我一定好好工作报答你们。"

看张可富的熊样，杨昌祥边偷乐边暗想，既然赵宇华有能力把事搞定，自己就不要乱添手脚，于是继续拉着脸一声不吭，听着赵宇华冲张可富冷冷说道："让我和杨厂长一起保你也行，但你得做到两点。"

张可富不假思索连连点头答应："两位厂长就是让我上刀山下火海我也愿意。"

张可富的表态不但没有打动赵宇华，反而被赵宇华厉声呵斥："我就看不惯你这种口是心非！"

张可富愣了一下，突然双膝往地上一跪，双手频频作揖："请相信我，就相信我一次，我一定做到。"

看赵宇华没有搀扶起来的意思，杨昌祥也就装作没事一样。赵宇华俯视张可富片刻后说："那就信你一次，你是男人，希望说话算数。"

"嗯，一定算数。"

"第一，以后好好工作，你刚才也已提到。"

张可富松了半口气，忙不迭地点头："是，是，一定做到，一定做到。"

"第二，还没有和前妻离婚你就把名额留给了现在的妻子，你必须给她经济补偿。"

"啊？这……"

赵宇华的声音一下子提高了八度："怎么，刚说的全是放屁？！"

"没，没。"

杨昌祥也配合着喝问："做得到吗？！"

"我一定做到。"张可富牙一咬，重重点了一下头。

"起来，今天我们把这事全给你了结了。"

看一切已说定，杨昌祥迅速让张可富和林沂达成了补偿协议。林沂已知无望进大集体，所以对这意外的补偿心满意足，千恩万谢后离开了厂。

重新踏上回家之路，杨昌祥突然问道："你们说张可富会改好吗？"

"哼。"劳资科科长从鼻孔中轻蔑地喷出一股气，说出了自己的看法，"江山易改，本性难移。我看这家伙够呛。"

赵宇华却自信地判断："你们看着，不出五年，张可富必定是个

生产骨干。"

　　生产骨干？杨昌祥哑然失笑，心想，赵宇华这判断也太离谱了吧，别人我不敢断定，这张可富我虽不能说是看着他长大，那也是看着他工作到现在。他什么样的脾性，我肯定比你赵宇华清楚。今天他是为了不被处分和让老婆能继续留在单位而装老实，答应以后好好工作，其实那全是屁话，谁信谁傻，不出一个月，这家伙必定又回到老样子。虽然心里这样想，可余光看到一脸正经的赵宇华后，杨昌祥突然没了底气，难不成张可富真的会变？心里的纠结让他说出口的一句话变成："但愿吧，希望他能好起来。"

四十二

这天杨昌祥出差刚回办公室,听了包装车间主任的产品抽检汇报后,突然想起了张可富。屈指一算,这一晃又是两个月过去了,真不知道这家伙现在怎么样了,于是随口问道:"老潘,近期张可富表现怎么样?"

"杨厂长,这小子的变化让我难以置信。现在不但抢着干活,思想也求上进,昨天早上居然到我们办公室问怎样递交入党申请书呢。"

杨昌祥暗自吃惊,没料到张可富变化这么大,看来在人事管理上,自己确实与赵宇华有差距。回过神后,杨昌祥叮嘱潘主任:"如果他有要求上进的想法,你们多用心些,努力把他打造成后进到先进的案例。"

"好。"

等潘主任走后,杨昌祥立马拨通了赵宇华的电话:"老赵啊,刚得知一件意外事。"

"听你这口气好像很开心。"

"嗨,不是开心,是伤心啊!"

赵宇华笑了:"那你还得意。"

"没办法,不得不服你。"

杨昌祥随后把刚得知的张可富的情况说了一遍,没想到赵宇华听了很淡定,说:"我早就说过他必定成为生产骨干。"

"这下不但可以说明我们没用错人,对陈萍也算是有个交代。"

"那倒也是。"

还没等杨昌祥再开口,腰上的 BP 机响了,低头一看,是华长江办公室的电话号码。杨昌祥匆匆和赵宇华告别,拨通了华长江办公室的电话。

电话那头华长江并没有说什么,只是让杨昌祥尽快到他的办公室。杨昌祥应声挂上电话,直奔总厂办公楼。刚到华长江的办公室门口,差点和从里面出来的韩科长撞了个满怀。韩科长招呼杨昌祥进门后,便把门关了起来。杨昌祥往里一看,除了华长江、保卫处郁处长和搭档化肥厂党委书记金卫东,另有两个陌生人。

"老杨,介绍一下,这是市公安局的同志。"

公安局的?是来调查原油采购案?可当杨昌祥余光看到金卫东时,心蓦然一惊,若是调查赵宇华,金卫东根本不需要出现,此时金卫东的表情似乎在为自己而揪心。杨昌祥暗暗提醒自己,没做亏心事,不怕鬼敲门。可旋即又暗自为小业担心起来,这小子现在不知是叛逆还是独立,反正感觉不是盏省油的灯。心虽乱,但杨昌祥还是客气地伸手招呼:"您好!"

"您好!"

和两名警察握手的瞬间,杨昌祥悬着的心放下了一半。从对方的笑容和握手的力度来判断,肯定不是家里出了事。既然家里没事,那必定是单位出了什么事。他终于正眼看了一下金卫东,可金卫东却只是皱着双眉埋头抽烟,连个眼神的暗示也没有。

华长江先做了说明:"市公安局的同志前来调查瞿开达,刚才就有些问题已问了老金,但他从部队转业接任才半年,有些问题你可能更清楚,得知你已出差回来,就把你叫来了。"

杨昌祥听了颇为吃惊,公安找上门说明瞿开达确有问题,于是脱口问道:"瞿开达犯了什么事?"

一名警察收起了笑容:"据我们掌握的材料,现怀疑瞿开达犯了受贿罪。"

杨昌祥立即想到半年前那个来办公室送"感谢信"的唐厂长,想起了对方说话时唇上一跳一跳的黑痣,想起了那双黑亮眸子后面的精明,看来瞿开达还真落入了对方的陷阱,这似乎也验证了当初结束与他的谈话时自己那不对劲的预感。想到这里,杨昌祥直率地问道:"是不是温州电机制造厂行贿?"

没有一个人点头或摇头,只有那名警察面无表情地引导:"说下去。"

杨昌祥于是把当时的经过说了一遍,两名警察中间插问了一些细节,随后又问了一些其他的问题。杨昌祥意识到警察已掌握瞿开达更多的受贿线索。等送走两名警察后,华长江拉长着脸痛心地说道:"整整二十年了,我们厂没有出过一起经济案,这纪录到我们手中却给破了。这边密汉民的案子刚查完,那边又冒出瞿开达。"

杨昌祥诚恳地说道:"华书记,瞿开达是我一手培养起来的,我存在失察之误,给单位抹了黑,请组织处分我。"

"华书记,我虽然接任才半年,但也有责任,若是我们自己早发现,早处理,也不至于如此被动。"

金卫东的话让杨昌祥很是伤心。他不但强调自己接任时间不长,责任定调为也有,更是刻意提出早发现,早处理,这明显要把责任完全推向自己。杨昌祥睥了金卫东一眼,心想,你这完全是落井下石、趁火打劫的对手或敌人之所为。

华长江自然也听明白了金卫东的用意,想此事还没有和张定康通气,不便过多地表态,于是当即指示:"先不说这些了,等张总厂长出差回来后再讨论。我强调三点,一是此次调查要保密,出了这个门,谁也不许提起这件事;二是化肥分厂要做好事后的人心稳定工作,绝不能影响生产;三是排查身边还有没有这样的'地雷',如果有,要及时向我反映,绝不允许袒护或隐瞒。"

见三人点头,华长江指了指杨昌祥和金卫东:"你俩回去后写个检讨,但不要有过多的思想包袱,尤其是你,老杨。"

杨昌祥心一暖,向华长江投去感激的眼神。

重新回到办公室,杨昌祥随手反锁门后,突然感觉心神不宁,他整个身体靠着椅背,眼盯着雪白的房顶,开始细细追忆和瞿开达相交时的片段。他太需要反思了,而随着镜头的回放,一些细节让他懊恼不已。记得当初一直紧锁眉头的瞿开达在得知总厂领导支持采购国产设备后,立刻露出了笑容。现在看来,这混蛋根本不是因节省投资而高兴,而是把这作为贪污受贿的好机会。还有,当时在处理唐厂长送"信"事件中,自己在质疑他有没有收到类似的提货券后,这混蛋委屈地哭着向自己表忠心,但止哭收泪又是那样的迅速,这不是演戏又是什么?可当时自己却被这样蹩脚的戏给糊弄了。再有,那天这混蛋出门前被自己一叫,身体顿时僵硬起来,连应声都在颤。如果不是做贼心虚,何至于如此?唉,一怪自己光看重人的能力,二怪自己见不得男人的眼泪。可事实证明,那只是鳄鱼的眼泪!杨昌祥越想心里越难过,越想心里越发慌,觉得瞿开达的犯罪和自己有很大的关系,如果自己没有推荐他当科长,那他手中就没有权力,也就意味着他只会一心做好手中的工作,也就意味着厂商不会拉他下水。还有如果自己心细点,提早发现苗头,就可以阻止这混蛋犯罪,就不会使厂荣誉受损。

电话又响了,杨昌祥挺起身子接通了电话。说完事挂上电话,无意间看到放在桌上的《中国共产党章程》。鲜红的封面让他幡然醒悟,今后不能光注重个人在生产经营上的业绩与作用,作为国企的领导人，必须要两手一齐抓，既注重生产经营，又要抓好人的思想工作。因为对炼油化工企业来说，一条蛀虫极有可能带来灭顶之灾。庆幸这次案件中温州制造厂的设备还算过硬，如果以次充好，轻则导致生产减量，重则停工，甚至还有可能发生机毁人亡的惨剧。杨昌祥暗暗提醒自己，国企发展必须要杜绝腐败，一定要培养又红又专的人才。

瞿开达受贿案很快就查明了，果然他不仅收了唐厂长的提货券，还拿了两万元现金。据公安部门调查确认，瞿开达累计受贿金额达二十七万二千元。好在这是个独立案件，没有其他人员涉案。但总厂对化肥厂的处罚也是严厉的，杨昌祥和金卫东都受到了行政警告处分和扣百分之二十月奖的经济处罚。

就在全厂组织学习这起经济案件时，开始有传言说赵宇华也出了事，似乎当年筹建江南炼油厂的"三驾马车"都要在廉洁上栽跟头了。

赵宇华的确又一次被警察"探访"了，而且还是在他的办公室。但这一次不是为了寻找万琼，而是已在服刑的密汉民举报他收受香港泛洋贸易公司的贿赂。密汉民不但说得有鼻有眼，甚至还能说出当时分两次共收了十万港币。

虽然包括张定康在内都觉得此事有点离谱，任何有常识的人都算得清这笔谈判，但由于密汉民是检举揭发，加上厂里刚出过受贿案，除了了解真实情况的杨昌祥，谁也不敢拍胸脯打包票。也因为如此，张定康和华长江让保卫处郁处长陪同警察，直接面对面来了解情况。

听完对方的来意后，赵宇华苦笑了一下，估计在狱中的密汉民将当初的乱猜测当成了立功减刑的机会。当然也不排除他成了一条疯狗，开始乱咬人。但无论哪种情况，现在不得不违背对陈萍许下的保密承诺了。出于此事越少人知道越好的考虑，赵宇华礼貌地请郁处长回避一下。郁处长对赵宇华的提议很意外,想若不参与全过程,怎么向总厂领导汇报?于是断然回绝:"赵厂长,我不能走。"

警察看赵宇华微皱了一下眉头,抢先说道:"郁处,你先出去一下,有事我们再找你。"

郁处长没办法,只好悻悻地退出了赵宇华的办公室。

关上房门后,赵宇华理了一下思路,不但详细地说明了当时谈判的经过,也说了张可富的工作调动情况,最后翻出陈萍的名片,说:"如果有需要,你们可以马上打电话给对方证实。"

那个主动让郁处长退出的警察摇了摇头:"电话暂时就不打了,情况我们已了解,会如实向相关部门反馈。"

赵宇华放下名片夹,说:"能否不让外人知晓?"

"我们尽量保密。"

"谢谢你们!"

"那就这样吧,打扰了。"

赵宇华送两位警察出门,等在楼道的郁处长见三人出来,马上迎了上来。可警察似乎没有停步的意思,边说边招呼:"郁处,我们回去了。"

郁处长双唇微动了一下,可终究还是什么也没说。他瞟了一眼赵宇华,感觉对方今天有点神秘。既然自己被排除在谈话过程之外,只能如实向总厂领导汇报,让他们去找赵宇华。于是转身热情地送警察下了楼。

听完郁处长的汇报后,张定康和华长江决定等警察调查下结论后再议。一周后,警察来电告知,说上周关于举报赵宇华受贿的事件是子虚乌有,监狱已严厉批评了密汉民。张定康和华长江这才放下心来,他们真担心再有领导干部出经济问题。

四十三

大业和永刚顺利毕业了，大业由于是委培生，只能回江南炼油化工总厂工作。当年属于自主招生的永刚虽有多家分配单位可选择，但和父亲沟通后，也决定回江南炼油化工总厂发展。当然他对父亲说的前两条理由不认可，什么可以借助其在厂的影响力，加快发展与成长；什么在江南炼油化工总厂上班，就可以一家人团聚。男儿当自强，男儿也当自立。如果在父母的羽翼下得到庇护，那只能在安逸中消磨斗志。人往往在绝境中能更好地发愤图强，甚至能够发挥出潜能，江南炼油化工总厂其实就是个案例。假如当年建设不选这块棉地，假如当年原油计划加工指标再高些，估计这个厂不可能会有这样的创业激情，不可能有今天的成就，只能在安逸满意的环境中失去戒备和防御，从此一蹶不振。让永刚愿意回厂的理由是他认同父亲的战略眼光，认定了这个厂的发展前景，因为深水良港和优秀商帮文化，就是最为优质的资源，有如此条件的企业任何困难都可以克服，是任何挫折也打不垮的。

得知儿子同意回厂后，赵宇华放下了心，他可不在意儿子有不同的观点或想法，只要目标一致，只要结果相同，不在乎前进的动力是机械还是电动。因为年龄的差异和阅历的不同，父母和孩子之间自然会在生活态度、价值观念、兴趣爱好、行为方式等方面产生差异，这种差异往往因为沟通的不当成为双方的隔阂。所以想要让孩子拥有正确的世界观,自己先得学会用辩证的眼光看待问题。

江南炼油化工总厂有条不成文的规定,所有新进厂的大中专生,全分配到了一线生产岗位。按当年齐民奎的说法,衡量一个人的工作能力,最好的办法不是看学历、听其言,而是观其行。是骡子是马,拉出来遛遛就知道。大业和永刚虽有委培生和自主招生的差别,但进厂后这种差异瞬间就消失了。不过由于永刚已是预备党员,所以他成了这批新进厂大中专生中的佼佼者。

永刚被分配在化肥厂,大业则分配到炼油厂,各自归属对方的父亲管辖。由于大业是化学工艺系毕业,赵宇华授意劳资科安排他到聚丙烯车间,整个炼油厂只有这个车间还算得上与他专业对口。在集中学习完总厂和炼油分厂两级安全教育后,大业和另外九名同时进厂的技校生骑车跟着聚丙烯车间的劳资员向车间赶去。

自从炼油厂筑起围墙后,大业就没有进过厂区这片土地。不过进厂后,看着巍峨耸立的高度不等的铁塔和纵横交错的粗细不一的管线,大业觉得颇为眼熟,大学实习的北方炼油厂也是这样的场景。

骑到中央大道尽头后,劳资员向左一拐,终于见到近十个颜色各异的容器。容器背后是两栋高矮不一的楼房。劳资员带十人停好自行车,一起登上那栋只有三层外楼梯的建筑,进了第二层的小会议室。

刚坐下,门外挤满了看热闹的职工,有的甚至冲他们指指点点,悄声私语。大业觉得自己像是动物园里供人观赏的动物,心里很不舒服。

"都给我回岗位去!"一声呵斥后,看热闹的职工顿作鸟兽散。大业猜想是车间主任或书记来了,十人几乎同时推椅起身,注视着门外。

从门外走进一个淡眉细眼瘪嘴的中年人,大业一看乐了,这个长相精瘦的领导上次寒假时还在路上向父亲打听自己的就业情况。父亲也向自己介绍过，记得这人姓田，是个车间主任。

再看后面跟着进来的人，大业更乐了。田主任的外形和这个人的外形完全相反，就像词语中的一对反义词。此人不但身材高大，且浓眉大眼阔嘴。大业心想，若不知道这两人是车间领导，站在一起还真有相声演员搭档的味道。

"坐，以后是一家人了，不要客套。"田主任边走边抬着手压了压手掌，听声音就可断定这就是刚才驱散职工的领导。大业觉得有点怪，田主任在和父亲谈话时，声音没有这样洪亮。

劳资员抢先一步介绍："田主任和毕书记来看望你们，大家坐吧。"

两位车间领导和大业等人的交流时间并不长，大业感觉田主任似乎不认识自己，一口一个小杨，和对其他九人没有任何区别。对刚认识的毕书记，大业的印象是话语不多，但眼神非常的犀利，似乎能洞穿一切。

两位领导走后，安全员开始按要求对新职工进行安全教育，随后再由工艺和设备技术人员讲解装置。当参观完车间现场和拿到装置流程图后，大业大为失落。在整个炼油厂生产流程中，聚丙烯车间不但是最末端的龙尾装置，而且规模小。整套装置没有一座高耸的铁塔，生产的主要设备也只是一台台各种作用的釜，什么聚合釜、闪蒸釜。虽是理科出身，但大业的古汉语学得不错，知道"釜"解释为一种圆底无足的器物，换句话说，这些设备就是一只只压力锅。不同的是这些"高压锅"做的不是饭菜，而是将液化气作为原料，生产成聚丙烯产品。当然，在装置流程图上也标有塔，可那只是建在房顶的三台冷水塔，根本不是钢铁设备，而是玻璃瓦制作的水流挡板。

当天晚上吃饭时，大业婉转地向父亲提出能不能让赵叔叔帮他转到催化车间。杨昌祥问明原因后,也暗中支持儿子的想法,但嘴上不但没有答应儿子,反而教训道:"你以为这厂是我和你赵叔叔开的?你想去哪儿就可以去哪儿?"

大业老实,听父亲这么一说,就低头拨饭不再吭声。

看儿子闷头吃饭,杨昌祥第一次觉得自己在儿子面前的那点权威并不一定是好东西。隐忍就是隐退,隐退会导致隐瞒,而隐瞒必定会有隐患。但他又觉得赵宇华的安排肯定是妥当的,就像五年前大业高考失利后帮助复习,四年前又为大业争取到委培生名额一样,赵宇华必定是全力帮着大业,现在只是自己和儿子都还没看明白而已。杨昌祥决定找个机会向赵宇华打听一下,毕竟儿子的前途不能耽搁,真有什么求人事,自己这张老脸当然也就豁出去了。

看父子俩不再说话,张翠莲替儿子美言:"我看孩子是要求上进,你就……"

"你不要插嘴,让孩子经历一些风浪不是什么坏事。"为了堵住这个话题,杨昌祥用筷子轻敲了一下碗,"吃饭。"

晚饭后,天气较闷,杨昌祥打算去小区公园转转。没想到刚到公园门口,一眼看到正陪妻子散步的赵宇华,杨昌祥招呼了一声:"老赵!"

赵宇华停步回过头,看杨昌祥加快脚步向自己走来,就朝妻子歉意一笑。周芳会意,等杨昌祥走近,借口洗衣机快洗完衣服,打个招呼就先回家了。

两人开始并肩迈步后,赵宇华先开口:"看你走得这么急,不是生产上有事就是家里有事。"

杨昌祥也不忌讳,直白告知:"老赵,大业这小子不喜欢待在聚丙烯车间。"

"料到他去聚丙烯车间会有失落感。"

对赵宇华一点也不意外的答复，杨昌祥顿时语塞。赵宇华理解杨昌祥的心情，也正因为如此，杨昌祥把永刚安排在了化肥厂最重要的车间——尿素车间。谁都清楚，平台越大机会越多，每年大学生和新招工分配时，有门路的都想来打通关系。

"我觉得平台和环境对孩子的成长很重要，如果他能在一个讲奉献、讲团结的集体中，就会有一种向上的动力。老哥，在孩子的培养过程中，我们当父母的要做到'两不能'：一是不能让孩子有优越感，二是父母的眼光不能短浅。"

杨昌祥听了很不爽，赵宇华嘴上的"两不能"似乎暗指自己。心想，我杨昌祥可绝不是这样的人，无论是当年的棉场还是现在的炼油厂，我一直在领导岗位，可从来没有让两个儿子有什么优越感，孩子刚学会跑，我就让他们跟着我下地干农活，你能吗？你舍得吗？上大学实习，我也不和对方的厂家打招呼。现在我只想让儿子有个好的锻炼环境，难道错了？将心比心，如果我把永刚分配到二线的水汽车间，难道你不急？就算你不急，你儿子也会把你逼急！所以杨昌祥马上把话顶了过去："我可从来没有宠过孩子！"

赵宇华意识到自己的话刺痛了杨昌祥，赶紧赔笑解释："老哥，我可没有指责你宠孩子的意思。"

"那你啥意思？"

"我是说成长的通道非常重要。大业可以说是我看着长大的，我知道他的脾性，甚至可能比你当爹的更清楚他需要什么、他缺什么。所以我考虑再三后，特意安排他到聚丙烯车间，目的有两个。"

"哪两个？"

"一是为我厂提前培养真正的化工人才。"

这话让杨昌祥刚转好的心情顿时又不舒服起来。什么叫真正的化工人才，难不成我们化肥厂那些专家现在都不是人才？只有你们搞炼油的才是人才不成?赵宇华似乎看出了杨昌祥的想法,接着说道:"老哥,无论现在还是将来,炼油赢利能力的提升空间会越来越逼仄。相反,随着科学技术的不断发展,化工的利润空间会越发的广阔。可以这么说,今后谁站在了这个技术制高点,谁就是化工厂的英雄,甚至是国家的英雄。回过头来看我们总厂,虽然号称炼油化工总厂,可真细究起来,我们化工装置也就尿素、合成氨和聚丙烯这三套装置。尤其是炼油厂的聚丙烯装置,只能生产普通的聚丙烯,可人家发达国家已用先进的固相接枝改性法,对等规聚丙烯进行改性,从而得到特种聚丙烯,然后再对特种聚丙烯予以氯化,获得固体粉状树脂产品。这种产品不但附着力强,接伸模量高,易与其他树脂混合,还因其极性增加,易溶于某些溶剂,拓展了聚丙烯的应用范围。老哥,你知道它的售价是多少吗?"

看杨昌祥摇了摇头,赵宇华张开双手十指:"是我们普通聚丙烯价格的十倍。"

杨昌祥想到这样的新产品价格必定比普通聚丙烯要高,但高出十倍还是令他咋舌不已。显然赵宇华第一个目的就是为厂备好人才,让大业能够成为厂经济效益的创造者。明白这些后,杨昌祥探问:"那另一个目的是什么?"

赵宇华郑重地说道:"本不该提前和你老哥说,担心你会有想法,那现在就和盘托出吧。"

杨昌祥静静地看着赵宇华,猜不到还有什么事让赵宇华要暂时隐瞒的。只听赵宇华说了句:"聚丙烯车间的支部书记叫毕强。"

毕强虽然只是一名车间的党支部书记,但在全厂的名声不亚于党委书记华长江。传言出身军人世家的他在国家恢复高考那年考场失利后,干脆投笔从戎,不但作战勇敢,且在敌人严密的火力中,成功救下一名受伤的副师长。也许因为毕强有过出生入死的经历,所以在带队伍上以严出名,不会因为是领导子弟而买账。杨昌祥突然明白了赵宇华的用意,问:"你让毕强来教育大业?"

"心疼了?"

杨昌祥哑然失笑,如果对孩子的成长有帮助,有什么好心疼的。可问题这是工厂,需要培养的是技术人员和操作工,而不是战斗英雄,所以杨昌祥立即直言反问:"能有效果吗?我担心会不会起反作用?"

"我了解毕强,更了解大业,知道大业缺的是什么,大业缺的就是大学里看不到的东西、大学里学不到的知识,毕强所能给予他的知识肯定是最为生动、也必定是最能让他接受的。"

杨昌祥将信将疑。虽说日常工作中,确如赵宇华所言,有的大学生头脑中虽有想法,但根本看不到落脚点,有的更是连想法也没有,很少能把学到的知识用到生产上。但是一个上过战场的人能够带好大学生,让大学生应用好学到的知识吗?大学生不同于普通的工人,就是要给他们好的平台,接触到最先进、最复杂的设备与工艺。如果今天是别人有这样的安排和想法,那他杨昌祥肯定是予以反驳,但现在这些安排和想法出自赵宇华,既然人家和盘告知,而且又那么用心,还有什么好说的呢?所以即使赵宇华说完看着自己,杨昌祥还是佯装思考不作声。

看杨昌祥抿着嘴不接话,赵宇华知道他并不认可自己的想法,于是说道:"我们就是要培育又红又专的人才,这样的人才是中国的希望,也只有这样的人才方能让中国走向富强。"

这话终于说到了杨昌祥的心坎上。书记出身的他始终认为红与专是辩证统一的:只有红,专才有正确的方向和目的,不然就会迷失方向;当然只有红没有专,那只能成为空头政治家。杨昌祥由衷地伸出手:"好,就冲你这句话,我先替大业谢谢你这个叔叔了。"

四十四

进班组后,大业的心情越发糟糕。聚丙烯生产是间歇性的,操作简单但流程烦琐,虽然在车间最为重要的聚合岗位,但实际操作却没有什么技术含量,每天上班就是机械性地按操作规程,开关相应的球阀、蝶阀、针形阀等大大小小阀门,让原料、催化剂、活化剂和氢气投进聚合釜内,然后进行升温和升压的控制。班组同事也许因为大业是化肥分厂厂长的大公子,认为到这里只是过过渡,就乐得做好人,所以无论是操作还是打扫卫生,基本上不叫他。大业本来就内向,这下更成了"孤家寡人"。

半个月后,就在他为茕茕孑立而苦闷不堪时,车间书记毕强把他叫到了办公室:"小杨,今天副班大家都去打扫卫生,为什么唯独你在班组休息室?"

大业老实答道:"班长没有安排我。"

"为什么不安排你?"

"这……"

看大业挠着头皮支吾着说不出话,毕强一边拨弄套有子弹壳的铅笔,一边替大业找答案:"因为你是大学生?因为你是厂长的儿子?"

大业急得站起身连连摇手:"不是,不是。"

"那是你想偷懒?"

"也不是。"大业脸也急红了,他没想到毕书记会这样认为自己,如果传到父亲耳中,那就有"好果子"吃了。

"是班里的同志不理你?"

大业犹豫了一下,还是点了头。可没想到毕强突然把手中的铅笔往桌上一掷,拍着桌子呵斥:"胡扯!"

大业除了在家被父亲呵斥过,从来没见过这样的场面,顿时就蒙了。毕强继续毫不留情面地指着大业呵斥:"你既是大学生,又是化肥厂厂长的儿子,人家巴结你还来不及,怎么可能不理你?!我就是不信这个邪,也不怕得罪你爸或上面的领导,既然是聚丙烯车间的职工,我就得治你的'怪病'!"

十多天的失落伴随现在的委屈,让大业的眼泪夺眶而出。刚才的惊慌被委屈冲得干干净净,他说话也一下子利索起来:"毕书记,我不是个偷懒的人,我没有'怪病'。"

"哭什么,男人动不动就哭鼻子,以后怎么可能成大事?"

大业羞愧不已,赶紧抬手抹去了泪水。

"因为你是个大学生,国家培养你不容易,所以我会和你谈这些。我不是要你端正什么思想,只要求你记住两点:一是你到我们车间是来学技能的,不能把这些宝贵的时间浪费了;二是要学会主动和班里的同志说话,不能让他们觉得你清高。"

毕强明显温和下来的语气让大业平静了许多。正当他琢磨怎么回复毕强,没想到毕强先不容置疑地吩咐:"给你一个任务,你必须全力完成。"

"毕书记,什么任务?"

"请全班同志吃饭。"

"吃饭?"大业对毕强交代这项任务有点摸不着头脑。

"对,真诚地请全班同志一起吃饭。"看大业没接话,毕强又追问,"怎么,有困难?"

"没，没。"大业急忙摇手，同时也明白了毕书记的用意，人的感情往往在饭桌上建立，有些矛盾也是在饭桌上解决的。记得大学毕业前，三年多没有联系的永刚不也就是通过一顿饭，不但解决了两人的矛盾，且维系了感情。想到这里，大业马上表态："毕书记，我这个休班就请大家。"

"行，那就这样。"毕强像个发布完作战指令的将领，干脆利落地挥了一下手，示意谈话结束。

"毕书记再见！"

大业刚要转身，毕强又叮嘱："赶紧戴上安全帽到现场看看，若大家还在忙，去搭把手。记住，看哪里最脏、最苦、最累，你就给我在哪里干。"

"是，毕书记。"

一周后，毕强又把大业叫到了办公室。

"小杨，你自己认为这一周工作怎么样？"

自从休班请全班吃饭后，同事们对大业的态度有了微妙的转变，尤其是看到大业无论是现场操作还是打扫卫生，总是抢着干，既没有"衙内"的戾气，也没有天之骄子的傲气，这让大家更乐意和大业相处。所以大业挺自信地说道："毕书记，现在班里同事对我挺好。谢谢您的帮助。"

"你一个大学生对自己就这么低的标准？"

大业刚露出的自信笑容瞬间被刮得无影无踪，忍不住暗暗叫苦，眼前这个书记真的太难缠，似乎时时要找自己的麻烦，哪怕是做得再好，也难让他满意。既然他认为自己标准不高，那就干脆问问吧，于是大业口是心非地说道："毕书记，我刚参加工作，许多地方还做得不到位，恳请您多指导我。"

毕强盯了大业一会儿，直截了当地揭穿了他的虚伪："嘴上说得好听,还恳请我指导你,心里恐怕很不服气。"

坐立不安的大业只好坦言:"毕书记,我真不知道该有什么样的标准。"

"是和普通职工有大不相同的标准,不然国家白让你读这么多书了!"

大业暗自叫屈:毕书记这是什么强盗逻辑?什么国家让我读书,那分明是我自己拼搏得到的机会,我可不是工农兵大学生,而是实实在在的正规大学毕业生,是通过高考取得的读书机会。但对毕强的前半句话他还是认同的,毕竟将来的目标不同,自己的工作标准就该和一般职工不同,可若说到具体的工作,大业一下子想不出该有什么样的不同,更不清楚大不相同在哪里。所以他干脆顺着毕强的话柄,保持原有的态度讨教:"毕书记,那我该制定什么样的标准?"

毕强没有正面回答,而是问道:"你这一周工作下来有什么样的感觉?"

"真的挺好。"

"谈点你的负面情绪。"

"负面情绪?"大业有点意外,不知道该怎么说。

毕强盯着大业启发:"对,无论是感觉哪里失落,还是感觉哪里不满意都说出来。"

大业想了想,说出了自己的真实感受:"我觉得在车间当操作工很乏味,没有什么技术含量,就像是……嗯,对了,在这里工作就像是做饭的厨师。"

"哈哈。"毕强发出了爽朗的笑声,指着大业说,"当初我也是这样想的。"

大业担心贬损岗位的比喻又会引来毕强的一顿呵斥,没想到对方说以前也有这样的感觉,这让大业的情绪终于放松了许多。虽然和毕强谈不上志趣相投,但至少不是格格不入,更没有针锋相对。大业挠了挠下巴,不好意思地说道:"我一下子也想不出怎么比喻,也许不是很恰当。"

"不,非常恰当。我看那六台聚合釜就是六只高压锅,这也恰恰说明了世间万物是互相影响的,不是独立的存在。"

大业惊讶地瞪大了眼睛,记得到车间报到看了现场后,就觉得聚合釜像一只硕大的高压锅,所以今天会把工作比喻成厨师做饭。毕强看了一眼大业,继续说道:"心灵有着神奇的作用,如果能够静下心来,就能发现万物的联系或规律。"

"毕书记,我的哲学老师也说过这样的话。"

毕强眼睛一亮:"哦,老师还说了什么?"

看毕强饶有兴致,大业边回忆边说:"老师说,由于受诋毁、赞誉等影响,我们很多人无法发挥心灵的能力,假如能摒弃'自我'的束缚,顺应万物之自然,正确对待各种事情,心灵必能根据其客观规律,做出自己精准的判断,将别人看似异常神奇的功能很好地发挥出来。"

看大业说到这里刹了车,毕强催问:"有道理,老师还说什么?"

大业摇了摇头:"没有了。"

"老师没和你们谈《易经》?"

"没有。"

大业发现毕强明亮的眸子暗了一下,果然毕强叹了口气指出:"讲万物的联系或规律却没有结合中国的《易经》,这太肤浅。"

《易经》? 大业有点纳闷,这可是"卜筮"之书,老师怎么可能讲这个? 就在大业怀疑自己是不是听错时,毕强开始为《易经》正名:"从本质上来讲,《易经》是阐述变化之书,也因此历史上曾长期被用作

'卜筮',导致后人误解这是本算命的书。但如果能学懂其哲理,你就会明白这是世上最为伟大的辩证法哲学著作。"

大业又被惊得目瞪口呆,这话怎么会出于一个党支部书记之口。毕强似乎看出了他的心思,说:"你是个知识分子,要学会调查了解,要学会甄别,断不可道听途说轻易下结论。《易经》是中国哲学思想的总源头,涵盖万物,纲纪群伦,是中国传统文化的杰出代表。其内容涉及哲学、政治、生活、文学、艺术、科学等诸多领域,是群经之首,是儒家、道家共同的经典,也是中华文明的源头活水。如果有时间不妨读读《易经》,自然会自谦和自信。"

听到这里,大业心里暗自发笑,在你毕书记身上,可只看到自信,哪有什么自谦,可嘴上却恭敬地应道:"好,毕书记,我日后会学的。"

"小杨,我们的心灵往往都在一定的云层之下,所以会受种种乌云遮蔽心性。但我们千万不要以为自己生活或工作在黑暗的阴霾里。因为当心灵超越了云层,你就会发现其实是晴空万里。如果你能提前看懂、看透这些,就能用独特的眼光来看事物,就能发现一些以往不会注意到的细节规律,也必定能承受更大的压力和磨难,从而使自己更加的优秀。"

大业觉得毕强的这些言论比老师讲得还要精彩,忍不住频频点头。毕强继续滔滔不绝地说道:"纵观世界,人类社会一直在自觉或不自觉中统筹,统筹就是想达到什么样的目标,并如何去实现这个目标。孟子曾提出过'万物皆备于我'的观点,认为万物的知识和规律,都是人心中所具备的,一个人只要尽心、养性、反求诸己,就可以把它们都发掘出来。你是我们车间今年进厂的唯一大学生,我希望你明白自己该要有什么样的标准,更希望你不是把标准定在底线上,而是定在上限上。"

天,绕了一大圈原来是在批评自己的工作标准太低,这个书记真有水平。大业心服口服地说道:"毕书记,我明白了,我今后一定在尽心、养性、反求诸己中,把工作做好。"

"不错,不愧是大学生,悟性比我强。"

"毕书记,您过谦了。"

毕强摇了摇头,说:"我的基础知识不够,就像是地基不扎实,不可能建成大厦。而有的人基础虽有,但却不懂尽心、养性、反求诸己,工作只求安逸,对物质的欲望强烈,没有奋斗目标。这注定他们也是走不远、攀不高的失败者。我观察你已有一段时间,虽然你是厂领导的儿子,但你身上没有浮夸之气,且能虚心接受别人的批评,甚至受委屈时不会强词夺理,这些注定你是可造之才。"

毕强的点评让大业醍醐灌顶,原来书记一直是在观察和考察自己,可扪心自问,自己竟然一直在暗自抵触,想到这里,大业起身冲着毕强深深鞠了一躬:"毕书记,谢谢您对我的肯定和指导。"

"以后千万别再给我鞠躬,我还活着,你想鞠就给我攒着,日后给我在战争中牺牲的战友鞠躬。"

讲到战争,大业忍不住好奇求证:"毕书记,班长说您救过一名副师长的命?"

"是的,当然没他们讲得那么英勇,只是把受重伤的副师长用铁钩拖进战壕,没让暗堡中的敌人再射中。"说到这里,毕强随手又拿起了办公桌上套着子弹壳的铅笔,边摩挲锃亮的弹壳,边打开了话匣子,"可惜那天我们师主攻团尖刀班班长张立却被暗堡中一梭重机枪子弹从肩部贯穿后腰,壮烈牺牲。"

大业觉得毕强的思维太跳跃了,明明刚才说的是他救副师长,怎么一下子又聊到了牺牲的班长,这跨越也太大了。也因为一时反应不过来,大业只能简单附和了一句:"太可惜了。"

"请你们不要记住我这点小事,要记住烈士,要记住那些大公无私的人。"

"张班长的确是个大公无私的人,为国家献出了年轻的生命。"

毕强又摇了摇头,眼圈顿时红了:"我刚才说的大公无私是指我们160师师长张志信,张立是张志信唯一的儿子。"

突如其来的人物关系让大业震撼不已。虽然在影片《高山下的花环》中也有类似的故事,但当"小北京"及雷军长的故事由虚拟变成现实后,这种感动瞬间让人百感交集中热血沸腾。大业正想着如何安慰毕强,可没想到毕强用手捂了捂鼻子,连眨了几眼,待恢复平静后说:"小杨,人活着就得做事,为国家做成大事才是人生的最高目标。你是大学生,又是厂长的儿子,你有别人不可多得的资源和优势,我希望你也能尽快成长为总厂的技术尖兵。你父亲是厂长,你只能做得比别人更好,才会赢得真正的尊重,才会不负国家和家人对你的栽培与期望。"

和上次谈话一样,这次无论是《易经》还是战争中的师长父子,反正所有看起来跳跃的事,其实都是毕强为了引证或开导自己的工作思路和工作目标。大业对这样做政治思想工作佩服得五体投地,即使父亲也做过政治思想工作,即使大学也有辅导老师,若和毕书记一比,那真的是霄壤之别。大业首次有了想和面前的这位书记长聊的想法,他相信毕书记就是自己日后工作的引路人,于是虚心地请教:"毕书记,您对当前聚丙烯生产有什么样的看法?您觉得我们厂该走怎样的路?"

"在生产疲于应对社会需求时,必须走技术引领之路。"毕强简要答复后,放下手中的笔,详细分析道,"中国聚丙烯的工业生产始于七十年代,经过二十年的发展,我们还只停留在溶剂法和气相法的工艺上。目前我国塑料的自给率仍严重不足,可是受资金和原料的限制,我们不但无法建成大型聚丙烯生产装置,更无法实现技术的突破。对我们车间来说,目前就是要充分用足当前的资源,努力多产聚丙烯,满足社会发展的需要。对你来说,千万不要以为自己是大学生就了不起,该学的东西还有很多。你要记住,平台大不一定是好事,不但别人早已领先你,而且能做事的空间也不大。相反,越是不起眼的地方,却往往越有奔头。你如果能立足岗位,或通过催化剂的研究,或通过工艺的改进,把生产间歇时间缩短,即使每釜从八小时减到七小时,那我们车间一年就可以增产近千吨聚丙烯,那你就是我们车间的标兵,甚至是我们总厂生产经营的功臣。"

看着毕书记掰着手指算出的大账,大业几乎瞠目结舌。才压缩一个小时,就可以让一个车间多产这么多的聚丙烯。他自然接过话表态:"毕书记,经您这一算,我知道该怎么做了。"

毕强点了一下头,说:"我们厂在申报境外上市试点企业,如果能成为证券委第二批H股预选企业,那么我们就可以利用股票上市筹集资金。"

大业想起来了,父亲好像这段时间也在忙着配合做审计、评估和重组等工作,结合刚才毕强提的难建大型聚丙烯生产装置的原因,大业插话问道:"毕书记,您是指我们可以借股票上市筹集资金之机,扩大生产能力,进一步满足社会的需求?"

"这不仅仅是扩大生产能力,我厂现在还没有附加值更高的产品,拿聚丙烯来说,我们还没法生产高性能的产品,所以这是一次企业制度改革取得重大突破的良机,更是有能力、有进取心职工的发展良机。我希望你能在这'希望工程'中找到希望,在'希望工程'中有所作为。"

暗暗咂摸刚才毕强"越是不起眼的地方,却往往越有奔头"的话,大业越发觉得有道理。在百花园里绽蕊舒瓣,不一定能够吸引人的眼球,而在一片葱绿中,即使是一朵喇叭花,那也能让人眼前一

亮。大业情绪高涨起来:"毕书记,我明白了,谢谢!"

毕强抬眼看一下了墙上的挂钟,说:"行,今天聊得挺久,回去吧。"

大业起身正准备鞠躬告辞,猛然想起毕强已批评过这种礼节,于是刚垂下要弯曲的上身又尴尬地定住了。毕强看在眼里,主动起身握住大业的手:"有什么困难找我。"

被解了围的大业心情飞扬起来,觉得自己就像刚才谈话中说的那样,已超越云层的心灵,发现了碧空如洗的天际。

四十五

四天后的晚上,杨昌祥吃饭时突然对大业说:"大业,我已安排人办理手续,尽快把你调到尿素车间。"

杨昌祥没想到儿子听了不但没兴奋,反而眉头一紧,停下筷子当即回绝:"爸,我不想换车间。"

"上个月你不是吵闹着要换吗?"

"爸,我觉得目前在聚丙烯车间很有收获,哪儿也不想去。"

杨昌祥颇为恼火,毕竟这次是豁出老脸让人家办的事,甚至到现在连赵宇华也没说。让他痛下决心做这件事不是因为改变了当初的想法,而是因为近来儿子变得神秘兮兮,尤其是今天早上,他发现还在上夜班的儿子床上竟然放着《易经》,据老婆说是车间书记推荐给儿子的。杨昌祥大怒,赵宇华领导的究竟是国企还是占卜算卦的巫地?他下定了决心要把儿子调出炼油厂。现在看儿子不但不领情,反而态度坚决地回绝,他更是火冒三丈。杨昌祥冲儿子强硬地说道:"你翅膀还没硬呢,不是你说了算!"

"爸,您以为是好心在帮我,可其实会害了我,您能不能听听我的想法?"

听儿子这么说,杨昌祥心一惊,大业一直很听话,或许自己真有考虑不周的地方,于是他指了一下大业的碗,平静地说道:"边吃边说。"

父亲的态度让大业很是意外，他于是重新拨了几口饭，边嚼边说："爸，我刚有了提高聚丙烯生产能力的想法。"

杨昌祥准备夹菜的筷子在半空中停住了，他扭头看着大业问："你？"

"爸，是我，当然也有毕强书记和车间其他人的帮助和指导。"

杨昌祥重新动起筷子，边吃边说："说说你的想法。"

"我用反应计算法对生产工艺压力指标上限和下限进行了核算，若能每釜添加三克催化剂，然后接近上限运行，就可以使每釜聚丙烯的生产周期从八小时减到七点五小时。"

杨昌祥虽仍埋头扒饭，可眼睛一亮："理论上算出来的可靠吗？"

"爸，我昨天夜班已在车间操作时试了一下，证明我的计算完全正确。您回家前，我打过电话问了车间，刚才试验一釜也是耗时七点五小时。"

"嗯。"

大业以为父亲小看这半小时，于是学着毕强四天前的样子掰着手指算起了账："如果一天按三釜计，一天就可以多出一点五小时，五天就等于多产了一釜。按车间共有六台聚合釜计算，一个月就等于多产三十六釜以上，一年等于多产四百三十二釜。在不增加任何投入的前提下，可实现百分之六点七的增产。"

听完儿子算的账后，杨昌祥放下了已空的饭碗，盯着儿子问："生产工艺压力指标若是按上限运行是有风险的，这个你怎么考虑？"

父亲对察觉的问题没有指责，只是咨询解决的方法，这让大业很开心，他又一次放下碗说道："爸，我们在炼油化工厂工作确实要谨慎，不然就会发生难以预料的事故。但也不能过于谨慎。如果一味只看到条件欠成熟或风险，那就会束手束脚，甚至在怯懦中守旧。所以我们要学会在谨慎中自信并果断，就像当初我们厂的外来油加工和争取原油加工贸易自主权，做敢于第一个'吃螃蟹'的人，已证明是现代企业管理者在做出决策前需要具备的勇气之一。"

看父亲没有接话的意思，为了不让父亲难堪，大业又补充强调："当然，我们也绝不允许勇敢过度，因为这样就成了鲁莽，就会造成难以想象的后果。这个度一定要把握好。"

杨昌祥点了点头："凡事适可而止叫把握，叫掌握，勇敢过了头就是鲁莽。"

大业一下子吃不准父亲的态度，是认可生产工艺压力指标按上限运行方案，还是通过重复强调认定这是鲁莽的行为。这时只见杨昌祥伸手拿了一根牙签剔起了牙齿，大业只好眼巴巴看着父亲等下文。杨昌祥剔出门牙上的残渣后，指着大业的碗催促："别凉了，快吃，等你吃完我们再聊。"

大业不得不又食不知味地扒起饭来，眼睛却不安分地偷偷打量父亲，揣摩父亲的态度。对大业来说，这次技术操作改进的发明太重要了，是参加工作后的第一个成果，不但可以树立工作的信心，也可以赢得尊重，并在单位提升知名度。

大业的心思杨昌祥早就看出。看到儿子刚参加工作就能用所学的知识来寻找提升生产能力的思路，尤其是还用实践论证了思路并提出理性的想法后，杨昌祥甚是欣慰，但经验告诉他，人得意则需要平淡，失意则需要坚忍。尤其是作为年轻人，更不能在得意时追捧，在失意时嘲讽。前者会让他们忘乎所以，迷失前进方向，后者则会让他们灰心丧气，不再有迈步的动力。当然，一般家长面对子女的挫折，往往不会嘲讽，甚至还会竭尽全力帮助。子女一有成绩，也是不遗余力地赞美。而这都是不可取的教育。所以杨昌祥暗自提醒不能高度赞同，不要让儿子因小绩而满，更不能因小绩而骄。

大业很快把饭吃完了，谢绝了张翠莲递来的汤匙："妈，我吃饱了。"

张翠莲端着碗睥了一眼杨昌祥，对大业说："你现在上夜班很辛苦，再喝点排骨汤吧。"

杨昌祥佯装没看到，只听大业说道："妈，我真饱了，我和爸有事，就不帮您收拾桌子了。"

"好吧，你们谈工作，我一个人吃。"张翠莲虽有点赌气，但还是习惯性地移了一下椅子让儿子去客厅。

父子俩在客厅坐定后，杨昌祥又详细问了大业的工作思路和夜班验证的过程，随后表态道："你刚工作就有这样的闯劲是好事，这次成功你要记住，这是在大家帮助和指导下的结果。"

"爸，虽然这一办法是我想出来的，但最初的想法还是领导启发的，过程也得到了技术人员和班组同事的支持，我不会独吞成果。"

儿子的胸怀让杨昌祥更加欣慰，他认为这个问题没有再谈下去的必要，于是就好奇地问起了另一个问题："为什么车间技术人员没有想到，反而让你一个刚进厂的人找到方法？"

"我现在也觉得看一些传统文化的书对工作很有作用，至少我现在思考问题时不会再固执和偏激，更不会畏难。"

虽然大业没有点明是什么书，但杨昌祥估计就是《易经》。想当初小业就是因为看杂书在同学中脱颖而出，杨昌祥觉得文化还是相通的，或许从未看过《易经》的他只是因为偏见，没能认识到这书对工作会有帮助。既然儿子不想说出来，那就暂时让他"保密"吧。于是杨昌祥说道："行，我马上让人停止办理调动。"

等杨昌祥通完电话，大业马上建议："爸，你是一厂之长，以后不要为了我们兄弟俩去托人办事，不然职工们会骂您徇私，也会让他们觉得我们无能。请您相信我，我和弟弟一定会为这个家增光。"

"你有这样的想法很好，但不要胡思乱想，没人会骂你爸。"

没想到话音刚落，大业当即反驳："爸，我们毕书记就担心您会这样做，也担心我会乐享。"

"他敢背后说你爸坏话?!"

大业急着申辩:"爸,毕书记可不是一般人,看问题很深,他绝不是个嚼舌头的人,完全是出于好心提醒我们。"

杨昌祥又好气又好笑,气的是堂堂一个厂长还需要车间支部书记来提醒和做思想政治工作吗?笑的是儿子竟然如此护着单位的领导。想起上次在和赵宇华谈话时对方也很肯定毕强,杨昌祥饶有兴致地说道:"等我有空,你让毕强到我们家来。"

"爸,您这是命令的口吻,应该是请毕书记。"

儿子的纠正让杨昌祥哭笑不得,他算了一下时间,说:"行,怎么说都行,我看就安排在周日下午吧。"

没想到大业一口否定:"毕书记肯定不会来。"

"为什么?"

"爸,其实我早就请过毕书记来家坐坐,可他说你是分厂的领导,别人知道后或认为他是在巴结权贵,或认为您为了我在给他施压。"

杨昌祥不满地批评起毕强:"当领导的怕前怕后,这能做什么大事?做好自己的事,管别人怎么想!"

"爸,我觉得毕书记有几句话挺对的。"

"什么?"

"反省。一个人之所以能够不断向前,和他善于自我反省有很大关系,因为只有找到自己的缺点或做得不够完善的地方,才能不断改正,以追求完美的态度去做事,从而取得成功。他还说,作为领导,绝不能抱怨职工的背后议论,而是应该检查自己的言行和管理方式是否合适。"

"这话你爸也常和人说。"

"爸,从别人处我也听到相似的内容,但不知为什么,毕书记说出来让我感觉很不一样,就一个字:服!"

"好吧,那就不请了。"杨昌祥啼笑皆非,看来这个从战场中走出来的基层领导人的确与众不同。看着大业红润的脸颊,杨昌祥心里默默念道:希望借毕强的红,让已有基础知识的大业插上翅膀,成为又红又专的人才,为中国走向富强而努力。

四十六

1994年3月，经国务院批准，江南炼油化工总厂成功被列为境外上市试点企业，成为证券委第二批H股预选企业。三个月后，国家体改委正式批复同意《关于设立江南炼油化工股份有限公司的申请报告》。江南炼油化工总厂依法领取了工商营业执照，并顺利整体改组为江南炼油化工股份有限公司。

当年七月，省师范大学毕业的杨小业经过综合对比，最终还是选择回到江南炼化子弟中学工作。根据自身的特长与爱好，成为一名高中地理老师。开学后，杨小业为自己的英明选择而庆幸。子弟学校对他而言不但环境熟悉，而且学风很好，教师收入和待遇也明显优于地方其他学校。

杨小业的上课方式与众不同，在分析自己当年的学习经验后，他从不在课堂上照本宣科书本上晦涩难懂的知识，而是通过分解与趣味记忆，培养学生们对这门课的兴趣。原来并不受学生重视的副课，两个月后竟然成了学生们最爱讨论的学科。为了更好地利用地理课培养爱国主义情感，引导学生形成初步的全球意识和可持续发展观念，杨小业因势顺导，及时成立了地理学习兴趣小组，每天下课后组织学生进行地理技能及地理学习能力的培训，让他们具有初步的地理科学素养和人文素养。

学生追捧下的小业自然受到各方的关注，但所引发的反响明显对小业不利。无论是校领导还是其他任课老师，都反感这种本末倒置的行为。在他们眼里，语文、数学和外语才是主课，物理和化学其次，而地理、历史与政治则属于辅课，只要花点时间去背知识点就可以，根本没有必要花大把时间去搞课外知识。有的家长干脆告到了学校，要求杨老师不要放学后给学生们讲解地理，尤其是与课本无关的知识点。按这些家长的说法，高中时间极其宝贵，哪经得起这样的挥霍。就算是地理拿满分，那也抵不过语、数、外多得几分。

对杨小业的教育水平，一开始汪校长非常赏识，但随着小业擅自扩大"战场"，占用学生的业余时间教授课外知识后，他就有了想法。考虑杨小业是化肥分厂厂长的公子，他只能装聋作哑静观其变。现在家长告上门来，就等于让他找到了由头，于是这天汪校长把小业叫到了办公室。

"小杨，你虽然到校才两个多月，但你的工作热情和业绩是有目共睹的。"

"谢谢汪校长的肯定。"

"小杨，今天有件事要和你说。"

"请汪校长吩咐。"

看杨小业不卑不亢，汪校长把桌上的家长联名告状信往前一推："你先看一下。"

小业取过看完后平静地把信折好，问："如果学校也认为没有必要搞兴趣小组，那我就给自己放松。"

汪校长没想到杨小业居然面不改色心不跳地说大话。什么学校认为，什么给自己放松，这分明是要挟不支持就不干。习惯了全校老师点头哈腰的汪校长暗自骂道：自古衙内难伺候！虽然内心愤愤不平，但面上他仍乐呵呵地说道："学校当然希望学生有浓厚的学习兴趣，但考虑到家长的意见，我们不得不放弃，毕竟高考录取率第一,这不仅关系到学生的未来,也关系到公司职工安心工作。"

"汪校长,我明白了。"杨小业点了一下头,但颇有个性的他马上又申辩:"地理其实具有极强的实用性,它与人们的生活密切相关,我们可以在生活中观察到许多有趣的地理现象,在生活中学到许多有用的地理知识。反过来,又可以用所学的地理知识指导我们的实践活动,对解决当今世界面临的人口、资源、环境和发展等问题起着重要作用。"

"这我知道,这我知道。"

看汪校长皮笑肉不笑地机械回应,杨小业清楚他只是碍于父亲的面子在敷衍,于是不再多言,起身谢过就走出了校长办公室。

比起小业,已工作一年多的大业可谓顺风顺水,工作激情随着技术创新的成功越发高涨。在毕强的鼎力支持下,才工作十五个月的大业破格当上了车间工艺技术员。

几乎与此同时,赵永刚也从尿素车间调入化肥厂安全科,成了基层安全工作管理者。

正如毕强所言,当年底,江南炼油化工股份有限公司在香港联合交易所鸣锣开市。公司以总股本二十四亿股,其中十八亿股归中石化代表国家持有,另六亿H股以代码"1128"在交易所主板挂牌交易。由于企业良好的生产业绩和前景,受到了全球股民的青睐和追捧,所有股被投资者认购一空,国际本配售的认购高达五点六五倍,上市的发行价也成为当年的最高。江南炼化公司随后利用股票上市所筹集的资金,投资十六点三亿元推进七百万吨炼油的改造工程。

次年,赵庆大学毕业放弃保送研究生的机会,也毅然回到了江南炼化公司。庆庆本也可分配到子弟中学当英语老师,但她却强烈要求到基层车间倒班,说既然是炼化的一员,就必须了解一线的生产，不然枉为炼化的职工。赵宇华对女儿的决定大为赞赏，在他的支持下，庆庆也分配进了化肥厂。和哥哥赵永刚不同，庆庆分配进了合成车间。按杨昌祥的说法，赵家的好苗子不能埋在同一坑中，散开可以带动影响身边更多的人。

杨、赵两家所有成员再次生活在了一起，不同的是，当年那四个孩子已成长为江南炼化公司的第二代职工，而且两家的老大还成了工作的骨干。

随着七百万吨炼油改造工程的完工，江南炼化公司的原油加工量节节攀升，外来原油的采购量越来越大。

一直处于高强度工作状态的赵宇华这些天总感觉右腹强烈不适，这天抽空到公司医院看病。内科主任一看是炼油厂厂长，查问得很细。在开了几瓶护肝药后，又开具了本院化验单、B超单和送检市第一医院的CT检查单。赵宇华接过单子皱起眉头问道："有必要去市医院检查吗？"

"赵厂长，我们医院条件有限，要确定病情，还得您辛苦一趟去市里做专业的检查，以便接下来我们制订最佳治疗方案。"

看医生这么认真，赵宇华不好意思再说。送赵宇华出门上车，内科主任立即来到了院长办公室，向院长汇报了赵宇华病情的初步诊定——肝癌，随后医院把这一情况汇报给了华长江。经公司领导协商，由卫生处处长安排赵宇华进行全面的体检，并将结果第一时间汇报公司领导。此时总部拟调整江南炼化公司领导班子，作为副总经理人选的赵宇华身体和政治与业务一样，必须是健康的。

第二天上午B超检查正常，可大家刚放下的心马上被下午拿到的肝功能化验报告提了起来，数据表明赵宇华的肝脏有问题。在周芳的陪同下，赵宇华在第一医院做了增强造影CT，随后又抽血送省城进行专业分析，折腾了近半个月后，鉴定结果出来了，赵宇华的肝脏的确有问题,但不是癌症,而是肝血管瘤。赵宇华随后又被送到上海,因为血管瘤只有四厘米大小,位置不是很理想,医生建议没必要动手术切除,只需平时多注意休息,不要过度劳累和饮酒,生活一切照旧。

赵宇华一家人终于放下了心,但这一个月折腾后,公司副总经理职位没戏了,生产处处长升任公司副总经理,赵宇华仍为炼油厂的厂长。杨昌祥甚为赵宇华叫屈,这天在赵宇华办公室刚抱怨两句,没想到赵宇华满不在乎地说道:"老哥,我都是'鬼门关'走过一遭的人,怎么会在乎这些东西?"

"你的能力若在更大的平台,必定有更大的作为。"

"我倒不这样看,也许在小平台更有大作为。"

杨昌祥吃惊地盯着赵宇华,问:"你是不是被病吓傻了?"

"做公司副总,看上去上升了一级,可很多事根本做不了主。相反,我在炼油厂当一把手,虽地盘小,许多事却往往能按我的意志去落实。"说到这里,赵宇华诡秘一笑,身子向杨昌祥这边一倾,压低声音:"其实老二的日子都不好过,如果没有比'老大'聪明能干,不会察言观色,只有足够隐忍和精明,才有出头之日。

"你这是什么观点,难道周游列国、修订六经、著书立说的孔圣人是孔老大不成?生前封侯拜爵,死后被历代帝王不断晋封为公、王、帝君、大帝的关圣人,他难道在桃园三结义中排名老大?神机妙算、隆中决策、七擒七纵、料事如神的难道不是诸葛亮,而是诸葛瑾不成?"

看赵宇华张嘴想说话,杨昌祥抬手示意他别打断,继续把历史往后延伸,只是将连问改成了陈述:"你看,开创盛世大唐,贞观之治的也不是兄长李建成,而是老二李世民。唐之后的宋朝,开国之君赵匡胤也是老二。还有,建立北洋水师,倡导洋务运动,与曾国藩、左宗棠并称'中兴三杰'的李鸿章,其名声远比他哥李瀚章大多了。"

赵宇华没想到杨昌祥信手拈来这么多的历史典故,笑着解释:"没想到老哥历史读得这么透。但你所说的不是我的意思,你说的是家族或年龄上的排名,我指的是在政治上的排位,也就是指副职。说实话,你我都是这个时代的幸运者,无论是当年的棉场还是现在的化肥厂,你一直是一把手,这也注定了老哥你的强硬性格,没有吃过亏,相反还凸显了敢抓敢管的作风。如果你是副职,那有可能早就栽了跟头。而我当年也因为从老厂出来,能够快速从车间主任成长为炼油厂厂长,假如我还在窝在原厂,估计能熬到副厂长已比较幸运了。"

杨昌祥闷头回味,觉得赵宇华的话挺有道理。释怀的杨昌祥突然抬起头,一脸坏意地问道:"你叫我老哥,是不是这个老二当得也有点委屈?"

赵宇华皱起眉头:"当然委屈。"

"嗯?委屈在哪?"

"连我的女儿也被你的儿子拐走了。"

"幸亏你头个是儿子,不然全拐走。"

两人相视哈哈大笑。突然电话响了,赵宇华起身走到桌边拿起了话筒:"喂。"

也不知对方说了什么,杨昌祥发现赵宇华表情严肃地应道:"行,我四十分钟后到。"

挂上电话后,赵宇华又拨通了厂办:"马上给我安排车去市里。"

等赵宇华挂上电话,杨昌祥起身告辞:"老赵,那我先走了。"

赵宇华边收拾公文包边说:"刚才是陈萍来电。"

"她又来这里了?"不知为什么,杨昌祥一听到这个名字就莫名担心。

"是的,住在华侨饭店。"

"她请你过去见面?"

赵宇华拎上公文包:"是的。"

"什么事?"

"她只是说见面再谈。"

杨昌祥一把拉住赵宇华:"肯定又来添乱,你别去!"

"我们欠她的情,何况张可富也没用错。"

"你是老实人,小心这样的女人。"

"老哥,你尽管放心。"赵宇华推开杨昌祥的手,在他肩上拍了两下。

送杨昌祥出门,赵宇华先到厂办借了一个录音设备放进包里,然后才下楼坐上了车。

四十七

赵宇华刚迈进华侨饭店的门厅,服务生马上迎了上来:"您是赵厂长吧?"

赵宇华点头:"我是赵宇华。"

"请随我来,陈总在楼上等您。"服务生欠身后手一伸,走在前面引路。

电梯上到七楼,两人一前一后顺着过道的厚实地毯来到了707号房间。服务生敲了敲开着的房门,里面传来陈萍的声音:"请进。"

服务生闪在一边:"赵厂长请。"

赵宇华刚走进房间,只见打扮精致的陈萍已从沙发上起身迎了出来:"赵厂长,谢谢您能接见我。"

赵宇华客套回应:"客气了。"

"赵厂长,请坐。"

"请!"

服务生迅速泡上两杯咖啡放到茶几上。陈萍挥了一下手,服务员鞠躬退了出去,并随手带上了房门。

陈萍盈盈一笑:"赵厂长,知道您很忙,我就开门见山了。"

其实从来的路上到进门,赵宇华一直在猜测陈萍突然来甬江市的目的。按理说若想打听两人私下"交易"后张可富的近况,根本不需如此兴师动众。现在从陈萍的口气来推断,似乎有事要让自己帮忙,莫非她有想和张可富再续前缘的念头?若真是这样,自己可不能这边当"月下老人",那边成"法海和尚",更何况张可富现在的妻子在工贸大集体表现挺好。想到这里,赵宇华只能以不变应万变:"请说。"

"我想请您帮我促成和贵公司的一笔原油谈判。"说到这里,陈萍马上又强调,"记得赵厂长曾答应我有什么需要帮忙的一定会尽力,希望您不会拒绝。"

赵宇华一愣,现在公司原油采购量越来越大,但采购渠道也越来越多。也因为公司几乎和全球原油公司都有联系,所以不但有效控制了原油的到岸价,同时也确保了原油的质量,从而进一步提升了企业的利润空间。现在香港泛洋贸易公司的确和公司还有业务上的往来,难道陈萍又回这家公司了?如果真是这样,那就意味着该公司对陈萍的处罚已结束,这让他心里好受了些,何况合作也不违反政策和制度。想到这里,赵宇华试探着问:"你什么时候回香港泛洋贸易公司了?"

陈萍笑了一下,显得更加自信,她放下手坦言:"被辞退后,我和这家公司再没来往。"

赵宇华哑然失笑,自己怎么停留在原有的思维上?什么张可富,什么再续前缘,什么原公司,这些在"与时俱进"的陈萍眼里都是单程已过的车站。如果自己不改变思维方式,就会一直被对方牵着鼻子走。于是赵宇华接口问道:"现在是自己开公司还是在何处高就?"

陈萍没作答,而是取出名片盒抽了一张递给赵宇华:"还望赵厂长多指教。"

赵宇华接过一看,名片上印着:珠江油品贸易总公司董事长兼总经理陈萍。虽然有心理上的准备,但确认当年炼油厂大集体女工成了一家企业的董事长后,赵宇华还是吃惊不小,毕竟能够开成这样的公司太不容易,他难以想象陈萍哪来这么多的资金。

看赵宇华不吭声,陈萍自我调侃:"赵厂长不要怀疑哟,我这公司做的是货真价实的原油的买卖,绝不是皮包公司。"

赵宇华拿起咖啡杯喝了一口,坦白告知陈萍:"我只管一线生产,业务谈判上的事我不懂,也不归我接洽。"

"我已让人与江南炼化相关部门联系上。"

"那就好。"

"但您这边原油采购上有漏洞。"

赵宇华不动声色地放下咖啡杯,说:"愿闻其详。"

陈萍也抿了一口咖啡,不急不忙地用真丝手帕掖了一下嘴角后说:"现在原油期货价格正处下行,贵公司却准备以现在的价格采购两个月后的到岸原油。"

自从获得部分外贸自主权后,江南炼化人就和原油期货打起了交道。虽说赵宇华也是个坚定拥护经济改革的人,但对仅以石油为标的的交易合约很反感,亦坚持认为非现货的交易就是投机倒把。可现在这种交易方式很受追捧,还被冠以投资的美名,价格就像没戴金箍的生性顽劣的猴子,不时上蹿下跳,让他看得心惊肉跳,可又琢磨不透。现在陈萍说原油期货价格正处下行,那也不过是她的个人判断,是否正确也只能到期交货那天才知道。所以赵宇华客气地谢道:"我刚才也说了,我只管生产,期货价格的走势我可不懂,但谢谢你的告知。"

陈萍直接揭穿赵宇华的托词:"赵厂长不信?我可以提前下个赌注。"

看赵宇华笑了一下不回应,陈萍取过准备在旁的资料,说:"这是我们期货经理人弄到的 NYMEX、IPE 和 SGX 原油期货预测,可以断定现在放一天库存就亏损一天。"

拿着全球三大交易所的原油期货合约预测图表,赵宇华自然看出了名堂。中国的成品油价格是固定不变的,若是原油采购价高了,那利润空间就会变窄,甚至会出现油价倒挂现象。根据手中的资料,赵宇华深感困惑:公司计划处难道没有收到这方面的信息?为什么去接这个下势明显的盘?

陈萍似乎看出了赵宇华的心思,说:"说到底,江南炼化是国企,赢是国家,亏也是国家,和他们个人没有关系。如果有人能从原油销售公司拿到奖励,那就是个人腰包的事。"

赵宇华抬头紧盯陈萍:"谁?"

"裴婷婷。"

这是个听着陌生的名字,赵宇华断定不是江南炼化中层以上的领导,似乎计划处也没有这个人。这时又听陈萍说道:"她不是江南炼化的。"

"嗯?"赵宇华有点糊涂了。

"裴婷婷现为香港泛洋贸易公司的员工,她爸是你们总部的领导。"

裴副总经理?赵宇华眼前马上浮现出一个面色冷峻、微腆肚子的中年男子的形象。回想刚才的谈话,赵宇华大致明白了此事的来龙去脉。估计陈萍在原公司有线人,不但掌握人员情况,还知道该公司谈判的业务。既然陈萍来找自己,肯定有法子甚至是拿定了主意,赵宇华干脆直接问道:"那你想怎么办?"

"现在正常的竞争渠道已打不通,只有找借口让贵公司退出与香港泛洋贸易公司的谈判。"

原来她想用"围魏救赵"之招,即让自己找个原油加工过程有问题的借口或托词,取消香港泛洋贸易公司的采购计划,从而为陈萍的公司创造原油期货采购的谈判机会。如果是在以前,赵宇华根本不会参与这样的"阴谋",更何况这事牵涉到裴副总经理,弄不好会栽跟头。但现在这事与公司的生产经营有关,如果能借外力堵住这个采购漏洞岂不更好。关键时刻,赵宇华佯装不懂:"什么借口?"

"以采购的原油收率低或设备腐蚀严重报公司。"

收率是炼油加工的重要一环,关系着企业的效益。设备腐蚀度更关系着装置能否安全运行。赵宇华想了一下,觉得这两个操作都有难度,前者需调整相关的工艺参数,明眼人一看就知道收率波动的原因;而后者至少目前还没有需上报公司的内容。所以说,无论是经济账还是安全威胁,这两把剑很难出鞘。赵宇华只能断然否决:"这不可能。"

"如果赵厂长能同意,无论您选择哪种方法,我都会安排。"

赵宇华大为惊讶地看着陈萍,从她一脸自信的表情来判断,她肯定能够神不知鬼不觉地制造出假象来。赵宇华突然暗自庆幸悄悄准备的录音设备,他故意催道:"你说。"

"我会想办法让操作工直接调整工艺参数,或拉来已被严重腐蚀的泵请您上报。"

"操作工能听从你?"

"不会。"

没想到赵宇华刚露出了一丝笑意,陈萍却接着说道:"但他们肯定会听从人民币。"

"胡扯!"

"赵厂长,重赏之下必有勇夫,我不过是把人家销售奖励的钱当作攻关用了。共产党不是提倡共同富裕吗?不能把钱都给领导,也要给工人创造机会嘛。"

赵宇华听得脚底都发凉,如果真发生这样的事,那生产就不受公司控制,而是任由他人在背后操控。他严词厉色地警告陈萍:"你敢这样,我就送你去坐牢!"

陈萍毫无惧色，反而妩媚一笑，空气中似乎荡开一圈圈涟漪，消融了生硬的冲突。只听陈萍不急不缓地说道："请赵厂长放心，我只是想和贵公司合作做成生意，绝不会扰乱生产，更没有要为难你或作对的想法或念头。"说到这里，似乎是为了佐证，陈萍收起笑容回忆道，"我能有今天，不能忘了当年江南炼化所给予的，不能忘了帮助过我的炼油人，我可不是忘恩负义之人。"

赵宇华相信陈萍说的都是肺腑之言。为了前夫张可富能如愿当上操作工，她能毅然断送了自己的前程，如果不是知恩报恩、情深义重之人，断不可能做出这样的牺牲。但信任并不等于听从，赵宇华面色冷峻地说道："希望你能守法办事，我们绝不会欺负哪家公司，也不会袒护哪家公司，对所有合作者都一视同仁。"

陈萍脸上的和善不见了，她冷笑着瞥了一眼赵宇华，问："这话你信？"

赵宇华当然清楚这其中的猫腻，这种大话是故意说给录音设备的。为了自己心安和家人幸福，赵宇华曾给自己立下了规矩，要清白做事，绝不能蹚"浑水"。以前密汉民也好，瞿开达也罢，就是因为有着侥幸心理，不但自己难逃牢狱之灾，还祸及家人。密汉民儿子密自强本就不是好苗子，现在更是自暴自弃，天天和一帮社会上的混混在一起，估计迟早追随其父"进宫"；女儿密自立虽然求上进，但因为父亲被抓，现在入党仍处于考察期，个人发展受到严重的制约。所以面对陈萍的质疑，赵宇华板着脸反问："难道你不信？"

陈萍没接话，手握空拳放在嘴边，虚望前方。蓦然脸上又挂起了笑容，放下手平静地说道："赵厂长，那这事就当我没说，我们就此结束。"

"谢谢。"

赵宇华推椅起身，想尽快离开这个是非之地。陈萍也没有挽留的意思，甚至连客套话也没有，直接伸出手，两人握手道别。

关上房门后，赵宇华吁了一口气，转身刚走两步，只听房门又被打开了，陈萍在身后叫道："赵厂长，请留步。"

嗯？又想干吗？赵宇华警觉地站在原地，问："还有什么事？"

"知道您带了录音设备，所以我刚才配合演了一场停止谈话的戏。如果哪天您认为有需要，可以将音频截到您出房门。现在请赵厂长再进来，我还有话要说。"

赵宇华的脸上挂不住了，没想到陈萍如此的老辣，一眼洞穿了自己的小算盘。同时，也被陈萍替自己着想并配合有点小感动。见赵宇华没接话，陈萍又轻声说道："赵厂长，我房内没有准备任何的录音或录像设备，您尽管放心，今天谈的所有内容没有第三人会知道。"

既然陈萍还埋有葫芦，那就干脆一并探明吧。赵宇华故意抬手看了一下手表，说："时间不早了，请快点。"

两人重新进房间，再次关上了房门。刚坐定，陈萍直奔主题："赵厂长，和我公司合作有两利。一是打断了原有的利益群，杜绝抱团损害江南炼化公司利润及名声的可能；二是我好歹也曾在江南炼化工作过，只求贵我双方共赢，绝不会坑你们。就像这次确定原油期货下行，我不会催你们来接我的货……"

赵宇华摇了摇头，直接回到刚才的话题："你提的两个借口我办不到，也不会同意你这样做。"

其实陈萍也清楚采用采购的原油收率低或设备腐蚀严重的方法有风险，但她没想出更好的办法，现听赵宇华语气似有另外的想法，于是眉眼一挑追问："有没有其他办法？"

"写信，让大家都知道裴婷婷的情况。"

陈萍当即明白了赵宇华写信的用意，马上接口："好，我会将此事扩散到相关部门。"

想到当初陈萍成功收集材料并举报密汉民受贿,赵宇华摇了摇头,不无担心地说道:"不,这事关系到上面,切不可添油加醋,更不能捅给相关部门。"

"我懂了。"

"那就这样。"赵宇华说完起身向外走去。

陈萍起身知趣地站在原地,目送赵宇华的背影说道:"赵厂长慢走,我就不送您下楼了。"

香港泛洋贸易公司聘用裴副总千金为业务经理的事迅速在江南炼化公司传开,赵宇华琢磨不出这究竟是陈萍的传播能力强,还是员工对这样的消息持有热衷扩散的动力,反正这事传得沸沸扬扬。现在无论是装置操作工,还是厂房检修工,甚至是食堂的厨师,人人都在茶余饭后议论那挟北京副总以令江南炼化的香港泛洋贸易公司。公司一下子冒出不少的"蒲松龄",杜撰出许多令人咋舌的"内部消息"。

半个月后,江南炼化接到总部来函,要求公司暂停与香港泛洋贸易公司的业务往来。

虽说要的就是停止与对方的业务往来,但这样的形式还是让赵宇华有点吃惊。正式来函说明这肯定不是裴副总个人所为,不然打个招呼就可以。赵宇华觉得这极有可能又是陈萍捅的娄子,毕竟厂里普通职工没有能力向总部传递消息,公司领导更不可能参与其中。赵宇华有点恼火,明明强调过不要捅给相关部门,可陈萍竟然背着自己一意孤行。看来这人完全是言而无信的奸商,断不能全信。

四十八

随着香港泛洋贸易公司的退出,陈萍如愿和江南炼化公司达成了原油期货的交易。赵宇华特意关注起原油期货的动态,发现确如陈萍所言,原油期货价格萎靡不振,一路持续下滑。这多少让赵宇华对陈萍又有了几丝好感,即使她的出发点是为了自己,但假如没有她的提醒来及时堵上这个采购漏洞,公司将白白流失巨额的利润。

江南炼化公司的生产经营形势依然很旺,但赵宇华却隐隐感到一丝不安,因为现在有很多职工上班不安心,当然讨论的话题不再是什么裴副总,而是股票。今天说某股股价上涨了百分之三十,明天传谁一次交易赚了几万元。在这种巨大的经济诱惑面前,职工的热情如冲垮堤的洪水,挡也挡不住。许多车间的领导反映,股市猛涨猛跌时,职工抢着请假去证券交易所,没有心思上班。

这天饭后散步碰到杨昌祥,两人照面后自然又走在了一起。周芳和张翠莲很默契地离开各自的爱人,结伴跟在两个男人后面。杨昌祥先打开了话题:"老赵,你那边职工上班有没有受到股市的影响?"

"老哥,你这不是明知故问吗?现在还有多少人逃脱得了这个诱惑?连我们庆庆也把这半年的工资奖金投进了股市。"

"我也听说了,好在三个男孩还没有被这场诱惑攻陷。"

赵宇华哭笑不得,虽然自己还不清楚大业有没有炒股,但小业肯定是股民。既然杨昌祥还不知道,那就不要去捅破这张纸。赵宇华于是自然地转到股票这个话题,并结合公司上市谈起了自己的看法:"去年厂更名公司并上市发行股票,我还一度为募集到生产建设资金而高兴。可现在看来,我觉得还是有利有弊。股票买卖实质上并不能创造出一分利润,炒股者完全是依附在生产企业上的'吸血虫',不管化装手法多么巧妙,但掩盖不了其丑陋、肮脏的躯体。"

杨昌祥也接过了话柄:"就是,股票完全是弊大于利的祸害,甚至可以看作是当年亡国的鸦片。这玩意儿看上去能让人振奋,可实质是耗尽人的精气,使人走向死亡。现在社会上许多人没了工作的兴趣与热情,就是因为股票买卖能让人不劳而获。而明白人很清楚,这些获得都是空的,问题迟早会显露。画饼不可能充饥,难道中央看不到这些问题?"

听了杨昌祥的见解,赵宇华越发觉得无奈与忧心。深圳和上海证券交易所成立于五年前。两年后的今天,不但没有被取缔,反而得到邓小平同志南方谈话的肯定。而且当年十月的第十四次党代会工作报告上,中央更是明确提出要积极培育债券、股票等有价证券的金融市场。现在才三年时间,江南炼化人大有都成股民的趋势。如果职工人人都没有心思上班,都想在股价起落中赚到差价,那真如刚才杨昌祥所说,迟早会出问题。虽然心里有这样那样的想法,但党性极强的赵宇华不愿妄议中央的决定,只是在叹了一口长气后违心说道:"不可能所有人能够看到问题或隐患。也许没有挫折与磨难,很多人会把事想象得过于简单或美好,现在我们只能希望他们能在撞墙后纠正。"

杨昌祥停住脚步看了看赵宇华,觉得这不是赵宇华的做事风格,难道生病真让他性格大变了?杨昌祥直言:"老赵,你这想法好像有点消极,不是主动作为去管理,而是被动等他们去吃亏。"

也只得停下脚步的赵宇华觉得这里不适合谈这样的问题,于是看了一下四周继续敷衍:"老哥,其实管理就是把复杂的问题简单化,把混乱的事情规范化。我们可以警觉,但不要过度管辖。"

杨昌祥听出了滋味,回过头边走边说:"是啊,做事要学会把握分寸,勇敢超度就成了鲁莽,机敏超度就成了圆滑。"

杨昌祥讽刺的话语让赵宇华听了心里挺难过,但他还是跟上了杨昌祥的脚步,不得不摊牌说道:"老杨,说句心里话,我也很反感炒股,甚至还担心日后会发生灾难。当然,也许因为我们太普通,在新事物出现与发展过程中,受视野与格局的影响,所持观点与看法不一定正确。既然现在中央明确提出要积极培育债券、股票等有价证券的金融市场,作为领导干部,我们不响应中央号召已是有错,更不能用手中的权力去压制,不然就是大错特错。"

杨昌祥顿时愣住了,再次停住脚步问道:"那目前如何让职工收心?"

"制定班组上岗最低人数制度,不管外面多精彩或混乱,确保生产安全。"

见杨昌祥点头,赵宇华又说道:"其实我们领导干部只要坚持摸着良心说话,敢摸着石头过河,就能像邓小平同志说的那样,杀出一条血路来。"

"你这说得在理,无论'猫论''摸论',还是'不争论',其实质就是大胆解放思想,积极稳妥地推进改革。"

见对方已被自己说服,赵宇华乘胜调侃:"谢谢老哥的肯定,但你的智慧给了我许多启发,抄袭老哥你刚才的话,执着超度就成了缺心眼,专横超度就成了霸道。"

杨昌祥见自己处于下风,赶紧把话题一转:"对了,庆庆想去货运队跟你说过吗?"

"说了。"

"你怎么想?"

"孩子大了,他们的事该由他们自己来决定,我们不能再大包大揽。"

杨昌祥很不认同赵宇华的观点,这完全是不负责任的说法或托词,孩子是你生,就该你来养,就该你来规划他们的人生之路。杨昌祥故意问道:"我可是把庆庆当女儿来看,她学的是英语专业,难不成让她'自废武功'?"

赵宇华暗乐,什么当女儿,你这是想把准儿媳的事也管了。他心里虽然这么想,但嘴上却平静地说道:"庆庆这孩子个性很强,而且想法前卫。当初她不肯被分配去学校,现在更是想要为日后个人发展奠定基础。"

"货运队能有什么前途?而且清一色几乎都是男人,真不如回中学当个老师。"

不难听出杨昌祥语气里担忧中带有几丝不满,赵宇华不得不聊起当年和女儿的对话:"老哥,知道我对股票态度从极度抵触到静观是什么原因吗?"

想到庆庆也在炒股,杨昌祥带着调侃的口吻反问:"该不会是受庆庆的影响吧?"

"是的。"赵宇华一点也不回避,继续解释道,"那年庆庆刚上大学就和我说,随着跨国公司业务在国内的兴起,运输行业必定红火。她曾建议我们公司尽快考虑自己拥有货运车队,甚至是大油轮。也是在那次谈话后,我暗自提醒自己,也许在看待问题与新事物时,我不一定有抱令守律或抱残守缺的想法,但极有可能因为自己墨守成规,导致对问题与新事物的判断出现偏差。"

杨昌祥低头沉思,赵宇华不想打断,也没有再说话。身后两个女人见各自男人没有再说话,对视一眼,同步走了过来。张翠莲远远招呼:"老杨,让赵厂长早点回家休息吧。"

杨昌祥这才抬起头说道:"那就先让庆庆去货运队吧,不行我再

想办法调出来。"

赵宇华了解女儿的性格,认定的事不可能半途而废。但见杨昌祥如此的认真,就顺着话柄回道:"那就拜托老哥了。"

"走,回家。"

四人迈着不同的脚步开始往家走去。

四十九

在杨昌祥的安排下,庆庆很顺利地调到了货运队,成了货运车辆调度员。正如杨昌祥所说,这里是男人的天下,因为庆庆的调入,全队终于打破了建队二十年只有一名女职工的纪录。货运队财务是密汉民的老婆,她的姓名就是其肥胖身材和刚烈性格的写照——沃烈。当年这个经贸处处长的夫人可谓一呼百应,密汉民出事后,人人唯恐避之不及,即使当年求她办过事的人,也对她视而不见,这让她感受到了什么叫世态炎凉。许多人误以为她是受密汉民的牵连被发配到货运队,可实际上是她主动找领导,要求调到这个偏远的部门。沃烈的"请愿"让原货运队的财务像捡了大元宝般乐不可支,不但上班不用骑那么远的路,而且到机关大楼后再也不用和身穿油腻工作服、扯着大嗓门的驾驶员和维修工打交道。而沃烈也为自己的正确决策感到庆幸。自从到了货运队,再也不用听冷嘲热讽嚼舌头,更没有一个人在背后指指点点,相反这些大老爷们见面一口一个"沃会计"很是热情。

由于离食堂远,沃烈常自带饭菜到单位。庆庆到货运队后,若是头天晚上包饺子或做包子,沃烈会多带一份。庆庆也不客气,就陪沃烈一起吃饭聊天。由于相处融洽,庆庆不但喜欢上了新的工作,也喜欢上了隔壁办公室这个爱说话的胖会计。

这天在沃烈办公室签字领工资时,庆庆看到办公桌玻璃下压有三张照片。一张明显是结婚照,一张是全家福合影,另一张应该是沃烈年轻时的照片。看庆庆盯着照片,沃烈笑着调侃自己:"不用怀疑,是我年轻时的照片。"

"沃姨,你年轻时真是个美人。"按沃烈要求,庆庆不再称她为"沃会计"。

"当年姨在东北是有名的'校花''厂花',都是这江南水土把我给害惨了。唉,早知道这样,我真不会来这里。"

庆庆认为沃烈这是一语双关。为了避免聊到对方的伤心事,庆庆故意把工资签名单往里一推,盖住另两张照片,说:"人家说三十以前的美是父母给的,三十以后的美是自身修炼的,沃姨现在更美。"

"你这小姑娘可真会说话。坐。"沃烈笑着招呼后,主动把工资签名单移开,指着全家福说道,"也不知道咋回事,我和他们爷仨吃一样的食物,还没他们吃得多,可就我长得胖,爷仨个个像瘦猴似的。"

庆庆只好应和:"听说女人生完孩子连喝水也能长肉,真愁。"

"其实你也不必去担心这些,女人只要找对了男人,这些全不是问题。"

能说会道的庆庆一时无词应对,只能点点头。沃烈继续说道:"女人是韩信,男人是萧何,嫁人成也萧何败也萧何。嫁对郎,一生幸福;嫁错郎,半生困苦。"

"沃姨,有人说女人嫁人就是第二次投胎。"

"对,就是投胎。沃姨我经历了大起大落,更能更看清世事。人生百年,没有人能够一帆风顺,有时候还真要感谢老天爷让我家老密出事。"

庆庆很诧异地看了沃烈一眼,但马上理解了,这是一个女人在经历失望和痛苦后,自然对男人产生的无奈诅咒。可没想到沃烈起身关上门,回到座位指着照片另有一番解释:"如果我家老密不出事,他肯定会在众星捧月中继续忘乎所以,更不会觉得我这个丑老婆好。现在关在里面了,才明白那些捧他的全是假的,而我这个唠叨的老婆子才是真心对他。更重要的是我们家这两个孩子。自立不用说,现在是越发的努力。自强以前完全是花花公子的做派,花钱大手大脚,吃的穿的用的都要求好的,不答应就耍脾气。现在倒好,不但会帮着我做家务,连到菜场买菜也会讨价还价。"

"沃姨您很了不起。"

没想到沃烈却立马摇头否定:"错,了不起的是我家的老密。"

"这……"

见庆庆接不上话,沃烈笑着说道:"你没听错。虽然我家老密出了事,但在我眼里,他远比许多男人出色。你看我们身边多的是对待工作敷衍了事的男人,却往往对自己的女人要求严苛,他们只会用女人的爱来满足虚荣心。而我家老密却始终有一颗敬业心和一份持之以恒的事业力,他撑起了让我有安全感的家。"

一开始庆庆还听得有滋有味,但最后这句话让她哭笑不得。一个不但贪污还嫖娼的男人怎么可能让女人有安全感?庆庆觉得沃烈是不是被监狱中的密汉民灌了迷魂汤。想到这里,庆庆认真地说道:"沃姨,我觉得对男人的评判不应该是单一的,不能光看他的工作,也要看其他方面。"

"傻孩子,我懂你的意思。其实男人都是花心的,一旦功成名就就会露出花花肠子的本性,女人大都得不到幸福。"

想到自己的父亲,庆庆自豪地回道:"那也不一定。"

沃烈毫不回避地肯定:"你爸的确是好男人,但……"

看沃烈欲言又止,庆庆追问:"但什么?"

"庆庆,沃姨怕说出来你会不高兴。"

庆庆反而被吊起了胃口,说:"沃姨您说,我又不是小孩子。"

"你爸肝做过手术。"

虽然沃烈没有把话挑明,但意思已很明确。如果赵宇华身体好,说不定会出事。有点气恼的庆庆尽可能地控制情绪强调:"我爸肯定不是那种人!"

"傻孩子,我没有诋毁你爸爸的意思,相反我还挺敬重他的,即使他有意或无意参与了对我家老密的打击。"

庆庆惊得一下子跳起来申明:"沃姨,我爸不可能做这样的事。"

"傻孩子,坐,不要紧张,我只是猜测而已。并且我还真挺感谢打击我家老密的人,不光让我俩看清了这虚情假意的世界,更让我下定了决心追随老密一辈子。比起原来幸福的假象,现在我们夫妻同心才是千金不换。"

重新落座的庆庆觉得这不是理由,在她眼里,父亲是个光明磊落之人,不可能做这样龌龊的事。所以沃烈话音一落,她就迫不及待地解释:"沃姨,我爸他……"

沃烈摇手打断了庆庆:"庆庆,实话告诉你,我家老密'进去'后,曾让我想办法查一下出事那天在天港大酒店住宿人员的名单,因为嫖娼肯定是有人特意设的套。开始时我还真的不信,但结果查到有个曾和你父亲联系密切的陈萍在酒店住了一个月,开的房间正好在我家老密出事房间的对面,而且次日就退房走人。你说事情能有这么巧吗?"

庆庆瞠目结舌,面对突如其来的关于父亲的负面信息,她无法甄别,更无法接受。蓦然,庆庆感觉有两行泪从脸颊滑落,她弄不清楚究竟是替父亲感到委屈,还是对沃烈感到愧疚。

看到庆庆哭了,沃烈急得起身掏出手帕边替她抹眼泪,边安慰:"好孩子,别难过,我不该和你说这些。"

从"庆庆"到"傻孩子",再到现在的"好孩子",庆庆觉得在沃烈的昵称中,心与心的距离越来越近,她轻轻把脸贴在沃烈软厚的腹上。沃烈一脸爱怜地抚摸庆庆顺滑的头发,说:"这事要怪当然怪我家老密他自己,如果没有花花肚肠,怎么会上套?如果不贪婪,怎么会收人家的钱财?所以现在的结局都是他自己一手造成的,怪不得任何人。"

面对这样善良的女人,庆庆觉得没有必要再作解释,当然一切解释都是苍白无力的,她只能伸出双手搂住对方粗壮的大腿,轻轻道了一声:"沃姨,你是个大好人!"

五十

半年后的一个午后,赵宇华又接到陈萍的电话,像上次一样,邀请他到华侨饭店面谈。赵宇华觉得陈萍每次出现都会掀起一阵波澜,他本能地想回绝,可一想到可能有利于公司的生产经营,于是改口答应了下来。约定时间后,赵宇华挂上电话,仍到办公室借来录音设备放进包里。赵宇华觉得即使陈萍已知自己的"伎俩",但为了自身安全还是有必要坚持。

依旧是门厅服务生迎着上了七楼,依旧还是顺着过道的厚实地毯到了707号房间,依旧是打扮精致的陈萍起身相迎。如果不是对方的服饰有所变化,赵宇华真有一种进了时光隧道的感觉。

服务生递上两杯咖啡后便躬身退了出去,并随手带上了房门。陈萍很得体地盈盈一笑:"赵厂长今天若能不录音更好。"

赵宇华眼神一闪,不置可否地问道:"什么时候到的?有什么事?"

"那请您保管好录音带。"陈萍答非所问地强调后,慵懒地往沙发上一靠,不急不缓地答道,"我是昨天从美国飞北京的,早上刚从北京过来。"

看陈萍只答第一个问题,没回答关键的第二问,赵宇华装聋作哑地点了点头不回应。两人僵持了近一分钟,陈萍终于起身从里间拎出一个公文包,拉开拉链后,往赵宇华这边一推说:"这包一共两层,每层十万,全是1990版崭新的一百元。"

陈萍为什么要贿赂我？赵宇华想到她会有这一手，但想不到如此直白，竟然连一点掩饰也没有，他暗自庆幸没把录音设备关了。赵宇华不动声色地瞄了一眼公文包，冷冷地说道："你这是想干什么？"

"答谢齐民奎书记和赵厂长。"

齐民奎？难道刚离休的老书记也被这个女人拖下水了？虽然吃惊不小，但赵宇华仍镇定地答道："我不知道你在说什么。"

"赵厂长何必装糊涂？"陈萍不但眼神里露出一丝鄙视，还轻蔑地哼了一声。

赵宇华顿时就火了，起身向外走去。可才迈两步，身后的陈萍开口说道："我没有任何的恶意，但你若真不讲理，我反而会倒打你一耙。"

赵宇华早已领教陈萍的手腕，虽然有历次的录音在，但不知她的底牌前，赵宇华还是有所顾虑。现在陈萍已将称呼从"您"改到"你"，似乎随时要图穷匕见，赵宇华不得不转身厉声喝问："你想干什么？"

"放心，我根本不是你想象的那种人，绝不会绑架或要求你做什么违规甚至是违法的事。"

"谅你也不敢！"

"错！没有我不敢的事，只有良心能不能让我做的事。"

虽然陈萍的话很难听，带有挑衅，可赵宇华听了反而心里安定许多。回想从认识陈萍到现在这二十年间，这女人还真没干过什么坏事。无论当初设计让密汉民进班房，还是不久前逼退香港泛洋贸易公司，都有惩治坏人或增加企业经济效益的意义。不仅如此，她还不计前嫌地以被辞退的代价帮前夫，就算称不上舍生取义，那也算是有情有义之举。赵宇华心里虽这样想，可嘴上依旧不饶人地喝问："你到底想干什么？"

"你坐下,让我把话说完,反正你有录音。"

赵宇华犹豫片刻还是回到了座位上。陈萍像刚才没发生过不愉快一样,迅速恢复常态,盈盈笑道:"这其中十万元是我按本公司规定的奖励金,该是您所得。另十万元是我慰问生病住院的齐书记的,我想托您转给他的家人。"

"齐书记和我绝不会收的。"虽然不知道里面有什么猫腻,但赵宇华还是一字一句地强调。

"我也知道齐书记不会收,所以想请您帮我,就以江南炼化公司奖励金的名义给他。"

赵宇华白了一眼陈萍后讥讽道:"国家什么时候有这样的巨额奖金奖励领导干部?就算是造原子弹和氢弹的功臣,当年也就奖励二十元!"

陈萍哑然,过了许久才黯然问道:"能不能帮我想个办法?当初若无齐书记,后来若无您赵厂长,也就没有今天的我和这家公司。"

陈萍说着说着眼圈红了,仰头眨了几下眼睛,终于忍住没让眼泪滑出。为了避免尴尬,赵宇华只好说道:"你的好意我们心领了,但钱断不可收。"

"我也不逼您,希望您也不要那么傻,该是您的就拿,不然成我占了您的便宜。"说完,陈萍提出折中方案,"这样吧,您那十万奖励金就暂时放在我公司,您什么时候想取现金都可以,也可以转到您指定的账户。"

赵宇华思忖片刻后提议:"如果你坚持认为这钱不是你的,那就用这些钱为江南炼化办点实事吧。"

陈萍盯着赵宇华强调:"这钱是您的,由您来决定它的去向。"

"行,那你日后把原油期货价折价后暗补给我公司。"

"这不行。"

"你刚才不是说由我来决定它的去向吗?"

"赵厂长,我绝不会食言。但原油期货价我很难调整,不过我可以用实油暗补的方式,使江南炼化的原油途耗再低些。"

赵宇华不得不佩服陈萍敏捷的应变能力。在接油过程中,所有炼油厂都有或高或低的原油运输损耗率。由于原油的基数较大,所以原油途耗每下降百分之一,往往就可产生较大的利润。作为老炼油人,赵宇华自然清楚看似简单的指标背后的惊人收益,可谓小微蕴大利。因为受计量标准不同、计量方面的误差、舱底剩油及挂壁和轻组分挥发等诸多因素的影响,原油运输损耗率一直是各炼油厂向"零"追求的目标。陈萍这个方案可谓天衣无缝,而且实现也容易。赵宇华于是马上点头认可:"好!"

"齐书记这份希望您能帮我一把。"

"我受不了这个重托,你另寻高明吧。"

陈萍坦言:"这里我无人再可信,更何况这数额不小,交给别人我真不放心。"

赵宇华蓦然心生一丝感动,但表面仍冷漠地说道:"你刚才的方案绝不可能,齐书记的家人也不会信、不敢收。"

"有没有什么好办法?"

赵宇华不答反问:"你干吗要送钱?"

"嗯——"

"齐书记看病又不用花钱,离休干部连护工费和营养费国家都有补贴。"

"不瞒赵厂长,我得知齐书记唯一的外孙要去英国留学,可家里手头紧,希望这笔钱能帮他们救救急。"

赵宇华这才明白陈萍为什么一开始就强调要把钱送到齐书记家人手上,而不是齐书记手中,这不仅仅是怕录音给齐书记带来麻烦。他双手一摊，一脸为难地说道："不是我不想帮你，更何况这是老书记的家事，可这事不合理，更不合法。"

"不但合法，而且合理。"见赵宇华不解地望着自己，陈萍终于说出齐民奎当年如何让她建立了自信，如何培养她学习的兴趣，如何劝她自律、自爱，如何在她最为困难的时候劝慰她并送上生活费的事。"假如没有齐书记的无私帮助，我怎么可能会有今天的成功？所以我恨密汉民，他不光害民，还祸官。如果不是他造谣诬陷，齐书记不会平调回省厅，我一辈子都不会原谅这个祸害精！"

一段段老故事让赵宇华很震撼，他暗问自己，如果当初自己是书记，有齐民奎这样的好心和耐心吗？显然不可能。可这恰恰是改造人的基础，是获取人心力量的源头。看赵宇华没有接话，陈萍指着包说："这钱不多，当年齐书记把近一个月的工资给了我，现在我也不过是把一个月的收入还给他而已。"

"你是好心，但万一齐书记得知后上交到相关部门，连转手的人都会有麻烦。"

陈萍沉思片刻后说："嗯，是我考虑不周，谢谢您提醒我。"

担心陈萍变卦，赵宇华赶紧补上："谢谢你能理解。"

知道赵宇华无心再聊，陈萍起身送客："打扰赵厂长了，希望您能忘掉不愉快。"

赵宇华也不答复，起身握手："再见！"

等赵宇华走后，陈萍从抽屉里取出一个木盒，打开看了一眼，迅速从公文包里取出现金，把木盒和其中十万元钱装进牛皮档案袋。等重新放进公文包后，她拨通了住在对面房间的助手的电话："有个重要文件你马上送省城。"

齐民奎家的保姆打开门，见门外站了一名打扮时髦的年轻美貌姑娘，印象中似乎从来没有照过面，于是拉着门问道："请问你找谁？"

"这是齐副省长家吧?"

"你是?"

"阿姨好,这是齐副省长的包,请你马上交给他。"

姑娘说完把公文包往保姆手上一塞,不容对方再开口,转身迅即离去。

"哎,你等等。"

不管保姆怎样招呼,那姑娘像没听见似的,只顾加快脚步,不一会儿就不见了人影。保姆只好关上门,把包拎到了里面。

"是谁?"刚出院回家的齐民奎靠在设在客厅的躺椅上,看到保姆拎着公文包进来,摘下老花镜问道。

"那姑娘从来没见过,也没说什么,只是说这包是您的。"

齐民奎爱人闻讯也从里间走了出来,接过齐民奎的报纸和老花镜,示意保姆把公文包递到齐民奎手中。齐民奎打开公文包取出牛皮档案袋,拉开档案袋后脸色大变。齐民奎爱人见状凑上前,顿时也被塞得满满的人民币吓了一跳:"老齐,怎么回事?"

"马上打电话给省府办,让他们来个人。"

"好。"齐民奎爱人应声走到电话机旁。

齐民奎刚准备合上档案袋,无意间看到里面有个盒子,就顺手抽出打开,看到熟悉的派克钢笔后,齐民奎又气又喜。气的是这孩子为什么用这种方式来见自己,却连个照面也不打。喜的是自己当年没有看错人,仅凭这点就足可以证明陈萍不但事业有成,而且是个有情有义的人。

"喂,小傅呀……"

听到爱人已拨通了省府办电话,齐民奎一下子惊醒过来。陈萍能到这一步不容易,不能因为自己简单粗暴的处理给她带来不必要的麻烦。于是他扭头招手喊道:"快把电话挂了。"

齐民奎爱人点了点头,继续对话筒说道:"噢,现在没事了,小傅你忙吧。"

从安静的客厅里传来听筒中微弱的声音,齐民奎爱人随后又简单回道:"对,是我,有需要会找你。再见!"

挂上电话,齐民奎爱人靠近后问:"老齐,怎么了?"

"不要惊动其他人?"

"那这些钱……"

齐民奎快言快语:"马上捐给省'红十字会',这事你亲自去办。记住,不要露脸,用邮寄的方式,署名为'风调雨顺'。"

"好,我会把单据保存好。"

"嗯,就这样处理吧。"

五十一

时隔三年,大业对毕强的看法有了天翻地覆的变化,他怎么也想不到自己居然会对毕强产生强烈的抵触,想尽快逃离他的"势力"范围,以免影响自己对技术的钻研。这种欲望就像当年父亲准备调他离开聚丙烯车间,可自己执意要留下一样。

在万琼院长的技术指导下,大业发起了向新高效催化剂研发的冲锋。目前不但理论技术已取得巨大突破,新高效催化剂也已微量试产成功,现正准备进入试验小釜阶段。可就在这关键节点,毕强却要求他参加"党章学习小组",并下了不许请假的死命令。

无论是在大学学习时还是参加工作后,大业对政治学习始终没有兴趣,认为很多理论要求和自己内心相违背。当时为了应付考试,只能死记硬背枯燥的文字,现在既然工作了,干吗还要花大把时间学这些无用的东西,不如把这些时间和精力投入工作中,为国家和企业干点实事。

这天周末车间政治学习结束后,大业赶紧收起笔记本想去看看下周试验小釜的准备情况。可刚起身,毕强却叫道:"小杨,你等一下,我有事找你。"

一个月前,大业每次都为这样的"留学"待遇感到庆幸和感恩,毕书记常常会给自己解决一些思想上的疙瘩,树立工作信心。可现在一听这话,大业头马上大了,心里暗暗叫苦,这意味着又将有一个小时要浪费了。

等最后一人退出会议室关上门,毕强指了指大业的笔记本,说:"给我。"

"完了。"大业暗叫一声,忐忑不安地递上了本子。

毕强打开本子翻了一下,里面全是技术参数和流程图,没有一个字是政治学习的内容。毕强合上本子笑着问道:"小杨,今天学习你还有其他本子吗?"

对毕强的明知故问,大业心里像十五个吊桶打水——七上八下,只能老实答道:"毕书记,没了,就一本。"

毕强拍了一下前额,恍然大悟,自责起来:"噢,我不知道你有'过耳不忘'的本领。"

不但没有批评不做笔记,反而指责自己,真不知道毕强这葫芦里卖的是什么药。大业的心开始有点发慌,连连摆手:"毕书记,我记忆力并不好……"

"哎——"毕强抬手打断了大业,随后要求,"不要太谦虚,给我讲一下今天学习的重点内容。"

大业觉得在毕强看似柔和,却绵里藏针的"太极"的推拿下,自己已被掀翻在地。他赶紧低头认错:"毕书记,我刚才没有听……"

"啪!"

大业被毕强巨大的拍桌声吓得跳了起来,身后的椅子也倒在了地上。还没等他缓过劲,只见毕强脸上青筋暴起,大声吼道:"你这是在谋杀我们,尤其是我!"

这三年大业可谓顺风顺水,无论是家庭还是单位,进耳的都是表扬声,哪受过这样的指责,尤其是这样无端上纲上线的指责。他不知道原来心目中像天使的毕书记,怎么瞬间成了乱咬人的恶魔。

看大业手足失措地站在桌子对面，毕强长吁一口气后说："把椅子扶起来！"

"是。"大业赶紧转身把椅子扶起，随后又木讷地站着，等着挨毕强的批。

"坐！"毕强像将军下着一道道指令。

"是。"大业应声把屁股轻放在椅子上。

"小杨，你现在的表现不但让我很失望，而且让我很为你今后担心。"

看着毕强痛心疾首的表情，大业心里暗自嘀咕：如果我的表现还让你失望，那么还有谁能让你感到满意？看看我们一起进厂的六十二名大中专生，哪个像我这样敬业？哪个有我这样的成果？若一定要找出有什么不如别人的，那也就在政治表现上。可我至今都没有想入党的想法，让我学政治，让我学党章，岂不是在浪费有限的生命？

"你是不是觉得今天受委屈了？"

大业不想回避，迎着毕强的眼神坦率地说道："是的，毕书记。"

"我看过你的档案，你一直是理科强于文科，尤其是政治这一课，往往只是合格。"

我承认不喜欢学政治，也承认没有这方面的天赋，但那又怎么样？我照样可以拿到学士学位，照样可以搞我的技术。有了内心的强大后，大业干脆坐实了屁股爽直承认："我不喜欢这门课，太枯燥，太乏味。"

"人可以有选择性地学习，更要学会发挥特长和兴趣地学。比如你现在全身心地投入搞催化剂的研发，这非常的好。但你要切记，有一门学科任何人没有选择，那就是政治。"

毕强的劝告让大业越发觉得可笑。什么逻辑，难不成你是党支部书记就要强求别人也跟着学政治？这和清朝统治者规定"留头不留发,留发不留头"的野蛮行为有什么不同?庆幸你只有这点权力,若你是一国之君,那还不无法无天了?唉,也就国企强调学政治,农民或个体户谁稀罕学这些无用的东西?大业心里虽然这样想,但嘴上不敢表露出不满,只是故意轻声自言自语:"不至于吧?难道农民、个体户也在学政治?"

"当然也在学,只是学的方式不一样,他们更多的是在实践中学。"

大业本想顶上一句:"那我也可以在实践中学。"可话到嘴边硬生生地咽了回去,眼珠一转,说出口的是:"您以前指导我《易经》是世上最为伟大的辩证法哲学书,我一直坚持在学《易经》。"

毕强点了一下头,说:"很好,但你不能过低要求自己,更不要认为政治学习枯燥乏味。坚持政治学习,就是加强党性修养。通过学习,我们可以坚定理想信念,以思想自觉引领行动自觉。同时,政治生活是人基本生活的内容与权利,不管你愿意还是不愿意,都无法回避或离开政治,所以你一定要把政治学习放到有别于经济生活和精神生活的范畴来理解。"

听到这些政治术语,大业感觉头又大了。可由于"剑术"太差,无法和毕书记过招,只能心口不一地应了一声:"噢。"

"说政治学习重要,并不是说因为要走从政之路而重要,能不能学好政治将决定一个人的立世高度和厚度如何。因为学好政治能够让人成熟,让人变得容易适应复杂的社会环境,同时也会让人的境界更高。相反,头脑单纯、处事呆板、得过且过的人大多是不喜欢学习政治的人。"

大业首次听到对学习政治的作用有这样的诠释,如果按毕强这样的论断,自己就是属于头脑单纯、处事呆板、得过且过的人,这让他很不服气。于是他直接顺着毕强的话叫板:"毕书记,这个我不认同。成熟往往是过于算计的代名词,人很可能因为优柔寡断反而做不成事。搞技术更需要头脑单纯、处事呆板的人，这样的人往往能够勇往直前，不计得失。"

听了大业带有抵触情绪的想法，毕强不但没有不高兴，反而露出了一丝笑容。他希望年轻人能够和领导说出真实的想法，敢于和领导说不同的意见。但现在的年轻人精得像只狐狸，表面上唯唯诺诺，一副俯首帖耳的样子，可其实是左耳进右耳出，有的甚至连进也不进。所以毕强反而喜欢犟头倔脑、桀骜不驯的年轻人。当年在生死一线的战场上已证明这样的年轻人更爱国，更有战斗力。心情转好的毕强突然话题一转，问："还记得上次我们谈到的张志信和张立吗？"

大业不明白毕强怎么一下子又说到战场，但他乐于这样的变化，接口答道："记得，尖刀班班长张立是160师师长张志信唯一的儿子。"

"张志信为什么同意张立任主攻团尖刀班班长？"

"锻炼他，让他能够更好地成长。"

毕强毫不客气地指出："你的想法和社会上有些文痞相似，只是他们把将军的壮举污蔑成给儿'镀金'。但我告诉你，这都是'以小人之心，度君子之腹'。你还没有当父亲，不懂这种心情。说实话，让儿子去做死亡概率极高的表率，没有博大的胸怀是不可能做到的，有任何一丝杂念都会举步维艰。你爸是厂长，可以安排你去公司很多岗位，但他绝不可能送你去脏苦累的检修车间。当然，我没有歪曲你爸的为人，只是说出包括我自己在内的大多数父亲的真实想法。"

对毕强的最后申明，大业觉得有点多余，毕竟父亲"私心杂念"都是明摆的事。也不知道为什么，每次和毕强谈话都有心与心交流的感觉，没有丝毫的隔阂，也没有任何的不快，只有淋漓尽致的思想火花的冲撞。而就是在这样一次次的冲撞中，自己像是蕴藏在地下万年的石油,突然被挖掘出来并点燃,从此有了钻研技术的信心。所以大业真心地谢道:"毕书记您批评得对,谢谢您!"

"现在我再问你,为什么张立不但没有玷污其父亲的英名,还让自己成了民族的英雄?"

大业思忖片刻,觉得有点难回答,于是摇了摇头。

"因为他们两代人是真正的共产党员,做官有正气,做人有底气,做事有硬气。"

毕强把"真正的共产党员"几个字的字音咬得很重,大业自然明白其中的用意。也因父亲的"私心杂念",让他声如蚊蚋地应道:"毕书记,我知道了。"

毕强似乎没有要停下的意思,继续问道:"小杨,全厂都知道聚丙烯生产地位较低,作为技术干部上升的通道相比别的车间要窄。你有背景,知道为什么赵厂长把你安排在聚丙烯车间?"

大业摇了摇头。毕强一字一句地强调:"赵厂长要我带好你,不光专,还要红!"

又红又专?大业并不是很反感这样的词语,但毕竟人的时间是有限的,怎么可能鱼和熊掌兼得?想到这里,大业坦诚地说道:"毕书记,我没有当领导的欲望,我只想搞技术。"

"'红'不是一定要让你去当领导。又红又专不是一对矛盾,而是辩证统一。有了'红','专'才有正确的方向和目的;有了'专',才能把'红'变为现实。离开'专','红'会成为空想家,而离开'红'的'专',就可能迷失方向,甚至会出大错。"

毕强说到这里停了下来,和蔼地望着大业问道:"怎么样,不会又觉得枯燥乏味吧?"

"没有。"虽然内心觉得毕书记的话太夸张,但被他这么一问,大业反而不好意思地摇了摇头。细细回味毕强刚才讲的红和专的辩证统一关系,大业觉得还是挺有道理的。于是他又补充说道:"以前也学过这些知识,但没有今天这样的理解。"

"所以说在实践中学也是一种方法,而且有时效果不比坐在课堂上差。"见大业笑了,毕强也善意地笑着调侃自己,"你是觉得我这个没有上过大学的人在表扬自己吧?"

大业吓得赶紧收住笑容,连连摇手:"没有,没有。"

"在理论起步上,我的确要比你差。但经过这些年的实践和再学习,你现在已被我落下。"

"在政治思想工作上,毕书记的确做得比谁都好。我至今还记得当年进厂后您找我的第一次谈话,也因为有了您的指导,我才和同事建立了良好的关系,才有了今天的小成绩。"

"你不光有技术钻研上的天赋,别忘了还有政治思想上的天赋。现在你用坚持不懈已验证了技术上的成功,可政治思想上你尚且处于襁褓阶段,就像是一个四肢发达、智力低下的不健全人。"

大业很不服气,眼帘下垂,眼神空洞地盯着桌面。毕强捕捉到了大业内心的变化,耐心地劝道:"你是一株好苗,但因为政治上还不够成熟,很难把自己提升到更高的境界,甚至有可能日后适应不了复杂的社会环境。所以我会继续督促你认真参加政治学习和党章学习。或许你会觉得我啰唆,但日后你会觉得所学的一切都是有意义的。只有'又红又专',才能炼出铁一般的信仰、铁一般的信念、铁一般的纪律、铁一般的担当,在各种复杂考验袭来时站稳立场。"

对这样的书记还能怎么办?大业只能重新抬眼在无奈中感谢:"谢谢毕书记!"

"行,今天就谈到这里吧,抓紧新催化剂的攻关,努力年内出成果。"

"是,毕书记。"

五十二

大业的新催化剂还真给搞成了,生产周期从最初的八小时压缩到现在的六小时半,等于在设备不变、不添加辅助料的情况下,装置生产规模提升了近百分之二十三。凭借这一成果,大业获评当年中石化科技进步奖二等奖。

在北京领完奖的次日,大业先去石油研究院拜谢了万琼院长,随后直接赶往机场。在排队安检时,突然肩膀被人拍了一下:"大业。"

大业扭过头一看,原来是邵丽丽。他乡遇到旧时喜欢的女同学,大业一下子也很兴奋:"呀,是丽丽,你怎么在这里?"

"因为你在呀。"邵丽丽说完抿着嘴笑了。

大业的脸"腾"的就红了,支吾着说不出话来。邵丽丽见状笑得更欢了,问:"你是几点的飞机?"

"11:45。"

邵丽丽抬腕看了一下表,说:"还有三个小时。"

"我在这里人生地不熟,所以提前来候机了。"

"我也是没什么事就提前来机场了。"

大业这才想起自己有点失礼,赶紧问道:"丽丽,你是几点的飞机?去什么地方?"

"我飞广州,下午一点的飞机。"说完,邵丽丽不容置疑地说道,"四年没见,难得见面,空坐在机场太没意思,人多又嘈杂。我知道附近有个休息的地方，不如我们一起去外面聊聊吧。"

大业不好意思回绝，点头跟着邵丽丽出了机场。出租车送两人到了离机场不远的酒店，邵丽丽径直走到前台问服务员："还有没有空房？"

"有，您需要吗？"

"给我开个房间。"

大业心里嘀咕，坐着聊聊大厅不就行了吗？干吗还要花钱开房间？可在老同学尤其是女同学面前，可不能留下抠门的坏印象，于是主动掏出了钱包。还没等大业抽出钱，只见邵丽丽手一挡，晃了晃手中的卡说："大业，我有会员卡。"

大业只好看着服务员接过邵丽丽的会员卡办起了手续。签字时，邵丽丽没有用柜台上的笔，而是从包里掏出自己的笔。大业一眼认出那支钢笔是自己当年送给邵丽丽的礼物。虽然这支"英雄"牌金笔在当时还算时髦，但随着近几年进口水笔的流行，这种金笔已鲜有人使用。大业突然对邵丽丽好感大增，虽然还不知道她现在干什么，但从她的穿着打扮来看，应该过得不差。而仍用着当初自己送的过时钢笔，说明她是个念旧的人。

两人上电梯进房间，邵丽丽招呼大业坐下后，一边开饮水机开关，一边问道："大业，喜欢喝咖啡还是茶？"

"我还是喝茶吧。"

"好。"

邵丽丽洗完杯子泡好茶递到大业面前，说："在南方习惯了，这里还真感觉有点冷。"说完，拿起遥控器打开了空调。

大业觉得很奇怪，南北是有温差，但现在这季节还不至于说冷吧。记得邵丽丽当时分配在湖北荆门，刚才在机场她说飞广州，于是问道："你现在住荆门还是广州？"

"我在荆门只干了半年就辞职到了广州，现在是摩深公司的业务经理。"

大业接过邵丽丽递来的名片一看，原来这是一家猎头公司。由于对这样的公司没什么好感，他脱口问道："你怎么去这样的单位？"

邵丽丽不答反问："还记得我们一起去图书馆吗？好想能和你再一起去图书馆看书。"

大业心一动，脸又红了，接不上话的他赶紧拿起水杯，可没想到杯子水温太高，烫得他一个激灵猛地缩回了手。这下不但没有掩饰成功，反而显得更加的尴尬。邵丽丽似乎仍然沉浸在回忆中，娇嗔着问道："这几年我老在回忆刚上大学时和你一起的日子，也不知道那时你为什么突然不理我了，是不是那时有了喜欢的人？"

嗯？明明是她和永刚好上了，怎么反而倒打一耙。大业于是反驳："丽丽，当时是你要找……"

邵丽丽突然上前用手捂住大业的嘴，扭着身子嘟嘴说道："不让你说嘛。"

刚拨开邵丽丽的手，大业已心生悔意，看她嘟着小嘴一脸不悦，更是心慌意乱，连忙应允："好，我不说，我不说。"

"你想不想我？"

"想，当然想，一直想你。"

话音刚落，邵丽丽双臂像蛇一样缠住大业的脖子。虽然在大学时和邵丽丽一起吃饭、一起去图书馆，但只是在生活和学习上结个伴，两人仅仅拉了手，再没有任何进展。这几年来，大业全身心地扑在了工作上，不但不主动找女朋友，甚至连别人介绍的对象也一概拒之。现在心仪多年的人蓦然投怀送抱，大业本能地抱住了对方，女性特有的柔软、清甜的气息一下子涌入了大业的鼻腔，就像是一团熊熊烈火，瞬间点沸了浑身的血液。大业似乎听到了自己狂乱的心跳,语无伦次地说道:"丽丽,我想你……你嫁给我吧……"

邵丽丽不说话,只是双唇噘成小圆圈,眼神迷离地朝大业吹了一口气。大业再也控制不住冲动,笨拙地把滚烫的双唇压在那张鲜艳欲滴的唇上,闭着双眼慌乱吮吸。

"啊——不要。"

邵丽丽的叫声吓得大业立即松开了嘴,睁眼发现她正愠怒地用手轻揉嘴唇。想到自己刚才莽撞的举止,大业头皮一阵发麻,手心也出了汗,结结巴巴地说:"丽丽……对不起……"

望着大业的窘状,邵丽丽心里暗乐,她仰脸摩挲大业的下巴,柔情万种地说道:"大业,你不要回厂了,跟我去广州闯荡吧。"

和邵丽丽去广州?那绝不可能。自己在江南炼化公司可谓前程似锦,离职等于断送研究成果,白费这四年多的心血。况且在家乡工作好歹还有父亲这座小靠山,去人生地不熟的广州,那可就叫天不应,叫地不灵。想到这里,大业反而认真地邀请邵丽丽:"丽丽,还是你来甬江市吧,我让我爸给你找个工作。"

"我可不想在小城市生活,更何况你那里还远离城中心。实话告诉你,我在广州已给你找到一个好工作。"

大业大吃一惊:"什么?你给我在广州找了工作?"

"怎么样,没想到吧?是家大型外资公司,只要你带技术过去,他们说每月收入起码是江南炼化的五倍。"邵丽丽得意地张开一直摩挲大业下巴的五根手指晃了晃。

大业猛然想起邵丽丽现在工作的单位。对,邵丽丽肯定是受猎头公司之托来"猎"自己,刚才的亲热根本不是感情的回暖,而是她把自己当成了一头"猎物",一头值得花时间和精力,甚至是身体来捕获的有价值的"猎物"。大业越想越窝火,什么机场巧遇,什么酒店聊天,什么动情叙旧,所有一切只是邵丽丽早就导演好的一场戏,自己竟然毫无察觉地投入戏中。不行，断不能再按对方设计好的戏演下去。想到这里，大业一把推开邵丽丽，起身问道："那家外资公司给了你多少的提成来挖我？"

邵丽丽慵懒地往沙发上一靠，说："公司答应我，只要让你去该公司工作就奖励我一万。"

大业一脸鄙夷地追问："你用这种方法挖了多少人？"

邵丽丽先是愣了一下，旋即神情淡定地单手拢了一下长发，答非所问地说道："去年我们就盯上了你，经过追踪、评价、甄选和推荐，与那家大型外资公司签订了合同。"

"你们在江南炼化公司盯了多少人？"

"这个我说不上，只要有价值，公司都会追踪和评价。"

大业觉得已没有再谈下去的必要，于是快速整理完衣服，拎上包准备离开这个是非之地。可刚转身要走，只听邵丽丽在身后冷冷说道："占了便宜想一走了之？"

听对方话中有话，大业不得不转回身："你还想怎样？"

邵丽丽抱胸开出了条件："要么跟我去广州，要么你给我一万！"

"我绝不可能离职，也不可能给你钱！"

面对大业的强硬态度，邵丽丽冷笑道："我有录音，你不答应，那我就去江南炼化公司告你强奸我。"

大业头"嗡"的一声，看来邵丽丽早就准备好了应对方案，就像是公司的事故应急演练，什么情况下该采取什么样的措施来应对。从离开机场时，自己其实已落入了对方的圈套，现在只能两害相权取其轻，冲动只会把事搞得更糟糕。于是大业强忍怒火说道："给我账号，一个月内我打给你！"

邵丽丽起身疾步跑到桌边，拿笔迅速写下一组数字递给了大业。大业一脸冷峻地接过纸条往上衣口袋一塞，一声不吭地提上行李快步向外走去。重重关上门，大业再也控制不住噙在眼眶中的泪水，他第一次尝到了和女人接吻的滋味，也第一次尝到了悔恨的滋味。这味道告诉他：人的一生需时时自律，绝不能有丝毫的放纵，尤其是在事业成功后，更需要加倍的谨慎。

返回江南炼化后，大业从存折中取出一万悄悄打到了邵丽丽指定的账号上。虽然事已了结，但压在大业心头的石头却没有落地，这倒不是心疼那积攒下来的一万元钱，而是想起了不久前毕强书记的谈话内容。记得他曾断定自己是一株好苗，但因为政治上还不够成熟，很难提升到更高的境界，甚至有可能日后适应不了复杂的社会环境。因为离开红的"专"，就可能迷失方向，甚至出大错。当时自己还不服气，现在不但验证了毕书记的先见之明，同时也验证了自己就是个头脑简单的人。

"哥，你在想什么？"

小业突然推门走了进来，大业指了指摊在桌上的《入党指南》册子掩饰："没什么，刚学习完后在思考。"

"哥，你终于要求进步了。"

大业不满地白了小业一眼："我什么时候不要求进步了？"

小业压低了嗓音："哥，爸可是早就催你递入党申请书……"

大业不想接这话题，于是打断问道："你找我有事？"

"哥，你一直不找对象，而我都快要和庆庆结婚了，这……"

"你有没有合适的？"

"我们学校刚分来一个老师，教政治的……"

"好，帮我约个时间见面吧。"

虽然连着三次被打断，但小业一点也没有不快，反而高兴地问道："哥，那安排这个礼拜天早上怎么样？"

"听对方的，我可以。"

出大业房间后,小业心里却忍不住嘀咕起来:哥这是怎么了?以前谁给他介绍对象都一概拒之,今天倒好,别说是女方的家庭出身、学历、兴趣爱好,甚至连身高、长相也不问一下,难道这就是传说中注定的缘分?不过小业不想琢磨这些,毕竟大业肯找对象是好事,更何况这个对象还是自己介绍的,于是马上到客厅把喜讯告诉了父亲和母亲。张翠莲喜得一下子从沙发上跳起身,杨昌祥白了一眼老伴,平静地说道:"我早就说过,船到桥头自然直,你们都是皇帝不急太监急。"

"爸,再告诉你一件好事。"

"什么?"

"哥在学习《入党指南》。"

杨昌祥这才放下手中的报纸,自言自语:"难道木鱼脑袋瓜开窍了?"

房门重新关上后,大业望着窗外发起了呆。小业介绍的居然是政治老师,难道是天意安排到身边的指导员?大业觉得自己的确需要一个政治思想上的指导者,虽然单位有毕强书记,但毕竟不能什么事都和他说,更何况铁打的营盘流水的兵,两人不可能长时间在一起。因此从某种意义上来说,日后的生活伴侣若是在政治上见长,那真是自己的福分。大业回头看了一下台历,后天就是礼拜天,争取这两天把入党申请书写好,开始认真参加党章学习。说亡羊补牢也罢,说吃一堑长一智也罢,反正毕强书记那句"学好政治可以决定一个人的立世高度和厚度"的话可以作为当前的座右铭。

五十三

礼拜天早上在公园一见面,大业马上给这个叫章玲玲的老师的第一印象打了高分。对方眼睛虽不大,但眸子晶亮清澈,再配上小巧的鼻子、薄薄的双唇和白皙的脖颈,就像是从画中走出来的古代美女,只是比古画中的美女多了一副眼镜而已。

小业是过来人,相互介绍后看两人已对上眼,就找个借口拉着庆庆走了。虽然大业在大学就有和邵丽丽一起吃饭、散步的经历,可不知为什么,小业一走,他的心就莫名紧张起来,尴尬地看着脚面,别说是开口说话,连抬眼再打量对方的勇气都没有。倒是章玲玲落落大方地问道:"听杨主任说,您喜欢航模?"

杨主任?哪个杨主任?大业终于想起弟弟上个月刚升为教导处副主任,赶紧点了一下头。

"我在学校带了一个航模兴趣小组,不知您以后能不能抽空帮我来指导学生?"

大业脸一下子红了,说:"我只是瞎玩,教不了学生。"

"您是公司有名的技术能手,肯定比我教得好。"担心大业再回绝,章玲玲又刻意补充道,"在动手能力上,男孩天生比女孩要强。"

"没,没有……谢谢!"

看大业如此腼腆,章玲玲捂嘴笑了。昨天中午杨小业说想把她介绍给他哥时,农村出身的章玲玲还有几丝顾虑,担心大业不但出身干部家庭,而且现在还是公司有名的技术能手,可谓前途无量,怎么会看上自己?尤其听小业说大业至今还没有找过对象,章玲玲更是觉得他有傲气,这好事不可能成。但碍于同事的面子,章玲玲只能答应和大业见个面。可没想到眼前这个大男孩性格温和低调,丝毫没有干部子弟的纨绔之气。由于好感倍增,心情轻松不少,章玲玲忍不住笑出了声。

笑声如同稳定剂,让大业迅速平静了下来。他偷眼打量对方,只见那双眼睛弯成了月牙儿,眸子溢出清雅的灵韵,仿佛在等自己的投合。大业于是不好意思地挠着头皮改口道:"章老师这么信任,那我就斗胆试一试吧。"

"太好了,谢谢杨工。"

"嗯——"大业低头沉吟一声后提了个要求,"章老师,能不能直接叫我大业?"

"好啊,那你也不要叫我老师,叫我玲玲吧。"

当章玲玲迅速把"您"改口为"你",大业不但没有感到生疏,反而觉得多了一份亲切。但对对方让自己也直呼名字的要求,大业决定坚持不改:"还是允许我叫你老师吧,我还有许多问题想向你请教。"

大业的谦虚让章玲玲越发有好感,她由衷地说道:"你学问比我深,如果有问题尽管问,但我可能很难答得上来。"

"周五我刚向车间书记递交了入党申请书。听小业说,章老师大学第二年就入了党,现在又是政治老师。而我不光学生时期政治课成绩不理想,现在在车间政治学习也吃力,还请你多指导帮助我。"

大业提出的奇特话题让章玲玲颇为意外,这哪像是谈恋爱,倒像说是思想政治汇报。但想到面前是个学习、生活和工作始终在相对封闭的环境,没有机会融入大社会的厂子弟,玲玲突然感觉到了自己的优势,她指着前面说:"大业,我们到那边坐下聊吧。"

大业这才觉得两人站在公园显眼处有点尴尬,于是点头并做了个请的动作:"好,请。"

等两人在石凳上坐定,章玲玲这才表达起自己的观点:"我个人认为从受众和内容上来说,政治课不同于政治学习,但两者有个共同点,就是通过不断的学习,达到自我教育、自我改造、自我完善、自我约束、自我提高的目的,从而树立正确的世界观、人生观和价值观。打个比方,就像是让原油在一定温度和压力下,剔除有害物质,成功涅槃为对社会有用的资源。"

"说得好!"脱口叫好的大业觉得有点冒失,于是补充道,"在单位也听领导说过相似的理论,但没有章老师说得这样贴切易懂,这样的比喻让我茅塞顿开。"

章玲玲脸微红了一下:"谢谢你的认同。有了正确的世界观、人生观和价值观,那就等于有了公私观、是非观、义利观,从而规定了行为准则,也就是管住了自己。其实在世界上最可靠、最管用,也最难的是把握自己、管住自己。管好自己,一生平安幸福;而放纵自己,就危在旦夕。"

想到近日发生的丑事,大业心服口服:"就是,就是。世界观的改造是终身的改造,一刻都不能放松。"

大业的情绪感染了章玲玲,她主动问道:"你应该也参加了党章学习小组吧?"

大业挠了挠头皮:"参加了,可现在才开始真正想学,回想以前都是和尚念经——有口无心。"

"党章明确规定了党员的权利义务,学习党章可以弄清楚自己该做什么、不该做什么,不但可以在大是大非问题上立场坚定、旗帜鲜明,也可以增强工作系统性、科学性、预见性和创造性。大业,其实只要想上进,什么时候开始都不晚。影响人生高度的不仅仅是环境和际遇,更重要的是信念,信念是否高尚和坚定将主导人生的走向。看到前面那座小山了吗?"

即使不抬眼看,大业也知道章玲玲指的是前几年公司组织人力造的假山,但还是顺着章玲玲手指指的方向望去。

"大业,看到那石阶了吗?"

"嗯,看到了。"

"其实我们每个人都站在石阶上,导向对,我们就向上;导向出错,那就向下。我们应该时时反思自己是在向上还是在向下?当然,我们不能'唱功好做功差',更不能'只踩油门不挂挡',从某种意义上来说,行动比思考更为重要。"说到这里,章玲玲转过脸看着大业问道,"有没有听说安娜·玛丽·罗伯逊·摩西的故事?"

大业只记得俄国作家托尔斯泰笔下有个叫安娜的贵族妇女,是著名长篇小说《安娜·卡列尼娜》的主人翁,但这明显不是章玲玲所说的安娜,于是摇了摇头。

"摩西奶奶是个普通的美国老人,一生贫穷,七十岁才用扛了大半辈子农具且已患风湿症的手指握起笔,五年后才在第一幅作品《农场·秋》上署名。可现在世界各地很多博物馆都展出其作品,法国卢浮宫近代美术馆还出价一百万美元收购她的一幅作品。"

听着章玲玲一脸平静地娓娓道来,大业大吃一惊。美国老人的惊世之举他并不吃惊,毕竟像摩西奶奶这样"大器晚成"的案例还有不少,姜尚七十二岁才被拜为国师,吴承恩也是以七十多岁高龄才开始写《西游记》。让大业吃惊的是眼前这个看似柔弱的女孩知识面如此的广,使枯燥的理论知识经过贴切比喻,显得生动有趣,学起来有滋有味。而车间团支部组织的党章学习仅是单向信息的传递、简单条规的灌输,难以让人产生学习的动力,甚至还有点落入形式主义窠臼的感觉。大业想起了毕强书记,心里暗念,也许章玲玲就是上天派来拯救自己灵魂的天使。当然她不同于毕强,章玲玲没有因学政治而强势,就像她纤弱身姿和娇小的个子,举止得体,既稳重又不失亲和。看来自己命中注定要受这两人的引导和监督,做一个又红又专的人。想到这里,大业一语双关:"章老师,你让我有一点通的感觉。"

章玲玲脸"腾"的一下就红了,再笨的人也听得出大业的潜台词,只有心有灵犀才能一点通。看对方连白皙脖颈也粉红后,大业脸也红了,干搓着手不知所措。虽然没有对话,也没有相视,但两人知道,初次见面已定下恋爱关系。

晚上刚躺进柔软的被窝中,大业就发起了愁:日后章玲玲若觉察出自己和别的女人接过吻,她会怎么看自己?如何向她解释那件见不得人的丑事?唉,大业叹气后感慨万千,上天可真会捉弄人,若是早十天认识章玲玲该多好,就不会发生此生都洗不清的最大丑事,真不知道那录音会不会……

五十四

两年后,在双方父母的催促下,已升任教导处主任的小业和货运队业务主办庆庆终于结束长达八年的恋爱。虽然登记结了婚,但两人之间的矛盾却没有因成家而淡化,反而因庆庆仍固执要留在货运队而升级。小业非常的恼火,一个女人干吗要混在一帮大老爷们中间?看着身边的同事,中午都一起回家做饭或去食堂,就因为货运队偏远,自己天天中午像个单身汉一样。

不光小业有想法,当初就认定庆庆去货运队不妥的杨昌祥意见更大,只是庆庆那时还没有过门,干涉有越俎代庖的嫌疑。现在既然已成儿媳,那于情于理都得管管这事。杨昌祥甚至有点着急起来,他和赵宇华都快到退居二线的年龄,如果现在不想法子调庆庆出货运队,说不定日后想动也没机会。考虑一番后,杨昌祥决定要么把这个儿媳调到学校当老师,要么调到外事办做翻译。打定主意后,杨昌祥先找到赵宇华和盘说出了打算,没想到赵宇华不但不支持,反而劝杨昌祥要尊重孩子的选择,说毕竟他们现在都是大人了。杨昌祥听着听着火就上来了:"他们是大人?他们永远是社会经验不如我们的小孩子!"

"老哥,我知道你是好心,但好心不一定是对的,好心也不一定能让人接受……"

杨昌祥不乐意了,这不是变相怪自己弄巧成拙吗?事实已证明不是我糊涂，而是你没脑子！看看一起进厂的两个孩子，小业已是教导处主任，可庆庆呢？什么主办不主办，不和知识分子在一起，整天和一群开车、修车的人混能有什么出息？若当时一起在学校，以孩子的天赋和能力，加上这几年的资历，起码也能和小业一样在德育处或总务处当个负责人。所以杨昌祥粗暴地打断了赵宇华："你不管我来管，反正庆庆现在已是杨家的人。"

面对亲家的火暴脾气，赵宇华没有感觉不爽，那是真心在为庆庆着急，真心为她好。但赵宇华心里更清楚有个性、有想法的宝贝女儿，一旦已决定的事，任何人改变不了，更何况自己还认同庆庆的判断与作为。现在各种迹象表明，随着国民经济的高速发展，中国物流迎来了发展的良机。这个时候让庆庆离开货运队，她肯定不乐意。现在只有设法做通亲家的工作，努力不让他们干涉庆庆的决定，甚至得到他们的支持。于是，赵宇华侧身拿起茶几上的茶杯往杨昌祥面前一递："老哥，先喝点水消消火，别急。"

杨昌祥也不客气，接杯扬脖猛灌两口后，重重把杯子放回茶几上逼问："给句话，你到底管不管我的儿媳。"

"哟，听老哥口气庆庆只是你家儿媳，不是我的女儿了？"赵宇华佯装生气地责怪后，马上微笑着问道，"知道现在货运的新叫法吗？"

"货运就是货运，难不成也把货当人改成客运了？"杨昌祥没好气地反问。

"国际上这个叫物流。"赵宇华耐心地给杨昌祥解说起新兴的词语，"其实早在六十年前，美国已形成物流的概念，'physical distribution'原意为'货物配送'。引入日本后，日文的意思是'物的流通'，后简称'物流'。"

对于赵宇华的解释，杨昌祥甚为不悦，梗着脖子反驳："日本早期连文字也没有，最早的文字记载还是我们中国人写的。中国是有着五千年历史的文明古国,我们这一代不但不去坚持传统文化,反而把老祖宗的东西扔了改学小日本?"

"坚持传统文化和学习先进文化并不矛盾,我们有不少东西现在就是学小日本的,你这个化肥厂还不是小日本的技术?"

杨昌祥觉得嗓子被哽了一下,但马上狡辩:"那要学就学源头,干脆把美国的原意简称为'货配',和我们'货运'也就相差一字。"

赵宇华刚拿起杯子喝水,被逗得连呛了好几口,放下杯子擦干嘴角后说:"老哥,我们原来的货运理念太简单,管理也太粗放。而现代物流则是经济全球化的产物,更是推动经济全球化的重要服务产业。这段时间我在庆庆的推荐下,也学了一些基本物流知识。才知道这里面的学问还真不少,有用户服务、需求预测、订单处理、配送、存货控制、运输、仓库管理、工厂和仓库的布局与选址、搬运装卸、采购、包装、情报信息……"

看着赵宇华掰着手指一一说明,听得不耐烦的杨昌祥打断问道:"这和我们公司有什么关系?"

"当然有关系了。我们公司的生产经营已走向国际化,目标就是寻求更大的市场、寻找更好的资源、追逐更高的利润。而在这当中,物流也是一个关键因素,要测算出如何以最低的成本达到最优生产经营的目的。"

"这点小钱在公司根本算不了什么。"

"老哥你错了。去年七月世贸组织总理事会会议决定接纳中国为该组织的观察员,我国加入世贸组织是肯定的事。而世贸组织规定市场准入的原则,就是要求各国开放市场,主要内容包括关税保护与减让,取消数量限制,倡导最终取消一切贸易壁垒,包括关税和非关税壁垒。如果我们现在不对所有生产经营环节精打细算过日子,入世后就可能被跨国公司打垮。"

杨昌祥的表情一下子严肃起来，加入世贸组织虽说可以为国民经济发展提供新的增长机遇，能够为中国在新世纪的发展中争取更有利的生存环境。但它却是一把双刃剑，尤其对炼油化工企业来说，简直可以比喻为引狼入室。国外大型石油公司必将对国内石化企业产生很大的冲击和影响，甚至有人预测中国一半的石化企业会因入世后的关税减让、市场开放而垮掉。从这方面来看，赵宇华的批评不无道理。但理归理，情归情，不可能因为儿媳在货运队，"狼"就不来，相反更应该在"狼"来之前，让她有个安稳之地。于是他打开天窗说亮话："日后公司的生产经营形势必定很紧迫，女孩子更应该远离旋涡中心。"

"我不同意老哥的想法，战争可不分男女，更何况是经济战争。面对旋涡不应该选择逃避，而是设法不让其产生。"

杨昌祥瞪了一眼赵宇华："你难不成还想让庆庆在货运队做出惊天动地的事？"

"说不定还真像大业那样干出一番事业来。"看杨昌祥要接话，赵宇华打了个制止的手势边回忆边说，"早在大学时，庆庆就提议我们应该尽快考虑拥有产品的货运能力，甚至是大油轮。这样可以减低生产成本，进原油或者卖产品都不会受到运输的制约。"

"这姑娘野心真不小。"杨昌祥眼也瞪大了。

赵宇华认真地纠正："不，是格局高、视野宽。"

"她要权没权，要人没人，就算是有想法，那也是空想！"

"看来我只能出卖女儿了。"赵宇华说完无奈地耸了耸肩，看杨昌祥一脸认真地盯着自己要下文，佯装为难地要求，"你可得暂时保密，包括公司领导和小业。"

"说吧，到底是什么事？"

"前几天庆庆刚说通他们的队长，计划在货运队实行业务考核，并与奖金挂钩。"

杨昌祥的脸一下子松弛下来,不屑地说道:"这算啥,难道你们炼油厂不是这样在做的?"

"我们都在做,但这种不痛不痒的激励谁都不在乎。庆庆他们的做法是不保底的零起步,真正谁干得多谁得到多,不像我们同岗位最大差距不超过十元。"

杨昌祥像正在演出的大变脸,听到这里立即变脸正色警告赵宇华:"我得提醒一下你,国企是不允许胡来的。如果人人都往钱眼钻,制造出来的矛盾怎么收拾?"

"目前国内的经济市场没有全部对外开放,竞争不是很激烈,我们在国家经济保护和支持下可以稳稳运行。但加入世贸组织后,随着资金、技术和新的管理方法涌入国内,经济竞争肯定更加激烈,我们必须要在提升竞争力中促进管理的升级。"

听着对方的分析,杨昌祥觉得自己今天白说了,有这样一个老爹在背后支持,那庆庆肯定要变着法子折腾。他直盯赵宇华问道:"你说的都是大道理,我也不想和你争,只想问你一句,是不是要让庆庆一直待在货运队?"

"我想不可能吧,按庆庆的个性,她干成事就想换工作。"

有了这样的肯定,杨昌祥心定了些,接口说道:"行,那就再等等吧,但愿在我俩退之前调出来。"

对亲家暗设的时间期限,赵宇华心里也没有底,但毕竟能让庆庆暂时不受干扰放开手干,于是就随口应道:"好。"

五十五

虽然小业的家事让杨昌祥操心和烦恼,但大业却让他很欣慰。即将到晚婚年龄的玲玲开始和大业采购起家电,计划开年就结婚。

大业这两年工作上依然是顺风顺水。按张翠莲的说法,大业当年有三喜。一是正式被批准加入了中国共产党;二是国家计委正式批复公司八百万吨扩建工程可行性研究报告,大业破格被提拔为新建第三套常减压车间的副主任;三是大业即将成家了。

但别人眼中喜事连连的大业心事重重。随着结婚日子的临近,他越发恐惧。第一次和玲玲亲吻时,对方像触电一般,他眼睛一闭,眼前居然浮现出那天在酒店和邵丽丽接吻的场景,顿时额头大冒虚汗,人就像是虚脱一样疲倦不堪,身体没有了任何的反应。他松开手,不敢回视玲玲期盼的眼神,虚伪地说道:"玲玲,把美好留到结婚那一天吧。"

章玲玲不知内情,动情地抱紧了大业。她断定眼前的恋人是个值得信赖的好男人,日后必定能有所成就。因为能克制欲望的人,肯定是个理智的人,而理智的人遇事会讲原则,不容易被误导。相比之下,玲玲觉得自己太轻薄了,脸霎时红得如同上了油彩。为了掩饰,她轻轻应了一声把头深埋在大业怀中。之后大业干脆很少进章玲玲的寝室,而把约会地点定在公园、电影院和图书馆。虽然在玲玲面前如同一个"废人",但一早醒来,胯下那玩意儿像是衬了骨头似的高高挺起。有次在电影院看到《老井》中两个主角激情拥抱时,大业明显感觉下面起了强烈的反应,但余光一看玲玲,顿时像泄了气的皮球,软瘪成一坨。大业很想偷偷去医院看看这个怪病,可他实在没有勇气面对医生,更没有勇气说出来。苦恼的他只能用工作来麻痹自己。谁也不知他的苦,无论是领导还是操作工,都对这个分厂一把手敬业的大儿子竖拇指。

领结婚证当天,大业如同上刑场的囚犯,虽然他尽可能地堆出幸福的笑容,但心里却是极度的焦虑与惶恐,就像一个即将东窗事发的犯罪分子。

从县民证局回来后,玲玲拉着大业进了自己的寝室。看到焕然一新的床上用品,大业暗暗叫苦不迭。关上门,玲玲拉着大业走到床边,按住大业的肩膀:"老公,坐嘛。"

大业直挺挺地坐在床沿上:"章老师,我……"

玲玲用手捂住大业的嘴:"我终于等到这一天,不许再叫我章老师,叫我老婆,我是你的女人。"

看着对方纯真又期盼的眼神,大业眼眶一红,泪水就流了下来。玲玲激动地抱住大业的头:"老公,我也感觉很幸福。"

大业再也控制不住内疚的心,"扑通"一声跪在了玲玲面前:"章老师,我对不起你。"

玲玲吓了一跳,急忙蹲身搀扶大业:"老公,快起来说。"

等两人挨着身子并排坐在床沿后,大业咬了咬牙,垂头一口气把隐藏在心里的秘密全说了出来。

这让沉浸在幸福中的玲玲始料不及,虽然这事没有实质性的恶果,但她生气大业隐瞒这么久。她本能地"噌"的一声站了起来,可看到大业泪眼婆婆惊恐的眼神,心顿时软了下来,暗暗责怪起自己:如果今天不是大业开诚布公地说出心中的秘密,自己不可能知道这事。既然他已如此悔恨，责怪他等于是在他伤口上撒盐，会给他造成更多的心理压力，从此让两人心里产生隔阂。作为妻子此时不但内心要信任丈夫，更要给他精神上的安慰，给他安全感。想到这里，玲玲决定把这坏事当成两人新婚的感情润滑剂，增加彼此的信任感。于是她双手捧起大业的脸，一边用拇指拭泪，一边柔声说道："谢谢老公能告诉我，别责怪自己，所有人都会犯错，但没有几个人能忏悔，你是我值得托付终身的好男人。"

　　大业惊呆了，本以为气急败坏的新婚妻子会给自己一个耳光，可没想到竟然不但得到了她的原谅，她还如此肯定自己。不等大业反应过来，只见玲玲头一低，开始舔吻大业眼角的泪痕。扑鼻而来的清甜气息和柔滑的舌尖撩拨起了大业的原始冲动，他觉得身上有团烈火在身体里来回窜动，难以自控的刺激感让他一把抱住玲玲，一口含住她还来不及缩回的舌尖。玲玲面色潮红地闭上眼，任大业贪婪地吮吸。在玲玲的轻声呻吟中，大业觉得身体迅速在膨胀，急着想找个空间把自己炸裂，于是转身顺势把玲玲压在身下，笨手笨脚解起玲玲的衣服。呼吸急促的玲玲紧绷身子，双腿微颤，眼眸却透出几许期待……

　　当大业汗淋淋地从玲玲身上下来后，他猛然一惊，难以启齿的"毛病"居然消失了。他把玲玲一把搂在怀里，轻轻揉着她平滑柔软的小腹："疼吗？"

　　玲玲羞涩地摇了摇头："老公，我爱你！"

　　"章老师，我永远爱你！"

　　玲玲嘟起嘴："老公，答应我一件事好吗？"

　　"别说一件，我一辈子都听你的。"

　　"刚才我已说了，不要叫我章老师，叫我老婆，我是你的女人。"

　　大业双手紧紧搂住章玲玲，咬着耳朵承诺："老婆，你是我一生敬重并爱的女人。"

"谢谢老公。"

婚后的大业感觉精力更加充沛，浑身都是用不完的劲，工作激情越发的足。此时的江南炼化公司不但炼油七百万吨改造工程新装置已成功投运，炼油八百万吨扩建工程也紧锣密鼓地推进中。按张定康的说法，这是继七百万吨改造工程"希望工程"后的"腾飞工程"。

这天早上，刚从现场检查完回办公室的大业还没进门，听到里面传来电话铃声，快速打开门疾步上前接起了电话。刚"喂"了一声，还在放寒假中的小业急着说道："哥，快听广播，出大事了。"

"什么事？"

"你快听。我得赶紧去证券所抛售股票。"小业答非所问地挂了电话。

大业从抽屉里拿出收音机，刚打开，里面传来播音员洪亮、庄严又沉重的声音。虽然还没听出讲的是谁，但联想到刚才小业的电话，大业马上想到一个伟人。果然，播音员最后念道："邓小平同志永垂不朽！"

关上收音机，大业看了一下桌上的台历：2月19日。两天后就是中国的元宵节，再屈指一算，再过132天不但迎来中国共产党建党七十六周年的华诞，更是让国人扬眉吐气喜迎香港回归祖国的重大日子。可现在这个中国社会主义现代化建设和改革开放的总设计师、中英香港问题谈判的主帅，却与世长辞，无法亲眼见证香港的回归。就在大业发愣之际，只见设备技术员不打招呼推门直接跑了过来，急吼吼地递上请假审批单说："杨主任，我有急要事请假一天。"

按劳动纪律规定，职工请假一天以上必须要车间领导签字。昨天主任和主管设备的副主任一同出差,一同调来的毕强书记早上去厂部开宣传工作会,四人的班子成员现在只有大业留守。大业刚准备提笔签字,又有两名职工跑了进来,也是要请一天假。想到三人都是股民,大业放下笔故意问道:"你们都已上班,什么事让你们这么急着要请假?"

"杨主任,赶紧帮我们签了吧,再晚就来不及了。"

"什么事这么急?比当前我们装置建设要重要吗?"

设备技术员不得不坦言:"杨主任,邓小平去世了。上次传闻老人家不行都造成股市大跌,这次必定发生股灾。早去还有机会抛售掉股票,晚了肯定连给柜台递单的机会都没了。"

后进门的那个胖子插话补充:"是啊,一开盘所有股票都跌停,连续十分钟没有任何成交,所有卖盘积压无人接手。"

果然是为股票请假,大业把审批单一推:"都回岗位,这个假我不批。"

胖子急得眼都红了,说:"杨主任,那可是我全部家当,你不批造成的损失谁来弥补?"

大业本就反感职工上班炒股,现对方又无礼顶撞,顿时就火了。新工程建设可是被公司老总定为"腾飞工程",需要大家一起全情投入,若以他们这副模样,别说腾飞,连个跳跃都难。大业脸色铁青地指着胖子厉声呵斥:"损失我来补?那赚的时候你是否交厂了?你到底是上班工作还是炒股,如果要炒股,那就别在这里干,上证券所去!"

无论是以前的聚丙烯车间,还是现在的三套常减压车间,大业从来没有在工作中与职工红过脸,骤然爆发的脾气让面前三人吓了一跳。胖子赶紧赔起笑脸:"杨主任,您别这么大火气,我们也是心痛这些钱会缩水。"

看大业眉毛向上一挑,设备技术员马上拉着胖子往外走:"哎呀,不请了,不请了,赶紧出去吧。"

等三人走出办公室,回想起刚才的场景,大业开始自责起来:怎么可以向职工发这样大的脾气?整个过程几乎没一个"理"字可讲。今天不允许他们请假去证券所,想必亏损是必然的,但愿他们的亏损不要太大。担心股市会影响整体工作,大业猛灌几口水后,又戴上安全帽向现场走去。看到正在建设的装置现场起重哨声不绝于耳,电焊火花此起彼伏,车间职工或监护用火,或对照流程,依然一番忙碌的景象,大业的心这才安定下来。

临近中午,听到隔壁有开门声,大业起身赶了过去。听完大业的检讨后,毕强笑了:"幸亏你在,若是主任和我在,他们有可能硬要请假。"

"毕书记,您抬举我了,这不可能。"

"不,我是实话实说。当然,这也不是你有较强的做思想工作的能力,而是你这个老实人发火让人更害怕。"

毕强的话的确在理,可这话让大业很难接口,他只好机灵地把话题一转:"但愿他们这次亏损不要太多。"

毕强呵呵一乐:"不用替他们发愁,还是等他们向你道谢吧。"

"嗯?"

"你可能还不知道,早上收盘时,指数已飘红,那些急抛的人全亏了。"

这结果让大业很是意外,他忍不住嘟囔:"早上我听他们说一开盘所有股票都跌停,连续十分钟没有任何成交,所有卖盘积压无人接手了。"

"是的,一开始是这样,很多人还以为证券所的设备坏了。但四十五分钟后,上海石化、马钢股份、四川长虹等大盘股出现巨额买单,不到十五分钟时间,硬生生从跌停板上拉红。上午收盘时,这几个股已全部涨停。"

想到小业,大业探问:"这么说早上急吼吼抛股的人全亏了?"

"一早想抛股减少损失的人现在肯定悔得肠子也青了。"说到这里,毕强不怀好意地笑了一下,又捏起套有子弹壳的铅笔,"不过普通人早上几乎不可能有机会抛股。只有那些有内部关系的股民通过插队申报卖单,才能成功抛出。所以实际上亏损的大都是有关系的人,普通股民基本上先忧后乐。当然他们不是……"

大业放下心来,接口说道:"不是范仲淹的'先天下之忧而忧,后天下之乐而乐',只是自己的一己小利,而不是国家、民族的利益,更不会为国家的前途、命运分愁担忧,有时甚至是社会捣乱分子。"

毕强听了会心大笑。

第二天恰巧是炼油厂调度会,赵宇华在最后的讲话中突然提到昨天职工炒股一事:"据劳资科反映,昨天全厂只有仍在建设中的三常车间没有一名职工请假,其余科室和车间都有职工请假现象。"说到这里,赵宇华指着重整车间主任问道,"老柯,知道你们车间职工为什么请假吗?"

"赵厂长,好像是去证券所。"

赵宇华脸一黑:"好像?你还不能确定?那我来告诉你,这些人就是去炒股!你们车间请假的人比例最高。"

柯主任解释:"赵厂长,我们车间炒股的人还真多,昨天一开始真不知道这些人请假是去炒股,他们编的理由也是五花八门……"

赵宇华毫不客气地打断了他:"现在炒股风很热,是不是三常车间成了世外桃源,没有炒股的职工?不!也有,可人家就敢在是非面前做'黑包公',当天车间副主任杨大业同志留守,在了解前来请假的三名职工是去证券所炒股后,当场拒签。杨大业还是个副主任,资格甚至还没有在座同志的一半，既然他能做到，你们怎么在职工面前没有这样的底气？"

柯主任听了很不服气，是的，从职位上说自己比杨大业还高半级，资格也要比他老十多年，但人家父亲是谁？即使你赵厂长也不得不卖这张老脸。虽然有想法，但不敢说出口，只好暗叹一口气，低头佯装记笔记。

从会场上各人的表情上，赵宇华觉察到了讲话的漏洞，恰与毕强眼神相撞，他立即想到了这个援兵，于是点名说道："小毕，你是三常车间书记，你来说说。"

毕强放下笔，挺直上身从容说道："昨天临近中午刚回车间，大业就向我汇报了早上请假拒批的过程。我当时就向他坦言自己遇到这样的事不一定能黑下脸来。这几年来，大业成长的确很快，破格成为聚丙烯的技术员，破格被提为三常的车间副主任。如果我没有见证大业的付出与艰辛，凭着他有个当厂长的爸爸，必定也会认为所取得的成绩是注水的，是掺沙的。但事实证明很多时候我们会犯一些主观上的错误，在大业同志身上，我根本看不出他是干部子弟，更看不到不良的习气。其实无论是'寒门出贵子'的观点，还是'虎父无犬子'的观点，都是以偏概全的错误想法。我们可以试着找一下，在同一批进厂的大学生中，甚至可以再推前推后几年，有哪个大学生能取得这样的业绩？有哪个大学生肯把大量的时间放在工作上？"说到这里，毕强发现许多人抬起头在看赵宇华的脸色，他蓦然一惊，赵厂长的儿子就是和大业同一批进厂的，自己这个说法没有顾全到领导的面子。一走神，毕强噎住了，他只好冲赵宇华点了一下头，示意已说完。

赵宇华领首后强调："厂部已有班组上岗最低人数制度，不管外面多精彩或混乱，作为科室或车间领导，你们必须给我管理起来，确保装置的安全生产。散会！"

除了毕强，其余人听了如释重负，赶紧收拾本子起身离开会场。毕强自知失言，于是刻意拖缓时间，看最后一人请厂长签完字离开，瞄准机会走到赵宇华边上主动道歉："赵厂长，刚才我说话有点过，请您见谅。"

赵宇华摘下眼镜抬眼看着毕强直接问道："你是不是指我儿子？"

毕强很难接话，只好尴尬地笑笑。赵宇华起身把眼镜重新戴上后，拍了拍毕强的手臂笑道："没想到你这个战斗英雄也会有这样的想法，可想而知，别人更会这样。我相信你说的都是事实，你也要相信自己说的是良心话。"

"谢谢赵厂长理解。"

赵宇华抬手看了一下手表，拿起桌上的笔和本子："我马上要去公司参加生产经营会，不然得和你好好聊聊。记住，你是我厂的一面旗帜，让杨大业跟你，就是让你带好他。"

"谢谢赵厂长。"毕强甚为感动，目送赵宇华向外赶去。

看着会议桌上的最新生产报表，赵宇华忧心忡忡。目前进口原油的平均价格比去年同期上涨了三成，公司实现年度利润目标面临巨大的压力。按张定康和华长江的说法，全体职工必须认清形势，唱好"两支歌"，即发扬国歌和国际歌歌词所倡导的那种气概和精神，既看到我们过市场关已经到了最紧要、最危急的时候，又要万众一心，团结起来，"靠自己救自己"去争取胜利。

作为两大主要生产单位，赵宇华表态要发动炼油厂的广大职工，按公司"炼最差原油，出最好产品"的要求，努力创造条件，开炼好杰诺、曼吉等加工难度大的原油，并利用装置适应性强的优势，尽量多加工价格较低的重质原油和含硫原油。同时，深入计算轻收、加工损失率和综合商品率"三本账",整理出节能降耗重点项目,并逐一落实相应措施。杨昌祥则表态要在控制成本、节能降耗活动中,把化肥厂年初六十二万吨尿素的产量目标调整为六十三万吨,努力通过多产为公司赢得更多的利润。

中午在食堂吃完饭返回办公室,赵宇华关上门拨通了陈萍的电话。

"赵厂长,有事?"

"我想了解一下原油的价格情况。"

没想到电话那头陈萍笑着说道:"赵厂长,现在原油价格上下波动太厉害,我半年前就关了公司不干这买卖了。"

赵宇华一怔,本想问陈萍现在改行做什么,可话到嘴边改口说道:"我信息落后了。"

"怪我没有及时汇报给你,不过我可以向你提供一个信息。"

"什么?"

"国际原油价格明年必定先高后低,且会反复波动。国内外成品油市场日趋疲软,油品的价格会因为竞争而走低,尿素产品更加难销售。"

赵宇华听了心里暗乐,这口气几乎是"国际发改委"的主任,他忍不住轻蔑地哼了一声。

没想到这个细微的小动作却被电话那头的陈萍捕捉到了,只听她说道:"别不信,这信息我还没有告诉过别人。算了,有机会到北京来找我,我会给你更多的信息。"

"你现在在北京?"

"不是现在,估计要长久在这里了。"

要长期在北京?联想到陈萍刚才指点江山的口气,赵宇华再也熬不住好奇,问道:"你在北京干什么?"

"我投资了一个会所。"

联想到近来不断开张的色情娱乐场所,赵宇华情不自禁地皱起了眉头:"会所?"

"不要误解,我绝不会参与乱七八糟的事情,日常运作有人会打理,我只管替贵人解决困难。"

赵宇华心想,若贵人还要找你解决困难,那你岂不是成神了?心里这样想,嘴里自然调侃道:"听你口气,这关系网可不小。"

"你来了,请等一下。"电话那头陈萍好像和谁打了个招呼,旋即她对着话筒说道,"不好意思,我现有点事,暂时不聊了,有机会到北京我接你到我这里坐坐。"

看陈萍已提供不了对原油采购的建议,赵宇华巴不得马上挂电话,于是也不道谢,直接说了声"再见"就挂上了电话。

五十六

刚生下女儿婷婷的庆庆清楚自己虽然在事业上一帆风顺,但在生活上遇到了大麻烦。这次小业不是劝,而是下了最后的通牒:必须按父亲杨昌祥的安排,或到学校当老师,或去外事办当翻译,没有第三条路可选。庆庆非常的苦闷,经过这几年的努力,货运队的规模不断扩大,业务更是蒸蒸日上,现在还包揽了全市各加油站的油品运输。按沃烈的说法,这在以前可是想也不敢想的事。在庆庆眼里,自己现在有两个孩子,除了襁褓中的婷婷,另一个就是货运队。她怎么忍心抛弃一个刚蹒跚走路的"孩子"?

为了消除庆庆的顾虑,小业还把和父亲谈话的内容也抖了出来:"当初你爸和我爸商量过,想在退前把你调离货运队。现在一拖又是三年过去了,你也不用担心原来的副科级待遇,爸答应肯定是平调。他已退下来,现在托人也不容易。"

小业这话听上去是在替庆庆在父亲面前求情,但明显带有警告的滋味。庆庆心里当然清楚货运队在公司的地位,虽与学校和外事办同属科级单位,可谁都清楚货运队与后两家单位有着天壤之别,别说是平级调动,平时估计连人员交流也不可能,这样的操作等于是明平暗升。如果错过这个机会,随着双方父亲人脉关系的淡化,日后再想调动就难如登天了。可庆庆更清楚小业不会理解自己对事业的追求,以前就持反对态度,现在更是误以为自己放不下级别待遇而强烈抵触。庆庆承认自己对权力有欲望,它可以让自己在高瞻远瞩中思路更加的超前,可以最大限度地激励下属、传递自己的意志以及激发人的积极性、创造性,从而在总揽全局中开创工作新局面。庆庆放下刚入睡的婷婷,看着小业坦诚地说道:"小业,能不能尊重我对行业和本职工作的兴趣,我不是一定要当官,更不希望做自己兴趣不大的事。"

"难道你对英语这个专业没兴趣?"

"当然有兴趣,不然我干吗大学报这个专业?"

小业眉头一皱:"那你为什么放弃这个专业去搞什么货运?"

"小业,隔行如隔山,其实我目前的工作你真的不是很了解。当然我一开始也只是好奇与尝试,但现在完全是兴趣与看好这个行业的发展。如果你不能支持我,希望你能理解我的努力与付出。"

"按你的说法,我在学校待着就没有希望了?"

"我绝不是这个意思,每个人的兴趣和特长是不一样的,你适合授业解惑,所以在学校发展更好,或许我也能在学校或外事办做成事,但我可以断定不会有大成就,更不会很开心。"

"你认为的成就是不是以能赢利多少来衡量的?有没有考虑为国家培育栋梁或有用的人才?"

庆庆听出小业的口吻明显是在批评自己眼界低,只知赚钱,没有想到人是最为重要的资源。她心平气和地解释:"国有企业说到底也是企业,首要任务就是实现利润最大化,不断提升竞争力,创造更高的经济效益,保证国有资产保值增值,促进国民经济的发展……"

小业很不耐烦地摆手打断了庆庆的话:"要说理论,我不会比你差。但你心里要明白,你我都来自培养各类师资力量的师范学校,不要忘了本。古人都知道少年是国家的未来和希望,难不成我们的老师没告诉你建设教育强国是中华民族伟大复兴的基础工程?"

庆庆第一次觉得当初高分选读师范委屈了。如果当年不是头脑一热也要去小业的学校,何至于现在被套上这具理论上的"枷锁"?但事到如今后悔也没用,好在随着社会的发展,"师范大学"不仅担负着培养高水平师资的使命,而且还被赋予了一种全新意义上的综合性人才培养基地的责任。所以越来越多的师范生没有从事教育事业,而是按自己的特长与爱好,雄健豪迈地走向各行各业。庆庆开始据理力争:"我没有忘记当年老师的教导。你说得对,少年是国家的未来和希望。但作为一名国企职工,我现在更要记得的是当前的使命。你强调得对,我们中国的国有企业既要承担经济责任,也要承担政治责任,同时还要承担社会责任。历史也证明,如果没有经济这个责任,那就谈不上其他责任。"

小业一脸奇怪地看着庆庆,就像是在看一出滑稽戏。等庆庆说完,才不理性地低声吼道:"你到底想干什么?!女儿连中午吃个母乳都不成,你配当母亲吗?!为了你能平调,我爸这张老脸不知贴了多少人的冷屁股?!"

庆庆深感委屈,但又感动和内疚。作为儿媳,她感恩公公的默默付出。作为母亲,她的确有亏于女儿。但自己绝不是为了那一官半职,而是为了精神层面上的成就感。可这一切小业听得进解释吗?会懂自己吗?既然说不通他,那就干脆摊牌,努力在矛盾激化前调停。想到这里,庆庆进一步表明了态度:"小业,我一定要把公司货运业务做强、做大,我现在真的不想调动。"

小业"腾"地一下从椅子上跳了起来:"有野心的女人都没有好下场,你好自为之吧。"

不等庆庆反应过来,小业转身甩门而去。重重的关门声把躺在婴儿床上沉睡的婷婷吓哭了,庆庆赶紧抱起女儿,边哄边皱着眉头思索解开这团乱麻的法子。

四个月后，庆庆终于明白了小业说自己没有好下场不是威胁，更不是警告，而是实实在在的打击。

那天下午庆庆参加完市里一个会议后，想单位暂无什么事，就直奔杨昌祥家。和公婆聊了几句后，庆庆想约小业晚上回家一起吃饭，于是就拨通了小业办公室的电话，可电话没人接听，她只好用呼机语音留言后，带上婷婷直接回了家。

进小区上楼开门，庆庆发现钥匙转不动，以为弄错了钥匙，于是从锁孔拔出，确认无误后再次插进了锁孔，没想到"锁将军"还是纹丝不动，只是里面传来轻微的声响。想刚才联系不上小业，现家门又被反锁，庆庆大脑瞬间一片空白，她机械地把钥匙往外衣口袋一塞，抱着婷婷下楼后，默默坐在不远处的石凳上。

不一会儿，只见一个年轻的长发女子低头疾步从楼道口出来，小业正伸着脖子在三楼和四楼间的楼梯口向外探望。石凳上的庆庆看得很清楚，当然她坐的位置也很明显，小业看到庆庆后，赶紧把脖子缩了回去。也不知道过了多久，小业走到庆庆身边小心翼翼地说道："庆庆，回家吧。"

庆庆没应声，只是眼泪一下子如决堤的洪水，不顾一切地倾泻。庆庆虽是女孩，可小业从来没看过她流泪，所以看到无声且滂沱的泪水，吓得赶紧抱过婷婷哀求："庆庆，先回家吧。"

庆庆突然把眼泪一擦，盯着小业问："多久了？"

毕竟做错了事，小业不敢回视庆庆，低着头不敢回话。

"说！"

小业被庆庆的喝问吓了一跳，一脸愧意地轻轻说道："不到两个月。"

"她有没有男人？"

这回不用催，小业继续轻声答道："还没有。"

庆庆倏地站起身从小业怀里抢过婷婷,说:"我们离婚吧。"

小业一把拉住庆庆求饶:"庆庆,我错了,你原谅我一次吧。"

庆庆一脸鄙夷地反问:"她是姑娘,你让她怎么再嫁人?"

"我不管,我只要你和婷婷。"

"你简直不是男人!既然已对不起我,请你不要再对不起她。"

小业觉得这话虽然有道理,但有的事不是按道理就可以来判定该不该做的,于是边作揖边哀求:"庆庆,求求你原谅我一次吧。"说到这里,小业看了一下四周,谨慎地说道:"我马上要提副校长,可千万别闹出什么事。"

想起四个月前的对话,庆庆笑了,真是贼喊捉贼,自己倒并不是很在意当不当领导,相反当初一直强调级别待遇的小业,却是真真切切的官迷。她冷冷一笑,说:"放心,我不会挡你的道。"

小业慌乱地摇着手解释:"庆庆,别误会,我不是这个意思。"

这时一不知情的邻居路过,远远招呼:"杨主任,怎么一家三口晒太阳呀?"

小业赶紧冲邻居回个笑脸,耳边传来庆庆冷冷的声音:"当初你警告我有野心的女人都没有好下场,现在兑现了。现在我也送你一句,记住我们师范学校'立德树人'的校训,一个即将走上领导岗位的人,如果连自己的德都不合格,怎么可能去树人?那只会害人!希望你好自为之。"

说完,庆庆抱着婷婷就要走,小业急忙一把拉住庆庆的胳膊。庆庆停住脚步不等小业再开口,面无表情地说道:"不是我心狠,只是你太无情。我一直以为我们青梅竹马、两小无猜,必定能相伴到老,可事实证明,这一切都是我个人的幻想,现在这个泡影已破,你就不要想着再补。说实话,就算我们假模假样继续生活在一起,可又有什么意思?"

"那你回家,我不进卧室行吗?"

庆庆明白这是小业的迂回战术,为了打消他的念头,她断然说道:"你有没有考虑过我的感受,现在我怎么可能再进这个房子?我不可能睡一张别的女人睡过的床,更何况我现在看到你这张脸,就会想起那个女人。"

能说会道的小业想不出有什么方法可以让庆庆回心转意,只是重复着认错:"庆庆,我错了,求求你原谅我,我错了,我真的错了。"

"别再烦我,我去我妈家,不提这事,等你提上副校长后,我们就离婚。"

小业身不由己地松开了手,当然这不是因为庆庆答应暂不离婚,让自己提拔一事不出问题,而是他清楚庆庆是个有个性的女人,认定的事不可能回头,就像她一心要留在货运队一样。

五十七

得知小业和庆庆分居准备离婚,赵宇华心急如焚,杨昌祥更是百爪挠心,四个老人各自做起了自己儿女的工作。赵宇华知道事情肯定不像女儿所说,哪有两人因性格不合就要闹离婚。何况两人有着扎实的婚姻基础,不但门当户对,更有之前青梅竹马的相处基础,耳鬓厮磨、相守到老应是顺理成章之事。可现在女儿赖着不肯回家,甚至连见都不愿见小业一面。无论用什么方法,都无法探明闹离婚的原因。看女儿下班回家闷闷不乐的样子,赵宇华只好采用迂回战术,努力让刚准备学话、学走路的外孙女来逗庆庆开心。杨昌祥则不可能像赵宇华这样采取温和的方法,才说了几句,就遏制不了胸口的怒火,指着儿子鼻子就骂开:"能娶到这么好的老婆不光是你的福分,更是我们杨家八辈子修来的福!你这个兔崽子到底想折腾啥?"

极少抽烟的小业闷着头一声不吭,只剩烟头火星在急促地亮闪。一旁的张翠莲暗暗叫苦,儿子好歹也当父亲了,上次高三时谈话就闹得天翻地覆,现在这样责骂更会激怒小业。于是她悄悄拉了一把老伴,当着儿子的面半责怪半提要求:"老杨,孩子已够心烦的了,你好好跟他说嘛。"

没想到杨昌祥把手一甩,转脸呵斥起张翠莲:"还惯,再惯我都被他赶出家了!"

小业哑着嗓子说道:"爸,别说妈,是我错了。"

杨昌祥重新把头转回来冲着儿子骂道:"你们兄弟俩能有今天,你丈人厥功至伟。庆庆更不用说,当年人家高考能上好学校,但为了能陪你,委屈也报了师范。生完孩子后,为了能让你休息好,不影响上课,让你一人睡里间,自己带孩子睡外间,晚上喂奶、换尿布都是自己干,你摸摸自己的良心还在不在?"

正拍着胸脯的杨昌祥突然看到小业面前的地板砸开两滴水珠,顿时愣住了。张翠莲也发现小业哭了,趁杨昌祥停息之机,马上插嘴劝道:"小业,别为了小事和庆庆赌气,我和你爸也有拌嘴的时候,可日子照样过。快接庆庆回家去。"

小业抬起脸,泪眼蒙眬地说道:"爸,庆庆不想和我过,我实在是没有办法,是我错了。"

虽然儿子一直不说是什么原因导致两人要离婚,但前后两个认错,杨昌祥自然猜到了内因。杨昌祥不想揭儿子的丑,更不想拆了这个小家,于是恨铁不成钢恶狠狠地说道:"你就是跪,也要给我跪着把庆庆接回家!"

"爸,庆庆已打定主意,等我提拔副校长后马上办离婚手续。说要是现在我去找她,就马上去民政局。"

杨昌祥太了解这个儿媳的个性,知道此事已成定局,想挽回断不可能。他突然悲哀地幻想:当年如果是大业和庆庆成家,以大业本分守己的性格,断不可能发生这种家丑。当然恨归恨,但毕竟是儿子,再不争气的儿子和再得意的儿媳相比,任何人都会毫不犹豫地偏心于儿子。杨昌祥叹了一口气,痛心地说道:"唉,等提拔后再努力一下,不行就好聚好散,完全满足庆庆的要求。"

为了小业的事业,两家很默契地选择了平淡处理儿女的感情事。对赵家尤其是庆庆的态度,无论是杨昌祥还是小业都深怀感激,更盼庆庆能消气重新回家过日子。可事实表明，庆庆丝毫没有回心转意的迹象，甚至连与小业面谈的机会也不给。

  一个月后，小业被正式发文任命为江南炼化中学副校长，有意思的是在同一批组织任命中，庆庆也榜上有名，成为货运队的代理队长。在别人眼里比翼齐飞的夫妻，在收到任命后的第二周，一起来到了望海县民政局。

  办手续过程中，小业一直精神恍惚。这些天来，被提拔的喜悦掩盖不了内心的悔恨与哀痛。当手中红色的结婚证变成绿色的离婚证后，他再也控制不了悲伤，掩面哀泣。连办证的民政局工作人员也动了情，悄声问庆庆是否有意复婚，可庆庆态度坚决地摇了摇头。表面上庆庆心硬似钢，其实内心也是一阵悲凉。她相信所有女孩子都对红色有种偏好，作为三原色的红色是多么鲜艳亮丽的颜色，它不光象征着美丽、鲜活、朝气和欢乐，还有驱逐邪恶的意思，就连股市都用红色来表示股价上涨。庆庆还一度觉得结婚证的外套用红色太贴切了，就像是货运队经常强调的红绿灯，婚姻就是两人同车，前面即使有再多的诱惑，红灯一亮，必须停车。当然绿色是大自然常见的颜色，代表着清新、舒适与宁静，但它既不是冷色，也不是暖色，现在这离婚证上的绿外套更多的是让庆庆联想到极不光彩、丢脸面的"绿帽子"。好强的庆庆觉得自己在这次婚姻保卫战中败得很惨，十多年用心血筑起的爱情堡垒，本以为牢不可破、坚不可摧，没想到被人轻轻一推就倒了。当然，外人的作用力是有限的，关键是堡垒中的人也在用力，所以猝不及防"轰"的一声就倒塌了。这些天庆庆也独自思考过是否该给小业一个机会，但回想近两年的感情与矛盾冲突，庆庆知道小业早已不是当年的小业，平常他连正眼也不瞧她一眼，连接吻亲热也皱着眉，不像当年那炽热目光简直要熔化人。既然如此，那就好马不吃回头草。庆庆暗暗劝慰自己：交通信号中绿色代表可行,绿色就是准许行动的意思,现在小业已上了另一辆车,标志着两人这段同行的行程已结束,自己必须快速通过交叉路口。于是庆庆在放好离婚证后,推椅起身,对小业漠然说道:"我先走了,再见!"

小业泪眼涟涟地望着庆庆想说什么,可嗓子里发不出一丝声来……

五十八

庆庆和小业离婚的消息迅速在江南炼化传开了,虽然没有宣传部门的推动,但这种消息在民间传播的速度与广度远比官方的新闻要强,每个人都自动当起了"宣传员",把听闻到的消息在新的圈子中进行传播。但这种传播是不负责任的,每个人可以在传播中增加"调料",努力让自己得到的消息变得更权威和全面,以满足窥探隐私者的欲望。

这天沃烈特意包了饺子,到了中午用电热炉烧熟后,叫上庆庆一起吃饺子。两个女人佯装没事蘸着醋吃饺子,边吃边聊,不时还发出阵阵的笑声。吃完饺子,庆庆不像往常一样去忙事情,而是静静坐着,看沃烈瞄了一眼紧闭的房门欲言又止,庆庆主动说道:"沃姨,我前天离婚了。"

"昨天我听说了。"

"沃姨,我记得你上次说的话,现在回过头来看挺有道理。"

"孩子,人的生命只有一次,但女人在婚姻上可以选择改变命运。"

庆庆直接回应:"我可不想急着再'投胎',再说现在工作太忙,容不得我想其他。"

"我没有催你的意思,但你不要因为经历了这番痛苦就觉得天下男人都该被诅咒。"

庆庆耸了耸肩膀,轻松地笑道:"沃姨放心,我不会一朝被蛇咬,十年怕井绳。"

沃烈移开桌上的文件盒，指着玻璃板问道："你还没发现我下面压着的这张纸吧？"

顺着沃烈手指的方向，庆庆发现那只是张写着"祸兮福所倚，福兮祸所伏"的纸条。此时沃烈让自己看老子的这句名言，其用意很清楚。庆庆感激地说道："沃姨，你放心，我是打不垮的女汉子。逆境只会让我更加的坚强，我的生活一定会由苦变甜。"

"那就好，那就好。"沃烈连连念叨了两次后，看着庆庆牵肠挂肚地说道，"再过三个月我就要退休了，不知道财务岗位上会不会再来个女同志。"

"花开花谢春不管，水冷水寒鱼自知。"

沃烈长年搞财务，对数字很敏感，但庆庆突然冒出的这句话，她琢磨了一会儿才大致明白意思。一种母爱的本能驱使沃烈起身伸开双臂把庆庆搂了过来，庆庆则温顺地把脸贴在沃烈小腹上，两人无声地抱着，直到沃烈轻轻拍了拍庆庆的肩，庆庆这才松开手。重新坐定后，沃烈说："你不要弄得太累，这个世界毕竟还是男人的世界。"

庆庆没想到看似刚烈的沃烈性别歧视还挺重，心想，这世界应该是男女平等，为什么男人能够主宰世界，那还不是因为女人们太软弱，没有登上舞台的机会。庆庆一直认为做事和男女性别没有任何的关系，武则天执政近半个世纪，上承"贞观之治"，下启"开元盛世"，史称"贞观遗风"，其历史功绩昭昭于世。不光是中国有这样伟大的女性政治家，外国也不乏这样的人，叶卡捷琳娜二世就曾让欧洲匍匐在她脚下。

虽然庆庆没有接话，但沃烈从她的神情中看出了抵触，她脑子一转问庆庆："孩子，知道玛格丽特·希尔达这个人吗？"

庆庆不知道沃烈为什么突然问起一个陌生外国人的名字，印象中货运队没有和这个人打过交道，只好摇了摇头。

沃烈笑了："那你该知道撒切尔夫人吧？"

庆庆这才想起撒切尔夫人全名叫玛格丽特·希尔达·罗伯茨，只是嫁了丹尼斯·撒切尔后，才改为玛格丽特·希尔达·撒切尔，从此以撒切尔夫人之称出现在世界舞台。庆庆不明白沃烈为什么提她，点点头后等沃烈说下文。

"你看，就算是被称为'铁娘子'，也只能以撒切尔夫人的名头出来混。如果你能看清了这些，就会明白这世界就是男人的世界，说女人也能顶半边天，那是假话，不然干吗要搞'三八节'，这还不是弱者在提醒强者，别忘了我们这些妇女。"

庆庆忍不住"扑哧"一声笑了出来，嘴里仍辩解："沃姨，那你的意思是我该听男人的话，放弃自己的事业和梦想？"

沃烈觉得庆庆误解了自己的意思，正色强调："记住沃姨的话，优秀的男人只会对自己有要求，不会对女人有要求。"

"这就对了。沃姨，撒切尔夫人告诉我们，事业和性别没有关系；姜子牙告诉我们，事业和年龄没有关系；朱元璋告诉我们，事业和出身没有关系；罗斯福告诉我们，事业和身体没有关系。与事业唯一有关系的就是自身的不断努力。"

一本正经的沃烈听了也给逗乐了，她本想安慰庆庆不要难过，可没想到居然谈起了事业，而且这种话题两人竟然谈得这么好玩。沃烈心里清楚，自己肯定是说服不了庆庆，但看到庆庆并没有因为离婚而情绪低落，她放心了许多。笑完后，沃烈由衷地说道："我说不过你，但我永远相信你能行，你会幸福的。"

"沃姨，我目前暂时不考虑其他，要全身心地把剥离工作做好。"

沃烈从来不向庆庆打听工作上的事，现在听庆庆说到这个，就打开天窗说亮话:"大家开始在传货运队要从公司中剥离出来,难道这是真的?"

庆庆也不回避:"公司领导的确有这个想法,我们正在努力。"

沃烈心一紧:"公司真不要我们了?"

"不是不要我们,而是我们将走向市场,经营的方式将更加灵活……"

沃烈挥手打断了庆庆,情绪激动地说道:"孩子,你可不能听那些官老爷胡说,什么经营的方式更加的灵活,那是在嫌弃我们,巴不得一脚踢了我们。你是女孩子,可别让他们欺侮了。"

其实让货运队从公司中剥离最早还是庆庆的想法,只是那时没有这样的先例与机会,现在总部有这样的改革想法,公司又想尝试,她一度还觉得自己的事业运可真好。现在看到沃烈的反应,庆庆这才感到自己面临的工作有多难。她想了一下后说:"沃姨,现在这还只是个想法,公司领导也不会嫌弃我们。"

没想到这话不但没有安抚住沃烈,她反而抓住了庆庆的胳膊:"孩子,你得想想办法帮我调回财务处。我家老密出事后,一家子全靠我了,我若被公司抛弃,全家就得挨饿受冻。"

庆庆哭笑不得,哪来的挨饿受冻?按庆庆的推算,若是自主经营,仅公司这块业务就能让他们成为地方的行业龙头。但庆庆知道这些事不能和沃烈说,她只能从政策上笼统地解释,于是耐心解释:"剥离既不是企业经营失败的标志,也不是被剥离单位遗弃,而是企业发展战略的合理选择。"

"我什么也不管,只想安稳地拿到我的退休金。老密以后也得靠我这份退休金,可不能出问题。"

听着沃烈恐慌的叫声,庆庆心情很复杂。她想起了自己起草的材料,里面的说法可不是这样的,完全是把货运队当作江南炼化的包袱,说公司通过剥离不适于企业长期战略、没有成长潜力或影响企业整体业务发展的货运队,可使资源集中于经营重点,从而更具有竞争力。同时剥离还可以使公司的资产获得更有效的配置、提高企业资产的质量和资本的市场价值。庆庆心想,若是这些材料让职工看到,可能会引起极大的麻烦。庆庆不想就这个话题再谈下去,于是抬手拍了拍沃烈抓自己胳膊的手,釜底抽薪地说道:"沃姨,你尽管放心,就算真的要剥离,也不可能在这半年内完成。"

看沃烈大吁一口气后终于垂下了手,庆庆感觉有块巨石压在了心头。现在她不光担心剥离方案能不能被批准,更担忧货运队的职工会不会支持剥离。

五十九

　　总部和公司对货运队的剥离方案很是满意，货运队的职工虽然在情绪上有抵触，但终究没有一个人闹事，更没有一个人罢工，这让庆庆暗自高兴不已。她一边和书记做职工的思想工作，把未来业务的思路与憧憬传达给大家，一边尽快推进办理剥离手续。不过庆庆打定了主意，绝不能在沃烈退休前办完手续，当然事实是也不可能这么快。

　　这天庆庆陪同一家建筑材料企业的领导吃完饭回家，刚进楼道，只见有个人斜靠墙坐在楼梯口。庆庆觉得眼熟，再一看，竟然是小业。这时一股浓烈的酒味扑鼻而来，庆庆一愣，小业很少喝酒，今天怎么醉成这样？愣了片刻后，庆庆决定旁若无人地侧身绕过去。可没想到刚走到小业面前，他居然伸手拦住了庆庆，并摇摇晃晃地站起身，含糊不清地说道："庆庆，和我……回……家……吧。"

　　庆庆退后一步冷冷地说道："希望杨校长自重。"

　　"我……不想……自重，只想……你能回……家。"小业说完重重跪了下来。

　　离婚后，由于婷婷还没到上幼儿园的年龄，自己也没时间去购房，所以庆庆带着婷婷仍住在父母家。考虑小业这一闹肯定会影响邻居，庆庆压低了声音呵斥："你让开！"

　　"庆庆，求你……原谅我……一次吧。"

见小业边说边跪爬着要抱自己的腿,庆庆顿时就火大了,弯腰一推,快步绕过晃倒在地的小业上了楼。开门时,庆庆听到楼下传来的小业闷闷的哭泣声,于是赶紧关上了门。可这声音还是让赵宇华听到了,他走到门厅过道问:"谁在楼下?"

庆庆放下包,从周芳手中抱过婷婷面无表情地回道:"杨小业。"

"他好像在哭……"

庆庆马上打断了母亲的话:"和我们无关。"

"胡扯!"赵宇华指着婷婷说道,"婷婷血液里有他父亲的份,就算你和小业以后还是这样,也改变不了亲子的事实,改变不了赵家和杨家是世交的事实。"

在庆庆印象中,父亲几乎没有在家发过火,对自己甚至连脸也没有红过,几乎是百依百顺,即使闹离婚时,父亲也是劝说一次后,不再插手。现在看到父亲瞪着眼睛呵斥自己,庆庆有点心虚,低头抱着被吓哭的婷婷向客厅走去。

"老赵,孩子心情不好,别骂她了。"

"唉——"

庆庆听到赵宇华长叹一声后开门下了楼,她担心父亲会把小业带上楼,可许久没有动静,知道父亲肯定把小业带离了楼梯口,于是放心洗漱后,抱着婷婷进了小房间。房间还是她出嫁前的模样,只是把床略微换大了一些。哄婷婷睡着后,庆庆坐在客厅等父亲回来。也不知过了多少时间,终于传来熟悉的脚步声,庆庆不知道父亲这么长时间和小业谈了什么,想到刚才父亲的怒火,庆庆感到有几分委屈。到目前,她始终没有说离婚的真实原因,想必这会让家人误以为自己太任性。

赵宇华进客厅后神情严肃,挨着女儿坐下后,先对周芳摆了一下手:"你先休息吧,我和女儿聊几句。"

周芳担心赵宇华今天的情绪会影响女儿,刚想说什么,庆庆抢先安慰道:"妈,你先休息吧,我陪爸一会儿。"

"好吧。"周芳和赵宇华交换了眼神,看赵宇华点了点头,这才放心起身关上门走到隔壁卧室。

"庆庆,小业刚才告诉我离婚原因了。"

庆庆觉得伤疤被人揭开了,钻心地疼,她努力克制自己,平静地点了下头不接话。

"傻孩子,不要把苦闷在心里,更不要一人默默承担。"

庆庆觉得一股苦楚的酸疼从心头喷了出来,顺着胸脖直冲脑门,她再也熬不住,一下子趴在赵宇华身上嘤嘤哭泣起来。

赵宇华弯身拿过手帕塞到女儿手中,轻轻拍着庆庆颤动的双肩:"哭吧,哭出来会舒服些。"

父亲的安慰让庆庆感觉轻松许多,待擦干眼泪重新坐定后,庆庆和父亲又谈起了工作上的收获:"爸,今天我们又联系到了一家建筑材料……"

"等等,今天我们先谈家事。"

在庆庆的印象中,父亲从来没有打断过自己说话,无论是以前谈学习,还是后来聊工作,不管当时他工作有多忙,只要自己一开口,他都会耐心听完。可今天父亲却很反常,不但连话也没有让自己说完,而且还要改话题。父亲指的家事,无非要劝自己复婚,可自己现在看到小业就会冒出"耻辱"这两个字眼,既然没有了爱,就不要勉强。庆庆打定了主意,任由父亲说,坚决不听。于是她口是心非地应了一声:"嗯。"

从女儿眉宇的变化中,赵宇华已揣测出其内心的七八分想法,但他相信自己一直是女儿的引路人,会把这件事调节好,更何况小业这次犯错是偶然的,而且还有悔恨的决心。列宁不是说过:认识到自己的缺点就等于改正了一大半。所以赵宇华拉住女儿说道:"大多数男人在性上很难把持自己,尤其是成功的男人。现美国总统克林顿不也因为和莱温斯基的事情闹得沸沸扬扬,你要知道他可是个懂法的人,不但取得了法学博士学位,还当过阿肯色州州立大学法学教授和该州的司法部部长。"

庆庆懂父亲的用意,世人皆知的热点新闻中,克林顿的妻子希拉里表现得非常理性,不但不吵不闹,反而坚定地和老公走在一起。中国人讲话含蓄,有的事不用捅明,就像是卤水点豆腐,父亲用的就是这老套路。但庆庆却不吃这套,直爽地告知父亲:"小业不是克林顿,我也学不了希拉里。"

"孩子,人孰无过?过而能改,善莫大焉。记得古人有句老话:浪子回头金不换。"

联想到当初沃烈对父亲的评价,庆庆暗自一惊。刚刚父亲说"男人在性上很难把持自己,尤其是成功的男人"和"人孰无过"是什么意思?她抽回手盯着父亲紧张地问道:"难道爸你也犯过错?"

赵宇华不动声色地反问:"你说呢?"

庆庆心一紧,如果父亲没有见不得人的男女方面的事,必定当即答复自己,只有心中有鬼或藏着什么猫腻,才会故意不咸不淡地反问。想到卧室里的母亲,庆庆眼泪又流了下来。看来不光是沃烈被密汉民灌了迷魂汤,连母亲也被父亲灌了迷魂汤,默默为家操心一辈子,结果父亲还是在外面拈花惹草。这让她不但更加坚定了当初的决定,而且也觉得沃烈的话是有道理的,男人一旦功成名就,其身后的女人大都得不到幸福的生活。

看女儿莫名又流泪,赵宇华这次不但不劝,反而刮了一下庆庆的鼻子,说:"不要瞎想,你爸这辈子只有你妈一人。"

庆庆如释重负,她真怕完美的父亲也会有如此肮脏的事,真怕被沃烈说中父亲是有这方面问题的男人。庆庆赶紧擦干眼泪，撒娇地拍打了父亲几下，噘起嘴威胁："谅你也不敢！"

"不敢是低层次，不想才是高层次。"看女儿点头，赵宇华故意停顿了一下，倾上身拿起茶几上的一只橘子，剥开后自己吃了一瓣，另一些递到女儿手中，说："这是老杨今天拿来的，他退休后干起了老本行。"

接过橘子的庆庆心情很复杂，因为自己婚变，父亲现在把"你公公"又改口为"老杨"，还真有点难为他。不光是父亲，现在她碰到杨昌祥也是满脸的尴尬，怎么叫合适？爸爸？这显然与身份不吻合。叔叔？有点生硬，更不用说称"杨厂长"了。退休后的杨昌祥租了附近农民的一亩多地，不但种了时令蔬菜，还种了一些果树。这橘子就是他新鲜采摘后送来的。庆庆一边吃着橘子，一边心不在焉地听着父亲继续谈"家事"。

"我是看着小业长大的，他也是和你一起成长的小伙伴。现在他很愧疚、悔恨自己做出这种荒唐事，既然他有痛改的决心，你不妨给他一次机会。"

"不！"庆庆断然否决。

"你也要替婷婷想想，难道让她从小没有父爱？难道为了自己的面子而自私？难道等她懂事后看到同龄孩子有父母陪着而难过？"

庆庆蔫了，这倒不是因为父亲的语气变重，而是想到女儿若是没有父爱多么可怜，后果又会多么可怕。可想到小业曾和别的女人搂在一起亲热，她连呕吐的心都有。怎么办？经过一番内心挣扎后，庆庆终于打定了主意，放下橘子抬起头解释："爸，我不是自私，不然我也不会如此沉默，独自受煎熬。"

刚才在楼下得知离婚真相后，赵宇华把小业骂了个狗血淋头。可看到小业如泉涌的悔恨的泪水，赵宇华觉得庆庆应该给小业一个改错的机会,毕竟成员齐全是一个家庭的基础,受点委屈也就算了。但现在女儿如此一说,心里的天平又开始左右摇摆起来,他缓下语气劝道:"不要沉默,该说出来就出来,尤其是在家人面前。"

"我这也是想维护他的面子,更维护他的努力成果。唉,夫妻一场,包括爸爸你都只看到我的无情,却不知我内心的痛。"

赵宇华越听心里越难过,问:"那你怎么想?"

"顺其自然。婷婷由我们轮流带,既不缺父爱,也不失母爱。"

赵宇华见还是说服不了女儿,只好叹了口气说道:"哎——你真有点固执。但愿能顺利重新一起生活。"

"那家事就谈到这里?"

看父亲无奈地点了点头,庆庆回到了刚才工作的话题,但这次她先说引子:"爸,公司有上乙烯的想法。"

"真的?"赵宇华眼一亮。作为老炼油人,他们对已成中国原油加工量最大的江南炼化公司多少有些遗憾。三十年过去了,企业还是没有大化工装置,尤其是代表着石油化工产业核心的乙烯工业。而有无乙烯工业及产量的高低,不仅关系到国民经济发展水平的高低,也是衡量一个国家石油化工发展水平的重要标志之一。

"今天公司蒋总在找我谈剥离工作时,提醒我要提前做好混凝土业务的准备工作,为将来的乙烯工程配套。"

"啊?这不是变相在给你们业务?"

"蒋总已打招呼,说以后这块业务绝不可能给高价,必须遵循市场经济规律,不允许我们以特殊身份获得江南炼化公司的竞争优势。不但要参考本市造价管理处每月发布的市场信息价,而且还要下调。"

赵宇华大为困惑,脱口问道:"那怎么还有利润去接这项业务?"

"爸,这就是我们国企体制上的问题。我回办公室查看了近期造价管理处发布的市场信息价,又联系了相关的供货商,发现信息价和实际交易有很大的差别。按晚上联系的这家企业领导的说法,若是按这个价卖,他们就发横财了。"

"那造价管理处乱发布市场信息价干吗?简直是瞎糊弄。害的是国企的利益,损的是政府的权威!"

庆庆理解父亲的心痛,为了不影响他晚上休息,赶紧补充:"爸,好在我们公司新来的总经理已发现这个问题,也好在我们以后采用的是市场化的运作。放心,我是炼化人,喝炼化水长大,吃炼化饭长大,肯定不会坑炼化。"

"那就好。"听了女儿的解释,赵宇华心情顿时好了许多。

"我再和亲爱的老爸透露一个重大的秘密。"

看庆庆神秘兮兮地望了一下门,赵宇华知道这事非同寻常,很可能又和与蒋总经理的谈话有关。果然庆庆转回头,压低了声音说道:"不光我们要剥离,蒋总的意思是还要进一步推广,把医院、学校和保安处等全剥离改制出去。"

"哦。"赵宇华觉得有点割舍不了,毕竟这些是当年老炼油人一手办起来的。

"如果可行,蒋总说把所有与生产无关的单位都剥离出去。现在就看我们头炮能不能打响、能不能打准。"

庆庆的话如同炸雷,让赵宇华大吃一惊。刚才说的医院、学校和保安处,这些单位加起来也就五六百人,但与生产无关可就有三千多人,若是这样干江南炼化公司还能算是大公司吗?庆庆似乎看出了父亲的顾虑,说道:"再过四年多,我国就要如约按世贸协议全面放开成品油市场,那些望眼欲穿的国际石化大公司凭借经济实力和科技优势,就等着这一天杀入中国。从职工人数上来看,江南炼化与国际著名大公司相比还存在很大的差距,如果不迎头赶上,市场竞争中,必将处于十分不利的地位。"

一辈子与炼油化工打交道的赵宇华清楚这些压力,也终于明白了女儿现在工作的重要性,他顺手拍了拍女儿的腿,说:"'狼群'伺机而动,若不想被'狼群'吃掉,那只有把自己变成虎!"

"对,变成一只众狼不敢窥觑、更无法侵犯的猛虎!"

这时传来婷婷的啼哭声,庆庆跳了起来:"爸,小家伙肯定是尿床了。"

虽已听到周芳疾步的声音,但赵宇华还是心疼地叮嘱:"快去吧,不聊了,早点休息。"

女儿开门出去后,赵宇华心里既欣慰又难过。庆庆真如当年自己的判断,肯定会有一番大作为,但她眼里容不得半粒沙子的个性有很大的问题,这可能会导致她事业受挫。至于女儿的婚姻,唉,既然没办法相劝,就按她说的顺其自然吧。

六十

货运队的剥离工作进展并不顺利,事情一直拖到沃烈退休半年后,"江南石化物流公司"才挂牌。而在这近一年的剥离方案的制订与完善中,庆庆不但为新成立的公司在江南炼化争取到了更大的利益,更在市场排摸中学到了不少经营管理的经验。所有的努力在"江南石化物流公司"一独立后便变成经济效益,如同火箭般直往上蹿。

剥离前的职工按原工作岗位和工龄拿到了相应的股份,公司效益一好,许多人都乐得合不拢嘴,盼着年底分红利。更为开心的是修车和开车的师傅,剥离后,修车的再也不用穿油腻的检修服钻车底,开车的再也不用长时间坐在驾驶室拧方向盘,活全交给了新招进来的工人。这些原职工摇身一变,都成了管理人员,有的还升为部门主任,许多人开始把庆庆捧为"救星"和"财神"。

次年,小业所在学校的剥离工作却遇到了巨大的阻力。由于江南炼化职工收入比当地学校老师的收入和福利待遇要高,导致江南炼化中学和小学的老师反对剥离的呼声很高。许多老师甚至拿着刚刚结束的中考、高考成绩找公司领导要"说法"。他们认为以高考上线率达 97.4% 和中考成绩名列全县普通中学第一的业绩,就是江南炼化公司亮闪闪的经济效益,凭什么不要我们?

相比保安处和医院的顺利剥离,学校尤其是中学的剥离一时成为难点与焦点。中学的汪校长距离退休不到一年时间,对老师们要说法的闹剧心里暗自高兴,如果能让学校在江南炼化公司再赖上十一个月,那他就可以以企业员工的名义退休,相比地方学校老师的退休待遇,每月可以多领一百多元的补贴。而搭档的学校党总支部书记,虽然觉得学校从企业中剥离是大势所趋,但总认为公司很不地道,说重一点这是"过河拆桥",说轻一点这是"只见树木,不见森林"。因为连校领导自己都有负面的想法,自然不可能真心去做老师们的思想工作。此时中学的两位主要领导想法接近,即本人不参与抵制,但巴不得老师们把动静闹大。两人的不同之处是书记希望闹得公司无法将学校剥离,而不是只拖延十一个月就行。

两个主要领导的不作为,让刚被提拔为副校长的杨小业成了公司领导的"救火兵"。小业当仁不让,反正家庭变故让他没了后顾之虑。可真干起来,他才发现事情并不像想象得那样简单,"秀才闹革命,非常能折腾",面对有点混乱的局面,他干脆拉开了架势全力支持学校剥离。

这天又有一帮老师要去公司找领导要"说法",杨小业闻讯找到汪校长和书记,可两人听后光打哈哈,既不打电话汇报公司和教育局,又没有去劝阻的意思。小业只好只身赶到公司大楼阻拦,说自己是校领导,老师们若有事可以先和他说,再由他反映给领导或相关部门。没想到有老师倚老卖老不买他的账,说汪校长和书记都没出面,你算老几?个别老师甚至情绪激动地骂小业吃里爬外、卖校求荣。小业也不示弱,搬过椅子站到上面大声说道:"地方教育局已经说了,江南炼化公司不可能再办学,你们要留在公司也可以,就不能当老师。"刚说到这里,组织部部长走了过来,小业于是跳下来一屁股坐在椅子上,指着人群问:"说吧,哪个人想留在公司,我马上向组织部金部长申请。"

金部长已全听清小业的话,走到人群前板着脸问:"想留在公司的站到前面来。"

闹事的人顿时傻眼了,谁也不肯向前迈一步。这些老师可不傻,眼前的局势看上去很民主,由你自主选择,但谁都清楚,真的留下那就是反改革的典型,必定没什么好果子吃。

也不知谁先向后退了半步,顿时人群像"塌了窝的蚂蚁——阵脚大乱",谁都担心在别人的退后下,自己被动成为领头人。小业赶紧乘胜追击,起身厉声喝问:"谁想留在公司的现在出来,想继续当教师的马上给我回校。"

初三语文组田老师颇合时机地高高举起手臂叫道:"杨校长,我马上回校。"

"不用说,想回的马上离开这里!"

田老师刚才这一叫使得人心已散,杨小业这一吼更像是发下了免死金牌,众人一哄而散,大楼迅速恢复了平静。

"杨校长不但有魄力,还有组织能力,今天的经过我会向公司和县教育部门领导汇报和反映。"

杨小业知道组织部部长在领导面前说话的分量,躬身谢道:"谢谢金部长的肯定。"

告别金部长后走出大楼,远远看到田老师正推着自行车站在一棵粗壮的梧桐树下,小业皱眉朝对方挥挥手,田老师点头转身骑上了自行车。看着那飘逸的长发,小业的心再次乱了。是的,田老师太温顺了,在她面前自己就像个皇帝,对她呼之即来,挥之即去。有时仅一个眼神她就能明白自己的意思,就像刚才这出智退闹事老师的大戏,两人配合得天衣无缝,连组织部部长都没看出问题来。想着想着,小业烦躁起来。这一年来自己在庆庆面前可以说是脸面扫地,连下跪认错也做了,可对方就是不松口。相反田老师明明知道自己后悔离婚,并无与她结婚的打算,不但不怨恨,相反出事后多次表达愧疚之意。已到谈婚论嫁年龄的她婉拒了朋友和同事介绍的对象,始终没有向自己提出结婚的要求。就像是平静的港口,默默等候他这艘船的归来。

"小业。"身后突然传来永刚的叫声。

对前妻的哥哥,小业觉得蛮聊得来,双方也没有因为庆庆的关系而觉得尴尬,继续保持着联系。离婚后的小业常感叹:为什么同一家门出来的永刚和庆庆,成年后处世有如此大的差别,如果庆庆有她哥一半的豁达,不可能走上离婚这条路。工作近十年,永刚把精力全用在了业余生活上,今天买邮票,明天炒股,所以工作上进步很慢,不光与已当车间主任的大业差别越来越大,连和同时进厂的大学生相比,他也几乎处于垫底状态,至今还是个安全员。好在永刚不会觉得不好意思,整天乐呵呵。虽然工作上没什么大作为,但他却在找对象上创下了江南炼化的纪录,让所有人大跌眼镜。永刚也记不清自己找了多少个对象,反正进厂后恋爱没停过,只是对象不同。长的相处了三四个月,短的只有两三天,至今他还没有结婚。看儿子不断更换身边的女孩子,好脾气的赵宇华也急了,甚至一次脱口骂儿子是流氓。

永刚快步走到小业面前,问:"小业,今天有没有补仓?"

补仓?小业一愣,随即想起还有三个股票捂在手上。以前无论婚前还是婚后,除了上课,他把业余时间都花在了炒股上。后来因婚变和岗位调动的关系,已有一年没炒股,现在更是没心思补仓,于是摇了摇头:"算了。"

"你不信股市要大涨?"

小业不得不反问:"你哪来的消息?"

"今天国务院发布《减持国有股筹集社会保障资金管理暂行办法》,上证综合指数向上直冲,连个拐都没有。"

"越这样越有风险,我劝你也不要进了。"

小业的冷静让永刚很吃惊,当初对方远比自己疯狂,只要有利好或利空的消息,就会想尽办法赶往证券所拼杀。看前妹夫情感受挫后对证券心灰意冷的态度,永刚心里暗想:从邵丽丽算起,自己已不知与多少人分过手,若是心态像小业那样,那都没法活了。毕竟与小业分手的是自己的亲妹妹,永刚又对前妹夫的这份钟情添了几分好感,他拍了拍小业的肩,由衷地劝道:"开心点,一切会好的。"

小业明白永刚的意思,点了点头,说:"中国股市炒作风气太浓,不是关联机构互相炒作、互相买卖,就是放利好消息,暗中把股价拉升上去。而一旦中小投资者或局外大投资人跟进,就设法溜号,导致股价不断下跌。我劝你以后也少投点。"

永刚对这种观点嗤之以鼻,用数据进行反驳:"前天,我和几个朋友对中国股市做了技术分析。这不统计不知道,统计结果真让我们大吃一惊。第一轮牛市大涨了百分之一千五百二十二,熊市却只跌了百分之六十七。说明只要坚持,股民人人可以赚到不少的钱。"

"你这第一轮指哪几年?"

"1991年到1996年。"

"那你们的意思是现在已是第三轮?"

"不,是第二轮。这个跨度不同于我国的五年计划,第二轮是1997年到2006年,估计牛熊各为五年。虽然牛市不如第一轮涨幅,但预测仍可涨百分之三百左右。"

也不知道为什么,小业现在想的都是负面的情况,他脱口问道:"那熊市呢?"

"百分之五十左右。"

"还是别信这个统计,现在连上面都有说法了。"

永刚盯着小业问道:"有什么可靠的消息?"

"吴敬琏不是在中央电视台指出'赌场论'了吗？你也该清醒了。"小业不是故意吓唬永刚。年初，吴敬琏在接受中央电视台《经济半小时》访问时指出，中国股市的股价畸形的高，因此相当一部分股票没有了投资价值。同时股市盛行违规、违法的活动，使投资者得不到回报，股市成了投机的天堂。吴敬琏还呼吁必须否定"股市为国企融资服务"的方针和"政府托市、企业圈钱"的做法。节目播出后，股市接连大跌。

"嗨，那老爷子的话早就被经济学家们'挞伐'了，其动机和专业能力也受到了质疑。"永刚没想到小业翻出的是陈年老皇历，抬手看了一下手表，边走边说，"我得赶厂车去证券所，有空约时间长聊。"

"好，再见！"

分别后，小业骑车径直赶到学校，学校出乎意料的平静，就像没发生过任何事，只是许多老师看到自己后刻意回避。小业到办公室刚放下包，门被敲响了："杨校长。"

听是田老师，小业转身点了点头。田老师走到小业面前轻声说道："汪校长和书记刚才被公司叫走了。"

"电话还是来人？"

"先来电话，通知两人在校门口等车。我到时他们刚好上车。"

"这么快？"

看小业自言自语的样子，田老师知道不用答复，抬眼看着小业等下文。

"好，我知道，你先回去吧。"

"嗯。"田老师温顺地应了一声就出了办公室。

汪校长和书记很晚才回来。看两人一脸的沮丧，小业对这盘棋下得更有自信了。

晚上，小业打开电视机收看股市专家的点评。真如永刚所预测，当天上证综合指数冲到了 2245 点的历史最高点，自己手上三个股票个个涨了百分之二十以上。小业想象得出证券市场的火爆，也想象得出股民的喜悦心情，但他却第一次因股市而惴惴不安，担心明天的股市还会乘这一波政策的利好而继续上涨，担心上证综合指数会连连刷新。

当然历史证明小业多虑了，当天的上证综合指数纪录直到 2006 年 12 月 14 日才被刷新，那时他已又翻了五本半的台历。

一周后，公司组织部金部长找小业谈话。结束谈话后走出大楼，小业特意冲着太阳仰起头，炽热的光芒刺得他眼睛生疼，才证实这一切不是梦境，而是实实在在发生的事。

小业认为金部长讲的大多是套话，关键就是公司决定把中学的汪校长和书记双双撤销职务并调离，把只有才一年多副校长资历的小业推上代理校长兼书记的职位，等归属地方后，再由教育局来安排人员当书记。小业暗暗称奇，当时庆庆也是在单位剥离重要节点上成为代理一把手，难道这就是所谓夫妻命。

汪校长转岗到公司党校当老师，虽然还是在讲坛上，但没有了级别和职务；虽然讲的还是政治课，但面对的不再是学生，而是党员干部。相比汪校长，书记的工作调动更是一落千丈，被分配到食堂当管理员，连上讲坛的机会也没了。小业从这件事中再次得出结论：普通人是挡不了历史前进的车轮的，若逆而为之，结果只能是粉身碎骨。只有顺而作为，才可能让自己有用武之地，才可以做出一番事业来。

有了公司和地方政府部门的公开支持，有了田老师、嫂子章玲玲及其他老师见风使舵的暗中配合，成了代理一把手的小业各项工作得心应手。最有意思的是原本几个闹得最凶的老师，见老校长和书记双双被调离岗位，再也不敢做出头椽子，纷纷倒向了小业。

次年夏,眼看与庆庆复合无望,考虑再三后,小业决定与田老师结合。接到小业要和自己去领结婚证的电话后,田老师的眼泪夺眶而出,她握着话筒说不出话来。小业却不高兴了,一副无所谓的口吻说道:"你不愿意就算了。"

"不,杨校长,我愿意,我愿意。"田老师连着强调了两遍。

"有什么想法没有?"

田老师犹豫了一下,说:"我们能不能住其他地方?"

小业又火了。当初两人就是在这房间亲热的,有什么好假装的,他不耐烦地反问田老师:"不住我这里住哪里?"

刚说完,小业蓦然觉得自己很过分,这房子是他和庆庆结婚的地方,田老师心里肯定不舒服。就在他准备安慰对方等凑足钱就去市里买房时,田老师抢先说道:"杨校长,那等手续办好后,我马上搬过来。"

田老师的温顺让小业再次有了愧疚感,说:"以后直接叫我小业就行了。"

"谢谢杨校……嗯,谢谢小业。"

挂上电话,小业靠着沙发深思了片刻。其实他何尝不想换一套房子,虽然庆庆搬出去已两年多,可这里还是有她的影子,还有她的味道。有时想庆庆时,或刻意躺在她睡过的枕头上,或刻意抱着她靠过的靠垫,回想那段快乐时光。不光是有意,有时无意间拿起指甲钳或头梳,也会想到这是庆庆买的,这是她用过的。唉,还是让爱情一切从头开始吧。想到这里,小业起身连夜把与庆庆相关的东西都整理了出来,包括她遗漏的衣物、照片、保留下的曾经写过的情书和贺卡,全放进一个大箱子中。小业做这些不光是不想让田老师看到心里不舒服,也是觉得既然选择了重新开始,那就要拿得起放得下,彻底埋葬过去。

结婚那天晚上,小业把自己灌得酩酊大醉,任由几名老师抬着上楼回家。这天晚上小业不知道呕吐了几次,新娘田老师一会儿端盆,一会儿拧毛巾给小业擦洗脸,一直折腾到下半夜,小业终于昏沉沉地睡去。田老师收拾干净后,拉上厚重的窗帘,把空调调到睡眠模式,冲澡换上干净的睡衣,轻轻躺在小业旁边。刚关上床头灯,小业突然翻身搂住了她。田老师温顺地轻启朱唇准备迎合,没想到小业不但没有吻她的意思,反而含糊不清地嘟囔:"庆庆……抱紧我……别松开……"

田老师愣了一下,虽然手还是搂住了小业的脖子,但眼泪却如倾泻的江水肆意横流。她知道自己看似赢家,其实输得一无所有。她睁大了眼睛,可四周漆黑一片,如同自己的爱情,看不见一丝光亮和未来。田老师边流泪边质疑,怀疑自己的爱情走不远,随时会被埋葬。

新婚之夜,两个新人和衣搂着,一只崭新的枕头被泪水打湿一大片……

庆庆虽然没有参加小业的结婚典礼,但也请永刚替自己送上了贺礼。当天晚上庆庆翻来覆去难以入眠,她奇怪自己怎么会拿得起放不下,黑暗中睁大眼睛追问自己:是对小业藕断丝连?还是对小业有了另一段婚姻而如释重负?似乎是,又似乎都不是。睡不着的庆庆干脆打开床头灯,看到身边睡得香甜的婷婷后,她终于找到了答案。是的,自己的基因和另一个人的基因合在一起后,创造了一个有自己也有他的新生命,于是无论何时、何地,三人注定一生互受影响。庆庆重新关上了灯,期望被包裹在黑暗中的自己什么也看不到、什么也听不见……

六十一

江南炼化公司又做了人事调整,杨大业被任命为乙烯生产部副主任。大业每次工作调动都意味着更大的担当。这次虽然只是副主任,但不同于原来的车间主任。

乙烯工程终于要进入实质性的土建施工,庆庆及时安排人向江南炼化公司工程处递交了标书。可没想到标书如石沉大海杳无音讯,庆庆坐不住了,这可是一笔大业务,更何况蒋总当初就有意向给自己做。于是她拨通了大业的手机,可才响一声就被挂了,之后收到"我现在不方便接电话,等一下回电给你"的短信。

大约过了二十分钟,大业终于回电过来:"庆庆,有事吗?"

庆庆猜大业这是忙里偷闲回电,就单刀直入地问道:"哥,我想问一下乙烯土建什么时候开始?"

"哎呀,这我可说不准,我只管生产工艺和人员培训。"

"好。"庆庆觉得没有必要再问,但直接挂机也不好,于是又加问了一句,"爸妈现在都好吧?"

"我现在都有半个月没跟他们联系了,工作实在太忙,今天我还在北京向总部汇报呢。"

"哥,那我就不打扰你了,在外保重。"

"好,回头再聊,代我向赵叔周姨问好。"

"谢谢!再见!"

"再见！"

刚挂上电话，还没等放下手机，铃声又响了。庆庆一看是江南炼化公司办公室主任的来电，赶紧按了通话键。主任说话很利索，说蒋总要见她，要庆庆马上到公司三楼的小会议室。

上楼进小会议室，庆庆一愣，里面坐了一排人，既有工程处的，也有财务处的。正犹豫着是进是退，身后传来蒋总爽朗的打趣声："怎么觉得见生了？难道现在不是一家人了？"

庆庆赶紧闪在一边笑着回应："老师从小告诉我，祖国就是母亲。现在我们物流公司可是深切体会到江南炼化就是我们母亲，蒋总你们可都是我们的父母官呀。"

蒋总边进门边指着庆庆笑着责怪："怪不得想啃老。好，进来开会吧。"

庆庆意识到今天的议题就是乙烯工程的土建标书，其核心就是混凝土报价，估计江南炼化对这个报价很不满意，以至于惊动了老总。

独占一排位置的庆庆觉得很尴尬，就像是被审问的犯人。好在对面居中的蒋总表情轻松地问了她公司的经营和人员情况，并不时开个玩笑。可就在庆庆心情刚放松下来时，蒋总突然脸一沉，问："乙烯土建标书你们交了？"

庆庆暗叫不好，但外表冷静地答道："蒋总，我们上周一已交工程处。"

"你们混凝土的报价依据是什么？"

看蒋总直接点中要害，庆庆有些心虚："蒋总，我们是按甬江市造价管理处每月发布的市场信息价，这个价很权威……"

"胡扯！不要脸！"蒋总把手中的标书重重摔在了桌上，随后扭头指着合同预算科科长说道，"老傅，你把调研结果给这家公司的总经理汇报汇报。"

"是。"傅科长正了正身,就像一名检察机关工作人员在法庭上举证似的,不但把一年内周边市场的混凝土实际交易价格报了一遍,还提供了甬江市专供混凝土公司的当月报价表。

庆庆反应很快,傅科长话音刚落,马上表态:"蒋总,虽然物流公司混凝土业务刚起步,各项工作还不熟悉,但我还是要向江南炼化检讨,我们工作可能粗心了,我立即回去调查市场并整改。"

蒋总眼一瞪,厉声呵斥:"不要跟我耍滑头,你赵庆有什么能力我会不知道,不然我会放心把货运队上百号人交给你?!"

"谢谢蒋总的信任和栽培。"庆庆感觉脊背一阵发凉。

"明天一早交新标书,混凝土价格必须按甬江市造价管理处每月发布的市场信息价下调二十五元每立方米。"

庆庆简直不相信自己的耳朵,按乙烯九十二万吨混凝土需求量折算现金,这相当于切掉九百二十万元。庆庆情不自禁地瞪大了眼睛复述:"每立方米下调二十五元?"

蒋总睥了一眼庆庆:"怎么?贵公司嫌肉太少不想做?"

庆庆如实说道:"蒋总,这个价我真的心中没底。"

蒋总递了个眼神,傅科长会意,马上把一份庆庆公司的混凝土价格的可降措施递了过来。庆庆一看傻眼了,对方系统地分析了自己公司的混凝土价格的可降措施。

工程处处长指着自己面前的一叠资料说道:"这一周我们可没干等,工程处会同监察处、审计处、财务处等对甬江市环球建筑材料有限公司、海港混凝土有限公司、环球建材有限公司和九龙混凝土有限公司四家企业做了调研,并从企业资质等级及人员资格、场地大小、装备能力、质量认证及管理情况、生产能力及近三年主要业绩等方面进行了总体评述及建议……"

庆庆暗暗叫苦，蒋总刚才可不是在恫吓自己，而是真有不给这块业务的想法。望着一脸严肃的蒋总，庆庆心一动，难道蒋总或工程处处长和那四家企业有关系？若他们想介入，那自己所有的准备工作可就白费了，包括新购的十辆混凝土专用车。

这时，蒋总摇手示意工程处处长不要往下说，随后指着傅科长问庆庆："服不服你们这个'编外财务科长'制定的措施？"

"谢谢，太谢谢了。"

"不用谢，毕竟我们还是一家人，公司不会对剥离后的企业一离了之、甩手不顾，但在业务上我们必须坚持'规范化操作、市场化运作、合同化管理'要求，按同等优先的原则照顾你们。赵庆同志，我们必须遵循市场经济规律，各司其职，抢抓发展机遇。"

对于蒋总的强调，庆庆连连点头："是，是。"

蒋总忽然又问道："乙烯土建工程很大，如果你们无法保证乙烯工程需求怎么办？"

"这……"庆庆怀疑蒋总想介入土建的想法再次冒了上来。

"还是由你给我们推荐一家企业作为候补，工程绝不能因为原料供应不足而拖延。"

对蒋总既考虑周全又不指定候补企业的做法，庆庆在欣慰之余为刚才的无端揣测而脸红，她当即回应："好，我回头选定后马上报工程处。"

"为了夯实工程基础，无论是水泥还是石子，我们要指定原料品牌，你们必须按规定采购。"

蒋总刚说完，工程处处长马上接口："蒋总，我们工程处会全程监管混凝土质量，通过生产场地取样自我分析，确保每批混凝土都符合国家标准。"

蒋总没有理会工程处处长的解释，盯着庆庆说道："赵庆，你给我记住,乙烯工程事关国家民生,事关江南炼化的未来,工程质量绝不能出任何的问题,谁敢在里面偷工减料、弄虚作假,搞成豆腐渣工程,我一定让他死得难看!"

看着一脸"杀气"的蒋总,庆庆吓得汗毛也竖了起来。心想,一个总经理怎么能说出这种话来,这和黑帮头目有啥区别?但看到双鬓已白的蒋总,她突然肃然起敬,国企就是因为有了一任接一任这样负责的企业家,才铸就了今天的辉煌。庆庆发自内心地表态:"请蒋总放心,我们一定按标准做,按高标准做。"

"好!"蒋总缓了缓语气,比画着手势继续说道:"也许我今天的话说重了,但请你理解。马上又有两家单位要改制剥离,以后我们会帮助你们'造血',但不允许你们'输血'甚至是'吸血'。你们可以依托我们,但不允许依赖我们。任何人没有权力让改制单位仅靠政策优惠和特殊身份来获得在江南炼化的竞争优势,不然保值增值国有资本就是空话、假话!你们必须转变观念,主动走向市场、适应市场,从而增强内在活力、市场竞争力、发展引领力。"

"谢谢蒋总,我们一定按您的指示主动走向市场、适应市场。"

"行,你赶紧回去做好标书。要学会探索出符合社会主义市场经济规律、与开放型经济体系相适应的工作模式和机制,为你们公司创业与发展打下扎实的基础。"

"是,谢谢蒋总的指导。"庆庆说完赶紧收拾好东西推椅起身。

"都是自己人,我们继续开会,就不送你了。"

"请各位领导留步!"

从会场出来后,庆庆赶紧躲到厕所用纸巾擦了擦额上渗出的汗。

虽然每立方米混凝土被"砍"了二十五元,但按傅科长提供的可降措施,施工结束后,江南石化物流公司的财务报表产值和净利润还是让庆庆大为惊喜。

从会议室出来,庆庆见沃烈站在自己办公室外,惊喜地三步并两步迎了上去:"沃姨,你今天怎么来了?"

沃烈没像以前那样热情回应,赔着笑脸压低了声音说道:"沃姨有点事想请你帮帮忙。"

"嗨,还请,有啥事尽管说,我一定尽力。"

庆庆说完打开了办公室的门。沃烈进门傻眼了,这哪像是货运队长的办公室。宽大的老板桌上,台式旗架上插了国旗和党旗,靠椅后除了鲜艳的大国旗和党旗,边上还摆着地球仪和茂盛的绿植。正对落地窗是一大排柜子,里面摆满了书和工艺品。沃烈以前也去过密汉民的办公室,那好歹也是正处级领导干部的办公室,但面积不到这间房的三分之一,就连办公桌也只有眼前这张老板桌的三分之一大。

"沃姨,随便坐。"看沃烈站在原地没动,庆庆很随意地把手中的本子往茶几上一放,手一伸招呼后先坐了下来。沃烈这才走到三人沙发前,挨着庆庆坐了半个屁股。

"沃姨,我马上要去市里办件急事,有啥事你尽管说。"

沃烈这才意识到自己有点唐突,现在庆庆是个大忙人,可不是自己想见就见的。本来她想先叙叙旧,拉近关系再托事,毕竟当年庆庆想让货运队剥离时,自己不但不支持还拖后腿。唉,既然来了,那就厚脸求人家吧。于是沃烈开口了:"庆庆……不……赵总,我有……"

"沃姨,这里就我们俩,还是叫我庆庆吧,有啥事尽管说,能帮上忙我一定尽力。"

沃烈毕竟也见过世面,自然听懂庆庆的两层意思。一是两个人时,可以像以前一样叫庆庆,但有外人在场,那还得规规矩矩称赵总;二是自己可以说困难,能帮上的对方一定会出全力,帮不上的只能回绝了。沃烈真后悔当初单位剥离时自己的态度，不但没了企业的股份，现在连开口求人也难了。见沃烈垂眉一口难开的样子，庆庆只好再次催问："沃姨，你说呀。"

"我家老密昨天出来了。"

见沃烈说了一句没下文，庆庆只好说道："哦，那就好，这下密叔可以陪陪你了。"

"他出来什么也没了，怕拖累孩子们。"

庆庆明白了她的来意，直接表态："我妈曾告诉我，当年若不是密叔前来医院帮忙，可能我妈和我都没命了。沃姨，给我一个账号，我抽空给你打八万。"

沃烈冲着庆庆连连摇手："不，不是这个意思，我不是要来借钱。"

"不是借，是给你。"

沃烈更为吃惊，没有想到庆庆这么大方，心中愧意越发浓了。不等她说话，庆庆已站了起来，有种要送客的样子："那就这样，等我有空再约沃姨和密叔吃饭。"

看庆庆有急事，沃烈终于说出了来意："庆庆，真的很谢谢你。但我们真的不想要你的钱，我家老密出来没工作心里难过，想到你这里找份活。"

庆庆乐了，一屁股重新坐下后，伸手拍在沃烈粗壮的胳膊上，说："我说沃姨，这么点小事你来个电话就行了，干吗还特意跑一趟？行，这事说定了，下月一号请密叔来公司报到，我会安排好。"

听庆庆不计前嫌快言快语敲定了事，沃烈激动地拉着庆庆的手像祥林嫂一样说道："当初我真不该……"

"沃姨，那就这样，我马上要去市里。"

沃烈知趣地站起身："好，谢谢庆庆，我就不打扰了。"

"沃姨，那我就不送你了，慢走。"庆庆说完起身握了握沃烈的手，

不等她出门,俯身拿起茶几上的本子,快步到办公桌前整理资料。

沃烈出物流公司大门刚骑上自行车,身后传来庆庆的声音:"沃姨,有空多来公司坐坐。"

沃烈赶紧捏手刹下车,还没等她应答,一辆车急驰而过,隐约看到后排开着的车窗里有只手招了一下。望着崭新的奥迪A6,沃烈惊得吐出了舌头。咋舌后,沃烈忍不住感叹:"真是变天了,小小货运队居然能有今天这个模样。"

六十二

当江南炼化检修安装分公司和服务分公司完成改制剥离工作时,庆庆所在的物流公司不但已为地方经济做出了不小的贡献,且企业发展劲头迅猛。当年仅有百号人的货运队,现在不但职工人数扩大到六百人,且拥有各类运输车辆三百辆,一次性货物运输的总吨位可达四千多吨。

面对接踵而来的荣誉,庆庆有点"飘飘然"。她不再满足于本市的"十强物流企业",而欲把企业打造成国家级的"十强物流企业"。要想实现这样的目标,就不能光有陆地上的运输,还要有空运和海运。虽然空运还不现实,但海运完全可以努力,更何况海运的利润远比陆运要高。有了这样的想法后,庆庆自然就谋划起了方案,她计划分五年购买十艘万吨级以上的轮船,把公司打造成江南省海运危险品的最大企业。

这天晚上庆庆难得回家吃饭。饭后,赵宇华让周芳陪外孙女玩耍,自己则叫上庆庆进了主卧室。

"爸,有事?"

"这几天我老是睡不好,想和你聊聊。"

自己工作上一帆风顺,庆庆估计父亲又在操心她的个人生活,于是眼睛狡黠一眨,问:"想赶女儿了?"

赵宇华很直白地答道:"是的。"

庆庆早就想好了理由,脱口说道:"不是我不想再找,一来现在没有合适的,二来婷婷还太小,三来现在工作太忙,根本顾不上这件小事。"

"庆庆,这可不是小事,是终身大事。"

庆庆理亏,只好把原因往别处推:"爸,婷婷这么小能接受另一个爸爸吗?"

赵宇华眉头一皱:"她不是已经有两个妈妈了吗?!"

庆庆发现父亲今天是有备而来,自己刚才三弹已哑了两弹,只剩下最后一弹,她不得不加大了火力:"爸,你若是急我只好随便嫁一个,到时再出这样的事叫我怎么做人?"

赵宇华一点也没有让步的迹象,回道:"不要一朝被蛇咬,十年怕井绳。"

"你怎么确定面前不是蛇?"

"庆庆,听爸爸的,多看看身边的人,有合适的早点相处起来。"

庆庆口是心非地应允:"好的,有合适的我马上嫁出去。"

"老杨也催我提醒你,你不嫁,我们四个老人心里难受呀。"

庆庆发现父亲说到这里身子抽了一下,仔细一看,脸上竟然滑下两滴混浊的泪。庆庆这下慌了,印象中父亲从来没有哭过,无论是被冤调查还是生病开刀,现在却为了自己的婚事伤心得落泪。庆庆赶紧掏出纸巾替父亲擦眼泪,没想到父亲却像小孩似的,猛地趴在她肩膀发出压抑的哭声。庆庆心一酸,抱紧父亲哭着小声说道:"爸,别难过,我有你们陪着挺好。"

赵宇华听了当即坐直了身子,抹去眼泪从床头柜拿来一个撑得厚厚的档案袋,一边递给庆庆,一边:"你再不考虑对象,我和你妈被人都要戳穿脊梁骨了。老杨一直希望你能尽快找到一个好男人,这是他找来觉得还满意的男方的资料,我一直推说你不满意。可我越是这么说,他越内疚,越着急,这两个月天天跑市里婚姻介绍所打听有没有好男人,今天还在下厂车时摔倒了。"

庆庆急着追问:"人没事吧?"

"还好,就擦破点皮肉。"

"今天正好没啥事,我现在过去看看他。"没想到赵宇华一把拉住了庆庆的胳膊,说:"你好不容易休息,我还有其他事要说。"

庆庆觉得除了婚姻上的事难向父亲交代,其他的不在话下,于是主动问道:"爸,还有什么事?"

"听说你准备搞海运?"

"你消息真灵,我们公司的确有这样的想法。"庆庆先刻意把自己的想法说成是集体的,然后才得意地向父亲补充起自己在其中所做的努力,"如果一个企业的领导人安于现状,不思进取,就会让企业因失去先机而落后挨打。所以我不但在技术上要创新,更要在管理上创新。敢于想其他人不敢想的事情,做其他人不敢做的事情,才能将当初被认为是异想天开的事情变为现实。"

赵宇华没有被女儿的长篇阔论说服,相反更担心庆庆不切实际的决策会误了企业,他平静地追问:"打算买多少吨位?几艘?"

"一万吨吧,先弄个两三艘。"为了让父亲有个心理上的缓冲,庆庆故意少说了数量。

"一艘售价多少?"

"七千万左右。"

赵宇华大吃一惊:"你们哪来这么多的钱?"

庆庆搞不清父亲要问的主题,只能如实答道:"这几年我们公司盈利一直不错……"

"你们这是在吸江南炼化的血!"

对于父亲的呵斥,庆庆很不乐意,马上顶嘴:"爸,别人眼红这么说我没办法,难道你没看到女儿有多辛苦?"

赵宇华似乎被说到了痛处,换了语气再问:"若不是江南炼化,你们哪来这么多钱?"

"我们又不是靠抢和骗。就说上次那个乙烯混凝土项目吧,爸你也知道蒋总压价压得比市场都要低。现在假冒伪劣产品这么多,可我们在质量上始终有保障,毕竟我们不会去坑害江南炼化。"

赵宇华觉得自己精心准备的谈话已溃败,最后只是劝道:"唉,你在外顶大梁不容易,处事一定要谨慎,千万不要贪婪,更不能有揩炼化油的念头。"

"爸,你知道我不会揩炼化的油,也揩不了炼化的油。我的市场目标定位为全国,以后还想走出国门。"

"行,行。爸只想叮嘱一句,江南炼化是你爸妈工作过的地方,也是你哥工作的地方,更是我们国家炼油化工的基地,你可千万别毁它,不然就成了国家的罪人。"

庆庆觉得父亲的话有点过,但伤感语气让她想起了两年前乙烯混凝土价格谈判时蒋总的呵斥。看来很多职工对国企有着一种神圣的使命感,无论是在位还是退休,这种感情与责任伴随着终生。为了缓和气氛,庆庆打趣道:"爸,放心吧,我是党员,只会为我们社会主义事业添砖加瓦。"

赵宇华终于露出一丝笑意:"你这死丫头!"

"爸,你和妈陪一下婷婷,我买点东西去看杨爸爸。"

"好,去吧。"

六十三

由于企业剥离时的作为和剥离后的经营眼光,庆庆在公司有着绝对的权威。第二天一早,她刚把设想讲完,公司班子就一致同意这个大投入大回报的经营思路。已习惯了没有反对和质疑声的庆庆不假思索地安排起轮船采购事务,并让密汉民招聘相关人员及办理海运危险品证件。

升任为物流公司办公室副主任的密汉民已成为庆庆的得力助手。这天,他接到了一个自称能招聘到有资质的船长和船员的电话,于是就约对方面谈。

密汉民按约定时间来到了咖啡馆,刚进门,一女子在不远处挥手招呼:"密主任,请这边坐。"

商谈很顺利,所有细节敲定后,这个叫邵丽丽的女人边招来服务生埋单,边随口问道:"杨大业是不是还在江南炼化?"

由于不明白对方的用意,密汉民不答反问:"你认识他?"

"以前认识。"

从邵丽丽一闪而过的得意眼神中,密汉民揣摩杨大业是个有"故事"的人。由于是第一次见面合作,不好打听,对方也不会说,密汉民决定日后再套问。君子报仇十年不晚,看来老天爷要给自己这个机会了,如果真的能抓到杨家大儿子的小辫子,那一定要往死整,让他们也尝尝苦果。

直到第一艘轮船交货，庆庆才发现这项决策缺乏市场调研。相关的运输证件是办成了，船长和船员也聘请了，可没有码头允许轮船靠岸。没有能靠泊的码头，船如同无家可归的流浪汉，只能在江外随浪漂泊。庆庆开始还以为这事并不棘手，大不了出个高价，可打听清楚事情原委后，她顿时如坐针毡。原来拥有码头的公司不是自己有轮船，就是和海运公司有合作。码头好比是狼群的地盘，怎会允许新狼来夺食？

　　庆庆终于领悟了市场的残酷与无情，紧急叫停第三艘轮船的订购谈判。可这一切已晚矣，交货轮船不但每月要给船长和船员发放高额的薪水，还要向航运主管部门交费用。现在第一艘船还没产生效益，第二艘船却还得按合同定期打款制造，看着公司的财务报表，庆庆急了。若是形势不好转，等第二艘船的船款交清后，不光年底职工的分红要告吹，连运输车辆的油钱也会捉襟见肘。

　　刚调到市第一中学的小业是从父亲口中得知物流公司的经营困难的，他本想打电话问庆庆，可看到正在收拾厨房的已怀孕的田老师，小业还是熬住了。第二天早上刚到办公室，小业拿起电话就拨通了庆庆的手机。得知小业是探听公司经营上的事，庆庆不分青红皂白就挂了电话。小业捏着电话思索了片刻，拨通了密汉民的手机，终于了解清楚了物流公司目前的困难。放下电话，小业打开电脑贮存的学生登记表，没想到还真查到有个家长在甬江市海事局工作。课间，小业把这名学生叫到了办公室，不但从孩子口中探出她父亲的爱好，甚至还排摸出他的朋友圈。

　　让学生回教室后，小业调出该学生近两年的成绩，随即拨通了这位家长的电话。一听是女儿学校的校长找自己，这位人事教育科的副科长以为发生了什么意外，紧张得连话都说不利索。听着对方诚惶诚恐的语气，小业自信手中这张王牌必定能控制局势。在兜圈说了学生在校的表现和成绩后，小业直截了当地说出了事由。一听是要想办法让码头同意靠泊轮船，这个副科长有点为难，因为这项业务归通航管理科和船舶监督科管理，自己不好插手。但想到与女儿得到校长的关照相比，自己的脸皮和一些费用算不了什么，于是就满口答应去打招呼试试。

功夫不负有心人，副科长第三天直接来到了学校，同来的还有本地港务码头的负责人。小业大喜，立即打电话通知密汉民来学校接人去公司谈判。当天放学，小业让学生给副科长带去了一幅画。晚上开车刚到家，小业接到副科长的电话，连连说这礼物太贵重。小业心想，你若真满意就好。

小业越发觉得手中能掌握人脉资源的重要性，也许校长这个岗位不算什么，但秤砣虽小却能压千斤，手中近七百五十名的学生是每个家庭的宝，掌握他们等于掌握了一千五百条社会资源。当然有需要还可以扩至祖辈，那就不止一千五百条社会资源，而是增至四千五百！

虽然船终于有机会靠岸了，但由于受金融危机影响，市场萧条许多，船无用武之地，因占码头泊位要交费，船只好再次在江外随浪漂泊。对庆庆来说，问题解决和不解决一个样。她现在只能盼江南炼化乙烯工程尽快生产，以公司新增业务的效益弥补上这个漏洞。

带队从外地培训回来的大业明显消瘦了，请假提前回家的章玲玲抱着半岁的儿子看着家里的体重秤，心痛地说道："小飞，爸爸瘦了十一斤。"

大业没想到玲玲对自己培训前的体重都记得这么清楚，下称从身后一抱搂住妻子，伸着脖子去吻她。玲玲乖巧地往大业身上一靠，扭过头迎上炽热的双唇。刚吻上，大业的手机响了，看大业仍贪婪地吮吸自己的舌尖,玲玲只好慢慢转回头催促:"老公,快接电话,别耽误正事。"

大业掏出手机一看,是乙烯生产准备部的徐主任,就接通了电话。玲玲抱着儿子悄然进了小卧室,无论大业打电话,还是接待客人,她总是自觉回避。

挂上电话,大业一脸愧疚地来到小卧室,不等开口,玲玲抢先敦促:"别说了,快去吧,等你回来冲个澡再去爸妈家。"

"嗯。"大业亲了一下玲玲后就出了门。

乙烯总指挥部位于装置控制室外的东面,这排简易蓝色平板房从乙烯项目成立那天起,就静静地立在这片空地上。平板房按各部门的职能分成若干房间。为了节省费用,过道不配窗。由于无光,即使外面艳阳高照,里面也只能通过节能灯来照明。

进会议室见里面已坐满了人,大业悄悄在后排坐了下来,只听居中的蒋总说道:"乙烯是石油化工产业的核心,在座的许多人比我更清楚,其产品在国民经济中占有极为重要的地位,有无乙烯工业及产量的高低,不仅关系到国民经济发展得如何,也是衡量一个国家石油化工发展水平的重要标志之一。我们江南炼化要做真正的炼油化工公司,就必须让炼油和化工'双翼齐飞',而能不能展好这个化工翅膀,现在就看你们了。"说到这里,蒋总突然停了下来,伸着脖子和大业打招呼,"小杨呀,刚回来就把你叫来了,可不能怪我无情无义呀。"

大业赶紧起身:"蒋总,中交、吹扫、开工是新装置的'三大战役',后天就要中交,我这个生产准备副主任若当逃兵,您肯定饶不了我。"

众人都笑了。蒋总笑着压手示意大业坐下,扭头问徐主任:"老徐,装置所有塔都按计划封上人孔了?"

"蒋总,全封好了。"

"塔盘检查了吗?"

"我们安排七名同志连续一周按要求逐一进行确认。"

"一周查完八百多个塔盘?可以确保不会被吹翻吗?"

大业理解蒋总的连续追问,塔盘安装质量决定了气液交换时的均匀效果,而乙烯装置塔又以浮阀塔盘为主,如果检查不严,一旦浮阀安装歪斜或不密实,就会发生漏液或塔盘吹翻,轻则影响分馏效果,重则导致生产异常。这时只见徐主任拍着胸脯说道:"请蒋总放心,我们的塔盘绝不可能被吹翻!"

"噢。"

看蒋总应声但眉头没散开,徐主任接着说道:"我们检查时间看上去只有短短的一周,但党员班长张可富带了六名同志为了避免中间出塔上厕所浪费宝贵的时间,几乎整天不喝水,甚至连中饭和晚饭也干脆在检查的塔上,用面包及八宝粥充饥草草了事,每天持续工作达十二小时。不但查了阀腿安装是否平直、牢固,浮阀是否灵活,还逐个检查了塔盘与塔壁间隙是否密实,发现的所有问题已让施工人员及时整改完毕。"

蒋总双手合掌:"大家辛苦了,替我谢谢同志们。"放下手后,蒋总再次伸着脖子问大业:"小杨,最后一批培训的人也带回来了,听对方说学得很不错。"

大业回复:"报告蒋总,百分之八十的人技术已达到优秀。"

蒋总不以为然:"即使百分之百也不能满足。今天在座的都清楚,整个乙烯工程包括建设专业技术人员和技能操作人员,公司只引进了二十三名,其他人全是本公司抽调的'新兵'。我知道大家很累、很苦,但这样的苛刻是对企业将来负责,只有这样,我们才有可能通过十到二十年的努力,实现'以最少的人管理最大的炼化企业',才能有机会与国际大公司竞争。"

大业在外培训时了解到,一百万吨大乙烯装置开工需包括技术人员、操作工、仪表工、电工和分析工等一千人左右,可江南炼化只给了三百三十名定员,除了二十三名引进人员外,其他人缺乏大化工的运行管理和操作实践经验。但越学得深,越清楚乙烯装置与原炼油装置的区别,越清楚乙烯的风险。乙烯装置管架密集,流程几乎没有副线,相当于运行车辆没有备胎,一个点出问题,就可能导致全装置的停工。而且乙烯生产工艺中有许多是冷物料,最低温度在零下一百六十摄氏度以下,一旦发生泄漏,就会因气化冷凝不断扩大泄漏部位,几乎没有逆转的可能。最让大业觉得风险大的是生产需用一百一十公斤的高压蒸汽,这种高压蒸汽不同于炼油蒸汽,它像一把肉眼看不到的"无形刀",只闻啸叫声,若不慎"中招",就会被撕裂皮肤并烫熟皮肉。培训人员从摸通流程开始,从会操作阀门开关开始,从添加机泵油开始,终于练成了过硬的技术。面对重托,大业自信地答道:"蒋总,从年份来看,我们的确是'新兵',但从技术水平来看,我们肯定是支'劲旅',已实现'炼油人'向'化工人'的转型。"

"好,虎门无犬子,不愧是杨厂长的儿子。"

大业觉得自己言辞有揽功之嫌,此时当突出徐主任,于是当即转换话题:"蒋总,徐主任说要把吹扫作为开工的临战大演练,不但要把装置的流程打通,把隐患排除,更要确保正式开工上阵时有经验。"

"好。"蒋总自然懂大业的用意,对这种功不盖主的谦卑做法很欣赏。

听蒋总肯定后埋头于本上没下文,所有人不敢吭声。听会场没了声音,蒋总头也不抬问道:"大家还有没有什么要说的?"

还是没人接话,蒋总抬眼看了一下四周,终于摘下了眼镜。大业知道,蒋总要做最后的总结,所有人都拿起笔准备记录。

"同志们,历时三十七个月,我们参建单位发扬'一家人、一条心、一股劲、一个目标'的精神,以'五加二''白加黑'的工作干劲,克服了设计、软土地基施工、设备制造和材料采购等重重困难,终于使这个国家重点建设项目、江南省有史以来投资最大的工业项目如期竣工。建工程的目的是什么?就是要充分发挥工程的效益。不然就是有始无终、前功尽弃、功亏一篑!现在我们可以说是处于外部环境不确定性和内部各项任务艰巨性的紧密交织中,遇到非常多困难,但只要我们每项工作都能够思想同心、目标同向,肯定能确保乙烯开工准点开起来,并迅速与炼油融合,实现加工流程、产品结构、物料互供和公用工程的整体优化,让产业优势转化为盈利能力,不辜负党组的厚望和重托!"

会场掌声刚响起,蒋总手一挥:"今天就到这里,散会。"

六十四

乙烯工程中间交接的结束，意味着施工单位完成了工艺运行路线上所有的建设内容，装置保管和使用责任从施工方转为业主。大业等人开始按计划推进系统试压、吹扫、水电联运等工作。

可就在这节骨眼上，因厂家裂解气压缩机干气密封的交货延误，导致无法启动裂解气压缩机，送气爆破吹扫方案顿时陷入僵局，庞大的装置趴在地上没有一丝生气。

下午大业给父亲打了个电话，告知自己今天回家吃饭。习惯大业加班到深夜回家的杨昌祥忍不住问道："今天怎么不用加班了？"

"爸，干气密封设备没到货，现在没有气可吹扫。"

"没气源？"

"嗯。"

"怎么可能？！这么大厂这里没有那里有，这里不通那里通，只要动脑子，肯定有办法。当年常减压开工还是从火车头上接临时线引蒸汽到装置……"

还没等杨昌祥抱怨完，大业在电话中叫道："爸，有办法了，晚上我不回来吃饭了。"

杨昌祥刚想叮咛几句，可大业已把电话给挂上了。这时张翠莲探着头问道："儿子晚上回来吃饭？"

"不了，还是我们老小四人。"杨昌祥看上去一副闷闷不乐的样子,心里却为刚才给儿子一个点子开心不已。

大业提出的现场接临时管线找气源的点子让所有人茅塞顿开,指挥部重新制订了吹扫方案。现场无论是烧焦风、工厂风,还是仪表风,都被征用到了吹扫中。一条条的胶皮管与管线导淋相连,像人体的一条条血管,随着"呲呲"声响,装置彻底打通了"血脉",恢复了生气。

"嘭!"

当现场传来第一声爆破音时,大业如同听到孩子出生后第一声响亮的啼哭,喜悦瞬间扫净了焦急、疲惫和紧张,人变得轻盈起来。

点炉操作也很成功,可就在距开工一步之遥时,装置关键设备却发生了故障。

最早发现问题的就是大业。当乙烯装置裂解气压缩机在进行空负荷运转前的干气密封调试时,他和技术人员始终无法将干气密封的各参数调至正常。由于裂解气压缩机担负着把裂解气升压至四十公斤送往深冷系统进行冷凝分离的任务,在整个装置中起到承上启下的作用,是乙烯装置三大重大机组之一,所以被称作是乙烯装置的"心脏"。"心脏"出了毛病,在现场进行技术指导的美国专家也着急万分。

指挥部连夜开会。出于对德国产品的绝对信任,美国专家当即否定了大业裂解气压缩机安装有问题的判断,认为应该继续从其他方面找原因。大业坚持要用排除法,任何有问题的迹象必须剔除。指挥部里一时争论不断,谁也说服不了谁。

蒋总起身把大业叫到了现场,问:"你为什么坚持认为安装有问题?"

大业简要答复:"蒋总,是从工艺参数上推断的。"

"这个依据可靠吗?"

"难说。"

"概率多少？"

大业摸不透蒋总的意图，刻意降低了自己的判断："应该有八成的把握。"

"清楚误判后果吗？"

"拆不但耗时耗财，万一误判还将影响开工进度。"

蒋总盯着大业补充："不光企业受到巨大的损失，个人的努力也会归零。"

大业的犟脾气上来了，说："蒋总，我的乌纱帽虽不值钱，愿抵上。"

"这不是赌博，企业输不起！"

"蒋总，我从不赌，更不会拿企业押宝。"

蒋总面色凝重望着静下来的装置，片刻后拍板："拆！请美国专家见证全过程，后果我来负。"

大业眼圈一红，冲着蒋总鞠了一躬："蒋总，谢谢您的信任！"

机组打开后，美国专家傻眼了，中压缸没有干气密封，压缩机总共有六套干气密封中德国制造商，居然漏装了两套。指挥部立即与德国制造商交涉，同时紧急从仓库领取备件，迅速给中压缸安装上两套干气密封。德国制造商调查后，承认机组整体发货前漏装了中压缸的两套干气密封，道歉后承诺立即制造补发。

复位后的裂解气压缩机再次投入空负荷运转调试，所有参数终于可调至正常值。看"心脏"疾病已彻底排除，大业欣慰地长吁了一口气。

当天晚上睡下后，大业突然有点后怕。如果这次不是设备安装问题，那不光自己工作真要归零，还得连累蒋总。大业暗暗问自己，若下次再遇到类似的事，还会有这样的胆魄吗？可他马上有了答案：无论建厂时选址，还是到后来加工外来油等等，江南炼化公司就是一代代干部职工在坚持真理中干出来的，断不能为了一己之利而退缩,不然就没了信仰,而没有了信仰的干部职工,注定是失败的。

经过近四个月的奋战,江南炼化大乙烯终于迎来了开工这一刻。

这天恰是张可富当班,当总指挥下达开工投料令后,他按乙烯投料开车的操作步骤,果断打开了六号裂解炉原料阀。随着原料顺着管线窜入,控制室里对讲机顿时响成一片。

一小时后,内外操相互配合,成功打开了裂解气压缩机一段吸入罐入口的电动阀旁路,开始向裂解气压缩机导气。当乙烯产品成功进入罐区后,张可富拨通了化验室的电话:"S401-12 请采样分析。"

十几分钟后,化验班长汇报:"23 时 28 分,S401-12 的乙炔小于 1,分析合格!"

现场顿时响起了雷鸣般的掌声,蒋总指示马上向中石化总部报喜。

等公司领导散去后,看装置已平稳,大业很想回家躺在软绵绵的床上,闻着夹带玲玲体香和散发阳光味道的棉被,于是回办公室摘下安全帽骑车往家赶。进门看妻子和儿子睡得很熟,他悄悄拿上换洗衣服冲完澡,然后借着手机光蹑手蹑脚走到床边,玲玲突然惊叫一声坐了起来。

"老婆,是我。"

玲玲捂嘴长吁一口气后,掀开被子一把抱住了大业。大业放下手机移上床,抱着妻子钻进温暖的被窝。玲玲使劲往大业身上贴,大业抬起脖子借手机光看了一眼小床上的儿子,只见她翻了个身又沉沉睡去。手机屏很快暗了下来,虽然四周漆黑一片,但鼻子涌进熟悉的香味,耳朵传来熟悉的呢喃声。大业很想和玲玲温存一番,可一股难以抗拒的强烈困意如汹涌浪潮迎面袭来,身子轻飘软绵得像在太空中失了重,刚把身子摊平,呼噜声就震天动地响了起来。玲玲轻巧地从大业臂弯中钻出来,把那只粗壮的手放进了被窝。

一周后,乙烯的"心脏"又发生了意外。

这天下午，由于超高压蒸汽管网压力波动，虽然对装置采取了一些措施，但管网压力还是持续下降，当压力只有八十八公斤时，为了保住装置基本生产，大业当机立断，下令张可富拉开保护罩，按事故预案迅速按下裂解气压缩机紧急停车按钮。可出乎众人意料的是压缩机转速降至每分钟五十五转后，突然莫名其妙加速起来，短短十四秒转速蹿到每分钟一千两百六十五转，然后才将转速降为零。

看着显示屏上"过山车"一样的曲线，张可富抢先判断："徐主任，杨主任，这裂解气压缩机有问题。"

大业对徐主任说道："徐主任，暂时不要重启，我马上去现场盘车。"

"好，我们在这里等消息。"

大业迅速赶到现场组织人盘车，发现剪切销已断裂。当裂解气压缩机再次开车后，大业发现干气密封泄漏气压差及流量等参数出现了异常，他赶紧向徐主任汇报："徐主任，设备肯定不行了，装置必须停工消缺。"

公司很快批准了乙烯装置停工消缺的方案。当施工人员再次拆解裂解气压缩机后，大业大吃一惊，高、中、低压缸的六套干气密封居然全部损坏了。造成这种事故要么是操作不当，要么就是设备存在设计缺陷。两个原因虽然都是人为，但结果却关系着两个国家的信誉。前者是以江南炼化职工为代表的中国的技能素质，后者是以美国通用电气公司为代表的美国的技术。

在没有任何可以借鉴的经验下，大业在公司的支持下组织人员开展技术分析。在查阅控制系统数据纪录后，他们按干气密封泄漏气流量、轴位移、干气密封泄漏气压差、各阀前后的压力与温度变化、各段压力放火炬阀开度和管线容积计算等类别，把能进行比对说明问题的三千五百七十三个数据制成图表。直观的图表与数据表明机组在停车后,裂解气压缩机五段出口返回四段和三段出口返回一段不能平衡系统压力,导致反向推动力使压缩机转子倒转。

大业的分析让美国通用电气公司的专家甚为佩服,不得不承认设计上存在缺陷,并迅速汇报总部进行整改。

二十天后,乙烯装置在完成了所有停工消缺工作后重新开车。大业有点兴奋,因为这次开车不再是试车,而是标志着一百万吨乙烯装置将正式投入生产运行,下游装置也按乙烯装置开工后出的产品节点开工。可没想到深夜时,操作人员按规定启动裂解气压缩机后,高压缸主密封气泄漏气压力和流量又出现异常,不得不再次按预案紧急停车。

大业和技术人员连夜从各个角度分析原因,努力设法排除裂解气压缩机故障,可每个决议方案在现场尝试后都无效。庞大裂解气压缩机尽失往日雄风,如同一头病牛,卧地喘着粗气无法起身犁地。

最后一次尝试失败后,刚进操作室的大业看到蒋总期待的眼神,一脸沮丧地摇了摇头,沙哑着声音说道:"蒋总,裂解气压缩机故障还得拆解找原因。"

"嗯!"蒋总简单应了一声,转身低头向总指挥部的简易蓝色平板房走去。大业想跟进去陪蒋总,有人一把拉住了他:"别去。"

大业扭头一看,是刚提拔为行政处副处长的毕强,问:"让蒋总一个人待在那里?"

"对,这时一人更好。"

"为什么?"

"有时独自冷静是解开苦闷、彷徨、纠结的最好良方。"毕强说完,拍了拍大业的肩膀,"食堂刚送来了包子和木耳汤,忙了整整一夜,快去吃点东西吧。"

"毕书记,我一点也不饿。"大业还是没有改口,觉得叫书记更亲。

"绝不能因为事业上的挫折而惩罚身体,这样就没有了希望,没有了未来。"

见大业点头,毕强指着天空说道:"先看看日出吧,相信一切都会好的。"

大业抬头向远处望去。此时天空泛出一丝鱼肚白,像有人撩开了轻纱似的薄雾,星星开始若隐若现。不一会儿,东方地平线上透出缕缕红霞,天边被一条条细长橘色绸带装饰得如同童话世界。太阳怯怯地从地平线上探出一道弧形光焰,空中的云霎时燃烧起来,远近的铁塔、管线、房屋、树木都披上了晨曦,充满了朝气与生机。

也不知过了多久,毕强扭头问道:"怎么样,好点没?"

大业长长吁了一口气:"谢谢毕书记,我好多了。"

"走,人是铁饭是钢,赶紧去吃点心。"

"嗯。"两人一起向操作室走去。

得知江南炼化乙烯装置开车不顺的消息后,中石化立即安排了两位专家赶到现场,协助江南炼化排除装置生产故障。专家到现场查看操作纪录和原始数据后,和江南炼化一起探讨引发裂解气压缩机故障的原因。在对高压缸干气密封失效原因的剖析中,虽两位专家的分析方法有差异,但所画"鱼骨图"上人、机、料、法、环因素,最后都指向人这一环。无论是开车阶段二次气没有注入,还是盘车时间过长,其结论均定性为操作不当而引发的裂解气压缩机故障。

见蒋总阴沉着脸不吭声,大业急得起身辩解:"华主任,秦教授,我是乙烯生产部副主任,整个现场操作我均在现场,全按美国通用电气公司制定的开车条件进行三级确认,开车方案也是由我公司和工程公司及美国通用电气公司共同制定的,不可能有误差。"

大业说的"不可能"让两位专家听了很不舒服,秦教授马上反驳:"如果确认开车方案没有问题,那更可以确定操作有误。"

大业一愣,觉得自己陷入了"塔西佗陷阱"。看无人接话,华主任对蒋总说道:"蒋总,综合我和秦教授的观点,我们提出十二条建议措施,请您看一下。"

蒋总接过对方递来的手写建议仔细看了一遍,说:"非常感谢华主任和秦教授,让我们再讨论一下。"

重新坐定后,蒋总让人读完了专家的建议措施,盯着大业问道:"小杨,你确认现场操作没有任何问题?"

大业突然觉得很委屈,流着眼泪答复:"蒋总,我全程参与了所有的操作,确认没有任何问题。"

蒋总当即决定:"行,那我们就遵照第四条建议措施。"

大业又惊又喜。专家的第四条建议措施就是再次对裂解气压缩机进行"解剖",也就是支持江南炼化认定的设备制造有问题。但看到其他人的表情时,大业的情绪迅速坠至谷底。是的,这次拆解不同于上次,既然裂解气压缩机已经过前面的"手术",所有症结应该已排除,哪还会有问题?

"干吧,相信自己。"关键时刻,蒋总又给大业打起了气。大业悄然抹去眼泪,投去感激的一眼。

当天下午,位于乙烯装置北面的裂解气压缩机二层平台又成了"手术台",扳手、卡件和套筒等工具就像是一件件手术器械。已有拆解经验的施工人员有条不紊地忙碌着,技术娴熟犹如"庖丁解牛"。

看着庞大机组的零件被一件件卸下,大业紧张得额头渗出细密的汗珠,不时拉扯工作服,似乎宽松的工作服此时绷得让他喘不过气来。当拆解完干气密封隔离气轴套后,眼尖的大业发现气轴套外环有粉墨,就上前用手指一拭,竟然是金属粉。一旁的美国通用电气公司专家急忙阻止:"别动,这肯定有问题!"说完掏出相机对着气轴套拍了起来。

原因很快查明了。对方把设计尺寸为247毫米的气轴套外环误制成250毫米,同时又把设计尺寸为253毫米的二次密封气静环套误制成250毫米。由于两部件没有丝毫的空隙,摩擦后产生的颗粒进入干气密封的动静环中,导致干气密封损坏。所有责任还在于制造商。真相大白后,大业又一次眼角噙满了泪水,但这一次不是委屈,而是欣慰后的激动。

德国制造商再一次为工作失误而表达歉意,并将合格的干气密封迅速运抵江南炼化。在完成安装调试后,江南炼化立即启动裂解气压缩机。四天后,乙烯装置终于成功投料并产出合格产品,所有下游装置终于等到了所需的原料。

六十五

乙烯生产让江南石化物流有了新的运输业务，但相比两艘如吞金机的轮船，公司还是入不敷出。

已退休职工集体来公司，要求退出剩余的股份换现金。庆庆恨得直咬牙，当初这些人退休按规定退一半股份时，还死皮赖脸求自己能留全额股份。现在企业有难，恨不得马上和公司撇清关系，哪有半点当初嚷嚷着要和企业共命运的架势。天下熙熙，皆为利来；天下攘攘，皆为利往。庆庆觉得两千多年前司马迁的话至今还闪烁着智慧的光芒。本来退休的人要退股已让庆庆头疼不已，可没想到这个引子点燃了整个公司，不少带股份的职工也跟着要求退股份，有人甚至叫嚣着要庆庆对公司当下的经营困难负责，怀疑她收了船厂的高额回扣，变相把公司的资金套成私房钱。

一向乐观的庆庆变得沉默寡言，这天她看了一下墙上的年历，发现自己已失眠两个多月，床快成了折磨她的刑具，每晚睁着眼睛在煎熬中等天明，再煎熬着挣扎起床，强作平静地陪家人吃早餐、上班。看着公司资金周转日趋困难，庆庆一筹莫展，不但把个人所有的积蓄挪用给了公司，甚至还安排人打听起了高利贷。

赵宇华听闻女儿公司的事情后，想和女儿谈一谈，可庆庆不愿说，问多了反被呛上一句："爸，你这下放心了吧，我没有吸江南炼化的血，也没有揩到炼化的油。"

赵宇华刚谈完几点建议，没想到庆庆马上搪塞："爸，你帮不了我，更解决不了我的事。但你放心，只要我还有一口气在，我一定会为我们社会主义事业添砖加瓦。"

都谈到这个份上，赵宇华只好作罢。事后他想想女儿说的也是，自己又没能力帮女儿，就算知道情况又能怎样，除了发愁还是发愁。

第二天傍晚，家里的电话铃声响了，赵宇华刚好坐在沙发上看报，就顺手拿起了话筒："喂，哪位？"

"赵厂长，还记不记得我是谁？"

"陈萍？"

"咯咯，看来赵厂长没有把我给忘了，那我这闲事算是管对了。"

听着对方爽朗的笑声，赵宇华一时摸不着头脑，陈萍说的闲事是什么事？她想管什么？既然一时想不出如何应答，赵宇华干脆不吭声，静待对方揭谜。没想到陈萍并没有解释，而是提出了要求："赵厂长，辛苦您明天来一趟北京吧，机票我已安排人购买，到北京后我会让司机到机场接您。"

虽然陈萍口口声声"您"，但赵宇华听了却很扎耳。每次这个女人出现，总会掀起波澜，总会有人要倒霉，真不知这回会轮到谁。想到这里，赵宇华并不接她的茬，而是问道："你怎么知道我家的电话？"

"只要我想做的，基本上没问题。"

狂妄的口气让赵宇华更加的不舒服，于是他断然回绝："我没空去北京！"

"赵庆都愁成这样，你当父亲的连跑一趟都不乐意？"

赵宇华暗吃一惊，陈萍怎么会知道庆庆的事？想到上次她说过"我只管替贵人解决困难"，难不成她有意来帮庆庆？可庆庆怎么会成她眼中的贵人？但不管怎么说，记得那时自己根本不信她对国际原油价格的趋势判断，更不信她预测日后尿素产品难销售，可时间证明她的预见异常的准确。去年江南炼化还停产拆了尿素装置,改建有销路、有利润的聚乙烯装置,不得不承认这女人还真有点像"国际发改委"的主任。赵宇华不得不反问:"我到北京干吗?"

"我现在很忙,没时间和你详细说。这样,若是信得了我,你明天一早飞北京,航班时间为 8 点 45 分,东方航空。若不信,你就别来了。"说完也不等赵宇华答复,直接把电话挂了。

看赵宇华挂上电话后发愣,刚上完厕所的周芳忍不住问道:"刚才谁呀?"

"一个老同事。明天早上我去北京,快的话后天就回家。"赵宇华觉得没必要和妻子说,决定为了女儿去北京会会这个谜一样的女人。

第二天赵宇华提前赶到机场,办理好值机,坐上了飞北京的航班。抵京刚走到出口,看到有个面容清秀的小伙高举"赵宇华"字牌,就走了上去。不等他开口,小伙主动接过行李箱,说:"赵厂长,欢迎来北京。"

"你怎么知道我就是赵宇华?"

小伙利索地收起字牌,说:"陈总给我照片了,再说您看了字牌径直向我走来。"

赵宇华想不出陈萍怎么会有自己的照片,可一想更难办的事都难不倒她,这点小事算不了什么。

小伙引赵宇华来到一个出口,只见一辆"奔驰"商务车稳稳当当停在了面前。电动门缓缓打开,两人相继进了车厢。刚坐稳系上安全带,司机关上门就疾速向前开去。

看坐旁边的小伙掏出手机在发短信,赵宇华猜是在向陈萍汇报,就把头转向窗外。等小伙重新放回手机,赵宇华想探听一些情况,可没想到小伙头往座椅上一靠,闭上了眼睛。赵宇华只能也靠着座椅假寐。

"赵厂长,我们到了。"

小伙的话音刚落,车就停了下来。赵宇华不知小伙什么时候已提着行李等开门。下车后,赵宇华忍不住驻足打量起眼前这家高档娱乐会所。门童接过行李后,小伙伸手请道:"赵厂长,陈总在楼上等您。"

赵宇华跟着小伙进了金碧辉煌的大厅,八名礼仪小姐冲着赵宇华弯腰齐声欢迎:"先生好!"

赵宇华好歹也算见过世面,但还是被这架势唬了一下,故作淡定跟着小伙向前。坐上电梯,赵宇华明显感觉身上衣服穿多了,于是就脱掉了羽绒服。电梯在七层停了下来,小伙在前引着赵宇华来到707号房间外。看着这个房间牌号,赵宇华觉得有点眼熟,蓦然想起当初两次去华侨饭店见陈萍也是707号房间。赵宇华心想,难道陈萍对这个房间号情有独钟?

小伙手指轻叩了两下,里面传来陈萍的声音:"请进。"

小伙打开门:"陈总,赵厂长来了。"

赵宇华跨进房门觉得眼睛一闪,像是穿越进了故宫的某个宫殿,一个春意盎然的宫殿。

"欢迎赵厂长。"穿着一袭旗袍的陈萍款款迎来,和赵宇华握手后,两人在豪华沙发上坐了下来。小伙等门童放好行李,一起退出去并关上了门。

陈萍一边优雅地泡着红茶,一边问:"行程还顺吧?"

赵宇华一听对方连称呼也没了,于是也不客气地说道:"还行吧。"

陈萍笑了一下,从分滤壶倒了两小杯红茶,一杯递向赵宇华:"这是顶级的金骏眉。"

"谢谢!"还没接过杯子,赵宇华已闻到了茶香氤氲。接过一看,杯中汤色金黄,入口甘爽绵顺滑口,果真具有清、和、醇、厚、香的特点,看来这茶价格不菲。

陈萍也拿起杯子呷了一口,说:"赵庆公司的状况我已全了解清楚了。"

"嗯?"

"不知她有没有和你说起面临的困难?"

赵宇华点了一下头。

"那我就直说了吧。"陈萍放下杯子,人往后一靠,双手抱胸道出了想法,"由我来找家资本运作公司,帮助江南石化物流走出目前资金短缺和船运业务的困境。"

"你想当雷锋?"赵宇华并不怀疑陈萍的能力,既然她能在北京开如此豪华的会所,证明她不但有经济上的实力,而且背后的靠山相当的硬。他现在急于知道她的条件。

"我说过只替贵人解决困难,当然不可能是义务的。"陈萍申明后,立即开出了要价,"我的条件是江南石化物流公司转让给我百分之五十一的股份。"

赵宇华暗自盘算,这个比例等于是实控江南石化物流公司,看来这个女人胃口不小。当然对送上门的机会,也不能贸然回绝,于是赵宇华说道:"这事我做不了主,庆庆肯定也做不了主。"

陈萍起身从办公桌上拿过一个文件袋,回到沙发把文件袋递给了赵宇华,说:"我只是告诉你解决方案和条件,你把这个方案给赵庆,让她尽快决定。"

听陈萍的口气好像这算是谈完了,赵宇华心里嘀咕:既然这么简单,干吗不在电话中说?干吗不找庆庆直接说?非安排我这把老骨头跑一趟。

"我今天还有两件事要处理,没法陪你。但已安排送你去见个人。"

"谁?"

"宗厚德。"陈萍说完又补充了一句,"中石化人事部干部一处处长。"

赵宇华不认识这人,不解地看着陈萍:"我见他干吗?"

这回轮到陈萍瞪起眼睛吃惊地问道:"不想为你儿子走走上层关系?"

赵宇华恍然大悟,怪不得陈萍要让自己来北京,原来还有这个意思。还没等他开口,陈萍又说道:"我已打点,你只是和他见个面,把儿子情况说一说,让他有机会帮衬一把。"

"我没啥好托的,不见!"

陈萍似乎料到会有这样的局面,镇定自若地说道:"赵厂长,当初若上面有人能够替你美言几句,凭你的才能与资历,少说也是个副总。摆在你儿子眼前的机会不会太多,你再考虑一下吧。"

赵宇华愤然说道:"社会都是被你们这些人搞得乱七八糟!我不见!"

"那行,你自己安排吧。我给你订了明天的返程机票和今晚的酒店,若你直接返程,可以改签。"

赵宇华想马上离开这里,立即接口:"我马上回甬江。"

"行。"

陈萍应声走到桌边按了一个按钮,门马上打开了,刚才那个小伙躬身问道:"陈总有何吩咐?"

"送赵厂长去机场,改签马上返回甬江市的航班。另外通知宗厚德中午不用过去了,酒店房间也退了吧。"

"是!"

赵宇华拿起羽绒服正准备走,突然想起一事,又转回身问道:"想问你一件事?"

"哦?请说。"

"记得你当初酒店住的房号也是'707',现在这里也是'707',这是巧合吗?"

"赵厂长真是细心人。"陈萍赞了一声后,比画着解释,"我认为7是吉祥数字。早在古巴伦纪元年代,'7'代表着权力和名誉。"

"喔。"

看赵宇华不是很认可,陈萍连着发问:"一周有几天?古琴有几根弦?算盘每排有几粒珠?彩虹有几种颜色?"

赵宇华紧绷的脸舒展了,想起当年陈萍就是喜欢数学,还真没想到她对一个简单的数字有这么多的研究。只听陈萍继续侃侃而谈:"赵厂长,这世上还没有人能用尺规作图的方式画出正七边形,你说奇怪不奇怪?咦,你以为我在信口开河?那你回去试一下。对了,'7'还是浪漫的数字,牛郎与织女在'七夕'这天相会。"

"所以你要这个707房间?"

"对,双7更吉。"

赵宇华当即摇头反驳:"那'七七卢沟桥事变'怎么解释?"

陈萍一愣,似乎兴致没了,手一伸示意送客。赵宇华也不客气,拎着羽绒服向外走去,小伙拎上行李箱跟着出了房间。

赵宇华回家打开门,把里面的周芳吓了一跳。早上才去的北京,怎么晚上就回来了?赵宇华看庆庆也探着脑袋看自己,于是边换拖鞋边说:"庆庆,爸找你有点事。"

庆庆跟着父亲来到客厅,听完父亲今天的经历后,她连档案袋也没打开,正色问道:"爸,这个陈萍为什么要帮我们?"

"她说是因为我女儿的事,才主动出手相助。当然我知道他们这是在商言商,目的是想控股你们的公司。"

"没这么简单。"庆庆摇了摇头。

"那她想干吗?难不成真的是学雷锋?"

"爸,他们是在'洗钱'。千万不要和这人再联系,避免日后麻烦。"

联想到陈萍在京的表现,似乎会所正如她以前电话中所言,日常运作有人会打理,她只管替贵人解决困难。何为贵人?还不是有权有势的人,因他们受贿来的钱无法用,只能通过渠道将钱"漂白"。而像庆庆这样的公司,自然是比较理想的目标。一旦公司经营状况良好,那日后的分红全是合法的收益。赵宇华于是点头应道:"庆庆,你分析得挺有道理。如果她来电催,那我就回绝。"

"好。爸,党的十八大才开完一个月,邻省一个月连查两名副部级官员,看来中央这次是下定了决心要治腐败。如今贪官和躲在角落的小丑都提心吊胆,恨不得尽快把手上的赃款全洗'白'了。"

"那你的公司现在怎么办?"对赵宇华来说,陈萍或贪官们和他没什么关系,他关心的是女儿的公司。

"今天基本解决了。刚才您不叫我,我也想找机会告诉您。"

赵宇华一脸的惊愕:"解决了?就今天?"

庆庆颇为得意地说道:"我昨天下午放风公司可能要申请破产,今天早上果然有四十人到江南炼化新办公大楼前集体静坐,要求回江南炼化母体。"

赵宇华按捺住不快的情绪,责问女儿:"你怎么能这样,这不是在要挟江南炼化吗?"

"爸,我也实在是无招了,我不但不给股东分红,而且还把自己的积蓄也先垫了进去。现在我们急需资金周转,如果能把这两艘船的资金盘活,公司的利润必定会更上一层楼。"

"那不是可以从银行申请抵押吗?"

"爸,我们不是国企,贷款难。即使能贷,那也是杯水车薪,无法解决问题。"

"那现在怎么样了?"赵宇华追问结果。

"蒋总组织了相关部门开会,让另两家改制单位以换我们股份的方法投资。估计这一点八亿到账后,公司能立即走上良性经营之路。"

"有把握吗?"

"蒋总出面,即使这两家单位不乐意也得响应,更何况他们都算得清,这是笔大有赚头的投资。"

赵宇华相信女儿的话,不然精明的陈萍怎么也想着要插手江南石化物流?既然事已解决,赵宇华人一下子轻松下来,抬眼发现庆庆眼角多了好几道细纹,心疼地说道:"既然事情解决了,你抓紧去休息吧。"

"好。爸,你今天跑了一天,也早点休息吧。"

赵宇华突然想起一事,抬手叫住了庆庆:"等等。"

"爸,还有事?"

"如果只是用尺规作图的方式,你能画出正七边形吗?"

庆庆不假思索给出了答案:"不行,我们大学时玩过。因为尺规作正多边形图的边数必须是二的非负整数次方和不同的费马素数的积,正七边形是无法用尺规画出的。"

"噢。"

见父亲若有所思,庆庆问道:"爸,你怎么对这有兴趣?"

"没,听机上有人在讨论,我开始还不太信。"看庆庆还是站在原地,赵宇华挥了挥手,"快回去休息吧。"

"嗯。"

晚上赵宇华又陷入了沉思,万一女儿公司真有一天破产了,她和婷婷怎么办?现在小业又生了个儿子,这面破镜肯定无法重圆,还是设法让女儿这条船尽快找到可靠的码头,不能再漂泊。在赵宇华眼里,女儿这条船远比物流公司那两艘船重要多了。

"老赵,是不是有什么心事?"深夜,当赵宇华再次翻身时,周芳突然问道。

"没……"

"你不用哄我,庆庆单位的事够让人心烦的,若当初兄妹俩换一下多好。"

"永刚不是这块料。唉,老天真会捉弄人,女儿性格像了我,儿子却一点也不求上进。"

"别想了,早点休息吧。"

"好。"赵宇华应声后不再吭声,可思绪却放飞很远。他有点不甘心,当年大业高考两次才以委培生名额和永刚上了同一所大学。大学期间永刚就入了党,可以说两人进厂时完全不在同一起跑线上。可目前永刚不是和大业有差距,而是有差别。大业现在是公司的副处级领导,永刚还是原地踏步。本以为儿子面对大业这面"镜子"会心里不舒服,可实际上他除了会因股票下跌着急或难过,再没有其他事能触动他。结婚有了女儿后,也很少顾家。想着想着,赵宇华突然耳边响起当年和杨昌祥的对话来:

"老赵,杨家自宋起以一口金刀、八杆枪忠勇传世,我认准你是对的,有什么困难日后尽管说。"记得当时自己是这样回复的:"你以杨家将自居,难不成我要以赵姓宋王朝为倚仗?"

唉,没想到现在赵家还真遇到了困难,不光是孙女的学习要小业安排老师来辅导,庆庆公司的事也没少麻烦过大业和小业。也不知过了多久,赵宇华终于迷迷糊糊睡了过去。

虽然赵宇华没有联系陈萍,可陈萍第二天早上就打来了电话,并在电话中直接问道:"赵厂长,赵庆看方案了吗?她什么态度?再拖他们公司就会出大事了。"

赵宇华心里冷笑了一声,不是庆庆的公司要出事,而是你们要出大事了吧,但嘴上客气地说道:"江南石化物流公司资金已解决,

不需你们的介入,谢谢!"

"你有没有把方案给庆庆?这样的条件不可能再有。"

"那就给别人吧,我们这里不要。"赵宇华说完就把电话给挂了。

六十六

凭借技术和自信,大业得到了蒋总的赏识。恰年底徐主任调走,大业被提拔为乙烯部的主任。在江南炼化,乙烯部虽然和其他生产部门和处室同级,但乙烯部主任就是公司副总经理的备员,所以这个岗位虽压力很大,却很有奔头。

这天早上大业和妻儿打过招呼刚出门去上班,玲玲突然跑来拉住了正准备关上的房门,递上一只口罩提醒:"老公,今天雾霾天。"

大业接过后看了看楼道外灰蒙蒙的天,说:"谢谢老婆。"

"老公,家里口罩用完了……"

因今天是2013年元旦后首日上班,大业急着想早点到单位,于是打断应诺:"老婆,我下班后就去买。"

"傻老公,能买到我干吗要麻烦你,市场上早就脱销了。"

大业闻之哑然失笑,这两天口罩成了市民出行的"护身利器",居然连这也成了"紧俏商品"。他马上明白了玲玲的意思,问:"是不是让我把单位发的防尘劳保口罩带回来?"

"是呀,虽然模样不好看,但戴上总好一点。"

"行,我晚上带回来。"

到单位停车场停好汽车,大业戴上口罩骑自行车往厂区赶。路上碰到一名区域主管,两人边骑边聊。刚进门岗,大业看到挂有熟悉车牌号的"奥迪"也进了厂区。大业猜测肯定是哪套装置出事了,不然蒋总干吗一大早就往现场跑。虽然没有接到乙烯部生产异常的电话,但大业还是加快了骑车的速度。

到单位问当班各区域的几位班长,都说生产正常,大业放下了心。参加完早会出交接班室,张可富突然拦住了大业:"杨主任,我有事找你。"

下夜班的张可富不回家,大业心想必有急事,问:"什么事?"

"到你办公室再说吧。"

"好。"

两人进办公室坐定后,张可富直接说明了来意:"杨主任,我想回食堂工作。"

食堂从公司改制剥离已有五年,张可富怎么突然冒出这样的想法?大业耐心地问道:"难道你不知道食堂现在不归我们公司管?"

"有人会帮我弄好手续,只要你同意放人就行。"

"你是党员班长,有技术,怎么会想去食堂?"

"倒班太苦太累,我一个班长的收入和打饭菜的一样,而且像我这个年龄还有数百万的股份可拿。"

大业听了心里很不是滋味,国企员工这几年收入的确落后于地方。妻子章玲玲自从国企员工身份转为教师后,随着事业编福利的提高,收入增长非常明显。改制企业更是靠着当初的政策扶持和经营的灵活性,人人获得了高收入。大业不回避问题,直接问道:"你倒班辛苦,收入的确也不高,但工作难道仅仅是为了钱?你难道没有成就感?"

张可富思忖了一番,问:"杨主任,你要不要听真话?"

"当然想听真话。"

"人的这一生注定要和钱打交道。出生要钱,上学要钱,娶妻生子更要钱,就算将来入土,没钱也不行。也因为钱的重要,所以会有这么多的领导去犯错误，甚至有的还丢了命。"见大业要插话，张可富摇了摇手，示意对方让自己说下去，"杨主任，我再过两年就要退休了，看到现在企业从无到有，从有到强真的是由衷的高兴，若说没有成就感，那肯定是骗人，毕竟一生最好的年华都留在了这里。我承认企业给了我不少，让我有了住房，让我老婆有了工作。但现在我有付出少、得到多的机会，干吗放弃不要？"

"你走了，这个班怎么办？"

张可富"扑哧"一声笑了："这地球没谁照样转，我一个小班长在和不在一个样，更何况再两年我也要退休的。"

大业摇了摇头："如果能让年轻人再跟着你锻炼两年，他们的技术水平会完全不一样。"

张可富笑得更欢了："杨主任，这里的操作工都是你一手带出来的，你心里清楚他们的能力。虽然年龄不大，但技能水平顶呱呱。回想三十多年前装置刚开工，那才真的要担心能不能过技术这一关。"

大业觉得没有理由说服张可富，只好探问："你确定能调到食堂？"

"实话相告，我前妻陈萍察觉自己要出事，所以前天找到了我。那天才知道我和她还有一个儿子，她本想给我一笔钱，但又担心会连累我。为了让我手头宽松点，日后可帮助孩子，她建议我调回食堂，事由她来办。昨天晚上她打来电话，说我随时可去食堂，而且是当管理员，并且股份可按原改制计算方法补给我。"

大业沉默了。若是想留张可富，凭什么？手中的权限不可能给这个收入，那可不是递增，而是爆炸式的剧增。他第一次感到想解决社会问题有多难，远比生产难题要棘手。

"希望杨主任能同意放我。"

大业盯着张可富压着嗓子问道："能不能再考虑一下？这里真

的很需要你，让有技术的人去干没技术的活，这对国家来说也是巨大的浪费。"

不料张可富马上态度坚决地顶了回来："不能让我付出又得不到回报，我可不想牺牲唾手可得的利益。再说现在带班风险太大，前月四部发生了火灾事故，那个班长不是灰溜溜地给撤职处分了？"

大业叹了一口气后无奈表态："那就祝福你。有空来看看，我们永远是一家人。"

"谢谢！这里是我一生最有价值的地方。"张可富哽咽了一下。

刚送走张可富，公司办紧急通知到大楼三层大会议室开会。想到一早蒋总急着赶往厂区，大业暗想肯定发生了重大事情，于是拿上本子就往公司大楼赶去。

直到开会，大业才知道公司所有装置无论是节前还是节后，生产运行一切正常。至于蒋总一早进厂区，那是他针对当前中东部多地环境监测PM2.5濒临"爆表"，实地察看了各装置烟气排放的情况。

听了相关部门就脱硫脱硝改造试点的汇报后，蒋总不停地用笔敲打着桌面，提醒各级领导要像重视自己的生命一样重视安全环保生产，尤其是当前多地群众对环境的呼声较高的情况下，必须更加严密地加强对环保工作的监控，任何丝毫的闪失都会激化社会矛盾。

蒋总提完要求后，许多人以为会议即将结束，可没想到蒋总突然放下手中的笔，比画着说道："和大家讲一个真实的故事。当年'非典'爆发时，总部一名领导在接从疫区来的专家时，不但热情握手，还张开双臂给人家一个紧紧的拥抱。"

与会人员听得云里雾里，谁也不明白蒋总翻出十年前故事的用意。蓦然，他脸一沉，加重了语气说道："可今天一早，我看到一名领导干部居然戴着口罩和本单位职工说话。"

大业吃了一惊,这不是在说自己吗?好在蒋总没有点名。可旋即又暗暗鸣冤叫屈,媒体一直宣传雾霾天大家要戴口罩,我这有什么不对的?

这时听蒋总又说道:"作为一名领导干部,我们不能给别人的印象是胆小,更不能冷漠。一个口罩能挡多少雾霾?但他却恰恰挡住了勇敢,挡住了人与人交往时的沟通与人情。"

大业这才明白蒋总讲"非典"故事的用意,不好意思地低下了头。

"散会。"蒋总戛然而止。

等人群散去,大业走到蒋总身边,轻声说道:"蒋总,我错了。"

"这不是错,但必须改。"

"我一定会改。"

"今天不点名批评不光是要教育你,更是让大家要学会在细节中凝聚起人心,让职工们信服我们,心甘情愿跟着我们一起干事业。现在脱硫脱硝改造时间紧、任务重,但即使有再大的困难,也必须克服。"

大业恍然大悟,原来蒋总讲"非典"故事的真正用意是聚人心。联想到一早张可富要调动工作的事,大业觉得有必要汇报如今职工看待收入的思想波动,但觉得这样做有出卖张可富和为自己辩解之嫌,于是话刚到嘴边又硬生生咽了下去,改口说道:"蒋总,我们一定会把环保做得更好,我坚信尘埃必落。"

"好。"

快到电梯口,大业上前抢先按亮了上行键。就在等电梯井门前,蒋总又说道:"小杨,这次中央为了保障经济社会的持续发展,决心要大幅提升大气排放标准,可能明年初人大就会通过《环保法修订案》。我们国企必须走在前面,全力配合中央的决策。"

"我们现在不到国家排放标准的一半,新标准出来后,我们也会

做到极致。"

蒋总进电梯后,按亮了楼层键,在关门前叮嘱大业:"回去加油干!"

"是。"大业趁门还没完全关上赶紧应了一声。

六十七

过完年,接到杨昌祥邀请吃饭的电话,赵宇华建议:"老哥,我们年龄大了,自己动手累,还说不了几句话,不如在外面吃吧。"

杨昌祥满口应道:"行,那就上午十一点半在东海宾馆见。"

"好,也有两年没去了,故地重吃。"

"好一个故地重吃,你这个老党员想违反中央八项规定?"

"我不知道你这个退休老头还有没有权力,如果有,我就加强对你权力运行的制约和监督,争取把权力关进制度的笼子里。"

杨昌祥在电话中乐得哈哈大笑:"好你个老赵,总书记讲话活学活用了。"

"总书记说了,要形成不敢腐的惩戒机制、不能腐的防范机制、不易腐的保障机制。你现在退休了,惩戒机制没了,保障机制早有了,那我只能从防范机制上动脑子。"

"好,欢迎监督。"

"哈哈,中午见。"

"好,不见不散!"

赵宇华夫妇到东海宾馆时,杨昌祥夫妇已坐在大厅等候。四人寒暄后,一起进了小包厢。菜早已由大业托宾馆服务人员代点,入座后,冷盘就上了桌。

赵宇华看了一眼桌上的菜单,四个冷盘,八个热炒,外加点心和汤,就把单子往杨昌祥这边一推,说:"太丰盛了,吃不完浪费,简单点。"

杨昌祥看了一眼后问服务员能不能减,服务员一脸为难地告知厨房已配菜。杨昌祥冲服务员眨了两眼,然后扭头佯装生气冲着张翠莲埋怨:"这个败家儿子,存心想放他老子的血。"说完,转过头一脸无奈地对赵宇华说道,"那就一起'腐败'一次吧,吃不完我们打包回家。"

赵宇华打趣:"反正不是我埋单,多打一点给我,省得晚上再烧菜。"

"好,倒酒,倒酒。"

小包厢的气氛一下子活了起来。酒过两巡,杨昌祥略带愧意地说道:"老赵,有件事想和你商量一下。"

赵宇华知道杨昌祥又要提庆庆,于是按来前想好的办法迅速应对:"咱哥俩还有什么不好说的?老哥尽管开口,我能办到的,一定办好。"

"杨家有愧于庆庆,这几年她很不容易,现在我给庆庆物色了一个……"

赵宇华端起酒杯打断了对方:"老哥,这事暂且不谈。儿女们的事让他们自己处理,再说当初都不听我们的,现在更不会听了。来,干了!"

杨昌祥碰了个软钉子,一时说不出话来,只好也端起酒杯碰了一下,两人一饮而尽。周芳等赵宇华放下杯子,轻声提醒:"老赵,你不能这样喝。"

杨昌祥耳尖,马上让服务员给赵宇华换饮料。赵宇华只好笑道:"我家的监督机制执行最严了。"

周芳不好意思地向杨昌祥解释:"人家祈愿不是升官就是发财,我只希望一家人健健康康,平平安安!"

杨昌祥颇有兴致地接过话柄："不知你们有没有看昨天的新闻，春节长假七天，全国各大寺庙香火鼎盛，人潮滚滚。农历正月初五说是请财神的日子，武汉的'归元寺'居然从初四夜晚到初五凌晨汇聚了50多万人前来拜财神。人们来佛门重地唯一的目的就是祈愿升官发财。"

赵宇华喝了一口刚换上的椰子汁，说："民俗可以较为准确地反映出群众真实强烈的欲望，升官发财现在几乎成举国上下的追求了，寺庙被严重世俗化，成了祈求升官发财的工具。老哥，有时看着那些烧香磕头、念念有词的香客，我真怀疑是佛引导人们堕落，还是世俗让佛道受污染而沦丧？"

赵宇华哲理性的评论说到杨昌祥心里，他当即迎合："就是，如果经忏可以赎罪，岂不是阎王怕和尚？捐财能超升，菩萨岂不也是贪官？"

"我们国家现在越来越强大，群众的生活越来越好，但就缺信仰。记得我们那时建炼油厂时，生活条件多么的困难，可愣是没有人叫苦，大家都一门心思要把厂建好。"

张翠莲忍不住插话："就是，当时老周还是挺了个大肚子来厂的。"

"是啊，庆庆就是到厂才出生的，这里的商帮文化还真影响了她。"

杨昌祥没想到说着说着又转到庆庆这里，为了不影响刚活跃起来的氛围，马上转回了话题："要说民欲出了问题，那我觉得根源还在这现实生活。现在只要有钱，就可以上好学校，起跑线明显超前于别人。有钱就可以到好医院治疗，能延长寿命。人们毫不隐讳地谈钱、爱钱、贪钱、掠钱，一切向钱看，一切可以用钱交换，社会风气腐败透顶！"

赵宇华痛心地说道："问题就出在这里，当年我们就是在'工业学大庆，农业学大寨'中不断奋进的，雷锋精神鼓励了一代又一代，现在缺的就是精神总结与提炼。"

杨昌祥似乎被刺到了心痛处，鬓角处青筋变粗，鼻翼扩张，眼睛向外突出，说："现在有人不但不相信雷锋精神，甚至还怀疑起这种精神来。前几天我还在网上看到这样的言论，说好人不长寿，因为雷锋只活了二十二岁，焦裕禄只活了四十二岁，就拿我们石油人王进喜来说吧，寿命是比前两位长些，但也只有四十七岁。"

"这就是网络的可怕之处。外易其貌，内隐其情，怀欲以求多，诈伪以要名。"

"文绉绉的，太拗口，说直白点就是……"

赵宇华以为杨昌祥要批评他，扭头催问："就是什么？"

"就是禽兽不如的卖国贼！"

原来杨昌祥骂的是网络上的意见"领袖"，赵宇华于是顺着话柄又说道："但比起他们，贪官更是可恶。"

"对，现在贪官比封建王朝的帝王不知道要坏多少倍。帝王是想着把政权传给子孙后代，以能在中国永久世袭为荣。可那些贪官却不择手段把财产和家属移向海外，做人的基本良知和道德全没了！"

周芳看张翠莲又一次给自己使眼色，第一次佯装没看见，这次她也觉得是该劝劝两个老头子，于是乘空隙之机赶紧打趣："你们这是吃饭还是怄气呀？看把你们急成什么样了。"

赵宇华立马配合妻子："老杨，好在我党已发现了问题，正极力纠正。我想用不了三四年，社会风气定会大转变。"

杨昌祥却摇头否定："三四年难。现在社会上认真做事的人凤毛麟角，可投机钻营、溜须拍马的人却很多。"

赵宇华听了也连连摇头："夸大了。我们公司还是不乏做事的人，大业就是代表。"

听赵宇华夸大业，杨昌祥很想回敬几句，可永刚上不了台面，庆庆目前状况也不是很理想，于是只能打着哈哈再次转话题："哈哈，大业也是你栽培的,当初把他分到小聚丙烯车间我还有想法呢。"

"人才内部培养和竞争机制的不足,必导致国企人才沉淀,难以激活。大业如果没有毕强这小子的引导,估计也难出成果。"

杨昌祥对毕强的看法早由抵触到服气,现在也读上了《周易》。他端起酒杯诚恳地说道:"这杯酒算是大业敬你的。"

"砰。"两个杯子再次发出清脆的响声。

放下杯子,杨昌祥夹了一块鱼肉放到赵宇华盘中,问:"知道张可富近来的情况吗?"

赵宇华把鱼肉送进嘴,边嚼边问:"这家伙不是在大业那里当班长吗?"

"走了!"

赵宇华马上联想到陈萍,迅速咽下鱼肉追问:"走了?去哪里了?"

"回食堂。"

"食堂不是早就改制了?"赵宇华越发的困惑。

杨昌祥把经过简要说了一下。赵宇华暗自庆幸当初听女儿的话没有陷进去,不然自己和庆庆都得有麻烦。他冷静地发表了自己的看法:"企业最终目标是实现员工价值、企业利益和社会效益三者综合效应的最大化。但我们以前过多地注重企业利益和社会效益,忽视了员工价值,普通员工的收入这十年只是微涨,明显低于地方,自然容易人员流失。"

杨昌祥微皱了一下眉头,说:"我不认可这一说法。国企所有的资源都是国家给的,谁说员工可以因为国家管理好了而增加收入?"

"那为什么普通职工的收入总与干部差一大截呢?"

杨昌祥觉得赵宇华的反问有点怪,蓦然想起大业已是企业中层一把手,而永刚至今还是个普通干部。虽心里有点不痛快,可想到大业无论是读书还是工作,赵宇华可谓厥功至伟,于是调整情绪后说:"二十年前,国家通过一系列配套制度改革,使国企员工的平均收入明显提高。"

看杨昌祥用平均收入来回避公司普通职工收入低的问题,赵宇华干脆挑明:"老哥,我看主要还是领导干部心中无责任,导致目前的两极分化。如果普通职工和领导干部的收入能像我们当年一样,人会走吗?职工群众永远不怕寡,只怕不均。"

杨昌祥听了更加的不乐意,立即予以反驳:"不均?现在和当年怎么可以相提并论?现在按劳分配原则就是以能力和贡献为标准。看看现在外企挖我们国企领导的价格表,你说他们多拿了吗?今年初公司吕副总就是被韩企以三百万元年薪挖走的,足以证明现在国企领导的收入不但没有多拿,反而是亏的。老赵,你是过来人,清楚当年我们搞平均主义挫伤了多少人的工作积极性,现在好不容易纠正过来,你该高兴才是呀。"

赵宇华也加大了嗓门:"不,我高兴不起来,反而担心这会酿成社会的不稳定。"

怕两老头子斗嘴伤身,周芳连摆双手嗔怪:"怎么年纪大说话声还这么大?你们看看,服务员都跑过来,还以为出什么事了。"

赵宇华冲妻子歉意一笑,拿起酒杯要和杨昌祥碰杯。杨昌祥举杯迎合,两只酒杯发出清脆的玻璃碰撞声。杨昌祥觉得原本悦耳的声响变得刺耳,他悲哀地意识到,自己和赵宇华的隔阂在拉大,两人再也回不到当年讨论技术练兵、加工外来油时的心灵共鸣。他庆幸自己随着时代在跨越,能够认知并认同这个时代。

此时赵宇华也抿了一口酒暗自忖度,现在不光是永刚和大业有了阶层之差,自己和杨昌祥竟然也有了阶层之差。是的,有时阶层之差不一定是指物质,精神上也有。

六十八

  一心扑在工作上的大业根本不知道父亲和赵宇华在酒桌上斗气的事，多年来，大业无暇顾及家庭，好在章玲玲包揽了生活上的大小事，让他能够全身心投入工作中。在蒋总的推荐下，大业的能力与作为得到了总部领导的关注，经过组织的考察，大业拟再次被破格提拔为江南炼化公司的党委副书记。

  结束谈话出大楼，大业仍觉得像是做了一场梦，刚决心要抓党建工作，没想到平台瞬间变大了。四月中旬的江南到处是气势磅礴的色彩海洋，在风的吹拂下，已褪去塑料围裹的大铁树重新吐出粉黄的嫩芽，地面的青草早汇成海。这时，空中传来轻微轰鸣声，一架飞机从空中滑过，朝北向上海飞去。大业想起今天清晨东航一架飞机在加注公司生产的生物航煤后，正是从上海虹桥国际机场跑道顺利昂首起飞，并于八十五分钟后平稳回到上海虹桥国际机场降落，标志着中国自主研发生产的生物航空燃料在商业客机中首次试飞成功。大业相信自己再次被破格提拔与这次特殊的飞行有着相同之处，只要不懈地努力，必定会飞得更稳、更高、更远。

  直到公示出来后，杨昌祥才知道儿子又一次得到了提拔，他又喜又忧。喜的是儿子的成就比自己大，真应了青出于蓝而胜于蓝。可也为被快速提拔的儿子担心不已。虽说登高风景好，但越高却越有风险，就像厂里的铁塔，越高建设和安装的难度越大，而且日后巡检和维保也困难。杨昌祥又想起了赵宇华,为了弥合两人的关系,决定干预一回儿子的工作,让大业想办法促使永刚也"进步"。

半个月后,杨昌祥终于等到了大业空闲的时候,考虑儿子事多,就直白地问道:"大业,以前你读书和工作,赵叔可出了不少的力,你该不会忘了吧?"

还在回手机短信的大业一听这话抬头问道:"爸,赵叔生病了?"

"人老就怕被别人诅咒生病,人家好好的,你可别乱说。"

大业猜赵宇华遇到了麻烦事,只是不好意思直接和自己说,于是请父亲代说。他故意低头重新编写短信,心里却打定了主意。如果是物流公司业务上的事,断不能允诺。虽然两家已无亲戚关系,可如果有人做文章,那就头大了。等发完短信放下手机,大业看着父亲问道:"爸,赵叔有什么事?"

"是我有事。"

"嗯?什么事?"

"还账,还赵叔人情账。"

大业听明白了,父亲要说的事与赵叔无关,他顿时放心了许多,毕竟回绝父亲要比回绝赵叔容易。大业一脸认真地追问:"爸,怎么了?"

"能不能想想办法让永刚'进步'一下,好歹人家当初……和你还是同学。"杨昌祥本想说永刚当初成绩比大业还好,可话到嘴边还是改了口。

"爸,这事我可以关心一下,但不能强求。"

"那是,只要你关心,他肯定能走上领导岗位。"

大业暗暗叫苦,按父亲的逻辑,这事只要自己想办,永刚铁定就能走上领导岗位。要知道现在中央全面从严治党,再三强调提拔干部必须按严格的程序和考察过程。当然也不能说现在没了"开后门",但至少自己是党委的领导,绝不能带头破规矩。答应关心和允诺办好是两回事,但自己只能做前者。想到这里,他只好给父亲打预防针:"爸,这事我不能过多干预……"

不等大业说完,杨昌祥直起身子问道:"你忘了赵叔的情义?"

"没有。"

"那你就把事办好!"杨昌祥的语气不容置疑。

"爸,这事不是我一人说了算,需要党委组织部门……"

"啥?你还给我来上课了?给我讲组织了?告诉你,当初没有赵叔,你就上不了大学,你就当不了车间主任,没有这些基础,你以为你可以当党委书记?!"

杨昌祥的嚷嚷声引来在厨房收拾的张翠莲和章玲玲,就连正在做作业的宝宝也放下笔跑了过来。

"老头子,你最近脾气怎么这么大?好好的怎么又冲儿子发火了?"

"你知道个啥?!"

看公公又冲婆婆嚷嚷起来,章玲玲马上拉开婆婆冲着大业笑道:"大业,你再当着孩子面气爸,下次他也要学着气你了。"

紧张气氛一下子冲淡不少。这时乖巧的孩子也挤上前,拍着大业的腿故意说道:"老爸,不许你惹爷爷生气,不然将来我孩子的爷爷也会生气的。"

"哈哈哈……"四人笑出了声。杨昌祥本来看到孙子气就小了许多,随着儿媳和孙子一唱一和,情绪马上转了回来,他叹了口气说道:"哎,那这事你就看着办吧。"

见父亲居然主动退了一步,大业马上表态:"爸,我一定会尽力。"

晚上上床关灯后,玲玲靠着大业肩膀探问:"今天爸为什么生你气?"

"老爷子让我'关心'一下永刚。"

玲玲听后笑了:"其实这事你根本不用顶老爷子。"

"嗯？"

"你有空问一下永刚，他必定回绝。"

"为什么？"大业不解地转过脸，可窗帘拉得很严实，根本看不清玲玲的脸。

"对永刚来说，炒炒股、炒炒房，小日子过得挺安逸。他宁可要散漫的生活，也不要紧张的面子。"

大业忍不住一阵惋惜："哎，当年他比我有才，真是可惜了。"

"这就是你当前的责任，如果再放任人才不思进取，再不注重新员工的思想教育，日后会有更多的人受社会不良之风影响，只想走赚钱的捷径，不愿在实业上吃苦钻研，一心在虚拟的泡沫经济上追逐利润。基础实业企业没了，这个国家和民族也就完了。"

"真不愧是政治老师，有远见，有格局。"

"你不是说我是你的政治委员吗？"

大业撑起上身："报告章委员。"

玲玲佯装严肃地问道："什么事？"

"我想要你。"话音刚落，大业就把手伸进玲玲的睡衣，轻轻揉起鼓挺的乳房。黑暗中，两人用熟悉的阵阵喘息传达自己的感受。

第二天大业抽空拨通了永刚的电话。

"大业有事？"

虽看不到对方，但大业猜得出永刚必定在盯着股票行情，就故意慢吞吞地说道："你这老同学，难不成没事不能和你聊聊？"

永刚很诧异地问道："你今天这么空？"

"一个月没联系了，趁还有十分钟空隙找你说说话。"

"哈哈，你这生活质量实在是低。"

看来玲玲的判断没错，大业试探对方："永刚，你的才能也该为公司出出智慧和汗水了吧?"

永刚立马听懂了大业的用意,单刀直入地回绝:"好兄弟,够哥们。但我不想,我可不想这么苦。"

大业放下了心,可以向父亲交账了,但心里又有点堵,永刚这说的是什么话,别说国家和家庭培养一个大学生多不容易,现在企业养一个人都很难,于是又耐心劝道:"我们作为厂子弟应该对企业有更多的感情,我们的父辈……"

"天,你跟我也讲这些?看来你真是当党委书记的料。"

"永刚,我说的是真心话。"

"大业,我也跟你说几句真心话。现在上班这些收入我根本看不上眼,我当年坚持炒股,现在改炒房,不但钱比你这个当书记的多,而且压力也不大。虽说房价和股价有上有下,但总体是上升的,尤其是房价,我才转手买卖了四次,就到手二百七十万元。对了,这事你不要和我爸说,不然他又要紧张了。像他们这个年龄,只求安稳,处处怕风险,根本不懂投资。"

大业觉得没有必要再谈下去,人各有志。但出于总书记再三强调"房子是用来住的,不是用来炒的",大业善意提醒:"永刚,别太投入,小心些。"

"好的。你也忙,改天再聊。"

大业知道永刚在敷衍自己,只好告别。

挂上电话,大业想起了玲玲昨晚的提醒。是的,如果再放任人才不思进取,不注重新员工思想教育,公司就会在"众狼"的绞杀中毁灭。为了国家和民族,必须担起思想引领的责任来。

没想到就在大业准备大干一场时,一场酝酿许久的阴谋打得大业一个措手不及。这天下午,大业刚到炼油二部调研,公司党委雷书记打来电话,要他马上到十一层小会议室开个紧急会议。

大业走进会议室时，发现不但雷书记和总部纪委裘书记并排而坐，纪委书记边上还坐了两个陌生人。大业被提拔时间还不久，对总部机关很多人还不熟悉，想那两个人估计也是总部来的人，于是和两位书记打过招呼后，礼貌地向两位客人颔首问候。

"坐吧。"

裘书记明摆着是让自己坐在对面，大业心想这就意味着自己是被询问的人。纪委询问虽还不定性有问题，但肯定有问题需调查清楚，大业暗叫不好，一直等物业工作人员送上茶水后退出关上门，他还理不出纪委为什么要调查自己的头绪来。

"总部纪委裘书记和监察局诸葛局长要了解一些情况，请你如实答复组织的问题。"

听了书记介绍后，大业这才放下心来。这一年多来，各级的纪委查处了不少贪官，省部级落马的官员就达十九名，想必他们是来调查被举报的人。想到这里，大业认真地应道："我一定如实向组织回答一切问题。"

话音刚落，双手相叠的诸葛局长劈头盖脸问道："你有没有事隐瞒组织？"

"我？"大业惊讶地指着自己。

"有没有？"

大业摇头否认："没有。"

诸葛局长盯着大业追问："认识邵丽丽吗？"

大业只感觉脑袋"嗡"的一声，这名字如同熊熊燃烧的火油，即使是冬天，也让他马上渗出了汗。他声如蚊蚋地应道："认识。"

裘书记厉声呵道："说响点！"

"认识。"大业回答声还是很轻，但点了点头。

"怎么认识的？"

"大学时的同学。"

"最后一次是什么时候见的面？在哪里？"

大业痛苦地答道："1996年,北京机场。"

"为什么强奸她？"

"什么？"大业大吃一惊,神经质地抬起头申辩,"我没有强奸她。"

"那你为什么给她巨额封口费？"

大业一下子激动起来,"腾"地站了起来,差点把椅子掀翻在地。他也顾不得拉椅子,大声说道："她是骗子,讹诈我。"

"坐下！"裘书记厉声呵斥后,和诸葛局长与雷书记交换了一下眼神,回头看着垂头丧气的大业说道,"把事情和组织说清楚,我们不会冤枉一个好人,但也不会放过一个坏人。"

雷书记趁机补充了一句："如果确定是强奸,今天可就不是我们来问你。"

对两位领导的提醒,大业甚是感激。他点头深呼了一口气,把当初的来龙去脉全说了出来,甚至曾经向妻子悔恨此事也说了。诸葛局长听后忍不住问道："你懂不懂法？"

"这方面我学得不多。"

"回去看一下这方面的书,如果你说的是事实,不但没有强奸之说,甚至还可以告对方敲诈。"

"谢谢！"大业放下心来。

"我们会把调查情况如实向上反映,希望你注重生活上各种细节,不要辜负组织对你的信任与寄托。"裘书记说完扭头看了两边,见大家没有再要说的,就转回头示意大业出去。

等大业离开会议室,裘书记对雷书记说道："对底子好、潜力大的好'苗子',组织上要重点关注,要有抓早抓小的严约束,发现任何细微问题,不要不闻不问,更不能藏着掖着,要及时提提领子、扯扯袖子、咬咬耳朵，促使他们防微杜渐、健康成长。"

裘书记这话前面似乎在指杨大业是个好"苗子"，可后面却说他有小问题要查，雷书记一时吃不准如何应对，只好边在本子上记，边应道："我们一定按裘书记的指示追查。"

见对方误解了自己的意思，裘书记只好说得更明白："现在社会上不乏有人借反腐之名，打击报复那些作风正派又敢作敢为、锐意进取的干部。我们的职责不仅仅是调查处理职工的违反政纪行为，也要勇于为敢担当、善作为的好干部担当、负责，最大限度调动广大干部的积极性、主动性、创造性。"

等裘书记说完，诸葛局长又补充道："董事长很重视近期的举报信，特开过专题会。我们外围调查已证实杨大业同志那笔汇款不是所谓强奸封口费，现在更清楚这是讹诈。其实这个时候匿名举报杨大业同志十几年前的事，足见举报人的险恶用心。同时，因为没有其他举报内容，反而证明杨大业是个好同志。当然，我们也要有举报必查，给组织一个交代。"

雷书记这才明白总部纪委领导今天调查其实早就有了结论，怪不得在问清举报内容后，马上提醒杨大业要学会保护自己。雷书记接口说道："这些居心叵测的举报人虽然牵扯了我们的时间和精力，但辩证来看这个事件，也帮我们挖掘出了好干部，更给这样的好干部敲了警钟，促使他们洁身自好、谨慎处事。"

诸葛局长却忧心忡忡地说道："随着反腐工作的推进与深入，我觉察到另一股不正之风正在悄然滋生。如果我们纪检工作不当，可能会伤害一些领导干部的感情，从而让他们缩手缩脚、战战兢兢，在工作时无所适从。"

裘书记刚松开的眉头又紧锁起来，说："当前，我国正处在深化改革的关键时期，迫切需要一批'敢想、敢做、敢当'的好干部。如果没有改革创新的勇气,没有敢于担当的魄力,必定会在利害权衡中患得患失、避重就轻;必定会在攻坚克难中畏缩不前,甚至是临阵胆怯。人非圣贤,孰能无过?尤其是在基层带兵的领导,只要是为了企业的发展,只要是为职工谋利,绝不允许任何人携私心而打击报复。我们各级党组织就是要让有为者有位,让干事者放心。"

雷书记边记边重重点头。

六十九

杨大业被举报调查的事情无声息地结束了,全公司除了总经理和党委书记,没有第三人知道这事。也因为没有动静,匿名举报人只好再次联系上了邵丽丽。

"密主任,又有什么事找我?"

密汉民听得出对方的反感,但他根本不在乎这些,只要能达到目的,这算什么?韩信还能受胯下之辱呢。于是他厚着脸皮反问:"想不想再赚钱?"

"谁不想赚钱?不然鬼干吗推磨?"

密汉民一听有戏,直接说出了要求:"你能不能实名告杨大业当年强奸你?"

"还是这事?"邵丽丽口气似乎更不耐烦。

"干不干?"

"收你那八千元是本小姐满足你的打探欲望,你匿名举报与我无关,反正调查也是不公开的。但想让我出面是不可能,我可不会为了这么点钱坏自己的名声。"

密汉民暗自咬了咬牙,问:"再给你一万干不干?"

"算了,这些钱还是你自个留着花吧,恕本小姐不奉陪,我可还要嫁人呢。"

邵丽丽说完就把电话给挂了,密汉民握着"嘟嘟"响的话筒忍不住骂道:"都快更年期了,谁会要你这个臭婊子!"

八千元连个声响也没听见,密汉民觉得真亏大了。他盯着窗外那株夹竹桃,足足想了一炷香的时间,终于想出了一个办法,当然这也是没有办法的办法。

第二天凌晨,江南炼化家属区的许多信箱里都塞了一张纸,上面写着:杨大业是个强奸犯,当年在北京强奸的姑娘至今没法嫁人,这样的人怎么配当公司党委副书记?!

住在市中心的大业第一时间收到了信息,觉得自己被一条毒蛇给缠住了,对方正设法把毒汁注入自己体内。挂上电话正准备下床,章玲玲却一把拉住了他:"大业,这个时候千万别冲动,总部领导已调查清楚,你一定要以不变应万变的心态冷静处理此事。"

"这影响太坏了,我得出面去解释。"

"傻,千万别做此地无银三百两的事。信你的人不用解释也信;不信你的人,纵然你再说也无济于事。反正组织已调查过,说明已有结论,你是清白的,若这个恶人再这样做,只会搬起石头砸自己的脚。"

"那我不吭声?"

"对,什么也不理会,有些话我这个妻子来说更合适。"

大业琢磨玲玲的话很在理,于是慢慢又躺了下来。

"你再睡一会儿吧,我去做早点。"

"还早,你陪我吧。"

"嗯。"玲玲温顺地搂着大业的脖子,一条腿压在大业大腿上。她知道这时候必须给丈夫更多的柔情,以使他振作精神冷静应对暗箭。但对那个兴风作浪的人,她必须放下所有的矜持,重拳回击。

第一节课结束后,玲玲把最后一节课调到了下午,刚想找校长请假去江南炼化公司,没想到大业打来了电话:"老婆,诬告我的人查到了。"

"这么快?"玲玲觉得有点不可思议,这"破案"速度简直比福尔摩斯还快。

"老婆,猜是谁干的?"

听着大业轻松的口吻,玲玲猜到这人必有前科,因为越是这样的人,越能说明大业是被陷害的。可玲玲想了想还是猜不到是谁,就反问:"谁这么缺德?"

"密汉民!"

"怎么会是他?他还在庆庆公司上班吗?"

大业以为玲玲误解了,急忙解释:"这事和庆庆一点也没关系,她刚才还打电话要到我办公室来赔罪。"

"确定是密汉民?"

"邵丽丽如实交代了,密汉民现在派出所已承认所干的一切。我真没想到其目的竟然是要出一口当年坐牢的恶气,说那是我爸和赵叔联手整他的结果。"

"没事就好,我刚才调了一下课,正准备去找蒋总。"

"两个主要领导清晨接到保卫处电话后,马上安排人回收匿名信,并及时让人联系邵丽丽,这才在最短时间内查明了情况……"

"咚咚",这时门外传来两下敲门声,大业移开话筒冲大门喊了一声:"请进。"随后对着话筒说道:"老婆,是庆庆来了,不说了。"

门开了,果然是庆庆,大业起身相迎:"庆庆,有好些日子没见你了。"

"就是,现在你是大领导,我们想见也难。"

大业关上门,手一伸:"坐,连你这个妹妹也要调侃我?"

两人相视后都笑了。坐定后,庆庆先开口道起了歉:"大业哥,密汉……"

"不提他,他只是你公司的员工,这事跟你没有关系。再说我们是什么关系?可不能让人离间。"

庆庆刚准备接话,却见大业抬手示意别打断:"庆庆,物流公司现在经营还不是很理想,我个人有个想法。"

"哥,你有妙招?"

"总部要求我们改造装置,日后可能将大批生产生物航煤。"

庆庆一时听不明白,江南炼化的生产任务和自己的物流公司有什么关系?难不成他们不用管道运输,而用车或船来运输?可无论从安全还是成本考虑,这都是不可能的事。她只好追问:"哥是让我们提前做好运输业务的标书?"

"不。为确保民用航空器和乘客生命财产的安全,中国民航局将生物航煤作为航空零部件进行管理,对航煤生产过程及质量保证的要求提高到航空器及发动机制造标准,所以采用全密封的专线管道运输。即使需要车辆运输时,也必定由航空专业车辆来承担。"

庆庆这下更糊涂了:"那哥的意思是……"

"生物航空煤油是以多种动植物油脂为原料,采用自主研发的加氢技术、催化剂体系和工艺技术生产的。中国正在积极拓展生物航油原料来源,开发餐饮废油和海藻加工生产生物航油的技术。但这两样技术收集成本较高且产量少,尤其是餐饮废油,必须是不含水的油脂,三吨多餐饮废油才能生产出一吨生物航煤。按国际标准测算,生产成本是石油基航空煤油的二至三倍。棕榈油是当前较为理想的原料,它是当前世界上生产量、消费量和国际贸易量最大的植物油品种,与大豆油、菜籽油并称为'世界三大植物油'。"

庆庆没在车间蹲过,本来加氢技术、催化剂体系等概念她已一知半解,延伸的棕榈油常识更令她一头雾水。就在她困惑不解时,大业终于给出了答案:"庆庆,你们不是有自己的轮船吗?你可以想办法承接运输甚至直接进口棕榈油。要知道我国现已经成为全球第一大棕榈油进口国,每年棕榈油消费量达到六百万吨,占市场总量的百分之二十。"

庆庆恍然大悟,看来大业不但是生产技术能手,还是个经营高手。她兴奋地接过了话:"太好了,大业哥,这点子不但可以让我们的运输船吃饱业务,更盘活了我们整个公司。东南亚和非洲都是棕榈油的主要出产区,我可以尝试一下。"

"虽然非洲可能会有价格上的优势,但风险大,刚起步不要好高骛远,更何况你们公司的船还没有远洋经验。马来西亚和印度尼西亚本来就是世界前两大棕榈油生产国,我建议你们公司可以从这两国中选择。"

庆庆思索片刻就拍板:"哥,马来西亚境内自然资源丰富,橡胶的产量和出口量也一直居世界前列。我就先去马来西亚看看吧。"

"考察后一定要集体决策,一个决策的正确与否关系到企业的命运。"

对大业的提醒,庆庆不是很满意。一个令人意想不到的奇谋妙计,如果没有足够的胆量付诸行动的话,也没有丝毫的价值。但她嘴上还是随口应道:"好的,谢谢大业哥。"

"不用谢我。生物航煤想获得商业化应用的'门票',还有很长的一段路要走,但这是个必然的趋势。随着碳减排力度的增大,我们必须想办法解决过高生产成本的问题,我这个点子也是为了江南炼化在谋利润。"

从大业紧锁的眉头中,庆庆看到了一位国企领导人的压力,这压力不是为了自己,也不仅仅是为了企业,而是为了国家,为了民族。想到这里,她不由得又想起了可气、可恶的密汉民,就快言快语说道:"大业哥,我回去就把密汉民辞了,不能让这恶人再捣蛋。"

"你辞了他就能解决这些问题?"

"这……"

看庆庆支吾着接不上话,大业只好自问自答:"不可能解决,反而会起反作用,届时他会明目张胆、添油加醋地造谣生事。"

"难不成看着他在你这里作恶,我还姑息纵容?"

"他肯定有股恶气在,毕竟当年他也是炼化的中层领导,如今看着我们两家都挺好,他自然更不爽。"

"那是他自作自受!"

"话是这么说,但事不能这么做。当年我们如果能把党建工作像今天一样落到实处,至少他不会出大的问题。总书记说得太对了,权力必须关进制度的笼子,这要求也适合你们民营企业的领导。人非圣贤,孰能无过?如果你不懂集体决策益处,不懂'众人拾柴火焰高'的道理,肆意妄为,随心所欲,那必将会搞垮企业,连累跟随你的职工。"

庆庆这才明白大业让自己考察马来西亚后,一定要集体决策开发棕榈油运输项目的用意,这并非为了规避日后的干群矛盾,而是让项目尽可能不出差错。想当初如果自己没有头脑一热去订购运输轮船,何至于今天勒紧裤腰带过日子。庆庆心悦诚服地点了点头后问道:"大业哥,难不成放了密汉民?"

大业笑了:"本就没有关押,何来放一说?他这次偷鸡不成反蚀把米,够他心疼了。只要我们不理不睬,他不敢正面跳出来。"

"蚀把米?"庆庆听不懂大业的话,既然不同意辞退密汉民,他蚀什么米?

"密汉民是花钱想买通人告我。"

看大业不想详说,庆庆自然不好多问。大业看了一下表,说:"我等一下还有点事,今天要不暂时聊到这里?"

"好,大业哥再见!"

辞别大业回公司的路上,庆庆突然看到永刚正推着自行车慢吞吞走着,就示意司机减速靠边。按下车窗后,庆庆问永刚:"哥,车坏了?要不要送你?"

"没坏,今天没啥行情,我走路锻炼。"

庆庆哭笑不得,大家都忙成一锅粥,可亲哥却闲得无所事事。永刚看妹妹还没有走的意思,腾出一只手挥了挥:"你去忙吧,我反正回办公室也没啥事。"

"哥,再见!"庆庆冲司机挥了一下手,关上车窗就走了。

看着不断闪过的熟悉景物,庆庆觉得自己像是做了一场梦。当年哥远比大业聪明,可现在两人的作为却截然相反。一个整天为个人的账户在算计得失,一个日夜为企业甚至是国家和民族在操心。看来哥最多只能算作是小聪明,大业才是有真正的大智慧。

回到公司,雷厉风行的庆庆立马组织班子成员开会。会议刚开了个头,突然办公室小金没有敲门神色慌张地跑了进来。庆庆打住了话头,一脸不悦地看着小金。等小金在她耳边说完话后,庆庆吃惊地问道:"在哪?"

"在她家里。"

"密主任现在哪里?"

"就在家里。"

庆庆让常务副总经理主持会议,随后带上小金赶往沃烈家。路上,她拨通大业手机后直接说道:"哥,沃烈跳楼自杀了。"

大业握紧手机愣了片刻,问:"什么原因?"

"现在还不清楚,我正去现场。"

"要做好家属的安抚工作。"

"请哥放心,我不会再让密汉民找你麻烦。"

"我不是这个意思,他处心积虑这么久也没给我造成什么麻烦,相反自己却遭遇如此的不幸。"

庆庆感觉自己乱中出错了,于是赶紧认错补救:"哥,我说错了。"

大业道出了心里话:"庆庆,其实我个人的确有点怨恨密汉民。但回头看,这位同志同我们父母一样,都是江南炼化从无到有的建设者,过错不能掩盖他曾有的功劳。如今他有困难,我们应该义不容辞地给予帮助。"

"哥,你真是个好人。"

大业笑问:"你何尝不是?"

庆庆也笑了,说:"那就不打扰哥了,有事我及时汇报给你。"

"好。"

等到了沃烈家,庆庆才感到问题是如此的严重棘手。一向黑眼珠闪着精光的密汉民,此时目光空洞地瘫在沙发上,看到进门的庆庆,起身后"扑通"一声跪在地上,边磕头边嘴上唠叨:"大慈大悲的菩萨,我认罪,我愿下地狱,求求您别牵连我的孩子……"

庆庆刚弯下腰伸手去搀扶,没想到密汉民突然从地上跳了起来,蜷缩身子抱头靠在沙发惊恐地叫道:"别杀我,别杀我。"

等安顿好一切,庆庆再次拨通了大业的手机:"哥,密汉民住院了,医生说他疯了。"

"有没有人陪护?"

"已入院,他儿子密自强陪着,我也安排了人二十四小时轮流陪同。"

大业随后又追问:"弄清楚沃烈自杀的原因了吗?"

"沃烈给我留了一份遗书。说对不起我,没脸再见我,更没脸见大家。"

"嗯?"大业不解。

"她本就内疚改制时没配合我,密汉民出来后我又安排他上班,

她更觉得愧疚于我。还有，她原以为密汉民除了花心，是个坦荡的人，可这次对她的打击太大了。"

"同为夫妻，差别还真大。"电话那头传来大业沉闷的声音。

七十

随着中国第一张生物航煤生产许可证落户中国石化,江南炼化加紧了装置改造的步伐。

同时,经过真正意义上的班子集体讨论和前期准备,庆庆终于踏上了赴马来西亚的考察之路。3月7日晚上,庆庆打电话和婷婷聊了一会儿后告诉父亲,自己将坐00:42从吉隆坡到北京的航班,06:30可到北京。争取8日早上在京办理完公事后当天返回甬江市。

"好,爸妈晚上给你过节。"

庆庆愣了一下:"什么节?"

赵宇华冲着电话打趣:"小时候儿童节你记得很牢,现在妇女节怎么不记呢?"

"哈哈,老爸你又贫嘴了。"

"不多说了,电话费太贵,到时候微信联系吧。"

"好,你和妈保重!"

一夜无话。第二天赵宇华起床打开微信,庆庆语音留言说航班马上准时起飞。赵宇华看了一下挂钟,还有半小时女儿就可到北京了。于是洗漱后按部就班和老伴做起了早餐。

吃早餐时,婷婷说想给妈妈打电话祝节日快乐。赵宇华看时间已是七点,就一边打电话,一边抱怨庆庆下飞机没和家里报个平安。听到听筒传来关机的提示,赵宇华才知庆庆还没有落地。

送婷婷上学回家，赵宇华又拨打了庆庆的手机，仍然处于关机状态。赵宇华有点急了，离正常降落时间已超一个多小时，按常理，已起飞的航班不可能延误这么长时间。

正换外套准备去买菜的周芳扭过头问道："怎么还是打不通？"

"是不是手机没电了？"赵宇华给出了最为满意的答案，虽然这种可能性对庆庆来说几乎是零。

"这孩子……"

"别说话！"赵宇华发现电视新闻里突然出现"航空公司一架客机今晨失联"的字幕。只听播音员正字正腔圆地播报：今天凌晨两点四十分，航空公司称一架波音777-200飞机与管制中心失去联系，该飞机由吉隆坡飞往北京，计划06：30在北京降落。

"哎呀，怎么回事？"这条新闻刚播完，周芳发出了惊叫声。

"失联不是失事，别紧张。"

话虽这么说，但赵宇华内心也紧张不已。庆庆不是在陆地上失联，即便是船只在茫茫大海中失联，那也有幸存的可能。问题现在庆庆是在空中的飞机上失联，失联恐怕就是失事的代名词。看周芳还是一脸紧张地望着自己，赵宇华拍了拍妻子的手催道："快去买菜吧，说好了晚上和女儿一起过节的。"

"嗯。"周芳终于磨蹭着到门口换上鞋子出了门。

赵宇华迅速到书房打开电脑，果然飞机失联已上了头条。打开新闻后，赵宇华越看心越慌，所有的新闻像是通稿，就像刚才中央电视台播报的那样，只告知当前航班处于失联状态，只告知有多少乘客在上面，再无其他有价值的内容。明知这时新闻就这些内容，可赵宇华像条不甘心的猎犬，不停地在海量新闻中寻找关于失联航班的信息。

家门刚打开，还来不及放下菜的周芳问道："老赵，航班有消息了吗?"

"快了。"赵宇华只能这样安慰妻子。

周芳听出了蹊跷,关门扔下菜,来不及换鞋子就到书房追问:"到底有没有消息?"

"还没找到。"

"还是失联状态?"

"嗯。"刚应声完,赵宇华看到一条最新消息,说航空公司高级官员接受访问表示,他们相信目前飞机航油已耗尽。赵宇华觉得心猛地跳了一下。飞机还没有找到,可航油已确定耗尽,这说明这架飞机肯定已不在空中。

周芳看出了赵宇华神情的变化,顾不得脱鞋径直冲到电脑前。赵宇华觉得没有必要隐瞒,就开着原来的页面悄然起身,到药箱拿出"救心丸"。他暗自提醒自己,接下来的结果可能会很糟,但一定要坚强,不然患有冠心病的妻子也会倒下。

看完新闻周芳就哭了,赵宇华也不劝慰,此时能哭出声远比闷在心头好,他上前递了一包餐巾纸,拍了拍妻子的肩,转身到门口拎起菜拿到厨房。本就不会下厨的他,此时望着一堆菜更是六神无主。

正在这时,手机铃声响了,赵宇华冲了过去,一看号码是大业。

"大业。"

"赵叔,您和周姨在家吗?"

"在,有事吗?"

"我们马上到,您等我。"

"哦。"

挂上电话,赵宇华知道大业来肯定和庆庆有关,但不知道大业说的我们还有谁。

"大业说什么?"

赵宇华不知道周芳什么时候站在面前，愣了一下后说："没说什么，只说马上到我们家。"

刚说完门铃就响了，周芳跟着赵宇华去开门。来的不光有大业，还有永刚和小业。大业一直和庆庆保持着联系，所以不但知道庆庆的行程安排，更清楚她此次考察项目的结果。永刚虽然和庆庆加了微信好友，但和小业一样，一直到大业来电才知道庆庆也在今天热门新闻所说的失联航班上。得知航班失联后，大业立即向蒋总和雷书记汇报了此事。蒋总迅速安排人联系物流公司副总经理，要求其全面负责当前的生产经营业务。同时，考虑赵庆离异后一直和父母同住，让大业负责安抚赵宇华家庭，稳定老人和孩子的情绪。

五人回客厅坐定后，赵宇华拉着紧挨自己的周芳的手先开口："是不是组织上已得到确定的消息来通知我们？"

大业猜赵宇华以为自己是代表组织来妥善做好乘客家属信息通报和安抚等工作，于是解释："赵叔、周姨，我不是代表组织，我们和庆庆一样，都是您的孩子。刚才外交部已启动应急机制，相信马上会有消息。"

赵宇华捏了一下妻子的手，说："你们不要影响工作，我们没事的，只要有消息，请马上告诉我们。"

"那是肯定，希望尽快得到庆庆平安的消息。"

永刚接过话："爸，大业安排我这几天在家陪你。刚才已和淑芬说了，这几天我们都过来。"

"千万不要影响孙女的学习。"

"爸，小业给小琴安排了辅导老师，现在班里的成绩保持前三名，你放心吧。"

小业也见缝插针："爸、妈，小琴进步很大，你们放心吧。还有，我爸妈也会过来，如果允许的话，我把婷婷接去，等忙过这阵子再回来。"

"唉,根本不用这么麻烦,你们该上班的上班,不用操心,庆庆肯定没事的。"

小业心里一阵难受,知道老岳父这是不想给自己的新家添乱。

虽然愿望是好的,世界多个国家也花大力气寻找失联飞机,可这架飞机像是变魔术一样,彻底消失在世人眼中。好在有了周密的安排,不但物流公司运作正常,赵宇华一家也相对平稳。但女儿生不见人、死不见尸的心灵摧残,使赵宇华和周芳原本黑白相间的头发再也看不到一根黑发,显得越发的苍老。

让大业等人宽慰的是随着杨昌祥言行的变化,杨赵两家没有因为庆庆的失联而失联,反而走得更近了。

七十一

盛夏的一个傍晚,大业下楼刚发动车,手机响了,拿起一看是永刚,就按了接听键。

"大业,看到爆炸性新闻了吗?"

"什么新闻?"

"估计你还没看,快看新华网,和你工作有关。"

大业被吊起了胃口:"这么神秘?啥事?"

永刚不答反问:"大业,你不会才下班吧?"

"刚发动车。"

"真够苦的。那就快听广播吧。"

挂上电话,大业为永刚今天的反常深感不解。他边启动车,边打开了车载收音机。车刚拐出两个路口,广播开始重播新闻。头条是关于中央纪律检查委员会查处了某高级官员的腐败一案。

这时,手机又响了,大业拿起一看,号码显示是机要科,大业关上收音机接通了电话:"喂。"

"杨书记,您好!我是小童,雷书记通知七点开紧急会议,您能参加吗?"

"我参加。"

大业猜紧急会议和某高级领导的案件有关,目的是按上级要求统一公司职工思想,稳定队伍。于是调头开到快餐店门口停好车,先给玲玲打了个电话,然后将就着吃好晚饭就返回了公司。

直到会议开始,大业才知道自己猜错了,也明白蒋总和雷书记为什么要急着开这个会。原来公司总工程师在没有任何预兆下,下班后突然向公司递交了辞职报告。蒋总和雷书记闻讯大为惊讶,在得知总工程师辞职仅仅是受某外企高薪诱惑后,两人顿时愤怒不已。蒋总胸脯剧烈起伏,手握拳头连叩桌面骂开了:"想想我们现在的领导干部,国家和企业培养你二三十年,一点钱就把本忘了?还有没有良知?!一边假模假样说为企业做贡献,一边却跪倒在金钱下。这不是典型的两面派吗?入党宣誓忘了吗?提拔时向组织表的态喂狗了吗?!"

雷书记虽不赞同蒋总的粗暴风格,但他也对总工的行为甚为恼火。党建工作的中心就是抓人,稳定队伍,可现在竟然连一个公司党委委员、总工程师也辞职走人,这传出去不是让人笑话吗?估计总部领导也会狠狠批评。现在他更为担心的是还有多少人被猎头公司瞄准了,甚至有多少人已不"安稳",随时有跳槽的可能。总工虽然使了瞒天过海之计,但假如工作做细,提前做好劝导和阻拦工作,即使不能让他投鼠忌器,至少不会像目前一样肆无忌惮交上辞职信就走人。所以在蒋总发完脾气后,雷书记先检讨起来:"刚才蒋总一句句追问掷地有声,我们是该反思一下。今天这事必定会给公司造成负面影响,我负有重大的责任。"

听蒋总重重地叹了一口气,雷书记以为他要说话,扭头看对方靠着椅背没接话的意思,于是接着说道:"随着外企和民营炼油化工厂的兴建,我们还将面临更多的人员流失问题。在这场人才争夺战中,我们任何一级的国企领导必须担当起社会的责任。不仅要做到不因为风险而退却,更要做到不为高薪所惑。国有企业一切资源都是国家给的,企业效益好,不全是我们领导能力所致。而企业效益不好，也不会撤你的职，更不会开除你，你照样有饭吃、有衣穿、有车开。刚才蒋总说得没错，我们的能力全是国家和企业培养的，这份薪水并不少，我们不能缺良心。一个人如果把钱看得过重，物欲过强，迟早会出事。"

蒋总终于接过了话："都是班子成员，今天就打开天窗说亮话，不要给组织添麻烦。我先表态，目前我没有和任何猎头公司有丝毫的联系，除了组织安排的调动，我绝不离开江南炼化，"

"我不会离开江南炼化，也没有和任何的猎头公司有联系。"雷书记紧跟而上。

其他班子成员也先后表了态，几乎照搬照抄雷书记的话。大业觉得不能依葫芦画瓢，虽然邵丽丽挖自己是二十多年前的事，可毕竟她也代表了猎头公司，于是轮到发言时，大业谨慎地说道："我在这里读完了小学和初中，也在这里从一名操作工干到了副总经理。没有江南炼化就没有我，甚至可以说没有我们杨家两代人的幸福生活。1996年，曾有猎头公司找到我，我当场严词拒绝了。我将忠诚于江南炼化，忠诚于我的岗位，让杨家三代、四代的梦想都在这里播种、发芽、茁壮成长。"

蒋总率先赞道："好，就该有这样的感恩之心与坚强的信念。"

雷书记也说道："我们都该学学杨大业同志，对猎头公司说不。也希望大家再想一想，有没有更好的办法来稳定队伍，有没有更好的妙招来应对江南炼化建厂以来的新危机。"

蒋总直起了上身，说："雷书记这个题出得好，我先谈一下个人的想法。人是第一要素，要想把公司打造成具有国际竞争力的企业，就需要一批想干、能干、懂干甚至还肯付出的人。我们更要有紧迫感，一要想办法留住人才。如果没有优秀卓越的人才，只剩下安于一隅或夸夸其谈之人，哪怕我们公司原来效益有多好，那必定也会江河日下。二要想办法激发人的工作激情,让操作工有当技术员的理想,让技术员有当主管的理想,让主管有当处长的理想,甚至让处长们有取代我的抱负。这样人人就会爱岗位,爱工作,从内心深处有一种强烈的责任感与使命感,并为目标而奋斗。"

会议于是就如何稳定队伍展开了讨论。有人提议形成良好的选拔机制,让真正的"千里马"有驰骋的舞台;有人提议开展"职工情绪管理",及时知晓、化解职工的负面情绪……

"杨副书记,你有什么看法?"

听到蒋总点将后,大业放下手中的笔脱口说道:"文艺,用文艺这个'武器'来破解技术创新和人心凝聚的难题。"

蒋总没想到大业冒出这样一个答案,顿时愣住了。会场中有人忍俊不禁,发出了轻微的笑声。看着一脸尴尬的大业,雷书记提醒大业:"说具体点。"

"蒋总,雷书记,我是学工科的,以前对文艺既提不起兴趣,也不愿意投入时间与精力。参加工作后,我曾在车间毕强书记的指导下,开始接触一些国学,于是慢慢有了感悟,也坚定了自己的信念,这才觉察到了文学的魅力和作用。后来由于工作和家庭的关系,我又接触了音乐、舞蹈、话剧,终于明白了发展生产力的目的就是让人们享有丰富的精神和物质产品,假如没有精神的支撑,势必造成空虚。衣食无忧却空虚的人需要精神才能去推动社会的发展。所以我个人认为文艺是精神的推进器,不但能提高人们的审美情趣,同时也能提高人们对物质产品的审美要求,从而不断推动社会的进步。"

"这个观点新鲜,让我想到了文艺复兴对近代自然科学和社会科学的产生起到的巨大促进作用。"

大业没想到蒋总不但被说动,而且还联想到了文艺复兴,暗自高兴的他正准备再接口谈具体的思路,没想到蒋总接着又说道:"杨副书记说得没错，文艺是人的精神食粮，文艺事业是党和人民的重要事业，但我们是炼油化工厂，党交给我们的任务就是搞好生产经营，为党的经济领域做贡献。文艺工作应当由政府来做，就像我们老是批评政府什么都想包揽，现在我们若也去搞文艺事业，那岂不是也在包揽一切吗？"

如同一记闷棍，大业立马被打晕了。雷书记看大业没有吭声，适时接过话说道："文艺是时代前进的号角，能引领一个时代的风气。习总书记提出要实现中华民族伟大复兴的中国梦，文艺的作用不可替代。我们可以从这样的高度认识文艺的地位和作用，但蒋总指出得对，我们是企业，生产经营是第一位，就像人的身体，没有健康这个'1'领头，再多的'0'也没用。我们可以鼓励职工在认识自己所负担的历史使命和责任后，利用业余时间创作吻合我们企业特色的优秀文艺作品，弘扬石油精神、凝聚企业力量，鼓舞公司全体职工朝气蓬勃地挑战困难、迈向未来。"

大业暗暗佩服雷书记的这番言辞，不但迎合了蒋总坚持生产经营第一的原则，也表达了文艺的作用，甚至还及时提出了要求和号召。大业心里清楚，雷书记内心是极力支持自己想法的，心情顿时爽朗起来。作为副手，他和书记是不是真正意义上的同心同德非常的重要，而这基础就是看待事物的想法是否一致。两人同心，其利断金。大业相信日后配合书记推进企业党建工作会很顺利。

这天的会虽然开的时间不是很长，但每个人心头都很沉重。

大业在看到习近平总书记在人民大会堂东大厅召开文艺座谈会的新闻后，精神顿时一振，更加坚定了自己三个月前在公司党委会提出的想法。他迅速从网上搜索总书记的讲话内容和召开文艺座谈会的意义和背景，在读完总书记"坚持以人民为中心的创作导向"的重要讲话后，大业觉得找到了做大事的重要依据，于是兴冲冲去找雷书记。他相信雷书记和自己一样,在汲取总书记讲话的"养分"后,会对文艺促进企业"双文明"更有信心。

可大业屁股还没坐稳,雷书记指着大业手上的报纸先开了口:"知道你看到这条新闻会来找我。"

大业直言不讳:"雷书记,这是继中共革命时期延安文艺座谈会后一次非惯例文艺座谈会,足见中央领导对文艺的重视,也反映了文艺对当下社会建设的重要性。"

"总书记说得对,文化是民族生存和发展的重要力量。没有先进文化的积极引领,没有人民精神世界的极大丰富,没有民族精神力量的不断增强,一个国家、一个民族不可能屹立于世界民族之林。"

大业暗自敬佩与兴奋,雷书记这几句话虽然引用自总书记,但能记住并说出来,证明这个理论已入心入脑了。如果党一把手全力支持自己的想法,那不光可以确保想法落地,而且工作推进的力度也会大大增强。于是说道:"雷书记,马克思曾说,理论一经掌握群众,也会变成物质力量;理论只要说服人,就能掌握群众。而理论说服人的最好形式是什么呢?就是文化的形式。其实无论是举精神之旗,还是立精神支柱或建精神家园,都注定离不开文艺。"

"大业同志,这事不能着急。蒋总已在班子会上明确反对大搞文艺,你难不成想和总经理唱对台戏?"

"哎呀——"

雷书记的提醒像一枚针,扎破了大业鼓胀得满满的信心球,瞬间将它压扁成一张纸。雷书记也不看大业,边在文件上签字边说:"大业,好事一定要找准时机提,找准时机做。你说现在这个时候再提合适吗?不改变提法合适吗?"

大业主动检讨:"雷书记,我的确考虑不周,我不会再提了。"

"不!我们只是要等个时机,并且要改一下提法。"

大业恍然大悟："谢谢雷书记提醒。"

雷书记抬起头看着大业叮嘱："做事，尤其是做大事，必须要注重工作方式和方法。任何有关企业的事，我们必须要在党委会上通过，这样才能得到全公司之力。也只有这样才能事半功倍，否则只能是事倍功半，甚至还有可能是事倍功无。"

"是。"大业心服口服。

七十二

2015年9月3日,大业一家吃完早饭围坐在一起看中国人民抗日战争暨世界反法西斯战争胜利七十周年的大阅兵。升旗仪式刚结束,手机响了起来。大业看是永刚来电,就从茶几上拿起了手机:"永刚,在看大阅兵吗?"

电话那头永刚几近哭腔:"大业,我现在在医院,我爸吐血了。"

想到赵叔以前的肝病,大业"腾"地从沙发上站了起来:"人怎么样?在哪家医院?"

"刚从急诊室转到住院部,在市二院。"

"我马上过来。"大业挂上电话边换衬衣边说,"玲玲,中午我不回来吃了。"

上月天津爆炸案让平时不过问大业公事的章玲玲破天荒地问道:"怎么,公司出事了?"

不等大业答话,儿子已把注意力从电视荧屏转到父亲身上,一脸紧张地提醒:"爸爸,你可要当心。"

大业这才意识到自己的举止惊吓到了妻儿,连忙解释:"放心,是赵爷爷生病住院了。"

"那你多带点现金吧。"玲玲说完转身到柜里取出日常生活备用金,替大业放进了公文包内的钱包中。

永刚在住院部大楼接到了大业。大业边走边问:"医生怎么说?"

永刚眼圈立马红了："说老爷子难熬过此关。"

"周姨在哪？"

"在里面陪老爷子。"

"让淑芬陪周姨尽快回去，不要把周姨累倒了。"

永刚悄悄抹了一下眼角，说："我们说不动，所以淑芬让我打电话给你。"

"行，我来劝周姨。"大业说到这里突然想起了小业，于是问道，"小业来了吗？"

"老爷子说不要叫小业，担心他老婆会有想法。"

大业一个急刹，站定后提高了嗓门："小业也是赵家的儿子，必须过来！"

永刚没想到大业会在公共场所发脾气，引得四周人都往这边看。大业这时已掏出手机，等小业接通电话，直截了当说道："小业，赵叔生病了，现在在市二院。"

永刚听不清小业在电话中说了什么，只听大业怒气冲冲地连着反问："问这么多干吗？直接来医院不就知道了？难道还有什么事比这个重要？"

说完大业挂上了电话，重新抬腿边走边说："快带我去看赵叔。"

病房是单间，里面很安静，除了几台检测生命体征的仪器断断续续发出声响，再没有其他的声音。大业推门进去后，一直紧闭眼睛的赵宇华像有感应，竟然睁开了眼睛。

"老赵！"

"爸！"

赵宇华对妻儿的叫声没反应，只是直愣愣看着永刚。大业三步并两步来到床前："赵叔，我是大业。"

大业这句话像是一针强心剂，赵宇华舒了一口气后说："我想和大业说几句话。"

不光是永刚愣了,就连周芳也觉得意外。见家人没动,赵宇华皱起眉头说道:"你们不愿听我的了?"

大业赶紧打圆场:"周姨,赵叔现在好多了,就让我陪他聊一会儿。刚才您也受惊了,先让淑芬陪您回家休息一会儿。"

周芳知道赵宇华的脾气,留下只会让他生气,于是起身替赵宇华披了一下被角,轻声叮嘱:"好好和大业说,别动气。"

动气?想起永刚在电话中告知赵叔吐血了,大业莫名有点紧张。老人家生气吐血会不会和小业有关?若是这样,那叫小业来就有点鲁莽了。就在永刚搀扶周芳出病房关门之际,大业扭头叮嘱:"永刚,除了医生和护士,不要让人进来。"

永刚自然懂大业的用意,点了点头。

大业轻轻坐在刚才周芳坐的椅子上,听赵宇华低沉着嗓音强调:"大业,我知道自己不行了,你可一定要和我说实话。"

大业心一沉,却佯装一脸笑意地说:"赵叔,您这是想哪去了?现在已从急诊室到普通病房,肯定没事。这几天您好好休息,不出一周肯定像以前一样健康。"

"大业,我心里清楚,自从去年庆庆出事后,我晚上一直睡不好,这个年龄真的折腾不起,若不是惦记着庆庆能回来,我早就倒了。"

"赵叔,庆庆肯定没事,一定会找到。"

"希望现在开始你不要再骗我,我有事问你。"

大业不得不收起笑容,严肃地点了点头:"赵叔,你问吧,我一定如实答复。"

"庆庆是不是不在飞机上?"

大业哭笑不得,心想赵叔想女儿怎么想到了这种程度,竟然提出了这样的假设。他心里虽这样想,但嘴上仍认真地答道:"如果庆庆不在飞机上,那她早就打电话给我们了。"

"有人说她并没有在飞机上,而是故意借这个'航空谜团'卷款逃往了美国。"

大业又好气又好笑,问:"您是从哪里听到的这样的谣言?"

见赵宇华无力地摇了摇头,大业更觉得奇怪,刚才赵宇华还说是有人说,现在怎么又摇头否认?没想到赵宇华痛心地说道:"不是听,而是有人写信要告!"

"谁?"

脱口而出的大业马上意识到这是白问,果然赵宇华再次无力地摇了摇头。大业马上安慰他:"这种匿名诬告造谣的信会抄送给您,目的就是想气赵叔您,断不可上当。"

"可问题是庆庆账户上有很多钱!"

"赵叔,庆庆的公司是改制单位,不像我们光领一份死工资,她不光有不菲的年薪,还有股份分红。而且当初江南炼化为了促使剥离单位领导班子工作有激情,能对企业长久负责,曾规定五年内剥离企业每年效益增长百分之八以上,另有一笔奖励金可拿。她是一把手,可占总奖励金的六成,光这笔钱,庆庆就可以名正言顺拿一千两百万元。"

"她一个小科长的收入比你江南炼化党委副书记的收入还要高几十倍?"

"呵呵。"大业忍不住笑出了声,"赵叔,庆庆可不是科长,而是实打实的总经理。收入嘛不是比我还要高,而是高很多很多。"

"这不是国有资产的流失吗?!把国家的资产流到了个人手中吗?!"

"这是他们合法的劳动所得。"

赵宇华急了:"不可能,若真是这样,那她以前在江南炼化时为什么没有这样的业绩?当时庆庆也是领导!"

大业一时语塞，他不是没有想到过这个问题，也曾为此困惑和苦恼。记得国家成立之初，面对十分严峻的政治经济形势，国家采取公私合营，硬是在帝国主义的仇视和封锁中，对民族资本主义工商业实行了社会主义改造。从而激发了群众的激情，爆发出强大的生命力，也稳固了政权。可现在倒好，怎么这么多人想着要公改私？这不是变相地在瓜分国有资产吗？也因为自己也思考许久没答案，大业只能搪塞赵宇华："或许是因为有了自主的经营权限吧。"

"或许？"赵宇华对这样的说法很不满意，一阵呕吐的感觉袭来，但强硬地又被他咽了回去，似乎要把责问一起咽回肚中。

大业只好继续委婉解释："这个课题我搞党务工作时也没想过，赵叔倒是给我提了个醒。"

"你刚才的说法看似有道理，其实是托词。当年我们那一代人条件更差，自主经营权更小，可从来没有想要离开厂、离开集体，而是全力以赴想方设法做大企业。今天北京举行大阅兵，这不光是我们军事强大的展示，也是经济强大的显示。你爸一手办起了化肥厂，可他从来没有想过要给自己捞好处。国有企业是政权经济的根本，任何人既不能下黑手，也不能有瓜分的念头。"

大业有点局促不安，这样对话不但解决不了问题，而且会让赵宇华在苦闷与气恼中难以恢复身体。他只能想着办法转话题："赵叔您对江南炼化的功劳也很大，尤其是炼油厂的兴建与开工，可谓居功至伟……"

"我可担当不起这样的评价。在我眼里，齐书记才有资格。"

虽然被打断了话，可大业还是挺高兴，因为话题终于绕出了庆庆，终于绕出了企业剥离。大业赶紧补充："听说齐书记晚年依然保持着高风亮节，多次向'红十字会'捐款。"

赵宇华没接话，而是把头转平后望着天花板。大业正琢磨自己哪里说错了,只听赵宇华又说道:"大业,我要把庆庆账户上去年的所谓分红钱捐给'红十字会'。"

大业心想若劝赵叔不要捐,那不但不符合自己书记的身份,也会让赵叔生气。可不劝,似乎对不住庆庆曾经的付出。就在他犹豫不决时,病房门打开了,一名护士走进来查看了一下仪器后,又疾步走了出去。

"怎么连问也不问?"

对护士的态度,大业表现出极大的不满。他刚起身准备去问问护士检查情况,赵宇华忽然从被窝里伸出手,大业不得不欠身双手接住青筋暴起的手。赵宇华瞪大眼睛盯着大业说道:"解放后,公私合营让资本家在劳动中逐步改造为自食其力的劳动者,让大家走上了共同富裕之路。可才过六十几年,我们眼睁睁看着又在倒回去……"

门再次被推开了,大业一看还是刚才那个护士,马上意识到问题的严重,因为护士后面还跟着穿着白大褂的医生。果然那名护士对大业下了"驱逐令":"请家属先出去。"

赵宇华一听手拉得更紧,说:"大业,你现在也是公司领导,要想尽一切办法阻止国有资产的流失啊!"

进门的医生皱了皱眉,语气不容大业置疑:"不要让病人激动,你出去!"

对医生和护士的蛮横态度,大业越发的恼火,可碍于病床上的赵宇华,他不得不轻轻捏了捏他的手,安慰道:"赵叔,放心,我一定会的。你好好接受治疗,我先出去。"

周芳等人一排坐在不远处的椅子上,看到大业出病房,都疾步走了过来。大业伸手一拦:"医生正在检查,我也是被赶出来的。"

"爸还好吗?"

大业这才看到跟在后面的小业,他摇了摇头:"我也不知道,等一下问医生吧。"

"那我们再等一会儿吧。"周芳不甘心地在淑芬的搀扶下退回椅上。

永刚把大业拉到了一边,悄声问道:"爸说了些什么?"

永刚的探问,大业觉得很正常,但觉得不能如实告知,对剥离的看法不需要更多的人知道或参与讨论。他避重就轻地探问:"赵叔要捐款一事你知道吗?"

"我妈私下早就跟我说了。"

对永刚平静的答复,大业甚感意外。本以为看重钱的永刚会有抵触情绪,这也是大业之所以提前透露的目的,好让永刚面对赵宇华的交代时有心理准备和承受力,避免刺激赵宇华。大业看着远处,半晌才说道:"你能理解就好,但愿庆庆能平安回来。"

"哼——"永刚鼻子喷了一股气,歪斜着半张脸,盯着大业问,"连你也认为有这种可能?"

"几乎是零。但作为亲人,既然官方没有发布确实的空难消息,我们都要抱百分百的希望。"

永刚蓦然发现大业眼眶噙满了泪水。自从庆庆失联后,除了父母和婷婷,再也没有人流过泪,包括自己这个当哥的。可现在大业却为之动情,还始终抱着庆庆能平安回来的希望,他略带愧意地谢道:"大业,谢谢你。"

话音刚落,病房的门开了,医生走了出来。永刚抢先几步探问:"骆主任,我爸怎么样了?"

一旁的大业不等骆主任答复,抢先推了一把小业:"小业,先陪周姨进去。"

小业会意,和淑芬一左一右搀扶着周芳进了病房。永刚先感激地看了一眼大业,重新问骆主任:"我爸怎么样?"

"有大出血迹象。"

大业见骆主任没有说到要点，追问："诊断出是什么病了吗？"

"还不能确定。但从病人以前的病史来看，估计是肝癌已扩散到胃。"

大业和永刚吃了一惊，这等于是法官在审判庭上判处犯人死刑。永刚脱口而出："不可能，我爸去年体检还是好好的，怎么会是这个毛病？"

"明天等核磁共振检查结果出来再说，现在我要给病人去开'安络血'。"骆主任似乎对永刚的质疑有点不满，疾步从两人中间穿过，径直向护士站走去。

"别对赵叔和周姨说，尽快让周姨回家。"

"嗯。"永刚应声后眼泪控制不住地往下流。

大业压低了声音提醒："不能让老人看出来。"

等永刚垂头抹去眼泪，两人向病房走去。刚进门，周芳马上催问："医生怎么说？"

"要等明天检查的结果。"

"现在医生都离不开机器，什么都要等检查的结果，连大小便也要化验。没有检查就好像确定不了病情一样。"

听了妻子抱怨后，赵宇华开口说道："不化验，你能辨别出90号、93号和97号汽油？"

谁也没有料到赵宇华这个时候还会开玩笑，周芳噗笑："你一辈子都是原油、汽油，还有没有其他？"

看周芳心情有所放松，大业趁机劝慰："周姨，病房太挤，您先回去吧。虽然医生现在不让赵叔进食，可您也得准备准备，万一赵叔可以吃东西了，总不能让他吃外面的东西吧。"

小业马上接过话："就是，外面不卫生又没营养，爸这段时间一定要吃点软和又有营养的东西。"

"妈,就让淑芬赶紧陪您回家吧。"

周芳犹豫地看了眼赵宇华,见丈夫轻点了一下头,这才扭过头说道:"人老不中用了,你们都嫌弃我,那我先回家吧。"

刚好护士进来给吊瓶加注药物,大业等人趁让道的机会,拥着周芳走出了病房。

送走周芳后再回到病房,只见赵宇华闭着眼睛没动静。大业朝永刚和小业使了个眼色,三人刚想转身出病房说话,没想到赵宇华睁开眼说道:"你们都坐吧,我有几句话要说。"

永刚劝道:"爸,今天你累了,以后再说吧。"

"永刚,爸没以后了,有些事该和你们交代清楚了。"

大业猜赵宇华已从医生和护士的行为中确认了病情,正想着如何应对,没想到永刚一下子哭出了声:"爸,你肯定会好的。"

"这病怎么可能好?"

"谁?哪个医生胡说八道?!"

"孩子,你刚才进来眼睛都是红的,不然我怎么会让你妈离开?这事慢慢告诉她,一定要让她有个适应过程。"

大业看瞒不过赵宇华,拍了拍永刚的肩,说:"坐下,听赵叔的。"

看永刚挨着病床沿坐下后,小业犹豫片刻选了一把离赵宇华稍远的椅子。大业坐定后,双手握住赵宇华的手,说:"赵叔,您说,我们听。"

"记住,好马不吃回头草,更何况那制度就是烂草,没法激励人。"

"嗯,赵叔,您放心,历史的车轮绝不会倒退。"

赵宇华和大业像是在打哑谜,永刚和小业听得一头雾水。这时,赵宇华把眼神转向了小业,小业赶紧欠身向前:"爸,您有什么事?"

"婷婷的学习还得费心抓一抓。"

"您放心,她是我的女儿,我一定会负责。"

"哎——"赵宇华叹口气后顿了顿,"希望你能原谅庆庆。"

小业没想到前妻的父亲会这样宽恕自己,顿时脸羞得通红:"爸,是我错了。"

"你是错了,可庆庆无论是选工作还是处理感情,都太强势和固执了。"

小业再也控制不住自己,眼泪夺眶而出,"扑通"一声跪在地上:"爸,谢谢您能原谅我。"

"什么也不要说了,我知道你心里的痛。"说到这里,赵宇华从大业手中抽出手,摸了摸小业的头,"我们肯定会做错事,但尽量避免做傻事,更要坚决不做坏事。忘掉过去,好好珍惜现在的小田。"

小业哽咽着说不出话来。赵宇华也不劝,收回手望着天花板。大业知道赵宇华还有事要和永刚说,于是起身拉起小业退回原来的椅上。果然赵宇华重新侧过头,看着泪流满面的永刚,笑着说道:"永刚,不要难过,人都要走这条路,何况你爸已超过人均寿命。"

"爸,你有什么事要我做?"

"爸几乎没有要求过你们兄妹要做什么,都是按你们的兴趣和爱好去学习、工作和生活。但爸要求你一定要做个坦荡的君子,该是我们得到的,我们可以拿;不该是我们的,我们绝不能拿。"

"爸,你放心,我不会玷污你的名声。"

为了让赵宇华少费神说话,大业赶紧插嘴:"赵叔,永刚早就知道您要捐款一事。"

赵宇华转过头向窗外看去,没有再提捐款一事:"江南炼化是我奋斗一生的地方,真希望永远是众人拾薪火焰高。你们有能力和权力时,一定要想办法做点实事,切莫浪费。"

"赵叔,我们会传好接力棒的。"

赵宇华突然扭回头急切吩咐:"帮我把床摇高点,我要看阅兵。"

三人手忙脚乱地开电视、摇床柄。可此时阅兵直播已结束,小业不断调频道,终于找到了重播的阅兵视频的一段尾声。

"你们看,这不光是我们军事强大的展示,也是经济强大的显示。只有社会主义制度,才能在这样短的时间内有如此让世人震惊的速度。"

大业知道赵宇华这些话是说给自己听的,他深深陷入沉思。为什么上一代人以奉献付出为荣,当今这一代人却以不劳而获为幸?如果所有人愿为国家添砖加瓦,那日久必定垒土成山。一旦绞尽脑汁想占国家便宜,其结果自然是大厦倾倒。永刚以前反感父亲的这种说法,但现在却有种异样的神圣感,似乎躺在病床上的父亲高大地站在了自己的面前。小业放下遥控器后暗想,学校的政治品德课若能请到这样的人多好,只有由衷的言语才会感染人。

阅兵重播刚结束,赵宇华就催促:"大业,小业,你们回去吧。"

大业忙说:"我没什么事,多陪赵叔一会儿。"

小业则扭头问永刚:"哥,晚上谁陪爸?"

"我已请了几天假,晚上我在。"

"那你现在回去休息,白天我陪爸吧。"

不等永刚说话,赵宇华说道:"不用陪,这里是医院,有事医生和护士会处理的。"

"赵叔,就让他们陪您吧。"

听了大业的劝告后,赵宇华犹豫片刻最终还是点了头。

第二天接到永刚短信,大业心里最后的一点侥幸也成了泡影。骆主任的推测既对又错,赵宇华的癌细胞不仅仅扩散到了胃,而且还扩散到了脾和肠。

虽然竭尽了全力,但赵宇华还是在不到两个月的时间内永远合上了眼。在追悼会上，望着平静却瘦弱的赵宇华的遗体，杨昌祥的视线模糊了，他哽咽着不让眼泪流出眼眶。淑芬上来说道："杨伯伯，爸去世前说做梦梦到了三十年前您和他聊天时的场景。"

三十年前？杨昌祥蓦然想起当年化肥厂开工后两人的对话，再也控制不了感情，身体剧烈颤抖，泪如泉涌，失声哭道："宇华，说好孩子们接班后，我们一起等中国实现赶英超美，现在马上要实现梦想了，你不能这么着急就走了呀！"

淑芬本意是劝慰杨昌祥，可没想到是这样的结果，束手无策之际，幸大业见状上来搀扶父亲到边上坐下。杨昌祥刚平静下来，抬眼见有一穿着得体的黑色呢大衣的中年女子戴着口罩走到赵宇华遗体前，手中拿着黄白菊花相间的小花圈。只见女子一声不吭地朝玻璃棺鞠了三躬，放下花圈，整理挽联后，也不和现场任何人打招呼，径直向外走去。杨昌祥觉得这个人有点眼熟，于是上前看挽联。只见上下联写着：耿耿丹心拓新程，棉地从此转乾坤；浩浩春风扬正气，炼化有您皆丽日。令人奇怪的是联上没注明敬献人。

大业问："爸，这人应该是棉场老职工吧？"

"奇怪，我怎么不认识。"话音刚落，杨昌祥觉得灵光一现，对，这不就是陈萍吗？他转身冲着快要迈出门的背影叫道："等等。"

陈萍停步，等杨昌祥走到跟前主动招呼："杨厂长好！"

"你是陈……"

"杨厂长若有事，我们这边说。"陈萍手向边上一伸，打断了杨昌祥的话。

大业搀扶父亲跟着陌生女人向墙角走去。

"杨厂长真是好眼力，我就是陈萍，您有什么事？"

大业吃了一惊，陈萍不是出事了吗？怎么会出现在这里？杨昌祥开口问道："你怎么会在这里？"

"来送送赵厂长。"

见杨家父子没有接话,陈萍摘下口罩大大方方申明:"你们放心吧,我的事有关部门已全部调查清楚,不会牵连赵厂长,更何况齐书记和他本就一身正气。"

杨昌祥放下心来,看来陈萍没太大的问题。可一想到张可富的工作调动是因为她,杨昌祥又开始担心会搅起一场风波,于是忍不住追问:"你有什么打算?"

陈萍答非所问:"我儿子在西部山区已支教两年多了。"

见父亲没听懂,大业接过了话:"你也想去西部山区支教?"

"对,看到那里的孩子,就会想起当年的我。我要让每个想读书的孩子都有机会上大学,即使我现在的能力不是很大,但会像我的儿子一样,竭尽所能去做,就像当年齐书记和赵厂长无私帮我一样。"

这样的回答大出杨昌祥意料之外,他动情地说道:"如果有什么需要,请及时告诉我们。"

"谢谢。那我走了。"

七十三

结束总部"四风"问题整改视频会议后,大业和雷书记边上楼边说事,虽然到雷书记办公室前事已说完,可雷书记却边掏钥匙边说:"大业,我还有些话要和你说。"

等大业进办公室,雷书记随手关上了门,两人径直走到会客沙发前坐了下来。雷书记放下手中的本子,直截了当地问道:"反'四风'你有什么想法?"

"老百姓都拍手称好。"

雷书记笑了:"当然是好。我问你有什么想法?"

大业早就听清雷书记是问自己有什么想法,也因为反"四风"除了贪官、昏官和庸官叫苦外,群众普遍叫好。既然自己也是群众中的一员,那不是这样答复更好吗?可现在雷书记却再一次强调要自己的想法,大业不得不从个人的角度来回答:"雷书记,我绝对支持反'四风'。只有杜绝了这些歪风邪气,才能维护我们党和政府在人民群众中的良好形象,才能促进社会风气的转好。"

雷书记继续追问:"自总书记提出集中解决'四风'问题后,我一直在琢磨思考,你说我们公司有没有这'四风'?"

"有,但不严重。"

"我个人觉得你还是说重了。我们公司是存在'四风'问题,但是微乎其微。"

听雷书记轻描淡写的评论，大业颇为吃惊，总部领导刚才还在台上深恶痛绝地批评，让各单位在自行纠正的基础上，再派检查组来实地督察。如果主要领导都这样想，那岂不是"顶风作案"。大业于是婉转地提醒："雷书记，现在就算是再小的问题，也得高度重视整改。"

雷书记笑了，问："你是不是以为我阳奉阴违？欺骗组织？"

大业吓了一跳，赔着笑脸说道："怎么可能？全公司都知道咱们的雷书记眼里揉不进沙子，说话做事雷厉风行。"

"哈哈，雷厉风行从另一个角度也可解释为暴躁如雷。"

大业真被雷书记逗笑了，刚想说话，雷书记却抬手示意大业不要插话，继续说道："今年公司利润不出意外将达百亿元，如果我们严重存在形式主义、官僚主义、享乐主义和奢靡之风，能有这样的成绩吗？"

大业这才听出了滋味，马上接过了话柄："雷书记，总部领导的话肯定不是指我们江南炼化。我们现在班子成员没有一人配专车，连工作餐都是和普通职工一样排队就餐，根本没有什么领导小灶……"

雷书记毫不客气地打断了大业的话："你可不能跟着我的意思走。我刚才只是说我们'四风'问题少，但细想一下，我们也有问题。大业，'四风'问题是职工群众深恶痛绝、反映最强烈的问题，我们必须要意识到不解决就会发酵变大，就会损害了党群干群关系。"

这几个月来，大业常回想赵宇华去世前的谈话，从而对党建工作有着新的感悟。面对雷书记的直爽，他有了和盘托出的念头，于是接口说道："雷书记，我刚才就是坦言我们公司有'四风'问题，这并不是因为我们有的做得好，就可以盖住问题。"

"说具体点。"雷书记把身子往后一靠，似乎很有兴趣。

"首先,我们以往过多强调行政的作用与地位,强调党委的配合,一定程度上使党组织政治功能弱化;其次,我们党内政治生活不严肃,或敷衍了事,或偷梁换柱,把学习搞得像游戏一样,自然起不到该有的效果。如果不解决问题,那我们就会失去党组织的威信,就会破坏党同人民群众的血肉联系,就会脱离职工群众、丧失密切联系职工群众的最大政治优势。"

雷书记点了点头,皱着眉头说道:"你这两个还真说到点子上了。基层做不好党建工作,那就会从根本上摧毁党。"

"好在中央也看到了问题,并搁置'党政分离'的说法,重启及探索法治模式下的'党政融合'制度。"

"那我们如何按上面的部署,让'一岗双责'真正能够落地有声?"

大业揣摩雷书记对推进"一岗双责"的顾虑,这不光是江南炼化,所有的国企现在都面临这个举措落实的困难。"一岗双责"目的就是党政同责,齐抓共管。这本是好事,可坏就坏在这个同责和共管,等于是一个单位出现了两个"一把手",党委书记要从以前代表企业也代表权威的总经理"抢"来一半有形的权力,再把一半无形的党建权力交给总经理。如果总经理不介意且操作得当,那对企业自然是件好事,三个臭皮匠还抵得了一个诸葛亮呢,更何况是两个有能力的领导干部。大业只能针对性地建议:"能不能担责不光在于有没有意识,还在于有没有权,甚至还在于有没有成就感。公司党委当务之急应该是总结企业精神,让蒋总也看到这百亿的利润后面,是我们职工的精气神在支撑,是我们党委在引领。"

雷书记眉一扬:"我也一直在想这个问题。这些年来,我们太少提精神,当初大庆精神和大寨精神鼓励了多少中国人,可现在我们似乎都已忘了。"

"中央多次总结大庆精神,虽然说精神永不会过时,但毕竟让现在的人学过去的精神模式不是很恰当。雷书记,路遥的《平凡的世界》我前后共看了九遍,每次都看得热血沸腾,泪流满面。可我推荐给儿子看,他很少有我这样的感觉,不时质疑里面写的故事情节。我冷静一想,他们这一代人从生下来就是含着蜜糖长大的,自然不懂苦难。因为无法理解那种苦难,也就不会因此而感动。"

"你的意思是我们总结自己的精神?"

大业不答反问:"为什么不?"

雷书记想了一下,说:"进江南炼化参加工作以来,无论是三十年前在基层当操作工,还是今天当书记,我始终能感受到公司的精气神,并在这种精气神的鞭策下奋进。回头来看,如果当初我进的不是江南炼化,也许就没有我的现在。"

"书记是块金,到哪都会发亮。"

雷书记笑了:"我得小心了,连你都要给我下'迷魂汤'。"

大业也笑了,但马上转入正题:"正如上月陈院士来考察我们公司时所说,在中国能找到这样的国企并不多。"

陈院士是中国经济学泰斗,雷书记不但学了其著作,还常常在公司班子政治学习上借用其观点。当时陈院士来江南炼化考察,恰雷书记在北京开会,所以只能事后问陈院士说了什么?提了什么建议?还看了一遍没有剪辑过的视频。今天大业提到陈院士,雷书记眼睛一亮,说:"记得陈院士也在面对记者采访时说江南炼化彻底改变了他对国有企业的看法,看到了国有企业发展的希望,中国的当务之急是要培育一批像江南炼化一样具有国际竞争力的企业!"

"是的,陈院士就是这样说的。"

"还记得你找我要我同意企业搞文艺吗?"

大业这才真正明白了雷书记为什么今天要找自己谈话,马上接话:"雷书记,我当然记得了。你的意思是时机到了?"

雷书记一脸严肃地说道:"党委有责任和义务做好这件事,习总书记的文艺讲话都已经快一年了!"

大业欣慰地暗舒了一口长气,说:"这些日子我走访了一些职工,不光是在职的,还有第一批建设者。我觉得上次会上的提法不精准,估计蒋总也误以为是让文化宫同志搞一些舞台演出之类的节目。其实我是想用文字的形式,鼓励更多的职工爱读书,提振职工的精气神。"

"这个思路对了,不是文艺,而是做企业文化。"

大业幡然大悟:"对,为了更好地探求振兴国企出路和发展国企经济,我们可以先组织人自我提炼公司这四十年的发展历程。"

雷书记有点动情地说道:"一个人若具有伟大的精神,必定永恒;一家企业若具有伟大的精神,必定缔造光荣与梦想。是时候提炼我们新时期的职工精神,江南炼化的精神是与坚持党的领导、加强党的建设紧密联结在一起的成果。"

"公司的成就展示着国有企业坚定有力的政治优势和精神文化力量,江南炼化每一代人必定在这种精神的鼓励下,勇立潮头,始终走在时代的前端。"

雷书记平和地叮嘱:"你先拿个方案出来,尤其是把前阶段走访了解到的企业亮点集合进去。等我和蒋总商量后再定。"

"好。"大业应了一声。他清楚想做这件事,那就要组织人力,这必须征得蒋总的同意。

七十四

就在雷书记找机会和蒋总谈提炼企业文化时，一场天灾正悄悄向公司逼来。

9月27日，甬江市拉响了2015年第21号台风警报。据气象部门预报，台风眼直径达一百四十公里，属较为罕见的大眼台风。次日傍晚，台风登陆后，不但致楼房受损严重，大树倒塌，海陆空交通受到严重影响，且致两人死亡，三百二十四人受伤。放眼望去，满目疮痍，一片狼藉。

大业从出生起就在甬江市，从小到大不知已经历了多少次台风，但从这次的台风预报看，其超强的破坏力度已超乎常人的想象。更要命的是此次台风登陆甬江市的时间恰逢全年最大天文大潮，将引起天文大潮、台风雨和风暴潮"三碰头"现象，其危害更盛，形势更为严峻。

为切实做好防台工作，江南炼化各单位在公司的部署下，按照各自职责和防台预案要求，准备好了充足的防汛物资，落实了抵御台风的各项措施。根据班子的分工，大业连夜实地查看了海上和内河两大码头，要求职工抓好台风前原油接卸、船舶离岸避风、泊位设施加固、雨水污水系统预检查等工作。

第二天上班路上，已下起了雨。参加完一早的生产经营碰头会后，大业手机上就收到了公司编发的最新台风信息报告：台风于八点五十分以十二级风力和中心压九百七十五百帕的威力,在省沿海地区登陆。大业放下手机刚准备处理案头上的文件,这时门被敲响了。

"请进。"

"杨书记。"

大业觉得声音很耳熟,抬眼一看,居然是毕强。他赶紧放下笔,起身热情地迎了上去:"哎呀,是老书记来了,快请坐。"

毕强大大方方地握住大业的手,两人一起在会客沙发上并排坐了下来。大业热情地问道:"老书记找我有什么事?"

"没事,今天正式退休了,特来向杨书记告别一下。"

"您退休了?"

"是啊,花甲老人了。在江南炼化也整整三十年了。"

"手续办了吗?"

"刚刚在人事部门办完手续。"

"您一个人?"

毕强被大业问得有点蒙,难道这事还要家人陪同?他不解地点了一下头:"是啊。"

一股莫名的怒火顿时冲上了大业的胸口。在企业奉献了三十年的人,退休时就像黯然失色的流星,悄无声息,企业还常常宣传对职工的关怀工作做得有多好。如果今天毕强不来告别,自己也不可能知道他退休了。大业决定日后要给每位退休职工办一个简单却庄重的仪式,让他们备感荣耀地回家,让他们知道自己是对社会和企业有贡献的人,是个平凡而伟大的人。

看大业攒眉不说话,毕强只好打趣着解释:"杨书记,手续很简单,只要交一下表签个字就行,我还没老年痴呆,不用老婆陪……"

大业知道毕强误解了,赶紧松开眉头,因不便说出自己的想法,于是又问:"老书记有没有事要我做的?"

"有。"

大业心里顿时坦然许多,能为当初引路人做些事不但理所当然,更是一种情绪上的释然,就催问着表态:"老书记,您吩咐,我一定尽力。"

"杨书记,公司一定要谨慎提防这次台风。虽然当前的降雨量不大,但依我的经验,无论是'菲特',还是'麦莎'或'卡努',甬江历史上遭遇的大部分台风都是登陆后降水量远大于登陆前。这次恰逢全年最大天文大潮,虽然台风登陆前结构紧密,但通过两次登陆后,原来紧密、范围不大的台风被地面建筑物阻挡而破碎,造成结构松散,外围螺旋云带不断向外扩展,我们这里肯定要成强降水中心带。"

大业大为感动,一把抓住毕强的手动情地说道:"老书记,我还以为您个人还有什么事要吩咐办理。请您放心,我们早就做好了预案,各项措施均已落实。"

没想到毕强听了大业的话还是摇了摇头:"杨书记,我们的预案只是针对过去的台风,这次台风登陆后虽然快速减弱,但其环流仍完整,且受偏东环流影响,台风必定会倒槽,持续影响我市附近,冷暖气流交汇后,降水必定会刷新纪录。还有,我们公司靠海,老生产区的位置不高,一旦发生海水倒灌,后果就不堪设想了。"

"老书记,您连天文和地理也学过?"

毕强抽回手,挠着脖子露出一丝难得见到的羞怯表情:"还不是退二线后没事干学着教孙女。"

"好,老书记老有所学,老有所乐。"

"杨书记,千万要多提醒大家这次抗台的风险。"

对毕强的一再提醒,大业自然严肃地答复:"请老书记放心,我一定会的。今天刚好我总值班,我会及时向您汇报最新情况。"

毕强起身:"杨书记,那我就不打扰了。"

大业也站起身说:"老书记,我有两件事想麻烦您。"

毕强大为意外:"杨书记,您说。"

"以后还是叫我小杨。"

毕强看了看大业,大业的真挚眼神打动了他,于是坦然地叫上了一声:"好,小杨,两件什么事要我做?"

"第一件已做好。"

毕强马上明白了过来,笑着问道:"那第二件呢?"

"台风过后让我请您全家一起吃个饭。"

"这……"毕强虽然已猜测到大业第二件事也不会是什么麻烦事,但还真没想到只是请自己一家人吃饭。

看毕强吞吞吐吐,大业自嘲道:"怎么?老书记担心我小气,怕吃不好?"

"哈哈。"毕强笑着答不出来。

大业诚恳地说道:"当初进厂不久,您让我请班组吃饭。那天我才懂得团队的力量,所以至今还能和普通职工打成一片,没有成为'孤家寡人'。这顿饭就算是抗台庆功宴吧。"

"好,这顿饭我吃定了。"

两双手紧紧地握在了一起。

送走毕强,大业马上安排人调出资料查看老区装置设计图,要求汇编这些装置的地面高度,尤其是带电的设备。

正如毕强所料,当天晚上起,滂沱大雨肆无忌惮地泼洒,由于天文大潮,整个城市不但排不出水,还发生了海水倒灌的险情。路面开始成为"汪洋",弄堂更是成了湍急的"小溪"。

凌晨两点,刚改造完毕的二焦化装置就向总调发来求助。原来密闭输送的地下通道成了水流的汇集地,地面积水汹涌地从入口向

通道灌去。抢险人员加了一台大功率抽水泵后，还是无法解决地下通道水位增高的险情。

总调刚给仓库值班室下达迅速调两台大功率抽水泵增援二焦化装置的指令，老区各装置几乎同时发来装置进水的警报。看险情严重，坐镇总调的大业立即启动应急预案。没想到他刚指示完，值班调度长指着窗外叫道："杨书记，快看，职工来了。"

大业疾步走到窗口，只见宽敞的中央大道上不少职工穿着各种雨具正冒着瓢泼大雨奋力骑行。一股强风吹来，好几个人因支撑不住，坠倒在水中，可起身后顾不得其他，相继扶起自行车弓身行进。想着可爱可敬的职工在家重新穿上工作服，自发赶赴各自的工作岗位，大业情不自禁地流下了眼泪，这就是当下新时期的国企职工，在江南炼化变的只是时间，不变的是职工对企业的忠诚与职守。

大业悄悄抹去眼泪，抬手看了一下手表："给我查一下各门岗刷卡纪录，十点后最早进厂的是谁？到两点半来了多少职工？"

"是。"值班调度长应声在电脑上查看。

两分钟后，值班调度长把打印出来的纸递给了大业。握着还带着打印机温度三张纸，大业再次流下了眼泪。最早进厂的是二焦化技术员，也就是说他们在向总调请求援助时，已整整奋战了三个小时。

大业打开微信通讯录，找到毕强后，拍下手中的纸张的照片发了过去。

毕强竟然很快回复，只有四个字——人佑炼化！

大业暗叫了一声：改得好！是的，我们不怕灾难，因为我们有广大职工群众。只要有他们在，所有的困难都能克服，包括当下公司面临的最大天灾！

公司所有领导都到总调室，看着甬江市气象台不断刷新的降雨量的数据,所有人表情凝重。凌晨五时,全市平均雨量已达一百八十三毫米,市防汛指挥部将防汛应急响应从Ⅲ级提升到Ⅱ级。三十四分钟后,气象台又将暴雨橙色预警信号升级为暴雨红色预警信号。

"杨书记,食堂经理蔡根反映积水太严重,无法安排车辆送早点。"

听了调度长的汇报,大业无奈地点了点头,现在厂区到处积水,尤其是厂大门,因为地势低,积水已近膝盖处。现在工作重点只能侧重于抢险,确保电机设备不进水、仪表不进水,配电室更不能进水。他只希望各单位为抗台准备的方便面和八宝粥数量充足,不要让职工饿着肚子抢险。

雨仍没有停的迹象,公司生产指挥部小会议室电话不断。终于连续传来两个好消息,一是市气象台预计九时后雨水明显减弱,同时潮汛也有回落。二是物流公司接上班职工的车辆全已安全抵达厂门口。

"运送职工到岗的车辆能进厂区吗?"大业哑着嗓子问道。

已提前到岗的行政处处长马上汇报:"厂门口积水太深,车辆没法进。"

装置生产不能断,虽然有夜班职工坚守,但经过一夜的鏖战,蒋总担心他们体力会透支,于是一脸怒气地催问:"难道没办法解决了吗?"

行政处处长赶紧转过脸答复:"蒋总,所有职工卷起裤腿已蹚水进去了。"

大业发现蒋总愣了一下,眼圈一红不再言语。

虽然人上了岗,但灾情报得更急。尤其听闻有几个装置的变压器房开始进水后,生产副总经理拿着刚得到的气象台降雨量数据提醒蒋总:"蒋总,望海雨量达到二百七十九毫米,是不是该准备下达紧急停工指令?"

　　蒋总看了一下手表,距九时还有半小时,他很不甘心。下达停工指令容易,所有的损失可以归为天灾,自己根本不用担多大的责。但他清楚一旦错过下达停工指令的最佳时机,那损失可不仅仅是一天几百万的利润,也不是无法为社会提供数万吨的能源产品,而是一场灾难。企业的安全生产大过天,炼油化工企业更是容不得有丝毫的隐患。

　　望着犹豫中的蒋总,大业暗自着急,他偏向于再坚持,也许过了这艰难的半小时就会重现光明。大业正思忖着如何劝说,突然手机震了一下,打开一看,是张可富发来的微信。大业本不想打开,可手指却无意间触到了对话框,一张图片迅速弹了出来。只见一名操作工光着脚踩在水中,淡定地在操作台前记着数据。大业心中一喜,起身走到蒋总身边,把手机递给蒋总:"蒋总,您看。"

　　果不出大业所料,蒋总看完手机马上表态:"严防死守,沉着应战。祝我们全体职工取得最后的胜利!"

　　大业再一次被感动了,无论是半夜冒雨进来临危上阵的抢险职工,还是现在把自己的"乌纱帽"作为抵押做出决定的总经理,都具有一种崇高的精神。这种崇高的精神不是一时冲动就可有,而是来自对企业的真挚感情与眷恋。一旦发生危难,他们心灵最深处的崇高精神自然会激发责任感和使命感。

　　气象预报很准,江南炼化最终取得了对抗建厂以来最为严重内涝灾害的决战的胜利。

　　等所有生产装置运行平稳后,大业这才想起回办公室给妻子和父亲打电话。章玲玲因为学校停课在家,听到丈夫沙哑的声音后,再三叮嘱他注意休息。而杨昌祥拿起电话后,容不得儿子问好,连珠炮似地追问公司的生产情况。大业笑着抱怨:"爸,您放心,公司生产一切正常,倒是您儿子快累倒了。"

杨昌祥这才听出儿子声音的沙哑,虽心疼可嘴上却不依不饶地说道:"别娇气,你是公司领导,你想娇气,人家比你更娇气。炼油男人是钢,打不倒,压不垮……"

不等杨昌祥说完,一旁的张翠莲抢过了话筒:"大业,你真是苦命,你弟他们全放假休息,你可得自己……"

"死老婆子,你别胡说,没有大业他们的努力,这社会能有今天?"

"别人我不管,大业是我儿子,你不心疼我心疼。"

"他也是我亲生的,我当这爹的不会比你当妈的差。"

张翠莲呛道:"那你怎么连一句安慰大业的话也没有?"

"他是男人,不用哄。"

"好在我生的都是儿子,不然不是给你气死也要累死。"

杨昌祥突然话锋一变:"死老婆子,下辈子我们再生个女儿好不好?"

听着话筒中二老的对话,大业笑得弯起了腰。自从赵叔去世后,父亲的性格好像变了许多,不但变得爱和母亲说话了,而且还没了脾气。但让大业担心的是二老的记性,这不两人光顾着斗嘴,根本不记得话筒这边的儿子。也许是母亲说着说着忘了,早把手机放了下来。

挂上电话,大业想起张可富发来的照片,于是拨通了他的电话。

"杨书记。"

"老张,你给我发来的照片谁转给你的?"

"是我在现场拍的,当时很感动,就发给领导你了。"

大业颇为奇怪:"你拍的?你在装置现场?"

"一早上班后,听说送餐车因有积水无法送早餐,我就找到了蔡经理,想让他组织大家用三轮车送。"

大业暗暗责怪自己,当时怎么就没想到用这"原始"的办法?记得刚进厂时,自己不也是骑着三轮车去定点的锅炉房打开水的吗?看来现在思维太依赖"懒惰"的方法。但愿淡忘的只是方法,铭记精神并传承。想到这里,他由衷地谢道:"我还不知道蔡经理采纳了你的好建议,太谢谢了。"

话筒传来张可富粗暴的骂声,就在大业愣神之际,张可富边骂边说:"姓蔡的这混蛋借口积水骑车有风险不肯组织人。我只好自己花钱,找了几个临时工帮忙送包子和馒头进去。"

"你自己组织?"

"没办法,这混蛋好像不是江南炼化出来的,和企业没有一点感情,更不用说感恩了。我当了二十多年的操作工,知道操作工的辛苦,也知道公司少不了他们。"

大业动情地谢道:"老张,太感谢您了!"

"唉,你客气了。做这点小事应该的,没有江南炼化,姓蔡的别说是发财,饿死都有可能!杨书记,有啥事你尽管吩咐,我虽然快要退休了,体质还是不错的。"

大业沙哑着声音说道:"老张,谢谢您!"

"杨书记,你好像很累,注意休息呀。"

"好的,改天我们再聊。"

挂上电话,大业径直去找雷书记。雷书记办公室的门关着,大业敲了两下没反应,只好折身返回。刚过电梯过道,只见电梯门开了,雷书记和党办主任卷着裤脚走了过来。

"雷书记,您这是……"

"刚去了趟现场。"雷书记简单说完后,看大业从自己的办公室方向走来,就问道,"有事找我?"

"等您换好衣服我再过来。"

"好。"

五分钟后,大业再次来到雷书记办公室,听里面没动静,于是敲了敲已打开的门。

"请进。"

大业进门后随手掩上。听关门声,雷书记知道大业今天有要事,于是放下手中的鼠标招呼:"坐,有什么事?"

大业落座后把张可富花钱请人送早餐的事简要说了一下,因不清楚雷书记的看法,大业没有发表自己的想法。雷书记听完平静地问道:"你有什么想法?"

大业如实说道:"食堂服务欠缺,我们是不是该加强对食堂的管理?"

"管理?杨大业同志,他们现在不是我们的下属部门了。"

对这样的提醒,大业有点动气:"那以后再碰到这样的事怎么办?古人都说'兵马未动,粮草先行',可我们的后勤别说先行,连同行甚至是后补都做不到。长期下去,职工的情绪必定受到影响。"

"你是不是想和蒋总反映并建议管理?"

大业毫不回避:"是。如果雷书记同意,我们还可以用公司的名义对食堂进行管理。"

"胡扯!个人想法怎么可以绑架或凌驾于组织之上?"

憋屈的大业不但不认错,反而带有情绪地反问雷书记:"那我们眼睁睁看着后勤保障退化?"

雷书记摇了摇头:"你还是太年轻,意气用事。"

大业听了很不服气,心想,若一个领导太圆滑、太世故,那必定不想做得罪人的事。相比之下,我还真希望自己能够一直意气用事。大业突然想到一句话:居官无官官之事,处事无事事之心。虽然一时想不起这句话的出处,但觉得这话对那些不干实事,办事又敷衍

了事的官员来说,点评得很到位。

雷书记突然笑问:"知道为什么我会推荐你做副书记?知道总部领导和蒋总为什么会欣赏你?"

大业心里清楚自己的火箭式提拔与两位主要领导有关,尤其是雷书记。但真正里面有什么样的故事,大业还真不了解。所以他干脆学着刚才雷书记的样子,摇了摇头:"不知道。"

"因为你有着一股正气、锐气和朝气。"雷书记说完特意伸出食指强调,"在江南炼化找不出第二个。"

对这样的评价,大业有点坐立不安:"雷书记过奖了。"

"没过奖,这就是你。"雷书记收回手指继续说道:"当然人无完人,你也有缺点,好在你能及时向我汇报,也常常能听得进我的劝告。"

回想近来自己的确在雷书记的指导和帮助下避免了一些工作上的麻烦,尤其是对公司文艺工作的建议,如果不是雷书记的暗中支持,不可能会悄然推进。大业真诚地说道:"真的很感谢两位领导的指导。如果没有您的及时纠正,我即使工作上不出差错,也会让别人误解。"

"有没看过《二十四史》?"

大业愕然,雷书记说着说着怎么提文学了?而且刚好又是自己没有读过的书,他只好坦诚地摇了摇头。

"有空读一下我们老祖宗的东西,比当下这些文学作品不知强多少。"

"嗯。"

大业猜测雷书记有话要说,所以应声后不接话。果然雷书记接过刚才的话题说道:"《晋书·武帝纪》中曾点评晋武帝司马炎:'不知处广以思狭,则广可长广;居治而忘危,则治无常治。'为官者就应当处广思狭、居安思危,无论是过去,还是当下,这都有借鉴意义。"

大业虽然没有看过《晋书》，但了解西晋灭吴后，当时中国分裂割据，因而没能抓住历史发展机遇，接踵而至的"八王之乱""永嘉之乱"等浩劫不但让统一的王朝轰然垮台，还把中原沃土变成赤地千里、白骨蔽野的惨境。大业刚准备谈看法，可雷书记却又一次抢先转回了话题："我不提倡'两个中心'的说法，一个单位只能是一个中心。一个中心有'忠'，大家能忠于事业。两个中心是'患'，就会相互拆台。甚至有企业出过党委书记开除厂长党籍，厂长开除党委书记公职的怪事。人人若都想着选边站，还谈什么发展。蒋总就是我们的班长，是在党委和工人群众监督下工作的，许多事要想推进或办好，首先要让他能够理解并支持。"

想到以前毕强在会上反映食堂饭菜质量不理想时，蒋总咆哮呵斥毕强是在搬弄是非。他试探着问道："蒋总不允许说食堂不好？"

雷书记的表情变得严肃起来："其实很多人对蒋总有误解，甚至是无端猜测的诽谤。蒋总对食堂的要求其实是严的，只是被假象所迷惑。"

"啊？"大业有点摸不着头脑。

"不知你有没有察觉，每天到了用餐时间，蔡根就会提前在食堂坐等，一旦蒋总和我进食堂，马上给窗口一个手势，于是我们就会看到满意的饭菜。有蒋总爱吃的三黄鸡，有我喜欢的清蒸鱼。"

对蔡根只围绕领导的欺骗性做法，大业忍不住说道："这才是真正在搬弄是非！"

"先冷静听我说完。"

虽然雷书记没有再直接批评自己意气用事，但大业还是赶紧认错："雷书记，我又犯老毛病了。"

"年轻嘛，正常，我也是这样过来的。"雷书记这次不但没有批评大业，反而温和地劝过后继续说道，"蒋总是从全盘来考虑问题，食堂这两年也有压力,不光要服务我们公司职工和家属近万人,还要服务不断扩大的剥离单位及家属。一个家才几个人吃饭,让人人称心满意已难,更何况要服务这么大的人群。所以蒋总的思路是在严格管理下给予肯定,这是稳定局面的大思路,我们只能在这个格局下,对食堂进行有力的督促,而不是管理。"

"我懂了,谢谢雷书记!"

"其实要解决这些问题,还须回到企业文化建设上,也只有这个能让所有江南炼化职工自豪、敬业,才能让所有和江南炼化有关的人感动、支持。"

"好,雷书记,我尽快出方案。"

"昨天你一夜没睡,先回去休息吧。我这边正在安排从建安公司借调来的一千人,后续清理和消毒工作没两天肯定干不完。"

大业起身隔着办公桌伸去手臂:"谢谢雷书记。"

雷书记匆匆握了一下手:"不送了!"

七十五

在雷书记的推动下，蒋总终于同意了公司文化的建设方案。就在大业全力组织人员总结提炼江南炼化精神时，江南炼化公司的特殊地理位置和职工的综合素质再次得到了上级的青睐。新年刚过，从北京传来一个重大消息——中石化决定在江南炼化公司再投资年原油加工量一千五百万吨和生产乙烯一百万吨的项目。

这天傍晚，大业一家去父亲家吃饭。席间，大业把中石化的决定告诉了父亲，杨昌祥屈指一算，侧过脸问道："那就是说江南炼化要达到近四千万吨的原油加工量？"

大业伸出两根手指提醒："爸，还有乙烯也达到二百多万吨。"

"这规模在全世界能排什么名次？"

"肯定是前十。"

杨昌祥起身从柜中抱出一坛"状元红"，重新回到桌边，把酒坛往大业面前一放，说："这坛酒是我孙子出生时我托人从绍兴酒厂带来的，本是留着今年给他高考出榜庆贺用的，现在开了它。"

一旁的张翠莲不乐意了，按住杨昌祥的手说："你这是干啥？企业的事难道比孙子高考还重要？"

杨昌祥捧起酒坛转了个身："哎，你没见识，如果没有江南炼化，我们得一辈子种棉花。"

"你现在不还是在种棉花吗？"

"嗨,那可不一样……"

大业好奇地插问:"爸,你真种棉花了?"

杨昌祥放下酒坛,眉眼向上一挑:"年前厂里组织老职工去旅游,我看到停车场外野地有两株棉苗,就把它们带了回来。"

不等大业说话,小飞放下筷子抢先追问:"爷爷,您种在哪里?"

"就种在楼下绿化带的角落。"

"爸,小区绿化带是统一规划的,个人不能乱种其他东西。"

杨昌祥白了大业一眼:"那些花花草草能有什么用?是能穿还是能吃?"

见儿子被老头子抢白,张翠莲马上接过了话头:"你就是泥腿子的命,人家弄得再漂亮你也不懂。"

大业发现父亲被母亲顶撞后一点也不恼,反而像是做错了事挠着头皮讪笑。见母亲还要数落父亲,大业赶紧打了个手势。张翠莲现在虽常和杨昌祥拌嘴,但在儿子和孙子面前总是事事顺着杨昌祥。看儿子不让她说话,就住了口。大业转脸劝父亲:"爸,已经倒了啤酒,这酒还是半年后再开吧。"

小飞却不领大业的情,说:"爸,爷爷高兴,你就依了爷爷嘛。"随后又对张翠莲说道:"奶奶,先让爷爷喝起来,我肯定能中状元。"

张翠莲和杨昌祥乐了。玲玲趁机轻轻踢了一下大业的脚,悄声笑怪大业:"还是儿子懂事。"

看玲玲起身去取小杯,大业苦笑了一下,只好启封酒坛。等大业倒上酒,杨昌祥又让玲玲拿来一只空杯,大业不解地按父亲的意思倒上后,只见杨昌祥端杯起身打开窗,对着天空说道:"老赵,我们创下的基业又要扩大了,我陪你喝了这一杯吧。"

大业拿起两杯酒,等杨昌祥向窗外泼出酒后,递上其中一杯,一起向空中敬后一饮而尽。重新坐定后,大业又告诉父亲一个好消息,由于市场的变化,船运业务得到迅速的发展,庆庆原先订购的轮船成了物流公司重要的利润增长点。

杨昌祥摇头纠正:"这不是因为庆庆有远大的经营眼光,而是中国发展带来的结果。再说,现在物流公司和江南炼化又没有什么关系。对了,你可不能让他们在项目建设中揩油。"

大业暗笑,老爷子肯定还在纠结剥离出去的企业,认为这是国有资产的流失。他只好顺着父亲的话说道:"爸,你放心。不光是物流公司不能揩油,任何人和单位也甭想揩油。"

大业的用心没白费,杨昌祥果然放下筷子感慨万千:"那就好。江南炼化从无到有,从有到强,见证了改革开放四十年的巨大成就……"

张翠莲突然打断抢白:"算了吧,现在你又这么说,当年不是舍不得棉场那些苗吗?听你,我们肯定还得继续泡饭加豆腐乳和咸菜过日子。"

"唉,老太婆,你干吗老揭我短?"

张翠莲得理不饶人:"老头子,你说我讲的是不是实话?"

"可你没说我的好呀。你看,当年转入江南炼油厂后,我从一个外行人成为化肥的行家……"

"别吹了,这辈子我就一件事佩服你,还真找不出第二件了。"

杨昌祥眼睛一亮,伸长了脖子问:"喔?什么事?"

"生了两个有出息的儿子。"

大业一家人全乐了,杨昌祥忍住笑,手指儿子和孙子:"听着,把这个优点保持下去。"

"爷爷放心,我会把种棉的手艺也传下去。"

这下连杨昌祥也笑得几近岔气。

晚上回家前,小飞突然说道:"爷爷,我想看看您种的棉花。"

大业拉住父亲对儿子说:"太晚了,别让爷爷下楼了。"

"不晚，不晚。我刚好也要去除杂草。"杨昌祥推开儿子急着要换鞋。

张翠莲拍了一下杨昌祥的背："死老头子，这么晚了让孩子们早点回家吧。"

大业摊开双手冲玲玲耸了耸肩，玲玲会意一笑，搀起张翠莲的手："妈，我看让小飞看看也好，丰富一下课外知识。"

杨昌祥赶紧接话："对，爷爷给你讲讲种棉的好处。它不光可以产棉花，而且叶脉、苞叶和花内的三种蜜腺还可以供蜜蜂采蜜。"

"这死老头子一干农活就来劲，唉——"张翠莲无奈地叹了一口气。

一脸侥幸的杨昌祥重新脱下拖鞋，玲玲松开搀扶婆婆的手，把包递给大业，蹲下身替杨昌祥扳鞋跟。

"我自己来。"虽嘴上这样说，额头皱纹都快熨平的杨昌祥还是顺着儿媳的手劲把鞋子穿了进去。

出电梯，杨昌祥从车棚拿上了一把小铲，小跑着引小飞来到了绿化带，手指棉木对小飞说："这就是，再过一个月就会有新叶长出。"

看父亲从爷爷手中拿起小铲去除杂草，小飞抢先说道："爸，让爷爷教我，我来干。"

大业顺手把小铲递给小飞，叮嘱："行，别弄脏衣服。"

杨昌祥听了不乐意了："你小时候不常常像泥猴似的？"

见大业朝自己做了个鬼脸，玲玲掩嘴偷乐后悄声说道："老公，你看爸眼睛也亮了，背也挺直了。"

"是啊，看来还真要想想办法弄块种地的地方。"

"若爸吃得消，我向学校建议开发一小块地，种上各种植物，不但可以开拓学生的知识面，而且也可以培养他们的劳动习惯和勤俭意识。"

"这倒是好办法。"

这时,在杨昌祥的指导下,小飞除去了杂草后,又松起了土,杨昌祥指着棉花秆指导小飞:"小飞,你看,下雨后土会结块,得松松土,使土壤温度、空气、水分、养分得到较好调节,促进根系生长快、扎得深、分布广,从而增强吸收水分、养分和抵抗外界不良条件的能力,实现壮苗早发。"

"这好比我们现在学知识,越全面越扎实,日后就越能成才。"

"聪明,比你爸强多了!"

看着撅着屁股松土的孙子,杨昌祥闻到了熟悉的泥土的气息,视线越来越模糊,他似乎看到了大业和小业有模有样学农活的样子,似乎听到了熟悉的顺口溜:"棵衰根先衰,防衰抓保根。土是本、水是命、肥是劲……"

还没听完,突然传来隆隆的打桩声,紧接着是齐民奎苍劲有力的动员声,随后是机器的轰鸣声,在对讲机传出不绝于耳的呼叫声中,空中开始撒起了晶亮的尿素。就在他为土地获得肥料高兴时,却接到拆尿素装置改建聚乙烯装置的通知。当三百四十吨尿素合成塔被炸药点爆时,杨昌祥顿时从梦中惊醒过来。

黑暗中的杨昌祥睁大眼长吁了一口气,回想这四十多年来,自己从种棉到炼油,从当初的恐慌不安到后来的泰然自若,从当初艰难创业到如今的高速发展,他庆幸自己见证了这块土地翻天覆地的变化。两行热泪从杨昌祥脸颊滑落……

(全书完)